AtV

CLAUDIA GUDELIUS hat aztekische Sprache und Medizin studiert. Sie promovierte über indianische Heilkunde und war Fliegerärztin bei der Luftwaffe. Sie lebt mit ihrem Mann und ihren vier Kindern in einem kleinen Dorf in Oberbayern. Im Aufbau Taschenbuch Verlag erschien 2002 ihr Roman »Feuerfrosch« (AtV 1868), 2003 folgte »Das Wüstenparfüm« (AtV 1903). Ihrem neuen Roman gingen intensive wissenschaftliche und historische Recherchen sowie eine mehrwöchige Expedition durch Syrien voraus.

Syrien zur Zeit des Irakkriegs: Die junge deutsche Ethnobotanikerin Jo Zakyneros gräbt in Dura Europos, dem »Pompeji Syriens«, das Skelett eines zweitausend Jahre alten Bogenschützen aus. Der sensationelle Fund soll Jo helfen, Zugang zu einem alten Buch im Museum von Damaskus zu erhalten. Dabei handelt es sich um die Pflanzenheilkunde des weltberühmten arabischen Arztes Ibn Sina. Noch weiß Jo Zakyneros nicht, welch unglaubliches Geheimnis dieses sagenumwobene Buch enthält.

In alten Karawansereien, Kreuzritterburgen und prachtvollen Palästen geht die energische Wissenschaftlerin der Frage nach, was König Gilgamesch, Jesus von Nazareth und amerikanische Wissenschaftler von der Elite-Universität Yale miteinander vereint. Die Lösungen der Rätsel, die sich ihr seit dem Fund des Bogenschützen stellen, scheinen gleichermaßen im Buch des Ibn Sina wie in den heiligen Essenzen Myrrhe, al-Oud und Balsam verborgen zu liegen. Und mit letzteren wurde kein Geringerer als der Leichnam von Jesus Christus gesalbt.

Claudia Gudelius

Die Detektivin der Düfte

Roman

Aufbau Taschenbuch Verlag

ISBN 3-7466-2057-0

1. Auflage 2004

Umschlaggestaltung Mediabureau Di Stefano
unter Verwendung eines Fotos von Hudeki Fujii, getty images
Druck Oldenbourg Taschenbuch GmbH, Plzeň
Printed in Czech Republic

www.aufbau-taschenbuch.de

Mein Dank gilt Scheik Hemmed und den Kamelreitern von Tadmor, dem Beduinenprinzen Dschumah Saleh, den irakischen Truckfahrern und nicht zuletzt Muriel Brunswig von KaravanSerail, die mir eine Recherche in Syrien ermöglichte.

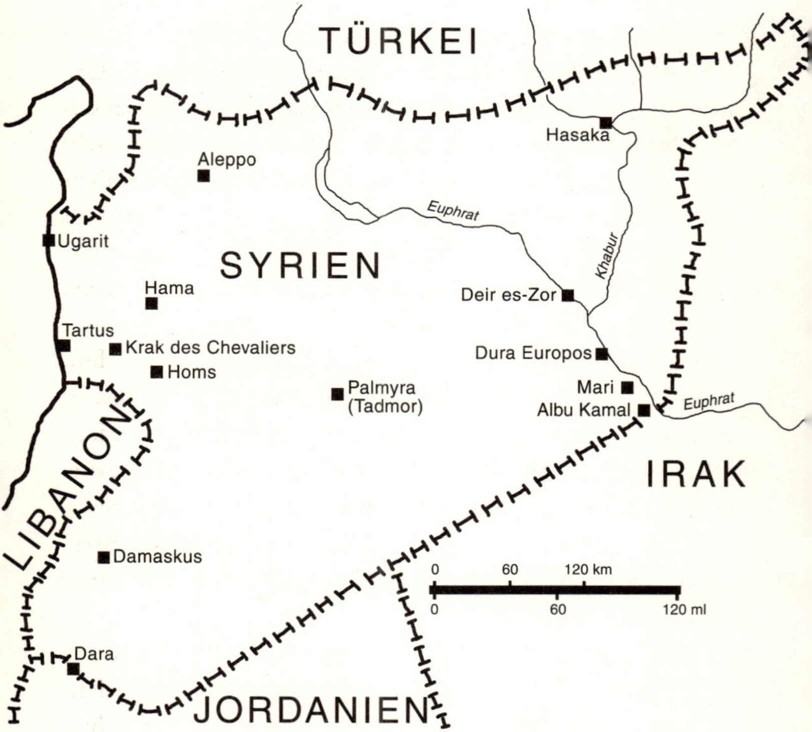
TÜRKEI
SYRIEN
IRAK
LIBANON
JORDANIEN
Aleppo
Ugarit
Hama
Tartus
Krak des Chevaliers
Homs
Palmyra
(Tadmor)
Damaskus
Dara
Hasaka
Euphrat
Khabur
Deir es-Zor
Dura Europos
Mari
Albu Kamal
Euphrat
0
60
120 km
0
60
120 ml

Prolog

Steve Baker war ein tiefgläubiger Mensch.

Er glaubte an die Zahlen auf seinem Gehaltskonto, die Unabänderlichkeit seiner Krebsdiagnose und das Lichtsignal seines Phasenprüfers. Hätte er je auf religiöse Wunder und nicht auf nüchterne Zahlen vertraut, würde er längst unter der Erde liegen. Sein Überleben als Elektromechaniker basierte vor allem auf einer soliden Ausbildung, dem Tragen vorschriftsmäßiger Kleidung aus nichtleitender Baumwolle und Schuhen mit isolierender Gummisohle.

Seit er auf dem Röntgenbild diesen schattengebenden Herd in seiner Lunge mit eigenen Augen gesehen hatte, achtete er noch mehr darauf, keine Fehler zu begehen. Fahrlässiges Handeln hätte die magere Rente, die seine Frau Cathy und ihre drei Kinder nach seinem Tod erhalten würden, noch weiter reduziert. Steve Baker wollte auf jede Chemo- oder Strahlentherapie verzichten. Das Geld war besser angelegt, wenn es seiner Familie zugute kam.

Er balancierte auf der obersten Sprosse seiner Leiter und reinigte den alten Kabelkanal. Seit er von seiner Krankheit erfahren hatte, nahm er jede, einfach jede Arbeit an, selbst diese hier in der Yale-Universität. Traditionsgemäß verlangte die Universität Toparbeit und bezahlte schlecht. Dafür stellte sie besserwisserische Leute ab, die jeden seiner Handgriffe bewachten. Bevor er das neue dreiädrige Kabel einziehen konnte, mußte er den alten, feucht gewordenen Kabelkanal reinigen. Mit Schmirgelpapier schabte er den verschimmelten Putz von der Stelle, wo Mauer und Holzverkleidung zusammenstießen. Ehe er heute morgen überhaupt mit seiner Arbeit beginnen durfte, hatte man ihn über den Wert der alten Verkleidung aus exotischen Hölzern und die ehrwürdigen Wandgemälde belehrt. Der Architekt, ein junger Schnösel, dem man ererbtes Geld und alteingesessene Macht ansah, stand jetzt noch immer am Leiterfuß und redete über die älteste christliche Hauskirche der Welt, die vom fernen Syrien nach Yale gebracht und aus Originalteilen rekonstruiert worden war.

Wahrscheinlich war es das Gequatsche, das Baker so müde machte und ihn tief Luft holen ließ. Er hatte seine Atemschutzmaske im Auto vergessen, fiel ihm ein, als sich Staub und Schimmel in einer dunklen Wolke vom Holz lösten. Deshalb würde er niemandem erzählen, in welchem Zustand das Holz hier oben war. Er setzte das Schmirgelpapier mit Vehemenz ein, bis Mauer, Vertäfelung und Kabelkanal gründlichst gereinigt waren. Niemand sollte ihm wegen des Einatmens des vergammelten Materials einen Abzug von seiner Rente unterjubeln können. Ihm wurde ein bißchen schwummrig. Wieder mußte er tief Luft holen. Er zog das neue Kabel ein, entfernte die Isolierung mit der entsprechenden Zange, steckte die einzelnen Adern in die Lampenfassung und brachte schließlich den Strahler an. Als der Architekt diesen mit einem Kippschalter anknipste, fiel wieder warmes Licht auf das alte Gemälde.

Die rostrote Wandmalerei zeigte die Heilung des Gelähmten, eine Szene aus dem Neuen Testament. In der Mitte des Bildes sah man einen Mann bewegungslos auf seinem Bett liegen. An seiner rechten Seite stand Jesus Christus, wie jetzt der Architekt erklärte. Links im Bild sah man den gelähmten Mann davongehen. Bekleidet mit einem kurzen Hemdchen und barfuß, hatte er sein Bett mit der linken Hand auf die Schulter gehoben und trug es fort.

Minuten später schulterte Steve Baker seine Leiter und

brachte sie zum Auto. Früher konnte er in der einen Hand die Leiter und in der anderen seine schwere Monteurtasche tragen. Heute fühlte er sich so schwach, daß er zweimal gehen mußte, um seine Ausrüstung zum Auto zu bringen. Die allgemeine Schwäche nahm sogar noch zu. Bis der Arbeitstag zu Ende ging, entwickelte Steve Baker hohes Fieber. Er kroch ins Bett und fragte sich, ob dies der Anfang vom Ende sei.

In der Nacht träumte er von dem warmen Licht des alten Wandgemäldes. Beim ersten Sonnenstrahl stand er auf, duschte, zog sich an und überraschte seine Familie kurz darauf mit einem üppigen Frühstück und bester Laune.

Wochen später ging die vollkommene Genesung Steve Bakers als sogenannte »Spontanheilung« in die Statistik der Klinik ein. Das kleinzellige Bronchialkarzinom war nicht mehr nachweisbar. Laboruntersuchungen zeigten eine ausgeprägte Vermehrung weißer Blutkörperchen. Im Laufe der nächsten Wochen normalisierte sich auch dieser Befund. Ein Laienprediger der Methodistenkirche, der die Familie Baker angehörte, griff Steves Geschichte bei seiner Sonntagspredigt auf. Er berief sich dabei vor allem auf das Matthäusevangelium und die Prophezeiung des Isaias: »Er nahm unsere Gebrechen und trug unsere Krankheit fort.« Ein Journalist der durch unseriöse Berichterstattung bekannt gewordenen *Village Post* machte daraus das »Wunder von Yale«.

Sowohl die Klinikleitung als auch der Sprecher der Universität und besonders Steve Baker verbaten sich diese Sensationsmache. Steve, nach seinem Arbeitstag in Yale befragt, beschrieb jenen mit nüchternen Worten. Doch wenn er mit Cathy und den Kindern allein war, sprach er gern von der Gnade göttlicher Barmherzigkeit durch Christus, den Gesalbten.

1. Kapitel

Es war nicht irgendein Skelett.

Von den brüchigen Lehmziegelmauern zu beiden Seiten des Toten rieselte Sand herab und füllte die kleinen Gruben und Furchen auf, die Jo Zakyneros und Yasser Fatah in den noch feuchten Boden von Dura Europos gescharrt hatten. Vom Euphrat strich jetzt der Morgenwind herauf, vertrieb Tau und den Rest der Nässe, den ein Sprühregen am Vortag über Syrien entladen hatte. Noch mehr Steinchen und lockeres Mauerwerk polterten hinab wie die Körner einer riesigen Sanduhr, in der Jos Zeit verrann.

Durch die feuchte Baumwollhose fühlte sie scharfkantigen Kies. Er grub sich in ihre Haut, drückte auf Kniescheibe und Schienbein und bohrte sich bei jeder Bewegung ins Fleisch. Doch was ihr wirklich Qualen bereitete, waren nicht Steine und harter Untergrund, sondern dieser Fund zum Ende der Grabungszeit. Einige Tage noch, dann mußte alles, was bis dahin nicht geborgen und registriert war, erneut unter der schützenden Sanddecke verschwinden, so wollte es das syrische Gesetz. In ihrem Fall, und das war der schlimmste, den sie sich ausmalen konnte, würden Archäologen fortsetzen, was sie begonnen hatte; sie würden den Ruhm einheimsen, oberschlaue Artikel in Hochglanzmagazinen schreiben, ihre Ausgrabungserfolge auf exklusiven Einladungen vorstellen, das Champagnerglas in der einen Hand und in der anderen die Grabungslizenz für das nächste Projekt. Ihre Namen würden in den Ohren zuständiger Behörden wie Musik klingen und auf den Empfängen der

Botschafter und anderer einflußreicher Menschen weitergereicht werden. So würden sie von den Schreibtischen ihrer grauen Institute und Museen ohne jede Anstrengung und Wartezeit direkt in das Herz der verborgenen Geschichte katapultiert werden, dorthin, wo Könige in prunkvollen Särgen noch immer unter der Decke der Jahrtausende schliefen, mitten in exotische Sperrgebiete und Domänen hinein, die heute wie einst Dreh- und Angelpunkte politischer Interessen waren. Sie bekämen Zugang zu strategischen Plätzen, wo modernste Waffentechnologie – vor den Satellitenaugen verborgen – im Schutz uralter Ruinen stand, wo die Regierung der einen Seite mutmaßte, Archäologen seien nichts als Spione, und die Obrigkeit der anderen die Ausgräber ermahnte, ihre Blicke nicht allein auf die geborstenen Scherben vergangener Zeiten zu richten, sondern aufmerksam nach den Spuren von im Sand gelagerten Waffen zu spähen, Funksignale abzufangen und Militärfahrzeuge nach Feuerkraft, Panzerung und Mobilität einzuschätzen.

Aber vor allen Dingen würden diese Archäologen, die Jo nachfolgten, den Augenblick erleben, da die Vergangenheit sandkornweise emporstieg. Ein Ereignis, das Durst und Hunger verdrängte, die Mückenplage am Abend genauso wie die erbarmungslose Hitze, den peitschenden Wind oder die Verpflichtungen im fernen Europa. Eine Begebenheit, die möglicherweise zum wissenschaftlichen Lebensinhalt wurde, zu einer Kostbarkeit, von der man bis ans Ende der Tage zehren konnte, wenn man längst, vom ewigen Wüstenwind dünnhäutig geworden und ausgebleicht von einer erbarmungslosen Sonne, Zwiegespräche mit den Mumien hielt und das eigene Spiegelbild in ihren ausgedörrten Körpern erkannte.

Jo fuhr sich mit der Zunge über die trockenen Lippen. All dies, die Zeitlosigkeit, das Vergessen des Hier und Jetzt, das Prickeln das Rückgrat hinauf und hinunter, der wohlige

Schauer beim Lüften alter Rätsel und vor allem der Zaubercode, dessen Besitzer man nach so einem Fund wurde, der den Zugang zu Behörden und Ämtern ermöglichte, jene magische Kraft, die Schlagbäume anheben und Visa beschaffen konnte, war nichts, was man der Konkurrenz überließ. Schon gar nicht, wenn man jung war, aus einer fremden Fachrichtung kam und die Archäologen gerne um die Länge einer Grabkammer schlug.

Sie blickte zu Yasser hinüber. Mit zurückgezogenen Lippen und gefurchter Stirn beugte er sich über den Fund, wischte mit einer Hand Schweißperlen aus den Augenwinkeln und kratzte mit der anderen ohne Unterbrechung festgepreßten Sand von den gelblichen Knochen. Sein schwarzes Haar klebte an seiner Stirn, und sein weites blaues Baumwollhemd wies dunkle Flecken auf. Seit er für Jo arbeitete, aß er zu viel und zu gut. Die kostbare neue Jeans hatte er längst durch eine alte graue Hose mit Gummibund ersetzen müssen, die schon wieder über seinem Bauch spannte.

Das magere Budget der Münchner Universität reichte nur für eine zusätzliche Fachkraft. Doch mangelnde Erfahrung vergalt dieser Archäologiestudent aus Damaskus mit Zähigkeit. Geboren in Tadmor, der alten Oasenstadt Palmyra, hatte Yasser sich als Kind mit kleinen Touristendiensten vom Schuhputzer zum Postkartenverkäufer hochgearbeitet und stieg, als er kräftig genug war, zum Wasserträger in den Ruinen von Palmyra auf. Während der ganzen Zeit hatte er auf die billige Tour verzichtet, zu schnellem Geld zu kommen, und keine einzige Touristenbörse gestohlen. Das brachte ihm schließlich Ansehen und eine Fahrt nach Damaskus ein. Im Badehaus »Nur ad-Din« fand er als Putzmann des Nachts Unterschlupf. Tagsüber wartete er zu Füßen der Saladinstatue geduldig auf Damaszener Führer, die hier vor der alten Zitadelle im Angesicht des bronzenen Nationalhelden Saladin und der Kreuzritter, die vor ihm das Knie beugten, ihre Gruppen versammelten. Unaufdringlich folgte Yasser dann Führer und Touristen wie ein Schatten. Beim Schlendern durch den Suq al-Hamidije, der quirligen, vor Händlern, Souvenirverkäufern und Kunden überquellenden Einkaufsstraße, sog er den Geruch von unzähligen Gewürzen, Kaffee, frischem Brot, Mottenkugeln und fremden Sonnenölen ein, speicherte dabei in seinem Gedächtnis alle sehenswerten Plätze und die Erklärungen der Führer in fremden Sprachen. Pflichtgemäß wechselten die Touristengruppen aus den übervollen, mit Geschrei, Musik und Rufen erfüllten Gassen im Herzen der Altstadt in die weihrauchumwölkte Stille der Ananias-Kapelle hinüber oder in die erfrischenden Gärten des Azem-Palastes, erholten sich im Schatten duftender Pomeranzenbäume an einem der marmornen Springbrunnen, lauschten den Erklärungen, dem Gesang der Vögel oder belächelten Yasser, der ihnen stets aufmerksam, aber unauffällig auf den Fersen blieb. Als Yasser endlich die Universität betreten durfte, konnte er die Damaszener Sehenswürdigkeiten in Englisch, Deutsch und Französisch erklären, obwohl er niemals Unterricht in diesen Sprachen erhalten hatte. Noch ehe jemand den Mangel entdecken konnte, holte Yasser das Versäumte nach. Abends, in den Teehäusern hinter der Omayyaden-Moschee, beim Servieren des *Tufah*, des frischgepreßten Apfelsaftes, oder beim Nachlegen heißer Glut für die *Nargileh*, die Wasserpfeife, erweiterte er seine Kenntnisse beim Bedienen der Ausländer und Besucher – bis terroristische Anschläge den Okzident vom Orient entfernten und einen Abgrund aufrissen, der jeden Tourismus verschlang.

Jetzt hob Yasser den Kopf. Sein Blick, meist gutmütig und aufmerksam, war nun vollkommen leer. Er versuchte, in die Anderswelt des Toten hineinzusehen, und befand sich irgendwo in der Vergangenheit, als dieses Gerippe zu seinen Füßen noch muskelbepackt und der Fundort am Rand der Wüste eine lebendige Stadt war.

Synchron mit den ersten Sonnenstrahlen, die gerade die große Stadtmauer von Dura Europos hinaufkrochen, donnerten Tiefflieger über die nahe Grenze zwischen Syrien und dem Irak und überflogen auch Jo und Yasser und das Skelett. Das abnehmende Geräusch ging in das Tuckern eines Traktors auf den Feldern jenseits des Flusses über. Unten am Ufer bellten und japsten die Hunde beim Einkreisen der Schafe, die auf die Weide zogen. Tief im Süden brüllte ein Kamel.

Etwas war anders an diesem Fund.

Jo hörte ihr Blut in den Ohren rauschen, als sie die Kelle mit dem weichen Malerpinsel tauschte und Sand von den Knochen fegte. Als einzige Wissenschaftlerin grub sie hier, im Haus des Parfümeurs, auf der Suche nach Holz- und Pflanzenresten, nach winzigen Beweisstücken merkantiler Tätigkeit, künstlerischer Duftkompositionen oder weitreichender Handelsverbindungen. Und gerade sie, die Ethnobotanikerin, deren Fundstücke gewöhnlich aus verdorrten Pflanzen, Schimmelpilzen und eingetrockneten Salbölen bestanden, hatte entdeckt, wonach Archäologen vergeblich suchten. Ein heftiger Windstoß trieb ihr Staub ins Gesicht. Sie fuhr sich mit der Hand über die Stirn, auf der dunkle Striemen zurückblieben. Das beige Leinenhemd klebte an ihrem Körper. Sandkörner rieselten aus ihren Haaren den Rücken hinunter. Sie schaute zum Südtor hinüber und vergaß beinahe das Atmen. Ein Moment feierlicher Stille setzte ein. Etwas aus der Vergangenheit wehte zu ihr herüber wie ein Nebelfetzen vom Fluß. Ein zartes Gebilde, nicht zu greifen und doch sekundenlang präsent, geformt aus den Elementen einer längst vergangenen Epoche, aus den Träumen und Ängsten der Menschen, die das Südtor durchschritten hatten, um hierher nach Hause zu kommen oder in feindlicher Absicht die Stadt zu erobern. Auch Yasser folgte Jos Blicken.

Dort drüben an der Stadtmauer, in dem schmalen Durchlaß

unter den wuchtigen ockerfarbenen Kalksteinen, hatten Archäologen letztes Jahr zwanzig im Kampf gefallene Römer entdeckt, die vor zweitausend Jahren bei dem Versuch, die wehrhaften Mauern von Dura Europos zu überwinden, niedergestreckt worden waren. Denn irgend jemand hatte die Römer aufgehalten und tödlichen Widerstand geleistet. Sandstürme mochten dann über die Gefallenen hinweggefegt sein, Staubwolken aus der nahen Wüste und heftige Regengüsse, die Körner und Steine zu festen Schichten preßten und die zu Tode Gekommenen stetig begruben.

Wochenlang hatte man den Boden Schicht für Schicht abgetragen, immer auf der Suche nach der Gegenwehr, dem standhaften Verteidiger, ohne ihn zu finden. Zuletzt blieb nur der Schluß, eine ganze Armee habe vom nahen Tempel des Zeus Kyrios die Römer abgewehrt, um später doch noch von römischen Truppen andernorts aufgerieben zu werden. Denn schließlich wurde Dura Europos erobert und dem Römischen Reich in Syrien einverleibt, bis auch jenes von den persischen Sassaniden überrannt wurde, ehe die ewige Wüste auch diese vertrieb.

Doch ein Teil dieser Geschichte war jetzt nicht mehr wahr.

Noch ehe Jo den ledernen Köcher des Toten mit dem kupfernen palmyrenischen Siegel der Königin Zenobia behutsam barg, wußte sie, daß diese Pfeile, die noch immer in ihrer Schutzhülle steckten, identisch sein würden mit den Geschossen, die jene angreifenden Römer ereilt hatten. Jo lächelte zu Yasser hinüber. Gemeinsam maßen sie mit ihren Blicken die Schußrichtung. Hier, so weit entfernt vom Kampfplatz, hatte kein Archäologe einen Verteidiger gesucht, einen einzelnen Bogenschützen, der von den Mauern aus dem Haus des Parfümeurs mit größter Kaltblütigkeit Schuß für Schuß abgegeben hatte, bis ihn zuletzt eine römische Lanze durchbohrte.

»Einer gegen zwanzig.«

Jos Bleistift kratzte über das Papier, als sie die Worte niederschrieb, um dann Punkt für Punkt die Koordinaten ihres Fundes einzutragen. Yasser kroch auf Knien mit dem Maßband um das Skelett herum, die einzige angemessene Art, sich dem Gefallenen zu nähern, wie Jo zufrieden registrierte. Sie legte Papier und Stift zur Seite und nahm den Pinsel wieder auf. Erneut fegte der Wind Sand über die Knochen und konnte doch nicht verhindern, daß Jo und Yasser fast gleichzeitig die Goldkette um die bleichen Halswirbel entdeckten: feingearbeitete Kettenglieder wechselten sich mit goldenen Blütenblättern ab, die harzige, jetzt fast zu Stein verdichtete Kugeln umschlossen. Weihrauchperlen, wußte Jo beim ersten flüchtigen Blick durch die Lupe, ein königlicher Schmuck! Ihr Herz schien jetzt lauter zu pochen als die Hammerschläge von Mateo und seinen Mitarbeitern aus der HOMA-Gruppe, die unten am Euphratufer den Steilhang begrünten und befestigten und hier die einzigen Fremden waren, die wie Jo allen politischen Ereignissen trotzten und in Syrien weiter ihrer Arbeit nachgingen.

Die Sonne war schon hoch über die trutzigen Mauern gestiegen und brannte jetzt auf ihr staubbedecktes Gesicht herab, als sie sich Yasser zuwandte. Keiner von ihnen wagte auszusprechen, was beide dachten: Hatten sie Königin Zenobia selbst gefunden? Jene einzigartige syrische Majestät und Herrscherin Palmyras, eine anmutige, aber tatkräftige Schönheit, die Liebhaber zu Heerführern ernannte, ihren »Karawanen- und Oasenstaat« frei und offen für alle Handelsbeziehungen zu fernen Welten hielt und den Römern die hübsche Stirn bot. Die mit ihren Kamel- und Lanzenreitern, rekrutiert aus den wilden Beduinenvölkern der arabischen Wüste, ihr Reich bis Ägypten ausdehnte, Syrien unabhängig und mächtig machte, als Palmyrenerin den Titel einer Augusta annahm, bis sich ihr das römische Heer unter Kaiser Aurelian entgegenstellte. War sie, geschlagen, aber nicht besiegt, den Römern nun doch nicht in die Sklaverei gefolgt, sondern hatte sie hier, in Dura Europos, im dritten Jahrhundert nach Christus letzten Widerstand geleistet?

Doch Yassers Freilegung der Beckenknochen mit dem kleinen Handfeger machte beider Träume schnell zunichte. Das waren die Maße eines Mannes, der schmalhüftig, aber starkknochig gewesen war; ein langbeiniger Kerl mit ausgeprägten knöchernen Muskelansätzen von hoher Kalkdichte, was auf ein imponierendes athletisches Äußeres schließen ließ, mit Muskelpaketen an Armen und Beinen. Ein schneller, wendiger Krieger, der schon den nächsten Pfeil auflegte, solange der erste noch durch die Luft sirrte. Und doch trug er ein weibisches Goldkettchen um den Hals.

Sie waren der Lösung nahe. Jo spürte, wie der seit Jahrtausenden festgepreßte Sand unter ihren Fingern vibrierte, zu Millionen Körnern zerfiel und sein Geheimnis Stück für Stück preisgab. Zenobia hatte im Kampf gegen das römische Heer ihre Kriegskasse in Homs verloren, hatte alles zurücklassen müssen bis auf das nackte Leben. Aus der belagerten Stadt war ihr der Ausbruch gelungen, hinter den Reihen der feindlichen Soldaten hatte sie die syrische Wüste bezwungen und sich bis zum Euphrat durchgeschlagen. Erst hier verlor sich ihre Spur im Dunkel der Geschichte.

Jo fühlte, die Königin war bis nach Dura Europos gelangt, jener Stadt, die schon unter den Seleukiden als mächtiges Bollwerk den Übergang am Euphrat beherrschte, als letzter Karawanenstop vor den Sandebenen auf dem glühenden Weg nach Bagdad. Dura Europos, das jahrhundertelang Händler und Kaufleute verabschiedet und willkommen geheißen hatte, Menschen, die der alten Seidenstraße gefolgt waren, bis sie den Persischen Golf erreichten. Hier, in Dura, der *Mauer*, hatten Mensch und Tier seit Urzeiten den Euphrat durchschritten, beladen mit Seide, Juwelen und Gewürzen, mit Datteln, fein ziseliertem Silber und gehämmertem Leder, mit Damaszener Klingen, golddurchwirkten Stoffen und afghanischem Lapislazuli für die ägyptischen Pharaonen. Hier waren die Armeen von Alexander dem Großen gezogen, genauso wie lange vor ihnen Abraham mit seinen Herden aus dem fernen Ur oder Generationen später die wilden Horden des Dschingis Khan, die aus den Tiefen der asiatischen Steppe in einer Wolke aus Verwüstung, Mord und Brandschatzung westwärts stürmten. Das Palmyra-Tor von Dura Europos mit seiner Öffnung zum weitentfernten Mittelmeer hin kündete noch heute vom einstigen Glanz dieser wehrhaften und zugleich offenen Stadt.

Am hellichten Tag träumte Jo, wie Königin Zenobia durch jenes Tor geritten war; hier hatte sie im Schutz der hohen Mauern das Haus des Parfümeurs aufgesucht, hatte die letzten Getreuen um sich versammelt, sie eigenhändig mit königlichem Schmuck behängt und gehofft, mit den Schätzen der wohlbestückten Parfümlager das persische Heer anzuwerben, auf daß es ihr in der Schlacht gegen die Römer beistehe. Weit konnten die Perser damals nicht gewesen sein, wußte Jo. Dort, wo heute Kampfflugzeuge syrische Ölfelder bewachten, lagerten damals persische Truppen, stets lauernd, die Grenze des persischen Sassanidenreiches wieder bis jenseits des Euphrat auszudehnen. Und so hatte Zenobia das Schicksal herausgefordert, hatte ihre letzten Krieger mit Schmuck belohnt und den Römern entgegengestellt.

Behutsam führte Jo die Goldkette zwischen dem sechsten und siebten Halswirbel hindurch und ließ sie in eine einfache, beschriftete Plastiktüte gleiten. Doch dann blickte sie Yasser an. Sie sprach aus, was beide dachten: »Etwas stimmt nicht.«

»Keiner läßt Gold liegen«, bestätigte Yasser.

Mochte der Kampf noch so heftig gewesen sein, so ließ doch kein Überlebender Gold zurück, sei er nun ein Eindringling oder Verteidiger. Nur ein plötzlicher Sandsturm, der sich sekundenschnell aus der Wüste heranwälzte, konnte Freund und Feind gleichermaßen begraben, ehe der eine, tödlich getroffen, dem sterbenden anderen das Letzte entriß.

Jo richtete sich ächzend aus der gebückten Haltung auf und ließ ihren Blick über die südwestlichen Mauern, das tief eingeschnittene Wadi und das Ruinengelände schweifen. Im Norden und Osten umfloß der Euphrat die Festung, einem übergroßen blauschimmernden Burggraben gleich. Aber jenseits der schroffen Schluchten und Steilhänge des Wadis im Südwesten breitete sich die Wüste braun und gelb, dunstverhangen und glitzernd in ihrer Unendlichkeit aus, wechselte *Badia*, die Steppe, mit der Steinebene ab, ehe sie im Süden in die Sanddünen Arabiens überging. Die Wüste ist *Allâhs* Garten, sagen die Moslems, ein Raum aus Stille und Einsamkeit, aus welcher der Herr alles Überflüssige entfernt hat, auf daß es einen einzigen Ort gäbe, wo er in Frieden wandeln könne, begleitet nur vom ewigen Wind.

Jo strich sich das zerzauste blonde Haar aus dem Gesicht. Yasser nickte wieder, als habe sie laut gedacht. Dabei schlich sich ein Funkeln in seine Augen: »Wir haben Besuch.«

Jo drehte sich um. Ein Dutzend Menschen säumte inzwischen den Grubenrand. Die Leute vom HOMA-Team standen dort gemeinsam mit Jos Arbeitern – Stein- und Korbausleerern, ihr letztes Aufgebot, wie sie gerne sagte, um ihre Ausgrabung zu beenden. Sie schaute zu Mustafa hinauf, der ihr die Handlanger aus seiner eigenen Familie vermittelt hatte und der jetzt dort oben in würdevoller Haltung stand, den spitzen Kinnbart wie stets sorgfältig gestutzt und gekämmt. Es gelang ihm nur kurz, dem bedeutungsvollen Geschehen angemessen zu begegnen, dann ergriff ihn ein triumphierendes Grinsen und steckte all die anderen an: Bassel, den Liebenswürdigen, Rafik, den kleinen fetten Besserwisser, und seinen lächelnden Freund Usama.

Die Europäer von HOMA drängelten jetzt vor. Jeder wollte einen Blick in die Grube werfen, und Jo registrierte eine Menge fremder Gesichter. Mateo, der deutsche Arzt von HOMA, fiel ihr auf. Er hatte so eine besondere Art, einen Schritt zurückzugehen, um etwas genau in Augenschein zu nehmen. Das tat er sogar, wenn er im Zuge seines medizinischen Hilfsprojektes den Syrern hier am Euphrat Blut abnahm. Irgendwann einmal wollte sie ihm sagen, daß er, einen Fuß zurück und mit Spritze und langer Nadel bewaffnet, einen furchterregenden Anblick bot, wie ein Ritter kurz vor dem tödlichen Turnier. Aber jetzt zwinkerte sie ihm zu: »Vielleicht brauche ich dein Fachwissen?« Sie wies auf das Skelett und griff dann nach der Goldkette in der Plastikverpackung wie ein Magier nach dem Zauberstab und schwenkte das Päckchen hin und her. Jubelrufe schollen zu ihr hinunter.

»Königin Zenobia hat hier gekämpft«, rief sie zu den Wartenden hinauf. »Sie hat sich nicht einfach den Römern ergeben. Dieser Mann zu meinen Füßen muß ihr bester Bogenschütze gewesen sein. Er trug ihren Schmuck und hat zwanzig angreifende Römer erledigt. Er ist einer eurer Vorfahren!« Jos Zuhörer klatschten minutenlang Applaus. In den letzten Wochen hatte Jo keinen mit ihrer Theorie über den königlichen Widerstand verschont. Angesichts des sich zuspitzenden Konflikts zwischen Syrien, den USA und dem Irak, der ihnen unentwegt Kampfflugzeuge, unerfreuliche Weltnachrichten, Bombendetonationen und Tote bescherte, war das eine angenehme Ablenkung von ihren täglichen Sorgen. Jo und die Leute von HOMA fürchteten stündlich, von ihren Botschaften zurückbeordert zu werden; und die syrischen Arbeiter bangten um den hochbezahlten Nebenverdienst. Da waren Geschichten von mutigen Majestäten allerseits willkommen.

Doch das Beste habe ich euch verschwiegen, dachte Jo. Wenn ich hier fündig werde und Husan al-Assali von der Altertumsverwaltung beeindrucken kann, führt mich Zenobias Bogenschütze direkt zu einem Buch nach Damaskus, öffnet mir die alten eisenbeschlagenen Holztore der geheimen Archive, erlaubt mir, mit Handschuhen und Pinzette die kostbaren vergilbten Seiten einer Enzyklopädie aus dem elften Jahrhundert mit goldener Schrift und purpurnen Zeichnungen umzublättern, um einem bemerkenswerten Geheimnis auf die Spur zu kommen, etwas, das meinen Ruf als Ethnobotanikerin legendär machen könnte.

Jo runzelte die Stirn und verbat sich jeden weiteren Gedanken daran. Es gab zu viele Leute, die ihr dieses Wissen gerne genommen hätten. Und da Mustafa und seine Arbeiter sie so aufmerksam betrachteten, tat sie gut daran, ihre Überlegungen zu verbergen. Mehr als einmal war sie Zeuge der erstaunlichen Fähigkeit dieser Menschen geworden, aus Gestik und Mimik die Gedanken anderer zu lesen. Möglicherweise war ja auch diese Kunst in wochenlanger Hitze, Kälte und Einsamkeit der Syrischen Wüste erlernbar und einer von den HOMA-Leuten bereits ein Meister darin? Diese HOMA-Typen auf ihrem humanitären Sozio-Trip, dachte Jo mit jäh aufkeimendem Mißtrauen, waren doch alle Wissenschaftler, Mediziner und Forstleute. Pflanzten sie wirklich nur Bäumchen in das sandige Euphratufer, oder waren auch sie dabei, das Vertrauen der syrischen Regierung zu erringen, um jenes alte, aber neu entdeckte Buch einsehen zu dürfen?

Plötzlich wurden ihre Gedanken von einem unverkennbaren Klang unterbrochen.

Jo und alle, die je an einer Ausgrabung mitgewirkt hatten, kannten den Ton, wenn Metall auf Metall trifft. Wer jetzt am Grubenrand schon wieder ungeduldig von einem Fuß auf den anderen trat, erstarrte mitten in der Bewegung. Jo legte den Kopf zur Seite und lauschte. Sie stand noch immer neben dem Skelett, die Plastiktüte in der einen Hand und die andere nachdenklich ans Kinn gelegt, und bewegte sich nicht. Dann fiel ihr Blick auf die Metallkelle, die sie durch eine Fußbewegung verschoben hatte. Ein großer schwarzer Skorpion kroch plötzlich darunter hervor und grub sich augenblicklich knapp daneben wieder ein. Jo gab der Kelle einen vorsichtigen Schubs. Pling!

Ein Schild, ein Schwert? Der volle Klang ließ auf einen kompakten Gegenstand schließen, auf etwas, das man einen satten Fund nannte. Ein Moment allgemeiner Glückserwartung ergriff Jo und die Zuschauer.

Yasser räusperte sich und reichte Jo mit einer kleinen Verbeugung den Handbesen. Zuerst kam unter dem Sand eine große Vogelschwinge zum Vorschein, dann ein mächtiges Schultergelenk und weitere Schwingen. Eine Statue also, eine vierflügelige Figur aus Kupfer. Jos Kehle wurde trocken wie der Sand um sie herum. Die Statue lag auf dem Rücken, der Kopf steckte tiefer als die kräftigen Beine, die sie jetzt freilegte: menschliche Beine mit Vogelklauen bestückt! Jo machte sich eine Notiz und das erste Foto. Als hätte das Blitzlicht Alarm ausgelöst, wimmelten plötzlich Skorpione zu ihren Füßen und stellten den giftbewehrten Schwanz drohend auf. Sie kamen aus einem Bereich unterhalb der Statue gekrochen, dort, wo sich vermutlich die Feuchtigkeit der letzten Nächte gesammelt hatte. Minutenlang war der Boden zu ihren Füßen schwarz. Jo stampfte mehrfach fest auf und versuchte, die Tiere mit dem Besen zu verscheuchen. Wenn sie hier auf eine Skorpionkolonie gestoßen war, würde sie ernsthafte Probleme mit ihrer Arbeit bekommen.

Sie hörte Yasser schnaufen. Er hatte keinen Finger gerührt, und Jo ahnte, warum. Es hatte mit der Statue zu tun. Zum erstenmal in ihrem Leben hoffte sie, der Fund würde unvollständig sein. Meist fehlten solchen Figuren die Köpfe. Museen in aller Welt waren voll mit kopflosen Gestalten, aber dieses Glück war ihr hier nicht beschieden. Sie wußte längst, wen dieses kleine, kompakte, vielleicht dreißig Zentimeter lange Standbild darstellte. Ohne Kopf wäre alles halb so schlimm. Aber dann sah sie schon die furchterregenden Reißzähne aus dem Sand schimmern. Sie wirkten wie poliert. Ein Raubtiermaul im menschlichen Antlitz kam zu Vorschein, bösartig glitzernde, zusammengekniffene dämonische Augen, die sie geradewegs anstarrten. Das Monster folgte ihr förmlich mit den Blicken, als sie jetzt ihre Stellung veränderte, um es vollständig freizulegen. Dann lag es in seiner ganzen abschreckenden Wirkung vor ihr: Pazuzu, der Unglücksdämon, in menschlicher Gestalt mit Vogelklauen, Flügeln, Raubtiermaul und den spitzen Hörnern eines Stieres auf dem Kopf. Er hatte die Krallenhände zum Angriff erhoben. Jo fegte noch etwas Sand von seinem Körper, dabei legte sie sein Glied frei, das wie eine Lanze auf sie gerichtet war. Darunter sah sie die Geschlechtsmerkmale einer Frau. Ein Zwitter also. Von allen Ungeheuern der Euphratkultur das Schlimmste, was sich Menschen vorstellen konnten: Pazuzu, der Dämon. Ihn auszugraben galt als Katastrophe. Er würde Leid, Unheil und Schicksalsschläge über seinen Finder bringen und alle ins Verderben stürzen, die daran beteiligt waren.

»Pazuzu!« schrie Yasser, als er endlich seine Stimme wiedergefunden hatte, und sprang auf.

»Sei still!« zischte Jo. Sie wollte noch eine Plane über den Dämon werfen, aber es war schon zu spät. Mit unglaublicher Geschwindigkeit hastete Yasser aus der Grube und trat dabei ganze Sandfontänen los, die auf das Skelett herabstürzten. Jo hockte sich neben ihren Fund und versuchte, tief durchzuatmen. Aber auf ihrem Magen lastete solch ein Druck, daß sie nur nach Luft schnappen konnte. Schließlich wagte sie, zum Grubenrand emporzublicken. Alle waren verschwunden. Jo fühlte ein Brennen in den Augen und zugleich eine ungeheure Wut. Alle würden sie sitzenlassen, nicht ein einziger einheimischer Arbeiter würde sie hier noch unterstützen.

Da erschien Mateos Gesicht am Rand. Er beugte sich so vorsichtig hinab, als fürchte er, jeden Moment in eine Schlangengrube zu stürzen.

»Komm runter und hilf mir, einen Toten zu bergen!« forderte Jo ihn auf und deutete auf das Skelett.

Sie sah, wie er entsetzt den Kopf schüttelte und mit dem Fuß Sand zu ihr hinabstieß: »Schaufel es zu!« schrie er mit viel zu hoher Stimme und verschwand.

Jo glaubte, die Grube würde sich um sie drehen. Mit der rechten Hand stützte sie sich an der bröckelnden Lehmmauer ab. Prompt brach ein faustgroßer Stein heraus, polterte herab und verfehlte den vollkommen erhaltenen Totenschädel des Kriegers nur um Millimeter. Die Luft hier unten roch plötzlich muffig und modrig. Jo fröstelte an diesem hellichten Sommertag. So würde es jetzt endlos weitergehen: Pech beim Graben, ein verstauchter Knöchel, vielleicht ein Schaf, das vor ihr Auto lief, Behörden, die unerwartet Ärger machten, heiße Stürme, fortgewehte Notizen und ein versiegender Brunnen. Und an diesen alltäglichen Vorkommnissen würde man ihr die Schuld geben, denn sie hatte Pazuzu zum Leben erweckt.

Jo zog eine Plastikplane heran und deckte Skelett und Figur sorgfältig ab, ehe sie aus der Grube kletterte. Das Ruinengelände lag völlig menschenleer und verlassen vor ihr. Die gelben Lehmziegelmauern flimmerten in der Hitze. Dort, wo Torbögen aus weißem Kalkstein noch immer aufrecht standen und wo riesige Gipssteinquader das gleißende Sonnenlicht reflektierten, war die Luft von stechender Helligkeit erfüllt. Der Wind hatte sich gelegt, und drückende Hitze breitete sich aus. Bei jedem Atemzug glaubte Jo, den Gluthauch eines Backofens einzusaugen. Weit entfernt, am Fuß der Ruinen, floß das Wasser des Euphrat träge und ölig dahin. Wohin sie auch blickte, begegnete sie der Hitze und ihrer Macht: Grasbüschel, die über Nacht ergrünt waren, schrumpften vor ihren Augen zu braunen Stengeln, Mauerreste schienen unter der Sonne zu bersten, und überall bröckelten Steine und Sand aus den alten Ritzen und Fugen. Das war das Sterben von Dura Europos, das waren seine letzten Atemzüge, ehe sich Wüste und Zeit seiner für immer bemächtigten.

Als amerikanische und französische Archäologen 1930 die christliche Hauskirche von Dura ausgruben und fast unversehrt vorfanden, glaubten sie, die Trockenheit der Wüste habe eines der ältesten christlichen Gotteshäuser für immer vor dem Verfall bewahrt. Doch später mußten sie erkennen, daß allein der Sand, in dicken Schichten über den Wandmalereien liegend, Kostbarkeiten und Gebäude geschützt hatte. So wurde der Name »syrisches Pompeji« geboren. Einmal ausgegraben und vom Sand befreit, begann jedoch das letzte Sterben der Stadt. Sonne, Kälte, Wind und Regen schliffen die Ruinen und zertrümmerten, was Menschen in den Jahrhunderten zuvor bei aller Zerstörungswut nicht vollbracht hatten. Jedes Poltern eines herabstürzenden Steins klang wie Totenklagen. Keine Menschenseele erbarmte sich mehr der einstigen Pracht von Dura, und ebenso verlassen fühlte sich Jo.

Von ihren Arbeitern fehlte jede Spur, und nicht einmal die Leute der HOMA-Gruppe werkelten unten am Euphrat herum. Vermutlich hockten sie im Versorgungshaus, das sich zwischen den Ruinen der Stadt und der mächtigen Zitadelle in einem Wadi am Fluß befand. Es war ein weiter, abschüssiger Weg dorthin, und Jo glaubte, jeden einzelnen Muskel schmerzhaft zu spüren, als sie mechanisch einen Fuß vor den anderen setzte. Plötzlich ließ sie das Dröhnen eines Tieffliegers zusammenfahren. Er schien unmittelbar aus dem Nichts aufzutauchen, donnerte direkt über ihren Kopf hinweg und zog eine schwarze Rauchfahne hinter sich her. Entsetzt blickte sie ihm nach und erwartete, ihn jeden Moment in die geborstenen Mauern von Dura stürzen zu sehen. Aber er verschwand rauchend und tosend am nördlichen Horizont. Als Jo endlich wieder die Hände von den Ohren nehmen konnte, zuckte sie Sekunden später erneut zusammen. Von den nahen Ölfeldern erscholl Sirenengeheul, Feuersäulen schossen in die Luft, und dichter schwarzer Qualm wälzte sich heran.

Das Feuer wurde schneller unter Kontrolle gebracht als erwartet, und die Sirenen waren bald verstummt.

Jo stand im handtuchbreiten Schatten vor dem Versorgungshaus und empfand trotz der geruhsamen Stille, die jetzt wieder in Dura Europos herrschte, keine Erleichterung. Ihre Bitte an die Leute von HOMA, ihr bei der Bergung des Skeletts behilflich zu sein, war gerade abgewiesen worden, und ihr Vorschlag, Pazuzu in einem der abschließbaren Schränke lagern zu dürfen, bis sie ihn nach Damaskus bringen könne, war mit Vehemenz verneint worden.

Als Ethnobotanikerin sei sie nur ausgerüstet, kleine Pflanzenreste zu sammeln und bei Statuen oder Skeletten auf Hilfe angewiesen. Sie brauche Unterstützung, hatte Jo argumentiert.

Pech für sie, hatte man trocken erwidert.

Das war es, was Jo nervte. Die Typen verstanden einfach nicht, was eine Ethnobotanikerin tat. *Eine Archäologin sind Sie? Toll.* Bei vorschnellen Folgerungen dieser Art hatte sie sofort die Sympathien auf ihrer Seite. Jeder Trottel wußte, wie die Arbeit einer Archäologin aussah. *Keine Archäologin,* mußte sie dann erklären. Schlagartig sank das Interesse. Man hörte ihr überhaupt nicht mehr zu, wenn sie von der Bedeutung ihres Berufes sprach. Man setzte sie sofort auf das Niveau einer Hilfskraft herab. Was tat die Frau bei einer Ausgrabung? Ach so, sie sammelte Pflanzenteile! Wie albern! Behauptete sie tatsächlich, sie könne anhand von Blütenpollen die Geschichte aufrollen? An eingetrockneten Weinresten in zerbrochenen Krügen die Handelsrouten nachvollziehen und mit Parfümflaschen die Macht eines Herrschers beweisen? Ethnobotanik – nie gehört! Ein Studium, das sich aus Völkerkunde und Botanik zusammensetzte? Komische Fächer gab es heutzutage! Die alten Völker hatten gewisse Kenntnisse in Pflanzenkunde, zugegeben, aber wem sollte das noch nützen? In den modernen Chemielaboratorien wurde doch im Nu jede Substanz entschlüsselt. Man stellte die Inhaltsstoffe in synthetischen Verfahren her, das war exaktes, zeitgemäßes Vorgehen und hielt allen Überprüfungen stand. Jos Tätigkeit schmeckte ein wenig nach Kräuterfrau und Medizinmann, nach Esoteriktante und Okkultismusjünger. Sie sammelte also an Ausgrabungsorten, die längst von den Archäologen verlassen worden waren, ein paar zerfallene Blätter und bewies damit, daß dort einst Aprikosen blühten. Das war eine nette kleine Beigabe zum Gesamtbild, das die Archäologen erstellten. Die leisteten wirklich etwas. Aber war es tatsächlich wichtig, ob hier oder anderswo ehedem Obstbäume gewachsen waren? Hier, in Dura Europos, suchte sie sogar ausschließlich im Haus des Parfümeurs nach den Scherben von Mörser und Stößel, nach Gewichten aus Stein und geborstenen Töpfchen. Darin hoffte sie beispielsweise Spuren des wohlriechenden Styrax-Harzes zu finden, um aufzudecken, ob es von den Bäumen des Mittelmeerraumes, des Nahen Ostens oder sogar von den Ufern des Ganges stammte. Erstaunlich, welche Unternehmungen die deutschen Universitäten heutzutage förderten, nicht wahr? Und jetzt war diese Jo in Bedrängnis. Ihr Fund war eine Nummer zu groß für ihren Job. Die falsche Frau am falschen Platz. Sie sollte schleunigst Fachleute herbeiholen, echte Wissenschaftler, die definitiv etwas von Archäologie verstanden!

Jo sah diese Vorurteile mit Lichtgeschwindigkeit durch Mateos Hirn zucken und beobachtete, wie er ungeduldig von einem Fuß auf den anderen trat. Aber er war doch Arzt und hatte schon etwas von Curare gehört, dem Pfeilgift südamerikanischer

Indianerstämme, das zum unverzichtbaren Bestandteil moderner Operationen geworden war und ohne Ethnobotaniker nie entdeckt worden wäre! Er würde verstehen, was sie hier tat, und sie unterstützen. Sie wappnete sich, noch einige Erklärungen abzugeben, gespickt mit konkreten Daten, die ihre wissenschaftliche Bedeutung hier untermauerten. Sie war völlig perplex, als er Luft holte und sie anschrie.

»Bist du komplett verrückt?« brüllte er, ohne jede Vorwarnung. Und dann prasselten die Vorwürfe wie Steinschlag auf sie herab. Er kämpfe schließlich seit Wochen täglich mit dem Aberglauben der Syrer hier, die ihr Blut nicht hergeben wollten, trotz der kostenlosen Vorsorge durch die HOMA, für die Menschen weltweit gestiftet hätten. Jeder sähe doch, wie Diabetes und Stoffwechselstörungen diesen Menschen hier das Leben verkürzten, was das syrische Gesundheitsministerium einen Teufel schere. Und jetzt wolle Jo tatsächlich das humanitäre Werk gefährden, weil ihr ein Toter plus Dämon von Anno Dazumal wichtiger waren als heute lebende Menschen? Läge Pazuzu, das Ungeheuer, erst im Versorgungshaus, würde sich kein Syrer mehr blicken lassen, und seine wochenlange Arbeit wäre umsonst. Er käme mit leeren Händen zurück, hätte Sand aufgewühlt und Spenden verschleudert.

Du lieber Himmel, dachte Jo. Das ist ja ein Strafgericht, bei dem seine blauen Augen kalt wie Gletschereis werden. Hingerichtet mit Blicken, ob es so etwas gibt?

Sie kam sich ertappt und gerügt vor wie ein egoistisches, nutzloses Geschöpf, dem man mal ordentlich die Meinung sagen mußte. Mateo, mit seinem Gardemaß und den empört hochgezogenen Augenbrauen, wirkte mehr denn je wie ein Lehrer, der eine kleine Jo dabei erwischte, wie sie die Klassenkasse klaute, um sich auf Kosten des Allgemeinwohls zu bereichern. In seiner lehmverschmierten, sandfarbenen Hose mit dem verschwitzten beigen T-Shirt glich er zwar einem Bauarbeiter, aber seine scharfe Stimme und seine Größe allein genügten, sie mächtig einzuschüchtern. Entgegen seiner Gewohnheit war er ganz nah an sie herangetreten, so daß sie zu ihm aufschauen mußte. Sie wußte, dies war nichts weiter als ein häßlicher Trick. Sie kannte das nur allzu gut von großen Leuten. Entweder mußte man als kleinere Frau einen Schritt weichen oder emporblicken. Beides waren erzwungene Unterwerfungsreaktionen, die unangenehme Gefühle auslösten. Jo suchte verbissen nach einer vernichtenden Antwort, nach etwas wirklich Häßlichem, das mitten in sein aufgeblasenes Gemüt traf. Aber was konnte sie einem Arzt entgegenschleudern, den nur das Wohl der Patienten plagt, der Freizeit opfert, um gesunde Lebensweise zu vermitteln und der obendrein bereit ist, Holzpfähle in steile Euphratufer zu rammen?

Sein Gesicht lief rot an, und sein dünnes blondes Kopfhaar stand kranzförmig um seine beginnende Stirnglatze ab. Das gab ihm einen Schimmer von Heiligenschein und spiritueller Erleuchtung. Jetzt nimmt er obendrein eine Erzengel-Erscheinung an, dachte sie wütend. Vielleicht zückt er auch noch das Flammenschwert, um mich zu vertreiben.

Es war undenkbar, daß Mateo sie nach seiner Standpauke in das kühle Haus einlud oder ihr ein Getränk aus dem ächzenden Kühlschrank anbot. So floh sie in den winzigen Schatten der Hauswand. Hinter ihr ratterte und rumpelte der Dieselmotor des Aggregats und gab stinkende Auspuffwolken ab. Bis eben war sie im Haus des HOMA-Teams ein und aus gegangen und hatte die erfrischende Luft der Ventilatoren genossen. Jetzt war es vorbei mit Klo und fließendem Wasser, mit Hände- und Gesichtwaschen. Seit Pazuzus Entdeckung war sie eine Aussätzige.

Ihr Auto stand kilometerweit entfernt vor Duras Toren, nahe der Hütte, wo einst Touristen Eintrittskarten erworben hatten und wo nun Samman, Duras alter Wärter, seine trüben Augen gleichermaßen auf die Ruinen, Jos Wasserflaschen und ihre Unterlagen richtete. Jetzt dorthin zu gehen hieß durch Hitze, Geröll und Staub marschieren. Bei Duras Ausmaßen ein Marsch, der müde Beine machte, vor allem, wenn man schon seit Tagesbeginn unterwegs war.

»Einen Schluck wohltemperierten Wein vielleicht?« Luc, ein Franzose aus dem HOMA-Team, hockte sich zu Jo auf den Boden, streckte die langen, in verblichenen Militärhosen steckenden Beine aus und offerierte ein Glas Roten.

»Es muß in deinen Genen liegen, schon mittags Wein vertragen zu können.« Jo hob abwehrend die Hand.

»Komm mit zum Krak des Chevaliers«, lockte er. »Heute nachmittag fahre ich zurück. Wenn wir uns beeilen, sehen wir noch den Mondaufgang am Table Ronde, und alle Gespenster der alten Kreuzritterburg schlurfen an die geheiligte Tafelrunde. Alle Geköpften, Ausgepeitschten, Zerhackten, Gehenkten und Verschmachteten der ehrwürdigen Festung sind tausendmal verträglicher als dein Dämon. Schaufel die Grube zu, wie Mateo es auf seine charmante deutsche Art schon empfohlen hat. Ich hätte es dir lieber bei einem Schluck Champagner beigebracht, aber er ist ja dein Landsmann.« Luc wedelte das Rotweinbukett herüber. »Du kannst uns beim Bäumepflanzen im Antilibanon über die Schulter sehen und mitarbeiten. Jeden Nachmittag geht's rechtzeitig in den Krak zurück. Wir haben das kleine Lokal in der Burg besetzt. Ich sage dir – exzellent. Kein Abend ohne Genuß! Einen Château Chevalier mit typischem Graves-Charakter zu syrischem *Mansaf* – ein Traum! Dazu das Hotel La Table Ronde allein für uns, ein Hotel mit heißer Dusche.« Er schnalzte mit der Zunge. »Kein Rinnsal mit übelriechendem Abfluß und Kakerlaken, sondern ein frei fließender Strahl in einer Kabine mit gekachelten Wänden. Und das, so oft du willst. Dazu der Duft nach frischer Bettwäsche ...«

Jo war noch immer verärgert, mußte aber trotzdem lächeln. Sauberes Bettzeug, Seifendüfte! Luc im Khakizeug war doch robust wie ein Soldat im Manöver! Doch so konnte man sich täuschen. Es stimmte ja, er trug täglich ein frisches Hemd und wusch sich stets die Hände vor dem Essen, zur Not mit Mineralwasser vom fernen Damaszener Supermarkt. Seine Hofhaltung im Krak des Chevaliers war sicher märchenhaft. Als leitendem Forstmann der HOMA lag es an ihm, welchen Wein er orderte. Vermutlich mußten kostbare Baumsetzlinge im Stauraum der Versorgungsflieger guten Kisten Grands crus classés oder luftgetrockneten Dordogne-Schinken und zarten Condé-Pastetchen weichen.

Jo musterte das schnittige Profil und die ansehnliche Nase des großen, schlaksigen Mannes. Er hatte sie zumindest nicht angeschrien, er benahm sich wie ein normaler Mensch, und er sah gut aus. Im Alter, wenn seine Züge markanter und sein braunes gewelltes Haar silbern geworden waren, würde er etwas Herrschaftliches ausstrahlen. Schon jetzt umwehte ihn ein königlicher Hauch. In Cut oder Frack, oder besser noch, in voller Rüstung und Montur mit wallendem Rittermantel hoch zu Roß ging er als Hoheit durch.

»Uralter Adel«, sagte Jo gerade heraus in sein lächelndes Gesicht und seine braunen Augen hinein.

»Touché, madame!« Übergangslos verfiel Luc ins Französische. Er, Luc d'Argaud, sei ein direkter Nachfahre jenes Grafen d'Argaud, der damals mit Tankred von Antiochia den Krak erobert und seine Mauern zu einem Bollwerk gegen die muslimische Umgebung ausgebaut habe. Seine Ahnen kämpften Seite an Seite mit den Helden der Kreuzzüge. An den Festtafeln der Könige von Frankreich und Jerusalem planten sie den Angriff auf Saladin und Baibars. Ein polygonaler Turm, wie jener vom Krak des Chevaliers, ziere ihr Familienwappen seit diesen historischen Tagen. Sollte Jo ihn zum Krak begleiten,

könne er ihr fesselnde Einzelheiten der Burg zeigen und Geschichten erzählen, die seit dem zwölften Jahrhundert zur Familienhistorie gehörten.

»Warum sollte ich?« fragte Jo völlig ungehobelt. Sie war von ihrer eigenen Schroffheit überrascht. Sie lehnte sich an die Mauer. Irgendwie war ihr der Wein im fernen Glas Lucs allein durch seine Verdunstung zu Kopf gestiegen und hatte sie müde und lustlos gemacht. Zu jeder anderen Zeit hätte sie darauf gedrängt, am berühmten Table Ronde zu sitzen, mit den Nachfahren jener Ritter der Tafelrunde aus Kreuzfahrerzeiten zu bechern, während der Mond über die ehrwürdigen Zinnen kroch und Nachtvögel, irritiert vom Flackern der Kerzen in den Nischen des Großen Saals, über sie hinwegglitten. Sie hätte gerne nach Lucs Arm gegriffen, hätte sich die schiefen, von Tausenden von Kreuzfahrern abgetretenen Stufen hinauf zur Residenz des Großmeisters führen lassen, hätte Seite an Seite mit Luc die Pfeilerhalle des Refektoriums durchschritten und sich ins Mittelalter versetzt. Vielleicht hätte sie aus den Ritzen der Ställe, die einmal vierhundert Rösser aufnehmen konnten, Pflanzenreste gekratzt und entdeckt, daß dort jahrhundertelang Hafer überdauert hatte, ein Hafer, wie er nur auf den fernen Feldern der Bretagne gedieh, ein Zeuge der damaligen Zeit. Was war nur los mit ihr? Hätte sie es Luc nicht etwas charmanter beibringen können, daß momentan einzig ihre Arbeit zählte? Sie mußte den gierigen Archäologen zuvorkommen, die ihre Ausgrabung hier fortsetzen würden, denn auch ein Pazuzu war ein Ereignis, wenn auch ein schlechtes. Man konnte selbst mit Negativschlagzeilen Aufsehen erregen, dachte sie verbittert. Das war nun ihr Erfolg: Sie hatte entdeckt, was andere vergeblich suchten, doch es würde nicht Ruhm, sondern Ärger bringen. Sie mußte Pazuzu und das Skelett professionell bergen, und das hieß, mit Hilfe syrischer Fachleute wie Yasser, sonst könnte man ihr sogar noch einen Strick aus diesem Fund drehen. Zu viele Objekte waren schon zu oft von westlichen Ausgräbern entfernt worden und zierten heute die Museen der USA und Europas und gehörten doch dem syrischen Volk. Es war nicht ratsam, Pazuzu und die Knochen allein aus der Grube zu holen. Jo brauchte fachliche Unterstützung, am besten von syrischen Kollegen.

»Das ist seine Macht, verdammt noch mal.« Lucs Stimme klang nicht mehr ganz so glatt wie vorhin. »Pazuzu!« Er packte Jo am Arm, bis es weh tat. »Spürst du es? Der Unglücksdämon hat dich in den Krallen, er macht dir angst, weil er andere ängstigt. Vorgestellte Bedrohung nennt man das. Und du fällst darauf rein. Er hat dich schon manipuliert. Deine teutonische Grobheit kommt durch und erstickt deinen Humor. Meinst du, ich will dich fortlocken? Verkriech dich nur in deiner Welt! Du wirst sehen, wie sie dir aus den Fugen gerät. Einen Schluck harmonischen duftigen Wein interpretierst du als Versuch, dich gefügig zu machen, meine harmlose Einladung weist du zurück. Du bist ja besessen von deiner Idee, etwas ausgraben und beweisen zu wollen. Ich wollte dir doch nur eine kleine Abwechslung verschaffen, in angenehmer Gesellschaft vor den prächtigsten Kulissen abendländischer Baukunst im Nahen Osten. Aber nichts, zack! Als ob ich ein Barbar mit schlechten Manieren wäre. Das ist Pazuzus Fluch, deshalb fürchten ihn die Syrer! Er steckt die Menschen an, er macht aus ihnen Dämonen, geldgierige, ehrgeizige und ruhmsüchtige Gestalten. *Mon Dieu!*«

Luc d'Argaud, Urenkel des berühmten Grafen, ließ eine vollkommen verblüffte Jo zurück. Es hatte ihr die Sprache verschlagen. Dafür stieg ihr der saure Geruch ihres schweißgetränkten Hemdes in die Nase. Sie sah den Grabungsschmutz auf ihrer Kleidung, die dunkelfleckigen Kniepartien und zerknitterten Hosenbeine, sie ahnte, wie zerzaust ihre Haare waren, und erkannte den Sand unter ihren Fingernägeln. Luc erhob sich und schlenderte grußlos zum Eingang hinüber, als gäbe es Jo nicht mehr. Catherine, seine rothaarige, elfenartige Mitarbeiterin, trat aus dem Haus. Luc lehnte sich vor, stützte sich mit einem Arm an der Wand ab, umfaßte dabei Catherine mit einer Selbstverständlichkeit, die Jo beinahe schreien ließ. Er sagte ihr etwas Hübsches, das konnte sie von Catherines Gesichtszügen ablesen. Wann hat mich das letzte Mal jemand umarmt? fragte sich Jo. Der Drang, die Ausgrabung hinzuschmeißen und einfach den Rückflug zu buchen, wurde fast übermächtig.

Der ungeheure Frust, der Jo einen Kloß im Hals bescherte und sie die Lippen zu dünnen Strichen zusammenpressen ließ, machte ihr zugleich klar, daß sie trotzdem Skelett und Figur bergen mußte, und zwar mit allergrößter Sorgfalt und Fachkenntnis. Nicht der Hauch eines Verdachts, sie hätte etwas übersehen oder vielleicht unrechtmäßig entfernt, durfte aufkommen. Und die Zeit lief. Selbst wenn sie eine telefonische Verbindung nach Damaskus zustande brächte, dauerte es zu lange, bis Ersatz für Yasser hier erschiene. Sie brauchte Hilfe, noch heute. Jo wendete den Blick von Catherine und Luc ab und starrte auf das träge Euphratwasser. Natürlich, flußabwärts lag die Lösung: Mari, die alte sumerische Königsstadt, war nur eine Stunde Fahrt auf der schlaglochübersäten Straße gen Süden entfernt. Mari, ehedem Zentrum des sumerischen Königs Zimri-Lin, diese fünftausend Jahre alte Residenz mit ihren meterhohen Lehmziegelwänden, lockte seit jeher Archäologen an. Dort würde sie Unterstützung finden. Jo erhob sich und klopfte sich den Staub von der Hose. In Mari wurde einst die Göttin Ischtar verehrt. Und sei es, daß ich im Ischtartempel auf Knien um Hilfe bitten muß, dachte Jo. Ich tu's!

Sie stieg den alten Karawanenweg bergan, die sechs Meter breite, festgetretene Piste, die einst dazu diente, die Kamele am Euphrat zu tränken. Von den großen Hauptspeichern und Warenlagern war heute nichts mehr zu erkennen, einzig das neu erbaute Versorgungshaus der HOMA-Leute stand auf den noch immer festen Fundamenten des alten Khans.

HOMA, Luc, verdammt sollst du sein, arroganter Grafensproß und Kreuzrittererbe, fluchte Jo im stillen. Erschrocken blieb sie stehen. So etwas hatte sie noch nie gedacht. Was, bei allen Dämonen, fiel ihr ein? War dies Pazuzus Fluch?

Hastig marschierte sie nach Osten, verließ den ausgetretenen Karawanenweg und stieg den Steilhang zur ersten Zitadelle empor. Dabei fühlte sie, wie sich Lucs und Catherines Blicke in ihren Rücken bohrten: Da geht er hin, der alemannische Trampel! Jos Beine wurden schwer und ihre Schritte schlapp. Am Gipfel mußte sie keuchend zurückschauen: Niemand stand vor dem Haus! Das Gelände lag still und wie verlassen in der Mittagshitze. Ihr Mißtrauen nervte sie. Doch schon sprang sie ein neuer Gedanke an wie ein tollwütiges Tier: Wieso wußte Luc über Pazuzu so gut Bescheid? Klar, daß er eine Menge von den Kreuzrittern und ihrem Krak verstand. Aber was hatte ein verdammter Dämon mit den hehren Idealen christlicher Schlachtenführer zu tun? Jo stolperte über einen Stein und knallte mit dem Knie an eine Mauerecke. Besser, sie folgte der schmalen Gasse hier. Dann gelangte sie vielleicht unversehrt zum Tempel des Zeus Megistos und von dort immer geradeaus durch zerfallene Fundamente, an gestürzten Säulen und tiefen Löchern vorbei zum Haus des Parfümeurs. Für Leute wie sie, mit Dämonen im Kopf, der rechte Trampelpfad.

Grünschillernde Echsen flitzten über die Steine, Ameisen krabbelten von Süd nach Nord, im schattigen Winkel schmaler Schächte hockten die Geckos. Hunderte von Raupen, kleinfingerlang, braun und behaart, krochen Mauern hinauf, fielen herab und begannen von vorne. Jo fragte sich, ob es die Stunde sei, in der sich ein Wurm verwandelte und mit vielfarbigen Flügeln über die Syrische Wüste erhob?

Syrien, dachte sie. Ein buntschillerndes Land mit unzähligen Kulturen und Völkerschaften. Galt der benachbarte Irak als Wiege der Kultur, so war Syrien ihr Schmelztiegel und Sammelbecken. In der Region um Dura Europos existierten die Reste kulturgeschichtlicher Epochen neben- und übereinander, begonnen bei den ersten Siedlungen der Menschheit bis in die Neuzeit hinein. Nicht umsonst galt Syriens Hauptstadt Damaskus als älteste bewohnte Stadt der Welt. Seit Menschengedenken hatten sich von Syrien Zivilisation, Lebensart, Feldbestellung und die Schrift im ganzen Nahen Osten und von dort bis nach Europa ausgebreitet. Hier existierten heute wie damals verschiedenste Religionen einträchtig nebeneinander und ließen den anderen Raum und Dasein. Daß die berühmte Omayyaden-Moschee von Damaskus den Christen als Kirche diente, daß sich Moslems, Juden und Christen heilige Plätze und Gotteshäuser brüderlich teilten, war keine moderne Errungenschaft aufgeklärter Staatsmänner, sondern alte syrische Tradition. Hier hatten Drusen und Juden, Alawiten und Christen, Sunniten und Schiiten friedlich zusammengelebt und gemeinsam das Bild Syriens in seiner kulturellen Vielfalt und bunten Originalität geprägt. Kein Wunder also, daß Pazuzu, der assyrische Dämon, hier lag, begraben zu einer Zeit, als Synagogen und Kirchen gleichberechtigt neben den Tempeln palmyrenischer Gottheiten existierten. Und kein Wunder, daß es Menschen gab, die über den Tellerrand ihrer eigenen Betätigungen hinausblickten und sich mit unterschiedlichsten Zeitaltern beschäftigten. Menschen wie Luc zum Beispiel. Warum sollte er nicht über Pazuzu aus dem siebten Jahrhundert vor Christus Bescheid wissen? Schließlich war sie nicht die einzige Wissende und Interessierte hier. Jo fühlte sich klein und schäbig.

Im Tempel des Zeus Megistos machte sie Pause. Auch wenn die Uhr tickte, verlangte die Wüstensonne Geduld. Schiefe

Tempelwände spendeten trotz hochstehender Sonne Schatten. Sich unter sie zu stellen forderte Pazuzu heraus. Sie wappnete sich gegen die Unsicherheit und den Mangel an Selbstvertrauen. Warum sollte gerade heute die Wand einstürzen?

Pazuzu in seiner Vielfalt: Er brachte Unglück, wehrte Grabräuber ab, schützte vor Ansteckung, bewachte Seelen, hütete Kranke und bannte den Tod. Wer ihn aus dem Grab hob, wühlte auf, woran der Verstorbene gelitten hatte, an Körper oder Geist. Und der Bogenschütze? Die eiserne Spitze der römischen Lanze hatte ihn durchbohrt und steckte noch immer unter den Rippen, dort, wo einst das Herz geschlagen hatte. Der Schütze war gefallen, nicht dahingesiecht. Wer gab ihm Pazuzu zur Seite und ließ ihm die Kette?

Unterschiedlichste Bilder gingen Jo durch den Kopf. Phantasien und Fabeln, die keiner hören und mit ihr teilen wollte. Mateo hätte eine Meinung dazu gehabt und Luc Theorien aufgestellt. Beiden hatte sie die kalte Schulter gewiesen, als gäbe es hier geistreiche Gespräche im Überfluß und fröhliches Miteinander zu jeder Zeit. Mit wem, wenn nicht Luc, könnte sie je die Ermordung Konrads von Jerusalem besprechen, könnte vorbringen, daß Frankreichs König Philipp den Assassini den Auftrag erteilt hatte, die Konkurrenz zu töten? Hatte nicht Yasser stundenlang auf sie eingewirkt und ihr das mörderische Handeln der Assassini-Sekte dargestellt, der Hashashshin – der Haschischesser, die noch heute existierten? Die nach seiner Meinung noch immer von gekrönten, gewählten und geweihten Häuptern gedungen wurden, unliebsame Zeitgenossen zu beseitigen? Wer, wenn nicht ein Erbe der Kreuzritter, würde ihr Paroli bieten, wenn sie vorbrachte, was alle Syrer hier dachten, dieses geheime Wissen des »Alten vom Berg Alamut«, jenes Hasan I'Sabbah, dem Begründer der Assassini-Sekte, habe Eingang in die Geheimbünde der Welt gefunden? Wußte Luc, daß er und seine Vorfahren beschuldigt wurden, sie hätten das Assassini-Erbe aufgegriffen und über die Welt verbreitet wie eine ansteckende Krankheit?

Jo lehnte sich an die Wand und schloß die Augen. Was ein witziges Wortgefecht hätte werden können, ein sprachlicher Schlagabtausch, war vorbei. Heute abend würde sie ächzend ins Bett sinken, sich und ihren einsamen Gedanken ausgeliefert, ohne Hoffnung auf fremde Scharfsichtigkeit und frischen Humor. Es hätte ein Gedankenspiel werden können, angefangen beim Tod des Bogenschützen bis zum Mord am König. Indes, die Dame war geschlagen und das durch eigene Schuld.

Zurück also zum Bogenschützen, und damit auf nach Mari! Die Fahrt dorthin lockte sie kaum. Allein auf holpriger Straße, in Hitze und Staub, ohne Yasser, der stundenlang schwätzen konnte und damit die Zeit zum Schrumpfen brachte.

Vor Wochen, während ihrer langen Autofahrt von Damaskus nach Dura Europos, hatte er sie mit Spekulationen unterhalten, hatte die Gerüchteküche von einst und jetzt zum Brodeln gebracht, den »Alten vom Berg« und seine Assassini-Sekte in einen Topf mit heutigen Politikern und Wissenschaftlern geworfen und daraus etwas kreiert, das munter machte wie Sekt und Kaffee zugleich. Demnach hockte die alte Mördertruppe bei den Reichen und Schönen, plünderte Arme, metzelte Unschuldige und hielt das Böse am Leben.

Zum Glück saß seinerzeit Jo am Steuer, denn Yasser brauchte beide Hände, um aufzuzählen, wer alles den Trick mit den gedungenen Mördern seit Hasan I'Sabbah im elften Jahrhundert aufgegriffen habe. »Die Tempelritter damals und heute«, begann er.

»Heute?« fragte Jo. Das war ein Fehler. Kaum war ihr die Frage entschlüpft, da sprudelte Yasser los, um ihr lückenlos aufzuzählen, um was es eigentlich ging. »Die Tempelritter«, holte er aus, »dachten überhaupt nicht daran, die Pilger zu beschützen. Sie waren hinter dem Wissen König Salomons her.

Das war der eigentliche Schatz der Templer. Das nahmen sie mit bis in die heutige Zeit. Klar, daß tausend andere auch daran interessiert waren. Also heuerten die Tempelritter Mörder an, um sich zu schützen. Ich glaube, keine andere Idee hat jemals in der Welt so viele begeisterte Nachahmer gefunden. Der israelische Geheimdienst Mossad kennt sich da gut aus, die Mafia natürlich genauso wie der Vatikan zu Zeiten der Borgia-Päpste bis zu Pius XII. und seiner trauten Zusammenarbeit mit den Nazis. Und sieh dir mal die Königshäuser an, da wird gemordet, was das blaue Blut hergibt. Und erst die Geheimbünde! Schon mal was von den Amerikanern und ihrem Skull and Bones Club an der Yale-Universität gehört? Weißt du, daß die ganze Bush-Family mit dem Osama-Bin-Laden-Clan Geschäfte macht? Das ist nötig, wenn man die Alleinherrschaft an sich reißen möchte. Da muß man früh anfangen, charismatische Leute zu beseitigen, die sich für den Frieden und die Menschlichkeit einsetzen. Denk nur an das Kennedy-Attentat und die vertuschte Ermordung von Lady Di oder Rabin, ja genau, da stecken die alten Assassini dahinter.«

Damals waren sie gerade durch Palmyra gefahren. Eine moderne asphaltierte Straße, die Eselkarren, Kamelreiter, tönende Motorräder, Autos und Busse benutzten, führte mitten durch die prächtigen Ruinen, am Hadrianstor vorbei und zwischen der Großen Säulenstraße und der Via Sacra hindurch. Sie fragte Yasser, ob es irgendeine Regierung dieser Welt gäbe, die nichts mit den Assassini zu tun hätte; seine, Yassers Regierung, vielleicht? An Stelle einer Antwort lächelte Yasser bekümmert und dirigierte Jo aus den Ruinen hinaus, bis sie das große Gefängnis von Palmyra passierten. Hier säßen politische Gefangene, von denen er nichts wissen und sagen dürfe, deren Verurteilung aber mit den alten Assassini- Methoden gekoppelt sei. Sie möge also nicht zu auffällig hinüberblicken, mahnte er, und zügig am Gebäude vorbeifahren.

Jo sah die von Stacheldraht und Glasscherben gekrönten Doppelmauern, die um einen Vor- und Innenhof führten, die Wachtürme mit ihren riesigen Scheinwerfern, das bis an die Zähne bewaffnete Personal und die abweisenden Mienen der Patrouillen auf der sandverwehten Straße. Hinter dem Gefängnis befand sich der winzige Wüstenflugplatz von Tadmor, dem modernen Palmyra. Dort konnte sie wenden und ihren Weg nach Dura fortsetzen. Zurück auf der Route, schwätzte Yasser dann wieder ungebremst über sein Lieblingsthema – die Assassini. Seine Gefängnisgeschichten dazu waren so schauerlich, daß Jo versuchte, nicht hinzuhören.

Seinem Redefluß folgten Stunden großer Schweigsamkeit. Die staubige Straße Richtung Osten wirkte so trostlos wie das, was Jo über das Schicksal der politischen Gefangenen erfahren hatte. An einer Tankstelle, die einsam mitten in der Wüste brütete, machten sie Rast. Der stete Wind hatte die Glastüren zerschlagen. Sand und Sonne hatten den Anstrich der Fensterläden abgeschliffen. Im Caféraum knirschte Wüstensand unter ihren Füßen, zerbeulte Colaschilder hingen schief an den Wänden, und staubbedeckte Vitrinen boten Plastikgötter aus Mari an. Ein junger Mann mit langer zerrissener Schürze lugte hinter einem Vorhang zu den Besuchern hinüber, erblickte Jo, eilte herbei, ergriff einen Palmwedel und befreite Stuhl und Tisch vom allgegenwärtigen Staub. Geld für den Tee wollte er nicht, und so kaufte sie einen Karton klebriger Kekse. Sie hatte seine Gastfreundschaft verstanden, und Yasser nickte lobend.

Im Auto widmete sich Yasser wieder erbarmungslos seinen Meuchelmorden, und sie wußte nichts darauf zu erwidern. Daß es weltweit immer nur um Macht ging, war klar, aber all diese Verschwörungstheorien und Geheimbünde! »Wenigstens die süd- und mittelamerikanischen Staaten sanktionieren Mord, Menschenverachtung und Korruption aus eigenem Impuls und Ideenreichtum, oder etwa nicht?« warf Jo bestimmt ein und hoffte, Yasser zum Schweigen zu bringen. Einen glücklichen Moment lang herrschte Stille im Auto, einzig unterbrochen vom Gluckern der Wasserflasche, die Yasser an den Mund setzte.

»Wer hat denn die berühmte Inkafestung Machu Picchu in Peru entdeckt und ausgegraben?« fragte er, sichtlich gestärkt. »Die Herren von Skull and Bones der Yale-Universität natürlich. Dafür konnten sie Jahre später einen Japaner auf den peruanischen Regierungssitz bringen, einen Speichellecker der USA, der tat, was ihm von dort befohlen wurde. Mord und Totschlag wurden ihm während seiner Amtszeit so vertraut wie rechtschaffenen Menschen das Morgengebet. Und erst die Kuba-Krise! Keine Ahnung, was? Amerikanische Flugzeuge schmissen Biowaffen auf Kuba, Insekten, die Schädlinge Thrips palmii, die bis heute Kubas Ernte bedrohen. Eine Insektenart, die bis dato auf der Insel unbekannt war und die in Yale verfeinert worden war.«

Jo mußte sich inzwischen auf den Verkehr von Deir es-Zor, der Stadt am Euphrat, konzentrieren und hörte nur noch halb zu. Sie schnappte auf, daß Yasser jetzt bei der Plünderung der Kunstschätze armer Länder angekommen war, Beutezüge, die allein dazu dienten, Macht und Ansehen der Industriestaaten zu finanzieren und zu festigen, alles Grundzüge assassinischer Lehren. Als endlich das rostige Hinweisschild »Dura Europos« erschien, krächzte er nur noch. »Und was ist hier passiert?«

Jo taten die Ohren weh, sie wollte nichts mehr hören, doch er kannte kein Gnade. »Die Skull and Bones von Yale ließen hier graben. Das Wertvollste, die Decken- und Wandmalereien der christlichen Kirche, sind jetzt in Yale«, brachte er japsend hervor. Dann war auch er erledigt. Jo stöhnte laut und deutlich. War schon einmal jemand totgequatscht worden?

Sie hatte sich geschworen, das Thema nie wieder anzuschneiden. Jetzt, da sie noch immer im Schatten des Zeustempels saß, fand sie, dies hätte eine gute Diskussionsgrundlage für die HOMA-Leute abgegeben. Yassers Weltbild stand, nichts brachte sein Urteil ins Wanken, und Widersprüche fegte er mit neuen Aufzählungen verübter Greueltaten so leicht beiseite, wie die Frauen von Palmyra den Besen in den staubigen Gassen schwangen. Zu diskutieren war da nichts. Da gab es keinen Austausch, nur einseitige Beschallung. Aber wie dachten die Europäer darüber? Hatten sie selbst Informationen und andere Blickwinkel? Oder lebten auch sie von Scheinwahrnehmungen? Bemühten sie sich, Schreckensmeldungen aus dem Nahen Osten mit Hilfe arabischer Medien zu überprüfen? Oder glaubten sie fest daran, daß im Osten Brutalität regiert und im Westen Humanität?

Einmal mehr bereute Jo ihre Absage an Luc. Wäre da nicht ihr eigenes kleines Geheimnis, der Grund, warum sie im Haus des Parfümeurs grub, warum sie Husan al-Assali von der Altertumsverwaltung beeindrucken mußte. Wie leicht konnte ihr im Krak, von Rotwein und lauer Nacht beflügelt, ein Wort entschlüpfen, das Luc, den Forstmann, auf ihre Fährte lockte? Natürlich hatte ihr Interesse an dem alten Pflanzenbuch des Ibn Sina nichts mit den Assassini, Yale oder Politik zu tun, aber Botaniker leckten sich die Finger danach. Das mußte sie ja nicht dem pflanzenkundigen Luc auf die Nase binden.

Ein Steinchen polterte an Jo vorbei und holte sie aus ihren Träumen. Mit einem Ruck öffnete sie die Augen, als würde der Tempel einstürzen, und fuhr erschrocken hoch.

»Musil!« rief sie, nur um irgend etwas zu sagen. Ihr gegenüber, dort in der Nische, die einst Statuen zierten, hockte Musil und sah aus wie der abstoßendste aller abscheulichen Wasserspeier von Notre Dame. Gestern hatte sie ihm eine Melone abgekauft, an den vorherigen Tagen waren es zerschrammte, zerknitterte und verblichene Postkarten von Syrien, der Jupitertempel mit Eselsohren und Palmyra von oben mit geknickter Mitte gewesen. Der Bursche sollte in die Schule gehen, aber dort lachte man über seine gräßliche Hasenscharte, die den Mund bis zur Nase spaltete, seine großen abstehenden Ohren und die schiefe Kopfhaltung, verursacht durch eine fleckige und krustige Verbrennungsnarbe, die sich von seiner linken Schulter bis zur Stirn zog. Musil sprach selten, doch in den vielen Wochen, die Jo hier schon grub, hatte sie etwas von seinem Schicksal erfahren. Meistens hockte er vorn an der Hauptstraße, die an Dura Europos vorbei zur irakischen Grenze führte, oft so nahe an den vorüberdonnernden Trucks, daß Jo anhielt und ihn zurück in den Straßengraben scheuchte. Sie hatte ihm jedesmal, wenn er »auf Posten« war, etwas abgekauft, auch wenn sich die zerfledderten Karten in ihrem Hotelzimmer türmten.

Bevor Musil seine Waren feilbot, klopfte er stets heftig an seinen Kopf. Er sei dumm, erklärte er, er müsse die Worte erst ordnen, und die Schläge würden ihm dabei helfen. Dann sprudelte er in fünf fremden Sprachen sein Tagesangebot hervor. Was Jo davon verstand, war tadelloses Deutsch, Englisch, Französisch und Spanisch. Es nützte nichts, daß sie ihn bat, sein Angebot in einer einzigen Sprache zu nennen. Er bestand auf seinem fünffachen Singsang. Nach erfolgtem Verkauf verschwand er von einem Moment auf den anderen in seiner zerrissenen blauen Turnhose, die einmal drei Streifen geziert hatten, in seinem weiten braunen Hemd, barfuß und ohne Kopfbedeckung. Sein schwarzes Haar war zu lang und stand in alle Richtungen vom Kopf ab. Er sah aus wie ein Kind, das niemand liebhatte.

Und sie? Jo sah ihn lieber gehen als kommen. Ohne zu jammern oder zu klagen, war er das personifizierte Elend, ein Anblick, der Jo noch Stunden später peinigte, wenn sie vor einem gefüllten Teller saß, frische Kleidung anzog oder ihr Spiegelbild betrachtete. Yasser versuchte stets, Musil zu verscheuchen. So hatte es sich der Junge angewöhnt, Jo heimlich zu folgen. Mit seinem entstellten Gesicht und den herabhängenden Augenlidern sah er immer böse, verschlagen und gemein aus. Seine emotionslose Stimme wirkte einstudiert und ohne Leben, aber seine Kinderhand, die stets ein bißchen zitterte, wenn er Jo die Ware reichte, und die sich ganz sanft, bedächtig und langsam um das Geld schloß, das sie ihm gab, erzählte etwas anderes. Das waren keine gierigen Hände, keine flinken Finger, die zulangten, wenn einer wegsah, das waren unschuldige kleine Hände, schmutzig und lehmverkrustet, aber unverdorben. Seine Chancen in dieser Welt wagte Jo nicht einzuschätzen, darüber nachzudenken bereitete ihr Qualen.

Doch diesmal schien Musil nichts bei sich zu haben. Sie sah keine Postkarten oder Melonen, weder eine Handvoll unreifer Aprikosen noch zerbrochene Kürbiskerne. Statt dessen deutete er auf seine Augen: »Ich gebe dir meine Augen«, verstand sie schließlich.

»Nein!« rief Jo entsetzt auf arabisch. Auch das war Teil ihres Rituals: Musil bot seine Waren in fremden Sprachen an. Jedes weitere Gespräch führten sie dann auf arabisch. Große Traurigkeit breitete sich jetzt auf seinem unglücklichen Gesicht aus. Jo fragte leise: »Was soll das, Musil, warum willst du mir deine Augen geben?«

»Komm!« forderte er sie auf, hüpfte aus seiner Nische herunter und sprang ihr voraus. Jo folgte ihm zwischen Steinen und Fundamenten hindurch, bis sie das Haus des Parfümeurs erreicht hatten. Dort kletterte er auf die höchste Mauer und hielt Ausschau.

»Ich verstehe!« rief Jo zu ihm hinauf, und zum erstenmal seit dem Fund des Pazuzu wurde ihr wieder wohl ums Herz. Musil würde hier sitzen und ihre Ausgrabung bewachen. Zur Bestätigung zog er eine Steinschleuder aus der Tasche und hielt sie hoch. Sie fragte nicht, woher er wisse, daß sie fortfahren würde, noch, ob er sich nicht fürchte, einen Dämon zu bewachen. Musil hatte Jo vermutlich seit Stunden beobachtet und ahnte, was hinter ihrer Stirn vorging. Wer selbst wie ein lebendes Ungeheuer aussah, den konnte ein Kupferbild von seinesgleichen nicht schrecken. Welches Unglück sollte ihm, der weder Vater noch Mutter und Bleibe hatte, schon widerfahren? So feilschte Jo nur noch ein bißchen mit ihm um den Preis seiner Aufmerksamkeit. Nicht, um sich einen Vorteil zu verschaffen, sondern weil es zu einem richtigen Geschäft dazugehörte. Was Musil sich erhandelte, war demnach erarbeitet und kein Almosen. Sie bezahlte ihn und stieg mit einem zufriedenen Lächeln in die Grube, überprüfte ihren Fund und nahm Proben von den noch unberührten Erdschichten. Dazu verwendete sie einen Bohrer, dessen Bohrkerne in sterilen Röhrchen aufbewahrt wurden. Nur so konnten sie vor Verunreinigung sicher sein. Vielleicht befanden sich unter Pazuzu oder dem Skelett interessante botanische Einzelheiten, Pflanzen- oder Holzreste, Pilzsporen oder Blütenpollen, die sie bergen wollte, ehe andere hier zusammen mit ihr gruben. Beim Bohren scheuchte sie wieder Skorpione auf. »Laß dich nicht stechen!« rief sie zu Musil hinauf.

Aber dieser hockte oben auf der Mauer wie ein arabischer Geist, ein Dschinn, und klopfte fest neben sich auf den verwitterten Stein: Er würde hier oben sitzen bleiben und jeden mit der Schleuder erledigen, der sich an Jos Ausgrabung zu schaffen machte.

»Friede sei mit dir!« grüßte ihn Jo auf arabisch.

2. Kapitel

Samman saß schon so lange auf dieser alten zerschlissenen Schafwolldecke, daß sie längst die Farbe seiner fransigen braunen Hose angenommen hatte, einer Hose, die immer noch abfärbte, wenn sie feucht wurde. Die mehrfach zusammengefaltete Wolldecke hatte nicht nur den dunklen Schimmer seiner Kleidung, sondern auch die Form von Sammans Gesäß angenommen und war im Lauf der Jahrzehnte durch Wärme, Schweiß und Staub zu einem Rund gepreßt worden, das einem kleinen, fettigen und abgewetzten Polster mit Vertiefung und Randwölbung glich und absolute Individualität ausstrahlte. Keiner der Beschäftigten von Dura Europos, weder der Kartenverkäufer aus den Touristenzeiten noch einer der Buslenker, Taxifahrer oder Fremdenführer hatte je gewagt, sich auf diesen Wollthron zu setzen, wenn Samman ihn für wenige Minuten verließ. Auch ohne seine Anwesenheit verkörperte die alte Decke einen Teil seiner Persönlichkeit, den jeder respektierte.

Aber diese Frau, dachte Samman, als er Jo beobachtete, wie sie, viel zu schnell für die drückende Hitze, durch das Palmyra-Tor von Dura Europos in seine Richtung ging, würde den Mut haben, sich seiner Kostbarkeit zu bemächtigen. Selbstverständlich würde sie das alte Wollding nicht für sich benutzen, denn *Allâh* hatte sie mit großem Feingefühl ausgestattet, aber sie würde es hochnehmen, ausschütteln und ausklopfen, es glattstreichen und mit einem bezaubernden Lächeln vor ihm ausbreiten. Frauen taten so etwas, ganz gleich, welcher Religion sie anhingen und aus welchen fremden Ländern mit seltsamen Sitten sie stammen mochten. Auch wenn diese Jo ihn immer wieder mit merkwürdigem Betragen überraschte, war sie doch eine Frau mit angeborenen Instinkten und Handlungen, die er voraussehen konnte.

Ein dünnes Wesen war sie nur, in schlotternder Kleidung, von der sie glaubte, sie verberge ihre weiblichen Reize. Dabei erkannte er trotz seiner schwachen Augen ganz deutlich die Wölbung ihrer Brüste unter dem Leinenhemd, ihre schlanken Arme unter dem hochgekrempelten Stoff, den Ansatz ihrer prächtigen Beine und ihren Hals. Vielleicht war ihr langer Hals sogar das Beste an ihr, dachte Samman. Ihres Halses wegen war er eigentlich versucht, aufzustehen, in den hintersten, dunkelsten und damit kühlsten Winkel seiner Hütte zu schlurfen und ihre Wasserflaschen zu holen, nur um beobachten zu können, wie sie ihn dankbar anlächeln, den Kopf in den Nacken legen und trinken würde. Das erinnerte ihn an längst vergangene Momente mit seiner verstorbenen Frau, an die Sekunden, da sie den Kopf zurückbog, wenn er sie begehrte.

Doch diese Jo würde eben nach seiner Decke greifen, nur um irgend etwas Nützliches zu tun, das, wie alle Frauen glaubten, ungeheuer wichtig war und doch nichts als Ungemach brachte. Also mußte er sitzen bleiben wie ein altes bockiges Kamel, das auch ein Feuer unterm Hintern nicht mehr schreckte und im schlimmsten Fall erleben, wie Jo die Wasserflasche unbeobachtet an den Mund setzte.

So, wie sie daherkam, hatte sie es eilig, eiliger noch als sonst. Die Eile war ein Laster der Fremden. Samman hockte hier seit Jahrzehnten oder Jahrhunderten vor den Toren von Dura Europos. Er wußte es nicht genau, denn nichts hatte sich je geändert, weder in den Stunden der Eile, wenn Ausländer in den Ruinen einfielen, noch in den Tagen und Wochen, wenn Stürme und Hitze die Zeit ins Endlose dehnten. Seitdem es

Dura gab, wurde diese Stadt von Plünderern heimgesucht. Früher mochten sie auf Kamelen gesessen haben oder zu Fuß gekommen sein, heute fuhren sie in Autos vor oder landeten sogar mit Flugzeugen auf einer in den Sand gescharrten Piste.

Er hatte sich die Gesichter dieser Räuber eingeprägt, hatte gelernt, in den flüchtigen Augenbewegungen der Besucher zu erkennen, wenn sie verstohlen eine bunte Scherbe eingesteckt hatten oder die Abbrüche aus Gipsstein gehauener Säulen. Römer und Perser hatten hier schon syrische Schätze fortgetragen. Ihnen war ein endloser Strom gieriger Fremder gefolgt. Beladen mit einfachen Schaufeln oder technischen Geräten, hatten sie alle nur eines im Sinn gehabt: einen Teil seiner Heimat in ihre kalten, abweisenden Länder zu schleppen. Dabei war es gleichgültig, ob sie die Schätze in einem Museum verbargen oder in ihren eigenen Häusern. Dura Europos und seine Pracht wurden so in alle Winde verweht. Niemand würde mehr das Mosaik seiner einstigen Größe erstellen können.

Samman liebte den Anblick des ehrwürdigen mächtigen Palmyra-Tors. Blinzelte er aus der Dunkelheit seiner Hütte über das flirrende Sandband zu den Ruinen hin, sah er zuweilen die alten Bilder. Dann zogen hochbeladene Karawanen schaukelnd durch die gewaltigen Eingangsmauern, dann hallte helles Glöckchenklingeln von majestätischen Wänden wider, vermischt mit Händlergeschrei, dem Scheppern der Wasserträger und Brüllen der Kamele. Er konnte den Duft frischer Datteln aus Tadmor riechen und die liebliche Süße sonnenreifer Pfirsiche von den Ufern des Khabur. Seine Nase kitzelten die Aromen fremder Öle und Salben aus den fernen östlichen Ländern der Seidenstraße, deren Herzstück im Angesicht der Wüste Dura Europos war. Wie ein lebendes Wesen tröstete die Stadt die müden und durstigen Treiber und Kaufleute, Gesandte, Schutztruppen und Kamelweiber, füllte ihre von Hitze und Trostlosigkeit leergefegten Köpfe wieder mit Witz und Gesang und erquickte die sandwunden Augen mit dem Anblick schattenspendenden Grüns. Mit seinen wehrhaften Mauern schuf Dura jenen Geborgenheit, die mit dem Krummdolch am Herzen zu schlafen beliebten, die auf schleichende Schritte ebenso lauschten wie auf das Sirren des Flugsands, wenn Sturm aufkommt.

An Tagen, an denen der Dschinn ihn plagte, der Geist, der hinter Stirn und Schläfen hockte und den Schädel behämmerte, fürchtete er den Tod. Zugleich tröstete ihn der Gedanke, daß er somit nicht mehr erleben müsse, wie Fremde Duras Mauern abreißen und forttragen würden. Denn daß auch dies eines Tages geschehen würde, dessen war er sich sicher. Zu einflußreich waren die alten Bünde, die sich der Weltherrschaft verschrieben hatten und das Erbe des »Alten vom Berg« pflegten.

Er hatte diese Menschen selbst erlebt, vor vielen Jahren, zu einer Zeit, als abends noch sein Weib auf ihn wartete. Da hatte er gesehen, wie sie sich der heiligen Symbole bemächtigten, die einst die Tempel von Dura schmückten, wie sie syrische Staatsmänner mit Geld kauften, erbarmungslos und kalt wie Wasserhändler vom Basar, die *Allâh* priesen, daß er die Brunnen versiegen ließ bis auf die ihren.

Die Zeit der Dürre war für Syrien noch nicht vorbei. Der kostbare Strom aus Wissen und Macht, der seinem Land einst Bedeutung gegeben hatte, wurde noch immer von jenen angegraben, die alle Herrschaft über jede Stadt und Wüste anstrebten. Und Jo, die Frau mit dem unbefangenen Lachen, die Musil über den verlausten Kopf fuhr, war schuldlos Teil ihres Systems. Das konnte Samman wahrnehmen, als wäre es in den Boden zu seinen Füßen geschrieben. So hatte er auch damals Musil wie eine Erscheinung am Horizont gesehen: Musil, den abstoßenden kurdischen Bastard, wie er vor Vater und Mutter die Grenze passierte und hinter ihm der Boden in einer Säule aus Stein, Feuer und Vernichtung emporschoß und seine

Eltern zerfetzte. Er, Samman, hatte dieses Bild vor Augen gehabt, Tage bevor das zerlumpte Kind hier auftauchte und von der Mine erzählte, die seine Eltern zerriß.

Und so wie damals erkannte Samman jetzt einen dunklen Schatten um Jos Gestalt, das Finstere, das ihre goldenen Haare und ihre helle Haut umfloß. Das Schlechte und Böse saß ihr auf den Schultern und im Nacken und drückte sie zu Boden. Er gewahrte es an ihrem eiligen Schritt ohne Leichtigkeit, an ihren schlaffen Schultern und den dunklen Flecken auf dem Gesicht. Sie hatten Jo in ihrer Gewalt, die finsteren Mächte dieser Welt. Konnte er sie warnen?

Samman ruckelte ein wenig auf seinem Sitz hin und her. In letzter Zeit schlief ihm oft das linke Bein ein. Zuerst wurde es kalt von der Hüfte bis zur Zehenspitze, und dann begann es zu brennen, als hinge er bereits in den Klauen des Scheitans. Er mußte aufstehen, wollte er nicht stundenlange Qualen riskieren. Ächzend kam er vom Boden hoch, Jo bereits in gefährlicher Nähe.

»Bleib sitzen, Samman!« rief sie an Stelle eines Grußes, eilte an ihm vorbei und holte sich Wasserflaschen und Rucksack aus dem hinteren Teil der Hütte. »Wasser?« fragte sie ihn, entschraubte die Flasche und bot sie ihm an.

Samman, der sich aufgerappelt hatte und völlig verwirrt war, da sie nicht nach seiner Wolldecke griff, trank aus der Flasche, obwohl er damit gegen alle selbsternannten Regeln verstieß, niemals das Wasser eines Fremden zu nehmen. Er, der einen verborgenen Brunnen aus alten Zeiten in der Nähe kannte und jederzeit Zugang zu Wasser hatte, durfte keinem Fremden das kostbare Naß wegnehmen! Sie waren doch so hilflos und würden noch auf dem Weg zur Quelle verdursten. Aber jetzt war es zu spät, denn er spürte bereits, wie sich seine Lippen verselbständigten und die herrliche Erfrischung genossen. Daß Jo danach dieselbe Flasche an ihren Mund setzte, ohne die

Öffnung abzuwischen, verunsicherte ihn noch mehr. Sie glich tatsächlich keiner Fremden, der er je begegnet war. Er starrte sie an, sah ihren zurückgebogenen Hals, die Schluckbewegungen, das Haar, das ihr in den Nacken fiel und einen winzigen Wassertropfen, der an ihrem Kinn hinunterlief und in den Tiefen ihres leicht geöffneten Hemdes verschwand. In diesem Moment schien all das Düstere von ihr abzufallen, mit dem sie beladen war. Dann griff sie tatsächlich in das Hemd, dorthin, wo der Wassertropfen verschwunden war.

»Bitte, hilf mir!« Sie zog eine Plastiktüte hervor und hielt sie ihm hin.

Samman erkannte die goldene Kette des Bogenschützen, von der ihm Yasser berichtet hatte und Mustafa und all die anderen Schwätzer, die nicht schnell genug fliehen konnten, als diese Frau Pazuzu, den Unglücksdämon, fand. Sie hatten sie einfach im Stich gelassen, doch Zeit erübrigt, hier auf ihn einzureden, gerade als einer seiner Glücksmomente das alte Dura mit Leben erfüllte. Mit ihrem Geschwafel vertrieben sie die Bilder von Königin Zenobia und ihren Lanzenreitern und versenkten die Majestät wieder im Staub der Vergangenheit.

»Ich muß nach Mari.« Jo drückte ihm das Geschmeide in die Hand. »Ich möchte nicht, daß man glaubt, ich würde versuchen, die Kette bei Mari über die Grenze zu schaffen. Du mußt sie aufbewahren, bis ich zurückkomme.«

Solange Samman zurückdenken konnte, war ihm dergleichen nicht passiert. Hier hatten schon aufbrausende Polizisten und Soldaten gestanden, wütende Touristen, die den Verlust ihrer Handtaschen beklagten, und übelwollende Beamte mit bösen Vermutungen. Aber nie hatten Archäologen, ihm, dem alten Wächter der Stadt, Wertvolles anvertraut. Nein, man mißtraute ihm, solange er sich seiner Arbeit erinnerte, und man ließ ihm diesen Posten nur, weil sein finsteres Wesen andere Räuber verscheuchte. Dabei hatte Samman in all den armseligen Jahren nie genommen, was ihm nicht zustand. Er zitterte jetzt ein wenig und erstarrte sogar, als Jo auf seine Decke wies.

»Hier, Samman«, sagte sie mit einem feinen wissenden Lächeln in den Augen, »würde niemand Hand anlegen.«

Da stand er vor ihr wie ein barfüßiger Straßenjunge, der seinen dürftigen Verdienst darin findet, den Herren nachzulaufen und Kamelmist aufzuklauben. Schließlich fiel die Fassungslosigkeit von ihm ab wie Staub von einem Huhn, das die Federn spreizt. Ohne die Decke zu lüften, grub er mit der bloßen Hand einen Tunnel unter seine Sitzfläche, verstaute die Tüte mit der Kette darin und klopfte den Sand fest. Mit einem zufriedenen Seufzer ließ er sich endlich auf seinem Wolltuch nieder. Da war Jo längst zur Hütte hinausgegangen. Im gleißenden Licht erkannte er wieder die Finsternis um ihre Gestalt, doch zu spät war es für warnende Worte. Zu schnell lief sie schon zum Wagen hinüber, eine verdammte Närrin, fast noch verrückter als er. »Die Skorpione!« schrie Samman in seiner Not. Wie konnte er in Eile die richtigen Worte finden und das verderbliche Wirken der Geheimbünde erklären, die seit Jahrhunderten die Welt im Würgegriff hielten?

»Die Skorpione?« Jo wandte sich um. »Was ist mit ihnen?«

»Das Zeichen des Bösen«, brachte Samman hervor und verstummte sogleich. Der Dämon in seinem Kopf begann wieder zu pochen. Er war nur ein alter verwirrter Mann, der dieser jungen Fremden die Welt nicht erklären konnte. Er verstand sie ja selber nicht. Das Klopfen in seinem Kopf vermengte sich mit dem Herzschlag und ließ ihn keuchen. *Allâh* allein konnte die Fremde schützen, er, Samman, war zu schwach dafür.

Jo konnte sogar im Auto die Hitze der Landschaft riechen. Schon unten am Euphrat war die heiße Luft von vielfältigen Gerüchen erfüllt gewesen: von faulenden Schilfresten und verwesenden Fischen, von heißen Steinen, brackigem Wasser und nicht zuletzt von ihrer eigenen Körperausdünstung. Jetzt schien die Luft vor Hitze und Düften förmlich zu bersten. Nach ihrer Erfahrung bedeutete dies feuchte, tropische Wärme. Selbst die Wasserflaschen, die griffbereit neben ihr auf dem Sitz lagen, hatten die Ausdünstung von Sammans Hütte angenommen und verströmten den Brodem von Erde, alter Schafwolle und muffigen Kleidern. Darunter mischte sich das typische Aroma staubiger Kiesstraßen und heißen Asphalts, das der Fahrtwind ins Auto blies.

Jo fuhr einen langsamen, schäbigen VW-Bus ohne Klimaanlage und Komfort. Abgesessene Polster ließen sie die Metallfedern spüren, und bei jeder Bodenwelle – und davon gab es reichlich – bekam sie einen Schlag ins Kreuz. Richtung Südwesten, durch die staubbedeckte Windschutzscheibe hindurch, erkannte sie am Horizont einen dunkelgrauen Streifen, der während der Fahrt anwuchs. Es sah nach Regen und Sturm aus, nach einem Unwetter, das sich hier in der Sandebene austoben würde wie ein endlich befreiter Dämon, der jahrhundertelang im Finstern geruht hatte und seine gesammelten Kräfte entladen wollte: Pazuzu.

Jo kurbelte das Seitenfenster noch weiter herunter, doch der heiße Wind brachte keine Kühlung. Pazuzu spukte seit seiner Entdeckung in den Köpfen herum, und selbst der alte Samman, der sicher schon die Bergung manchen Monsters aus Duras Boden erlebt hatte, ließ sich davon anstecken. Sie erinnerte sich an sein hageres Gesicht mit der großen Hakennase und dem länglichen Kinn. Von der breiten Stirn an verliefen seine Züge viel zu schmal, was seinem Gesicht das Aussehen eines spitzen Schuhs gab. Früher hatte ein Kinnbart einen Ausgleich geschaffen, aber jetzt saßen dort nur noch ein paar lange graue Haare. Mit Hörnern am Kopf, fand Jo, ginge er auch als Ziegenbock durch. Selbst seine Augen hatten etwas von dem glühenden Bernsteinblick der Ziegen, auch wenn sie jetzt im

Alter matter geworden waren. Ob er die hundert Jahre schon überschritten hatte? Jo wußte, daß er bereits 1930 als Wächter der ersten Ausgrabung von Dura fungiert hatte und seit dieser Zeit auf seiner Schafwolldecke saß, das Palmyra-Tor fest im Blick behielt und ebenso alle Besucher, die in den Ruinen ein und aus gingen. Natürlich war seine Angst vor den Skorpionen berechtigt. Ihr Stich konnte heftigste Beschwerden, vielleicht sogar den Tod bringen.

Jo trat auf die Bremse und kroch im Schrittempo weiter. Zu beiden Seiten ihrer Route hatte sie weidende Esel und einen Hütebuben entdeckt. Wie sie syrische Esel und Kinder kannte, würde einer oder eines von ihnen in letzter Sekunde vors Auto springen, um die Seite zu wechseln. Für einen Moment war die frequentierte Straße nach Mari und gen Irak vollkommen leer. Sie schien das einzige Auto auf weiter Strecke zu fahren. Und gerade als sie den ersten Esel passierte, lief ihr der Junge vor die Räder. Jo bremste scharf und stand jetzt fast. Niemals würde sie das selbstmörderische System arabischer Fußgänger begreifen, nach dem sie Straßen überquerten. Zum Glück war nichts geschehen, und doch liefen ihr Schweißbäche über den Rücken. Ein Autounfall in der arabischen Welt bedeutete einen Horrortrip mit bösem Erwachen. Dabei würde ihr die Unschuld nichts nützen, sondern nur die Beschuldiger in Rage versetzen. Jo versuchte, die Muskeln zu lockern. Schon jetzt verkrampfte sie sich von Kopf bis Fuß. Spätestens in Mari würden ihre Schultern, Arme und ihr Nacken steif sein.

So ein Skorpionstich, grübelte Jo, mußte verdammt weh tun. Sonderbar, daß Archäologen nicht dauernd gestochen wurden.

Sie schaltete wieder in einen höheren Gang. Die gerade Strecke war jetzt schlaglocharm. Sie mußte Zeit aufholen. Rechts und links flogen bewirtschaftete Felder an ihr vorbei. Aus den Augenwinkeln sah sie Frauen und Männer beim Unkrautjäten, hochbeladene Esel in geflochtenen Körben Erntefrüchte heimwärts tragen, blitzsauber bestellte Äcker und wahre Müllhalden an Plastiktüten, dort, wo nichts wuchs. Der Wind wehte sie in die Zäune und ließ sie, brüchig geworden, wie bunte Gebetsfahnen flattern.

In der trüben Ferne, wo der Himmel den Sand berührte, stiegen graue Schleier vom Erdboden auf und vermengten sich mit den dunklen Wolkengebilden hoch über ihnen. Letzte Sonnenstrahlen zwischen den Türmen aus Dunst, Wasser und Staub tauchten die Landschaft in rote Farbe. Ein Wetterumschwung hing über dem grünen Gürtel zwischen Euphrat und Wüste. Regenschauer konnten Sturzbäche bringen und unvermittelt die einzige Straße in eine gefährliche Fahrbahn verwandeln. Waren die tiefen Schlaglöcher erst mit Wasser gefüllt, plumpste man geradewegs in sie hinein und saß fest. Doch mehr Geschwindigkeit gab der schwankende Bus nicht her, sosehr Motor und Jo auch um die Wette ächzten. Sie dachte an ihre Ausgrabung. Die Skorpione würden fortgeschwappt werden und sich ein neues trockenes Plätzchen suchen, das dennoch die willkommene Feuchtigkeit der Nacht behielt.

Sie fuhr sich mit der Hand über die verschwitzte Stirn. Etwas stimmte nicht. Vor Jahren war sie in Jericho Schritt für Schritt in hohen Stiefeln die Treppen zu einem unterirdischen Vorratslager hinabgestiegen. Erst kürzlich war es ausgegraben worden und wimmelte nun vor Skorpionen. Aus entfernten Ecken und heimlichen Winkeln zwischen Scherben, Tonkrügen und geborstenen Schalen waren sie hervorgekommen und hatten die Salböltöpfchen und Weinkrüge, die Weihrauchbecken, Parfümflaschen und Wassernäpfe mit aufgestelltem Schwanz beschützt. Sie raschelten durch zerfallene Holzteller, versteckten sich unter hereinwehenden Sandwolken und krochen mit Jos Schatten durch die Dunkelheit. Die große Trockenheit sei schuld am Einzug der Tiere, hatte der leitende Archäologe erklärt. Die neue Ausgrabung verschaffe ihnen einen geeigneten Lebensraum, einen Ort, wo sich der Tau tief unter der Erde niederschlage.

Jos rechter Schultermuskel schmerzte, als trage sie eine schwere, scharfkantige Last. Sie hielt das Lenkrad viel zu fest umklammert. Und dann traf es sie plötzlich wie ein unerwarteter Hieb. Sie hatte doch erst heute morgen die festgepreßte Schicht aus Sand, Geröll und Steinen um das Skelett und Pazuzu abgetragen. Wieso hatte es dort vor Skorpionen gewimmelt?

Verdammt noch mal, ich habe keine Ahnung von diesen Tieren! Warum leben sie metertief im Boden von Dura, wenn sie doch Luft und Feuchtigkeit brauchen?

Das Hemd klebte am Rücken, während der Mund gleichzeitig ausdörrte. Eine seit Jahrhunderten im Boden liegende Figur wie Pazuzu war so mit der sie umgebenden Schicht verbacken, daß sich unter ihr kein Hohlraum bilden konnte. Oder doch? Wie hatte Samman gesagt – Skorpione, das Zeichen des Bösen und Sinnbild teuflischer Mächte? Was war los in Dura Europos? Hatte sich jemand an ihrer Ausgrabung zu schaffen gemacht?

Mitten in ihr Nachdenken und Grübeln hinein platzte ein dunkelblauer Polizeiwagen mit heulender Sirene, schnitt ihr den Weg ab und nötigte sie anzuhalten. Der schrille Signalton peinigte Jos Ohren und stach ihr förmlich in die schmerzenden Schultern. Zwei Beamte schrien sie an, fuchtelten in der Luft herum, bis endlich der Ältere das Geheul abstellte und Jos Ausweis prüfte. Teilnahmslos und schicksalsergeben nahm sie die Heimsuchung hin, sah zu, wie beide Polizisten mit unbewegten Mienen den Bus inspizierten, die alten Bodenmatten aus Gummi herausrissen und wendeten, in Ritzen stocherten und Türverkleidungen zerlegten. Sie erwachte jäh aus ihrer Betäubung, als der Jüngere in ihrer Ausrüstung wühlte und die sterilen Röhrchen mit den Bohrkernen so achtlos handhabte, als wären sie Plunder vom Basar.

»Nicht öffnen!« fauchte Jo hinüber, riß die kostbaren Zeugnisse aus Duras besseren Zeiten an sich und sprudelte auf arabisch los, wer sie im Berufsleben sei und was sie in Syrien suche. Dazu die Dokumente und Belege der Universitäten und Botschaften, bitte schön, mit allen Stempeln und Schnörkeln, al-Assalis Empfehlungsschreiben, die Grabungskarte von Dura und die Lizenz.

Konnten sie wirklich lesen? Das kluge Starren auf die Papiere, das Zupfen an den Ohrläppchen und das gewichtige Schnurrbartstreichen wollten Jo nicht überzeugen. Noch viel weniger der ständige Griff in den Schritt und das Zurechtrücken dort, als müßten die beiden Ermittler sicherstellen, daß ihnen bei aller Suche nichts durcheinandergeriet. Die ganze Szene schien ihr so grotesk wie ein ausgemusterter Film, der kein Publikum mehr fand. Erst als die dunkelrote Färbung des Himmels zu Lila und Schwarzblau wechselte, begriff sie, daß sie hier schon lange stand und diskutierte und ihre Unschuld beteuerte, ohne zu wissen, was man ihr vorwarf. Schwere Lastwagen donnerten Richtung Süden an ihr vorbei, und noch immer wurden ihre unersetzlichen, doch harmlosen Bohrkerne mißtrauisch beäugt, als enthielten sie Hochexplosives.

Es war das alte Lied: Sie kapierten nicht, was Jo tat. »Habt ihr nie etwas von Pflanzenresten gehört, die man unter ein Mikroskop legt? Mit der Vergrößerung kann man erkennen, um welche Pflanzen es sich handelt. Das ist meine Arbeit. Hier, wo wir jetzt stehen, sah es vor Jahrhunderten anders aus. Damals gab es viel mehr Regen. Hier wurde einmal Weizen angebaut. Ich suche nach Beweisen dafür. Das ist so etwas wie Detektivarbeit mit Pflanzen.«

Bei allen Kräuterheiligen, »Detektiv«, das Wort mußte ihnen doch etwas sagen! »Ihr behindert mich bei der Arbeit«, fuhr Jo fort. Sie sah ein Auto der Shell-Company vorbeifahren. »Wollt ihr nicht noch ein paar andere kontrollieren? Das Shell-Auto zum Beispiel? Wieso nur mich?«

»Oil company«, sagte der Ältere und blickte dem Shell-Fahrzeug nach. Es klang wie Halleluja und Allâh-sei-mit-dir zugleich.

Jo scharrte mit der Schuhspitze im Sand herum. Wenn sie jetzt die Nerven verlor und losbrüllte, würden die Kerle sie einbuchten.

»Bombenanschlag«, gab der Sprecher wieder von sich und bequemte sich zu der Erklärung, an der Grenze zum Irak, südlich der Stadt Albu Kamal, hätte es einen Anschlag auf einen Bus und mehrere Tote gegeben, und man fahnde nach Terroristen.

»Was?« fuhr sein Kollege dazwischen. »Der Bus wurde aus der Luft beschossen, von Flugzeugen, die aus Jordanien kamen.«

»Schrecklich«, sagte Jo. »Aber ich komme nicht aus Jordanien, und jetzt fahre ich nach Mari!«

Nach einem kurzen Wortwechsel sammelte sie ihre Sachen ein, richtete ihren Bus wieder her und fuhr einfach davon. Niemand hielt sie auf. Warum sitze ich nicht in Deutschland und unterrichte Studenten? Warum tue ich mir das alles an? Im Rückspiegel sah sie die Debattierenden kleiner werden. Was wäre geschehen, hätte man die Goldkette aus Dura bei ihr gefunden? Sie haben mir kein Wort geglaubt. Diese Ignoranten wissen nicht einmal, wo Mari liegt. Erst bei dem arabischen Namen – Tell Hariri – war etwas Licht in ihre Gesichter gekommen. Und dann die Zustimmung: »Mari, gewiß, gibt es. Herrliche Ruine, großartige Burg, kann man schon von weitem sehen!«

Jo war deprimiert. Man konnte Mari nicht sehen, man konnte nicht einmal darüber stolpern, man konnte nur hineinfallen. Maris Pracht lag unter dem Sand. Die sumerische Königsresidenz war bei der Polizei unbekannt. Das durfte doch nicht wahr sein!

Mari bestand inzwischen aus nichts weiter als tiefen Gruben mit meterhohen Lehmziegelmauern ohne jedes Bild, ohne jede Verzierung. Doch dort hatte man wunderbare Wandmalereien gefunden und eine Bibliothek mit mehr als fünfundzwanzigtausend Tontafeln entdeckt, die Maris Geschichte, ihre Bedeutung für den Handel, ihren Reichtum und ihre menschliche Seite enthüllten. So gab es Briefe des Königs Schamschid-Adad, worin er seinen Sohn wiederholt zur Ordnung gerufen hatte, doch die Schürzenjägerei nicht zu weit zu treiben, denn sein ihm vermähltes Weib sei immerhin die Tochter des mächtigen Königs von Qatna, der ihn vernichten könne. All dies war säuberlich in Keilschrift niedergebracht und gewährte der heutigen Menschheit einen ungeahnten Einblick in die Kultur dieser fruchtbaren Landschaft. Jedes Schulkind hörte einmal im Leben vom Wissen und Können der Sumerer, doch diesen Polizisten war das nahe Mari fern! Geradezu märchenhaft mußte die Ausstattung des Palastes des Zimri-Lin gewesen sein, denn tausendsiebenhundert vor Christus wünschte sich der Herrscher von Ugarit nur eines: »Zeige mir den Palast des Zimri-Lin! Ich möchte ihn sehen.«

Ein ganz besonderes Land war dieses Gebiet um den Euphrat. Damals, zu Maris Glanz, Kornkammer sumerischer Welten und Zentrum ausgedehnten Handels, bis Hammurabi von Babylon die prächtige Stadt zerstörte. Sein Werk vervollständigte die Wüste mit Hitze, Ausdauer und Sand. Immer mehr Äcker verdorrten und begruben menschliches Bemühen unter einer Schicht, in der Jahrtausende später Beduinen nach einem Stein zur Grababdeckung suchten und eine dreihundert Kilogramm schwere Statue fanden. Es war die Fruchtbarkeitsgöttin Ischtar, die generationenlang ihre segenspendende Hand über Mari gehalten hatte. Alle Herrscherstatuen, die man später barg, zeigten die Mächtigen der Stadt in demütiger, bittender Haltung mit großen Muschel- und Lapislazuliaugen, die noch heute – selbst in der Kälte eines Museums – so lebendig und hoffnungsvoll wirkten, als könne die Göttin den Feldern noch immer reiche Ernte bescheren.

Dieses Land lockt heute wie einst fremde Eroberer an, dachte Jo. Sie schaltete herunter und fuhr behutsam an Militärlastern vorbei, die am Randstreifen standen. Zwischen ihnen erkannte sie das Auto der Shell-Company. Maris Reichtum aus Sumers Zeiten war dem Öl gewichen. An der Gier ausländischer Mächte, die ihre Finger nach fremden Gütern ausstreckten, hatte sich nichts geändert.

Beim verrosteten und windschiefen Schild »Mari« mußte sie abbiegen und auf einem holprigen Sandweg nach Osten fahren. Sie war schon einmal hier gewesen und doch aufs neue erstaunt, daß hinter dieser Blechtafel, von ortsunkundigen Touristen gewöhnlich übersehen, Mari lag. Wie eine vergessene Tote ruhte sie unter dem Schutt der Vergangenheit, graubraun, unscheinbar und dem Zerfall mitleidslos ausgeliefert.

Einzig den Palast des Zimri-Lin schützte ein Plastikdach vor dem Unbill von Wetter und Wüste. Ein wenig Licht, das jetzt zwischen den regnerischen Wolken auf die Erde fiel, ließ die Kunststoffplatten funkeln, als spiegelten sie sekundenlang die einstige Herrlichkeit wider.

Jo stellte den Wagen ab, stieg aus und blickte umher. Jenseits des Parkplatzes duckte sich das Gebäude der Archäologen unter die überhängenden Zweige staubgrauer Silberakazien. Es war nur ein kleines Institut, erbaut und unterhalten von Spenden reicher Länder, und Ziel ihrer Reise. Doch von weitem erkannte sie schon den großen Riegel am schmiedeeisernen Tor und die geschlossenen Fensterläden des Lehmziegelhauses. Vielleicht steckten alle Wissenschaftler am Ausgrabungsort selbst, einige hundert Meter oberhalb des Parkplatzes? Auf ihrem Marsch dorthin schaute sie unter das schilfgedeckte Dach einer kleinen Teestube, früher einmal Treffplatz erschöpfter Touristen und jetzt verwaist wie alles um sie herum. Voll unguter Vorahnungen ging sie weiter.

Der Wind hatte aufgefrischt. Er fuhr unter die Kunststoffplatten des Palastdaches von Mari und schlug sie klappernd aufeinander. Er bauschte lose Plastikplanen vom Südtempel auf und peitschte sie sirrend und knisternd an das Metallgestänge der Ausgrabungsstätte. Jo erklomm den südlichen Lehmhügel. Soweit sie blicken konnte, sah sie keine Menschenseele. Mari lag verlassen unter ihr. Graubraune Sandhügel, so wie jener, auf dem sie stand, reihten sich wie Schafe aneinander. Dazwischen gähnten dunkle Areale, Treppen, die ins Nichts führten, Reste von Mauerwerk, Brunnenschächte und Opfertische, Nischen, Gewölbe und kunstvolle Wasserbecken. Alles war aus den Lehmziegeln des Euphrat-Schwemmlandes erbaut, aus Rohstoffen, die der Strom des Lebens den Menschen schenkte.

Im Norden noch schwarz vom Schlamm des Taurusgebirges, wälzte sich der Fluß hier unten braungelb und träge südwärts, vom Ursprung bis zur Mündung im Schatt al-Arab von Mythen umwoben, ein Verbindungsweg der Kulturen und zugleich Grenze der Völker. Der Wunsch, den Euphrat zu nutzen und zu queren, hatte seit Menschengedenken den Strom mit Blut getrübt. Seine trügerische Ruhe täuschte über seine Macht hinweg. An ihr entzündeten sich seit paradiesischen Tagen die Fackeln der Gewalt, des Krieges und Brudermords. Denn von seinen Ufern vertrieben zu werden hieß, im Schweiße des Antlitzes den Boden zu bestellen, zwischen Disteln und Dornen und gnadenloser Dürre. Wieviel leichter war das Dasein im Schatten seiner Pappelhaine, das Fischernetz in seinen Windungen ausgelegt, sein Ufer durchbrochen für lebensspendendes Wasser, die Äcker goldgelb an Ähren und Stroh! Stroh mit Euphrat-Lehm und Wasser vermischt, in Holzform zu Ziegeln gepreßt und von der Sonne getrocknet, lieferte noch heute Baumaterial für die Menschen hier. Im Sommer atmeten die Ziegel und sorgten für erholsame Kühle, im Winter hielten sie die Wärme im Haus. Allein der Regen schwemmte mit den Jahren fort, was errichtet worden war, und sorgte zugleich für den Neubeginn in weiter Zukunft. Das ehrwürdige Mari zu Jos Füßen würde dasselbe Schicksal erleiden wie die Menschheit, die es bestaunte: Vom Lehm genommen, würde es wieder zu Lehm werden, um fernen Generationen zu dienen.

Düstere Gedanken, passend zur Dunkelheit des Tages und der Einsamkeit. Niemand hielt sich in den Ruinen von Mari auf. Konnten die Archäologen im großen Palastsaal tief unter der Erde sein? Jo machte sich an den Abstieg. Doch ihr Glaube an Wunder beschränkte sich allein auf die Rätsel der Vergangenheit.

Eine moderne, steile Ziegeltreppe führte gewunden in die Dunkelheit der ausgegrabenen Stadt. Die großen Steinstufen, sandverweht mit unberührter Oberfläche, bestätigten die traurige Vermutung: Hier war niemand hinabgestiegen! So wanderte Jo durch den königlichen Wohnbereich und an der Schatzkammer vorbei zum Palmenhof hinüber. Kein lebendes Wesen zeigte sich zwischen den imponierenden Wänden oder im dämmrigen Licht der Eckpfeiler. Nur der Wind fuhr jetzt klagend durch die Ritzen und Fugen, säuselte an hohen Mauern vorbei und pfiff durch verwitterte Pforten. Drüben, im großen Hof, fiel spärliches Tageslicht zwischen den finster drohenden Wolken in die Tiefe und verwandelte das grandiose Areal in einen düsteren Ort. Sie ging zum Raum der Ischtar hinüber. So abweisend hatte sich Jo das Heiligtum nicht vorgestellt. Vielmehr glaubte sie, es wäre noch immer ein wenig erfüllt vom Singen und Beten der Menschen, ihren Räucherungen und Danksagungen, den Lobpreisungen und Opfergaben aus Weihrauch, Zimtbaum und Ambrosia. Und dort, wo schon Generationen vor ihr Maris Bewohner um Gnade gefleht hatten, beugte auch Jo die Knie und sank auf den lehmigen Boden. Einst hatte Ischtar in anmutiger Nacktheit auf die Bittsteller herabgeblickt, das Haar zur Krone aufgesteckt und mit der Mondsichel geschmückt, die Augenhöhlen edelsteinbesetzt und in den Armen den Wasserkrug, aus dem sich das Leben ergoß. Wie viele Menschen mochten hier schon hilfesuchend gekauert haben, die Hände voller Gaben und das Herz schwer vor Kummer?

Jo kniete dort wie im Auge des Taifuns. Dieses religiöse Zentrum hielt noch immer das Weltliche fern. Nicht einmal der Wind wagte sich in das Herz des Heiligtums. Abgestandene Luft umgab Jo, als habe sie einen seit Jahrhunderten verschlossenen Raum betreten. Die Seufzer der Menschen waren hier hängengeblieben und hatten diese drückende Atmosphäre geschaffen, die das Gemüt trübte. Aber dann kam Bewegung in die kalte Luft, als ob ein einsamer Vogel durch sie strich und einen Windhauch nach sich zog. Der eisige Schauer im Nacken alarmierte sie augenblicklich. Hastig rappelte sie sich auf und blickte über die Schulter zurück. War da hinten nicht ein flüchtiger Schatten jenseits des weiten Hofes? Etwas, das lautlos vorbeihuschte wie ein Gespenst? Jo ermahnte sich zur Besonnenheit, denn Geister fürchtete sie nicht, nur lebende Wesen. Kein Dschinn hatte je Böses getan, aber Menschen, die sich heimlich heranschlichen, machten ihr angst. Doch eines Menschen Spur gab es hier nicht, hier unten in den Straßen und Gassen der toten Stadt.

An der Handelsregistratur und den Werkstätten vorbei führte also ihr Weg. Sie folgte den schmalen Gängen durch verschachtelte und winkelreiche Räume in die Wirtschafts- und Wohnbereiche hinein. Jetzt ging ihr Atem wieder ruhig und bedacht. Genau in der hintersten Ecke, dort, wo nur ein schmaler Durchlaß ein Entkommen zu den langen Korridoren der

Kornkammern zuließ, erblickte Jo im trüben Licht den Abdruck einer Fußspur im Lehm. Die Abbildung war frisch und stammte von einem festen Schuh mit guter Sohle und deutlichem Absatz, einem Männerschuh. Nichts, was ein Wärter von Mari trug, der, wenn er nicht barfuß ging, abgetretenes Schuhwerk oder Gummisandalen an den Füßen hatte. Jo folgte der Spur mit ihren Blicken, ging ihr schließlich nach, bis sie sich im Gästetrakt mit ihren eigenen Abdrücken kreuzte.

Inzwischen war es duster geworden. Kaum ließ sich die eine Spur von der anderen unterscheiden. Aber was deutlich zu sehen war, raubte ihr fast den Atem. Der Spion hatte ihre Spur entdeckt und war ihr gefolgt. Wieder versuchte sie, die dunklen Winkel mit ihren Blicken auszuleuchten. Nirgends ein Lebenszeichen. Ihr Herz raste, keuchend holte sie Luft. Sie folgte der Spur, immer aufmerksam auf den Boden achtend, aber genauso sorgfältig umherblickend, bis die fremde Fährte von der ihren abwich, sie in einem weiten Bogen umging und am großen Hof stoppte. Hinter einer Türsäule war der Boden zertreten. Jo wußte, warum: Der heimliche Beobachter war stehengeblieben und hatte nach Süden geblickt. Von dieser Stelle im Schutz der Lehmziegelsäule hatte er einen hervorragenden Ausblick auf Jo gehabt, die an der Südseite des großen Saales vor dem Tempel der Ischtar gekniet hatte. Der Mann hatte sie belauert und war dann leise davongeschlichen.

Jo spürte Schamesröte aufsteigen, dann ein Frösteln. Hatte sie nicht einen kalten Lufthauch gespürt? Eine Brise, wie sie entstand, wenn sich ein Beobachter in ihrem Rücken bewegte?

Jo hörte ein fernes Schlagen und Rascheln. Die ersten schweren Regentropfen klatschten auf das Kunststoffdach. Jäh verwandelte sich das Rauschen des Wassers in Trommelfeuer. Bei diesem Lärm würde Jo keinen heimlichen Verfolger hören. Jetzt war es auch so finster geworden, daß sie ihn nicht entdecken konnte, bis sie ihm geradewegs in die Arme lief und auf die Füße trat, und das war nichts, was sie anstrebte. Sie hastete die langen, einsamen Gassen entlang. Rechts und links ihres Weges führten dunkle Kammern in die Finsternis. Ganze Truppen konnten sich dort verbergen. Jo würde sie erst entdecken, wenn einer nach ihr griff. Sie zog die Schultern hoch und lief noch schneller. An der Eingangstreppe angekommen, floß ihr das Regenwasser schon in kleinen Bächen entgegen. Es fraß Spalten und Rinnen in die alten Mauern von Mari und spülte fort, was Menschen Jahrtausende zuvor errichtet hatten. Der Regen schlug ihr jetzt ins Gesicht, heiße Tropfen, die vom dunkelgrauen Himmel fielen, aber mit Sand vermischt schienen. Sie brannten auf der Haut und liefen ihre Wangen hinab, als würde sie um Maris einstige Pracht weinen.

Vollends im Freien angekommen, zerrte der Wind an ihren Kleidern. Jo rannte den Weg zum Parkplatz hinunter. Dem peitschenden Regen schien sie ganz allein ausgesetzt zu sein. Außer ihr gab es hier niemanden. Da tauchten Scheinwerfer aus der Düsternis des wolkenverhangenen Nachmittags auf. Mit aufgeblendetem Licht rollte ein Auto auf den Parkplatz und stoppte wenige Meter vor ihr. Sie hörte eine Tür klappen und jemanden auf englisch zu ihr herüberrufen: »Geht's hier nach Mari?«

»Schon seit fünftausend Jahren!« Naß, wie sie war, lief sie zu dem fremden Auto. »Lust auf einen Spaziergang?« fragte sie den Mann mit dem offenen Lachen in einem jugendlichen Gesicht. »Keine Angst vor Sonnenstich!«

»Los, steigen Sie ein!« rief er ihr zu, griff neben sich und warf einige Papiere auf den Rücksitz. »Kommen Sie, da vorne gibt's Tee!«

Durch das Fenster der vorhin noch verlassenen Teestube fiel der warme Schein einer Lampe nach draußen. Ein Syrer mit langem Bart und wallender *Gallabiyya* steckte den Kopf vorsichtig unter dem Dach hervor und winkte heftig zu ihnen hinüber. So mußte Noah ausgesehen haben, als er den letzten Affen an Bord holte! Jo lachte bei diesem Gedanken und spurtete die wenigen Meter zum Haus hinüber. Das Auto folgte ihr. Sein Fahrer stoppte unmittelbar vor dem Eingang, sprang mit einem Satz aus dem Wagen unter das schützende Dach, packte Jos Arm, als wären sie Freunde, und dirigierte sie in die Stube hinein.

Auf wunderbare Weise erschienen der bärtige Wirt und sein Sohn in dem Gastraum. Der Ältere brachte eilends eine Kerze für den kleinen Tisch herbei, an dem sie Platz genommen hatten, sein Junge, in Jeans und T-Shirt mit dem Aufdruck des ersten Alphabets von Ugarit darauf, stellte wie durch Zauberhand heißen Tee vor Jo hin und servierte dem Fremden eine Dose Coca-Cola. Der berührte die Dose nur mit den Fingerspitzen und schüttelte leicht den Kopf, als der Junge auch schon mit ihr verschwand und eine andere, stärker gekühlte brachte, die in der Wärme des Raums beschlug. Dazu reichte er einen kleinen Teller mit frischen Erdnüssen. Aber auch diese wurden abgewiesen. Jo sah staunend, wie der Fremde allein mit Fingerschnipsen und sanftem Stirnrunzeln bestellte, akzeptierte oder abwies. Der Junge servierte jetzt vakuumverpackte Nüsse.

Sie lehnte sich auf der mit Teppichen belegten kleinen Bank in der Mauernische zurück und betrachtete den fremden Mann jenseits des Tisches. Bis auf wenige Regentropfen in seinem dunklen, kurzgeschnittenen Haar und auf den breiten Schultern seines hellblauen Jeanshemdes schien er trocken und damit unverdächtig zu sein. Er war nicht der Spion von Mari! Im halboffenen Spalt der Eingangstür erkannte sie sein Auto, einen Defender. Das teure Mobil war ein Luxusauto, das seinen Besitzer ohne jeden Komfort beförderte und ihn genau deswegen sicher durch Wasserläufe, Sanddünen, über steile Berghänge und Eiswüsten trug. Wo keine komplizierte Technik vorhanden war, konnte sie auch nicht kaputtgehen. In ihren Träumen hatte sie genau so ein Auto im Ausland stets zu ihrer Verfügung, als kleines Dankeschön der Uni für ihre ethnobotanische Leistung und den dazu gehörenden Mut. Doch wahrscheinlicher war es, den Nobelpreis zu bekommen, als einen Funken Anerkennung, der über das absolute Muß hinausging. Je erfolgreicher sie war, desto größer wurde das Heerlager der Neider. Kein Despot – und Vorgesetzte waren allemal Tyrannen – zog sich einen Nachfolger heran. Das lehrte die Geschichte. Also mußten die Leistungen der unteren Ränge und niederen Chargen bescheiden bleiben. Erregte sie mit ihrer Forschung zuviel Aufsehen, brachte ihr das mehr Unbill als Lob ein. Vielleicht sollte sie die Branche wechseln. Der Schriftzug der Shell Company leuchtete ihr von der Seitentür des Defenders entgegen. Das war also das Auto, das sie auf ihrer Fahrt zwischen den Militärlastern hatte stehen sehen. Vorsichtshalber lugte Jo an den Beinen des Mannes, die in schwarzen Jeans steckten, hinunter bis zu seinen Füßen. Er trug feste, große und gute Schuhe, lebte also wahrlich auf großem Fuß. Die Abdrücke von Mari waren kürzer und schmaler gewesen. Sich als Spion zu betätigen war ihm demnach mehrere Nummern zu klein und allemal unter dem Niveau seiner Konfektionsgröße. Trotz ihrer Neugier, die er wohl bemerkt hatte, lehnte er sich entspannt zurück, schlurfte seine eiskalte Cola und streckte die Beine ungeniert aus.

»Zufrieden?« fragte er. Wenn er amüsiert lächelte, so wie jetzt, kräuselten sich die Fältchen um seine Augen. Das ließ ihn jung genug für unerwartete Abenteuer aussehen und verlieh ihm gleichzeitig die Reife eines Mannes, der fest auf den obersten Sprossen der Erfolgsleiter steht. In seiner Position durfte er schon wieder Dummheiten aushecken. Das machte ihn nur menschlich und würde die Reihen seiner Bewunderer vergrößern.

Wahrscheinlich geistert sein attraktives Gesicht seit Wochen auf den Titelblättern der Times herum. Alle kennen ihn, nur ich nicht, dachte Jo. Dieses familienfreundliche Fernsehlächeln erinnert an einen Politiker. Dazu die nußbraunen Augen mit den winzigen Goldsplittern. Hatte sie nicht doch einmal ein Bild von ihm gesehen, und hatte sie nicht damals schon gedacht, solche Augen könnten Folgen für ihren Seelenfrieden haben? Natürlich hatte sie das Wann und Wie vergessen. Ging es nicht um Schimmelpilze und Wurzelgeflecht, war ihr Gedächtnis löchrig wie Yassers Sandsieb, das gerade mal Dämonen wie Pazuzu auffing. Doch sie erinnerte sich zumindest der guten Sitten, hörte auf, den Fremden anzustarren, und sah statt dessen zum Wirt hinüber. Das bescherte ihr einen völlig neuen Aspekt in der Beurteilung syrischer Wirte. Gegen jede Gewohnheit, die sie bisher von Teehauswirten kannte, hockte der Mann nicht desinteressiert am Radio, wandte ihnen nicht den Rücken zu oder stocherte in den Zähnen, sondern verharrte in Habachtstellung wie ein Gardesoldat beim Einzug der Majestät.

An mir liegt's nicht, war Jo überzeugt, aber an ihm, dem Fremden. Dieser durchtrainierte Mann hat seinen sportlichen Luxuskörper nicht beim Joggen ums Carré gestählt, sondern ihn beim Admirals-Cup auf Hochseejachten getrimmt. Mit diesem verdammten Sailing-Song im Hintergrund, der einen süchtig macht nach der Weite des Meeres und der Nähe einer Heldenbrust! Er riecht förmlich nach Macht und Einfluß. Geld ist bei ihm kein Thema. Das ist einfach da, so wie die vollhygienische Streu im Katzenklo. Wenn's stinkt, kommt es unter die Leute. Aber auch dafür hat er Handlanger.

Jo lächelte. Da bringt ihm doch hier an der Grenze nach Nirgendwo ein kleiner Junge eisgekühlte Cola und Snacks, obwohl es weder intakte Kühlschränke noch in Plastik verpackte Erdnüsse gibt. Und das in einem Land, wo man an jeder Straßenecke frisch geerntete, lose Erdnüsse kaufen kann, doch nach amerikanischen Vorgaben verschweißte so selten und kostbar sind wie ein Sommerregen! Regen, sann Jo und spürte plötzlich großes Unbehagen. Ich muß grauenhaft aussehen, mit windzerzausten Haaren, die naß am Kopf kleben und aus denen der Sand rieselt.

Sie fuhr sich mit den Fingern über die Wangenknochen und strich sich Sandkörner von der Haut. Heute morgen hatte sie geduscht, aber das war eine Ewigkeit her. Das feuchte Leinenhemd trocknete an ihrem Körper. Sie spürte, wie es sich von ihrer Haut löste und Falten um den Busen warf. Jo sog die Luft vorsichtig ein. Zu guter Letzt stank sie noch nach muffiger Erde, alten Skeletten und Schweiß und schnüffelte in der Luft herum wie ein Ferkel am Trog.

»Graben Sie?« fragte da der Fremde, ihre Betrachtungen unterbrechend. Jo nickte ohne wahre Begeisterung. Es war wohl nicht zu übersehen, daß ihre Lebensaufgabe darin bestand, wie ein Trüffelschwein im Boden zu wühlen. Sie warf einen vorsichtigen Blick auf ihre Hände und wollte sie in ihrem Schoß verbergen. Doch ihr Gegenüber schoß nach vorn und packte über den Tisch hinweg ihre Hände, hielt sie an das zuckende Kerzenlicht und musterte sie genau.

»Energisch und willensstark. Ich vermute, Sie schrecken vor nichts zurück!«

»Vor Mord, Strumpfhosen und Fernsehserien«, antwortete Jo lahm und wollte ihm ihre Hände entziehen. Aber er behielt sie in seinen kräftigen, gepflegten Händen, drückte ihre Finger und löste sich dann unvermutet sanft. »Bel«, sagte er und deutete ein Senken des Kopfes an. »Bel Skile aus Waterbury, Ende Dreißig, Architekt, Fan großer gebackener Kansas-Kartoffeln, der E-Street-Band und Jon Ollson, Expressionisten-Liebhaber und Bewunderer frühgeschichtlicher Siedlungsfertigkeiten.«

»Und Shell-Mitarbeiter? Als Architekt?«

»Natürlich auch ein Verehrer schöner Frauen mit scharfem Verstand und genauer Beobachtungsgabe.«

Jo registrierte aus den Augenwinkeln, wie der Wirt Bels tadelnden Blick zur halboffenen Tür auffing, durch die jetzt ein Windstoß fegte, hinübereilte und sie schloß und dann wieder seinen Posten in höflicher Distanz bezog. Sie erwartete fast, daß Bel auf seine Rolex blicken und ihr mit hochgezogenen Brauen noch einige Sekunden Zeit einräumen würde, bis sie sich ordnungsgemäß vorgestellt hatte. Das Gefühl, sie könne seinen Ansprüchen nicht genügen und damit in die niedrigste aller Kasten, in jene der Unberührbaren, plumpsen, wurde fast übermächtig. Und so beeilte sie sich, Bel das Sprüchlein ihrer Herkunft aufzusagen. Einen unzufriedenen Blick aus seinen Augen oder eine anders geartete Rüge wollte sie heute, an diesem Tag mit seinen unangenehmen Ereignissen, absolut nicht erleben. Sie hatte vor Stunden erst Mateo erfolgreich verärgert und Lucs Vorstellungen einer reizlosen Frau entsprochen. Ihr Bedarf, einen unerfreulichen Eindruck bei ihren Mitmenschen zu hinterlassen, war fürs erste gedeckt.

Bel reagierte nicht auf ihre Ausführungen. Jo fürchtete, er würde sie trotz ihrer Darstellungen fragen, was sie eigentlich bisher *gemacht* habe. Ihr Leben reduzierte sich vor seiner Schweigsamkeit auf ein paar kümmerliche Ereignisse. Er hatte eine steile Karriere hinter sich und die volle Rückendeckung einer tadellosen Abstammung aus einer einflußreichen und vermögenden Familie. Unnötig, das auszusprechen, denn er war durchdrungen davon und strahlte dies nach außen ab. Das ließ den Wirt bangen, in Ungnade zu fallen, das ängstigte Jo. Bel war kein Mann, der erpicht darauf war, an einem regnerischen Tag in den langweiligen Resten von Mari zu hocken, Cola in einer heruntergekommenen Bleibe zu trinken und einer geistlosen Frau zu lauschen. Er konnte jederzeit aufstehen und fortgehen, sich weit Besseres suchen, um seinen Tag damit anzufüllen. Das Leben bot ihm ganz andere Möglichkeiten, als eine Begegnung mit ihr. Jo ärgerte sich über ihr Verlangen, dem

Fremden angenehm zu sein. Sie schlug die Beine übereinander, verschränkte die Arme und öffnete sie wieder, hin- und hergerissenen zwischen abweisender Körperhaltung und dem Bedürfnis, gelöst zu wirken. Ein Lächeln erschien auf seinem Gesicht und sprach Bände: Er ergötzte sich an ihrer Schwäche. Jo ihrerseits korrigierte den Eindruck von vorhin. Sein freundliches Werbelächeln paarte sich mit einem Hauch Aggressivität, blieb aber duldsam. So plapperte sie weiter, als stehe sie dem Generaldirektor gegenüber und bitte um einen minderen Job. Er analysiert mich, durchfuhr es sie endlich mit erschütternder Klarheit. Beschämt klappte sie den Mund zu. Ihr Verstand und ihre Vernunft stellten sich tot. Ihr Kopf war wie leergefegt. Minutenlang herrschte beharrliches Schweigen. Dann sprang Jos Denkvermögen an, etwa wie ein alter Motor, der nach frostklirrender Nacht stotternd zum Leben erwacht, versorgte sie mit einer kleinen Idee und zauberte ein amüsiertes Lächeln auf ihr Gesicht. »Sie heißen Bel, tatsächlich Bel?«

»Und?« Er lümmelte nicht mehr ganz so lässig in seinem Stuhl, sondern straffte die Schultern.

Sonderbarer Mann, dachte Jo, wie eine gespannte Feder. Er steht unter Strom, ist reaktionsschnell und achtsam. Ich habe etwas berührt. So echt ist seine saloppe Haltung nicht! Er lächelt hübsch, obwohl ich sein schwarzes Loch entdecke. Dabei ist er der Prüfer, der zusieht, ob die kleine graue Maus den Ausgang findet. Jetzt dreht sich das Mäuschen um und glotzt ihn an, als wäre plötzlich er das Studienobjekt.

Jo ließ sich noch einen Bruchteil Zeit mit der Antwort, so als erwarte sie, daß er wisse, wovon sie spreche, und ein wenig enttäuscht sei, daß sie ihm zu Hilfe kommen müsse. Das war ein Lieblingstrick ihrer Professoren aus Studienzeiten. Diese winzige Zeitspanne genügte, einen ehrgeizigen Studenten ins Stammeln zu bringen oder wenigstens Schweißperlen auf seine Stirn zu treiben.

»Bel«, rezitierte sie also wie im Hörsaal und fühlte endlich wieder Boden unter den Füßen, »ist ein akkadisches Wort aus Urzeiten und bedeutet ›Herr‹. So wurde jahrtausendelang der oberste Gott im Zweistromland genannt, jenem Landstrich zwischen Euphrat und Tigris, auf dem jetzt die häßlichen Öltürme der Shell Company stehen. Zu Bel wurde gebetet, man flehte ihn um seine Gunst und Unterstützung an ...

»... und opferte ihm Jungfrauen.« Bel nickte verstehend und gefaßt. »Ich danke Ihnen. Endlich begreife ich das seltsame Verhalten der Damenwelt um mich herum.«

»Dann kann ich nicht auf Ihrem Altar landen! Wie traurig, aber man kann ja nicht alles haben im Leben.« Sie erhob sich, nickte ihm zu, legte einige syrische Münzen auf den Tisch und ging zum Wirt hinüber.

»Höre!« sagte sie auf arabisch und nicht ganz so freundlich, wie sie gewöhnlich mit den Leuten sprach. »Wohin sind die Archäologen verschwunden?«

Diese seien schon vor über einer Woche abgereist, raunzte ihr der Wirt nebenbei und mürrisch zu. Dabei spähte er unruhig über ihre Schultern, daß ihm kein Wunsch Bels entgehe.

Jo bemühte sich um einen gelassenen Abgang: den Kopf nicht allzu hoch, den Blick nicht krampfhaft abgewendet, die Schultern locker und der Schritt ohne Hast. Keinesfalls durfte es nach Flucht aussehen. So erreichte sie die Tür und schloß sie behutsam hinter sich.

Draußen empfing sie ein chromfarbener Himmel. Die Flut war zum Nieselregen geworden. Wolken hingen wie silbergraue, prallgefüllte Wassersäcke direkt über dem Land und warteten darauf, die aufgestauten Massen noch einmal zu entladen.

Ihr altes Auto erschien ihr wie ein sicherer Hort. Sie kletterte auf den Fahrersitz und warf als erstes einen Blick in den Rückspiegel. Dann kramte sie den Kamm hervor. Sie tupfte sich den Sand aus dem Gesicht, glättete ihre Haare und zupfte das verknitterte Leinenhemd zurecht. Verdammte Eitelkeit! Sie mußte so schnell wie möglich nach Dura Europos zurück und das Skelett und Pazuzu ohne Hilfe bergen. Weder die alten Knochen noch der Dämon legten Wert auf ihr Äußeres! Sie leckte sich mit der Zunge entschlossen über die trockenen Lippen, drehte den Zündschlüssel herum und fuhr holpernd an. Nach wenigen Metern machte das Auto Sprünge wie ein übermütiges Kamelfohlen und blieb dann mit einem gräßlichen Geräusch stehen. Das Knirschen sich ineinander verkeilender Metallteile hallte Jo noch in den Ohren wider, als sie minutenlang reglos hinter dem Steuer hockte. So klang das endgültige Aus, der letzte Seufzer eines sterbenden Busses. Sekundenlang drosch sie jetzt mit beiden Händen auf das Lenkrad ein, um sich im nächsten Moment daran festzukrallen und wie ein Bierkutscher zu fluchen. Vom Bild der seriösen Wissenschaftlerin, die souverän die Unabwägbarkeiten einer Ausgrabung im Griff hatte, war sie Lichtjahre entfernt.

Bel schien ähnlich zu denken. Er tauchte lächelnd neben ihrer Autotüre auf, den Kopf hilfsbereit zur Seite geneigt und ein winziges Grinsen in den Augenwinkeln. Ein hübscher Mensch, fürwahr, dachte Jo. Unabhängig, erfolgreich, sieggewohnt, das Gegenteil von mir.

Kommentarlos überließ sie ihm den Platz hinter dem Steuer. Klar, das war Männersache. Einen gräßlichen Moment lang fürchtete sie, er würde den Bus im Handumdrehen starten und damit einen weiteren Beweis ihrer Unfähigkeit liefern. Dann überwog die Vernunft, und sie betete darum, es möge ihm gelingen und sie könne davonfahren.

Totenstille. Nichts. Selbst die heimliche Anrufung Ischtars und die Verfluchung Pazuzus halfen nicht. Dafür tauchten immer mehr wissende Männer aus der vermeintlichen Einöde auf: der Wirt natürlich und sein Sohn, ein Bauer vom Feld mit Traktor, zwei junge Männer auf einem Eselkarren, drei Fußgänger mit Hacke und Schaufel, ein Bursche auf einem Motorroller und dutzendweise Kinder. Sie standen fuchtelnd herum und versuchten nur, Bel zu gefallen. Jos Bitte an den Traktorfahrer, in tadellosem Arabisch vorgebracht, er möge sie zur nächsten Werkstatt Richtung Deir es-Zor schleppen, wurde vollkommen ignoriert. Statt dessen spannte man ihren VW an Bels Defender. Der dienstbeflissene junge Mann auf dem Roller fuhr ihnen wie eine Polizeieskorte voraus und wies Bel den Weg nach Süden. Jo brüllte darauf aus ihrem Wagenfenster, das sei die vollkommen falsche Richtung und er möge sich zum Teufel scheren, aber niemand hörte auf sie. Sie knirschte mit den Zähnen. Dafür, daß sie Pazuzu erst vor wenigen Stunden ausgegraben hatte, legte sich der Kerl schon mächtig ins Zeug.

Jo war noch immer verärgert, als sie endlich eine Werkstatt erreichten, einen ruinenhaften Betonbau mit herausragenden Eisenträgern, ölgetrübten Wasserlachen und dem Geruch nach heißem Metall, Schmieröl und Diesel. Sofort scharten sich mehrere junge Burschen um Jo und starrten sie und ihren alten VW-Bus an. Ehe sie protestieren konnte, hatte man die Motorklappe geöffnet. Mindestens fünf Männer steckten gleichzeitig den Kopf unter das Abdeckblech. Jo wandte sich ab, suchte sich einen Weg an den großen, in allen Regenbogenfarben schimmernden Pfützen vorbei zu Bels Auto hinüber, um ihm für das Abschleppen zu danken. Er lehnte lächelnd an seinem Defender und blickte Jo an, als wisse er geheime Dinge aus ihrer Vergangenheit.

»Nett, daß Sie mir geholfen haben, obwohl ich hierher nicht wollte.« Jo sah an ihm vorbei und entdeckte im Stauraum seines Wagens eine dunkle Wolfskin-Jacke mit Wasserflecken und halbverborgen darunter Lederstiefel, an denen noch der Lehm klebte. Aber auch diesmal war ihr klar, daß seine Füße sehr groß waren und nicht mit den Abdrücken in Mari übereinstimmen konnten.

»Keine Umstände. Ich bin sowieso auf dem Weg nach Albu Kamal. Heute abend fahre ich zurück nach Deir es-Zor. Ich kann Sie mitnehmen, falls Ihr Auto bis dahin nicht repariert ist.«

»Ich muß vor allen Dingen nach Dura Europos. Ob ich heute noch nach Deir es-Zor in mein Hotelzimmer komme, ist nebensächlich.«

»Sie sind dort nicht im Furat-Cham-Palace abgestiegen.« Das war keine Frage, sondern eine Feststellung. Es klang, als passe es wunderbar in das Gesamtbild, das sich Bel von ihr machte.

»Dieses Hotel ist geschlossen.« Als Jo die Worte entfahren waren, wußte sie, wie töricht sie war. Das beste Hotel von Deir es-Zor, fünf Sterne und die Suite zu 300 Dollar, stand zwar nicht zu ihrer Verfügung, würde seine Pforten aber selbstverständlich für Bel öffnen. »Was ist das für ein Gefühl, der einzige Gast zu sein?«

Bel lachte. »Ein paar Geschäftsleute leisten mir Gesellschaft.«

Klar doch, dachte Jo. Sie war damals nur bis an die Pforte gekommen, eine Art Wachhaus, Hunderte von Metern von der eigentlichen Anlage entfernt. Hinter den wunderbaren Gärten, die den Cham-Palace mit blühenden Bougainvilleen und Pomeranzenbäumen, mit duftenden Rosen- und Jasminsträuchern zur entfernten Straße hin abschirmten, pulsierte nach wie vor das Leben am großen Pool, den Tennisplätzen und Fitneßanlagen. Abends trafen sich dort wie eh und je die Reichsten des Landes auf den Terrassen hoch über dem Euphrat mit Blick auf das zu ihren Füßen liegende Deir es-Zor, auf seine berühmte Hängebrücke, die Lichter der Stadt und seine beleuchteten Minaretts. Wie hatte sie glauben können, es sei geschlossen? Der Portier hatte damals nur einen einzigen Blick auf Jo und ihren VW-Bus geworfen und sie abgewiesen.

»Bei Albu Kamal soll es einen Grenzzwischenfall gegeben

haben«, wechselte sie das Thema. »Das Übliche. Frauen und Kinder verletzt, Männer wohlauf, um ausgiebig Rache nehmen zu können.«

»Möglich.« Wieder sah Jo dieses galante Glitzern in Bels Augen, wenn er sich zu amüsieren schien. Doch jetzt schob sie der Kraftfahrzeugmeister einfach zur Seite, trat vor und erstattete Bel in stockendem Englisch Bericht über den Zustand von Jos Wagen. Er habe einen Motorschaden. So etwas könne länger dauern.

»Sprechen Sie arabisch!« fuhr ihn Jo mit ungewöhnlicher Schärfe an. »Es ist mein Auto und hat nichts mit ihm zu tun!«

Der Meister blickte nicht einmal zu ihr hin, sondern hob nur die linke Hand mit dem Öllappen, um ihr zu bedeuten, sie möge den Mund halten. Die Monteure versammelten sich um ihren Herrn, man brachte einen Plan herbei, auf dem man Bel demonstrierte, was zu reparieren sei, man bemühte einen großen langen Kerl von nebenan, Bel ein Glas Tee zu bringen, das er ohne hinzublicken abwies, und man schaffte einen Hocker heran, damit er sich setzen könne, was er einfach übersah.

Jo merkte, wie Beherrschung und gute Sitten von ihr abbröckelten. Außerdem lungerte schräg hinter ihr eine Type herum, die sie als so widerwärtig empfand, daß sie irritiert war. Warum starrte sie der Mann so böse an? Sie wollte den Kerl gerade ansprechen und ihn fragen, was er an ihr auszusetzen habe, da war er verschwunden. Vielleicht hatte sie sich auch getäuscht und ihre schlechte Laune in den Gesichtsausdruck eines anderen hineingedacht?

Jo wandte sich dem Werkstattmeister mit seinem Ölwedel und seiner Wichtigtuerei zu. Sie trat zwischen ihn und Bel, nahm ihm den Plan aus der Hand, knüllte ihn zusammen und sagte auf arabisch: »Du bist geschwätzig wie ein altes Weib. Wir gehen jetzt gemeinsam zu meinem Auto hinüber. Dort zeigst du mir, was zu reparieren ist. Die Hälfte deiner Kosten bezahle ich dir gleich, die andere verdopple ich, falls du in zwei Stunden mit deiner Arbeit fertig bist. Wenn du dich noch einmal an diesen fremden Mann wendest, verfluche ich dich und deine Nachkommen. Beeile dich, *yalla*!«

Die Wirkung von Jos Worten war beeindruckend. Wie auf ein geheimes Kommando traten alle Männer einen Schritt zurück und verstummten. Jo ließ ihnen keine Zeit, zur Besinnung zu kommen. Sie scheuchte sie fort: »Habt ihr keine Arbeit?«

An ihren Bus gelehnt, versuchte sie, den blumigen Ausführungen des Meisters zu folgen. Er schien überhaupt nicht zu wissen, was eigentlich fehlte. Sekundenlang sah Jo ein grauenhaftes Bild vor ihren Augen: Mitten in dieser Einöde, zwischen verrosteten Eisenträgern und am Boden vergessenen Betonsteinen, stand ihr vollkommen zerlegter VW-Bus, ohne Reifen und aufgebockt, daneben alle wesentlichen Bestandteile im Sand verstreut, von Ziegen beschnuppert, von der Dorfjugend beäugt, und im Hintergrund ein unfähiger Monteur, der Kabel, Ventile, Kolben und Düsen nicht mehr zusammensetzen konnte.

»Fremde?« sagte da eine Stimme hinter ihr.

Jo drehte sich langsam um. Sie mußte vor allen Dingen ruhig und gelassen wirken, wenn sie den winzigen Vorsprung, den sie gegenüber Bel errungen hatte, nicht gleich wieder verlieren wollte. Sie war auf alles gefaßt, auch auf den bösen Kerl von vorhin, doch nicht darauf, einem König gegenüberzustehen.

»König«, das war der erste Begriff, der Jo einfiel, als sie den Mann sah. Wie die bunten Symbole eines Spielautomaten rotierten vor ihrem inneren Auge die Antlitze orientalischer Könige: Sargon, Idrimi, Tiglatpilesar, Salmanasser und Zimri-Lin. Dann stoppte die Walze bei Gilgamesch, dem ersten König der

Menschheit und Herrscher von Uruk. Gebannt blickte Jo auf ihr Gegenüber.

Der Mann, der sie angesprochen hatte, trug eine silbergraue *Gallabiyya* mit grauer Wollweste, die mit feinen weißen Stickereien bedeckt war. Seine Kleidung krönte das rotweiße Tuch der Beduinen, das wie ein Turban auf dem Kopf thronte. Er war groß und kräftig, ohne dick zu sein, mit einem kurzgeschorenen lockigen Kinn- und Schnauzbart, der in seiner grauweißen Farbe zu seinen grauen Augen und seiner Kleidung paßte. Denn auch seine Füße steckten in grauen, dünnen Lederschuhen.

»Du frierst, Fremde.« Er zog seine Weste aus, legte sie Jo um die Schultern und beugte sich über den Motorraum des Busses. Er ließ sich einige Schraubenzieher reichen, betrachtete sie mißtrauisch, wies sie zurück und ging dann zu seinem sandfarbenen Lastwagen hinüber, um sein eigenes Werkzeug zu holen.

Jo, die wenig von Autos verstand, bemerkte immerhin einen Mercedesstern am Kühler des mächtigen Trucks, eine beeindruckende Stoßstangenverstärkung mit Aufprallschutz und einen Lastenaufbau mit dem Aufdruck »Danger« in Englisch und Arabisch und weitere Informationen in fremden Schriftzügen. Was sie aber am meisten interessierte, war das blaue Nummernschild mit den arabischen Zahlen. Das war ein syrisches Kennzeichen für Transitfahrer, die jene Grenzen passierten, die die Amerikaner seit Jahren geschlossen hielten. Angeblich wußten die USA über diese Schilder nicht Bescheid, während sie in der arabischen Welt als offenes Geheimnis galten. Der Graugekleidete kam vermutlich geradewegs aus Bagdad, wenn nicht sogar aus Afghanistan. Denn seine Wollweste mit der besonderen Stickerei bestand aus allerfeinstem grauem Kaschmir, aus einem Stoff, wie er nördlich des Khaiber-Passes gehandelt wurde. Jo beobachtete ihn, während er sehr rasch und fachkundig an ihrem Auto hantierte.

Er war so konzentriert bei der Arbeit, daß sie reichlich Gelegenheit fand, sein Profil zu mustern. Dieser gelockte Bart, der sich von den Schläfen bis zum Kinn zog, diese ebenmäßigen Züge mit der kräftigen, an ihrer Spitze leicht abgeplatteten Nase und den etwas schräg stehenden, wachsamen Augen, die vollen geschwungenen Lippen und die ausgeprägten Backenknochen in dem schmalen Gesicht glichen in der Tat jenem berühmten Kupferkopf aus Ninive, der im Museum von Bagdad zu bewundern war. Selbst sein zum Turban gebundenes Tuch erinnerte an den geflochtenen Kopfputz mit dem goldschimmernden Stirnreif des Königshauptes.

Jahrelang hatten Wissenschaftler in diesem Kunstwerk König Gilgamesch gesehen, dann tendierte die gelehrte Meinung zu Sargon hin, dem König von Akkad, um sich schließlich ganz lapidar auf den Begriff »Herrscher« zu einigen. Doch für Jo stellte der weltberühmte Kupferkopf immer nur Gilgamesch dar, den legendären Helden von Uruk. Einst hatte er ein Großreich im Land Sumer, im Süden des heutigen Iraks, geschaffen. Dort, wo jetzt ausgebrannte Panzer aus den Golfkriegen verrotteten und Militärpatrouillen versuchten, die Lage nach dem zweiten Irakkrieg bei Nasirija in den Griff zu bekommen, hatten vormals die prächtigen Städte Uruk und Ur gestanden. Das war die Heimat von Gilgamesch, dem König von Uruk und Halbgott. Das Gilgamesch-Epos mit seinen zwölf in Keilschrift beschriebenen Lehmtafeln erzählte von seinen Heldentaten. Mit Enkidu, seinem wilden Freund, gelang es Gilgamesch, Chumbaba, den Riesen im Libanon, zu töten. Als die Göttin Ischtar Gilgamesch um eine Liebesnacht bat und jener sie schroff zurückwies, schickte sie den Himmelsstier nach Uruk, um die Stadt zu vernichten. Enkidu und Gilgamesch bestanden auch diesen Kampf, doch der Preis dafür war Enkidus Leben. So begab sich Gilgamesch auf eine Wanderung, um die Pflanze des ewigen Lebens zu finden. Dabei begegnete er Utnapischtim, dem Fährmann, der ihm von der Sintflut berichtete. Experten waren sich darüber einig, daß dieses Epos, entstanden um 2300 vor der Zeit, die Grundlage für die biblische Sintfluterzählung bildete.

Jo fröstelte, trotz der Weste. Nicht jeden Tag steht man einer Wiedergeburt aus vorbiblischen Zeiten gegenüber. »Gilgamesch?« fragte sie.

Der Graue ließ das Werkzeug klappernd fallen, fuhr herum und starrte Jo überrascht an. Nach und nach erhellte sich seine ernste Miene, und ein strahlendes Licht schlich in seine ruhigen Augen.

»Afrid«, antwortete er auf arabisch, nickte Bel zu, der an ihn herangetreten war, und fuhr in gutem Englisch fort. *»Afrid*, Teufelsweib.« Seine Worten klangen wie eine Anerkennung aus höchstem Mund. Schon Sekunden später herrschte er den Werkstattbesitzer unvermutet heftig an. Jo verstand nur Wortfetzen, doch der Graue erklärte: »Er hat diese Ersatzteile nicht. Er braucht vielleicht eine ganze Woche, um sie zu bekommen und einzubauen. Ich fahre weiter nach Norden. Hier steht mein Wagen. Sei mein Gast!« Ohne Jos Antwort abzuwarten, ging er zu seinem Truck hinüber und überprüfte den Reifendruck, das Kühlwasser und die unter einer Plane verschnürte Ladung.

»Tun Sie's nicht«, mahnte Bel. Er hatte sein jungenhaftes Lächeln verloren, legte Jo eine Hand auf die Schulter und betrachtete sie sorgenvoll. »Wer weiß, woher er kommt und was er geladen hat.«

»Er kommt aus Bagdad.« Jo zeigte auf das blaue Transitschild. »Aber verraten Sie den Trick mit dem Nummernschild nicht Ihrer Regierung.«

»Dann hat er Waffen an Bord!«

»Nicht auf der Herfahrt. Erst auf der Rückfahrt. Er fährt vermutlich auf Sandpisten durch die Syrische Wüste, in sicherem Abstand an Palmyra und seinen Posten vorbei, umgeht Damaskus und trifft sich kurz vor Baalbek mit den Kollegen aus dem Libanon. Die übergeben ihm dann jene treffsicheren europäischen Waffen, die den Israelis und Amis im Mittelmeer nicht in die Hände gefallen sind.«

»Und was transportiert er jetzt?«

»Datteln und Öl. Sehen Sie ruhig nach. Wenn Sie unter die Bespannung langen und Ihnen jemand dort in die Finger beißt, dann hat er auch Dattelesser und Öllieferanten an Bord. Die westlichen Regierungen nennen sie Mudschaheddin. Sie werden im Libanon gegen die Waffen ausgetauscht, um die Hisbollah zu unterstützen. Vielleicht schmuggelt man sie aber auch über die Türkei nach Europa.«

»Und ich dachte, Sie wären Archäologin.« Bel half Jo, ihre Habseligkeiten aus dem VW-Bus zu dem Mercedes-Truck hinüberzutragen. Dabei betrachtete er nachdenklich Jos Bohrkerne.

»Wenn man so wie ich im Dreck der Vergangenheit wühlt«, nahm Jo den Faden von vorhin wieder auf, »dann kommt so einiges ans Tageslicht. Ich bin nicht Archäologin, sondern Ethnobotanikerin. Da fällt mir natürlich auf, daß der Graue den Turban wie ein Schiite gebunden hat. Vielleicht hat er persische Vorfahren im Iran. Das paßt zu meiner Vermutung, er würde im Libanon mit der schiitischen Hisbollah Waffengeschäfte machen.«

»Sind das nicht Terroristen, die die Palästinenser unterstützen?«

»Nur den Kampf gegen Israel, nicht die Palästinenser, denn das sind Sunniten oder sogar Christen. Deswegen hat Arafat der Hisbollah nichts zu sagen, auch wenn uns die Herren beim Treffen in Camp David vom Gegenteil überzeugen wollen und dafür Friedensnobelpreise verteilen.«

»Also stecken die Syrer, Iraker und Libanesen eben doch unter einer Decke!«

Jo überprüfte ihr Auto, langte ins Handschuhfach, holte ihre Taschenlampe und den kleinen Verbandskasten hervor und erklärte: »Die syrische Regierung, das sind Alawiten. Die Iraker setzen sich aus Schiiten und Sunniten zusammen. Die Iraner waren vor allem Schiiten. Die Libanesen sind Christen, Drusen, Schiiten und Falangisten, also Leute, denen es nicht um die Religion, sondern um die Nation geht. Diese verschiedenen Ideologien sorgen dafür, daß sich die Länder nicht zusammenrotten und einen starken Vorderen Orient bilden. Allein aus diesem Grund unterstützen die Europäer und die USA die jeweiligen Herrscher und Diktatoren, gleichgültig, ob sie ›Hyäne von Damaskus‹ genannt werden, ›Schlächter von Beirut‹ oder ›Bloody Men‹ wie die Saddam-Sippe. So unterschiedlich geprägt, halten sich alle gegenseitig schön auf Abstand und liefern sich dabei wechselseitig den USA ans Messer. Dabei verdienen alle Waffenhersteller prächtig, selbst das kleine Österreich streicht mit seinen Tretminen nette Gewinne ein. Everybody is happy.« Sie schlug die Tür ihres Autos ein wenig zu heftig zu.

»Wir könnten das Gespräch heute abend vertiefen. Ein festlich gedeckter Tisch für zwei auf der Terrasse am Euphrat, dazu fangfrisch gegrillten Fisch mit einem Glas gut gekühlten trockenen Weißweins? Ich warte auf Sie.«

»Vergeblich ...« ergänzte Jo. »Wenn ich in Dura Europos nicht erfolgreich bin, fahre ich mit dem nächsten Truck nach Damaskus. Vielleicht laufen wir uns dort wieder über den Weg. Aber sicher nicht im Cham-Palace. Wissen Sie eigentlich, warum die syrischen Luxushotels Cham-Palace heißen?« Als Bel den Kopf schüttelte, erklärte sie: »Dimischq ash-Sham, so heißt Damaskus wirklich, Stadt des Cham, Sohn des Noah. Syrien«, fuhr sie fast verträumt fort, »ist uralt, biblisches Land. In einer Höhle oberhalb von Damaskus soll Kain den Abel erschlagen haben. Abels Gebeine werden dort noch heute aufbewahrt.«

»Und wo betten Sie Ihre Gebeine, wenn Sie in Damaskus sind?«

»Im Musalla. Aber bemühen Sie sich nicht! Sie würden weder das Hotel noch die Straße finden. Und falls ein kundiger Taxifahrer Ihnen tatsächlich den Weg weisen könnte, würden Sie es niemals wagen, in diese finstere Gasse hineinzugehen. Geborstenes Pflaster, Abfall im Rinnstein, grelle Reklame plus Geruch und Geschrei einer Millionenstadt – nichts für Leute wie Sie! Aber dort findet das wirkliche Leben statt, das, was Menschen verbindet. Das ist der alte Portier, der so lange aufbleibt, bis ich sicher abends nach Hause komme, obwohl er längst Dienstschluß hat, das ist der Koch, ein winziges Männchen, das extra für mich in einer entfernt gelegenen französischen Bäckerei morgens um sechs ein Croissant holt, weil er glaubt, Europäer bräuchten dies, das ist das Stubenmädchen, das mir immer ein paar alte, abgetretene und vielbenutzte Schlappen ans Bett stellt, damit ich nicht barfuß aufs ramponierte Klo gehen muß.«

»Sie könnten im Cham-Palace auf vorgewärmten Marmorböden ins Bad schreiten.«

»Klar, und mich danach an der Bar mit all den Menschen treffen, die die Welt im Würgegriff halten. Verzeihung«, sagte sie schnell.

»Interessant«, antwortete Bel, und wieder lächelten seine Augen, als ob er in Jos Innerstes sehen könnte. »Das sagt eine Frau, die von gnadenlosem Ehrgeiz getrieben wird, immer gehetzt von dem Gedanken, die Konkurrenz könnte ihr zuvorkommen oder ein harmloser Monteur sie zu wenig beachten. Mein Kompliment.«

Jo fand, es war höchste Zeit abzutreten. Bel hatte großes Geschick, sie mehr aus der Reserve zu locken und gesprächiger zu machen, als ihr lieb war. Sie zog sich am Trittbrett des Lastwagens hoch und nickte dem Grauen zu. Die Fahrt konnte beginnen.

3. KAPITEL

»Ich heiße Tessir«, erklärte der Graue und fuhr langsam an. Der große Wagen rollte auf die Straße Richtung Norden. Jetzt endlich konnte Jo entspannen. Aus der Fahrerkabine eines Neunzehntonners sah das Land um sie herum weit und offen aus, als ob kein Hindernis die Fahrt je aufhalten könne. Das zerrissene und geflickte Band der Straße unter ihren Rädern war keine Schlaglochhürde mehr, sondern ein Pfad, der sie sicher ans Ziel führte.

Sofort erfaßte sie die besondere Atmosphäre dieser kleinen, in sich geschlossenen Welt zwischen Windschutzscheibe, Seitentür und Rückverkleidung. Ein Raum, in dem gelebt wurde, wo Aufmerksamkeit und Dämmern sich ablösten, wo Tausende der Bilder hängenblieben, die der Fahrer auf seinen Reisen gesehen hatte. Ein Bruchteil seiner Welt, die er durchfahren hatte, schwebte hier zwischen Tachometer, Gaspedal und Steuerknüppel. Staubige, sengende Winde hatten den Sand hereingetragen und die Armaturen bedeckt, brennender Sonnenschein bleichte das Foto einer moslemischen Familie ebenso aus wie das Postkartenbild des Tadsch Mahal, das vom Rückspiegel baumelte. Zusammen mit einem Bund getrockneter Mohnblumen, aus Perlen geknüpften Vögeln und einem Heiligenbild schwang es bei jeder Bewegung wie ein Kahn auf See.

Jo hielt noch immer die Schachtel mit den Bohrkernen auf dem Schoß. Tessir griff danach, ohne herüberzublicken, und verstaute sie in einem Fach hinter dem Fahrersitz. Als er die hölzerne Klapptür öffnete, schlug Jo ein Duft entgegen, für den sie im ersten Moment nur ein Wort kannte: Orient! Sie atmete den Dunst tief ein und versuchte, die einzelnen Komponenten herauszufiltern.

Da roch es zuerst nach türkischem Schwarzkümmel, nach dem Gewürz, das jedem Fladenbrot beigegeben wurde, dann ein wenig nach Leder, Tierdung und der Ausdünstung von Gerbereien, nach Lorbeeröl, goldgelbem Safran und der flüchtigen Frische indischer Narde und Zimtrinde. Der typische Dampf von heißen Messingbechern mit Minztee über offenen Feuern schwebte wie ein Wölkchen durch die Luft und vermischte sich mit dem Duft der Baumrinde exotischer Hölzer. Inmitten all dieser Aromen sah sie Tessir in seinem Laster über die schneeverwehten Pässe des Hindukusch rollen, an Schaf- und Pferdehirten mit ihren blökenden und wiehernden Herden vorbei und entlang der steilen Bergflanken fahren, sah ihn Moschusöl erhandeln und Wolle der Kaschmirziege, beobachtete ihn am Khaiber-Paß beim Feilschen um Rubine aus Peschawar, gegen die beißende Kälte der Bergriesen in einen Mantel aus zottigem Schafsfell gehüllt. All diese Bilder und Gerüche ergriffen so sehr Besitz von Jo, daß sie hemmungslos auf Tessir einredete.

»Bist du eine *Hakayati*?« stoppte Tessir bald ihren Redefluß. »Eine Märchenerzählerin?«

Jo ließ sich nicht irritieren. Ihre gute Laune war mit den Düften zurückgekommen. Das war ihr Leben, ihr Element, hier war sie zu Hause. Niemand konnte ihr dabei etwas vormachen oder sie an der Nase herumführen. Selbst hartnäckiges Leugnen der »Enttarnten« verunsicherte sie nicht. Sie war eine triebhafte Schnüfflerin, die von den Gerüchen dieser Welt auf ihre Geheimnisse schließen konnte. Dieses Talent schlummerte in ihr, so wie anderen das Musizieren gegeben war. Die Veranlagung, ihre Umwelt mit dem Geruchssinn zu erfassen, schärfte ihren Verstand, festigte ihren Instinkt und ihre Erfahrungen und war ihr zu Diensten wie ihr Hör- und Sprachvermögen. So wurden aus Ahnungen gediegene Vorstellungen, aus Duftspuren Landkarten und aus Aromen unauslöschliche Erinnerungen. Andere orientierten sich an visuellen Eindrücken und schriftlichen Notizen, doch sie vertraute ihrer Nase. Von klein auf mit diesem Sinn gesegnet, würde sie noch mit dem letzten Atemzug die Welt in Duftbildern wahrnehmen.

Natürlich war Tessir auf den Basaren von Samarkand gewesen! Sie konnte doch den schmiegsamen Duft der Seidenteppiche riechen und ihren mattglänzenden Schein sehen! Dazu das ganz spezielle Aroma von Blattgold, mit dem seit Jahrhunderten die türkisfarbenen Kacheln Samarkanter Moscheen veredelt wurden. Gold hatte einen stumpfen Geruch, der durch menschliche Hände erst lebendig wurde und im Mund einen Geschmack erzeugte, als habe man sich die Wangen blutig gebissen. Seit Jahren schon behauptete sie, das Aroma von Gold, Metall und Blut hänge zusammen, so wie die Menschheit am Reichtum klebe. Da hieß es immer, Geld stinke nicht, aber auch den Hauch von verschlissenen Scheinen, von abgegriffenen Kupfer- und Silbermünzen filterte sie aus dieser Wolke hinter ihrem Rücken heraus. Doch um ihren Fahrer nicht zu irritieren oder gar abzuschrecken, ließ sie das Übersetzen der Gerüche sein und erzählte statt dessen von sich, Königin Zenobia, dem Bogenschützen und schließlich auch von Pazuzu und dem, was bisher geschehen war.

»Menschengemacht!« urteilte Tessir, kaum, daß sie verstummt war. »Ein Mensch hat eine Lehmfigur geformt, den Hohlraum mit Kupfer ausgegossen, im Ofen gehärtet, den Ton abgeschlagen und Pazuzu erschaffen. Diese Dämonenfigur ist nichts, tut nichts, kann nichts.«

»Wir wissen das, du und ich. Aber die anderen?«

Schweigen breitete sich zwischen ihnen aus und hielt an, so daß Jo glaubte, keine Antwort mehr auf ihre Frage zu bekommen. Plötzlich langte Tessir zum Autoradio hinüber und reduzierte das Knistern und Rauschen. »Du hältst mich für einen Weitgereisten? Das war nicht immer so. Früher einmal, da hatte ich eine Bleibe, eine Familie, ein Zuhause. Aber das Böse ist mächtig. Es sitzt nicht nur im Irak oder Afghanistan. Es sitzt im Westen genauso wie im Osten. Es verhält sich wie ein Ölteppich im Persischen Golf. Zuerst treten nur einzelne Flecken auf, dann fließen sie von allen Seiten und Himmelsrichtungen zusammen, bis sie alles bedecken, verschmutzen und ersticken. Wer kann dann noch behaupten, es hätte im Süden oder Norden begonnen? Das Böse findet zueinander. Ihm folgen Krieg und Tod, Seuchen, Hunger und Vergeltung, Rache für den Gegenschlag, Haß für die Heimzahlung und Mord für die Blutschuld.« Er wies mit einer Kopfbewegung zum Foto der moslemischen Familie hinüber. »Sie waren einmal. Durch viele Welten und Höllen bin ich seitdem gewandert. Schiite am Kopf« – er deutete auf seinen Turban – »zur Not auch Christ, Buddhist und Heide, aber im Herzen nur eines: Mensch!«

Unbeweglich blickte Jo geradeaus. Sie wollte nicht zu dem Foto hinüberschauen, das eine junge Frau mit vier Kindern zeigte. Die Farben waren verblaßt, das hatte sie schon vorhin gesehen. Trotzdem hatte sich ihr sekundenschnell der Eindruck der Wohlhabenheit aufgedrängt: prächtige Kleider mit goldgesäumten Rändern, ansprechende Gesichter, die Kinder mit großen glänzenden Augen, die Mutter schön und anmutig. Bei dieser Trauer um die Toten, die Tessir empfinden mußte, erschien ihre Sorge um ein Skelett von peinlicher Lächerlichkeit.

»Du mußt an den Anfang zurückgehen«, sagte er in ihre Betroffenheit hinein. »An die Stelle, wo alles entstanden ist. Dann kannst du vielleicht verstehen. Am Beginn der Kette, da sind die Lügen kurz und die Preise klein. Frag die Afghanen, was sie zu den Taliban getrieben hat. Dann wanderst du mit ihnen die ganze Strecke zurück von den Überfällen der Sowjets zu den

Auflagen und Erpressungen der Briten, zu den russischen Landräubern, den Mongolen, die das Kalifenreich zerstörten, das wiederum seine Knute über Afghanistan schwang. Wenn du schließlich über Hulagu und Jasdegird bis zu Alexander dem Großen, den Achämeniden und Medern zurückgekommen bist, wirst du Gilgamesch begegnen. Ob er je seinen Fuß auf afghanischen Boden setzte, wissen allein die Götter. Aber bei ihm triffst du den ersten Fehlschluß. Dort mußt du ansetzen, wenn du das Übel packen willst. Tust du nichts, rollst du selbst ein endloses Band von Schuld ab. Auf diesen Schleier springen die Bösen auf und spinnen das Tuch immer weiter, bis es dich umgarnt und erstickt.«

»Gilgamesch?« überlegte Jo laut. »Was hat er getan? Er suchte das ewige Leben, er beklagte den Tod seines Freundes Enkidu, er war …«

»Er war der erste Hirnverbrannte auf Erden.« Tessir, der in seiner Aufmachung dem alten König so glich, der dessen edle Züge und seine Haarpracht trug, der Gelassenheit und Haltung zeigte, kurbelte das Seitenfenster hinunter und spuckte mächtig aus. »Aus dem Gilgamesch-Epos kannst du vieles herauslesen. Zum Beispiel einen moralischen Aspekt. Demnach hat Gilgamesch den Beischlaf mit der Göttin Ischtar abgelehnt. Dazu hätte ein klares *Nein* genügt. Aber was tat er, der große Held? Er sprach die erste Beleidigung auf Erden aus! Er verhöhnte Ischtar. Der selbstgerechte Heuchler hat sich hinter der Mauer hehrer Ideale verschanzt, anstatt ein wenig Menschlichkeit hervorzukramen und sie an die Stelle seiner hinterhältigen Moral zu setzen. So hat er das erste Kettenglied für den Haß geschmiedet, eine Fessel, die sich seither in einem undurchdringlichen Knäuel aus Rache und Vergeltung um die Welt zieht. Nur das Gute darfst du eins zu eins heimzahlen, das Böse niemals.«

»Unsere gemeinsamen alten Bücher«, sagte Jo, die der festen

Meinung war, hier im Orient sei das Prinzip Auge um Auge daheim, »haben uralte Gesetze verankert: in der Bibel, im Koran.«

»Oder in Pazuzu!« Tessir lachte jetzt. »Was zum Greifen für die Dummköpfe, was zum Hören für die Tauben, deren innere Stimme schweigt, was zum Lesen für die Blinden, die das Elend nicht sehen. Aber was gibt es den Menschen zum Leben? Kupferne Abbilder, aus dem Sinn gerissene Worte, Gesetze, die weh tun, und Auslegungen, die gestern falsch waren und morgen überholt sind. Da hockt das Böse und lauert auf die Dummen. Schau aus dem Fenster! Was siehst du?«

»Die Wüste.«

»*Hamdulillâh*! Gott sei Dank! Langsam kommt Verstand in dich. Die Wüste lehrt dich alles, was du brauchst. Und wie immer du nennst, was du im Leben suchen magst, hier findest du es: dich selbst!«

Sie hätte ihn gern nach seiner Herkunft und seinem Beruf gefragt, doch der Anstand verbot es, seine alten Wunden aufzureißen. Sie überdachte, was sie Bel gesagt hatte, daß Tessir ein Grenzgänger und Waffenschieber sei, und fühlte sich unwohl dabei. »Und wie begegnest du dem Bösen? Hältst du ihm etwa die andere Backe hin?«

»Ich überliste es.«

»Also doch! Also bist du ein Mensch aus Fleisch und Blut. Mit Öl und Datteln auf der Hinfahrt und Waffen auf dem Weg zurück.«

»So ähnlich.« Er schmunzelte jetzt und blickte zum ersten Mal zu Jo hinüber. »Auch Datteln sind Waffen, schon auf der Hinfahrt. So wie dein Bogenschütze. Mit ihm willst du die Regierung nötigen, deine Lizenz zu verlängern. Dein Wissen ist eine Waffe. Wenn du ihnen die Geschichte des letzten Schützen von Königin Zenobia erzählst, triffst du sie direkt ins Herz, als hättest du einen Pfeil abgeschossen. Sie werden einen roten

Teppich zu deinen Füßen ausrollen und den alten Knochenmann zum Sinnbild des Alawitischen Frauen-Offizierkorps erheben.«

»Was sagst du da?«

»Nur die Alawiten erlauben ihren Töchtern, Soldatinnen zu sein. Der sunnitische Glaube verbietet das. Die alawitische syrische Regierung ist mächtig stolz auf ihr Frauenkorps, das Königin Zenobia zum Vorbild hat. Sie werden jubeln, wenn du mit einer neuen Geschichte über ihr Ende auftauchst.«

Jo schnappte nach Luft. Das hatte sie nicht gewußt. »Husan al-Assali, der zuständige Beamte, was wird er sein? Alawite?« Als Tessir zustimmend nickte, fuhr sie fort. »Ich könnte sein Herz für meine Interessen gewinnen. Pazuzu darf mir nicht in die Quere kommen!«

»Er ist dir nicht in die Quere gekommen. Er kann von sich aus nichts tun, hast du das schon wieder vergessen? Es sind die Menschen, immer nur die Menschen.«

»Ja, natürlich. Irgendwann hat ihn jemand dort hingelegt und auf seine Kraft vertraut.«

»Irgendwann? Wann!« fuhr Tessir sie schneidend an. »Das Böse, das große Unbekannte, die geheimnisvolle Macht im Dunkeln, das sind Menschen. Die Religionen geben dem Bösen Gestalt und Namen, aber es sind Menschen; Leute, die in teuren Anzügen mit Hoheiten dinieren, bis hin zu Bettlern am Straßenrand. Unser Nichtbegreifen des Schlechten im Menschen erklären die Religionen mit Teufel oder Scheitan, um dem Unverständlichen einen Namen zu geben. Damit wir aufhören, uns mit Fragen zu quälen, und unsere Hilflosigkeit irgendwo draußen im Weltall beantwortet wird, dort, wo man Gott vermutet, also überall und nirgendwo. Fällst du darauf herein, kannst du endlich aufhören, dein Gehirn zu martern. Du brauchst nicht mehr denken, nur noch glauben. Das ist die Medizin gegen die Verzweiflung. Nicht ohne Nebenwirkungen.

Nimm die Fundamentalisten aller Länder und Regierungen! Sie würzen diese Medizin mit immer neuen Auswüchsen ihrer kranken Vorstellungen, als ob Kreuzzug und heiliger Krieg himmlische Befürworter hätten! Sie schlucken zu viel von diesem Glaubenselixier. Sie missionieren, terrorisieren und phantasieren. Denn tief im Herzen spüren sie, daß sie bestätigt werden müssen, weil ihre Lehren an allen Ecken und Enden lahmen. Da brauchen sie Komplizen, Parteigenossen und Jünger, die dem Reiter auf dem dreibeinigen Kamel vorgaukeln, es hätte vier Füße! Du kannst dein Bild von Gut und Böse im Schrein der Religionen lassen und dich statt dessen am Menschen orientieren. Wir sind alle gleich, wir kennen alle Durst und Angst. Das zeigt dir die Wüste. Wer einen Steinwurf erwartet und dafür Wasser erhält, erlebt das als heilige Handlung, denn die Mägen der Menschen sind verständiger als ihre Seelen. Die Einöde der Wüste, die erstickende Verlassenheit, peitschende Winde, in Hitze und Kälte erstarrte Landschaften, Entbehrungen, die Verlockung unerreichbarer Horizonte und sternenklarer Nächte lehren dich Respekt. Mehr brauchst du nicht vom ersten Schrei bis zum letzten Seufzer. Doch jenseits dieser Achtung lauert der Wahnsinn!« Er trat heftig aufs Gas, und die Landschaft flog an ihnen vorbei.

Tessirs Worte gaben Jo neuen Schwung und ein erfrischendes Gefühl von Abenteuer, so, als ob ihr ein aufregendes Erlebnis bevorstände, das ihrem Leben eine neue Prägung geben konnte. Sie würde ihn gerne noch eine Weile begleiten, Gespräche mit ihm führen, wie sie mit anderen nicht möglich waren, und versuchen, seinen Gedankengängen zu folgen. Doch in kurzer Zeit würden sie Dura Europos erreichen und die Gemeinsamkeit beenden. So ließ sie das Gefühl, das er ihr vermittelte, auf der Zunge zergehen wie einen ausgesuchten Leckerbissen. Er schmeckte nach einer Situation voller Herausforderungen, die sie an eine Grenze führen konnten. Wenn sie dabei nicht unterging, würde es ihr gelingen, einen Blick in das unbekannte Land jenseits ihrer bisherigen Erfahrungen zu werfen. Tessir und sein zynisches Weltbild, geboren aus Heimsuchung und Überlebenskampf, als bewußtseinserweiternde Droge! Das gefiel ihr, aber ihm sicher nicht. Seine Ansichten über das Böse im Menschen dermaßen romantisch zu verbrämen und es als Sprungbrett für Erkundigung im Zauberland eigener Phantasien zu benutzen, klang ein wenig nach Schnäppchenjagd auf Kosten fremder Schicksalsschläge. So wie er sich gab, gründete er seine Meinung auf den gesunden Menschenverstand, Nüchternheit und gehörige Distanz zu religiösen Winkelzügen. Jo erklärte also, sie sei nicht wegen eines Dämons in Unruhe, sondern wegen des Anschlags an der Grenze und der Polizeikontrollen. Obendrein vermisse sie ihr Auto.

»Faule Fische«, brummelte Tessir. Mehr sagte er nicht, nur diese zwei Worte. Jo blickte ihn von der Seite an. Hinter seinem rechten Ohr lugte unter dem Turban eine graue Locke hervor. Sie entsprach exakt einer jener drei berühmten krausen und kunstvoll gedrehten Haarsträhnen, die den Halsansatz des kupfernen Gilgamesch zierten. Wußte er, welche Ähnlichkeit er mit dem Kupferkopf aus Ninive hatte? Er deutete Jos Schweigen falsch: »Du verstehst nicht, was ich damit meine? Fische stinken nicht ohne Grund. Entweder vertrocknen Seitenarme des Euphrat, weil die Türken im Norden das Wasser abgraben, oder der Regen bleibt aus und tausend Gründe mehr. Du kannst dir selbst überlegen, warum Fische verfaulen. Ich komme von der Grenze. Es gab keinen Zwischenfall mit einem Bus. Vielleicht braucht man etwas Klatsch, um die Israelis zu beschuldigen oder die Jordanier. Vielleicht, um die Anwesenheit der Amerikaner in Jordanien zu rechtfertigen oder ein Massaker der Israelis an den Palästinensern, oder um eine Bluttat der Hamas in einem Schulbus mit jüdischen Kindern schönzureden. Nichts geschieht grundlos.«

»Wahrscheinlich war es ausschließlich für mich inszeniert.« Jo konnte endlich lachen. Sie war heilfroh, daß es keine Verletzten oder Toten gegeben hatte. »Aber mein Auto hat ausgerechnet heute gestreikt.«

Tessir hob die rechte Hand und rieb Daumen und Zeigefinger aneinander, so, als ob er ein Gericht würzen wolle. »Du glaubst also doch an eine Prise Dämonie aus übersinnlichen Welten? Ich sage dir, es gibt weder Geister noch Zufälle. Bei deinem Auto könnte es mehr sein als nur das Alter, Sandfraß und schlechte Wartung.«

Jo hatte plötzlich einen schalen Geschmack im Mund. Ihr Auto hatte tage- und stundenlang vor den Toren von Dura Europos herumgestanden. Nicht einmal der alte Samman hatte es allzeit im Blick gehabt. Jeder hätte sich dort zu schaffen machen können. Hatten nicht auch die beiden Polizisten daran herumgefummelt? »Sabotage?« fragte sie, ohne eine Antwort zu erwarten. Aber dann verwarf sie den Gedanken wieder. Im Grunde genommen war ihr von Anfang an klar gewesen, daß dieses alte Auto seinen Geist aufgeben würde. Und es war dummerweise gerade heute passiert. Nichts Außergewöhnliches.

In einvernehmlichem Schweigen setzten sie die Fahrt fort. Als sie von der Hauptstraße nach Osten Richtung Dura Europos abbogen, war Jo wieder vom Anblick der fernen Festung überwältigt. Das düstere Licht des Nachmittags gab der Stadt den Anschein eines intakten, uneinnehmbaren Bollwerks. Mit dem akkadischen Wort *dura*, Mauer, hatte man die Anlage treffend beschrieben. Wie ein unüberwindlicher Riegel sperrte Dura Europos den Zugang zum Euphrat ab. Wer an das Wasser wollte, mußte sich mit der Stadt auseinandersetzen. Ob hier schon Gilgamesch zusammen mit Enkidu den Fluß bei seiner Wanderung zu den Zedernwäldern des Libanon durchwatet hatte? Hatte ihn der Fährmann nach Enkidus Tod an dieser Stelle übergesetzt, und hatte Gilgamesch hier um den

Gefährten geweint und den Euphrat aufgerufen, die Totenklage anzustimmen?

Jo verbannte die Gedanken an das alte Heldenepos und die Vergangenheit. Es galt, noch heute vorwärtszukommen. Als Tessir seinen Laster neben dem Wärterhäuschen anhielt, sprang sie, nach einer knappen Verabschiedung, unternehmungslustig aus dem Wagen. Erst als sie das mächtige Palmyra-Tor durchschritt, flog sie ein Hauch Wehmut an, Tessir verlassen zu haben. Wieso eigentlich? Jo horchte in sich hinein und versuchte, die seltsame Stimmung zu analysieren, die ihr dieser Truckfahrer beschert hatte, und seinen Zauber zu ergründen, der ihr die Leichtigkeit des Herzens genommen hatte. Unfreiwillig kamen ihr doch wieder Verse aus dem Gilgamesch-Epos in den Sinn: *Einem Wanderer auf fernen Wegen glich sein Antlitz.* Sekundenlang blieb sie wie getroffen stehen. Dieser Satz tat weh. Zusammen mit der Erinnerung an Tessir begann er sich in ihrem Leben breitzumachen. Warum?

Sie hob den Kopf und blickte umher. Zu ihren beiden Seiten türmten sich die wehrhaften Mauern des Tores auf. Bodenschwellen, Schießscharten und in die Torwände gearbeitete Wachtürme zwangen den Reisenden heute wie einst, Dura Europos mit Bedacht zu betreten. Trotzdem öffnete sich genau hier der Blick über die Gerade Straße hinunter bis zum Euphrat. Dahinter, im Dunst des Ostens, lagen ferne Wüsten und Welten, Sehnsuchtslandschaften, weite Räume, die Wiege der Menschheit und ihr Schlachtfeld zugleich. Von dort kam Tessir, ein Wüstenfahrer. Er brachte etwas Lebendiges aus Babylon, Ur, Ninive und Lagasch mit, etwas Leibhaftiges von den ersten Herrschern am Beginn der Zeit, eine Ausstrahlung, die alte Gesänge belebte, fast so, als hätte er selbst aus der Geschichte heraus einen Schritt in die Gegenwart getan.

In Jos Visionen hinein schob sich die klägliche Gestalt von Musil. Er hockte, wie versprochen, auf der Mauer am Haus des

Parfümeurs und erinnerte an einen flügellahmen Kleindrachen. Jos Schritte ließen ihn aufhorchen. Voller Freude drehte er sich um und präsentierte ihr sein lächelndes Gesicht. Seine abstoßenden Züge holten Jo augenblicklich in die Gegenwart zurück. Sie zuckte wider Willen zusammen. Musil war so schiefmäulig, triefäugig und greulich, daß sein Anblick selbst Dämonen erschreckte. Doch das war nichts im Vergleich zu Yassers Mienenspiel, das sie kurz darauf erblickte.

Unverhofft war er an die Ausgrabungsstelle zurückgekehrt und wartete auf Jo. Allein sein Gesichtsausdruck verhieß nichts Gutes. Jo kannte ihn als fröhlichen Menschen, der auch nachdenklich und ernsthaft sein konnte, dennoch gerne Scherze machte und die Welt nahm, wie sie sich ihm präsentierte: ungerecht, voller Tücken und Fallstricke und darauf aus, es jedem einzelnen so schwer wie möglich zu machen, mit Ausnahme weniger Begnadeter, denen die Segnungen des Schicksals ohne jede persönliche Anstrengung zuflogen und denen das Glück somit längst zur Gewohnheit geworden war. Für den Rest der Menschheit, und besonders für ihn, hatte das Leben jedoch Plackerei und Enttäuschung parat, manchmal durch ein Quentchen Wohlsein gemildert. Yasser war sich dessen bewußt und konnte gut und fröhlich damit leben. In seinem Gesicht mit dem verkniffenen Mund und den steilen Stirnfalten stand jetzt allerdings zu lesen, daß eine ansehnliche Portion Unheil in den täglichen Eintopf geraten war, in dem sich das Schicksal des Menschen zusammenbraute.

Samman, wie immer auf seinem Polster und auf Posten am Palmyra-Tor, genoß den Duft von frischem Beduinenkaffee. Eigentlich wäre es an ihm gewesen, Tessir wenigstens mit Tee zu bedienen. Doch der große Mann hatte das Gesetz der Gastfreundschaft einfach umgekehrt, hatte ein Feuerchen neben der Hütte entfacht, in einer kleinen Pfanne Kaffeebohnen geröstet, bis ihr würziger Wohlgeruch über dem Sand schwebte, sie dann im Mörser zerstoßen und zusammen mit einer Kardamomschote und einem reichlichen Quantum Zucker und Wasser aufgegossen, zum Kochen gebracht und Samman zum Trinken gereicht. Jetzt schwenkte Samman das Kaffeetäßchen zweimal kräftig hin und her. Schließlich hatte auch er Manieren. Das doppelte Schwenken bedeutete in allen Zelten und Wüsten, die er sich vorstellen konnte: Danke, köstlich, doch ich möchte deine Freizügigkeit nicht grenzenlos fordern!

Tessir verstand etwas von guten Sitten. Bemerkenswert, daß er all diese Förmlichkeiten, die vielleicht aus Notwendigkeiten entstanden waren, nur dann einsetzte, wenn sie Sinn machten. Samman kannte ihn schon lange. Jedesmal, wenn er Tessir traf, spürte er den Atem der Freiheit herüberwehen. Dieser Freiheitsdurst war ja jetzt in aller Munde. Die Jungen schwätzten darüber, als wäre Freiheit eine Frucht, die man kaufen könne. Dabei setzte sie den Frauen Flausen in den Kopf und wiegelte die Herumtreiber auf. Doch Tessir umrankte der Glanz der Selbstbestimmung. Er sah aus wie einer, den das Leben nicht kleinkriegte, so sehr es auch mit Schicksalsschlägen auf ihn eindrosch, und wie jemand, der nicht mehr daran glaubte, das vielgepriesene Paradies des heiligen Buches könne zurechtbiegen, was auf Erden erlitten war.

Ah, die große, ewige Gerechtigkeit! Samman schnaubte durch die Nase. Dem gläubigen Muslim, den Märtyrertod gestorben, versprachen die Gelehrten siebzig Jungfrauen. Oder waren es nur sieben? Nun, dachte Samman und nahm genüßlich einen tiefen Zug aus Tessirs Wasserpfeife, eine einzige Jungfrau wäre schon zuviel. Er wollte sie nicht haben. So junge Weiber waren zickig wie Eselstuten. Seine Frau würde ihm genügen. Mochte sie im Paradies auf ihn warten. Sie konnte ja ein klein wenig jünger aussehen, mit vollem Haar und Glut in den Augen. Dazu weich und schmiegsam sein wie bei der ersten Begegnung, die Haut samtig und die Lippen voll und heiß. Trotzdem stände ihr die geistige Reife des Alters gut, die sie versöhnlich und nachgiebig stimmen würde und nicht launisch sein ließ wie zu den Zeiten jugendlicher Leidenschaft.

Samman lauschte dem einlullenden Blubbern der *Nargileh*. Auch mit der Wasserpfeife bewies Tessir tadellosen Geschmack. Apfelblütendunst umhüllte Samman und ließ seine Gedanken in den Himmel steigen. Natürlich müßte ihm zu seiner Frau auch seine jugendliche Kraft zurückgegeben werden, denn mit diesem lahmen Kreuz, das ihn stöhnend auf sein Lager zwang, würde er nicht viel Freude haben. Viel verlangte er ansonsten nicht von der Ewigkeit. Sein Teppich vor dem Haus unter dem Feigenbaum wäre ihm genug, ein Feuer dazu, um Mücken fernzuhalten, ein Feuer mit roter Glut und schmorenden Eierfrüchten. Ein paar eingelegte Oliven, ein frisch gebackenes Fladenbrot und sein Weib daneben, ein Täßchen Zimttee in der Hand. Zu guter Letzt das Gefühl nach getaner Arbeit.

Tessir trat an ihn heran, um Kohlestückchen auf die Glut der Wasserpfeife zu legen. Mit keinem Wort versuchte er, Samman zu stören. Und so überdachte der Alte unbehelligt die Verheißungen fortwährender Glückseligkeit. Vor langer Zeit hatte er eine Koranschule besucht. Die Zusicherung der Jungfrauen war in seinem Gedächtnis haften geblieben. Wußte der Engel Gabriel nicht, welch ungeheure Last er damit den Lenden unschuldiger Männer aufbürdete? Ahnte dieser Engel nichts von dem Gefühl, nach vollbrachtem Tagwerk daheim zu sein, in lauer Luft die Nähe des vertrauten Menschen neben sich und die Gewißheit zu spüren, daß inmitten dieser verrückten Welt einzig der kleine Fleck mit der schilfgedeckten Hütte am Euphrat Bestand hatte?

Samman erwachte aus seinem Tagtraum und schüttelte den Kopf. Es war nicht gut, sich solchen Gedanken hinzugeben.

Das war Aufgabe für Schriftgelehrte und Prediger, etwas für kluge Männer, die jene heiligen Worte deuten konnten. Aber das einmal Ersonnene feilte an seinen Sinnen und gab ihn nicht frei. Mit dem Frieden vor dem Haus würde es nichts im Paradies, sollte er dort einer Person wie Jo begegnen. Das nahm dem ewigen Leben den Zauber beglückenden Daseins. Denn diese Jo rannte zuviel, sprach zuviel und sah ihn gern solchermaßen an, daß seine arthritischen Gelenke zu schmerzen begannen. Sie war ein Wesen, das ihn ohne Bedenken zur Arbeit drängte, ein Weib, das mit dem einmal Erreichten nicht zufrieden, sondern ständig bedacht war, die Mühsal voranzutreiben und Pläne für den nächsten Auftrag zu schmieden. Lag's an den Dämonen, die sie belauerten? fragte Samman sein Herz.

Tessir glaubte nur, was er an seinen Fingern abzählen konnte, was seine Augen sahen. Vor Jahren hatte Samman schon resigniert, ihn die Sicht der anderen Welt zu lehren. Zwischen dem Gestern und dem Heute gab es Ausdehnungen ungeahnter Größe. Das Jetzt war schon vorbei und ein Vorher geworden – doch nur, wenn er daran dachte. Was war mit der Zeit dazwischen? Genau von dieser Spanne sprach er. In diesem Bereich trieben sich Wünsche und Verfluchungen herum, all die Ungerechtigkeiten der Welt, das Unerfüllte und Herbeigesehnte. Sie brodelten wie Stromschnellen, wirbelten nebeneinander her, zerfetzten sich, mischten sich neu und bäumten sich zu Ungeheuern auf. Das war die Geburtsstunde der Dämonen. Die Welt wäre längst daran erstickt, fänden die unermeßlichen Kräfte nicht Opfer, sie damit zu beladen. Jeder, der den Augenblick nicht genießen und bannen konnte, lockte die Dämonen an wie ein Kadaver die Schmeißfliegen. Jeder, der stets dem Morgen und der Zukunft entgegenhastete und darüber den Moment vergaß, köderte die Unglücksstifter wie eine gut präparierte Falle. So geriet der Mensch in seinen eigenen Hinterhalt, aus dem er sich nicht mehr befreien konnte. Einmal in die Knie gezwungen, stürzte die Bosheit der Welt auf den Menschen ein und vernichtete ihn. Bis auf denjenigen, dem es gelang, das Schlechte zu absorbieren und die Erniedrigungen des Lebens auf andere zu wälzen. Auf diese Weise wurde das Rad der Bösartigkeit am Laufen gehalten und zog alles in den Abgrund, was nicht leichtfertig genug war, wie Abschaum an die Oberfläche zu steigen, um mit der Strömung zu treiben, immer darauf bedacht, zur erhabensten Schicht zu gehören. In diesen Strudel würde Jo gerissen werden, die Fremde, die stets den nächsten Schritt plante und keine Pause in Palmengärten suchte. Es sei denn, sie würde auf ihn hören.

Samman fixierte die flimmernde Weite der Wüste. Hatte je ein junges Weib den Rat eines alten Mannes befolgt? Noch sturer als Fels und Stein, die sich immerhin Sand und Sonne beugten, bestanden sie darauf, eigene Fehler zu machen, und sollte es sie das Leben kosten. In sein düsteres Denken hinein drängte sich unvermittelt das Bild einer Person, die bäuchlings im Wasser trieb. Samman wedelte ungestüm mit der Hand vor den alten trüben Augen auf und ab, als müsse er Mücken verscheuchen. Gelänge es ihm nur, dieses faserige Gebilde vor seinen Augen zu zerstören, es mit dem Handschlag zu zerfetzen und in den Dunst der Wüste zu schicken, woher es gekommen war, so würde das Erblickte niemals Gestalt annehmen und Tatsächlichkeit werden! Obwohl er heftig fuchtelte und versuchte, die Luft vor seinen Augen zu zerreißen, vervollständigte sich das Blendwerk und formte sich zum Bild einer Wasserleiche mit blutleeren Lippen im aufgedunsenen Antlitz. In größter Not griff Samman nach der Wasserpfeife und spie der Vorstellung blauen Rauch entgegen. Der legte sich wie Euphratwellen über das Bild und zerrann mit der Schreckensvision.

Nur eine Täuschung, keine Vorhersehung, flehte Samman. Möge es nur ein Trugbild sein, wie es entsteht, wenn heiße und kalte Luft sich treffen und so die Pläne der Dämonen sichtbar machen, genau so als habe man ein Blatt mit Urin beschrieben und hielte es an offenes Feuer. Wenn er dieses Hirngespinst aber aufnahm und ausmalte oder gar davon sprach, dann gab er dem Schattenbild Wirklichkeit und hauchte ihm Leben ein, bis es körperlich fest und Bestandteil der Zukunft wurde.

Der alte Mann kniff kraftvoll die Augen zusammen, um alles Erblickte hervorzupressen wie den letzten Tropfen Saft einer Zitrone. Es galt zu verhindern, daß jene Einbildung, entstanden in der flirrenden Hitze des Tagtraums, Wirklichkeit wurde.

Er habe, so erklärte Yasser einer verblüfften Jo, nur verhindern wollen, daß Mustafa und die anderen Helfer beim Anblick des Pazuzu in Panik gerieten, damals, vor ein paar Stunden. Deshalb sei er gleich herausgeklettert, um das Schlimmste zu verhindern und sie vom Fortlaufen abzuhalten. Den Mund habe er sich fransig geredet, und schließlich sei er erfolglos, dafür beladen mit Gerüchten, hierher zurückgekehrt.

»Was für Gerüchte?« Jo war schon in die Grube gesprungen und hörte Yasser kaum zu. In Dura Europos war kein Tropfen Regen gefallen. Das große Unwetter hing nur eine Stunde entfernt im Süden. Vielleicht würde Schamasch, der alte Sonnengott des Zweistromlandes, allen Wolken und Winden Einhalt gebieten? Sie ließ Pazuzu bedeckt, zog aber die Plane vom Skelett.

»Die deutsche Botschaft«, sagte Yasser, ohne Jo zu helfen. »Du sollst dich bei der Botschaft melden. Gleich.«

»Wer sagt das?«

Yasser blickte unruhig ringsum und brachte ein paar wirre Sätze hervor. Ein Busfahrer habe es von einem Taxichauffeur gehört, verstand Jo schließlich. Alle offiziellen Stellen seien verpflichtet, die Ausländer anzuhalten, ihre Botschaften zu kontaktieren. Das klinge nach Krieg und Ende der Mission. Shell-Mitarbeiter hätten ihre Familien schon heimgeschickt, und Flüge nach Europa seien ausgebucht. Von den HOMA-Leuten ginge keiner mehr an Funk- oder Faxgerät, um nicht abgerufen zu werden. Solange sie hier in der Abgeschiedenheit grabe, könne man sie nicht erreichen. Spätestens heute abend im Hotel wäre es dann aus.

»Ich soll also die Ausgrabung stoppen? Aber ich denke nicht daran! Ich werde den Bogenschützen bergen, egal wie!«

»Klingt nach illegal.« Yasser stand noch immer untätig am Grubenrand und fing Jos abschätzende Blicke auf, die seinen Bauch entlangstrichen und bei seinen Augen endeten. »Du glaubst, ich bin feig und faul? Du denkst, ich bin das Hindernis? Du verstehst gar nichts. Laß irgend etwas geschehen, dann findest du nicht einmal Gnade vor deiner Botschaft. Sie hat dich gewarnt. In zwei Tagen ist die Lizenz abgelaufen, und wir wandeln uns von Wissenschaftlern zu Grabräubern. Syrische Gefängnisse, ah.« Er dehnte die Buchstaben zu Seufzern. »Soll ich dir sagen, was du tun mußt? Verschwinde von hier, so schnell du kannst. Vermeide öffentliche Verkehrsmittel, jede Behörde, dein Hotel. Sieh zu, daß du nach Damaskus kommst und Husan al-Assali die neue Lizenz abknöpfst, ehe sich die Botschaft einklinkt. Vielleicht gilt nur der tiefe Süden als gefährdet, wie meist. Al-Assali hat gewöhnlich keine Ahnung. Er hockt in seiner Stadtwohnung, pflegt seinen Schnauzbart und seine Allüren, den Tratsch im Café, wer auf wessen Gehaltsliste steht, wohin die Steuern steigen, wie hoch sein Gewinn am Phosphatabbau ist und wie er ihn am Staat vorbeischleust. Ihn kümmert's nicht, wo Dura liegt. Damaskus ist das Maß. Laufen da Ausländer herum, kannst du weitergraben. Von Damaskus aus gesehen liegt Dura im Nordosten. Denn ein Damaszener blickt von dieser Stadt aus in die Welt. Um sie dreht sich der Kosmos. Damaskus ist Oase und Zentrum jeder Zivilisation und rundherum nichts als Barbarei und kulturelle Öde. Also sei geschickt, täusche, lüge, erfinde! Hier ein

Geschichtchen, dort ein Versprechen, eine Andeutung, etwas Ruhm, der durch die Medien geht? ›Ah, Mister al-Assali, der Mutige, hat er doch, Sie wissen schon, mein Lieber, damals in dieser Krisensituation ... wäre er nicht der beste Mann für unser Projekt‹?«

Jo betrachtete nachdenklich die bleichen Knochen zu ihren Füßen.

»Laß den Schützen und Pazuzu liegen. Mit dem Unglücksbringer unterm Arm bist du ein böses Omen. Und die alten Knochen sehen nur in der Vitrine hübsch aus. Nimm lieber die Kette. Gold macht alle geil. Sein Glanz schaltet gleich das Denken aus und knipst die Hoffnung an, hier wäre noch mehr zu holen. Wenn al-Assali Kostbares wittert, wird er gierig und unterschreibt. Sein Hang zum Gold ist größer als sein Bedürfnis, den Bitten fremder Botschaften zu folgen. Inzwischen bewache ich zusammen mit Musil die Grube. Bassel hat auch zugesagt. Vielleicht können ihn ein paar Euro mehr von Pazuzu ablenken? Das lockt auch Mustafa und seine Leute an.«

»Ich kenne dich, Yasser!« Jo zog ihre Sofortbildkamera hervor und machte Fotos. Dann nahm sie die Digicam und knipste das Skelett aus allen Blickwinkeln. »Das hast du längst mit ihnen ausgehandelt. Für alle also das doppelte Gehalt, bis ich wieder da bin. Auch für dich. Wirf mir den Besen runter, ich will die Hände des Schützen freilegen und genaue Bilder nach Damaskus mitnehmen. Wehe, es fehlt auch nur ein einziger Knochen, wenn ich wiederkomme! Und auf Geschichten von Überfällen und Knochenrückkauf für teures Geld falle ich nicht herein. Ich sage das nur so nebenbei, falls einer Langeweile beim Bewachen hat und plötzlich anfängt, Finanzpläne zu schmieden.« Sie änderte ihre Position und machte Bild für Bild. »Ich möchte nicht, daß Musil ausgebootet wird. Er gehört jetzt zur Truppe, also auch hier keine Story, du weißt schon, was ich meine. Wie soll ich ohne Auto, Taxi oder Bus nach Damaskus kommen?«

»Wenn du an der Straße stehst, wird dich jeder mitnehmen.«

Jo dachte an die Polizeikontrolle auf dem Weg nach Mari und erzählte davon. Yasser ließ sich das Aussehen von Wagen und Polizisten genau beschreiben. »Die waren nicht echt.«

»Wie bitte? Warum sollte mir einer was vormachen? Sie haben nichts geklaut und keine Gebühren verlangt. Erzähl mir nicht, sie wären Assassini. Sie waren nur blöd, nichts weiter.«

»Du begreifst die Zusammenhänge nicht!«

»Yasser, keine Predigt über Lieblingsthemen! Du mußt üben, einen halben Tag lang ohne Assassini auszukommen. Das ist wie eine Diät, bei der du Überflüssiges loswirst. Mach es wie beim Fasten. Von Sonnenauf- bis -untergang kein Wort über Assassini. Das lüftet dein Hirn. Danach fühlst du dich frei wie ein Fohlen. Also sieh jetzt zu, daß du Bassel auftreibst. Ich will einen Schutzwall aus Steinen und Holz um das Skelett haben.«

Inzwischen waren die Sofortbilder entwickelt. Jo verteilte sie in Klarsichthüllen. An der rechten Hand des Bogenschützen entdeckte sie mehr Knochen als erwartet. Sonderbar, daß ihr dies erst mit der Betrachtung des Fotos auffiel. Sie blinzelte zum Skelett hinüber. Bild und Original stimmten überein. Da lagen mehr Fingerknochen herum, als es sich für eine Leiche gehörte. Sie schienen miteinander verwachsen zu sein. Jos Metier waren Blütenreste, Parfüme und Salböle, keine Monsterfinger. So etwas hatte sie noch nie gesehen.

Vom Euphratufer klangen wieder Mateos Hammerschläge zu ihr herüber. Als Arzt würde er ihr gewiß dazu Auskunft geben können. Sie dachte an sein unfreundliches Verhalten, als sie jetzt zum Ufer hinabstieg. Tock, tock, tock pochte der Hammer. Ihr Herz schlug im gleichen Takt. Niemand holt sich gern eine Abfuhr. Sie wappnete sich innerlich gegen einen neuen Anschnauzer und legte sich eine scharfe Entgegnung zurecht. Aber die Antwort, die Mateo Minuten später gab, machte sie sekundenlang sprachlos. Und sie erschreckte sie ein wenig. Sie konnte Mateo überhaupt nicht beurteilen, nicht einordnen. Was sie auch immer über ihn dachte, wurde gleich darauf widerlegt.

»Syndaktylie«, rief Mateo beim Anblick der Fotos. Sein Jubelruf klang wie ein »Tor!« bei der Fußballweltmeisterschaft. Die Begeisterung war echt. Er hörte sich an, als habe er ein wunderschönes Geburtstagsgeschenk bekommen, etwas, das er sich immer heiß gewünscht, aber bisher nicht erhalten habe. »Syndaktylie heißt *Mitknochen*, so wie *Mitesser*. Toll!«

Vorhin hatte er Jo den alten Karawanenweg zum Euphratufer herunterlaufen sehen und überlegt, ihr auszuweichen. Doch für einen Rückzug, der nicht nach Flucht und offener Brüskierung aussah, war es rasch zu spät. Unversehens hatte sie vor ihm gestanden, etwas zerzaust, aber topfit, wie er sich eingestehen mußte, eine schlanke, sportliche Person, zielgerichtet und ausdauernd. Er mußte stehenbleiben und abwarten, was sie jetzt wieder von ihm wollte. Aber da breitete sie Fotos vor ihm aus, die ihn sofort den alten Zwist vergessen ließen. Eine verwachsene, zweitausend Jahre alte Hand! Ruckzuck wandelte sich das Bild, das er von diesem Bogenschützen hatte. Dieser anonyme Krieger wurde mit einemmal zu einem Individuum, das Mateo faszinierte. Ein Krüppel hatte den Römern Paroli geboten, einer, den heutzutage das soziale Netz auffangen würde, hatte zwanzig Soldaten ins Jenseits befördert. Was mußte das für ein Mann gewesen sein! Mateo vergaß die geplante Schroffheit gegenüber Jo und legte sie einfach ab wie seinen Hammer, den Pfahl und den Baumsetzling. Selbstverständlich wollte er mit ihr zur Ausgrabungsstätte hinaufsteigen, um das Original zu sehen. Eine Syndaktylie am Euphrat. Eine Behinderung, verbunden mit dieser Geschichte.

»Dieser Bogenschütze, Mensch, Jo, Mann o Mann! Trug er den Köcher links oder rechts?«

»Häh?«

»Also mit dieser Verwachsung und Verdoppelung der Fingerknochen hatte der Schütze eine Klumphand. Nichts, womit man schnell einen Pfeil auflegen konnte. Auch Nasebohren ging nicht. Die linke Hand ist normal. Wahrscheinlich war er Linkshänder, und die greifen nun mal über die rechte Schulter, um einen Pfeil aus dem Köcher zu holen.« Mateos Worte sprudelten hervor.

»Stimmt, der Köcher lag rechts. Gibt es diese Syndaktylie häufiger? Was ist der Grund dafür?«

»Ist ziemlich selten. Heutzutage sieht man das nur im Archiv. Ist angeboren und wird frühzeitig operiert. Wenn du mal Zugang zum Internet hast, sieh unter dem Stichwort nach. Hut ab vor dem Schützen. Ich fasse es kaum. Kannst du dir vorstellen, wie man ihn als Kind verspottet hat, daß er aus Not zum Linkshänder wurde und verbissen trainierte, um es allen mit seiner Schießkunst zu zeigen?«

Jo betrachtete ihn erstaunt. Mateos Arroganz, seine kalte und herablassende Art war von ihm abgefallen wie Putz von einer baufälligen Mauer. Sie hatte ihm weder Phantasie noch Mitgefühl zugetraut, aber jetzt glaubte sie zu verstehen, warum er Arzt war. Mit ungeahntem Einfühlungsvermögen versetzte er sich in die Seele eines längst Verstorbenen, den er wegen einer Behinderung wie einen Patienten bewertete. Ob dieser Bogenschütze geliebt oder gefürchtet gewesen sei, hörte sie Mateo fragen, ob er eine Frau gefunden habe – und welches Glück er gehabt habe, nicht schon als Kind getötet worden zu sein. Hatte er am gemeinsamen Essen teilnehmen dürfen? Hatte ihn die Unfähigkeit, mit der rechten Hand die Körner aus der Schüssel zu holen, so schnell und wendig gemacht? Hatte er immer wieder um sein Leben fürchten müssen? War er mutiger als alle anderen gewesen, weil er nur seine Ehre verlieren konnte? Und hatte nicht Jo jetzt bewiesen, daß er diese auch noch zweitausend Jahre später besaß? Einer gegen alle – war das sein

Lebensmotto? Hatten sich die Frauen um ihn gerissen oder waren sie beim Anblick seiner Klaue geflohen? Ahnten sie etwas von Vererbung? Sicher, sie züchteten doch Vieh mit besonderen Merkmalen. Sie konnten Rückschlüsse ziehen. Und darum fürchteten sie den Kerl mit der Klumphand. Er blieb allein. Vielleicht geachtet, aber mit Schrecken gesehen.

Schrecken, Angst? Jo ließ Mateos Worte auf sich wirken. »Pazuzu!« rief sie plötzlich. »Also deswegen liegt Pazuzu bei ihm!«

Mit allem hatte sie gerechnet, aber nicht mit Mateos Erschütterung. Wieder reagierte er völlig unerwartet. Er wurde blaß. Der Schweiß schien ihm aus allen Poren zu brechen. Sein Gesicht glänzte feucht. »Scheiße! Ich meine, warum habe ich nicht selbst daran gedacht!« Seine Stirn legte sich in Falten. Er stapfte neben Jo bergaufwärts und brummte unablässig vor sich hin. Schließlich hörte sie den Begriff »morphische Resonanz«.

»Was ist das, Mateo? Eine ansteckende Krankheit, ein Virus, das wir zum Leben erweckt haben? Eine neue Seuche?«

»Morphische Resonanz«, murmelte er, als spräche er nur zu sich selbst, »das ist der Einfluß von ähnlichem auf ähnliches. Das Leben zweier Menschen überschneidet sich nicht ohne Grund. Etwas führt sie zueinander, auch wenn sie es nicht ahnen. Verdammt noch mal! Das gibt Ärger! Wenn sich das rumspricht, läßt sich kein Syrer mehr Blut abnehmen. Sie fürchten doch sowieso, wir stellen etwas Geheimnisvolles und Verbotenes mit ihrem Lebenssaft an. Und jetzt die Syndaktylie und Pazuzu. Mit Pazuzu ist es wie mit Voodoo: Beides hat die Fähigkeit, selbstzerstörerische Elemente freizusetzen. Laß ein Kind hier mit einer Behinderung zur Welt kommen, und wir werden alle gesteinigt. Meine Untersuchungsreihe ist in Gefahr – die Arbeit von Monaten. Brich das Projekt ab! Sofort!« Sein herrisches Wesen kam unverblümt wieder zum Vorschein, aber auch ein Anflug von Panik.

»Das kann's doch nicht sein!« Jo glaubte, nicht richtig zu hören. »Dämlicher Aberglaube, also Mateo, wirklich! Vergiß deine verdammte Angst! Hier liegt der Teufelskerl. Paß nur auf, er wird gleich auferstehen. Also so was, und das von einem Arzt!«

Sie waren im Haus des Parfümeurs angekommen, und Jo zeigte in die Tiefe. Sie war noch immer fassungslos. Wovor fürchtete sich Mateo? Er mußte doch in der Lage sein, den Syrern den Unterschied zwischen einem Diabetestest und einer Knochenanomalie plausibel zu machen. Sein ständiges Reden über die Angst der Syrer würde sich noch auf seine Patienten übertragen. Man mußte nur Mateo ansehen, um sich an seiner Furcht zu infizieren wie an der Pest. Ehe sogar ihr mulmig wurde, wollte sie lieber arbeiten. »Steig auf der Stelle mit mir in die Grube! Wer könnte besser die Knochen benennen und zuordnen? Wir bergen den Schützen, und ich bringe ihn noch heute nach Damaskus. Dann bist du ihn los. Runter mit dir! Das ist die einzige Möglichkeit, dich von deinem Aberglauben zu heilen.« Sie packte ihn am Arm, doch Mateo riß sich frei. Sein Gesicht war kalkweiß, der Atem ging stoßweise, und die Mundwinkel zuckten. Sie sah das schiere Grauen in seinen Augen.

»Ich kann nicht«, keuchte Mateo. »Ich kann nicht, verstehst du das nicht?« Der große Mann weinte beinahe. Er griff sich an den Hals, als ob ihn etwas würge. »Da ist einmal die Doppelung der Ereignisse, die mir zu denken gibt. Aber das ist nicht das Problem. Ich sehe dir von hier oben zu, aber ich kann in kein Loch steigen. Hol das Skelett rauf!«

»Spinnst du? Ich muß Knochen für Knochen bergen. Sonst kann ich ihn später nicht wieder in seiner Originalstellung zusammensetzen. Das mußt du doch begreifen! Was, um alles in der Welt, hast du? Je eher wir das Skelett bergen, desto besser. Hast du etwa Angst vor Toten?«

Mateo verdrehte die Augen zum Himmel. Er sah aus, als ob er etwas erklären wolle und nicht die richtigen Worte wisse. Er machte einen winzigen Schritt in Richtung Grube, blickte hinunter und sprang einen Satz zurück. »Ich kann nicht! Versteh das doch! Ich habe Angst. Das hat nichts mit dem Skelett zu tun. Mir wird speiübel, wenn es eng wird. Das Schlimmste für mich ist ein tiefes, schmales Loch! Ich bekomme Panik. Ich kann dort nicht hinabsteigen. Ich kann so etwas nicht einmal im Fernsehen sehen. Schau dir den Idioten da drüben an! Bassel steht im Römerschacht und hantiert herum. Mir wird schlecht, wenn ich ihm nur zusehe!« Mit einer Kopfbewegung wies er zum entfernten Schacht hinüber, zu jener Ausgrabung knapp unterhalb der mächtigen Eingangsmauer, die den zwanzig gefallenen Römern zum Grab geworden war. Völlig sorglos hantierte Bassel an den Brettern der alten Verschalung vom letzten Jahr herum. Über ihm wölbte sich tonnenweise der Abraum aus Sand und Stein. Dieser Anblick raubte nicht nur Mateo den Atem, auch Jos Herzschlag stockte. Hatte die Aussicht auf doppelten Lohn Bassel blind für diese offensichtliche Gefahr gemacht? »Bassel!« schrie sie voller Entsetzen. »Hör sofort auf!«

Sie sah alles gleichzeitig: Das Brett, an dem Bassel zerrte und das sich plötzlich löste, ihn, wie er, das Holz fest an die Brust gedrückt, rücklings zu Boden stürzte, das Geröll, die Steine und die Sandflut, die herunterkrachten und ihn begruben. Mit wenigen Sätzen war Jo am Schachtrand und sprang zu ihm hinab. Der eben noch blaue Himmel über ihr war nun verdeckt von Milliarden Sandkörnern. Und darüber lastete eine beängstigende Stille, als ob das Donnern der Steinlawine jedes andere Geräusch getilgt hätte. Bassel lag vor ihr, durch das Brett zwar geschützt, aber durch die Steinlast an den Boden genagelt. Jetzt hörte Jo ein säuselndes Zischen. Es kam aus Bassels bläulichen Lippen, aus seinem zusammengequetschten Brustkorb. Das Geräusch vermischte sich mit dem Rauschen eines Sandrinnsals über ihr, das breiter und größer wurde und zu einem Strom anschwoll. Wo waren Yasser und Musil, wo war Mateo? Mit ungeheuerer Entschlossenheit zerrte Jo an Bassel. Er bewegte sich nicht. Dafür schienen seine Augen aus dem Kopf zu quellen. Der Himmel über Jo begann zu zittern, das Gewölbe aus Staub und todbringendem Schutt über ihren Köpfen bebte. Sie mußte eine Schaufel holen. Aber Bassels flehentlicher Blick fesselte sie. Wieder packte sie zu, riß an ihm und ruckelte ihn um Zentimeter hervor. Dann polterte der erste Stein herab. Mit bloßen Händen schaufelte Jo das Geröll vom Brett, als sie ein zweiter Stein an der Schulter traf, dem kübelweise Sand folgte. Sie hörte ein Knistern über sich und starrte staub- und tränenblind in Bassels Augen. Er war noch so jung! Sein Atem ging jetzt ganz flach. Jo zerrte ihn ein Stückchen hervor. Aber da begann es über ihr zu grollen und zu rumpeln. So würde ihre Welt untergehen! Sie würden beide verschüttet werden wie jene römischen Soldaten, der Schütze und Pazuzu.

Machtvoll wurde Jo von Mateo am Arm gepackt und aus der Grube geschleudert. Fast zeitgleich riß er Bassel wie Spielzeug unter dem Brett hervor und schleppte ihn zum Schachtausgang. Er hob ihn einfach hoch und warf ihn die steile Wand hinauf, direkt in Jos Arme. Dann war er mit einem einzigen Satz bei ihr. Hinter ihm brachen Verkleidung, Schutt und Geröll zusammen, polterten in den Schacht und ließen den Staub zum Himmel steigen.

Keuchend hockten sie am Rand. Bassel erlangte als erster die Fassung wieder, bestaunte seine Finger und Arme, die heil geblieben waren, und betastete seine unversehrten Beine und den Kopf. Er griff nach Mateos Hand, zog sie an seine Lippen und küßte sie. Doch er wagte nicht, in Jos Augen zu schauen. Mateo schien aus einem Traum zu erwachen. Er starrte Bassel an, blickte ungläubig zum Schacht hinüber und mußte würgen. Jo sah ihn hilflos zusammensacken, mit zuckenden Schultern und zitternden Fingern, bis er Sand und Essensreste neben sich erbrach. Sie sprang auf und holte ihre Wasserflasche, gab Bassel zu trinken und betupfte Mateos Schläfen, bis die Farbe auf seine Wangen zurückkam. Er kauerte am Boden wie ein Embryo. Sie klopfte den Staub von seinem Körper, strich ihm das schweißnasse Haar zurück und hielt seine eiskalten Hände. »Es ist viel mehr als nur die Angst«, flüsterte er. »Erst kommt die ungeheure Scham, dann ein Alptraum nach dem anderen.«

»Scham? Du hast uns das Leben gerettet!« Sie umarmte ihn und wiegte ihn wie ein Kind. »Du kannst von deinem Mut träumen!«

Aber er stöhnte nur, als läge der Schutt auf ihm und nicht dort unten zu seinen Füßen. Dann schluchzte er hemmungslos. Jo traf ein verwirrter Blick Bassels. Sie stand auf und bedeutete dem Arbeiter, ihr zu folgen.

»Er hat uns das Leben gerettet, vergiß das nie! Jetzt ist er selbst zu Tode erschrocken. Wenn ich einen von euch dabei erwische, daß er in eine Grube oder einen Schacht klettert, ehe ich wieder hier bin, streiche ich allen den Lohn! Ihr bleibt hier hocken und bewacht euch gegenseitig. Keiner steigt mehr zum Skelett hinunter, ob es regnet oder der Sandsturm pfeift!«

Sie ging zu Mateo zurück und klopfte ihm auf die Schulter. »Ich laß alles liegen und fahre auf dem schnellsten Weg nach Damaskus. In wenigen Tagen hat der Spuk ein Ende!«

»Die unheimliche Doppelung der Ereignisse. Dieser verdammte Pazuzu. Dieses Wechselverhältnis von Zufall und Kausalität. Ist das zu fassen?« Mateo schüttelte Sand und Staub aus seinen Haaren.

»Hör doch auf!« zischte Jo. »Du klingst ja wie dein eigener Voodoo-Priester. Du redest dich noch selbst um den Verstand.

Pazuzu, schwarze Magie, Dämonen, was weiß ich. Ich dachte, du bist ein nüchterner Wissenschaftler!«

»Die Medizin ist oft genug alles andere als sachlich. Wir schlagen uns hauptsächlich mit Gefühlen und Ängsten herum, die jeder Patient anders erlebt.« Er hatte seine Stimme wiedergefunden und ebenso seinen hochtrabenden Ton. »Und du hast keine Ahnung. Du verstehst überhaupt nichts. Du bist blind!« Er stand auf und ging davon, als wäre sie schuldig. Dann blieb er stehen und brüllte zurück: »Tu mir einen Gefallen! Komm bloß nicht wieder!«

So ähnlich mußte sich Lots Weib gefühlt haben, kurz bevor es zur Salzsäule erstarrte. Jo sah Mateo nach und versuchte, den Gedankenwirbel in ihrem Kopf zu bändigen. Dieselben nutzlosen Überlegungen lösten einander ab und kreisten erneut, bis sie sich zwang, zu ihrer Ausgrabung hinunterzusteigen, das Skelett abzudecken, große Steine auf die Ränder der Plane zu wälzen und ihre Sachen zusammenzuraffen. Sie mußte nicht schlau, sondern schnell sein, redete sie sich ein, sie mußte einfach flinker sein als Zufall und Schicksalsschläge. Dämonen, morphische Resonanz, Doppelung der Ereignisse – lächerlich!

Sie hastete die Gerade Straße entlang, dem Palmyra-Tor entgegen, stürmte an den Mauern vorbei und stoppte jäh. Tessir und Samman standen dort, zwischen Hütte und Tor. Die Kette des Bogenschützen blitzte in ihren Händen. Gemessenen Schritts kamen die Männer näher.

Sie haben etwas abgesprochen und planen offensichtlich eine feierliche Handlung, schoß es Jo durch den Kopf.

Schon wieder wußte sie nicht so recht, um was es eigentlich ging. Alle ihre Mitmenschen schienen besser und früher Bescheid zu wissen als sie. Sie allein lebte im Vakuum der Ahnungslosigkeit, jenseits davon gab es jede Menge Eingeweihte, Mitwisser und Visionäre. Doch die Fragen verstummten auf ihren Lippen, weil sie plötzlich auch ohne Worte verstand. Das langsame, würdevolle Schreiten der beiden erinnerte zu sehr an einen Staatsakt. So ähnlich mußte es sein, wenn man vom König selbst zum Ritter geschlagen wurde. Sie glaubte zu wissen, was man von ihr erhoffte. Also streifte sie wie auf geheimen Befehl die Schuhe ab, beugte den Kopf und wartete. Tessir trat an sie heran, legte die alte goldene Kette um ihren Hals und salutierte. Er glich einem Herrscher, der einen Krieger auszeichnete. Jos Verwirrung verblaßte jetzt. Tessirs Geste wies ihr den Weg. Durch seine Hand gab der Bogenschütze seinen Auftrag an sie weiter. Sie hatte ihn ausgegraben, nun war sie sein Werkzeug geworden. Ein Frösteln überkam sie, als hätte sie ein kühler Hauch aus tiefer Gruft gestreift.

Wie lange sie schweigend beieinander standen, wußte Jo nicht zu sagen. Ein heftiger Wind war inzwischen aufgekommen, fegte den Boden zu Sandwirbeln, trug Staub zu ihr empor und umgab die Gestalten mit gelblichem Nebel. Vielleicht sprang die Zeit in diesen Spiralen aus Sand, Licht und Hitzeschwaden Jahrhunderte zurück? Zurück in jene Tage, da Dura Europos umkämpft war? Sirrend flossen feine Körner über den Boden, trafen auf Widerstand und erzeugten das Geräusch fernen Schwerterklirrens. Darunter mischte sich das Säuseln und Stöhnen bewegter Luft wie das leise Klagen tödlich Getroffener.

Zuerst hatte Jo diesen Gold- und Blutgeschmack im Mund. Einen Windstoß später schwebte ein Hauch von Frieden, Andacht und feierlicher Ruhe zu ihr herauf. Von den Weihrauchperlen ihrer Kette stieg ein zarter harziger Duft empor, das Aroma heiliger Stätten. Es verbreitete sich mit dem Wind, trieb zu Samman und Tessir hinüber und hüllte sie alle ein. Die Kette, zweitausend Jahre lang von Sand begraben, begann zu leben. Jo fühlte, wie sich das Gold erwärmte, wie die Hitze ihrer Haut dem alten Geschmeide neuen Glanz und Atem verlieh. Sonnenstrahlen wurden funkelnd reflektiert und trafen Tessirs

Augen. Dieser Schmuck hatte einst Zenobia geziert. In Verzweiflung war er dem Schützen gegeben worden, zeichnete ihn aus und stärkte ihn, bis er, tödlich getroffen, sein Leben verlor. Mit seinem matter werdenden Herzschlag war auch der Glanz der Kette verblaßt, und die Perlen hatten ihre Poren geschlossen. Doch während Muskeln und Sehnen des Trägers zu Erde zerfielen, verlor der Schmuck nichts von seiner Kraft.

Der Weihrauchduft schwand, und ein voller, schwerer balsamischer Dunst stieg auf, eine Aromawolke, die Jo und die Männer umgab, sich auf ihre Haut, die Lippen und Haare legte und mit ihrem Herzschlag pulsierte. Der neue Duft strömte von Jo zu Tessir, von Samman zu ihr, so intensiv und ungestüm, so unbändig und wild, als habe sich ein Sturm im Haus des Parfümeurs erhoben und alle Flaschen, Töpfe und Kannen, alle Tiegel, Krüge und Becher zugleich entkorkt. Das war der Duft knisternder Frauengewänder und heimlicher Treffen, das Mysterium verbotener Blicke, verhüllter Lippen, versteckter Küsse und unsterblicher Liebe. Dieses Aroma schlug den Fremden im ganzen Nahen und Fernen Osten entgegen, dabei erlagen sie dem Anblick wehender Kleider, dem Zauber dunkler Augen hinter Schleiern, den braunen Händen weißverhüllter Wüstensöhne oder einfach nur dem Bild von Palmen und Dünen. Beim Einatmen dieses Duftes verfielen sie dem Orient, ohne zu wissen, warum. Einen Wimpernschlag früher als Tessir und Samman wußte Jo, was sie hier bannte. Sie blickte von einem zum anderen. Dann sprachen die drei wie aus einem Mund: »al-Oud!«

Natürlich, dachte Jo. Von allen Düften und Aromastoffen, war al-Oud heute wie einst der wertvollste. Damit betörte man seine Sinne, opferte es den Göttern in Dankbarkeit, schickte es Dämonen und Krankheiten gleichsam entgegen und hoffte auch, den Liebsten damit zu locken. Al-Oud, ein öliges Harz, war das wehrhafte Produkt des Adlerbaums, ein Selbstheilungsmittel, das dieser bildete, um Schädlinge zu töten. Vom

Fernen Osten importiert, brachte es seit altersher den Duft der Hoffnung mit. Das war käufliche Zuversicht, erwerbbares Vertrauen und bezahlbare Liebeslust. Verströmte al-Oud seine balsamischen Schwaden, steigerten sich Sehnsucht und Leidenschaft, wuchsen Begehr und Hinneigung himmelhoch.

Jo verstand die Betörung. So mußte der Schütze das Aroma geatmet haben, worauf sein Verlangen gewachsen war, der Königin zu dienen. Das war keine Sinnestäuschung. Einmal über Nase und Riechzellen in das Limbische System des Gehirns gespielt, entfaltete der Wohlgeruch dort seine Macht. Wer das zu seinen Gunsten mit Persönlichkeit und Willen verbinden konnte, war geeignet, den anderen an der Nase zu führen. Jo lächelte jetzt. In allen Zelten und Häusern der arabischen Welt verbreitet, galt al-Oud jedoch als Lieblingsduft der Saudis. Auf abenteuerlichen Wegen war es zu den Herren der Wüste gelangt. Gewonnen in tropischen Wäldern, war es schon in alten Zeiten über See und Land die Seidenstraße entlang bis nach Arabien gebracht worden. Dura Europos war einst sein Umschlagplatz gewesen. Im Haus des Parfümeurs gelagert, war es gewiß sein größter Schatz gewesen. Auserkoren, Zenobia zu dienen.

Das mit al-Oud vollgesogene Adlerholz gab es auch als Räucherwerk, wobei dies nur grammweise gehandelt wurde. Von Japan über Neuguinea bis nach Marokko häuften sich die Geschichten seiner gedeihlichen Wirkung. Bereits das pharaonische Ägypten balsamierte mit dem Öl die Toten, und als hebräisches *ahaloth* tränkte es Leichentücher. Das Johannesevangelium berichtet von jener Substanz als Duftzutat der Stoffe, in die man Jesus band. Al-Oud sollte Krebs und Gelenkentzündung heilen, auch Husten, Fieber und Verzweiflung, und vornehmlich die Götter günstig stimmen. In Internet und Bibel konnte man darüber lesen, in alten Mythen, esoterischen Werken und modernen Wälzern. Selbst Ibn Sina hatte darüber geschrieben, der Avicenna des Mittelalters, der Arzt aller arabischen Ärzte und Verfasser jenes neu entdeckten, alten Buches, das Jo in Damaskus einsehen wollte.

Ihre Nackenhaare sträubten sich. Sie griff an den Schmuck und fühlte das Gold. War es Zufall oder Bestimmung? War sie berufen, fortzuführen, was einst begonnen und nicht vollbracht worden war? Sollte sie etwas aufdecken, was damals unter Sand verloren gegangen war? Wieso begegnete sie al-Oud gleich zweifach, bei ihrer Ausgrabung und im Buch des Ibn Sina? Sie mußte eine Lizenzverlängerung erreichen und al-Assali beeindrucken. Sie mußte das Buch des Ibn Sina einsehen dürfen. Sie mußte mit der Kette nach Damaskus!

Für das Schmuckstück war ihr Körper ein sicherer Platz, das leuchtete ihr jetzt ein. In der ganzen arabischen Welt trugen die Frauen Vermögen, Mitgift und Altersversorgung in goldenen Ketten und Ringen an ihren Handgelenken, den Ohren, Fingern, Füßen und Hälsen. Niemand hier würde jemals Hand an sie legen und sich am Schmuck einer Frau vergreifen. Einmal abgesehen von echten Räubern, die auch ein Tresor nicht schreckte. Kein Polizist würde Jo nach der Kette im Ausschnitt befragen. Eine einfache Transportlösung, die Tessir und Samman für sie ersonnen hatten. Unbehelligt würde der Schmuck nach Damaskus gelangen.

Damaskus! Jo erwachte ruckartig aus ihren Gedanken, sah sich ganz allein im Sand stehen, erblickte ihr Gepäck in Tessirs Händen und beobachtete, wie er es im Truck verstaute. Sie hastete zu ihm hin. »Nach Damaskus?« fragte sie. Er nickte. Alles schien bereits verhandelt und ausgemacht, als habe man es lange mit ihr besprochen. Warum glaubten nur alle, sie könne Gedanken lesen? Tessir saß schon hinter dem Lenkrad und ließ den Motor an. So zog sie sich auf den Beifahrersitz und schloß die Tür.

Die vertraute Atmosphäre im engen Führerhaus mit seinem

bekannten Geruch entspannte Jo augenblicklich und veranlaßte sie, sich zurückzulehnen und den Tag zu überdenken. In all den Wochen zuvor hatten sich ereignislose Stunden aneinandergereiht, ermüdend und entmutigend in ihrer Wiederkehr. Heute war mit dem Bogenschützen Bewegung in das Gleichmaß gekommen. Er war nicht einer der zigtausend Gefallenen, deren persönliches Los mit ihrem Tod verlorenging, sondern ein Mann mit einzigartigem Schicksal und einem Spezialauftrag.

Was genau hatte der Scharfschütze bewacht, die Königin oder das Haus des Parfümeurs? In Damaskus konnte Jo vielleicht ein Licht- und Elektronenmikroskop benutzen und ihre Bodenproben untersuchen. Möglicherweise gab ihr das einen Hinweis. Würde al-Assali ihr gestatten, die alte Pflanzenkunde des Ibn Sina einzusehen? Als man das Buch fand, entdeckte man einzelne Seiten, die durch Verunreinigung und Feuchtigkeit aneinanderklebten. Wochenlange mühsame Restaurationsarbeiten machten das Buch teilweise lesbar. Aber gerade jene Stelle über al-Oud war stark beschädigt. Vielleicht konnte niemals entziffert werden, welche Kenntnisse der weltberühmte Arzt darüber hatte. Es mochte belanglos sein oder sensationell. Jo allerdings glaubte an die Besonderheit seiner Aufzeichnung, denn in all seinen Werken hatte Ibn Sina nur Bedeutendes geschrieben. Sein Wissen galt jahrhundertelang als Leitschnur der Medizin. Sowohl Morgen- als auch Abendland profitierten von seinen Erkenntnissen. Hatte er Erfahrungen über al-Oud gesammelt, die weit über gegenwärtiges Wissen hinausgingen, Kenntnisse, die sich heute in bare Münze verwandeln ließen?

Geld, Profit, dachte Jo. Was trieb das HOMA-Team wirklich an? Ihr Mißtrauen erwachte und gebar Vermutungen, die wie eine Herde wildgewordener Dromedare durcheinandersprangen. Mateo und sein sonderbares Verhalten, seine Arbeit am Euphratufer, seine dunklen Andeutungen, ihr eigener Argwohn und Zweifel wirbelten durch ihre Gedanken.

Was machte al-Oud so kostbar und bedeutsam? Al-Oud war nicht einfach nur Pflanzensaft, sondern ein aus Not gebildetes Produkt. Niemand durchschaute das Geschehen vollständig. Verletzung des Baumes, Schädlingsfraß, große Feuchtigkeit und Pilzbefall provozierten diese wohlriechende Gegenwehr. Verteidigte sich die Pflanze, dann duftete das Holz. Mehr als fünfzig Meter weit würde man einen infizierten Baum riechen können. Aber bedingt durch die Al-Oud-Gier wurden auch Bäume gefällt, die noch intakt waren. Somit war der Adlerholzbaum vom Aussterben bedroht und um so kostbarer. Bereits ein dreißig Zentimeter langes al-Oud-getränktes Scheit in der Qualität *super super black* war hunderttausend Dollar wert. Lag ein solcher Klotz in Dura Europos? Suchte das HOMA-Team danach, wenn es vorgab, das Flußufer zu bepflanzen? Hatte sie selbst im Haus des Parfümeurs nicht tief genug gegraben? Ruhte der Schütze auf kostspieligen Hölzern und Ölgefäßen? Sie dachte an ihre sorgfältige Sondierung und verwarf den Gedanken. Nur mikroskopisch kleine Partikel befanden sich unter der Fundstelle. Sie konnte keinen Zusammenhang zwischen ihrem Fund und den Vermutungen um al-Oud herstellen.

Waren die HOMA-Leute unschuldig? Hatte vielleicht Bel, der Mitarbeiter der Shell Company, Interesse an al-Oud? Seine Gesellschaft war doch dafür bekannt, daß sie gern dort, wo Öltürme errichtet wurden, auch Bioprospektoren einsetzte. So etwas geschah gewöhnlich am Ende der Welt, in der Mitte von Nirgendwo, tief in tropischen Wäldern, wo Wissenschaftler hofften, unbekannte Pflanzen mit heilsamer Wirkung zu entdecken. Von großartigen Funden bei Ölförderungen in den arabischen Wüstenländern hatte sie noch nie gehört. Außerdem hatte sie Bel in Mari getroffen. Jo strich ihn in Gedanken von der Liste verdächtiger Personen. Dafür kehrte sie zu den HOMA-Leuten von Dura zurück.

Doch je intensiver sie grübelte, desto schneller schmolzen ihre Vermutungen dahin, die Biologen und Forstleute der HOMA hätten irgend etwas mit al-Oud zu tun. Der Name HOMA stand nun einmal für Humanitarian Options for Medical Activities; für eine Organisation, die sich selbstlos menschlicher Hilfe hingab. Vergiß es, sagte sich Jo im stillen, sonst wirst du noch wie Yasser mit seinem Assassini-Tick, oder wie Mateo, und glaubst am Ende an die morphische Resonanz, die Doppelung der Ereignisse und ähnlichen Quatsch.

Der Lastwagen hatte die holprige Zubringerstraße von Dura verlassen und rollte jetzt beständig Richtung Nordosten. Jo fühlte sich inzwischen ausgelaugt und müde, als hätte sie seit Tagen nicht geschlafen. Im Radio dudelte ein und dieselbe Melodie, das Lied der unerfüllten Liebe, das Heiligenbild schwankte im gleichmäßigen Takt dazu auf und ab, und die getrockneten Mohnblüten nickten mit blassen Blüten. Das Hin und Her erinnerte an den einförmigen Trott einer Karawane. Jo schloß die Augen.

Nur um sie Sekunden später wieder aufzureißen.

HOMA, verdammt noch mal! »Homa« hieß doch der geheimnisvolle Trank der Urzeit, das Elixier der Götter, das ihnen Unsterblichkeit verlieh und den Schlüssel zum Paradies barg! Generationen von Botanikern, Ethnologen und Wissenschaftlern aller Couleur hatten bis heute nicht herausgefunden, aus welchen Pflanzen Homa gebraut wurde. Hatte nicht auch Gilgamesch nach einer stachligen Pflanze der Unsterblichkeit gesucht? Jo mußte sofort an die zahlreichen Arten der Adlerhölzer und Aloen denken, die kostbare Al-Oud-Öle absonderten, die etwas mit Genesung und Unsterblichkeit zu tun hatten, die der Legende nach nicht nur Wohlgeruch, sondern sogar den Hauch des ewigen Lebens verströmten. Wurden deshalb ägyptische Mumien und später auch Jesus mit al-Oud gesalbt? Hatte Zenobias königlicher Schmuck doppelte Bedeutung? Hatte die goldene Kette mit ihren Weihrauchperlen und den darin eingeschlossenen Al-Oud-Ölen dem Bogenschützen in gewisser Weise Unvergänglichkeit verliehen? Und der Pharmakonzern HOMA trug zufälligerweise den Namen dieses mysteriösen Begriffs aus den frühen Zeiten der Menschwerdung? Ein Unternehmen, das Bäumchen am Euphrat pflanzte, dort, wo sich einer der großen Warenumschlagplätze der Seidenstraße befand?

Jo schwirrte der Kopf. Glaubte sie, Zusammenhänge zu erkennen, wurden die augenblicklich von neuen Irritationen gefolgt. Sie mußte aufhören, ihren Argwohn zu pflegen, und stattdessen handeln! Ihr erster Schritt mußte sie zu al-Assali führen. Sie durfte die Lizenz nicht verlieren. Alles andere ergab sich daraus. Sie warf einen forschenden Blick auf den Tachometer und stöhnte: Damaskus war noch weit.

Was würde geschehen, wenn sie von Polizisten überprüft wurde? Mußte sie sich dann mit der deutschen Botschaft auseinandersetzen, nur um zu erfahren, daß sie sofort das Land verlassen sollte? Wie konnte sie einem aufmerksamen Beobachter in der großen Stadt Deir es-Zor entgehen, dem ein langsam fahrender Truck mit einer Fremden sehr wohl auffallen würde? Was war mit den Kontrollposten und Schlagbäumen auf der langen Strecke?

Sie befanden sich jetzt nördlich der kleinen Siedlung Al Ashara und passierten gerade das Wadi Al Ghwat. Tessir blickte Jo nachdenklich an: »Angst?«

Sie nickte ohne weitere Erklärung. Die Vorkommnisse schienen ihr zu kompliziert, um sie darzulegen: Ende der Lizenz, unklare Grabungsverhältnisse, Aufrufe der Botschaft, geheimnisvolle Vermutungen und Verdächtigungen jeder Art, nichts, was Freude machte. Die Sorge darum schien ihr ins

Gesicht geschrieben zu sein. Tessir langte plötzlich zu ihr hinüber, packte ihren Arm und hielt sie fest. Sekunden später rumpelte der Truck von der asphaltierten Straße hinunter, überwand schwankend das Wadi an einer flachen Stelle und fuhr, Sand und Staub aufwirbelnd, mitten in die Wüste hinein. Der Lastwagen brummte und polterte, bis ihn Tessir auf eine Fahrspur im Wüstensand lenkte. Er warf einen Blick in den Rückspiegel und schien zufrieden. Ein staubiger Wind war aufgekommen, wirbelte hinter ihnen die Luft hoch und verbarg ihren Weg. Bodenunebenheiten, Büsche und große Steine umfuhr Tessir mit Routine. Diese Strecke nach Damaskus schien ihm nicht neu zu sein.

Die plötzliche Veränderung, die öde Landschaft vor den Augen, die gelben Staubwolken, die Glut der Wüste und die Verlassenheit faszinierten Jo und weckten ihre Lebensgeister. Sorgen und Verzagtheit fielen von ihr ab. Die Erinnerung an die Wochen mit Scheik Achmed in der Libyschen Wüste kam zurück und mit ihr das Gefühl, in einer abweisenden Landschaft, die nicht zum Verweilen einlud, daheim zu sein. Sie mußte an Thomas denken, der sie von der Oase Siwa nach Kairo gebracht hatte, an seine Art, der Wüstenfahrt mit Humor und Abenteuerlust einen besonderen Reiz zu verleihen, und sie mußte lachen. Auch Tessir war hier in seinem Element, keine Frage. Solche Wege waren Alltag für ihn. Und von allen Waren, die er beförderte, war sie vermutlich das harmloseste Stück. Er langte nach einer Wasserflasche, bot sie Jo an und nahm selbst einen Schluck.

»In hundert Kilometern passieren wir den Brunnen von Humaymah. Eine Stelle, an der jahrtausendelang die Karawanen haltmachten. Danach wird die Piste besser. Wir werden die Nacht südlich von Tadmor in der Wüste verbringen, um den Neugierigen zu entgehen. Morgen früh erreichen wir Damaskus.« Sein ernstes Gesicht entspannte sich, in seine Augen schlich sich die Sonne. Er liebte die Herausforderung der anspruchsvollen Strecke. Der Lastwagen mußte eine Bodenwelle mit Anlauf nehmen, und Tessir jauchzte, als säße er auf dem Rücken eines Pferdes. »Einverstanden?« Er hielt Jo die Hand hin, damit sie einschlagen möge.

Wie zwei Verschwörer hockten sie da in der staubgesegneten Kabine des Trucks, hielten sich für einen flüchtigen Moment an den Händen, hüpften mit den Bodenwellen auf und ab, schwangen mit den Talismanen und Heiligenbildern am Rückspiegel hin und her und versicherten sich gegenseitig der unbedingten Treue, solange ihre Reise durch die Wüste führe.

»Ein unsicherer Weg kann zwei, die sich zusammentun, nicht schrecken«, rief Tessir gegen den Fahrtwind an, gegen das Heulen des Motors, das Schlagen der Plane und das Rumpeln der Ladung.

»Shakespeare?« brüllte Jo zurück.

»Nein«, schrie Tessir. »Gilgamesch!«

4. Kapitel

Scheik Dschallal blickte sich prüfend um. Sein jüngster Sohn, mit dem Rücken zu ihm und hoch zu Pferde, hielt Ausschau nach den Schafen im Westen. So konnte Dschallal sein kleines Fernrohr unbemerkt vor das linke Auge halten. Das linke Auge war das gute Auge. Und dieses wunderbare Fernrohr überzeugte seit Jahren jeden seiner zehn Söhne, alle sechsunddreißig Enkel und sein einziges Weib, daß ihm noch immer ein Falkenblick gegeben war.

So erkannte er auch jetzt lange vor dem Jungen die Staubfahne im Osten. Der Truck kroch langsam näher. Wie vereinbart, würde Tessir den Brunnen von Humaymah erreichen und die bestellten Waren liefern. Scheik Dschallal rief einen Befehl zum Sohn hinüber, der große Augen machte. Sein Vater hatte entdeckt, was er trotz Jugendkraft nicht sehen konnte!

Dschallal sah den Jungen die sanft gewölbten Hügel hinab zum Bir Humaymah reiten. Das gab ihm Zeit, mit der Kamelstute würdevoll zu folgen. Geboren war er als Reiter, und sterben wollte er als dieser. Doch der Verfall dazwischen war nicht geplant! Mit Haltung wollte er aus dem Sattel gleiten, nicht schmerzgequält und hinkend wie so oft, wenn niemand hinsah.

Ja, die Schwäche des Alters! Sie holte seinen Körper ein, ohne seinen Geist zu packen. War er noch listig genug, Gebrechen geschickt zu kaschieren, würde der älteste Sohn nicht seinen Rang einnehmen. Der Hitzkopf brannte darauf, den Vater zu verdrängen, genauso wie Dschallal einst den seinen entmachtet hatte. Doch an seine Raffinesse kam der Junge nicht heran, so klug und gewitzt er auch war.

Dschallal prüfte erneut die Ferne. Es war tatsächlich Tessir. Ein solches Zauberrohr mit geschliffenen Linsen hatte schon König Salomon benutzt. Das bezeugten die Märchenerzähler der Teehäuser von Damaskus. In Momenten wie diesen fühlte er sich Salomon nahe, diesem pfiffigen alten König, dem Weiberhelden und Lebemann, der ränkevoll den eigenen Gott zum besten hielt.

Nun senkte er das Fernrohr, und kein verräterischer Sonnenstrahl spiegelte sich im Glas. Das fabelhafte Meisterwerk bescherte ihm gleichermaßen die Sicht auf ferne Objekte und die Bewunderung der Familie. Im Tauschgeschäft mit einem Amerikaner war es sein eigen geworden.

Vor Jahren, als Touristen noch durch Palmyra strömten, als alle Händler nur von ihren gierigen Händen bis zum Mund dachten, die Preise immer höher trieben und weder die Geldbörsen der Fremden noch die Einwohner Tadmors mit frechen Forderungen verschonten, hielt er Hoffnung und Preise real. Seine Kamelreiter vom Bel-Tempel boten tapferen Touristen den Blick aus schwankender Höhe auf Palmyras einstigen Glanz, ohne die zahlenden Gäste zu prellen. Die Raffgier der anderen ließ ihn kalt. Auch ein Besucherstrom konnte versanden wie Winterregen. Hier wie bei den Herden galt es vorauszublicken. Den Unterschied zwischen Schafen und Touristen konnte er ohnehin nicht erkennen. Touristen glichen einander, folgten einer dem anderen, ohne selbst zu denken und eigene Schritte zu wagen, aßen und tranken das gleiche, rotteten sich zu Gruppen zusammen, sobald Gefahr aufkam – und das schien immer der Fall, wenn sich seine Söhne hoch zu Kamel den gaffenden Fremden näherten – und blökten durcheinander wie Schafe im Pferch.

Nicht so der Amerikaner, dem er zu jener glücklichen Zeit

begegnet war. Aus Erfahrung wußte Dschallal, daß Deutsche und Schweizer zwei Stunden brauchten, um den riesigen Bel-Tempel zu erkunden, während die Engländer sich mit einer halben Stunde begnügten und die Amerikaner gerade jene Zeit investierten, um die Kameras über ihren fülligen Bäuchen an ihre rotgeschwitzten Gesichter zu halten und respektlos Fotos zu schießen. Jedoch nicht dieser große schlanke Mann mit dem wachen Blick. Der Scheik erkannte beim ersten Hinsehen die Macht des Fremden. Das zu erfassen war keine Kunst, sondern lang geübte Fertigkeit und Wüstenalltag. Schließlich bewertete er von Kindesbeinen an die stärksten Widder und Hengste. Konnte er kerngesunde Tiere nicht von kraftlosen unterscheiden, schwächte er seine Herde. Er sah also den Amerikaner vor dem Bel-Tempel im Schatten warten. Er war Amerikaner, denn zu sehr ähnelte er seinen Landsleuten in Statur und Aussehen, wenn auch nicht im Gehabe. Sein Begleiter, ein kleiner Wichtigtuer, war schon seit langem im Tempel verschwunden. Der Amerikaner ertrug es, wie ein Vater die Laune seines Kindes hinnimmt. Doch dann wurde es heiß, und die Minuten tröpfelten wie Schweißperlen dahin. Der Fremde stand auf und wanderte zwischen den riesigen Pfeilern und Stützen des Komplexes umher, musterte monströse Säulen und gigantische Gesteinsbrocken und überschlug, wieviel Kraft und Aufwand es die Menschen gekostet hatte, diese ungeheuren Prachtbauten zu errichten. Beim Anblick der Nordwestfassade schien er sogar zu einer anderen bautechnischen Lösung zu kommen als jene Palmyrener vor langer Zeit. Er peilte zwischen Zeige- und Mittelfinger einen Winkel der Gebälkzone an und zweifelte ein wenig an der Genialität der einstigen Bauherren.

Das alles sah und vermutete Dschallal, der den Fremden aufmerksam musterte. »Man kann es immer noch besser machen«, sagte er. Sein Englisch reichte aus, daß ihn der andere verstand. Und im Laufe der nächsten Minuten verstanden sie sich immer besser. Gegen seine Gewohnheit stieg Dschallal von seinem Reittier und setzte sich zum Fremden auf den kühlen Stein gestürzter Säulen. Denn es gehörte sich nicht, einen Mächtigen von der Höhe eines Kamelsattels herab anzusprechen. Hier am Boden wurde schnell klar, daß sich zwei Einflußreiche gleichberechtigt gegenübersaßen. Aber weder ihre Autorität noch ihre Befehlsgewalt lösten schließlich diesen Tausch aus, an dessen Ende das Fernrohr stand. Vielmehr war es beider Schwäche, die sie sich eingestanden, etwas, wozu nur wirklich mächtige Männer imstande sind.

Der Amerikaner mit seinem lächelnden Kindergesicht und seiner simplen Offenheit unterschied sich jetzt kaum von seinen schrillen Landsleuten. Völlig ungehörig schlug er Dschallal auf die Schulter, nannte ihn einen *nice buddy*, was ein wenig nach dem arabischen Begriff *balid*, blöd, klang, und stellte sich vor, er heiße Bel.

Dschallal war weit davon entfernt, die unziemliche Berührung und die unglaubliche Beleidigung ernst zu nehmen, sondern betrachtete sie als das, was sie für ihn war: der plumpe, aber freundliche Versuch eines kulturlosen Menschen, dem Gesprächspartner zu zeigen, daß er sich keinesfalls über ihm wähne. Dschallal hatte schon anderes im Leben einstecken müssen: versiegende Brunnen und dürstende Herden, die Unfruchtbarkeit einer Schwiegertochter, die sich in ein rotblondes Baby verwandelte, als der Ehemann ein Jahr in der Ferne weilte und seiner Frau einfiel, das Haushaltsgeld mit Touristengeschäften aufzubessern, sinkende Preise für erstklassige Ziegenhäute, Euterentzündungen von Muttertieren und seine herrliche weiße Kamelstute, die sich trotz all ihrer Pracht und Schönheit nicht von einem Kamelhengst besteigen ließ und ihm somit das ersehnte Fohlen versagte. Er zuckte also mit keiner Wimper und griff auch nicht nach seinem Dolch mit Damaszener Klinge, sondern fragte höflich nach, ob er tatsächlich Bel heiße, wie jener uralte Gott und Herrscher, dem der prächtige Tempel geweiht sei.

»Viel schlimmer«, antwortete ihm der Fremde und verriet, daß sein richtiger Name Abel sei und er kein Geschäft auf dieser Welt zustande brächte, wenn er schon bei der Namensnennung an Respekt verlöre. Schließlich sei Abel vom Bösen besiegt worden – kein guter Auftakt, ginge es darum, einem gerissenen Händler den Preis zu diktieren. Doch er möge Stillschweigen bewahren, vor allem, wenn sein Begleiter endlich aus dieser alten Steinhalle herauskäme. Diese Erklärung nun bestätigte Dschallal, wie ebenbürtig sie einander waren. Ein einflußreicher Mann, der fürchten mußte, der Gegner könne aus seinen Mängeln Nutzen ziehen, war auch er. Also gestand er die schwindende Sehkraft ein und die Angst, draußen in der Steppe die Herden aus den Augen und die Achtung der Jungen zu verlieren. Einmal enttarnt, könne man ihm wer weiß was vorgaukeln. Er dürfe auch nicht verraten werden. Und so geschah es, daß Dschallal das Fernrohr gegen sein Schweigen erhielt und bei seiner Ehre versicherte, den wahren Namen des Fremden niemals zu nennen.

Kurz darauf, als Bels Begleiter schließlich den Tempel verließ, verstand Dschallal augenblicklich, welche Gefahr von diesem schmächtigen Mann ausging. Er wunderte sich, daß der mächtige Amerikaner diesen leisen, schnellen Gefährten in seiner Nähe duldete. Seine Augen gingen unstet hin und her, als müsse er immer ein Mauseloch im Blick haben, um noch in letzter Minute entkommen zu können. Dabei glühten seine Augen unter dem Schleier der Beherrschung. Sie hatten den Glanz eines im Zaum gehaltenen Fanatikers. Dschallal wollte nicht dabeisein, wenn ein Ereignis die Mauer vorgetäuschter Gleichgültigkeit zum Einsturz brachte.

Das lag Jahre zurück, und nun war Bel wieder im Land. Dschallal hatte von ihm gehört und auch, daß diese widerwärtige Ratte wieder an seiner Seite war. Hatte sein Erscheinen etwas mit dem Krieg ums Öl jenseits der Grenze zu tun? Des Nachts auf seinem Schaffell in der Steppe dachte er daran, daß zwischen ihm und dem Gemetzel nur das Ödland lag. Eine Weite, die jahrtausendelang fremde Heere hinderte, das Land um Palmyra und Tadmor zu überfallen. Aber die Macht der Wüste war längst gebrochen! Moderne Straßen, Satellitenaugen und Wassertanks machten ihr den Garaus. Nichts würde die Soldaten abhalten, den *Nahr al-Furat*, den großen Strom, den sie Euphrat nannten, zu überschreiten. Den Tod fürchtete er nicht, sondern die Vernichtung der Kultur. Seine Enkel würden in Gewändern, anzusehen wie Unterwäsche, herumlaufen, in Kleidungsstücken, die mehr kosteten als Lederwesten und dennoch weder vor Hitze noch Kälte schützten. Die Herden würden den Autos weichen und der Wert der Familie dem Fernsehen. Die Safthändler in den Suqs würden genauso verschwinden wie offen gelagerte Gewürze aller Farben und Sorten. Coladosen und Kunststofftüten würden das Bild des Landes bestimmen. Schon heute ersetzte Plastik den Palmfaserstrick und verdrängte damit die Fertigkeit der Hände, die sorgende Voraussicht, den Respekt vor den Bäumen und die Kunst, mit einfachsten Mitteln das Leben zu meistern.

Aber er war nicht einer von den kleinmütigen Männern, die alles verteufelten. Seit der Irak besetzt war, erhielt er erstklassiges Entwurmungsmittel für seine Schafe. Tessir, der Listige, brachte es von einem australischen Soldaten mit, der die Medizin von der elterlichen Farm abzweigte und für einen guten Preis weitergab. Nun war Tessir endlich am Brunnen eingetroffen und Dschallal bereit, einen tüchtigen Schlagabtausch im Handel durchzustehen.

Der Scheik hob die Sehhilfe ans Auge. Neben Tessir ging eine blonde Frau über die Steppe, beugte sich hinab und berührte einen gelbblühenden Feganstrauch. Sie riß die Blüte nicht ab, so wie er es von den Touristen kannte, sondern fächelte sich den Duft zu. Gleich darauf diskutierte sie mit seinem Jüngsten, der sich prompt in einen Hohlkopf verwandelte. Er nickte, schwätzte und stelzte umher wie ein Pfau im Pfauenhof. Sie war eine Schönheit, ihr Haar dem Fell seiner Kamelstute ähnlich, der Hals ebenso lang und gebogen wie jener seines Reittiers, und das ganze Wesen – so vermutete er – befallen von den gleichen Zicken, was die Hengste betraf. Er sah keine Kinder, keinen Mann. Jetzt zog sie die Schuhe aus, betrat das leichte schwarze Sommerzelt in Brunnennähe und ließ sich im Damensitz nieder. Dabei streckte sie ihre bloßen Fußsohlen nicht ungeniert in die Welt hinaus. Das gefiel ihm weit besser als sein Jüngster, der um sie herumscharwenzelte. Er rannte hierhin und dorthin, schürte das Feuer, obwohl es wahrlich heiß war und Kaffee und Tee stets griffbereit standen. Dschallal runzelte die Stirn und schnalzte mit der Zunge. Es wurde höchste Zeit, sich blicken zu lassen.

Kurz darauf, als er Tessir und den fremden Gast begrüßt hatte, begriff er, wie gut diese Frau arabisch sprach. Er hörte auf, sie anzuschreien. Gewöhnlich war er der Meinung, man müsse nur laut genug sprechen, um verstanden zu werden. Aber diese Fremde hatte feine Ohren. Er mußte sogar auf eine Gelegenheit warten, Tessir nach ihr auszuhorchen. Deshalb bot er ihr die Dusche an. Stolz sah er, wie sie freudig in die Hände klatschte und zu dem abscheulichen Betonbau hinübereilte. Einen sorgenvollen Moment lang lauschte er, ob sie kreischend und mit gespreizten Fingern angerannt käme, weil sie diese Toilette und dieses wackelige Rostrohr mit dem verstopften Duschkopf niemals benutzen könne. Sie streckte tatsächlich noch einmal den Kopf zu der brüchigen Palmblattür hinaus und fragte: »Hast du wirklich genug Wasser für deine Herden?«

Dusche, Wassertank und Toilette waren vom Staat errichtet worden, um den Beduinen Komfort zu verschaffen. Damit lockte man im Sommer die Jungen, wie früher durch die Steppe zu ziehen, auch wenn sich diese in der Hitze zur Wüste wandelte. Natürlich zog die Wasserversorgung vielbefahrene Pisten nach sich und Autos, die diesen folgten. Wie alles im Leben hatte auch diese Einrichtung ein »Oben« und ein »Unten«. Ganz unten siedelte der alte Scheik die Leute mit den roten Zelten an: Bettler und Zigeuner im Dunst der Wasserstraßen, die Liebesdienste von Mann wie Frau im rot gesäumten Zelt anboten. Doch im Moment genoß er das »Oben« staatlich spendierter Hygiene. Mit großzügiger Geste gestattete er der Fremden, Wasser, das ihm nicht gehörte, nach Gutdünken zu verschwenden. »Mein Wasser sei dein Wasser«, rief er hinüber. Endlich war sie außer Hörweite, und er wollte seine Wißbegierde stillen. Ein kämpferisches Funkeln in Tessirs Augen signalisierte ihm in letzter Sekunde, sein geschwätziges Maul zu halten.

»Sie heißt Jo«, sagte Tessir. So, wie er jetzt von der Fremden sprach, duldete er nicht den geringsten Tadel an ihrer Person und dem Umstand, daß sie allein und völlig unschicklich mit ihm reiste. Bei irgendwelchen dummen Fragen würde Dschallal einen Handelspartner verlieren, einen Freund obendrein, und die Gelegenheit, mitten in der Abgeschiedenheit an Waren aller Art zu kommen. Er beschränkte sich also darauf, nach den mageren Erklärungen zu Jo die üblichen Meldungen aus dem Irak zu erbitten. »Erzähle vom Alltag«, sagte er. »Vom Krieg.«

»Da gibt's nichts Neues. Mord, Totschlag, Folter, Armut und Chaos sind immer noch an der Tagesordnung. Die staatlichen Einrichtungen sind zerschlagen, die Werke ohne Strom, die Leitungen ohne Wasser und die Politiker ohne Ideen. Wer sich auf die Straße wagt, muß befürchten, eine Kugel abzubekommen. Früher hatten wir den heimlichen Meuchelmord und die plötzliche Hinrichtung. Jetzt geraten wir zusätzlich zwischen die Feuer der Soldaten, Fanatiker, Regimetreuen und Gegner, falls wir nicht nachts aus dem Haus geholt werden, weil uns ein Nachbar denunziert hat. Aber all das gab's ja tatsächlich vorher auch schon. Was die Unterdrückung von damals von heutiger Freiheit trennt, jenem sagenhaften Zustand, um den es in diesem Krieg gehen soll, ist allein die Lautstärke. Das Protestieren und Morden geschieht lärmender, die Schreie werden schriller, doch am Ende kommt wie eh und je ein schweigender Toter dabei heraus. Die Freiheit«, schloß Tessir, »kann man nicht mit Gewalt bringen. Sie ist ein empfindliches Pflänzchen, das jeder für sich züchten und pflegen muß. Sonst begreift er nie, daß sie dort beschnitten wird, wo sie einen Schatten auf die Pflanzen anderer wirft. Das ist ein langwieriger und schwieriger Prozeß. Die Menschen müssen das lernen wollen. Ihre Herzen müssen von Sehnsucht nach Freiheit erfüllt sein. Aber Freiheit bedeutet auch, Verantwortung zu übernehmen. Wer das nicht jahrelang geübt hat, wird es nicht von heute auf morgen können. Und Freiheit bedeutet nicht, die eigene Vorstellung auf Kosten des anderen durchzusetzen. Deswegen bezweifle ich die Segnungen dieses Krieges.«

»Kaffee?« Dschallal bot Tessir sofort ein weiteres Täßchen an. Er wußte allzu gut, wie schnell Tessir bei diesem Thema in dumpfes Brüten sank, in einen Zustand, der sich wie ein erstickendes Tuch über sein Gemüt und das seiner Zuhörer legte. Dem alten Scheik war nicht nach Trübsal. Das Elend nahte rasch genug, auch ohne fremden Kummer. Er gab Kaffeebohnen in die Röstpfanne und schwenkte sie kräftig hin und her. Das Rollen und Knistern hielt Tessir davon ab, weiter über den Krieg zu sprechen.

Tessirs ganzes Unheil wurde von Büchern ausgelöst. Dschallal hatte schon immer gewußt, daß allzu langes Starren auf beschriebene Seiten weder dem Körper noch dem Geist bekam. So wunderte es ihn nicht, als Tessir vor Jahren berichtete, alte Texte hätten ihn verführt, gegen obersten Befehl aufzumucken. Er habe versucht, Uruk und Ur zu schützen, diese beiden ältesten Städte der Menschheit, was ihm die Ungnade des Diktators einbrachte und seiner Familie durchschnittene Kehlen. Gemessen am Leben von Frau und Kindern verloren doch alle Worte und Werke aus vergangenen Welten jeden Wert! Was nützte es da, wenn die Lehmmauern noch standen? Tessir lehrte seine Studenten, jene alten Bauten zu schätzen, ihre Bedeutung als Erbe der Menschheit zu erfassen und auf immer zu bewahren, während zur selben Stunde gedungene Mörder die schreckliche Tat vollbrachten.

Damals, als er dies erzählte, hockten Hirten und Kamelzüchter in eisiger Winternacht in Dschallals gastfreundlichem Zelt. Sie rückten nah am Ofen zusammen, zogen die Schaffellmäntel eng um die Schultern und starrten in die Glut ihrer Pfeifen. Draußen heulte der Wind eine Totenklage, die Hunde krochen winselnd heran, und die Kinder versteckten sich unter Decken und Teppichen. Stundenlang trug Tessir die alten Gedichte und Lieder vor, die Verse des Helden Gilgamesch, der Uruk gegründet hatte. So lebendig schilderte er seine Taten, daß sich die alten Mauern vor ihren Augen aus Sand und Vorzeit erhoben.

Aber Dschallal verstand vornehmlich eines: König Gilgamesch hatte im Land Sumer die erste Stadt der Welt gegründet: Uruk, die befestigte Anlage, die von Handel, Technik und Fortschritt lebte. Jetzt begehrte Tessir dagegen auf, daß Uruk und Ur von Irakern im alten Sinn genutzt wurden. Hinter den wehrhaften Mauern, die kein fremder Soldat zu schleifen wagte, postierten sie ihre Waffen. In den historischen Anlagen entgingen sie den suchenden Satellitenaugen. Der ungeheure Wert ihrer Vergangenheit bewahrte die Städte vor jedem Angriff, so hofften sie. Der Scheik konnte Tessirs Empörung nicht folgen. Die gebrannten Lehmmauern von Uruk waren einst errichtet worden, um das Volk vor Feinden zu schützen. Nichts anderes geschah heutzutage. Wer von ihnen beiden, Tessir oder Dschallal, hatte nun die Geschichte richtig verstanden?

Das Land Sumer war ein Land des Krieges. Die Zivilisation hinter Mauern war geboren worden aus Überfall und Raub. Nur unter dem Druck fremder Bedrohung formten Menschen Ziegel, um Schutzwälle zu bauen. Der Feind hatte die Menschen die Kunst befestigter Plätze gelehrt. Daraus entsprang, was die Welt prägte: Schrift und Handel, Bewässerung und Vorsorge, Waffen und Schmuck, feste Bündnisse, Botschafter, Gesetze und Staatsformen. Waren die Schnellfeuerwaffen und Kettenfahrzeuge im Schutz früher Bollwerke nicht moderner Ausdruck uralter Sitte? Von solcher Auslegung wollte Tessir nichts hören. Er glaubte, man müsse eine Stadt eintopfen wie Oliven im Salzfaß, ohne jemals wieder Gebrauch von ihr zu machen. Dschallal wunderte sich über so viel Unvernunft und erkannte sogleich den Ursprung der Verwirrung. Wer unterschiedlichste Sprachen und Schriften lesen konnte, dessen Gedanken gerieten im Strudel der Vielfalt durcheinander wie Sandkörner im Sturm. Die Flammen der Gewalt brannten lichterloh im Land Sumer, heute wie zu den Zeiten des Gilgamesch. Nichts hatte sich geändert.

Zum Glück erschien Jo und brachte Licht in Tessirs Augen und Dschallals Gemüt. Flink wie der Fenek, der Wüstenfuchs, war sie. Kaum in der Dusche verschwunden, tauchte sie schon wieder auf, ließ ihr Haar im Wind trocknen und rieb sich die Füße mit Sand. Sie war nicht eine von den Frauen, die elend durch die Hitze schlurften oder ängstlich achtgaben, Kontakt mit Sand zu meiden. Es machte dem Scheik Spaß, ihr zuzusehen, denn so, wie sie sich gab, schien ihr die Wüste kein Gegner zu sein. Und das war mehr, als er von den Frauen aus Tadmor behaupten konnte. Nun verstand er seinen Jüngsten. Ein Weib, das die Pflanzen der Wüste kannte, mit Schafen und Kamelen sprach, nach den Wasservorräten fragte und das Stück

Seife nicht in den Sand sinken ließ, war in diesen modernen Zeiten kostbar wie ein Juwel. Schon sann Dschallal darüber nach, wie er Jo an seine Familie fesseln könnte.

Sein Sohn hatte Jos Sofortbildkamera entdeckt und bat um ein Bild mit ihr. »Das möchte ich den Brüdern zeigen«, erklärte er dreist. Jo nahm es lachend hin, war weder zu schüchtern noch zu freigiebig und katapultierte sich damit direkt in des Alten Herz. Bereitwillig erhob er sich und suchte nach der schönsten Kulisse. Er hatte schon viele Touristen fotografiert. Auch jetzt gelang ihm ein prächtiges Bild der beiden vor der Weite der Wüste.

Es waren schlechte Zeiten für junge Männer, um Frauen zu finden, die noch die Entbehrungen und die Einsamkeit der Zelte und Herden den bequemen Einrichtungen fester Häuser vorzogen. So klägliche Zeiten, daß selbst Fremde zur Ehe willkommen waren. Sollte doch sein Sohn um sie werben! Dschallal würde das Seine beisteuern: »Verbringe die Nacht in meinem Zelt«, bot er ihr an. Die Sternenfülle des Wüstenhimmels, so wußte er, ein lauer Wind oder ein eisiger Hauch hatten schon manche Gemeinschaft begründet. Abends kamen die Herden näher heran und kündeten mit trippelnden Hufen von seinem Reichtum. Die älteren Söhne brachten Käse und Brot, gegorene Milch und *Tabbule* aus Weizenkorn und Kräutern. Man würde essen, erzählen und singen und Kälte und Finsternis durch Menschenwärme ersetzen.

Doch leider war Jo nicht nur schnell wie ein Fuchs, sondern auch ebenso wendig. Sie lehnte dankend ab und drängte Tessir zum Aufbruch. Jeden Schritt hatte sie schon in ihrem hübschen Kopf geplant. Für Dschallals Enkelkinder ließ sie Bonbons da, für ihn selbst amerikanische Zigaretten. Das brachte Trost in sein Kummer gewöhntes Herz. An diesen Rauchgenuß kam das Kraut nicht heran, das hier frech als Markenware verkauft wurde. Seit Wochen waren die Raucher in feindliche

Lager gespalten. Die einen qualmten nur noch einheimisches Zeug, um die Amerikaner zu strafen, und verdarben sich dabei das Vergnügen, und die anderen opferten ein Vermögen für gepanschten Verschnitt aus Fernost. So würde er beim nächsten Beduinentreff den Schatz großmütig verteilen, geradeso, als sei ihm der Besitz echter Zigaretten Gewohnheit. Das brachte ihm mehr Ansehen und Vorteil ein, als selbst zu rauchen.

Eine kärgliche Linderung, fürwahr, denn schon verschwand die schöne Fremde mit Tessir im Truck. Dschallal erwartete nicht, Tessir könne das Rennen machen. Er kannte dessen Leitspruch: *Wer nichts besitzt, braucht nicht um Verlorenes weinen!* Tessir ängstigte ihn also nicht. Er fürchtete vielmehr den Hauch der Ewigkeit, wenn er allein am Brunnen zurückblieb, wenn Stimmen und Geräusche verklangen und sich das absolute Schweigen der Welt auf ihn legte. Jeder Abschied war ein kleiner Tod. Die Jungen ahnten nichts davon, doch seine Tage wurden kurz. Wie oft noch würde er Fremden nachblicken?

Die Zigaretten im Brustbeutel wohl verwahrt, stand er da, sah den Truck entschwinden und schielte zum jüngsten Sohn hinüber. Der starrte den trüben Schwaden aus Sand und Staub hinterher und hielt das Foto fest ans Herz gedrückt. Das war *Kismet* – Schicksal, so wie es im Buch des Lebens verzeichnet stand und sich menschlichem Begreifen entzog. Dschallal hielt die Hände wie zum Gebet vor die Brust und sah den Staub herniedersinken.

»Hinter dir steht der Schütze!«

Jos Kopf fuhr herum. Außer dem leuchtenden Sternenhimmel über der Wüste konnte sie nichts erkennen. Sie hatten ihr Lager südlich von Tadmor aufgeschlagen und schienen vollkommen allein auf der Welt zu sein. Im Osten parkte der Truck und hielt den kalten Lufthauch ab. Im Süden, Westen und Norden reichte der Blick ungehindert von einem funkelnden Stern zum anderen. Das waren Millionen Lichter fremder Welten in einen reinen schwarzen Himmel gebettet, die fern genug erstrahlten, um den Menschen nur staunen, nicht zittern zu machen. Jo glaubte, mitten im Planetarium zu sitzen, in einem künstlichen Raum mit Himmelslichtern, zum Greifen nah. Aber sie hockte weit besser auf einem Schafpelz in der Syrischen Wüste und schlürfte heißen Zimttee. Vorhin, bei Tessirs Worten, wäre ihr vor Schreck beinahe der Messingbecher aus der Hand gefallen. »Wo?«

»Im Süden neben dem Skorpion. Der Schütze Pabilsag – Sagittarius.«

Endlich begriff sie. Tessir sprach vom Sternbild Schütze. »Pabilsag? Ist das der arabische Name?«

»Akkadisch oder sumerisch. Jedenfalls der Name, den er im Gilgamesch-Epos trägt.«

Tessir hatte ihr auf der Fahrt etwas von seinem Schicksal und dem Verlust seiner Familie erzählt. Es stand im Zusammenhang mit dem Epos und den Ruinen von Uruk. »Du liebst es also doch, das Epos?« fragte Jo.

»Ich habe ihm das Leben meiner Familie und mein Glück geopfert. Wenn ich jetzt am Epos zweifle, dann verliere ich auch noch das Letzte, was mir geblieben ist. Das bedeutet nicht, daß ich alles akzeptiere, was man daraus lesen kann.« Tessir schenkte Tee nach. Dann erzählte er von Warka passim, der Siedlung neben den Ruinen von Uruk, seinem Geburtsort. Von klein auf habe er sich den sandverwehten Mauerresten der ältesten Stadt der Menschheit verbunden gefühlt, die der Engländer William Loftus 1849 entdeckt hatte. Im benachbarten Nasirija war er zur Schule gegangen und hatte in Bagdad Kommunikationswissenschaften studiert. Aber sein eigentliches Interesse galt immer den Anfängen mesopotamischer Kultur. So habe er sich lange mit dem Gilgamesch-Epos beschäftigt und entdeckt, daß es zahlreiche Botschaften enthalte.

Bis heute habe man die Vielfältigkeit der ältesten Menschendichtung noch nicht erfaßt. Der moralische Aspekt der Geschichte von Gilgamesch und der Göttin Ischtar wäre nur ein Nebenschauplatz und ein zweifelhafter obendrein. Seit Jahren studiere er die astronomische Perspektive.

»Leg dich zu mir«, sagte er zu Jo, »dann erkläre ich es.« Er rückte zur Seite und machte Jo auf seinem Fell Platz. »Was wir jetzt über uns sehen«, begann Tessir und deutete zum Himmel hinauf, »entspricht nicht dem Blickwinkel der Sumerer. Durch die Kreiselbewegung der Erdachse ändern sich die Sternpositionen. So kann man anhand des Epos zurückrechnen, daß es 2340 vor der Zeit verfaßt wurde.«

»Wird darin auch nur ein einziger Stern erwähnt?« Jo schob sich ihre Tasche ins Genick, um noch bequemer in die Nacht hinaufschauen zu können.

»Das will ich dir gerade erklären. Die Heldengeschichte beschreibt den Weg des Planeten Merkur, der mit Gilgamesch gleichgesetzt wird, bei seiner jährlichen Wanderung über den Sternenhimmel im Bereich der Ekliptik. Die Sumerer waren die besten Astronomen der Alten Welt. Ihr Können wird im allgemeinen recht grob unter dem Begriff ›babylonische Mathematik‹ zusammengefaßt. Sie haben hervorragende Beobachtungen und Berechnungen angestellt und sich etwas Geniales ausgedacht, um dies so einfach zu beschreiben, daß es auch Kinder begreifen können: Sie haben das Gilgamesch-Epos gedichtet und in Keilschrift verfaßt. Wer diese Geschichte kennt, kann sofort den Sternenhimmel benennen, die Himmelsrichtungen, den Frühlings- und Herbstpunkt der Ekliptik und den Wintersonnenwendepunkt, weiß über die Mondphasen Bescheid, kennt selbst den Aufenthaltsort des Neumonds, wenn er vom Himmel verschwunden ist, und tausend Dinge mehr.«

»Tut mir leid. Ich begeistere mich zwar an den Sternen, aber die Sternenkunde will nichts von mir wissen. Ich bin nie von ihr geküßt worden. Ich weiß nicht einmal, was Ekliptik ist!«

»Das ist die scheinbare Bahn, die die Sonne über den Himmel nimmt. Sie führt durch die zwölf sumerischen oder babylonischen Tierkreiszeichen. Die Sumerer haben sich den Himmel mit einem gedachten Äquator in eine Nord- und eine Südhälfte geteilt. Zu beiden Seiten des Äquators befindet sich der Anu-Weg, also die Prachtstraße ihres höchsten Gottes. Im Norden schließt der Enlil-Weg an und im Süden der Ea-Weg. Durch diese Bereiche führt die Ekliptik. Die beiden Söhne Anus stehen als Enlil für die Überwelt, den Luftbereich, und als Ea für das Wasser, die Unterwelt. Gilgamesch-Merkur wandert auf diesen Wegen entlang. Mal befindet er sich im Anu-Weg, mal nördlich oder südlich davon. Er beginnt seine Wanderung in Uruk bei einem Tor mit sieben Riegeln, was den Plejaden entspricht. Ist dir schon einmal aufgefallen, daß im Epos sechs Tore erwähnt werden? Ja? Es sind die Schnittpunkte der Ekliptik mit dem Himmelsäquator.«

»Langsam, Tessir. Gib mir Zeit, darüber nachzudenken.« Jo blickte fasziniert zu den Sternen empor. Dieses unglaubliche Glitzern und Funkeln erinnerte sie an eine mit Edelsteinen gefüllte Samtschatulle. Von der großen Stille um sie herum ging eine Verzauberung aus, die sie zutiefst berührte. Weit im Osten, dort, wo Sumer lag und der Krieg im Irak tobte, verglühte jetzt eine Sternschnuppe wie der Kopf einer Mittelstreckenrakete, und die Magie verflog wie fauler Zauber. »Weiter«, sagte Jo ernüchtert.

»Ich erkläre es an einem Beispiel aus dem Epos. Gilgamesch sucht nach dem ewigen Leben. Auf seiner Reise kommt er zu der Wirtin Siduri. Sie warnt ihn davor weiterzugehen.«

»Und spricht dabei die berühmten Worte«, unterbrach ihn Jo und zitierte: *»Gis esch tadaal. Balatam satasah haru!* – Gilgamesch, wo läufst du hin? Das Leben, das du suchst, findest du nicht. Als die Götter die Menschheit schufen, bestimmten der Menschheit sie den Tod. Das Leben behielten sie in ihren Händen.«

»*Mazbût*, genau! In welchem Sternbild steht also Siduri, die Wirtin?«

»Ich habe keinen Schimmer.«

Tessir nahm Jos Hand und deutete in den Süden zu Skorpion und Schütze. »Im Sternbild Skorpion. Der Skorpion markiert den Eingang zur Unterwelt, die Finsternis, das Reich der Toten. Danach kommt ...«

»Das Sternbild der Sintflut-Arche. Natürlich! Und danach der Kapitän der Arche, Utnapischtim, aus dem sich die Bibel Noah zimmerte. Was sich hier im Bereich Eas, dem Herrn des Wassers und der Unterwelt, befand, spielte sich am südlichsten Rand des sumerischen Blickwinkels ab. Die Welt dahinter entzog sich menschlichem Sehen zu Sumers Zeiten, aber nicht ihren Rechenkünsten. In diese geheimnisvolle Ferne wanderten die Toten. Deswegen setzte sehr viel später im griechischen Mythos ein Fährmann, ähnlich Utnapischtim, die Verstorbenen über den Fluß in die Unterwelt. Deshalb bewacht die ägyptische Selket mit dem Skorpion auf dem Kopf den Weg der Toten.«

»Richtig, aber du hast den Umkehrpunkt vergessen! In der Sintflutsaga des Gilgamesch-Epos, lange vor der Bibel, als die Menschheit verloren scheint und von der Erde getilgt werden soll, greift Ea ein und rät Utnapischtim, eine Arche zu bauen. Von da an geht es mit dem verloren geglaubten Leben wieder aufwärts. Gott Ea entspricht dem heutigen Sternbild Wassermann. Am ekliptiknahen Stern eins des Wassermanns befindet sich der Punkt der Wintersonnenwende, also der südlichste Umkehrpunkt der Sonne. Von hier an wird der Tag wieder länger, die Finsternis weicht, und der Kreislauf des Lebens beginnt von vorn. Wenn Gilgamesch im Epos diesen Punkt erreicht, kehrt er um und wandert wieder zurück nach Uruk.«

»Das ist wirklich beeindruckend. Jetzt begreife ich es langsam. Aber Gilgamesch kommt doch mit dem Kraut des ewigen Lebens wieder? Er glaubt, er habe sein Ziel erreicht. Da raubt ihm die Wasserschlange die Pflanze. Er muß zurück nach Uruk. Denn nur seine Stadt wird in der Erinnerung ewig fortleben. Was passiert da am Sternenhimmel?«

»Gilgamesch besitzt die Pflanze des ewigen Lebens. Er fühlt sich wie ein König. Zu diesem Zeitpunkt erreicht die Ekliptik den Königsstern, den Regulus, das hellste Licht im Sternbild Löwe. Das ist der Punkt der Sommersonnenwende. Und so wird es auch beschrieben. Kurz nach dem Triumph des Helden, am längsten Tag, das heißt am höchsten Punkt seiner Bahn oder seiner Karriere, wenn du so willst, raubt ihm die Wasserschlange das Kraut. Du weißt ja, daß die Wasserschlange südlich des Regulus steht? Es geht also wieder bergab, bis Gilgamesch Uruk erreicht, wo alles von neuem beginnt.«

»Und das hast du herausgefunden?«

»Nur einen Bruchteil davon. Es gibt europäische Astronomen und Orientalisten, die darüber schreiben, aber sie werden verlacht. Schau her!« Tessir beugte sich über Jo und malte neben das Lagerfeuer Keilschriftzeichen in den Sand. Dabei zitierte er den sumerischen Text: »... ein Strich von oben um sechs herabgezogen ...«

Jo hörte kaum zu, sah aber, wie schnell und geschickt seine Finger durch den Sand fuhren, wie er die Zeilen löschte und neue schrieb und schließlich fragte: »Was ist das?« Er mußte Jos Nichtbegreifen in ihren Augen erkannt haben, denn er beantwortete seine Frage selbst. »Das ist der sumerische Satz des Pythagoras – lange vor dem legendären Pythagoras aufgestellt. Gerechnet wird mit c Quadrat gleich ...? Gut, ich gebe es auf. Begreifst du wenigstens den hohen Bildungsstand sumerischer Mathematiker?« Er ließ sich zurücksinken und nahm wieder Jos Hand in die seine. »Ich wollte die Tore von Uruk finden, die im Epos beschrieben sind. Sie waren Markierungshilfen für Frühlings- und Herbstpunkte. Uruk war ein einziger riesiger Kalender. Es wird doch genau erklärt, daß Gilgamesch zwischen Ost- und Westtor steht, während der Skorpion aufgeht und die Plejaden versinken, und umgekehrt, und damit Frühjahrs- und Herbstpunkte anzeigen.«

»Uruk, ein gigantischer Kalender. Was für eine geniale Idee! Was ist davon übriggeblieben?«

»Ein neun Kilometer langer Mauerkreis aus gebrannten Ziegeln, die ewig halten im Vergleich zu den herkömmlichen Lehmziegeln. Ich bin sicher, diese Mauer diente nicht allein als Schutzwall gegen Feinde, sondern war astronomisch ausgerichtet. Deswegen hat man sich so viel Mühe mit gebrannten Ziegeln gemacht. Die Ruinen lagen unter Sand, waren vergessen, unbeachtet, so lange, bis dort Waffen versteckt wurden. Dort und in Ur, das in astronomischer Beziehung zu Uruk steht. Als ich davon erfuhr, habe ich meine Seele verkauft.« Tessir drückte Jos Hand jetzt so fest, daß sie nur mühsam einen Schrei verhindern konnte. Seine Stimme war nur noch ein heiseres Flüstern. »Ich habe versucht, Ausländer zu finden, die mich verstehen, Wissenschaftler, die Uruks Bedeutung für die ganze Menschheit begreifen. Man hat mich verraten. Meine Regierung sagte, es sei Landesverrat. Um mich zu strafen, ermordete man meine Familie und verschonte mich, damit ich wie Gilgamesch ewig auf der Suche nach dem Leben bleibe und nie mehr meine Ruhe finde. Dann kam der Golfkrieg. Südlich von Uruk brannte die Landschaft. Als Kommunikationswissenschaftler fand ich wieder einen Weg, die Amerikaner zu kontaktieren. Ich habe einen Pakt mit einem der ihren geschlossen. Es war alles umsonst.«

»Was ist geschehen?« Jo starrte zum Schützen empor.

»Bosheit und Dummheit gehören zusammen. Arrogante Wissenschaftler von der astronomischen Botschaft des Gilgamesch zu überzeugen bedeutet, den Wind der Wüste in Satteltaschen zu packen. Sie verstehen nichts. Oder sie wollen nicht begreifen, daß die Wissenschaft in Sumer, in Uruk, begann. Daß die Menschheit eine einzige einheitliche Sprache spricht – die Sprache der Wissenschaft, deren Wiege der Irak ist. Daß die alten Städte geschützt werden müssen! Hier liegen einzigartige Kulturgüter. Wir alle müssen begreifen, daß unser geschichtliches Erbe nicht erneuerbar ist. Das Gebiet um Uruk ist durch den Krieg zur Mondlandschaft geworden mit Einschlagkratern von modernen Geschützen. Jahrtausendealte Grabbeigaben wurden pulverisiert. Einfach so, peng! Dort, wo keine verbrannte Erde ist, wo keine Sprengkörper liegen, plündern die Grabräuber. Die Moral der irakischen Räuber bleibt auf der Strecke, wenn der Magen leer ist und die Kinder Medikamente brauchen. Und diesen Zustand haben wir dank des Embargos schon seit vielen Jahren. Die Grenzen werden nicht streng genug kontrolliert. Zu viele dollarstarke Käufer im Westen warten auf den Schlußverkauf sumerischer Kunst. Ich habe Wunschzettel gesehen von Auktionshäusern! Eine Keilschriftscherbe, irgendwo ausgegraben und aus dem Zusammenhang gerissen, verstaubt ungelesen in einer Privatsammlung. Dabei wäre sie ein wichtiges Puzzleteil im Verstehen der alten Kulturen. Der Irak ist doch kein Souvenirladen! Und heute rollen Panzer über uralte Befestigungsanlagen und erschüttern den Boden so, daß selbst abseits stehende Mauern einstürzen.« Tessir griff in seine Brusttasche und holte eine plattgedrückte Gewehrkugel heraus. Er hielt sie gegen den Nachthimmel, bis sie den matten Glanz der Sterne einfing. »Sie haben die Ruinen beschossen. Dieses Exemplar stammt aus dem Stufentempel von Ur.«

Lange Zeit starrten sie beide zum Nachthimmel empor, bis Tessir wieder das Wort ergriff. »Das Gilgamesch-Epos war leicht verständlich. Schulkinder konnten damit den Himmel erklären. Aber die wirkliche Kalenderbedeutung, die astronomische Berechnung, war einer Elite vorbehalten. Also habe auch ich mich an das Oberhaupt einer Elite gewandt, um Hilfe zu bekommen. Das war mein Fehler. Der Chef ist vollkommen verständnislos. Aber ich gebe nicht auf, solange noch ein Lehmziegel auf dem anderen liegt.« Er ließ Jos Hand los, warf die Decke fort, erhob sich, lief zum Truck hinüber und kam mit einer Kiste Datteln wieder. Jo war ebenfalls aufgesprungen. Sie spürte die ungeheure Erregung, die Tessir gepackt hatte. Er warf ihr die Kiste vor die Füße und keuchte: »Datteln für ein Kind.«

»Davon habe ich schon gehört.« Jo atmete tief durch. Sie hatte mit Sprengstoff oder Munition gerechnet. »Das ist eine private Hilfsorganisation in Europa. Aus dem Irak werden trotz Embargo Datteln geschmuggelt und im Westen verkauft, um Kinderleben zu retten.« Sie wollte nach der Kiste greifen.

»Halt!« Tessir packte ihre Hand. »Die Datteln sind nicht alles.«

»Was schmuggelst du, Tessir?« Jetzt war es heraus. Die Frage stand zwischen ihnen und ließ die Nachtluft knistern. Jo sog prüfend die Luft ein. Aber sie konnte nur den süßen Duft der Früchte wahrnehmen und einen fernen Plastikgeruch. Was auch immer unter den Datteln lag, war fest in Kunststoff verpackt. Sie hörte, wie Tessir immer noch nach Luft schnappte. Die Einsamkeit seiner geplagten Seele hatte ihn verführt, ihr mehr anzuvertrauen, als ihm eigentlich lieb war. Sekundenlang fürchtete Jo, er würde sich an ihr vergreifen, um eine Mitwisserin zum Schweigen zu bringen. Doch er trat zurück, als habe er sich besonnen.

»Hör auf, dich zu fürchten! Es ist nichts Böses, nichts, was dem Menschen schadet. Im Gegenteil! Aber glaube mir, du willst es nicht wissen!« Er ging zum Auto, verpackte die Kiste, verzurrte die Plane und kam zu Jo zurück. Er stand vor ihr, gerade einen halben Fußbreit zu nahe, um Neutralität zu bekunden. Jo wich nicht zurück. So ganz verstand sie nicht, was er ihr sagen wollte. Das kleine Feuer war weit heruntergebrannt und flammte jetzt durch einen Windstoß auf. Das Licht genügte, die Tränen auf Tessirs Wangen glitzern zu lassen. Unerwartet schlang er seine Arme um Jo und weinte wie ein Kind. »Geliebte«, hörte sie ihn schluchzen und wußte, daß er von seiner ermordeten Frau sprach. Seine Umklammerung brach Jo fast die Rippen und zugleich das Herz. Sie spürte, wie ihre Kehle eng wurde und sie kurz davor war, mit ihm um Frau und Kinder zu weinen. »Solange ich in den Sternenhimmel schaue«, flüsterte Tessir an ihrer Wange, »sehe ich sie dort oben wandern. Aber wenn ich schlafe, stehen sie plötzlich mit durchschnittenen Kehlen an meinem Lager. Also blicke ich in das Weltall hinauf. Es ist tröstlich zu wissen, daß die Sterne völlig gleichgültig ihre Bahn über den Menschen ziehen. Würde ich an Gottes Fürsorge glauben, müßte ich hassen und verzweifeln.«

Jo fühlte, wie sich sein rasender Herzschlag beruhigte, wie sein Zugriff sanfter wurde und sich die Wärme ihrer beiden Körper vermischte. Dieses stille, entspannte Atmen im Takt des anderen ließ die Wüste schrumpfen und den eigenen Standort zum Zentrum des Lebens werden. Der kühle Windhauch um sie herum glitt an ihnen ab, als ständen sie geschützt in einem seidenen Zelt. Der Tag und seine Geschehnisse, die Welt um sie, wurden reduziert auf eine ferne Erinnerung. Was jetzt zählte, war das Geschenk gemeinsamer Nähe: zuhören, schweigen, trösten, ermuntern, wärmen, stützen, besänftigen und stärken. Es schien um so wertvoller, da sie einander fremd waren und sich zugleich im Verstehen um die Seelennot und die Sehnsucht nach Linderung so glichen. Jo nahm seinen Kopf in ihre Hände und küßte die Tränen fort. Es waren wohldosierte Berührungen, weder lockend noch aufregend, nur warm und weich wie das Auflegen eines Pflasters aus Sanftmut und Mitgefühl.

Tessir schob sie ein wenig von sich, und die kalte Nachtluft machte sich sofort zwischen ihnen breit. »Du bist verwegen!«

»Nur sentimental.«

»Fürchtest du nicht den Abgrund meiner Seele?« Er hielt noch immer ihre Hand und zog Jo näher ans Feuer heran. Das zuckende Licht auf seinen Zügen tanzte hierhin und dorthin wie die Worte, nach denen er suchte und die doch unausgesprochen blieben. Seine tiefen Stirnfalten glätteten sich, der hart zusammengepreßte Mund öffnete sich leicht, und ein zufriedenes Lächeln machte sich breit.

»Gut entschieden.«

Jo löste sich behutsam von ihm, nahm ihre Decke vom Boden hoch, wickelte sich fest darin ein und legte sich schlafen. Sie schob sich noch den Rucksack unter den Kopf und murmelte etwas von Müdigkeit und einem anstrengenden Tag. Tessir setzte sich neben sie, so nahe, daß die Wärme seiner Beine ihren Rücken durchflutete.

Von hier bis zum Golf von Oman nichts als Einsamkeit und Wind, dachte Jo. Wenn ich fliegen könnte wie ein Blatt, würde mich die Brise aus dem Norden Tausende von Kilometern durch die Wüste südwärts tragen. Ich würde kaum einem Tier und keiner Menschenseele begegnen. Zwischen mir und dieser Leere sitzt Tessir. Wie könnte ich gerade ihn fürchten? Ich fürchte nur mein eigenes Verlangen nach der Wärme seiner Umarmung. Immer wieder glaube ich, ich wäre leidenschaftslos geworden und nüchtern. Da redet er von einem Abgrund! Ich bin der Abgrund, der uns beide verschlingen wird. Bleib ruhig, Jo! Denk nicht an das Feuer, die alles durchbrechende Hitze, die Anspannung und Hingabe, die Erlösung, den wohligen Schlummer danach, den Trost, die Menschlichkeit, das gemeinsame Beben, einer am Herzschlag des anderen.

Sie krallte sich noch fester in ihre kratzige Wolldecke. Es gab Situationen, da wünschte sie, daß jemand anderer ihr das Nachdenken und die eigenen Entscheidungen abnahm, daß Zucht und Ordnung oder ein stilles Gebet, das sie, ohne abzuwägen, anwenden konnte, dieses Prickeln ersticken würde. Denn es hatte nicht nur ihr Denken ergriffen, sondern pulsierte heiß und vitalisierend durch ihren Körper. Da ihr aber weder moralische Floskeln noch Vorurteile irgendwelcher Art zu Hilfe kamen, blieb ihr nur die Besonnenheit, die es zu beschwören galt. Sie sah ihre Vernunft wie einen winzigen Lichtpunkt hin und her flattern, ganz fern und verloren in einem schwarzen Raum, der vor Begierde, Lust und Lebensfreude überquoll. Ischtar, dachte sie in ihrer Not, du alte triebhafte Göttin, verschwinde! Dabei fiel ihr ein, daß sie in Freiheit erzogen worden war, daß sie die Freiheit besaß, ja zu rufen oder eben nicht. Dank dieser Erkenntnis fiel es ihr leicht, nein zu denken.

»Nein?« fragte Tessir gerade jetzt, als habe er an Jos Überlegungen teilgenommen und lange mit ihr über intimes Beisammensein im Wüstensand diskutiert. Er klopfte ihr gutmütig auf die Schulter und lachte über ihrer beider Kümmernisse, die Schrecken der Welt, die Ohnmacht der Menschen, das Unvermögen dazuzulernen, den heutigen Tag und die Zukunft. Dabei schlang er eine weitere Decke um sie. »Laß mich dich mit Worten umarmen, Seidenraupe! In dieser Welt ist es gut, wenn man sich ab und an in seine eigene Hülle zurückzieht und dabei ein bißchen spinnt. Das verlängert den Lebensfaden.« In seinen Augen schimmerte die Glut ihres Lagerfeuers, und um seine Gestalt legte sich der Lichtschein der sternenklaren Wüstennacht. Mehr denn je glich er einem Weisen aus dem Morgenland. Tessir trat zurück und ging in die Ebene hinaus.

Da wandert er hin wie der Mond, dachte Jo. Er zeigt mir nur eine Seite. Wie mag die andere aussehen? Wie sollte sie schlafen können, wenn das Herz bis zum Hals pochte und die ganze Romantik der Wüstennacht auf einmal auf sie herabsank? Gelang es ihr, Schwärmerei und honigsüßen Weltschmerz zu verdrängen und die Situation nüchtern zu sehen, mußte der Schlaf erst recht weichen.

Der Schütze, Pazuzu, Mateo, Bel, Tessir – keiner schien das zu sein, was er vorgab. Ursprünglich hatte sie geglaubt, Tessir fahre ihretwegen durch die Wüste. Bei Scheik Dschallal begriff sie, diese Route gehörte zu seinem Plan. Hatte er sie absichtlich glauben gemacht, er setze ihretwegen seinen Truck den Schlaglochpisten aus, oder hatte sie das bedenkenlos angenommen? Trübte der Sand ihre Augen, sobald die Magie staubiger Ebenen und ockerfarbener Steine sie bannte?

Der Anblick einer einzigen windgepeitschten Akazie in Einsamkeit und Öde, das Erkennen feinster Rillenmuster, vom Wüstenwind in den Hügel gemalt, das Betrachten bizarr gezackter Felsformationen genügte, ihren Verstand davonzuwehen und die Sehnsucht nach Weite, Hitze und sanft geschwungenen Dünen ins Endlose zu steigern. Teilte sie die Faszination für die Wüste mit einem Menschen, der ähnlich empfand, wurde aus Bedenken Vertrauen und aus Zweifel Zuversicht. Das war das Suchtpotential der Wüste, das war ihr Atem, ihr wilder Geist, ihr Einfluß. Einmal von ihrem Mysterium infiziert, ließ sie die Menschen träumen und hoffen, reinigte ihre Seelen und stärkte den Willen. Wer sanderfüllte Einsamkeit bezwang, der trat dem Leben gefestigt entgegen. Das war das Geschenk der Wüste und ihr Rauschgift zugleich. Es verzerrte die Wahrnehmung, entführte in wunderliche Räume, erweckte die Vergangenheit und zeichnete Visionen in den Dunst safrangelber Sande und die Schatten finsterer Felsen hinein. Da wurde die fremde Hand mit der Trinkschale zum göttlichen Fingerzeig und verschob den Winkel zwischen Wirklichkeit und Wunsch. Und so war es Jo geschehen. Denn ein Schmuggler war Tessir, nicht den Träumen aus tausend Nächten entsprungen, sondern den Nöten des Daseins. Er lebte von List und Täuschung. Was also verbarg er unter den Datteln, und was besagten seine Worte: gut entschieden? Bezogen sie sich auf die Übergabe der Goldkette?

Jo tastete nach dem Schmuckstück im Ausschnitt. Hier draußen in der Trockenheit konnte sie weder Weihrauch noch al-Oud riechen. Trotzdem verzauberte sie der Gedanke, daß dort, wo jetzt ihr Blut gegen das Geschmeide pulsierte, einst die Lebensflamme des Schützen gelodert hatte. Sie wünschte, sie würde seinen Namen kennen, seine Träume und Denkweisen. Allein hatte er einer feindlichen Übermacht standgehalten. Wäre ein Mitstreiter bei ihm gewesen, lägen nicht unversehrte Pfeile im Köcher. Niemand hatte seine Flanken geschützt, ihm Rückendeckung gegeben oder, als er fiel, seinen Pfeilvorrat an sich genommen. Im Kampf galt Munition mehr als Gold. Sein unangetasteter Köcher bewies, daß er dort im Haus des Parfümeurs allein die Römer abgewehrt hatte. Doch wer hatte ihm Pazuzu zur Seite gelegt?

Sie dachte an die Millionen Gefallener in der Menschheitsgeschichte. Als genügten Naturkatastrophe, Krankheit und Unglück nicht, den Jammer auf Erden zu schaffen, prügelte die Menschenrasse seit Kain und Abel aufeinander ein. Und jeder Tote im großen Weltwahnsinn war keine Nummer, sondern ein Individuum, das Angst und Schmerz, Zuversicht und Liebe gekannt hatte. Durch ihren Fund trat aus diesem monströsen Knochen- und Leichenhaufen ein lebendiges Wesen hervor. Jo schauderte. Wie mochten die zwanzig Römer das Handeln des Schützen erlebt haben? Sahen sie einen Kameraden um den anderen fallen? Kämpften sie trotzdem weiter? Versuchten sie unaufhaltsam, die fremde Stadt zu erobern, um selbst vom Sandsturm erwürgt zu werden? Was für grausige Gedanken! Jo blickte zu den Sternen empor. Gilgamesch! War der Held Sinnbild menschlicher Suche nach körperlicher Unsterblichkeit auf Erden? Hatten alte Keilschriften nicht längst offenbart, was uns heute noch quälte? Mensch, wo gehst du hin? Das Leben, das du suchst, findest du nicht?

Erneut ließ der Wind das Feuer knistern und fuhr mit rauchigen Fingern über Jos Gesicht. Sie rollte sich zur Seite, zog die Decke wie eine Kapuze über den Kopf und schlief ein.

Zuerst vernahm sie nur fernes Murmeln. Instinktiv öffnete sie die Augen, ohne den Kopf zu bewegen. Abseits ihres Lagers saßen Männer am Feuer. Gedämpftes Reden wehte zu ihr herüber. Sie spürte Sand in den Augen, den sie nicht fortrieb. Nur schemenhaft sah sie die Gestalten: hier das Blitzen eines Gewehrlaufs unter dem Wollmantel, dort Stiefel und gescheckter Kampfanzug, Gesichter mit mächtigen Bärten, Patronengurte über der Brust, Tücher wie Turbane um den Kopf gewunden. Mudschaheddin, dachte Jo, Gotteskrieger! Schlagartig pulsierte ihr Blut durch die Adern wie auf eiliger Flucht. Hinter halb geschlossenen Lidern lugte sie zu den hageren Gesellen hin, die jetzt mit Tessir stritten. Ihre scharfen, leisen Worte zischten wie Schlangen über den Sandstreifen zu Jo heran. Es mußte spät in der Nacht sein. Der Skorpion war versunken, nur der Schütze beherrschte den südlichen Himmel. Sein Bogen malte einen schillernden Schwung in die Schwärze der Nacht.

Die Köpfe der Fremden hoben sich wie auf geheimes Signal. Jo glaubte, funkelnde Blicke zu sehen, die bis zu ihr vordrangen. Sie schloß die Augen. Sie war nichts weiter als ein Bündel Decken, ein Niemand, der eben hier im Sand schlief, eine unbeteiligte Person, die nichts gesehen und gehört hatte, die nichts verraten konnte. Dabei klopfte ihr Herz fühlbar gegen die Rippen. Hitze durchflutete sie wie Fieber. Gewaltsam zwang sie sich, die Füße ruhig zu halten, in denen es ruckte und kribbelte. Sie wollte aufspringen und davonlaufen und tat nichts dergleichen. Sie preßte das Gesicht auf den harten Boden, bis sich die Steinchen und Körner schmerzhaft in ihre

Wange drückten. Denn in Momenten wie diesen war es ratsam, den Kopf in den Sand zu stecken. Auch dies lehrte die Wüste.

Noch war der Tag nicht ganz erwacht. Der eisige Schauer kroch von allen Seiten heran und weckte Jo. Schiefergrau dämmerte der Morgen herauf. Klamm und steif kratzte die derbe Decke am Hals. Nicht weit von ihr schliefen zwei Männer am Boden. Tessirs graue Locken kannte sie, der schwarze Schopf daneben und das bartlose Gesicht waren ihr fremd. Selbst wenn es ein Hirte war, wollte er gewiß der unbekannten Frau nicht ins ungewaschene Antlitz blicken. Leise rollte sich Jo aus den Decken, schüttelte Sand und Skorpione aus den Schuhen, schlüpfte hinein und verwünschte sich und ihr Tun. An diesem Morgen schienen der Alltag in Deutschland, Heim und Bad, Untermieter, Verkehrschaos und Büro, selbst Haferflocken und Straßenbahn das Maß höchster Verlockung zu sein. Die Erinnerung an ihr Haus in München, an die Leichtigkeit, sich fließenden Wassers und frischer Wäsche zu bedienen, setzte fast schmerzhaft ein. Selbst das Chaos, das ihre Untermieterin Patrizia mit ihren Computerkabeln im Gang anzurichten verstand, schien Jo jetzt nichts weiter als eine liebenswerte Eigenheit zu sein. Das war nichts gegen die scharfkantigen Steine, über die sie hier stolperte.

Die Wasserflasche in der Hand, den Rucksack schmerzhaft im Rücken, wanderte sie in die graue Ödnis hinaus, in ein Einerlei aus zackenförmigen Steinen, messerscharfem Gras und jähen Abbrüchen im Grund. Schließlich bot ihr ein Fels Deckung für die Morgentoilette und die Überprüfung ihrer Erscheinung. Starre Finger, zerzaustes Haar, Falten im Gesicht wie Dünen am Meer und die Sehnsucht nach frischen Kleidern, Bad und Kaffee, das kennzeichnete den Morgen danach, das war die bittere Pille jeder süßen Wüstennacht. Sie haßte das klebrige Gefühl ungewaschener Klamotten, den Schweiß vom

Vortag und das Jucken am Kopf. So kalt war der eisige Wind, daß die Creme auf den Wangen zur Paste erstarrte. Die Zähne protestierten gegen das Eiswasser mit heftigem Schmerz, und das feuchte Tuch zum Waschen fiel in den Sand. Schließlich hatte Jo das Äußere gebändigt, und die Seele atmete auf.

Ein erstes Glühen zeigte das Erscheinen der Sonne. Mit ihr erhoben sich Lerchenschwärme jubilierend in die Luft, tauchten in den roten Dunst hinein und flogen leicht und sorgenfrei wie ein frischer Gedanke in den Tag hinaus.

Die Wüste wandelte sich.

Als habe Schamasch, der Sonnengott, den Boden geküßt, errötete die Ebene, erblühten einsame Blumen und zirpten Käfer. Mit langen goldenen Fingern strich Schamasch über Jos Gestalt, löschte den Mißmut, glättete ihr Gesicht und lockte das Wohlsein. Sonnenstrahlen ließen den Tau auf dürren Gräsern funkeln und bogen das starre Gewächs zu schimmernder Grazie. Es war ein leichtes, den Tag zu lieben, wenn Schamasch am Himmel stand. Jo vergaß Dusche und Bad, sah in der Ferne die Männer am Feuer hantieren, erblickte den Rauch, der zum Himmel stieg, erschnupperte den Duft frisch gebrühten Gewürztees und fühlte sich wieder in der Wüste daheim.

Minuten später tauchte sie geröstetes Fladenbrot in frisch gerührte Paste aus Sesam, Öl und Zitrone, nippte am Zimttee und leckte sich die Honigfinger. Kein Wort über die Gotteskrieger in der Nacht, keine dummen Fragen nach dem Woher und Wohin des anderen, nur höfliches Nicken und Danken kennzeichnete ihr Tun an diesem Morgen. Sie hatte genug eigene Probleme und wollte nicht Tessir ausfragen, warum er mit Mudschaheddin gestritten habe oder wer der Fremde am Feuer sei. Unaufgefordert war sie gestern in Tessirs Welt hineingestolpert. Er gewährte ihr bedenkenlos die Gastfreundschaft der Wüste. Ein Geschenk, das kein Araber jemals in Europa fand, eine Großzügigkeit, die hier dem geringsten Bettler Alltag war und die man niemals bezahlen, nie hinterfragen und ebensowenig zurückgeben konnte. Es galt allein, mit Takt und Anstand anzunehmen, was der andere bereitwillig teilte. Sei es nun ein Fladenbrot aus ungewaschener Hand, ein Rest von Fliegen besuchten Schafskäses, die Sicherheit ungestörter Nachtruhe Seite an Seite mit einem fremden Mann, das Essen für alle aus einem Topf oder die Selbstverständlichkeit sittlicher Schranken. Solange die Wüste das Sein bestimmte, garantierten ihre Gebote die Sicherheit des Schutzbefohlenen an Leib und Seele. Später, im Gedränge einer Stadt, mochte das Gesetz nicht mehr greifen. Aber hier, irgendwo im Sand südlich von Tadmor, stand Jo unter Tessirs Obhut. Und das war nichts, was man mit vorlauten Fragen verscherzte, sondern mit Anmut parierte.

Und so fand Jo alles herrlich an diesem Morgen, den zuckersüßen Tee gerade recht, das alte Brot verlockend und die kalten Essensreste appetitlich. Sand knirschte zwischen ihren Zähnen, und der Knoblauchdunst von gestern stieß ihr auf. Hier ging es nicht um kulinarische Kunst, sondern um die Noblesse, Wasser und Brot zu teilen. Nun waren sie drei Esser geworden, also drittelte man den Tee, das Brot, den Sesam und den Honig. Ebenso mußte das genügen, was man ihr bereitwillig erzählte. War also der Fremde namens Fahim wortkarg, dann quälte sie ihn nicht mit Fragen.

Ihn für schweigsam zu halten, war Jos erste Fehleinschätzung an diesem noch jungen Tag. Kaum hatte Fahim das letzte Stück gegessen, da öffnete er den Mund, um zu einer Erzählung auszuholen. Lange Zeit blieb Jo nichts anderes, als seinen Geschichten zu lauschen.

Er sei chaldäischer Christ vom Khabur, erklärte der Schwarzhaarige. Er werde von Gott gestraft mit Plagen und Heimsuchung, dabei trage er den Namen Ephraim, was Fruchtbarkeit heiße. Ihm aber sei es versagt, seine Geliebte zu heiraten und Kinder zu zeugen, denn sein Schwager säße im Gefängnis. Der hätte sieben Kinder mit Lust und Vergnügen in die Welt gesetzt, sieben Söhne, man stelle sich vor, und einer sei schlimmer als der andere. Paulus heiße der elfjährige Zwerg in der Mitte, das Kerlchen mit den flinken Fingern. Er könne einem Heiligen den Heiligenschein stehlen oder einem Erzengel das Flügelpaar rauben – so schnell und geschickt, daß der es erst merke, wenn er nach einem Fehlstart auf der himmlischen Schnauze läge. Natürlich sei Paulus kein Dieb, aber diese Fingerfertigkeit, die treibe ihm den Schweiß auf die Stirn. Von den Jüngeren werde Paulus bedingungslos geliebt und von den Älteren gefürchtet. Er, Fahim, sei weiß Gott ein rechtschaffener Mann, aber das Los seines Schwagers habe ihm eben seine Schwester Merab aufs Auge gedrückt samt ihrer unbändigen Kinderschar. Damit sei die eigene Hochzeit in unerreichbare Ferne gerückt. Die Braut, die er gefunden habe, würde darüber alt, grau und bitter werden und am Ende einer vertrockneten Blume gleichen, die nie geblüht hatte. Nicht genug, daß er seinen Posten verloren habe, da es den Richtern beliebte, nicht nur den Täter, sondern auch dessen Verwandte zu strafen; nun mußte er auch noch für nie begangene körperliche Sünden büßen. »Sieben Söhne«, schloß Fahim, »Kinder, die nicht mir gehören, aber mein Brot essen, meine Schuhe zerfetzen, meine Bestechungsgelder bei den Behörden brauchen und meine Sorgen ins Unermeßliche treiben, das ist mein Los!«

»Hör einfach nicht zu«, winkte Tessir ab. »Er ist verrückt nach den Neffen und besticht das Gefängnis von Tadmor, damit der Vater ewig sitzt und die Kinder bei ihm bleiben.«

»Eine eigene Familie, ein eigenes Weib – nicht die zänkische Schwester mit ihren Ansprüchen ohne Zärtlichkeit!« jammerte Fahim und zwinkerte Jo dabei zu. »Nirgends in Damaskus bin ich vor der Familie sicher, vor meinen Neffen. Nur mein Bett ist verwaist. Du bist willkommen!«

»Hast etwa du gekocht?« fragte Jo und deutete auf die Sesampaste. »Mit so etwas bin ich bestechlich!«

»Natürlich habe ich gekocht, der Graue ist doch zu nichts nütze! Auch hier sucht mich der Herr heim wie keinen anderen. Mit einem Heiden teile ich mein Dasein. Wir sind aneinander gebunden wie Fessel und Fuß.«

»Das hat mit dem Herrn nichts zu tun«, korrigierte ihn Tessir. »Wir brauchen einander. Denn du bist der beste Fälscher.«

»Sprach der König aller Schmuggler und dachte sich nichts dabei. Die Wüste hat Ohren, Tessir!«

»Dann halt endlich den Mund.«

»Du verstehst, was ich meine?« fragte Fahim Jo und deutete mit dem Messer auf Tessir. »Der Mann ist ein Ärgernis. Er ist es, der mir noch jede Fahrt öde gemacht hat. Stundenlang rezitiert er den Gilgamesch. Du lebst wahrscheinlich nur deshalb noch, weil du ohne Widerworte sein Geschwafel erträgst.« Unerwartet sprang Fahim auf. Er war ein kleiner wendiger Kerl in weiten blauen Arbeitshosen und einem hellen Shirt. Mit Trippelschrittchen tänzelte er eine gedachte Linie im Sand entlang und hielt die Hände wie Hörner über den Kopf. »Ich bin Gilgamesch-Merkur und wandle zum Wassermann. Siehst du den Umkehrpunkt, den Ort der Wintersonnenwende?«

Staunend sah Jo der Aufführung zu. Wenn sie je Zweifel am astronomischen Wert des Epos gehabt hatte, Fahim bewies ihr das Gegenteil. Er schwebte über die Ekliptik, als sei er Mitglied des Staatsballetts im Schaustück der sphärischen Trigonometrie. Er rollte den Sternenhimmel am hellen Tag vor ihr auf. Dabei wurde er nicht müde, das Epos mit Selbsterlebtem auszuschmücken und die Sorgen um den Neffen Paulus, dessen Finger den Suq in Aufruhr brachten, sobald man seiner ansichtig wurde, im Tiefstand der Sonne einzubetten. Während er zwischen Wassermann und Fischen den Winter mimte, beschrieb er die Verhaftung des Schwagers in Israel als Spion und nach seiner Freilassung aus israelischen Gefängnissen die Wiederfestnahme in Syrien mit der Anschuldigung, er habe die Seiten gewechselt und das Land verraten. Nach einem kunstvollen Sprung zum Sternbild Jungfrau hinüber schilderte er die Werbung der schönen Ischtar um Gilgamesch, wobei letzter sich wie ein Trottel verhielt und die anmutige Göttin ohne Not abwies. »Mir könnte so etwas nicht passieren. Ich lebe unfreiwillig keusch und einsam unter dem Joch meiner Schwester und der Neffenbürde. Täglich führt mich jedes Weib gedanklich in Versuchung, sei es nun zahnlos oder zierlich. Doch mit dieser fremden Kinderlast ist mir die eigene Hochzeit versagt.«

Fahim breitete seine Sorgen vor Jo aus, als gehöre sie zu seiner Familie. Er beendete sein persönliches Drama mit Gilgamesch, der die Pflanze der Unsterblichkeit an die Wasserschlange verlor und ohne ewiges Leben nach Uruk zurückkehrte. Danach sank Fahim erschöpft am Lagerfeuer zu Boden, griff nach einer Flasche und bot sie zuerst Jo an: »Lust auf Homa?«

Das Fladenbrot, so satt es mit Sesamöl getränkt war, blieb Jo fast im Hals stecken. »Homa, was?« fragte sie, die Ethnobotanikerin, als habe sie noch nie vom Götterelixier gehört.

»Homa ist Geheimnis, Mysterium. Aber bei mir leider nur eine Mischung aus Granatapfelsaft, Steppenraute und diesem und jenem. Ich friste jetzt mein Dasein als Obst- und Gemüsehändler, da hielt ich Homa-Saft für einen guten Einfall.«

»Wie kommst du auf Homa?«

»Toll, was? Die meisten verstehen den Witz nicht. Ich hab's aus alten Büchern. Magst du alte Bücher? So richtige ehrwürdige Wälzer, angegammelt mit vergilbten Seiten und dem Duft von verblaßter Tinte, gepreßtem Leder, in Gold gefaßten Buchrücken und purpurner Signatur?«

»Mein Gott«, sagte Jo an Stelle einer Antwort.

»Ruf ihn lieber nicht an! Meiner ist nachtragend. Er weiß genau, daß ich alte Bücher liebe. Und beim kleinsten Vergehen, schwups, hatte er mich. Erst ließ er mich um den Schwager in Israel zittern, dann durfte ich seine Freilassung erleben, um gleich darauf seine neuerliche Verhaftung mitansehen zu müssen. Drei Jahre israelischer Knast, und jetzt auf immer in Tadmor, weil man ihm Doppelspionage vorwirft. Dabei ist der Kerl so gutgläubig, daß er weder die eine noch die andere Seite auskundschaften kann. Bei seiner Verurteilung fand man auch, daß ich meines Postens in der Bibliothek nicht mehr würdig bin. Verständlich, ein Mann mit israelischem Spion in der Familie ist wie ein Ratte voller Pestflöhe. Also verlor ich Ansehen, Braut und Broterwerb und gewann Schande, Söhne und Sorgen. Und das alles nur wegen des Schwagers. Ich weiß nicht, was Merab an ihm findet. Dafür, daß er sie siebenmal schwängerte, heult sie sich die Augen wund, ach Gott, warum strafst du mich?«

»Vielleicht quatschst du zuviel?« Tessir war aufgestanden, warf Sand auf das Feuer und packte zusammen. Jo nahm einen Schluck Homa und kostete den Geschmack von Frische und prickelnder Bitterkeit. Sie half beim Verladen, ohne den Datteln zu nahe zu kommen, fegte den Lagerplatz mit einem Ast, suchte nach Abfällen und Liegengebliebenem und zwängte sich schließlich mit Fahim auf den Beifahrersitz. Tessir stand nachdenklich am Führerhaus.

»Probleme?« fragte Fahim.

Tessir nahm Sand und Staub vom Boden auf und ließ ihn vom Wind verwehen. »Dieser Ort sei gesegnet. Hier fand ich Trost in einer Umarmung.«

Bis die Straßen breiter und der Verkehr dichter wurden, bis ferner Dunst Damaskus ankündigte und die sanfte Glut der Morgensonne zu brüllender Hitze anschwoll, brummte Jos Kopf von Fahims Geplapper wie ein Hornissennest. Fahim schwieg nur, um Luft zu holen. Wenn er nicht klagte, dann lachte er und sang. Er parodierte das Epos und die Weltpolitik, er mimte Gilgamesch und Bush und haderte mit seinem Gott. Seine Vorfahren wären jene römischen Posten am Khabur gewesen, so erzählte er, die Roms Ostgrenze gegen die Parther verteidigt hatten. Jahrhundertelang wurde der Fluß Khabur als natürliche Grenze zum heutigen Irak angesehen. Dokumente von Dura Europos, die sogenannten Dura-Texte, belegten dies. Nach dem Sieg über Zenobia stieg Dura Europos zum Zentrum der römischen Militärverwaltung auf, obgleich nur ein Bruchteil der Stadt wiederbesiedelt wurde. Selbst die Posten am Khabur waren jeweils nur von einigen Römern besetzt. Man stelle sich das bitte vor, verlangte Fahim von seinen Zuhörern: Ein einsamer Soldat am Ende der Welt, der das Römische Reich gegen die gierigen Parther sicherte. Seine Vorfahren wären Helden gewesen, was er von Tessirs Ahnen nicht behaupten könne.

»Das sind Halbwilde«, erklärte er. »Damals schon und heute noch. Nicht einmal die Türken wurden mit den Leuten aus Uruk fertig. Das will was heißen. Weißt du, wie die Türken regiert haben? Ja? Nein? Besser, du weißt es nicht! Die Uruk-Typen also lassen sich nichts sagen und befehlen, weder von Sultanen und Emiren noch von Entwicklungshelfern. Sie machen ihre Fehler selbst. Das können sie wirklich gut. Sie leiten Flußwasser auf ihre Felder, um sie zu bewässern. Der Euphrat schwappt ihnen kiloweise Mineralien auf die Böden, und die Sonne lacht darüber. Übrig bleiben unfruchtbare Äcker. Seit Jahrtausenden versalzen sie sich selbst die Suppe. Die Geschichte kennt sie als verbohrte Hitzköpfe und Fanatiker. Zur Zeit buddeln sie das Grab der Amerikaner. Wenn Bush seine Nase je in ein Buch gesteckt hätte, wüßte er, was allen Herrschern im Südirak das Genick gebrochen hat: Kerle wie Tessir, die von Wüstenadel faseln, aus einer Prise Sand Essen zaubern,

Sterne verehren und sich keiner Gottheit und erst recht keinem Machthaber beugen. Sie verkriechen sich im Sand wie Reptilien, graben hier eine Fallgrube und legen dort einen Sprengsatz. Sie sind schlau, verstehst du, Jo? Sie haben keine großartigen Waffen oder Schätze. Sie nehmen einfach die Wüste, Wind und Erde und machen sich daraus, was sie brauchen. Wird ihnen das Essen knapp, plündern sie Gräber oder formen irgendwelche Lehmtafeln mit Keilschrifttext, die sie dummen Menschen aufschwatzen. Danach hocken sie in ihren Schilfhütten, resistent gegen Malariamücken und Pestflöhe, füttern das Feuer mit Öl aus einer angezapften Pipeline und üben rührselige Auftritte für das nächste Fernsehteam. Sie kleinzukriegen hat weder der große Assurbanipal geschafft noch Nebukadnezar. Sie haben die Sintflut überlebt und die Mongolen. Wer das hinter sich hat, ist auch gegen Amis immun. Knallt ihnen ein Flugzeugträger vom Persischen Golf eine Rakete vor die Füße, nehmen sie ihre Schilflatschen und wandern drei Schritte weiter. Sie sind die ersten Menschen unserer Geschichte. Die Könige unter ihnen sind die Adapta, die Angepaßten, wie es in den alten sumerischen Texten heißt. Aber der Rest sind jene Wesen, welche die Götter schufen, um billige Arbeitskräfte zu haben, ein paar Blöde für die Plackerei. Sie nannten sie Lulu. So steht es geschrieben in den Keilschrifttexten, lange vor der Bibel: *Laßt uns Menschen machen nach unserem Ebenbild!* Kaum im Götterrat beschlossen, schon waren die Bastarde da. Lulu!«

Er spie das Wort förmlich aus: »Lulu! Da hörst du, was die Götter dachten, als sie das Pack sahen und schon von der Sintflut träumten, um es wieder loszuwerden. Denn die Typen verhielten sich wie Lulu im Sand! Das klingt nach Assel und Wurm. Oder etwa nicht? Nach Geschöpfen, die sich stets herauswinden. Diese Lulu haben alle Religionen und Errungenschaften der Zivilisationen überlebt, von der jede einzelne behauptet, sie sei die einzig wahre. Sie haben mit Schilfhalmen erst in den Zähnen gepult und dann aus Langeweile in Lehmklumpen gestochert und somit das Schreiben herausgefunden. Sie können rechnen wie niemand sonst, um jeden harmlosen Händler zu prellen und jedem Schuldner das Fell im Quadrat über die Ohren zu ziehen. Sie kratzten mit Stöcken im Sand herum und maßen mit dieser Krakelei die Entfernung der Planeten und den Rückstand einer Abzahlung. Alles im selben Arbeitsgang, alles mit derselben Mathematik! Sie benannten die Sterne, berechneten ihre Morgenerstaufgänge, die Kulmination und die Mondfinsternis, erfanden das Bierbrauen, züchteten Milchkühe, veredelten Obstbäume, pflanzten Wein und mischten Drogen darunter, sahen Uruk untergehen, Babylon, und das Königreich von Kisch, und werden noch immer unbeugsam am Boden hocken, wenn die ganze Menschheit und ihre prächtigen Bauten atomisiert als Staub vom Himmel fällt. Vielleicht beklagen sie dann den Zustand ihres Wasserlochs und wundern sich, daß die Kopfläuse eingehen. Aber sie werden in ihren Sandgruben Zuflucht finden und überleben. Sie wußten schon immer, daß sich die Erde dreht, ob nun ein Sargon ihre Felder plünderte oder ein Bush sie mit Krieg heimsucht. Und in diesem jahrtausendealten Bewußtsein der Unabänderlichkeit von Himmel und Erde sind sie selbst unvergänglich.«

Jetzt wäre ein Amen recht, fand Jo, aber sie schwieg. Diese Lulu gefielen Fahim. Er schwärmte ja von ihnen, von Menschen, die, in den Staub getreten, immer wieder auferstanden wie das Leben selbst. Vielleicht nahmen sie dabei erneut die alten Gestalten an und wiederholten in ihren Generationen die Menschheitsgeschichte? Sie lugte zu Tessir hinüber. Seine Gilgameschlocken waren auch nach einer Wüstennacht perfekt gestylt. Seit viertausend Jahren lagen diese Haarkringel fest verankert in seinen Genen. Ein kleines Lächeln schlich sich in sein Gesicht. Er kannte Fahims Predigt. Jetzt bremste er den Truck und brachte den Lastwagen weit vor der Stadt auf einem Parkplatz zum Stehen.

Niedrige, halbfertige Betonbauten, streunende Hunde, Ölpfützen, rostende Fässer und Abfall begrüßten sie. Mehr als sechzig Lastwagen standen hier herum. Die Fahrer hockten in Grüppchen beieinander, wärmten Essen an offenen Feuern und kochten Tee. Auf Jos Erscheinen reagierten sie in üblicher Weise. Ohne sie lange anzustarren, rollte man einen Stein für sie heran und lud sie ans Feuer ein. Das Täßchen wurde ausgespült, zum Entfernen der Zuckerreste am Rand energisch gewischt und mit dem Fingernagel nachgeholfen, dann wurde es mit Tee gefüllt und dieser mit so viel Zucker gesüßt, daß der Tassenboden unter weißen Schichten verschwand. Sie trank das Gebräu unter Danksagungen nach rechts und links, zog Zigaretten hervor und revanchierte sich.

Tessir sprach jetzt von ihr. Verstohlene Blicke gingen zu ihr hin, ungläubiges Staunen und leises Murmeln folgten. Tessir sah zu ihr hinüber, genau die Sekunde zu lang, die noch schicklich gewesen wäre, eine wohldosierte Zeitspanne zuviel, die nicht den Gepflogenheiten zwischen Fremden entsprach, dafür aber jenen bekannten heißen Schauer auslöste, der die Kehle eng werden ließ und die Stimme heiser machte. Und Jo starrte zurück, wendete den Kopf nicht ab, bis zu jenem Moment, da sie zeitgleich wegsahen und tief Luft holten; der eine auf den anderen so perfekt abgestimmt wie Betrachter und Spiegelbild. Fahim grinste, und die fremden Fahrer grinsten mit. Einzig Jo und Tessir blieben ernst, als ginge es um mehr als flüchtige Zuneigung, als ginge es um Weltbewegendes und nicht nur um das alte Spiel von Wollen und Nichtdürfen.

Dann war dieser Augenblick vorbei, und die Arbeit rief. Fahim sprang auf. Gedeckt durch viele Männer, die ihn umlagerten und einen Wall aus zerschlissenen Hosenbeinen, langen Gewändern und Khaki-Jacken bildeten, zog er Papiere aus seiner

Tasche, zauberte Dokumente mit Unterschrift und Stempel heraus, die er wie fangfrische Fische feilbot. Hatte ihn Tessir nicht als begnadeten Fälscher bezeichnet? Ausweise und Fahrgenehmigungen wechselten von Fahims Händen gegen Bares in die Taschen der Truckfahrer über. Im Hintergrund der Laster lungerten Händler, Huren und Finanzschwache herum, die auf eine Mitfahrgelegenheit hofften. Jetzt senkte Jo den Blick. Es war nicht ratsam, alles zu sehen. Sie zog einen Museumsführer von Damaskus hervor und vertiefte sich in die Beschreibung römischer Plastiken.

Als es ruhiger um sie wurde, schwerbeladene Trucks, Öltransporter und Kleinlaster abgefahren waren, sich das Feilschen um gefälschte Papiere gelegt und Fahims Geldtasche an Umfang zugenommen hatte, klappte sie ihr Buch wieder zu. Der Platz hier draußen vor den Toren der Hauptstadt, die der Prophet Mohammed paradiesisch genannt hatte, jene uralte Stadt, wo sich Saulus zum Paulus bekehrt hatte und Abraham geboren sein sollte, entbehrte jeder Romantik und Religiosität. Die Zeit der Karawanen und Kalifen war längst vorbei, es gab keinen Harun ar-Rashid mehr, der mit arabischer Wissenschaft und Grandezza Kaiser Karl den Großen beschämte, und auch keinen Staatsmann, der sich »Fuchs von Damaskus« nannte. Aber noch immer herrschte selbst hier, an diesem abweisenden Ort, das Gastgesetz. Jo zweifelte keinen Wimpernschlag daran, daß sich unter den Fahrern Halunken befanden, Typen, die das Lenkrad so geschickt handhabten wie das Messer. Aber sie, die Fremde, stand außerhalb von persönlichen Rivalitäten und Streit. Die Aura absoluter Neutralität umgab sie. Einen kriminellen Übergriff mußte sie nicht befürchten, solange sie die ungenannten Regeln beachtete und sich weder körperlich aufreizend gab noch dumme Fragen stellte oder die Großzügigkeit brüskierte, sei es auch noch so schwer, die einzige, von allen benutzte Tasse an die Lippen zu führen.

Doch langsam stieg ihr zwischen den Abgasen der Wagen und den Rauchschwaden der Feuer der Geruch von fettem Hammelfleisch in die Nase. *Tessir, beeile dich!* Ihr Mund klebte immer noch vom Zucker, und sie hatte nicht vor, ihn mit Hammelfett zu füllen. Allein bei dem Gedanken hob sich ihr Magen.

Und trotzdem genoß sie die Besonderheit ihres Aufenthalts. Hier verlief die Grenze zu einer fremden Welt. Daheim brauchte sie davon nichts zu erzählen. Wer würde ihr schon glauben, wenn sie vom strengen Sittenkodex arabischer Länder sprach? Jeder einzelne Truckfahrer würde aufstehen, um ihre Ehre zu retten, wußte Jo. Sie hatten sie in ihrer Mitte willkommen geheißen, und sie würden ihr Dasein nicht damit beschmutzen, eine Fremde zu beleidigen. Vielleicht war sogar jenes Gesetz – niemals einen Gast zu entehren – das entscheidende Elixier, das sie alle noch am Leben hielt, das ihnen trotz Korruption und Gewalt an den Grenzen, trotz ihrer Waffengeschäfte und verbotener Transporte, trotz ihrer Armut und den persönlichen Schicksalsschlägen die Menschlichkeit bewahrte. Jo blickte zu den schieläugigen Kerlen hin, zu den ölstarrenden Händen, dieselverrußten Gesichtern und nikotingelben Fingern, und begegnete wieder Tessirs Blick.

»Wenn du in Not bist – frag hier nach mir! In Deir es-Zor wende dich an den Apotheker Anwar. Sein Laden liegt zwischen Euphrat, Suq und Azar-Platz. Jeder kennt ihn. Er wird dir helfen, genauso wie die Fahrer von Damaskus. Unsere Wege trennen sich jetzt. Mit dem Laster darf ich nicht in die Stadt. Fahim nimmt dich in seinem Gemüsewagen mit bis zum Tor Sharqi.« Er hob Jos Bündel auf und reichte es ihr.

Jo kam steifbeinig hoch, verpackte den Museumsführer im Rucksack, nur um ihn gleich wieder hervorzuholen und an anderer Stelle unterzubringen. Sie versenkte ihre kostbaren Bohrkerne in der Mitte ihres Gepäcks, kramte darin herum, schulterte es, nahm es wieder ab und hielt es dann in der Hand, als wisse sie nicht, wohin damit. Dieses Fortgehen – wie sie es haßte! »Für immer« – welch bittere Worte! Klar, sie kannten sich erst seit Stunden. Aber da schwang so viel Vertrautes zwischen ihnen, ein Gefühl, als hätte man Jahre Seite an Seite verbracht. Der Graue ließ sich nie mehr aus dem Gedächtnis vertreiben. Er hatte sich in ihrem Bewußtsein verkeilt. Sie würde mitten auf einer Straße plötzlich hochschrecken und glauben, sie hätte ihn in der Menge entdeckt. Sie würde zum Kupferkopf ins Museum pilgern und davor stehenbleiben wie angewachsen. Ganz zu schweigen von den Sternbildern, dem Schützen und Skorpion am Himmel, die sie nie wieder arglos betrachten konnte. Selbst der Satz des Pythagoras würde ein Kribbeln auslösen, das andere erst bei reichlich Rotwein in lauer Mittelmeerluft auf nackten Armen spürten. Also murmelte sie vor sich hin, sagte etwas von einem Traum, von einer Begegnung, die sie berührt habe, redete von den Sternen und der Suche nach der Ewigkeit und vom Gilgamesch-Epos, das sie überdenken wolle, wenn sie im Leben nicht weiter wisse. Sie hatte geglaubt, Tessir habe nichts von ihrem Wirrwarr verstanden. Aber er nickte bei jedem Satz, als nehme sie ihm die Worte aus dem Mund.

»Kennst du die zweite Epos-Tafel?« fragte er und packte Jos Hand. »Zieh hin!« zitierte er, drückte ihre Finger, nicht liebevoll, nicht zärtlich, vielmehr verzweifelt, als gäben sie ihm jenen Halt, den er woanders nicht fand. Doch abrupt ließ er los und vervollständigte den Text: »Zieh hin! Es gehe dein Schutzgott an deiner Seite!«

Tessir machte auf dem Absatz kehrt, ging hinüber zu seinem Truck und verschwand in der Fahrerkabine. Jo stand benommen auf dem Asphalt. Ihre Gefühle lagen blank und bloß vor aller Augen. Sie mußte Wehmut einsammeln und Abschiedsschmerz und zugleich den Wunsch verdrängen, hinüberzulaufen und alle Pläne und die vielgeliebte Unabhängigkeit für ein Weilchen zu verbannen. Fahims dreirädriger Gemüsewagen mit dem knatternden Auspuff und stotternden Motor riß sie aus ihrer Verträumtheit. Wieselflink sprang er aus dem Gefährt und verstaute Jos Gepäck. Er hielt ihr sogar die Beifahrertür auf. »Fahren wir!«

Dagegen gab es nichts einzuwenden. Ohne Wenn und Aber zwängte sich Jo ins Auto. Stockend und holpernd fuhren sie los. Sie näherten sich der Stadt von Süden. Tessir hatte, mit seinem Truck aus dem Norden kommend, Damaskus in einem weiten Bogen umfahren. Jetzt ging es ein Stück nach Norden zurück, bis Fahim auf die gut ausgebaute Flughafenstraße einbog, die vom Damascus International Airport direkt zur Altstadt führte. Jo kannte den Weg, zog ihr Notizheft hervor und schrieb sich auf, was sie bei al-Assali vorbringen wollte. Das schwankende Gefährt, der Verkehr um sie herum, der Lärm und Gestank der immer dichter werdenden Metropole konnten sie dabei nicht ablenken. Erst am Bab Sharqi, dem ältesten Stadttor von Damaskus, fragte Fahim: »Kennst du dich hier aus?«

»Natürlich.« Jo nickte, sprang aus dem Auto und schulterte ihr Gepäck. Das Bab Sharqi aus dem zweiten nachchristlichen Jahrhundert war der Beginn der Via Recta, der Geraden Straße aus römischer Zeit. Sie brauchte ihr nur zu folgen, bis sie das spitze Minarett der Omayyaden-Moschee sah. Kurz vor Ende der Via Recta mußte sie nach rechts abbiegen, um zum Halil-Palast, dem Büro von al-Assali, zu gelangen. Jetzt ging es einzig um die Lizenzverlängerung, alles andere war Vergangenheit.

Fahim war sitzen geblieben und bedachte die hupenden Autos um ihn herum mit beschwichtigenden Gesten. »Wenn du Hilfe brauchst«, brüllte er ihr über das Brausen des Verkehrs zu, »dann frage nach Fahim, dem Obsthändler.«

»Einfach nur Fahim? Danke!« rief sie über die Schulter

zurück, überzeugt, Fahim in der Millionenstadt niemals wiederzufinden. Es mußte doch tausend Obsthändler in Damaskus geben!

Fahim sprang aus dem Auto und lief ihr nach. »Frage nach Fahim al-Fumm. Fahim, dem Mund!« Er grinste jetzt von einem Ohr zum anderen – zu treffend fand er die Beschreibung seiner Geschwätzigkeit. Das Eingeständnis seiner Schwäche durchbrach Jos Seelenpanzer. Sie spürte dieses unangenehme Brennen in der Kehle, wenn sie gewaltiges Herzweh überkam und die Tränen locker saßen. Um einer Fremden behilflich zu sein, war nichts zu aufwendig, nichts zu persönlich. Fahims Wagen blockierte den Verkehr, Autos drängten sich hupend an ihm vorbei, Lastenträger zwängten sich dazwischen hindurch, und Händler nutzten den Stau, den Fahrern Waren anzubieten. Einen Moment lang hypnotisierte sie das Knäuel aus Autos, Motorrädern und Fußgängern, allesamt in Abgase gehüllt, in Eile und nicht erbaut, zu den gewöhnlichen Hemmnissen im Fortkommen nun auch noch diesen erzwungenen Stop hinzunehmen. Doch niemand kam auf die Idee, in Jo das Chaosübel zu sehen. Sie war eine Fremde. Wer konnte sie verstehen? *Allâh*, vergib ihr!

Wie gerne hätte sie Fahim, den kleinen flinken Mann, umarmt. Ihn, an Tessirs Stelle, an ihr Herz gedrückt und auf die Wange geküßt. Aber nein, zu unschicklich war das und kein echter Dank. So blieb es bei der Hand auf dem Herzen, der Verbeugung und dem schnellen Fortgehen, ohne sich umzublicken.

Jo zögerte jetzt keine Sekunde mehr. Den Rucksack wie eine Tasche über der Schulter hängend, lief sie die Gerade Straße hinunter. Nach so vielen Tagen in der Abgeschiedenheit Dura Europos' dröhnte ihr Kopf schon nach wenigen Metern vom fernen Autolärm, der wie ein Unwetter von jenseits der Altstadtmauern herüberdrang, von den hupenden und knatternden Motorrollern und den kreischenden Händlerstimmen. Über der Via Recta, den winzigen Verkaufsständen, den schmalen Gassen, tiefen Gewölben und finsteren Winkeln lag eine Dunstglocke aus Gerüchen und Abgasen, an der sich der Stimmentumult brach und vielfältig wiedergegeben wurde. Die bunten Stände, die Warenfülle, die Gerüche lockten sie stehenzubleiben und genußvoll hierhin und dorthin zu schlendern, immer der Nase nach, verführt von Auge, Lust und Abenteuer. Aber das Langsamerwerden hatte Nebenwirkungen, signalisierte es doch Unsicherheit und Kaufinteresse. Händler würden sie umzingeln, Gespräche würden sie festnageln. Am Ende kamen überquellende Taschen dabei heraus, Tüten mit Salzmandeln und Pistazienkernen, mit Zitronenbroten und roten Pfefferkörnern, mit Olivenseife, Quitten und Hennablüten. Und die Meute wäre nicht abzuschütteln. Eine einzelne Frau mußte Zielstrebigkeit und Eile demonstrieren, dann wurde sie respektiert und in Ruhe gelassen.

Wieviel besser ging es da den tiefverschleierten Frauen aus Saudi-Arabien! Wie ein sanft dahingleitender Vogelschwarm bevölkerten sie die Via Recta, blieben hier stehen und prüften Damaszener Tuch mit rosenölgesalbten Fingerspitzen, wühlten nebenan völlig ungestört in der Vielfalt bunter Lippenstifte, ließen kühle Goldketten über Arme gleiten und Nüsse dort hinter dem Schleier verschwinden, wo man den Mund vermutete. Sie waren grüppchenweise unterwegs, Frauen, die wie überall auf der Welt einen ziellosen Einkaufsbummel machten. Träge bewegte sich der Schwarm Schwarzgekleideter und Goldbehangener von den Ebenholzkämmen zu den kandierten Früchten hin. Wenigstens zwei oder drei Frauen waren stets so eng beisammen, daß die Konturen ihrer weiten fließenden Gewänder ineinander übergingen. Ihre bodenlangen Mäntel raschelten über das Pflaster, begleitet vom Klirren goldener Reifen und glucksendem Lachen hinter den Schleiern. Kein

Händler erdreistete sich, sie anzusprechen, noch ihnen irgendeine Ware aufzudrängen. Jo hastete an ihnen vorbei, fühlte sich plump und unattraktiv und begegnete gleich darauf syrischen Mädchen.

In ihrer bunten Schleierpracht glichen sie anmutigen Madonnen und benahmen sich wie Gören. Sie wichen keinen Fußbreit zur Seite, riefen sich kreischend alberne Sprüche zu, kauten mit offenen Mündern Kaugummi, lachten zu laut und zu schrill und waren doch absolut unantastbar. Manche waren grell geschminkt und trugen weder Schleier noch Kopftuch, dafür billige Plastiknadeln und Kämme in den schwarzen Haaren, Baseballkappen auf dem Kopf und enge Pullover über erstaunlich mächtigen Busenpartien. Das Geheimnis ihrer Unberührbarkeit lag in ihrer Anzahl.

Die Altstadt von Damaskus mit ihren häßlichen Neonlichtern und Computerreklamen mochte sich am Beginn des einundzwanzigsten Jahrhunderts befinden, doch trotzdem herrschte hier der alte Sittenkodex des Orients. Frauen gehörten zweifellos zum Stadtbild. Sie waren mit ihren Männern, Familien oder Freundinnen unterwegs, doch niemals allein. Eine einzelne unverschleierte Frau hatte keinen Mann abbekommen, war hier die vorherrschende Meinung. Entweder war diese bedauernswerte Person in der Stadt, um in Eile ein Geschäft zu tätigen, etwas, das ihr kein Mann abnahm, oder sie spazierte suchend durch die Gassen. Dann glich sie einer streunenden Hündin und konnte auch so behandelt werden – im besten Fall bemitleidet, aber sicher nicht geachtet. Jo, die sich dessen und ihres zerknitterten Äußeren bewußt war, hastete weiter.

Sie ließ all die herrlichen Gemüsetische hinter sich, warf nur im Vorübereilen den Gewürzständen sehnsuchtsvolle Blicke zu, ignorierte die Düfte aus den Parfümläden und mußte sich dann kurzfristig orientieren. War sie schon an der schmalen Gasse vorbei, die zum Hintereingang des Badehauses Nur ad-

Din führte? Mußte sie hier rechts abbiegen, um zu al-Assalis Büro zu gelangen?

Al-Assali residierte im Halil-Palast, einem alten herrschaftlichen Haus. Wie im Orient üblich, führte eine völlig unscheinbare kleine Tür, die in eine heruntergekommene Mauer eingelassen war, zu einem schmalen Durchschlupf neben einem Wärterhäuschen. Dahinter entfaltete ein Innenhof eine morgenländische Pracht, wie sie zu Zeiten der osmanischen Gouverneure vorgeherrscht haben mochte.

Jo hatte al-Assalis Büro im Palast schon einmal aufgesucht. Sie erinnerte sich an den Innenhof, der mit Pomeranzenbäumen und Rosen bepflanzt war und sich in einen Gästetrakt und einen Familienbereich gliederte, was den hausbaulichen Bedürfnissen der damaligen Zeit entsprach. Zwölf Zimmer des offiziellen Bereiches gruppierten sich um den alten Gästeinnenhof. Hier war selbst bei großer Hitze die Luft dank Springbrunnen und Grünpflanzen angenehm kühl. Dicke Mauern hielten zur Stadt hin den Lärm ab, den Schmutz und auch die Stürme, die winters wie sommers die Hauptstadt heimsuchten. Der Gästetrakt – der Salamlik – war eine Oase inmitten der Großoase Damaskus.

Natürlich glaubte sie jetzt, den Eingang sofort wiederzufinden. Aber es setzte genau jener Effekt ein, den der damalige Architekt erzielen wollte: Von außen sahen alle Mauern alt, verkommen und abweisend aus. Die schäbigen Eingänge ließen nicht im mindesten ahnen, welche Räumlichkeiten dahinter verborgen lagen. Sie ging jetzt noch langsamer und starrte forschend in die nächste Gasse hinein. In diesem Moment fing sie den Blick des Mannes auf.

Er stand im Halbdunkel, ein kleiner schmächtiger Mann in unscheinbarer Kleidung, die sie weder Europa noch dem Vorderen Osten zuordnen konnte, und blickte sie intensiv an. Er hatte die Augen eines Dämons. Sekundenlang sah Jo all das darin, was ihr angst machen konnte: Lauerndes Beobachten, das Abschätzen ihrer Körperlichkeit, den Fanatismus, mit dem er eine Sache verfolgte, Neid und Mißachtung, gnadenlose Härte und den Wunsch, sie zu verletzen. Er würde sie mißbrauchen, sie ihrer Würde und ihrer Fähigkeiten berauben, um dann, ohne einen weiteren Gedanken an sie zu verschwenden, seinen Geschäften nachzugehen. Doch als sich ihre Blicke trafen, schreckte er zurück. Sofort senkte er den Kopf und verschwand augenblicklich im Badehaus. Die Gasse war leer, als habe er nie dort gestanden. Jo blieb wie angewurzelt stehen und starrte auf die Stelle. War er wirklich im Bruchteil einer Sekunde davongehuscht? Sie hatte diesen Mann doch schon einmal gesehen! Aber wo? Litt sie an Visionen? War er ein Dschinn, ein Geist, die Verkörperung kommenden Unheils, eine Kreatur, um die sich Hunderte von Geschichten rankten, eine übernatürliche Wesenheit? Er war ein Kerl aus Fleisch und Blut, beschloß sie, ein widerlicher Zeitgenosse, den sie nicht einordnen konnte, der aber im Bruchteil eines Augenblicks fähig war, ihr den Tag zu verderben.

Die heruntergekommenen Fassaden zu Jos Seiten verströmten einen muffigen Geruch. Schmierige dunkelgrüne Algen wuchsen dort in der Gasse, wo der Dampf des Badehauses kondensierte und abwärts floß, Plastikfetzen lagen im Rinnstein und drehten sich mit verstaubtem Zeitungspapier bei jedem Luftzug im Kreis. Der Dunst von altem Essensfett sank plötzlich auf Jo herab wie ein Gewitterregen. Sie stand noch immer wie angewurzelt da. Was hatte sie an seinem Blick so irritiert, daß sie plötzlich die Häßlichkeit der Gasse wahrnahm? Der Mann hatte nichts mit ihr zu tun. Er war eine zufällige Begegnung, die ihr die Fratze eines üblen Menschen zeigte. Überall auf der Welt waren solche Typen daheim. Sie durfte sich nicht ablenken und ängstigen lassen. Sie mußte al-Assalis Büro finden.

Wie zufällig strich jetzt die Hand eines Brotträgers an ihrer

Seite entlang und berührte ihren Schenkel. Jo fuhr erschrocken herum: »*La talmisi!*« fauchte sie laut und deutlich. »Faß mich nicht an!«

Alarmiert ging sie weiter. Aus den Augenwinkeln beobachtete sie, wie zwei Straßenhändler dem Brotträger in den Weg traten und zu schimpfen begannen. Der spuckte verächtlich auf den Boden und setzte seinen Marsch ungerührt fort. Jo hastete voran. Ihre Fassade der Unantastbarkeit begann zu bröckeln. Jeder konnte sehen, wie ihr noch immer das Erschrecken auf den Schultern hockte. Eine verängstigte Frau, die sich nicht auskannte, war eine leichte Beute. In der schmalen Gasse, die sie jetzt einschlug, kam sie nur langsam voran, zumindest langsamer als die Verunglimpfungen und Zurufe, die über sie im Umlauf waren. Die Augen aller Händler zu beiden Seiten der Passage richteten sich auf sie. Der Teeverkäufer zu ihrer Linken wippte aufreizend mit dem Stuhl, ließ die Gebetskette kreisen und versuchte, sie einzuschätzen. Der Bonbonhändler nebenan fuhr sich mit der rosa Zunge über die wulstigen Lippen und machte dabei ein schmatzendes Geräusch. Nah an seinem Stand grinsten sie drei junge Burschen unverhohlen an. Sie lungerten um ein dreibeiniges Tischchen mit einer von Zucker und Tee verklebten Plastikplatte herum. Kaum war Jo an ihnen vorüber, hörte sie die Kerle böse lachen. Abrupt blieb sie mitten auf der Straße stehen. Einen Moment lang stauten sich die Menschen hinter ihr. Sie machte auf dem Absatz kehrt und ging auf die Burschen zu. Zwei sprangen sofort auf und rannten davon. Der dritte blieb wie versteinert hocken. Jo sah, wie er den Kopf zwischen die Schultern zog, als erwarte er Prügel.

»*Salem aleikum*«, sagte Jo so laut und scharf, wie sie konnte. Sekundenlang schienen die Gespräche in der Gasse zu stocken. Dann sprang der junge Mann auf, fuhr mit dem Ärmel seines weiten Gewandes über einen Stuhl und bot ihn Jo an.

»Willkommen«, sagte er. Ob sie eine Inglesi sei und Tee

trinken wolle? Ob er ihr helfen könne? Wüßte sie den Weg ins Hotel nicht mehr? Noch während er sprach, erschien ein gesetzter Mann mit strengem Gesichtsausdruck, scheuchte den Jungen mit einem einzigen Fingerschnippen fort, wischte den Tisch mit einem Tuch ab und brachte wie durch Zauber ein Glas mit frischem Tee zum Vorschein, das er Jo servierte.

Jo setzte sich, nippte am Tee und gab artig Auskunft, woher sie komme und was sie nach Syrien gelockt habe. Alsbald tauschten der strenge Mann und sie landläufige Themen aus, als wären sie alte Gesprächspartner. Der Sittenverfall der Welt kam darin vor, die Politik der Amerikaner, die Pracht der Omayyaden-Moschee und das Haupt Johannes des Täufers, das dort an heiliger Stelle ruhe, die verheerende Aprikosenernte der letzten Saison und Lady Di, die von britischen Agenten ermordet worden sei. Jos bittere Miene entspannte sich bei dieser Art globaler Konversation, wie sie hier üblich war, und der heiße Malventee wärmte ihren Magen. Sie diskutierten über die Geheimwaffen im Irak, die niemand finden konnte und die man jetzt in Syrien vermutete. *Allâh* allein wußte, was in den Gehirnen amerikanischer Geheimdienste vorging, und man sprach über die Fähigkeiten europäischer Ärzte und die miserablen Sendungen im Fernsehen. Auf dem kleinen Tisch hatten sich längst unterschiedlichste Waren gestapelt, die der Mann seinen Taschen entnommen hatte. Jo schob die billigen Touristenstücke zur Seite, wies die grellblauen Ketten aus Lapislazuli zurück und betonte, daß sie sich niemals solche Plastikkugeln um den Hals hängen würde. Schließlich entschied sie sich für ein kleines Silbergefäß mit Öse, das den Behältern für ihre Kernbohrungen auffallend ähnelte.

»Ein Gefäß, um fromme Segenssprüche aufzubewahren«, erklärte der Händler und schraubte die Röhre auf. »Alt und edel ist es, denn ich habe verstanden, daß Sie eine ganz besondere Frau sind, eine Gelehrte, die hier ihrem Spezialauftrag nachgeht. Deshalb biete ich Ihnen mein kostbarstes Stück an. Immer wieder bedrängen mich die Menschen, es zu verkaufen. Aber dies ist eine Rarität aus dem Familienbesitz, und so etwas gebe ich nicht so leicht her.«

Inzwischen hatte sich eine Menschentraube um Jo versammelt. Die drei Burschen waren auch darunter und grüßten jetzt ehrerbietig zu ihr herüber. Man fragte sie nach ihrer Meinung über den englischen Premierminister, während der Händler weiterhin den Silberbehälter anpries und erklärte, er gehe bis in die Abbasidenzeit und zu ihrem berühmtesten Herrscher, dem Kalifen Harun ar-Rashid, zurück. Jo bemühte sich um diplomatische Worte zur englischen Außenpolitik, bestätigte gleichzeitig einem jungen Mann die Qualität deutscher Automobile, die dieser so glühend beschrieb, und gab die Silberdose zurück. »Ein so wertvolles Stück, das vielleicht aus dem Privatbesitz des Kalifen Harun ar-Rashid stammt, kann ich nicht kaufen. Das verbietet meine Moral.«

»Möglicherweise ist die Silberdose doch jüngeren Datums.« Der Händler zog umständlich einen Kneifer aus der Tasche und begutachtete das Kunstwerk. »Hassan, sieh her!« forderte er den Bonbonverkäufer auf. Die Silberröhre wanderte nun von Hand zu Hand, wurde gerieben, ans Licht gehalten, berochen und schließlich mit wissendem Nicken zurückgegeben. »Ein kostbares Stück«, faßte der Teeverkäufer die Meinung aller zusammen, »aber nicht ganz so alt.« Die Menge um Jo beglaubigte dies durch gewichtiges Murmeln. Im gleichen Maß, in dem sich die Dose verjüngt hatte, sank jetzt ihr Preis. Schließlich näherte sich der Händler einem Betrag, den Jo zu zahlen bereit war. Allerdings hatte sich ihr innerer Tumult noch nicht ganz verflüchtigt. Sie verzieh den Damaszenern in dieser Straße das vorschnelle Urteil über ihre Person noch nicht. Sie zückte ihre Geldbörse, als ob sie zahlen wolle, zauderte einen Moment und steckte sie rasch zurück. Dann erhob sie sich unter höflichem Dank, lobte den Tee, die gastfreundliche Art und die Offenheit, mit der man einer Fremden begegne, sie pries das Land und die Aufgeschlossenheit seiner Bewohner und behauptete, daß sie sich ein andermal für die Dose interessieren würde. Der Händler möge sich zuerst versichern, ob seine Familie dieses kostbare Stück tatsächlich hergeben wolle, ehe er es zum Kauf anbiete. Man rückte Tisch und Stuhl beflissen zur Seite, tauschte noch einige Artigkeiten aus und ließ Jo gehen.

Sie ging zügig, mit erhobenem Haupt und in der Gewißheit, ein wenig Rache geübt und einen Sieg errungen zu haben. In dieser Stimmung entdeckte sie nur wenige Meter später den Eingang zum Halil-Palast.

5. Kapitel

Ein aus Rosenholz geschnitzter Raumteiler im Büro der syrischen Altertumsverwaltung verschaffte Samira die Gelegenheit, Jo Zakyneros zu mustern, ohne daß diese sie sah. Samira beobachtete, wie die Fremde durch den Palastgarten wanderte, wie sie geduldig auf dem geflochtenen Stuhl Platz nahm, um auf al-Assali zu warten, und verstohlen einen Spiegel hervorzog, um ihr Äußeres zu überprüfen.

So also sah eine Frau aus, die alles hatte! Samira tippte mit dem Bleistift auf das Gesuch der deutschen Botschaft, Deutsche möglichst sofort zurück in die Heimat zu schicken. Mit jedem Klopfen bekräftigte Samira ihren Entschluß, daß für Jo Zakyneros von nun an die Uhren ein wenig anders ticken würden. Unproblematische Zeiten waren für die vom Schicksal verwöhnte Frau vorbei! Eine erfolgreiche Wissenschaftlerin mit diesem Aussehen und einer Ausstrahlung, der die Männer erlagen, ob sie nun alt und vertrottelt oder jung und intelligent waren, benötigte nicht auch noch den Segen der syrischen Altertumsbehörde.

Zum Glück war al-Assali nicht in Damaskus. Er hätte der schönen Fremden vermutlich Rosenblätter auf die Lizenzverlängerung gestreut. So aber lag die Genehmigung zum großen Teil in Samiras Händen. Sie konnte das Verfahren hinauszögern, Jo tagelang hinhalten und obendrein al-Assali beeinflussen. Trotzdem konnte sie die Fremde jetzt nicht mehr lange warten lassen.

Sie strich sich eine schwarze Haarsträhne zurück unter das

weiße Kopftuch. Wie hatte sie nur heute morgen beim Anziehen auf die Idee kommen können, ein rosafarbener Pullover, eine derbe braune Hose und klobige Schuhe entsprächen der Mode! Diese Jo trug eine zerknitterte helle Hose, Lederstiefel und ein weites Hemd und verbreitete trotzdem so viel Anmut wie eine Erscheinung aus dem Serail. Samira kannte den Begriff, den die Deutschen dafür benutzten: lässige Eleganz. Sie hatte sich schon tausendmal vor dem Spiegel gedreht und gewendet und sich gefragt, wie sie ihr Aussehen auch nur annähernd ändern konnte. Sie war zu klein, hatte zu breite Hüften, keine Taille und schmale Schultern. Wenn sie das Kopftuch so unglücklich band wie heute, wurde ihre Figur ganz automatisch von oben nach unten immer breiter und plumper. Samira tippte wieder auf den Briefkopf der deutschen Botschaft. Aussehen war nicht alles im Leben. Zugleich verspürte sie einen tiefen, brennenden Schmerz. Eine Familie, Kinder, ein Mann, ein Zuhause würde all das ersetzen können, was ihr die Natur versagt hatte.

Diese Jo brauchte nur mit den Fingern zu schnippen, um genügend Bewerber anzulocken. Samira fragte sich zum wiederholten Mal, was Jo in die staubigen Lehmgruben der Vergangenheit trieb, wenn sie doch dafür geschaffen war, ein herrliches Leben an der Seite eines wunderbaren Mannes zu führen.

Samira mußte an ihren Vater denken. Trauer und Wut mischten sich wieder zu einem Gefühl, das ihr die Luft zum Atmen nahm. Mit seinem Kleingeist hatte er sie immer wieder ermahnt, sich von Christen fernzuhalten. Sie brächten nichts als Unheil. Samira hatte nicht auf ihn gehört, hatte sogar die Ungeheuerlichkeit begangen, sich von ihrer Familie loszusagen, um den einen geliebten Christen heiraten zu können. Und was war geschehen? Ihr Geliebter hatte den Arbeitsplatz verloren und gleichzeitig jede Chance, eine Familie gründen zu dürfen. Was sie dabei am meisten traf, war die Erkenntnis, daß ihr Vater recht behalten hatte. Sie hatte den besten Schulabschluß ihres Jahrgangs gemacht, sie hatte viele Semester in Deutschland studiert, sie hatte geglaubt, sie könne die Welt verstehen und hätte ihr Leben im Griff. Doch dann kam ihr die Liebe dazwischen.

Der kleine, wendige Bibliothekar, der seine Bücher liebte und hätschelte wie Kinder, der jede Schwierigkeit mit Humor zur Seite fegte und mehr von Geschichte verstand als alle Mitarbeiter der Altertumsbehörde, wirbelte wie ein Derwisch in ihr Dasein. In jenem Labor und Bücherraum hinter ihrem Büro waren sie vor Jahren zum erstenmal einander begegnet. Er hatte über der Untersuchung einer alten Tintenmischung gebrütet. Sie hatte ihm über die Schulter gesehen, sein Problem erkannt und im Nu die geheimnisvolle Zusammensetzung analysiert. Von diesem Moment an hatte jeder Tag einen neuen Schwung bekommen.

Ohne sich zu verabreden, begegneten sie sich bei Arbeitsbeginn genau an der Pforte, dort, wo ein gewundener, dunkler und schmaler Gang von der Haustür in die Gärten führte. Sie berührten einander in der Enge des alten Palastes und drifteten auseinander, sobald sie die Weitläufigkeit der Gärten erreichten. Aber im Büro stießen sie, wie von Geisterhand geführt, auf zahlreiche Arbeiten, die sie nur gemeinsam lösen konnten, sie als Chemikerin und er als Bibliothekar. So gelang ihnen in kurzer Zeit die Restauration verloren geglaubter Manuskripte. Sie wurden ein unschlagbares Paar. Man wurde auf sie aufmerksam und vertraute ihnen die Büchersammlung in den Geheimarchiven an mit ihren alten, eisenbeschlagenen Kisten und den noch ungeöffneten Vitrinen aus Zedernholz. Alleingelassen, in der Abgeschiedenheit der ehrwürdigen Räume, begann für sie der Himmel auf Erden. Die Entdeckung eines Buches von Ibn Sina krönte ihre Gemeinschaftsarbeit, und es wurde ihnen aufgetragen, es zu restaurieren. Nur wenige

Wochen später kam das Schicksal über sie wie ein Erdbeben. Samira dachte an diesen schrecklichen Moment und zitterte. Das Rosenholzgitter verschwamm im Tränenschleier. Der Bibliothekar war in irgendeine Familientragödie verwickelt und wurde auf der Stelle seines Amtes enthoben. Er wurde von heute auf morgen zu einem geächteten Mann, zu einem Niemand, der nicht heiraten durfte.

Samira schluckte die Tränen hinunter und starrte auf die Akte Zakyneros. Was wollte diese Frau von ihr? Sie war frei, konnte tun und lassen, was immer ihr einfiel, und hing doch ihr Herz daran, irgendwo am Euphrat im Staub zu wühlen. Samira verstand das als Ausdruck eines ungeheuren und unanständigen Luxus. So übersättigt mit den Möglichkeiten, die das Leben einer Jo Zakyneros bot, fiel dieser nichts Dümmeres ein, als ihr Dasein einer Lehmgrube zu opfern.

Sie hingegen hatte keine Wahl. Sie war in einer Welt gefangen, aus der sie keinen Ausweg wußte. Niemand reichte ihr die Hand, um ihr zu helfen. Sie war unattraktiv. Sie hatte die Familie verloren. Sie hatte einen Mann geliebt, der sie verlassen mußte. Sie war für jeden anderen tabu. Sie war wie eine Aussätzige und stand innerhalb der menschlichen Gesellschaft ganz unten, dort, wo sich der Fußabtreter befand. Allein ihr scharfer Verstand und ihre Gnadenlosigkeit halfen ihr, wenigstens den Arbeitsplatz zu behalten. Seit Jahren griff sie hier bei dieser Behörde unerbittlich durch. Das hatte aus einem korrupten Büro ein angesehenes Amt gemacht. Sie ließ niemals Gnade vor Recht walten. Sie kontrollierte im geheimen al-Assali und hielt nichts von Bakschisch und Bestechung. Und auch nichts von einem seelenvollen Augenaufschlag.

Mit welchem Trick würde Jo Zakyneros versuchen, ihr Mitleid zu erringen, fragte sich Samira und zupfte den Pullover über ihren breiten Hüften zurecht. Sie schloß die Akte Zakyneros und legte die Hände auf den schmalen Ordner. Mit den

Privilegien für diese Dame war es jetzt vorbei. Dabei handelte sie nicht boshaft, sondern nur korrekt nach Vorschrift. In einer Minute würde sie Jo die Lage erklären und nach drei Minuten Yussuf, dem Angestellten für niedrige Dienste, befehlen, die Wissenschaftlerin nach draußen zu begleiten. Sie drückte auf den Hauslautsprecher. »Der nächste bitte«, sagte sie in perfektem Deutsch.

»Sprechen Sie Deutsch!« forderte sie Jo auf, als diese eintrat und auf arabisch grüßte. »Ihr Arabisch hat einen zu starken Akzent. Sie komplizieren die Sache nur.« Samira sah nicht von ihrem Aktendeckel auf.

»Aber Sie würden mir eine Möglichkeit geben, mein Arabisch zu verbessern!« konterte Jo. »Und außerdem interessiert mich, wo Sie so gut Deutsch gelernt haben? Etwa in Berlin? Sie haben auch so einen kleinen Akzent.«

»So? Nun, ich habe viele Jahre in Berlin gearbeitet.« Samira deutete Jo an, auf einem Schemel Platz zu nehmen. Sie war von den guten Arabischkenntnissen und der unkomplizierten Offenheit der anderen irritiert. Sie hatte sie für hochnäsig und arrogant gehalten, für eine Ausländerin, die sich gönnerhaft zu ihrem Zeitvertreib in einem schäbigen Land befand, dessen Stern vor Jahrhunderten untergegangen war und dessen alter Glanz täglich mehr verblaßte. Der Westen nannte Syrien einen Schurkenstaat. Dieser Titel war sicher nichts, was eine Fremde ermutigen konnte, in syrischen Menschen oder Behörden Normalbürger zu sehen. Samira spürte, wie Wut ihren Kummer ablöste. Selbstverständlich war sie der Deutschen gegenüber letztendlich machtlos. Aber sie konnte sie zumindest ein wenig ängstigen. Sie griff auf jene Worte zurück, die alle satten und verwöhnten Bürger Westdeutschlands erschreckten: »Ich habe in der DDR studiert, in Berlin, vor der Wende.« Sie blickte nicht auf, aber sie spürte, wie die andere zusammenzuckte.

In Jos Kopf arbeitete es. Sie mußte auf einem Hocker Platz

nehmen, obwohl es bequeme Stühle gab. Die Frau mit dem Namensschild, auf dem Samira stand, vermied jeden Augenkontakt und verbot ihr, Arabisch zu sprechen, da sie es angeblich nicht konnte. Das waren kleine Gemeinheiten, um sie zu erniedrigen, ihr die Sicherheit zu nehmen und ihr Selbstbewußtsein zu untergraben. Gewöhnlich freute sich jeder Araber über ein einziges Wort, das ein Fremder in seiner Sprache hervorbringen konnte. Hier wurde ihr der Mund verboten. Wo, um alles in der Welt, war al-Assali, und was hatte Samira gegen sie?

Jo spürte das Bedürfnis, unruhig auf ihrem Hocker hin und her zu ruckeln. Aber genau das erwartete Samira ja. Also verhielt sie sich ruhig. So ähnlich mußte einer eben erblühten Wüstenpflanze zu Mute sein, die sich gerade im Sonnenlicht wähnte und das Rupfen eines gefräßigen Kamelmauls nahen hörte. Was blieb der Pflanze anderes, als zu hoffen, die Vernichtung gehe an ihr vorbei und ein einziges, schnell gebildetes Samenkorn könne ihr Überleben sichern? Jo dachte daran, einen winzigen Keim zu legen, der den Ursprung eines Umdenkens hinter Samiras zerfurchter Stirn bilden würde und an dessen Ende sich die Lizenzverlängerung wie eine Damaszener Rose entfalten konnte. Doch nichts fiel ihr dazu ein. Jetzt wollte diese Samira sogar wissen, wie sie von Dura Europos nach Damaskus gekommen sei. Würde ihr Jo ein öffentliches Verkehrsmittel nennen, würde Samira wahrscheinlich hingehen und den Chauffeur eigenhändig hinrichten, da er sie nicht sofort an der deutschen Botschaft abgeliefert hatte. Also erklärte Jo wahrheitsgemäß, sie sei erst mit Tessir und später mit Fahim gefahren. Samira blickte zum ersten Mal von ihren Fragebögen auf.

»Sie haben die Nacht mit einem Mann in der Wüste verbracht? Was werden Sie davon erzählen?«

Jo zuckte hilflos die Schultern. »Was gibt's da zu erzählen?

Er hat seine Decken mit mir geteilt, das Essen und das Wasser. Dafür bin ich ihm dankbar. Er hatte keinen Grund, gastfreundlich zu sein, war es aber trotzdem. Das ist der Zauber dieses Landes.«

»Wir schätzen solche Abenteuer nicht. Es wird zuviel Schlechtes über unser Land erzählt.«

»Ich kann Ihre Sorgen verstehen. Von deutschen Behörden heißt es, daß sie kleinkariert und übergenau sind. Dieser Ruf geht in der ganzen Welt um. Man kann sich als Deutsche dafür durchaus schämen. Auch für die deutsche Unfreundlichkeit. Aber ich kann von Tessir und Fahim nur Gutes berichten, und mit den Vorurteilen über unsere Länder müssen wir beide leben.«

»Werden Sie diese Männer wiedertreffen?«

»Leider nicht.« Jo beugte sich vor. »Kennen Sie das, dieses Gefühl, daß man miteinander verwandt ist, hier drin?« Sie zeigte auf ihr Herz. »Fahim hat mir von seiner Liebe zu Büchern erzählt. Er hat als Bibliothekar gearbeitet. Ich bin selbst ein Büchernarr. Ich wünschte, er könnte mir die alten Bücher im Museum zeigen.« Jos Augen hatten einen verträumten Glanz angenommen, und ihre Wangen röteten sich. Der Gedanke an Ibn Sinas Buch, an die Schätze, die Syrien barg, an die Kostbarkeit, die sie selbst entdeckt hatte, beflügelte sie, von ihren Vorstellungen und Plänen zu sprechen. Sie nahm die Goldkette vom Hals und erzählte vom Bogenschützen und seiner Klumphand, von seiner Standhaftigkeit und al-Oud, von dem alten Buch, das sie einsehen wolle, von all den Zusammenhängen und sonderbaren Zufällen der letzten Stunden. Sie fühle, sagte sie, sie könne eine Geschichte aus der Vergangenheit ans Tageslicht bringen. Wenn ihr jetzt die Lizenz genommen würde, versänke der Schütze auf lange Zeit wieder in seinem Grab. »Spüren Sie die Geschichte dieses Hauses?« fragte sie Samira. »Dieses Rosenholzgitter ist so gearbeitet, daß ein

Beobachter von hier aus alles sehen kann, aber umgekehrt ist ein Durchsehen nicht möglich. Sitzt der Zuschauer nahe genug am Gitter, kann er sogar den lieblichen Duft des Holzes wahrnehmen. Ich bin sicher, dieser Raum hier, in dem wir uns jetzt befinden, war dem Herrscher des Halil-Palastes vorbehalten. Er konnte Gäste und Bittsteller beobachten, ohne gesehen zu werden.«

Jo hielt einen Moment inne. »Versuchen Sie, sich alle modernen Geräte fortzudenken. Die Computer natürlich, Lampen, Fax und Telefon. Stellen Sie sich diesen Raum im Halbdunkel eines heißen Sommertages vor. Von draußen weht der Duft des Gartens herein. Empfing hier ein Mächtiger einen Gesandten, der ihm ein altes Buch brachte? Rief der Herrscher seinen Bibliothekar herbei, um das Werk zu prüfen?«

Jo stand auf, nahm sich den bequemen Stuhl, lehnte sich zurück und begann zu erzählen.

Sie sprach von Fahim, von einem Mann, der nur die natürliche Fortsetzung einer langen Ahnenreihe besonderer Menschen war, die es in Syrien gebe. Sie erzählte von jenem Römer, seinem Ahnherrn, der Syriens Ostgrenze verteidigt habe, der sich vor der Einsamkeit seines Postens und der List der Parther nicht fürchtete und eines Tages eine syrische Frau zum Weib nahm. Aus dieser Verbindung sei nach vielen Generationen Fahim hervorgegangen, die leibhaftige Verkörperung syrischer Geschichte mit ihrer kulturellen Vielfalt. Ein kluger, humorvoller Mann, der in seinem Wissen Orient und Okzident vereine, der in seiner Liebe zu den Büchern syrisches Erbe repräsentiere wie kaum ein anderer.

»Denn was verbinden wir, die Europäer, mit den Bibliotheken der arabischen Welt? Sie sind uns immer noch die Quelle uralten Wissens und bergen ungelüftete Geheimnisse aus Zeiten, als Damaskus, Bagdad und Kairo Knotenpunkte der Gelehrsamkeit waren. Den Bibliothekaren, den Hütern der geschriebenen Werke, ist es zu verdanken, daß Europa aus diesen Kenntnissen schöpfen durfte, bis es sich erst im achtzehnten Jahrhundert aus seinem Sumpf religiöser Gängelei soweit befreite, daß es ungestraft forschen konnte. Natürlich hatten wir vorher schon einen Galileo Galilei oder Isaac Newton. Was aber hat diese Männer angestachelt, in einer neuen und gefährlichen Weise über die Welt nachzudenken? Es waren arabische Bücher, aufbewahrt von Männern wie Fahim. Bücher der Weisheit, gefürchtet vom christlichen Abendland, verboten von der Kirche, aber geliebt und begehrt von all denen, die ein bißchen über den Horizont des damaligen christlichen Weltbilds hinausblicken konnten.«

Jo nahm einen Schluck Tee, den Samira ihr inzwischen servieren ließ. »Wir haben den Anstoß zu eigener Forschung dem alten Wissen zu verdanken und jenen, die es hüteten, den Bibliothekaren. Männern mit kulturellem Überblick, die den Kalifen von Bagdad und den Herrschern von Damaskus rieten, Chinesen, Juden und Inder am Hof zu versammeln und die größten Kompendien der Welt zu verfassen. Welch unglaublicher globaler Gedanke zu einer Zeit, da das christliche Abendland in religiöser Ignoranz und Intoleranz erstarrt war!«

Samira hatte längst die Augen geschlossen. Sie sah Fahims Ahnherrn, wie er vor Jahrhunderten hier in diesem Raum stand, wie er das fremde Buchpaket des Ibn Sina vorsichtig annahm, die Verpackung aus Palmblatt und Baumwolle löste, das Werk auf einem Zedernholztischchen ablegte, sich Handschuhe aus feinstem Ziegenleder überstreifte und die erste Seite aufschlug und prüfte. Sie konnte sich vorstellen, wie rasch er die Kostbarkeit erkannte, wie er seinem Herrn riet, wie er ihn ermahnte, das teure Werk des Ibn Sina zu erwerben, um es vor dem Verfall zu bewahren. Diese Jo hatte recht. Nur dank der Bibliothekare war zu erklären, daß sich in arabischen Bücherregalen Arbeiten befanden, die das älteste Wissen der Menschheit bewahrten. Sie ließen sich von revolutionärem Gedankengut nicht schrecken und tolerierten einst die Vielfalt religiöser Richtungen. Während Jo erzählte, sah sie ein Damaskus vor sich, das sie nie zuvor wahrgenommen hatte. Die Fassaden der Stadt hallten wider von den Stimmen fremder Gelehrter, die hier versammelt waren, die es gewagt hatten, die Kugelgestalt der Erde zu diskutieren und die elliptischen Bahnen der Planeten zu berechnen, als im fernen Europa diese Erörterungen verboten waren und Weisen der Tod auf dem Scheiterhaufen drohte. Hier, in ihrer Heimatstadt, hatte das Herz der Wissenschaft geschlagen, hier hatten Fortschritt und freiheitlicher Geist pulsiert, hier waren neue Erkenntnisse über den Sternenhimmel, die Mathematik und Architektur geboren worden, hier hatte die Quelle des Wissens gesprudelt, bis Kriege und religiöse Intoleranz den Born der Gelehrsamkeit verschüttet hatten.

Während Samira ihren eigenen Gedanken nachhing, klang Jos Stimme wie das liebliche Singen eines Vogels. Sie konnte sich den Worten dieser Fremden nicht verschließen. Mit wenigen Sätzen zauberte Jo das Können und Wissen einer versunkenen Elite wieder hervor. Samira sah die alten Gassen in neuem Glanz und blickte den Silberschmieden verzückt über die Schulter, die noch immer verstanden, ein Astrolabium zu bauen. Sie sah den tausend Jahre alten Damaszener Destillator, der aus Rosenblättern Parfüm gewann, sah die Hand Leonardo da Vincis danach greifen, während er den Zirkel arabischer Mathematiker zur Seite legte, der es ihm ermöglicht hatte, Parabeln zu ziehen. Jos Worte ließen sie ein Glasgefäß aus dem elften Jahrhundert erblicken, das der Bestimmung des spezifischen Gewichtes diente und noch heute in Chemiesälen verwendet wurde. Ja, ein Glas, das sie selbst benutzt hatte, ohne zu ahnen, woher es stammte. Dann sprach Jo von der Medizin, dem Damaszener Krankenhaus des Nur ad-Din, das Jahrhunderte vor Europa Geisteskranke mit Musik therapiert hatte.

Sie folgte der fremden Wissenschaftlerin hinüber zur Astronomie und hörte, daß jene zehn berühmten Geräte, die Tycho Brahe zur Beobachtung des Nachthimmels verwendet hatte, aus arabischen Sternwarten kamen. Die Magie der Vergangenheit hielt Samira gefangen. Sie wünschte, sie würde nie daraus erwachen und erkennen, daß Europa und die USA die muslimische Welt als politische und wissenschaftliche Macht abgelöst hatten.

»Eine Pflanzenkunde des Ibn Sina«, sagte Jo jetzt sanft, »wurde in Damaskus gefunden. Wo sonst hätte solch ein Buch überleben dürfen? Ich bin Ethnobotanikerin, ich könnte in Ibn Sinas Werk etwas entdecken, das auch heute von Bedeutung ist. Ich denke an al-Oud. Er hat darüber geschrieben, obwohl es seiner Philosophie zu widersprechen scheint. Denn nicht nur seines Geruches wegen wird al-Oud geschätzt. Es verkörpert auch den Glauben an das ewige Leben. Das ewige Leben ist eine Hypothese, die Bestandteil zahlreicher kritischer Schriften des Gelehrten ist. Er lehnt in seinen Büchern über die Logik den Gedanken an körperliche Wiederauferstehung ab, was ihm ja schließlich die Kritik sunnitischer Fundamentalisten einbrachte. Trotzdem durfte er diese Gedanken niederschreiben. Obwohl diese Ablehnung der körperlichen Auferstehung den Auslegungen des Korans widerspricht, wurden Ibn Sinas Bücher hoch in Ehren gehalten. Das ist wahrliche Toleranz aus alten Tagen! Mein Bogenschütze trug eine Kette mit al-Oud um den Hals. Das war lange vor Ibn Sina. So viele Jahrhunderte später könnte der Gelehrte jedoch eine Entdeckung gemacht haben, die uns bis heute verborgen blieb.«

Wieder ließ sich Samira vom Klang der fremden Stimme hypnotisieren. Jo sprach jetzt vom Schützen, den sie in Dura Europos ausgegraben hatte, von der Goldkette und ihrem Duft von Weihrauch und al-Oud. Sie nahm Samira mit auf eine Reise zu Königin Zenobia und ihrem Krieger. Was war er für ein

Mensch gewesen? Was wußte man von ihm? Er war kein Barbar, der Freude am Töten hatte, sondern ein differenziert denkender Mensch, ein Syrer, der um das Geheimnis von al-Oud wußte, der sein Leben der Königin opferte. War er in die Weltliteratur eingegangen? Wurde er von Goethe oder Shakespeare gewürdigt? Wurde sein Schicksal von irgendeinem Menschen noch heute besungen?

»Ich fühle«, sagte Jo, »daß ich an ihm aufzeigen kann, wie anspruchsvoll und sublim die Menschen zu Zeiten der Zenobia in Syrien dachten. Ich weiß, daß ich mit seinem Schicksal ein Band zwischen der Vergangenheit dieses Landes und dem Wissen arabischer Gelehrter knüpfen kann. Zuerst möchte ich das Schicksal des Schützen klären und dann bei Ibn Sina nachforschen, ob al-Oud in einem schlüssigen Zusammenhang mit dem ewigen Leben steht.«

Minutenlang ließ Jo ihre Rede auf Samira einwirken. Dann fuhr sie leise fort: »Ibn Sina verfaßte über dreihundert Schriften. Er hat die bedeutendsten Philosophen des Abendlandes beeinflußt. Albertus Magnus und Thomas von Aquin stimmten Ibn Sina in der Frage des Universalienstreites zu und diskutierten seine Werke. Siebenhundert Jahre lang galt er bis zum Beginn der modernen Medizin als unbestrittene Autorität. Er war hier, in Syrien, ein Fremder. Geboren in der Nähe von Buchara, war er für Damaszener ein Ausländer. Er verfaßte die Lehrbücher der Logik und sprach sich unerschrocken gegen die Wiederauferstehung des Leibes aus. Die islamische Welt gestattete ihm diese Überlegungen, sie blockierte seinen Forschergeist nicht. Seine Erkenntnisse über al-Oud dürften von höchster medizinischer Brisanz sein. Nach so vielen Jahren der Stille wäre dies ein Geschenk arabischer Weisheit an die ganze Welt.«

Ein lauer Wind strich jetzt herein und brachte den erfrischenden Duft der Pomeranzen mit. Jo schwieg. Der Ruf des

Muezzin durchschnitt die Stille. Alarmiert fuhr Samira hoch und schlug die Augen auf. »Wir müssen uns beeilen! Eine Lizenzverlängerung kann nur al-Assali unterzeichnen. Wie ich Ihnen bereits sagte, ist er nicht in Damaskus, sondern in al-Husn.«

»Al-Husn«, dachte Jo laut. »Das ist das Dorf unterhalb vom Krak des Chevaliers. Dort arbeitet das HOMA-Team von Luc d'Argaud. Ich werde hinfahren. Doch zuerst muß ich Sie bitten, mir die Übergabe der Goldkette zu bestätigen.«

»Auch dafür haben wir unsere Vorschriften. Nehmen Sie die Kette wieder an sich! Al-Assali und ich müssen gemeinsam unterschreiben. Wir haben also allen Grund, ihn aufzusuchen. Sie fahren mit mir nach al-Husn. Yussuf!« rief sie und schreckte den Angestellten hoch. Ein Wortschwall arabischer Befehle prasselte auf den Mann nieder, der bisher teilnahmslos auf einer Treppe vor dem Büro gehockt hatte. Jo hörte kein einziges »Bitte« darin. Samira zog eine Schublade auf, holte einen neuen Ordner hervor und heftete darin den Lizenzantrag und das Formblatt für die Übergabe des Goldfundes ab. Die alte Akte Zakyneros schloß sie im Schrank ein. Das verhängnisvolle Schreiben der deutschen Botschaft legte sie zuunterst in den Posteingang. »Eins nach dem anderen. Wir werden die Übergabe der Kette bestätigen und dann Ihre Lizenzverlängerung besprechen. Wenn al-Assali wieder in Damaskus ist, kann er die Tagespost durchgehen.« Samira blickte Jo kühl an. In ihrer abweisenden Miene war nichts von einer Komplizenschaft zu lesen. Womöglich klang ihre Stimme jetzt noch härter als vorhin. »Es ist nicht ratsam, all Ihre Unterlagen mit nach al-Husn zu nehmen. Sie könnten verlorengehen. Können Sie das akzeptieren? Wann können wir aufbrechen?«

Jo bat um eine Stunde, um ihr altes Hotel Musalla hier in Damaskus aufzusuchen, sich frischzumachen und die dort deponierten Kleider zu wechseln.

»Lassen Sie mich nicht warten«, ermahnte Samira eine noch immer verblüffte Jo. Sie konnte sich noch nicht endgültig erklären, was den Geisteswandel der Muslima bewirkt hatte. Sollte etwa Fahim hier gearbeitet haben? War Samira die Braut, die er hatte verlassen müssen? Hatte sie das Herz dieser Hartgesottenen berührt, als sie von Fahim und den Bibliothekaren sprach?

»Ich habe noch eine Bitte«, wagte Jo zu sagen. »Dürfte ich Ihren Computer benutzen, um etwas im Internet nachzusehen?«

Samira erhob sich wortlos und bedeutete Jo, ihr zu folgen. Sie führte sie in einen mit Glastüren versehenen riesigen Nebenraum hinüber. Bei gleichmäßiger Luftfeuchtigkeit und Temperatur lagerten hier Hunderte von Büchern. »Die Palastbibliothek«, sagte Samira. Sie mußte sich Mühe geben, ihren Stolz zu verbergen. »Gibt es irgend etwas, das Sie nicht in unseren alten Büchern finden können?«

Minutenlang ließ Jo die Atmosphäre des Raums auf sich einwirken. Da standen die Prachtbände arabischen Wissens aneinandergereiht vor ihr. Goldverzierte Buchrücken schimmerten im Glanz der Lampen, Lederbände verströmten den typischen Geruch alter Folianten. Jo schwindelte, als sie ihre Blicke bis hinauf zu den obersten Reihen schweifen ließ. Hier forschen zu dürfen kam einer Grabung in Dura Europos gleich. Doch am meisten fesselte sie ein großer Computertisch in einem Nebengewölbe. Dort standen Elektronen- und Lichtmikroskope beieinander, dort befand sich eine moderne Computereinheit, genau die Einrichtung, die sie für ihre Bohrkernuntersuchung brauchen würde. Sie trat näher. Hinter den Schreibtischen erblickte sie Räumlichkeiten, die einem Labor glichen. Sofort blieb ihr Blick an den Petrischalen, Glaszylindern und Flaschen hängen. In vielen hundert Behältern schimmerten Substanzen, getrocknete Pflanzenteile, zerstoßene

Blätter, Kerbtiere, Muschelschalen, Wollreste, Pulver und zerkleinerte Steine, quittengelbe Flüssigkeiten, zähflüssige Öle, bläuliche Pasten und kristallklare Wässerchen. Verzückt nahm Jo ein winziges Porzellanschüsselchen hoch.

»Das Paradies«, hauchte sie. »Gelbwurzel, nicht wahr?« Ihre Stimme klang andächtig wie bei einer heiligen Handlung. »Und das hier ist Cochenille, die Schildlaus.« Sie deutete ehrfürchtig auf linsengroße dunkelbraune getrocknete Insekten, die in einem Marmorschälchen die letzte Ruhe gefunden hatten.

»Ich verwende Cochenille als Gradmesser für die Intensität der Rotfärbung, aber auch als Zeitmaß. Bücher, deren Bilder oder Schriftzüge mit Cochenille gefärbt wurden, stammen aus der Zeit nach der Entdeckung Amerikas.«

»Natürlich. Diese Schildläuse sitzen auf mittelamerikanischen Kakteenarten.« Jo ging weiter und las die Namensschilder der Töpfchen, als murmle sie ein Gebet. »Arbutus, das grelle Gelb des Erdbeerbaums, Berberin aus Berberitzensträuchern, hell wie Sonnenlicht, Cercis aus dem Judasbaum mit seiner braunen Färbung und Digallussäure? Ist das etwa der berühmte Pflanzengerbstoff, auch Alepposäure genannt?«

»Kommen Sie!« Samira führte Jo zu einem Glastisch hinüber. Hier lagen Hunderte von Pergament- und Lederstückchen und winzige Papierreste in tausend Farben. »Ich darf natürlich ein so wertvolles Buch wie das des Ibn Sina nicht zerstückeln, um meine Analyse zu betreiben. Ich nähere mich dem Werk, indem ich durch Vergleiche versuche, die Farben zu entschlüsseln. Erst wenn ich einen konkreten Hinweis auf die Zusammensetzung gewonnen habe, wage ich, eine winzige Probe zu nehmen und zu untersuchen. Wir ergänzen uns«, sagte Samira, die Zeit und Raum vergessen hatte. »Fahim entschlüsselt die Worte, ich versuche, die Bilder und ihre Farben zu enträtseln. Ibn Sina hat nicht nur die Pflanzen korrekt gezeichnet, sondern färbte sie sogar mit dem entsprechenden Pflanzensaft.

Natürlich sind die Farben verblaßt, aber seine Idee ist genial. Kennen Sie den Faulbaum? Ibn Sina zeichnete die Körpersäfte eines mit Faulbaum vergifteten Menschen und färbte sie mit Faulbaumsaft. Auf den ersten Blick kann man nichts erkennen. Halten Sie seine Darstellung aber unter Sonnenlicht, sehen Sie einen violetten Schimmer. Diese Körpersäfte sehen krank und vergiftet aus. Die Warnung vor dem Faulbaum springt uns förmlich in die Augen. Ein unvergeßliches Erlebnis.«

Samira starrte Jo an, ohne sie zu sehen. »Das Buch in seiner Brillanz zu entschlüsseln ist ein Lebenswerk. Vorläufig werden Fahim und ich daran gehindert. Aber wir geben nicht auf. Wir fürchten die Gefängnisse nicht. Wir haben nur Angst vor der Gier des Auslands. Jeder versucht, uns das alte Wissen zu rauben, und die Methoden sind raffiniert, das dürfen Sie mir glauben. Das einfache Bakschisch wurde längst durch technische Geräte ersetzt, durch CDs und Seiten im Internet, die man sich herunterladen darf. Werden wir als die Restauratoren des Ibn Sina in die Literaturgeschichte eingehen? Oder werden es wieder fremde Forscher sein, die sich damit brüsten?«

Jo wagte weder zu antworten noch zu fragen, ob Fahim heimlich noch immer mit Samira zusammenarbeite. Aber sie sah die beiden vor sich, nachts, bei reduziertem Licht, die Köpfe nahe beieinander über die Arbeit gebeugt, der Mund des einen am Ohr des anderen. Vertieft in ihre gemeinsame Sache, stellten sie die Angst vor einer Entdeckung hintan. Hatte Fahim mit der Restauration alter Bücher das Fälscherhandwerk erlernt? Jo hatte viele Fragen, die sie gewaltsam unterdrücken mußte. Aber es war Samira, die nicht aufhören konnte, zu reden.

»Was ist das, nun, was vermuten Sie?« Sie hatte Jo zu einer Vitrine geführt, in der eine einzelne Buchseite zu sehen war. Es handelte sich um eine Sure aus dem Koran, mit glänzenden Schriftzügen auf blaugoldenem Grund. Ein Anfangsbuchstabe schimmerte auffallend golden und seidig. Samira erwartete keine Erklärung von Jo. Sie reichte ihr eine Lupe und wies auf das Gefunkel des Buchstabens. »Er wurde mit dem Staub von Schmetterlingsflügeln geschrieben.«

Samira schien ihren persönlichen Garten Eden betreten zu haben. Die harten Falten um ihren Mund waren verschwunden. Ihre Gesichtszüge, halb verborgen unter dem Kopftuch, kamen Jo rein und ebenmäßig vor. Ihre Hände bewegten sich anmutig und sanft, so, als würden sie die alten Bücher liebkosen. Dabei blieb ihr Blick scharf und aufmerksam. Diesen Augen entging kein feiner Pinselstrich und kein verborgener Tuschebogen. Samira analysierte beim ersten Hinschauen die Zusammensetzung der Farben, hatte dabei stets ihr Labor mit der ungeheuren Farbpalette im Blick und prüfte dann ihre Vermutung mit wissenschaftlicher Genauigkeit und zeitgemäßen Verfahren. Jo fand, daß ihre kleine, kompakte Figur Sicherheit und Akribie ausstrahlte und einem Fundament glich, das vielen Beben standhalten konnte. Aber sie erkannte auch, daß Samira sie längst vergessen hatte und sich gedanklich in einer anderen Zeit befand.

Jetzt legte sie die Lupe zur Seite und polierte die Oberfläche der Vitrine. Kein Fingerabdruck, kein Staubkorn durfte die Sicht auf die alten kostbaren Werke trüben! Dies hier war ihr wahres Leben. Hier schloß sie sich ein, wenn sie an der Welt zweifelte, wenn sie versucht war, den Ungerechtigkeiten des Lebens für immer ein Ende zu machen, oder wenn sie die Sehnsucht nach Fahim mit einer Mächtigkeit überkam, der sie sich nicht gewachsen fühlte. Sie sah ihn dann vor sich, wie er schnell und leise in diese Räume schlich, den Duft alter Bücher einsog, als gäben sie ihm Lebensatem, wie er in den Nachtstunden Wort für Wort entzifferte, verklebte Buchseiten voneinander löste, glättete und reparierte, um beim Morgengrauen, noch vor dem ersten Ruf des Muezzin, das Haus zu verlassen und in der Dunkelheit der Gassen unterzutauchen. Er hatte dieses heimliche, verbotene Herumgeistern nicht verdient! Vielmehr stand ihm ein Leben im Glanz der Öffentlichkeit zu. Ausländische Fernsehteams sollten sein Können und Tun in wissenschaftlichen Beiträgen dokumentieren. Staatliche Anerkennung und Unterstützung auf Lebenszeit wären angemessen. Statt dessen huschte er, geduckt wie ein Dieb, umher und fürchtete den Zugriff einer Obrigkeit, die sich blind und taub gegen seine Unschuld gab.

Samira zuckte zusammen. Was tat sie hier? Was hatte sie der Fremden verraten? Sie führte so viele Selbstgespräche und sprach sich so häufig Mut zu, daß sie oft genug nicht abschätzen konnte, ob sie tatsächlich ausgesprochen hatte, was sie dachte. Sie warf Jo einen abschätzenden Blick zu. Die Fremde war noch immer gefesselt von den Schätzen dieses Labors mit seiner Sammlung aus tierischen und pflanzlichen Farbstoffen. Hätte sie, Samira, laut von Fahim gesprochen, so hätte Jo doch sicher eine Frage gestellt, einen Kommentar abgegeben? Schließlich kannte und bewunderte sie ihn. Da Jo aber schwieg und in keiner Weise neugierig schien, sich einzig der Betrachtung der alten Färberpflanzen widmete, war Samira überzeugt, kein Wort über Fahim verraten zu haben. Wenn sie Jo hier in diesen Räumen zurückließe, würde diese sogar alles vergessen, was andere Erdenbewohner zum Leben brauchten. Sie schien in einem Traum gefangen zu sein. Es wurde Zeit, sie zu wecken. »Wir sind in Eile«, sprach Samira und rüttelte Jo. Sie wies auf den Computer. »Was wollten Sie wissen?«

»Syndaktylie«, sagte Jo mechanisch und erwachte langsam aus ihrer Versunkenheit. Die Erinnerung an den Schützen und seine Klumphand kam zurück. Im Grunde genommen schien ihr eine Information über Syndaktylie nicht mehr wichtig zu sein. Sie zwang sich, ihre nervöse Spannung zu verbergen, die nicht dem Schützen, sondern Ibn Sina galt. Wenn sie Samira richtig verstanden hatte, lag sein Buch hier! Jo ließ ihren Blick wie beiläufig über die Glasvitrinen schweifen. Sie hörte ihr

Herz rasen und fühlte, wie ihr Mund austrocknete. So mußte einem Goldgräber zu Mute sein, der ein Nugget entdeckt hatte und nicht zulangen durfte.

Jo erinnerte sich an einen Kurs über psychoaktive Pilze, den sie letztes Jahr an der Erfurter Universität gehalten hatte. Als Dank bot man ihr an, einen Blick auf das Werk Gessners zu werfen. Jener Conrad Gessner, Zürcher Naturforscher und Arzt, hatte die Historia Plantarum verfaßt. Als er 1565 im Alter von neunundvierzig Jahren starb, ging sein Werk verloren. Man fand es erst dreihundertsiebzig Jahre später auf dem Dachboden der Universitätsbibliothek wieder. Jo durfte nach ihrem Kurs nachmittagelang den Restauratoren über die Schulter sehen, das ehrwürdige Buch nur Zentimeter von ihren Händen entfernt. Ein einziges Mal gestattete man ihr, es anzufassen. Leider mußte sie dabei Handschuhe tragen. Trotzdem würde sie das Gefühl beim Umblättern der brüchigen Seiten niemals vergessen. Daumen und Zeigefinger mochten damals an genau jener Stelle zugegriffen haben, die auch Gessner berührt hatte. Sie erinnerte sich noch heute an ein Beben, eine Schwingung, die sie erfaßt hatte. Es war, als hätte Gessner sie geküßt. Hatte er von den Büchern des Ibn Sina gewußt?

Jo warf einen letzten Blick zu den Vitrinen hinüber und nahm dann abwesend den Computerausdruck über Syndaktylie an sich, schob ihn in die Hosentasche und vergaß ihn sogleich. Samira hatte es jetzt eilig, Jo aus dem Raum und dem Gebäude zu befördern. Sie bestätigte noch einmal den Treffpunkt vor dem Hotel Musalla und trieb Jo zur Eile an.

Unversehens stand Jo draußen auf der Gasse und blinzelte in das helle Sonnenlicht.

»Sie erlauben?« Der Silberdosenhändler von vorhin trat Jo in den Weg. »Zweitausend Pfund, ein guter Preis. Meine Familie ist einverstanden.« Er hielt Jo die Ware vor die Augen.

»Was, wie?« Jo achtete nicht auf ihn und eilte die Gasse hinunter. Wenn sie noch unter die Dusche wollte, mußte sie sich in der Tat beeilen. Doch sie hatte die Hartnäckigkeit des Händlers unterschätzt.

Er blieb ihr auf den Fersen. Im überquellenden Suq al-Hamidije war er so nah an ihrer Seite, daß er allein durch seine Körperlichkeit und sein strenges Aussehen jeden anderen Händler in die Flucht schlug. Schon nach wenigen Metern in der quirligen Menschenwoge, die scheinbar planlos von den Lederständen zu den Seifenläden schwappte und sich vor der berühmten Eisdiele »Bagdad« staute, begriff Jo, daß ihr der Händler einen Vorteil verschaffte.

Er bahnte ihren Weg an den Saftverkäufern und Schuhputzern vorbei, er lief ihr die Treppen zur Fußgängerunterführung voraus und half ihr unaufgefordert über die Straße. Bei der jetzt herrschenden Verkehrsdichte glich sein schnelles Überqueren des stark befahrenen Platzes, wo Thaura- und Nasr-Straße sich kreuzten, einem kleinen Kunststück. So gelangte Jo rasch und unbehelligt zur Barudi-Straße. In einer Bäckerei kaufte sie sich ofenfrische Hammara, Teigfladen, belegt mit Oliven, Auberginen, Tomaten und Zwiebeln, sowie zwei Flaschen Wasser. Der Händler hatte sich beim Bezahlen zu ihrem Begleiter ernannt, was den jungen fröhlichen Bäcker beflügelte, Jo einen mächtigen Preisnachlaß zu gewähren. Langsam wird es Zeit, daß ich endlich die Silberdose kaufe, dachte Jo.

Als sie aus der Bäckerei stürmte, prallte sie fast mit den drei frechen Jungmännern von vorhin zusammen, die ihr eine Tüte getrockneter Aprikosen feilboten.

»*Tamam*«, sagte Jo, ohne lange nachzudenken, »einverstanden«. Sie gab sich geschlagen und kaufte ein, was die Halbwüchsigen aus ihren Taschen zauberten. Zu den Wasserflaschen und Teigfladen kamen also die Trockenfrüchte, nicht zu vergessen die frisch gerösteten Cashewnüsse, die in Honig glasierten Sonnenblumenkerne, die Teigbällchen mit Sesam, die Salzmandeln, der Krokant aus Mandel und Haselnuß und zu guter Letzt eine Handvoll Datteln. Die drei hatten all jene Köstlichkeiten dabei, denen Jo nicht widerstehen konnte. Die Silberdose, die sie endlich gekauft hatte, wollte sie jedoch nicht auf ihre Schätze legen. Sie zog den Ausdruck über Syndaktylie aus der Hosentasche, um den Behälter darin einzuwickeln. Dabei fiel ihr Blick auf den Text des Informationsblatts.

Die Syndaktylie solle möglichst bald operativ korrigiert werden, las sie. Nur wenige Kapazitäten hätten sich auf diesen Eingriff spezialisiert. Der weltweit führende Handchirurg hierfür sei Adam Skile, Professor der Medizin und Yale-Absolvent. Gebannt las Jo weiter, erfuhr neben seinem wissenschaftlichen Werdegang, daß er der Sproß einer berühmten Familie sei, Schwiegersohn eines Robert Antony, der zusammen mit dem legendären Clark Hopkins Dura Europos in den dreißiger Jahren ausgegraben habe und denen die Yale-Universität die älteste christliche Hauskirche verdanke. Diese enge Beziehung zu Yale habe das Leben von Skile wesentlich beeinflußt. Jo überflog die Abschnitte zu Medizin, Promotion, Habilitation und Ehrendoktorwürde und stockte wieder bei den Zeilen, die den Fonds beschrieben, den die Familien Skile und Antony gestiftet hatten. Dieser Fonds stelle Gelder zur Verfügung, um Kunstobjekte aufzukaufen und sie so vor dem Verfall zu bewahren. Im Klartext nennt man das Hehlerei, dachte Jo, Plünderung armer Länder. Und wie nett, im Aufsichtsrat dieses Fonds sitzt der einzige Sohn, Abel Skile, ebenfalls Yale-Absolvent, Architekt, Träger des Verdienstkreuzes und so weiter und so fort.

»Verdammt noch mal!« schrie sie aus heiterem Himmel. Der Silberdosenhändler und das Dreigestirn der jungen Männer waren längst verschwunden. Damaszener Bürger hasteten an ihr vorüber. Der eine oder andere warf ihr einen forschenden Blick zu. Was war mit der Fremden? Hatte sie sich verlaufen? Doch offensichtlich studierte sie ein Papier, das ihre Aufmerksamkeit fesselte. Sie sah den Mann mit der großen Lastenkarre nicht, der sein Gefährt umständlich um sie und den hohen Bordstein herummanövrieren mußte. Sie nahm keine Notiz von der Schulklasse, die sich wie das Rote Meer vor ihr teilte. Sie hörte nicht einmal die schrille Pfeife des Polizisten nebenan auf der Straße, der einen Fahrradfahrer maßregelte. Sie stand nur da und las oder starrte blicklos über die Menge. Dann hastete sie plötzlich weiter, als säße ihr ein Dschinn im Nacken, der sie die Barudi-Straße hinunterpeitschte.

Bel, fluchte Jo in Gedanken. Sie hätte selbst darauf kommen können, daß der Mann Abel hieß! Warum hatte er sie glauben lassen, sein Name sei jener des alten Gottes? Ganz einfach, weil dieser Bel sie aushorchen wollte, sie belog und hinters Licht führte und dabei nur eins im Sinn hatte: Das Skelett, das sie entdeckt hatte, mußte nach Yale geschafft werden! Und weshalb war ihr der Schnösel so bekannt vorgekommen? Vor ihrem inneren Auge sah Jo allzugut das Foto der glücklichen Ausgräber von Dura Europos. Neben Clark Hopkins stand ein junger strahlender Mann, lächelte in die Kamera und bezauberte damit alle Frauenherzen. Auch sie hatte sich die angenehmen Züge gerne angesehen, intensiver sogar als die Mauern von Dura, die im Hintergrund emporragten. Dieses Bild der erfolgreichen archäologischen Ausgrabung von 1930 zierte schließlich fast jedes Buch über die alte Handelsstadt am Euphrat. Und Bel sah seinem Großvater zum Verwechseln ähnlich. Er mußte sie bei ihrem Gespräch in Mari für entsetzlich dumm gehalten haben. Jo spürte, wie ihr reichlich verspätet Schamröte in die Wangen schoß. Was wollte Bel Skile von ihr? Sie hatte zu diesem Zeitpunkt die Syndaktylie des Schützen noch nicht entdeckt. Also konnte auch Bel nichts davon wissen.

Ein sehr unangenehmes Gefühl stieg in ihr auf. Es machte sich immer dann breit, wenn sie längst ein böses Spiel durchschaut hatte, ihr Verstand sich aber noch gegen die infamen Absichten ihrer Zeitgenossen sträubte. Hatte Bel ihren Wagen lahmgelegt? Versuchte er, Zeit zu gewinnen, um Jo vom Skelett abzuhalten? Schleppte er sie deswegen nach Süden? Und die beiden Polizisten, wer waren sie? Gekaufte Gauner, die Jo gegen ein paar gute Dollar aufhielten? Das Szenario, das Jo sich vorstellte, trieb ihr fast Tränen in die Augen: Ein smarter Mann, ein Gentleman mit Geld und Einfluß, machte sich den Jux, zwei schmierige Typen anzuheuern, die sie stoppten und hinhielten, wobei sich alle drei Männer prächtig amüsiert hatten. Natürlich, erinnerte sich Jo, das Fahrzeug der Shell Company war an ihr vorbeigefahren, bis sie es dann später wieder überholte. Das Leben mußte in der Tat lustig sein, wenn man sich Leute kaufen konnte, die eine dumme Frau an der Nase herumführten. Jo spürte ohnmächtige Wut aufsteigen. Bel konnte nichts von der Syndaktylie wissen. Oder doch? Ging es gar nicht um den Schützen an sich, sondern allein um die verwachsene Hand? Wollte Bel das Skelett haben, um die heiligen Hallen seines ruhmreichen Vaters damit zu zieren? Jo mußte zugeben, daß dieser alte tapfere Bogenschütze sicher ein nettes Exponat wäre.

»Was kann ich für Ihr Kind tun?« hörte sie in Gedanken die sonore Stimme Professor Skiles fragen. »Ach, machen Sie sich keine Sorgen! Sehen Sie, dieser arme Krüppel aus Syrien dort im Glaskasten war tatsächlich behindert. Deshalb brachte er es zu nichts und mußte früh sterben. Er hatte eben niemanden, der ihn operieren konnte. Und – ganz im Vertrauen – es gibt auch heute wenige, die die kleine Knochenanomalie Ihres Sprößlings so beheben können, daß er wie alle anderen Klavierspielen lernen oder meinetwegen klöppeln kann. Wenn Sie mir nun also bitte in das Behandlungszimmer folgen wollen. Das Skelett? Nun, das hat mein Sohn aus diesem Schurkenstaat mitgebracht. Wissen Sie, wir unterhalten einen bescheidenen

Fonds, um archäologische Funde zu retten, denn die Leute dort ... Nun, ich komme vom Thema ab.«

Hör auf, sagte sich Jo. Du bist ungerecht. Dieser Adam Skile ist ein begnadeter Handchirurg. Er hilft den Menschen. Sein Sohn Bel kann nichts von der Syndaktylie wissen. Niemand hat vorher dort gegraben. Sieh zu, daß du die Lizenzverlängerung bekommst, dann bist du ihm um die Länge eines verwachsenen Mittelfingers voraus. Im selben Moment, als sie dieses dachte, traf sie die Erkenntnis wie ein Hammerschlag: die Skorpione!

Skorpione, das Zeichen des Bösen, so hatte Samman gesagt. Er saß seit Jahrzehnten vor Duras Mauern. Er kannte die Ausgräber von 1930. Er hatte in Bels Zügen das Gesicht von Robert Antony wiedererkannt. Für Samman waren diese Archäologen aus Yale Räuber. Er hatte ihnen nie verziehen, daß sie die Hauskirche forttrugen. Jo wußte das und außer ihr jeder andere, der länger als zwei Stunden in Dura Europos weilte. Allerdings mußte sie sich fragen, ob je ein Mensch vor ihr dermaßen begriffsstutzig gewesen war. Natürlich lebten auch Skorpione nur dort, wo sie Luft zum Atmen hatten. Sie hatte vorgestern abend das Skelett entdeckt und begonnen, es auszugraben. Ein anderer jedoch hatte sich in der Nacht daran zu schaffen gemacht. So war ein feuchter, mit Luft gefüllter kleiner Hohlraum entstanden, wie ihn die Skorpione gern aufsuchten. Schon im Gilgamesch-Epos bewegten sie sich genau an der Grenze zwischen bekannter und unbekannter Welt und markierten das Reich der Finsternis. Und sie hatte Mateo verdächtigt und Luc sowie das ganze HOMA-Team! Was auch immer diese Leute trieben, es war harmlos im Vergleich zu Bels Vorgehen. Vermutlich hatte sie einzig und allein Musil zu verdanken, daß der Schütze überhaupt noch im Haus des Parfümeurs lag.

Jo eilte noch immer die Straße hinunter, ohne genau zu sehen, wohin sie der Weg führte. Sie mußte immer nur geradeaus gehen, bis sie einige finstere Durchgänge passierte, um schließlich vor einem verlassenen Büroraum rechts in eine Durchfahrt abzubiegen. Hinten, im dunkelsten Winkel vor einem Wellblechtor, befand sich dann der Aufzug zu ihrem Hotel Musalla.

»O Yasser«, stöhnte Jo jetzt laut und vernehmlich. Wieder registrierte sie nicht, daß Passanten auf sie aufmerksam wurden. Sie langte sich mitten auf der Straße an den Kopf und klopfte heftig gegen ihre Stirn. Waren die Ausgräber von Yale nicht Mitglieder der elitären Verbindung »Skull and Bones«? Waren diese Leute nicht dafür bekannt, alles zu bekommen, was sie haben wollten? Ihr weitverzweigtes Geflecht aus Macht, Geld und Beziehungen ließ keine Wünsche unerfüllt, nicht einmal den nach dem Amt des US-Präsidenten. Wie konnte sie bei dieser Gegnerschaft den Schützen behalten? Die Altertumsverwaltung brauchte Geld, viel Geld. Oder besser noch: Sie brauchte technisches Gerät, Computereinheiten, Zubehör, modernstes Know-how, genau, wie Samira es bereits beschrieben hatte. Al-Assali würde den Schützen verhökern, davon war Jo überzeugt.

Sie war so versunken in finstere Grübeleien, daß sie fast in einen Mann hineingerannt wäre, der jäh vor ihr stehenblieb, um mit einem Schuhputzer mitten auf dem Bürgersteig einen Plausch zu halten. Jo blickte sich verwirrt um. Wo war sie? Sie mußte zu weit gegangen sein. Dieser Abschnitt der Straße war ihr fremd. Sie machte auf dem Absatz kehrt.

Ihre plötzliche Wende überraschte die Passanten hinter ihr. Einige stockten oder schüttelten den Kopf. Ein kleiner Mann jedoch wirbelte nur Sekunden später als sie herum, um Jo den Rücken zu zeigen. Eigentlich nahm sie nur ein Huschen wahr, so schnell und wendig reagierte er und eilte in die Richtung, aus der er gerade gekommen war. Doch Jo sah noch die dunkle Sonnenbrille, die seine Augen verbarg, und den teuren blauen Anzug, den er jetzt trug. Es gab keinen Zweifel. Je schneller sie wurde, desto mehr beschleunigte auch er die Schritte. Urplötzlich war er verschwunden. Jo hastete an einer finsteren Hauspassage vorbei und machte einen Satz in die Mitte des Bürgersteigs. Das dunkle Loch zwischen den Schluchten hoher Häuser lockte sie nicht, hineinzugehen und nachzusehen, ob er da drin steckte und auf sie lauerte. Sie hatte den Kerl wiedererkannt. Seine schmächtige Gestalt, seine unverkennbare geduckte Haltung, dieses rattenflinke Davonhuschen, das sie schon vorhin in der Altstadt so erschreckt hatte, brannte in ihrem Gedächtnis. Da halfen auch Sonnenbrille und dunkler Anzug nichts. In der Helligkeit der großen, offenen Straße wirkte er wie ein reicher Geschäftsmann, vielleicht sogar wie ein Bankdirektor, hätte er sich nicht wie ein Dieb unter ihrem Blick weggeduckt. Ihr fiel für den Typ nur ein einziges Wort ein, ein Ausdruck, den sie nicht wahrhaben wollte. Je stärker sie sich gegen die Bezeichnung wehrte, desto deutlicher glaubte sie, Yassers Stimme zu hören: »Assassini, Mörder!«

Es liegt an mir, fand Jo. Sie stand mitten im Hotelzimmer und rubbelte ihre Haare trocken. Das Bad war überschwemmt, der Spiegel vom Duschen beschlagen, und einen Föhn gab es nicht. Mit einer Hand versuchte sie jetzt, sich die Haare zu kämmen, mit der anderen zerrte sie frische Wäsche aus der Tasche hervor. In wenigen Minuten würde Samira vor dem Hotel auf sie warten.

Jede halbwegs normale Frau gräbt nicht allein in Syrien, dachte sie. Ja, sie fährt nicht einmal als Touristin dorthin, wenn sie nicht den Komfort eines klimatisierten Autos, eines Mehrsternehotels, gleichgesinnter Landsleute und die kompetente Führung deutschsprachiger Reiseleiter hat. Solchermaßen abgeschirmt vom echten Leben, wird sie dann morgens aus der einförmigen Welt eines Luxushotels in den Bus geladen und von dort zu den Sehenswürdigkeiten gekarrt, sieht weder Männer mit bösen Augen noch aufdringliche Dosenhändler. Beim geringsten Anzeichen politischer Unruhen wird sie aus dem Land heimwärts verfrachtet, verklagt den Reiseveranstalter und entrüstet sich bei ihren Freundinnen über das, was man heutzutage im Urlaub hinnehmen muß. So einer Frau begegnen weder Schmuggler, die sich ihr ins Herz schleichen, noch gefeuerte Bibliothekare. Sie wird nicht von sehnsuchtsvollen Umarmungen oder Geheimnissen in Versuchung geführt, rennt nicht allein durch die Hinterhöfe islamischer Welten und begegnet keinen Assassini. Sollte diese Frau keine Touristin, sondern tatsächlich Wissenschaftlerin sein, so sitzt sie um diese Zeit in den temperierten Räumen europäischer Universitäten und erarbeitet sich die nächste Anerkennung durch die Verbreitung kluger Artikel. Aber sie, Jo Zakyneros, stocherte ganz allein in muffigen Gräbern herum und hatte nur Yasser mit dem Assassini-Tick zur Seite, nicht zu vergessen Musil, den Kinderdämon mit Steinschleuder. Ich locke die Dschinn an, ich! stellte sie verblüfft fest. Ich wecke die Lust der Dämonen und Menschen, mir nahe zu kommen! Tessir hat sich mir anvertraut und ebenso Fahim. Der Mann mit dem bösen Blick sieht mich als Beute, weil ich seine Begierde auslöse, ich, niemand sonst.

»Du!« sagte sie zu sich selbst, angelte sich mit dem Fuß ihre Strümpfe und Schuhe heran, schlüpfte hinein und putzte mit der freien Hand den Spiegel blank. Da stand das Ungeheuer. Jo erblickte sich für einen kurzen Moment, ehe das Glas erneut beschlug. Sie sah eine Frau mit nassen Haaren, mit einem viel zu langen Hals, an dem die Goldkette hing und im aufsteigenden Wasserdampf die ganze Gewalt ihres Duftes verströmte. Es war Jo, als ziehe der Wohlgeruch in Schwaden aus ihrem Zimmer auf den engen Gang, flute die schiefen Treppenstufen mit dem abgetretenen Teppich hinunter und wirble auf die

Straße hinaus. Denn als sie dort wenig später auf Samira traf, die in einem komfortablen Chrysler Voyager als Yussufs Beifahrerin saß und auf sie wartete, weitete selbst die strenge Beamtin ihre Nasenflügel und blickte Jo forschend an.

»Das ist al-Oud«, sprudelte Jo sogleich hervor, glücklich, Samira demonstrieren zu können, wie beeindruckend ihr Fund sei.

»Halten Sie den Mund!« Das kam ebenso scharf wie selbstverständlich auf deutsch. »Man weiß nie so genau, was er nach den vielen Jahren tatsächlich versteht.«

Jo, ins Auto geklettert und in die Betrachtung von Yussuf versunken, sah seinen Rücken vor sich, seinen Hinterkopf mit dem krausen schwarzen Haar, und malte sich aus, wie er seit Jahren heimlich seine Fremdsprachenkenntnisse verbesserte und Samira in dem Glauben ließ, er wäre einfältig und dienstbeflissen. Hatte er genug über archäologische Sensationen aufgeschnappt, schlich er sich zu einem Treffpunkt im Schatten der Altstadtmauern und verkaufte seine Informationen an den Meistbietenden. So kam es, daß Fundorte immer wieder geplündert wurden, bevor Wissenschaftler zum ersten Spatenstich ansetzten. *Ya salam*, dachte Jo, der Himmel stehe mir bei! Welchen Grund hatte sie, einen Fremden zu verdächtigen?

So widmete sie sich lieber ihrem Mittagsimbiß und bot die kalorienreichen Leckerbissen auch Samira und Yussuf an. Beide winkten ab. Samira sagte nicht einmal »danke«, sondern zog es vor, beharrlich zu schweigen. Wie mag ihre Studentenzeit in der DDR ausgesehen haben, fragte sich Jo. Selbst die sogenannten »Freunde«, jene halbe Million Sowjetsoldaten, hatten keine Chance bekommen, sich mit DDR-Bürgern zusammenzutun. Sie blieben in all den Jahren Fremde, denn Kontakte waren nicht erwünscht. Noch rigoroser wurden alle ausländischen Studenten von den Deutschen jenseits des Eisernen Vorhangs abgeschirmt. Das Leipziger Herder-Institut wachte sogar über den Lebenswandel dieser fremden Studierenden. Sie sollten weder flanieren noch zu studentischen Treffen gehen, sich vielmehr einem strikten Tagesablauf unterwerfen, der jede Freizeitgestaltung ausschloß. Samira kann nicht anders, sagte sich Jo. In all den Jahren in Berlin ist sie so kaltschnäuzig geworden wie ein toter Schlittenhund. Wahrscheinlich hat sie in Syrien mehr Deutsche getroffen als in ihrer Studentenzeit. Und mich behandelt sie mit Herzenswärme. Wie tritt sie erst auf, wenn sie jemanden nicht leiden kann? Ich will's nicht ausprobieren. *Allâh* erhalte mir ihre Zuneigung!

Sie hatten Damaskus und das Verkehrschaos hinter sich gelassen und befanden sich jetzt auf der wenig frequentierten, gut ausgebauten mehrspurigen Straße nördlich der Hauptstadt. Es sah nach einer unproblematischen Fahrt zum Krak des Chevaliers aus. Jo hatte jetzt reichlich Zeit, sich mit ihrer nächsten Fragestellung zu beschäftigen. Wie konnte sie das Skelett behalten? Hatte sie gegen die Skiles, »Skulls and Bones«, gegen die biblische Sippschaft von Adam und Abel eine Chance, sie, eine unbekannte Ethnobotanikerin, allein gegen die Allmacht von Yale? Doch wie häufig im Leben erging es ihr auf einmal wie schon viele Male zuvor: Sobald sie endlich Muße hatte, einen Plan zu entwickeln, verließ sie schlagartig jede Energie. Ohne von Geistesblitzen oder Erleuchtungen heimgesucht zu werden, dämmerte sie träge vor sich hin.

Immer an den Flanken des Antilibanon entlang und bergauf führte die Autobahn Richtung Norden. Noch vor der Pforte von Homs, dem strategisch wichtigen Korridor der Antike und des Mittelalters, riß sie ein gewaltiger Blitzschlag aus dem Schlummer. Der Himmel hatte sich in einen tintenblauen Abgrund verwandelt, über den schwarze Wolken flogen, von schwefelgelben Blitzen zerfetzt. Es sah nach Hölle und Verdammnis aus. Minutenschnell stürzten die Wasserfluten von den kahlen Berghängen herab, strömten über die Straße, überschwemmten sie mit Sand und Steinen und manchmal mit Wurzeln, Ästen und Blättern. Kaum eine Pflanze wuchs mehr auf diesen trostlosen Höhen, die Erde und Wasser hätte Halt geben können. Mit jedem Windstoß, mit jedem Regenguß wurde das Gebirge mehr und mehr in eine Ödnis verwandelt.

Die Pracht der Zedernwälder! Wo war sie geblieben? »Dreißig Meter hoch und gerade gewachsen«, so wurde die libanesische Zeder im Altertum beschrieben. Phönizier und Ägypter schlugen daraus die Planken ihrer Schiffe und insbesondere die hohen Masten ihrer Segler. Mit dem Rauch brennender Holzspäne reinigte man Aussätzige und desinfizierte Häuser, König Salomon nahm das feste und duftende Holz, um seinen Tempel zu bauen und den Menschen ein Sinnbild zu geben: »Denn der Gerechte wächst hoch wie die Zeder auf dem Libanon,« so steht es in der Bibel. Was ist geblieben, dachte Jo. Wohin sind die Wälder des Gilgamesch verschwunden? »... da standen sie, bewunderten den Wald, über der Zedern gewaltige Höhe staunten sie, auf den Bergen erhob sich die Zeder in ihrer Pracht ... und ein Regensturm zog vorüber ... und große Winde stehen auf, Großwind, Nordwind, Wirbelwind, Sandwind, Sturmwind, Frostwind, Wetterwind, Glutwind ...«

Nur die Wüste ist geblieben, mit leergefegten Flanken, schroffen Hängen, trockenen Böden. Die Terebinthe ist dahingegangen, unter deren Stamm geliebte Verstorbene gebettet wurden, die Kilikische Tanne, die Bauholz für Möbel lieferte, der Hohe Wacholder, Zypresse und Myrte. Einst sprach Gilgamesch: »... ineinander verschlungen war das Dornbuschwerk und verfilzt das Gehölz ...«, doch heute waren die Böden kahl, Wind und Wasser trugen die Erde fort. Denn auch die niedrig wachsenden Pflanzen und Heilkräuter waren gewichen, als die Bäume starben. Verschwunden waren süßduftender Bärenklau, wilde Möhre, würziger Koriander, Engelwurz und Fenchel für die Verdauung und die Balance, weißblühender Rizinus mit seinen sternförmigen Blättern, hoch und mächtig genug, einen Wanderer vor sengender Sonne zu schützen, sein Kiki-Öl wertvoller Brennstoff für Lampen, sowie Räucherklaue und Galbanum, dessen milchiger Saft einen wichtigen Fixierstoff bildete und als Latex und Heilmittel zugleich diente.

Ja, der Mensch, dachte Jo, sägt nicht nur den Ast ab, auf dem er sitzt, sondern er reißt auch gleich die Wurzel aus. Erst jetzt wurde ihr die Arbeit des HOMA-Teams bewußt, das Syriens Bemühen unterstützte, das Gebirge zu begrünen.

Hin und wieder konnte sie kümmerliche Baumgruppen erkennen, kleine Bereiche, die schon vor Jahren bepflanzt worden waren. Die Stämmchen waren kaum meterhoch. Der Weg »zum allzeit grünenden Wald« aus dem Gilgamesch-Epos war noch weit.

Um so schneller näherten sie sich dem Ziel ihrer Reise. Unbeeindruckt von Hindernissen auf der Straße, von Aquaplaning und anderen Möglichkeiten, den sicheren Boden unter den Rädern zu verlieren, raste Yussuf nordwärts. Jo wagte nicht, »Langsam!« zu brüllen und »Verdammt noch mal, du Idiot, willst du uns alle umbringen?« Denn hier hatte Samira das Sagen. Und Samira schwieg. Sie schwieg sogar, als Jo einen kleinen Schrei ausstieß. Gerade als Yussuf in halsbrecherischer Absicht eine langgezogene Kurve mit Höchstgeschwindigkeit nahm, der Regen gegen die Scheiben prasselte und der Wind Wasserfontänen über die Fahrbahn trieb, fiel Jo ein, wann und wo sie den Mann mit dem bösen Blick schon einmal gesehen hatte.

Gestern war es gewesen, jetzt erinnerte sie sich genau: nach dem Regenguß von Mari und dem Abtransport ihres VW-Busses. Der Kerl war halb verdeckt hinter einem Öltransporter an der schäbigen Werkstatt Richtung Albu Kamal gestanden. Um sie in Damaskus zu verfolgen, hatte er einen enormen Weg zurückgelegt. Das war kein Zufall mehr. Aber das Schlimmste fiel ihr jetzt erst ein. Die kleinen Spuren in Maris Lehmboden paßten zu seinen Rattenfüßen. Der Kerl schlich seit Tagen hinter ihr her. Warum? Was wollte er von ihr?

Yussufs Fahrstil war nicht dazu angetan, über eine Bedrohung nachzudenken, die nicht von seinem heftigen Ritt durch Wasserläufe und Sturzbäche ausging. Er nahm die Straße im Dunkel eines Regenschauers im Blindflug, er ignorierte den Sturm, der das Auto schüttelte, überholte, was immer vor ihm auf der Straße war und trat dann so heftig auf die Bremse, daß Cashewnüsse und Sesambrötchen Jo süßsauer aufstießen. Immerhin fahren wir jetzt langsamer, tröstete sie sich und kämpfte gegen die Übelkeit an. Im Dunst der beschlagenen Scheiben erkannte sie die kleine steile Straße, die sie jetzt hinauffuhren. In zahlreichen Kurven und unter wildem Hupen kämpfte sich der Wagen durch Muren, Geröll- und Schlammlawinen bergan. Als sie das Dörfchen al-Husn erreichten, war der Gewitterguß endlich vorüber. Schon strömten die ersten Dorfbewohner auf die Straße, schoben mit Schaufeln den Kies vor ihren Haustüren fort, sammelten Schwemmholz für das Feuer und lüfteten die feucht gewordenen Decken. Das Leben im Dorf erwachte wieder, und auch Samira brach ihr Schweigegelübde. Sie schnauzte Yussuf an, er möge anhalten, ließ das Seitenfenster herunter und fragte einen Schuster nach al-Assali. Der Mann zog gerade den Hocker vor die Tür seiner kleinen Werkstatt, um sich dem Korb mit den abgelaufenen Schuhen zu widmen. Das ging Samira nicht flott genug. Sie zischte etwas zu ihm hinüber, was ihn zusammenzucken ließ. »Oben«, knurrte er nur, ohne aufzublicken.

Jo preßte das Gesicht an die Scheibe. Noch mächtiger als in ihrer Erinnerung ragte jetzt Hisn al-Akrad, die Kurdenburg, hinter dichten Dunst- und Nebelschleiern vor ihnen auf. »Kurdenburg«, so nannten die Syrer die unter dem Emir von Homs erbaute Festung, bis Tankred von Antiochia sie 1102 eroberte. Vierzig Jahre später wurde sie an die französischen Hospitaliter abgegeben, die sie zum Krak des Chevaliers ausbauten. Dank der neuen mächtigen Befestigungswälle konnten die Hospitaliter jahrzehntelang alle moslemischen Rückeroberungsversuche abwehren.

Bis zu jenem 21. Februar des Jahres 1271, als der Mamelukken-Sultan Baibars, genannt »der Mächtige«, kam. Was Nur ad-Din und Saladin vor ihm nicht geschafft hatten, das erreichte er mit Hilfe vieler Katapulte und noch mehr Geduld. Monatelang belagerte, beschoß, bedrückte und bedrohte er das Bollwerk der Franken. Als er die äußere Mauer überwand, flohen die Kreuzritter in den Bergfried. Dort hielten sie es noch einmal wochenlang aus. Die Buqueia, die fruchtbare Anbaufläche zu Füßen der Burg, hatte ihnen Vorräte geliefert, ein vorzüglich konstruiertes Regenspeichersystem und ein Aquädukt lieferten ihnen das nötige Wasser. Aber sie mußten Tag und Nacht den Angreifer im Auge behalten und dabei auf ein Heerlager hinabschauen, auf immer neue Mannschaften, die sich am Fuß der Festung unter den Bannern vieler Führer sammelten. Al-Mansur, der Herr von Hama, traf mit seinen Truppen ein, in riesigen Zelten begegneten sich Baibars, der Emir Saif ad-Din und der Großmeister der Ismaeliten. Leibwachen und Schildknappen, Reiter und Fußvolk, der Troß mit seinen Frauen und Kindern, die ganze Heerschar lagerte dort unten im Anblick der Franken, deren Mut mitten im Feindesland täglich sank. Sie beobachteten, wie Baibars kostbare Gewänder, Geldgeschenke und Lebensmittel unter seinen Treuen und Verbündeten verteilen ließ. Dann schritten die Kreuzritter sorgenvoll durch ihre Vorratslager und rechneten die Mehlsäcke in Tage um. Sie sahen die Moslems, sie fühlten und rochen sie, wenn abends der Rauch ihrer Feuerstellen zum Bergfried hinaufstieg, und sie hörten ihren Gesang. Denn selbst in der Burgkapelle, zum frommen Halleluja versammelt, scholl ihnen aus tausend Kehlen vom Burgfuß das *Allâh akbar* entgegen.

Heute würde man das »psychologische Kampfführung« nennen, dachte Jo. Und so ergaben sich die Kreuzritter, legten ihre Waffen nieder und baten Baibars um freien Abzug. Ja, die gute alte Zeit, dachte Jo, als sie jetzt endlich vor dem mächtigen östlichen Toraufgang zum Krak des Chevaliers hielten. Die Kreuzzüge waren als blutiges Kapitel der Christenheit in die Geschichte eingegangen und gereichten weder der Kirche noch Europa zur Ehre. Aber trotz aller christlicher Überfälle existierte damals eine ungeahnte moslemische Großzügigkeit. Sultan Baibars gewährte den fremden Kriegern freien Abzug.

Samira gehörte nicht zu den Frauen, die Zeit vertrödelten. Das Auto stand noch nicht ganz vor der großen Treppenrampe, da sprang sie schon heraus und winkte Jo, sie möge ihr folgen. Gemeinsam spurteten sie die breiten Stufen hinauf. Jo hätte gern innegehalten und einen Blick auf die gewaltigen trutzigen Außenmauern geworfen, die so sorgfältig verarbeitet waren, daß keine Messerklinge und keine Steighilfe in die Fugen paßte. Finster und abweisend, kalt und unnahbar thronte die Burg aller Kreuzritterburgen auf einem nach drei Seiten steil abfallenden Plateau. Sagenumwoben war sie, voll düsterer Geheimnisse und einzigartig. Einst war sie das wichtigste Bollwerk an der Pforte von Homs und zugleich Knotenpunkt der Nachrichtenübermittlung gewesen. Der Krak stand in Sichtverbindung mit dem Kastell Akkar im Libanon, ebenso mit den Burgen von Marqab und Safita im Westen. Die Nachricht, die Flotte der Kreuzritterschiffe nähere sich der Küste, konnte schnell mit Signalfeuern übermittelt werden.

Der Krak, das war der zu Stein gewordene Traum aller Sandburgen, die je ein Kind am Strand erbaut hatte. Vom akkadischen *Karka*, Burg, stammte die Kurzform seines Namens ab. Jetzt rauschte das Regenwasser an seinen Mauern hinunter und verwandelte die alten, abgetretenen Stufen in einen rutschigen Erlebnispfad. Wie so oft glaubte Jo, inmitten der Dunstschleier Menschen aus längst vergangenen Tagen wahrzunehmen, schmucke Knappen und grobe Pferdeknechte, Marketenderinnen in bunten Röcken und Bauern mit Händen braun wie Ackerfurchen. Sie sah die Gestalten die Stufen hinaufsteigen, manche keuchend und schwer beladen, andere lebensgefährlich getroffen und am Ende ihrer Kräfte. Es roch nach Geschichte. Die alten Stufen und Steine verströmten den Dunst von Lederschuhen und Kettenhemden. Aus den Pecherkern und Katapultnischen, von den Geschoßkugeln und Wehrgängen schwebte der Dampf von blutigen Schlachten heran, aber auch der Odem von Festgelagen und dem Lachen und Leiden längst Dahingegangener. Die Geruchswolke aus Erinnerung legte sich auf das Heute und Jetzt und rückte das Tagesgeschehen in die Ferne. Doch als Jo hinter Samira japsend die riesige Halle betrat, die einst Hunderte von Pferden beherbergt hatte, schlug ihr der Lärm heftig Streitender entgegen.

Zuerst konnte sie nichts sehen. Die Sonne war für einen Moment herausgekommen und brachte die Feuchtigkeit zum Verdunsten. Nur schemenhaft erkannte Jo Gestalten, die mitten im Pferdestall laut debattierten. Al-Assali stand dort mit zwei Begleitern und sprach mit Luc d'Argaud. So wie der kleine Verwalter syrischer Altertümer nach Luft schnappte und mit beiden Händen herumfuchtelte, schien ihm gerade der Kragen zu platzen. Unbeherrscht schrie er seinen Gesprächspartner auf französisch an. Luc d'Argaud parierte betont leise, doch nicht ohne Schärfe und Festigkeit in der Stimme. Der Franzose überragte den Syrer um mehr als eine Kopfeslänge. Al-Assali mußte zu dem langen Mann hinaufschauen und stampfte jetzt tatsächlich wütend mit dem Fuß auf, was Luc ein Lächeln entlockte. Sehr ungeschickt, fand Jo, denn Zornesröte färbte sogleich das Gesicht des Verwalters. Sein Schnurrbart zitterte, und seine Miene verhieß nichts Gutes. Selbst Samira reagierte auf diesen finsteren Gesichtsausdruck, blieb stehen und blickte Jo durchdringend an. Es war ein miserabler Moment, um irgendeine Bitte vorzubringen, außer derjenigen, Luc d'Argaud auf der Stelle hinzurichten.

Dann erschien Catherine. Sie tauchte wie ein Rauschgoldengel mit ihren wunderbaren roten Locken aus den dunstigen Tiefen der Ställe auf. Und noch ehe sie sich zwischen al-Assali, seine beiden Mitarbeiter und Luc schob, verstand Jo, um was es hier ging. Catherines oberste Blusenknöpfe standen offen, ebenso ihr Mund mit den vollen, geschwungenen Lippen. Sie bewegte sich mit tänzerischer Eleganz vor dem Syrer, die ihre viel zu enge Hose und die knappe Bluse perfekt betonten. Und so gelang es ihr, den Zornigen aus den Schlünden des Pferdestalls zwei Schritte nach vorn zu locken, seinen Blick zu fesseln und seine Aggression in andere Bahnen zu lenken.

Dort hinten, wo einst die Streitrösser schnauften, wo sie ihre Köpfe in die Futterraufen senkten oder die Ohren spitzten, wenn der Stallmeister mit den Hafersäcken kam, mußte etwas höchst Interessantes verborgen sein. Jo entdeckte schließlich, was al-Assali so in Rage versetzte. Wegen des Unwetters, das hier offensichtlich schon länger tobte, hatte Luc die Baumsetzlinge in den ehrwürdigen Mauern der Prachtburg untergebracht. Gewöhnlicherweise konnten sie keinen Schaden anrichten. Sie sollten hier ja keine Wurzeln schlagen, sondern bald im Libanon gepflanzt werden. Aber sie ahnte, was al-Assali so wütend machte.

Luc hatte selbstherrlich wie ein Burgherr entschieden und damit den kleinen Mann, der sich für ungeheuer wichtig und bedeutend hielt, ins Mark getroffen. Schließlich hatte Frankreich den Krak bis 1943 hartnäckig als französisches Denkmal deklariert und jeden Anspruch Syriens zurückgewiesen. Jahrhundertelang war der Krak französisch gewesen. Seit fünfzig Jahren nun gehörte er den Syrern. Aber was bedeuteten ein paar Jahre, wenn man Luc d'Argaud hieß, seine Ahnen bis zu Gottfried, König der Franken in Syrien und Herr von Jerusalem, zurückverfolgen konnte, den Grafen Raimund von Saint-Gilles im Stammbaum hatte und einst Bernhard von Clairvaux das Meßgewand reichte? Selbstverständlich hatte Luc getan, was er für richtig und wichtig hielt. Al-Assali um Erlaubnis zu fragen oder ihn auch nur davon zu unterrichten lag ihm fern. Er hatte nicht einmal Verständnis für ihn, sondern nur ein mitleidiges Lächeln auf seinen hoheitsvollen Zügen.

Sehr undiplomatisch, fand Jo. Genau dieses affektierte Hochziehen einer Augenbraue, diese Mundwinkel, die sich dabei nach unten bewegten, zu jenen fernen Gefilden hin, wo der Pöbel hauste, hatte einst das gemeine Volk gen die Bastille getrieben. Aber sie war milde gestimmt. Luc, oberster Forstmann der HOMA, sorgte dafür, daß die Flanken des Libanongebirges begrünt wurden. Als sie dies dachte, fiel ihr Blick auf die Baumsetzlinge, und eine jähe, furchtbare Erkenntnis suchte sie heim. Was sie sah, zog ihr fast den regennassen Boden unter den Füßen fort. Noch ehe sie einen klaren Gedanken fassen konnte, traten al-Assali und Luc an ihre Seite.

»Nun, was sagen Sie?« Der Verwalter schnaubte noch immer vor Wut.

»*Madame,* Sie schickt der Himmel.« Luc spielte den höflichen Fremden, einen Mann, der Jo nur flüchtig kannte. Das »Du« ließ er fallen, um keine Vertrautheit zu signalisieren. Dafür ergriff er Jos Arm und versuchte, sie und al-Assali von den Setzlingen fortzubewegen. »Haben hier, in diesem Stall, nicht immer schon Lebewesen Unterschlupf gefunden? Pferde und Pflanzen? Dafür wurde er schließlich gebaut. Welchen Schaden sollten die Mauern nehmen?«

»Ich bin erschüttert.« Jo warf den vielen hundert Pflanzen einen prüfenden Blick zu. Vielleicht hatte ihr das Sehvermögen einen Streich gespielt? Luc spürte, wie sie die Luft einsog, anhielt und pfeifend ausstieß. Mit seinen langen Aristokratenfingern trommelte er ein Notsignal auf ihren Ellbogen. Aber sie hatte auch ohne seine Morsezeichen längst begriffen. Hier ging es vielleicht um Leben oder Tod, zumindest aber um lange Haft in muffigen Gefängnissen. Wenn Luc je wieder freikommen würde, wäre sein Blick gebrochen wie gesprungenes Glas und sein Hochmut lange vor ihm gestorben. Zu ihrem Entsetzen nahm al-Assali jetzt ein Pflänzchen hoch und begutachtete es von allen Seiten.

»Vorsicht«, rief Jo, entriß ihm den Setzling und stellte ihn wieder zu Boden. »Die Pflanzen vertragen es nicht, einmal hierhin und einmal dorthin gedreht zu werden. Schließlich handelt es sich um Kostbarkeiten, Herr Assali. Melia und Laurus zum Beispiel, die alten Pflanzen des Libanon.«

»Ich verstehe nicht ...«, gab al-Assali unvorsichtigerweise zurück.

Das war der Startschuß für Jo Zakyneros. Ging es darum, einen Gegner mit botanischer Finesse zu erledigen, war sie konkurrenzlos. Ob al-Assali jemals unter Kopfschmerzen gelitten oder gegen einen Kater angekämpft hatte, war jetzt belanglos. Nun wußte er, was es bedeutete, wenn einem der Kopf schwirrte, wenn der Schädel brummte und zu platzen drohte. Jo stopfte ihn mit Informationen voll, erstickte jede Frage und jeden Gedanken mit Fachausdrücken und erweckte in ihm nur den Wunsch, niemals wieder etwas von diesen verdammten grünen Dingern zu hören, von denen er bisher geglaubt hatte, sie wären harmlose Pflanzen. Mit dieser naiven Vorstellung räumte Jo gründlich auf, so daß sich der Verwalter schwor, nie wieder etwas von Bäumen wissen zu wollen – ja er würde nicht einmal mehr Salat essen, denn schon der Gedanke an Grünes war ihm jetzt zuwider.

»Fantastique, madame«, sagte Luc. *»Superbe!* Besser könnte ich es nicht ausdrücken!«

Warum tue ich das? fragte sich Jo. Warum helfe ich Luc, dem Großmeister von Standesdünkel und Arroganz? In diesen heiligen Hallen stehen neben Zeder, Wacholder und Kiefer Baumsetzlinge, die alle unter die strenge Kontrollverordnung des Artenschutzübereinkommens fallen, Pflanzen aus tropischen Wäldern, die ihre Heimat zum Beispiel im fernen Malaysia haben und unter Androhung von Höchststrafen nicht ausgeführt werden dürfen. Pilgerodendron und Dalbergia nigra, Pericopsis und Pterocarpus santalinus tummeln sich hier zwischen dem gewöhnlichen Feigenbaum und der Schwarznuß. Sie sind nicht dafür gedacht, im Libanon angepflanzt zu werden. Sie sind für den verbotenen Export bestimmt, sind eine Ware, mit der man Geld scheffeln kann. Vielleicht benötigt ein Herr mit Schlößchen in der Dordogne und polygonalem Turm im Wappen ein bißchen Kleingeld, um den Lebensstil aufrechtzuerhalten, der ihm seit der Jungfrau von Orleans zusteht? Vielleicht aber bin ich verrückt und will seiner Herrlichkeit zeigen, wieviel besser die Waffen meines Verstandes sind als Catherines Körperreize, wie raffiniert das Können einer Frau mit Köpfchen ist, die es nicht nötig hat, die Bluse zu öffnen, um den Gegner schachmatt zu setzen. Denn nach meiner Predigt glaubt al-Assali, er wandle zwischen Fichten und Myrten herum und hat nur noch das Bedürfnis, nie wieder etwas über Wiederbestockung, Rohhumusbildung, Knospenschuppen, rissig gefelderte Rindenplatten und Kurztriebe zu hören. Wird aber entdeckt, was Ihre Hochnäsigkeit, Luc, hier wirklich treiben, kommt er aus syrischen Gefängnissen nur noch heraus, um sofort in französische Haftanstalten zu wandern. Kein Land dieser schlechten Welt ließe diesen Frevel ungestraft. Wahrscheinlich ist es die Ungeheuerlichkeit seiner Straftat, die mich immer weiter schwätzen läßt, dachte Jo und fuhr fort, al-Assali mit quirlständigen Ästen, Nußeiben und staunassen Böden zu bombardieren.

Nun strebten alle vorwärts, um dieser Wortlawine aus Laubaustrieb, Kronenbereich und Blattnerven zu entkommen. Der ganze Troß eilte jetzt den überwölbten Aufgang hinauf, an den Fallgittern und befestigten Anlagen vorbei und höher in die Burg hinein. Jo war gerade bei den cremeweißen zwittrigen Blüten angekommen, als al-Assali erschöpft abwinkte. Sofort bot sie sich an, das Gesagte zu wiederholen und zu vertiefen, falls er noch weiter in die Materie einsteigen wolle. Aber er dankte ihr überschwenglich und betonte, eine so zarte Frau dürfe er nicht länger strapazieren.

Jo atmete behutsam auf. Warum hatte Luc die Pflanzen nicht in einem der Geheimgänge versteckt? Vermutlich hatte ihn das Wetter überrascht, denn überall durch den Krak flossen auch jetzt noch Rinnsale und Bächlein, es tropfte von den hohen Deckengewölben, den Pfeilerhallen und Torbögen. Kein anderer Platz schien hier in der windumtosten Burg vor den Elementen sicher zu sein. Aber dann betraten sie den Gefängnisturm, einen Raum, der allen Angriffen von Menschen und Zeit widerstanden hatte, und Jo erlebte den nächsten Wutanfall des Verwalters.

Hier, hinter sechs Meter dicken Mauern, in der Finsternis eines runden Turms, den nur eine einzige kleine Pforte mit Tageslicht versorgte, hatte das HOMA-Team seine Computereinheiten aufgebaut, dicke Stromkabel und Teppiche verlegt, eine Bar mit Kaffeemaschine installiert, bequeme Sessel und Klappstühle aufgestellt, Schreibtische, Drucker und Monitore, Regalwände, Feldbetten und Kopierer. Jo fand, daß von diesem runden Kerker, in dem einst Hunderte von Moslems zu Tode gekommen waren, eine gewisse Gemütlichkeit ausging. In den alten Eisenringen, dort, wo Handschellen die Gemarterten zur Bewegungslosigkeit gezwungen hatten, hingen nun Sonnenschirme und Tragetaschen, Weinregale und Gläser türmten sich neben Fußschellen, und der Block, der dem Abschlagen von Händen und Köpfen gedient hatte, wurde als Depot mißbraucht, auf dem französischer Käse der letzten Reife entgegendämmerte. Der Gefängnisraum war angenehm temperiert und trocken. Die elektronischen Geräte seien hier bestens untergebracht, erklärte Luc, denn es handle sich um solide Bauten, was man von den Räumen des syrischen Hotels vor Ort nicht behaupten könne. Er sei dem Aufsichtsrat gegenüber verantwortlich und müsse Sorge für seine Ausrüstung tragen. Schließlich seien hier Wissenschaftler mit modernster Technik am Werke, von der die syrische Altertumsverwaltung nur träumen könne.

»Noch ein einziger Raum, den Sie mißbrauchen, und ich katapultiere Sie mit Hilfe der alten Verteidigungsanlagen nach Frankreich zurück!« Al-Assali bebte vor Zorn.

»Mißbrauchen? Haben nicht Ihre Landsleute angefangen, diese Burg abzureißen, um daraus Ziegenställe zu bauen, und begonnen, die Wasserbecken mit Unrat zu füllen? Es sind französische Touristen, die Jahr für Jahr Millionen ins Land bringen, um Syrien vor dem Ruin zu bewahren. Besuchen Sie mich in der Dordogne, und ich zeige Ihnen, was man seinem Erbe schuldig ist. Wir zerschlagen keine Burgen, um damit die Straßen zu pflastern, auf die eure Esel pissen!«

Luc war begabt, fand Jo, ein herausragendes Talent, einen Verstimmten in einen haßerfüllten Feind zu verwandeln, dessen Eingeweide nach diesen ätzenden Sprüchen nach Blutrache schrien. Lucs Kreativität, sich den Syrer zum Todfeind zu machen, waren keine Grenzen gesetzt. Was würde sein Einfallsreichtum noch zu Tage fördern? Doch einmal an die Bedeutung von Devisen und Förderungen erinnert, verstummte der Verwalter und suchte sein Heil in fluchtähnlicher Hast. Als könne er den großen Franzosen abschütteln, raste al-Assali durch die Spitzbogengalerie, den Rittersaal und die Kapelle, stürmte ins Obergeschoß zu den Wohnräumen des Großmeisters, in das Refektorium und die Lange Halle. Er fand keine weiteren Anzeichen einer Hausbesetzung, doch seine Laune besserte sich nicht.

Wenn nur Samira nichts bemerkt hat, dachte Jo. Sie wußte, daß es ihr niemals gelingen würde, Samira zu täuschen. Im Pferdestall stand sie abseits der Pflanzen. Im Dunst der Wasserschwaden konnte sie vielleicht keinen Blick auf die Setzlinge werfen. Ihr Gesichtsausdruck war wie immer kühl und abweisend. Niemand ahnte, was hinter ihrer Stirn vorging. Sie hatte bisher geschwiegen, auch das überraschte Jo nicht. Aber jetzt, im oberen Hof angekommen, trat sie al-Assali am Table Ronde in den Weg und verlangte, gehört zu werden.

Wieder hatte Jo das Gefühl, ein Schauspiel zu beobachten, obwohl sie jetzt die Hauptakteurin war und sich im Mittelpunkt des Geschehens wähnte. Die ganze Gruppe hatte sich auf dem gepflasterten Hof versammelt. Das steinerne Fundament vom Table Ronde zwang sie förmlich, sich in einem Halbkreis aufzustellen. Wer etwas zu sagen hatte, trat vor. Es glich einer klassischen Bühnenszene, einem Revolverstück mit drittklassigen Künstlern. Samira sprach einleitende Sätze zu Jos Ausgrabung, trat zurück und überließ Jo das Wort. Diese hätte am liebsten »Vorhang!« gerufen und darum ersucht, die Rolle noch einmal mit dem Regisseur abzusprechen. Leider schien es nur einen einzigen Akt zu geben, eine Premiere und Schlußvorstellung zugleich. Und so erzählte Jo ihre Geschichte vom Schützen, nahm die Goldkette ab, sprach von der Syndaktylie des Kriegers und seinem Schicksal, vom Ruhm für das Alawitische Frauenkorps, das Königin Zenobia zum Vorbild habe, von ihrem Wunsch, den Gefallenen zu bergen und die Lizenz zu verlängern.

Al-Assali, sichtlich genervt von so vielen Leuten, die ihn bedrängten, schloß ergeben die Augen, hörte zu oder auch nicht und streckte am Ende einfach nur die Hand aus, ergriff die Goldkette, schloß seine Finger darum und ließ den Schatz in die Außentasche seines dunklen Anzugs gleiten. Sekundenlang brannte sich das Bild in Jos Gedächtnis ein: Al-Assali, vollkommen unpassend für die Begehung einer regenumtobten Burg mit Anzug, weißem Hemd und Krawatte angetan, stand neben dem Table Ronde in einer Pfütze, ohne es zu merken. Das Wasser schwappte über seine dünnen Lederslipper, tränkte sogar den Hosensaum und sickerte in sein Schuhwerk. Er reagierte nicht darauf, hatte die rechte Hand noch immer in der Anzugtasche stecken und prüfte im verborgenen das Gewicht des Goldes. So selbstverständlich war die zweitausend Jahre alte Königskette in seiner Tasche verschwunden, als hätte er dieses Wegstecken schon hundertmal vollzogen. Jo hatte sich etwas Bedeutendes bei der Übergabe ihres Fundes ausgemalt, nicht dieses sang- und klanglose Einsacken.

Samira verstand ihren verzweifelten Blick und drängte al-Assali das Übergabeformular zur Unterschrift auf. Nur widerwillig bestätigte er es vor so vielen Zeugen. Jo spürte, daß alles schiefging. Aus den Augenwinkeln bemerkte sie Luc und seine vergeblichen Versuche, ihr etwas zu signalisieren. Aber er kam nicht an sie heran. Die beiden Begleiter al-Assalis schirmten sie von dem Franzosen regelrecht ab. Samira schob jetzt al-Assali die Lizenzverlängerung zu, als handle es sich um ein weiteres Übergabeformular. Sekundenlang sah es so aus, als ob er sich täuschen ließe. Er setzte den Stift zur Unterschrift an, malte den ersten Buchstaben, stutzte und zerriß das Papier.

»Wir wollen keinen Ärger mit den europäischen Botschaften«, sagte er. Das unechte Lächeln in seinem schmalen Gesicht und die kaum verborgene Schadenfreude ließen ihn aussehen wie einen hämisch grinsenden Wasserspeier. Seine honigsüßen falschen Beteuerungen, wie leid es ihm täte, seine unechten Worte, die jetzt folgten, verstand Jo nur noch am Rande. Ihr war alles mißglückt. Irgendwann begriff sie, daß al-Assali fest entschlossen war, den Bogenschützen selbst zu bergen. Er erlaubte Jo, ihn morgen nach Dura Europos zu begleiten und zu assistieren. Zu diesem Zweck werde ihm ein Hubschrauber von der syrischen Luftwaffe zur Verfügung gestellt. »Wir starten um sieben Uhr«, sagte er. »Sie können mitkommen und Ihren Abschlußbericht schreiben. Aber ich warte nicht auf Sie. Wenn Sie nicht da sind, fliege ich allein. Sie sollten jetzt besser zurückfahren.«

Al-Assali stand noch immer in der Pfütze und blickte sie teilnahmslos an. Luc räusperte sich und lud alle zu einem kleinen Umtrunk oben im Burgrestaurant ein. Aber al-Assali winkte ab. Stellvertretend für alle wies er die Einladung zurück. Samira drängte ihrerseits zum Aufbruch. Jo fing Lucs Blick auf. Was wollte er ihr sagen? Hatte sie nicht schon genug für ihn getan? Zu offensichtlich schien es ihr, daß al-Assali ein Gespräch zwischen ihr und dem Franzosen verhindern wollte. Das reizte Jo. Sie ließ sich nicht herumschubsen. Sie hatte verloren, dachte sie aufsässig, aber nur dieses eine Scharmützel. Am Ende würde sie gewinnen. Al-Assali wußte es nur noch nicht. »Ich muß aufs Klo«, sagte sie zu Luc hinüber.

»*Madame*, dort oben.« Sofort war Luc an ihrer Seite, ergriff ihren Arm und geleitete sie die steilen Stufen zum Obergeschoß hinauf. Neben dem sogenannten Königstöchterturm befand sich das kleine moderne Lokal des Krak. Ihnen dicht auf den Fersen folgte ein Mitarbeiter von der Altertumsbehörde.

»Oh«, sagte Luc, riß die Augen auf und blickte den Angestellten erstaunt an, eben so, wie ein Edelmann auf das Fußvolk hinabsah. »Sie auch?«

Lucs näselnde Stimme triefte vor Spott. Er wedelte mit der Hand und wandte sich dann Jo zu, als teile er ihr wichtige geschichtliche Details mit: »Die Ananias-Kapelle von Damaskus, meine Teure, letzte Zuflucht einst für Saulus, der zum Paulus wurde. Fragen Sie nach Abbé Gerome. Grüßen Sie ihn von mir. Jesus Sirach, *mon amie,* Vers 38, 4. Ich bin überzeugt, Sie können das alles in Ihrem entzückenden Kopf behalten.«

»Warum sollte ich?« Jo war stehengeblieben und blickte auf den oberen Hof hinunter. Al-Assalis Mitarbeiter blieb ebenfalls stehen, bis Luc ihm einen mitleidigen Blick zuwarf. »Die Toilette, Mann«, raunzte er, »befindet sich hinter Ihnen. Pinkeln Sie nicht in den Hof!«

Der Angestellte verschwand mit rotem Kopf. Jo und Luc blieben wenige Sekunden. »Wir sind in Gefahr, enttarnt zu werden«, keuchte der Franzose.

»Du sollst für alle Zeiten in der Hölle schmoren. Der Artenschutz! Was verlangst du da von mir ...«

»Es geht um Leben oder Gefängnis. Nein, nicht für mich. Du mußt unseren Mittelsmann warnen. Jesus Sirach, vergiß nicht!«

»Wegen euch habe ich alles verloren ...«

»Ist dir irgend etwas heilig?«

Noch ehe Jo antworten konnte, rief Samira von unten herauf: »Beeilen Sie sich, Jo!«

»Gibt es etwas, woran du glaubst? Der Table Ronde vielleicht, die Ehre eines Ritters? Wir haben immer alles gewagt, um einen Verbündeten zu retten. Du bist meine Dame! Du kannst den König schützen! Hier unten, zu unseren Füßen, sprachen die Ritter die heiligen Eide, schworen sich Freundschaft und Gehorsam, redeten von Ehre und Kameradschaft ...«

»Ganovenehre«, sagte Jo, drehte sich um und lief zu den Toiletten hinüber. Sie wußte, sie würde es tun, sie würde die Ananias-Kapelle und Abbé Gerome aufsuchen und das Bibelzitat nennen. Sie konnte nicht anders. Wie sollte sie je vor diesen Augen bestehen, falls sie dem Anspruch nicht gerecht wurde?

Mit Rittertum, Tod und Teufel hatte sie nichts am Hut. Aber was regte sich da in ihr, wenn sie der Feldherr persönlich an seine Seite rief? Wenn er sie auf seinem Schachbrett einsetzte? Sie wollte kein Bauer sein, den man verlieren durfte. Verdammt noch mal. Dann lieber die Dame. Einige hundert Jahre früher hätte sie sich bedenkenlos für ihn in die Schlacht gestürzt, weil er sie bei ihrer Ehre zu nehmen verstand. Und heute? Heute erging es ihr wie ihren Vorfahren im Troß eines Heerführers. Sie folgte ihm blindlings trotz Artenschutz und Exportverbot. Luc d'Argaud, du hast gewonnen!

Und sie hatte alles verspielt. Erst jetzt, im Holzverschlag der einfachen arabischen Toiletten, wurde ihr deutlich, was sie verloren hatte: die Goldkette, den Schützen und die Lizenz. Der Ort war angemessen, sich dieser Sache bewußt zu werden.

Das Licht auf der Toilette funktionierte nicht. Jo tastete sich die feuchte Wand entlang und betrat eine Kabine an der äußeren Mauer. Die Tür hinter ihr fiel krachend ins Schloß. Na so was, dachte sie. Sie kannte die langen Korridore arabischer Toiletten. Oft genug schlossen die Türen nicht, und man sprang zwischen Kloloch im Boden und der aufschwingenden Tür hin und her, verhedderte sich dabei in den herunterhängenden Hosenbeinen oder glitt auf den feuchten Fließen aus. Aber diesmal war die Tür zu. Vom Pechloch in der Außenwand des Klos fiel dumpfes Tageslicht herein. Jo hockte sich über den Abfluß und erledigte, was zu erledigen war. Normalerweise schwärmte sie für arabische Aborte und konnte nicht verstehen, warum sich Touristen darüber entsetzten. Sie kauerte doch lieber freischwebend über dem Loch, als mit blanken Backen genau dort Platz zu nehmen, wo schon Hunderte vor ihr gebrütet hatten. Ein arabisches Klo war ausgesprochen hygienisch, wenn es auch nicht angenehm roch. Niemand züchtete auf Klobrillen Keime oder wischte mit tausend umweltschädlichen Chemikalien resistente Krankheitserreger zu Brei. Aber auch in diesem Punkt stand sie einsam und allein mit ihrer Meinung da. Sie rappelte sich auf. Zugegeben: Für Hockgeschädigte war diese Haltung nichts. Sie zog die Hose wieder hoch, ging zum Ausguck hinüber und lugte aus dem Loch.

Von hier oben hatte man bei schönem Wetter einen herrlichen Ausblick und die Chance, dem Angreifer heißes Pech aufs Haupt zu schütten. Jo folgte der Fallinie und entdeckte ganz unten Yussuf, der winzig klein aussah und zur Burg hinaufblickte. Plötzlich erschien al-Assali neben ihm, gestikulierte wild und scheuchte ihn fort. Zögernd kam Yussuf dem Befehl nach, bewegte sich einige Meter, trat dann hinter die Befestigungsmauern der Straße und blieb stehen. Von dort konnte er al-Assali im Auge behalten, ohne gesehen zu werden.

Sonderbar. Jo wollte sich gerade abwenden, als sie einen Defender kommen sah, den sie sehr gut kannte. Die Aufschrift der Shell Company leuchtete bis zu ihr hinauf. Wie erwartet stieg Bel Skile aus dem Wagen, eilte zu al-Assali hinüber, zog etwas aus der Jackentasche, das nach einem dicken Bündel Geld aussah, und verwickelte ihn in ein Gespräch.

Jetzt aber los, durchfuhr es Jo. Bel ist gerade dabei, al-Assali das Skelett abzukaufen!

Sie riß ihren Rucksack vom Haken und stürmte zur Tür. Verschlossen! Ihr Handgelenk schmerzte vom Aufprall, denn die Tür öffnete sich nicht. Sofort versuchte Jo, die Klinke nach oben zu drücken und dabei mit der Fußspitze die Tür etwas anzuheben. In der Feuchtigkeit konnte sich eine rohe Holztüre verziehen. Sie erlebte das nicht zum ersten Mal. Doch alle ihre Versuche blieben erfolglos. Minuten verstrichen, in denen Jo an die Tür hämmerte, aus Leibeskräften brüllte, das Schloß mit Füßen attackierte und sogar versuchte, durch den schmalen Spalt zwischen Tür und Fußboden zu kriechen. Dazwischen zwängte sie sich an das Luftloch, sah al-Assali und seine Mitarbeiter dort unten stehen, Samira und Luc und sogar

Catherine. Nach ihren fruchtlosen Versuchen, die Tür zu öffnen, schrie sie immer wieder zum Pechloch hinaus, ohne jeden Erfolg. Einmal erkannte sie, daß Samira nach oben blickte und den Kopf schüttelte. Jo wußte, daß die Entfernung viel zu groß war, als daß sie jemand sah. Keiner konnte sie von dort unten erkennen. Das Loch war dunkel und schmal.

Verschwitzt lehnte sich Jo nach vielen Ausbruchsversuchen an die Klotür. Es war nicht zu fassen. Vorhin, beim Betreten des Kerkers, hatte sie einen Augenblick lang die Vision gehabt, für immer hinter den wuchtigen Mauern des Krak eingesperrt zu sein. Aber sie hatte nicht damit gerechnet, ein stinkendes Bretterbudenklo könne ihr zum Verhängnis werden. Wieder warf sie sich mit aller Wucht gegen die Tür und prellte sich die linke Schulter.

Ein Blick aus dem Pechloch bestätigte ihr, daß Samira die Geduld verlor. Sie saß bereits im Chrysler, den Yussuf schon gewendet hatte. Sie würde sie einfach zurücklassen. Man wußte ja, wie exzentrisch die Europäer waren. Vielleicht glaubte Samira, Jo hätte jetzt, nach dem Verlust der Lizenz, jedes Interesse verloren? Möglicherweise hatte ihr al-Assali irgendeine Geschichte aufgetischt? Zum erstenmal fürchtete Jo, al-Assalis Mitarbeiter habe sie hier oben absichtlich eingesperrt. Jo wühlte in ihrem Rucksack, fand ihr Taschenmesser und versuchte damit, das Schloß herauszuschrauben. Aber bald stellte sie fest, daß es sich um solide Arbeit handelte. Sie verfluchte die syrischen Handwerker, steckte das Messer fort und rannte zum Pechloch. Selbst wenn sie ihren Rucksack durch die Öffnung quetschte, konnte ihr das nicht helfen. Hier oben gab es manchen bewachsenen Vorsprung. Der Rucksack würde einfach wie ein Herbstblatt in sechzig Metern Höhe hängenbleiben und niemanden alarmieren. Jo drehte sich um und musterte die Tür wie einen Feind. Dann holte sie tief Luft, spannte alle Muskeln an, nahm Anlauf und warf sich gegen das Holz. Die Tür sprang auf, Jo stürzte ungebremst über den schmalen Flur zum Männerklo hinüber und landete dort auf den feuchten Fliesen. Sie kniete auf dem Boden, hob den Kopf und blickte direkt in Bel Skiles Augen.

»Verzeihung«, sagte er und schloß seinen Gürtel. »Suchen Sie etwas Bestimmtes?«

»Sehr komisch.« Jo rappelte sich auf. Er bot ihr seine Hand an, um sie hochzuziehen, und stutzte, als er ihre schmutzverkrusteten Finger sah.

»Bemühen Sie sich nicht.« Jo tappte mit der Hand wieder in die Nässe zu ihren Füßen, dorthin, wo der Urin in das Loch rauschte, und stemmte sich mit schmerzverzerrtem Gesicht hoch. Wankend kam sie auf die Beine und humpelte zum Waschbecken hinüber. Sie wagte nicht, in den halbblinden Spiegel zu sehen. Ihr genügte der Anblick ihrer feuchten Hosenbeine mit den übelriechenden Flecken. Sie drehte den Wasserhahn auf, aber es kam kein Tropfen heraus.

»Soviel Wasser heute«, sagte Bel hinter ihr. »Aber nicht hier oben.« Er zog ein blütenweißes Taschentuch hervor und bot es Jo an.

»Keine Umstände.« Sie winkte ab und schleppte sich zur Tür. Dort, wo ein Durchgang zum Burgrestaurant hinüberführte, sah sie eine Kiste mit französischen Weinen stehen. Jo griff in die Holzwolle und rubbelte sich daran Hände und Hosenbeine ab. Es war grauenhaft. Sie stank, war verwirrt und den Tränen nahe. »Was tun Sie eigentlich hier oben?« raunzte sie Bel an.

»Ich denke, dasselbe wie Sie, oder…?« Er ließ das letzte Wort in der Luft hängen und warf der Damentoilette einen skeptischen Blick zu.

»Natürlich.« Jo wurde schwarz vor Augen. Sie hatte sich die Schulter geprellt, ihr linker Arm schwoll an und schmerzte bei der kleinsten Bewegung. Sie mußte raus aus der Burg! Sie stolperte zur Tür hinaus. Frische Luft fuhr ihr ins Gesicht. Sie blickte in die Tiefe des oberen Hofs hinunter. Die steilen Stufen schienen sich unter ihren unsicheren Schritten zu bewegen. Verdutzt lehnte sich Jo an die Wand. Der ganze Krak mit seinen Türmen, Zinnen, Schießscharten und Pecherkern drehte sich wie die alte Windmühle, die einst hier oben zu Kreuzritterzeiten das Getreide mahlte. Sie wußte nicht, wo oben und wo unten war.

»Kommen Sie.« Bel hatte sie am Arm genommen und führte sie die Treppe hinunter. »Hier gibt es kein Geländer. Wenn Sie stürzen ...«

»... sind Sie mich los«, ergänzte Jo. Bel hatte ihren Arm mit seinem Taschentuch ergriffen. Es war zu peinlich.

»Bevor Sie abtreten, hätte ich gerne ein Foto von der Syndaktylie«, sagte er leichthin.

»Klar, schönen Gruß an Ihren Vater.«

»Das wird ihm gefallen. Können Sie mir ein Bild überlassen?«

»Im Rucksack«, antwortete Jo, »bedienen Sie sich!« Und im nächsten Moment keuchte sie »Entschuldigung!«, riß sich von Bel los, stolperte die letzte Stufe hinunter und erbrach sich neben dem Table Ronde. Als das entsetzliche Würgen endlich vorbei war, zitterten ihre Knie.

»Brauchen Sie einen Arzt?« Zum ersten Mal schwang ehrliche Besorgnis in seiner Stimme mit.

»Nein, nein. Ich kotze immer in den Krak. Das gehört zum Programm.« Mit bebenden Fingern beugte sie sich zu genau jener Pfütze hinab, in der al-Assali noch vor kurzem gestanden hatte, und wusch sich die Hände. Dann zögerte sie einen Moment, nahm eine Handvoll Regenwasser und reinigte sich auch das Gesicht.

»Ah?« sagte Bel.

»Hat Heilwirkung, berühmte Quelle«, flüsterte Jo. Ihr war zum Sterben schlecht. Doch das schmutzige Wasser erfrischte sie so weit, daß sie an Bels Seite die vielen Stufen zum Ausgang hinuntertappen konnte. Das erste, was sie vor dem Krak erblickte, waren Samira und Yussuf im Auto. Yussuf startete gerade den Motor, fuhr an und stoppte, als Jo aufschrie. Sie riß ihren Rucksack von der Schulter, kramte darin herum, drückte Bel erst die Silberdose in die Hand, dann eines der Syndaktyliebilder, nahm die Silberdose wieder fort und stürzte zum Auto hinüber. »Danke«, rief sie Bel zu.

»Es war mir ein Vergnügen.« Er verbeugte sich wie auf dem Wiener Opernball.

Luc erschien und musterte Jo. »Jesus!« entfuhr es ihm.

»Sirach«, ergänzte sie. »Achtunddreißig vier«, zischte sie zwischen zusammengebissenen Zähnen zu Bel hin. »Fieber, verstehen Sie?«

Plötzlich standen alle um sie herum. Al-Assali musterte Jo wie Ungeziefer, seine Mitarbeiter zuckten mit den Nasenflügeln, und Catherine nestelte an ihren Blusenknöpfen. Nur in Lucs Augen blinkte das Kreuz der Ehrenlegion. »Jeder einzelne zählt«, sagte er nachdrücklich.

»Das Motto meines Vaters.« Bel tippte auf das Foto mit der Syndaktylie. »Wie kann ich Ihnen danken?«

»Ich mach das gern.« Jo fuchtelte vage mit der Hand in der Luft herum. »Erfolglos in der Erde graben, auf dem Klo eingesperrt sein und so weiter. Bis zum nächsten Mal.« Sie zog sich mit der rechten Hand ins Auto. Der linke Arm hing schlaff herab. Aber er erwachte schon bei der ersten Bodenwelle zu neuem Leben, die Yussuf in alter Kühnheit nahm. Der Schmerz jagte durch Jos Körper und ließ sie stöhnend zusammenfahren.

»Sie sollten sich die Kurdenburg noch einmal in Ruhe ansehen«, empfahl Yussuf auf arabisch. »Viele Touristen seufzen so wie Sie, wenn sie von hier wegfahren.«

»Wie recht Sie haben.« Jo biß die Zähne zusammen und

bettete ihren Arm auf den Rucksack. Die Landschaft um sie herum verschwamm vor ihren Augen.

Zahllose schmerzhafte Bodenwellen später stoppte Yussuf den Chrysler jäh vor der Einfahrt zu ihrem Hotel in Damaskus. Samira sprang als erste aus dem Auto. »Brauchen Sie Hilfe?«

»Die Bohrkerne, Samira. Wenn ich sie untersuchen kann, entdecke ich vielleicht noch etwas archäologisch Bedeutsames.«

»Und Ihr Arm?«

»Unwichtig, die Bohrkerne, bitte!«

Samira blickte auf ihre Schuhspitzen, dann hinauf in Jos Gesicht. »Sie sind hartnäckig. Also gut, morgen früh um fünf Uhr. Kein Wort an Yussuf! Versuchen Sie zu schlafen. Sie sehen grauenhaft aus.«

»Ja, das weiß ich.«

Jo blickte in die halbblinden Schaufensterscheiben eines verlassenen Reisebüros. Du lieber Himmel! Wie schnuckelig war Bel Skile wieder anzusehen gewesen: blauer Jeansanzug mit dunklem T-Shirt, ganz frisch aus der Wäsche, mit einem künstlichen Hauch von Freiheit und Abenteuer. Und Luc. Wieso hatte er niemals erdverkrustete Finger? Wieso glich er immer einem Grandseigneur? Und warum sehe ich aus wie Lulu?

Jo wäre beinahe über eine alte Frau gestolpert, die vor der finsteren Hotelpassage auf dem Boden hockte. *»Enti marida?«* fragte diese, »bist du krank?« Sie trug ein fadenscheiniges schwarzes Kleid, das einmal weiß bestickt gewesen war, und hatte ein rotes Kurdentuch helmartig um den Kopf gebunden. Darunter lugten zwei dünne graue Zöpfe hervor. Ihr Gesicht war runzelig und schrundig wie die windgepeitschte Flanke des Libanon. Eine dunkle Tätowierung am Kinn gab ihr das Aussehen, als trüge sie einen schmalen Bart. Mit Händen wie Wurzelknollen zog sie Jo zu sich herab auf die zerschlissene Decke.

Dort lagen ihre Schätze, die es zu verkaufen galt: ein paar verschrumpelte Quitten, Mandelkerne, Plastikkämme, Sicherheitsnadeln und ein Häufchen Gewürze.

Im Licht des frühen Abends und einer fernen Neonreklame erkannte Jo rotgoldenen Safran, der wie winzige Flammen züngelte, eckigen Bockshornklee und Fenchelsamen neben verklumptem grauweißem Salz. Die Greisin ließ Jo niederknien und schnippte mit den Fingern unsichtbare Geister um ihre Gestalt fort. Jo schloß müde und erschöpft die Augen und sprach im stillen: Laß mich gehen, Alte. Ich muß noch die Dame für Luc spielen. Er haßt Versager, weißt du? Und ich will nicht versagen. Es genügt, wenn Bel Skile mich verachtet.

»*Chôd*«, sagte die Frau, »nimm!«

Jo spürte den Bockshornklee in ihren Fingern. Sie solle den Samen in den Mund stecken, sagte die Alte. Jetzt? Na gut. Jo nestelte an ihrem Portemonnaie herum und wollte bezahlen, aber die Alte wies das Geld zurück. Sie tippte auf Jos Rucksack.

Jo hatte noch nie Bockshornklee gekaut. Die Samenkörner waren scharfkantig und hart, sie lagen wie kleine Steine im Mund und verströmten ein beißendes Aroma. Etwas geschah mit ihr. Ihre Sinne wurden geschärft. Ihre Stirn entspannte sich, und das Licht um sie herum wurde heller. Erst jetzt drangen die vielen Stimmen der Großstadt zu ihr herüber. Sie hörte den dröhnenden Verkehr, das Schwätzen und Lachen der Menschen, ein melodisches Singen, dazu das Schlurfen vieler Füße. Es hatte auch in Damaskus geregnet. Die Luft war von lockender Frische erfüllt. Die betörende Süße aus den Palastgärten schwebte heran, vermischte sich mit dem Wohlgeruch gerösteter Nüsse und dem Aroma spritziger Obstsäfte. Und über allem lag der staubige Dunst einer aufregenden Vergangenheit. Ein abendlicher Windhauch griff diese Partikel auf, blies sie ihr ins Gesicht und ließ die Haut prickeln. Dieser Kristallwind strich von der Zitadelle und den alten Karawansereien, den Gewürzgassen und Teeläden herüber und verhieß atemberaubende Geschehnisse in einer Stadt, die als älteste dauerhaft bewohnte Siedlung der Menschen galt. Wenn hier einst Kain mit seinem Schicksal gehadert, der Assyrer-König Salmanasser die Stadt bedroht, der römische Kaiser hohen Tribut gefordert und sich Damaskus trotz allem immer wieder erholt hatte, warum vertrödelte sie dann ihre Zeit? Noch war der Schütze nicht ganz verloren, noch war manches offen. Etwas würde geschehen. Jo erschnupperte den Damaszener Duft, das Elixier weltgeschichtlicher Bedeutung, und lächelte dabei.

»*Enti mabsuta?*« fragte die Alte, »bist du zufrieden?«

Jo öffnete ihren Rucksack. Was konnte sie ihr geben? Es war der kleine Taschenspiegel, den sie haben wollte. Gut, damit war sie einverstanden. Jo warf ihr noch einen Gruß zu, sprang auf und hastete zum Aufzug hinüber. Schmerzen und Abgeschlagenheit waren jetzt Nebensache. Sie hatte keine Zeit zu verlieren.

Zwei Minuten später stand sie in der winzigen Hotelrezeption, die nur aus einem einzigen schmalen Tischchen bestand.

»Brauchen Sie etwas?« fragte der Portier.

»Die Bibel, ja, ich brauche die Bibel.«

»Einen Arzt?«

»Die Bibel, verstehen Sie?«

»Natürlich.« Er langte unter das Tischchen, holte einen Stadtplan von Damaskus hervor und tippte mit dem Kugelschreiber darauf: »Hier ist die deutsche Botschaft. Dort wird man Ihnen helfen. Wir können Ihnen ein Taxi rufen, wenn Sie möchten. Aber Sie können auch in das nächste Krankenhaus gehen.«

»Die Bibel«, beharrte Jo.

Inzwischen war der Koch hinzugetreten, ein kleines weißhaariges Männchen mit winzigen Händen. »Was wollen Sie wissen?«

»Jesus Sirach, Vers achtunddreißig vier.«

»Ruf ihn an!« befahl er dem Portier und trommelte ungeduldig auf den Tresen. »Meinen Neffen, er wird Priester. Sehr kluger Mann. Spricht viele Sprachen.«

Es dauerte Minuten, bis die Verbindung zustandekam. Und dann begriff Jo, warum. Der Koch ließ seinen Neffen in Athen anrufen. Hoffentlich sitzt er nicht als Mönch auf dem Berg Athos, dachte Jo. Sie wollte die ganze Aktion schon abbrechen, als man ihr den Hörer ans Ohr drückte. »Jesus Sirach«, wiederholte sie.

Laut und deutlich kam es auf deutsch zu ihr herüber: »Gott bringt aus Erde Heilgewächs hervor, und wer vernünftig ist, verschmäht es nicht. – Gott segne Sie, meine Tochter.«

»Zufrieden?« fragte der Koch, als er Jos lächelndes Gesicht sah. »Zufrieden?« Er schlug die Hände wie ein Kind zusammen und erlaubte ihr nicht, das teure Ferngespräch zu bezahlen. Als sie etwas später, gewaschen und umgezogen, das Hotel wieder verließ, steckte er den Kopf aus der Küche heraus und rief noch immer begeistert: »Zufrieden, zufrieden?«

6. Kapitel

Abbé Gerome hatte nach dem Einführungsgesang zu seiner abendlichen Meßfeier gerade das Schuldbekenntnis gesprochen, als ihm eine gewisse Unruhe in der hintersten Reihe der Ananias-Kapelle auffiel. Die heilige Mutter Kirche mußte sparen, hier noch mehr als andernorts, denn die spendenfreudigen Touristen blieben seit langem aus. In den Körbchen, die seine Meßdiener sonst in Erinnerung an das wundersame Entkommen des Paulus mit Hilfe eines Korbes herumreichten, lagen nur einige Piaster. Syrische Pfundscheine oder gar Dollarnoten hatte er dort schon lange nicht mehr gesehen. Seit dem Irakkrieg und den scharfen Worten gegen Syrien, die Mister Bush auf den Lippen führte, besuchten kaum noch Reisende das Land und seine Kirchen. Abbé Gerome, der immer wieder gegen seine Hauptsünde, nämlich seinen jugendlich-rebellischen Geist ankämpfen mußte, fragte sich nicht zum ersten Mal, ob der amerikanische Präsident bei seiner Kriegsentscheidung tatsächlich auf Christus gehört habe, wie er behauptete, oder vielleicht doch den Einflüsterungen der Ölkompanien erlegen war.

Die wenigen Kerzen in der Kapelle flackerten im Windhauch, der durch die zugige Eingangstür strich. Ihre goldenen Flammen warfen lange Schatten an die Wände dieses alten unterirdischen Baus der Christenheit. Der Raum war dermaßen düster, daß sich der Abbé um die beiden betagten Frauen sorgte, die in der vordersten Reihe knieten. Nach der Messe würde er sie hinausführen müssen, um ein Stolpern zu verhindern. Obwohl er tief in seinem Herzen die mystische Dunkelheit der Kapelle liebte, fürchtete er sie zugleich. Zu sehr erinnerte sie ihn an die seligen Tage seiner Kindheit in einem Dorf in Burkina Faso, als man sich noch gern abends an einem Feuer traf und den Stimmen und Schreien, dem vielfüßigen Rascheln und Wispern lauschte, das von jenseits der hohen Bäume zum Dorfplatz herüberdrang. So ganz hatte er diese Zeit nie vergessen können, wenn er auch den kalten Glanz elektrischer Lampen bevorzugte. Diese lockten keine Wehmut hervor. Heute hätten sie sogar geholfen, die Ursache des Tumults zu erhellen, der sich dort hinten entwickelte.

Mechanisch sprach er jetzt das Kyrie-Eleison. Wie so häufig glitten in letzter Zeit seine Gedanken beim Gebet immer wieder ab. Wie konnte er sich inbrünstig auf dieselben Worte konzentrieren, die er schon tausend- und abertausendmal gesprochen hatte? Das harte Fasten, das er sich zur Züchtigung auferlegt hatte, schien ihn sogar noch fahriger zu machen. Sein Mund bewegte sich ganz automatisch zum »Herr erbarme dich«, aber seine Gedanken schweiften ab. Jetzt konnte er einen Blick auf die Person erhaschen, die in der letzten Bank herumrutschte.

Sie war eine Fremde, vielleicht sogar eine Touristin. Er würde schon bei der ersten Lesung Paulus, seinen jüngsten Meßdiener, mit dem Sammelkorb zu ihr schicken, denn man konnte nicht wissen, wie lange sie dort hinten aushalten würde. Es wäre unverantwortlich, sie ohne eine Spende gehen zu lassen. Er war nun einmal auf Bettelei angewiesen und noch viel mehr auf die großzügige Unterstützung eines Franzosen, der ihm half, den Religionsunterricht zu finanzieren. Dafür verlangte dieser nicht viel, einzig die Vermittlung gottgefälliger Bibelsprüche. Abbé Gerome war nicht so weltfremd, daß er diese Briefkastenposition, die er einnahm, nicht durchschaut hätte. Aber er wußte auch, daß die Wege des Herrn oft wundersam waren und zum eigenen Schutz nicht immer hinterfragt werden sollten. Hieß es nicht bei Lukas, »Wer unter euch vermag mit seinen Sorgen seinem Lebensweg eine einzige Elle hinzuzufügen?« Zudem stammte dieser Franzose, Luc d'Argaud, aus einer alten Kreuzfahrerfamilie, einem Geschlecht, das den heiligen Plätzen der Christenheit in Syrien mehr zugetan war, als er vom Leiter des Finanzressorts im Vatikan behaupten konnte.

Wahrscheinlich war diese Fremde unbeabsichtigt in seine Messe gestolpert, hatte in der Dunkelheit nicht erkannt, daß die Bankreihe bedenklich kippte, sobald man das Gewicht nicht kunstvoll ausbalancierte. Das führte dann immer zu einem scheppernden Aufschlagen der vorderen Stützbeine. Abbé Gerome setzte gerade zum Gloria an, als dieses Scheppern wieder bis nach vorne schallte.

Wie immer waren auch heute nicht mehr als eine Handvoll Kirchgänger erschienen, alte Menschen, von denen er schon lange annahm, daß sie weniger den Gottesdienst als einfach gern einen stillen Raum aufsuchten, um von der Plackerei des Tages auszuruhen. Diese wohlverdiente Abgeschiedenheit wurde heute nachhaltig gestört. Inzwischen konnte der Abbé Genaueres ausmachen. Die Frau, die dort hinten hin- und herkippelte, wohl aus Ungeschick und nicht aus böser Absicht, bewegte jetzt die Hände, als ob sie ihn rufen wolle. Abbé Gerome hatte schon manches hinnehmen müssen, hatte sich daran gewöhnt, daß der alte Jonas hier vorn in der zweiten Reihe nach der ersten Lesung einschlief und mitunter das fromme Geschehen durch Schnarchen störte, aber diese Unverfrorenheit, ihm zuzuwinken, war ihm neu. Der Herr schickte ihm wahrlich immer rätselhaftere Prüfungen. »Denn du allein bist der Heilige«, sprach der Abbé das Gloria zu Ende und versuchte, seine abschweifenden Gedanken unter Kontrolle zu bringen.

Abbé Gerome war sich seines Aussehens durchaus bewußt.

Nicht allzu groß, aber schlank und sehnig war er. Im Gegensatz zu Bruder Jacques und den anderen Mitbrüdern bis hinauf zur hohen Geistlichkeit verkniff er sich den körperlichen Genuß eines allzeit vollen Magens. Einst war er der beste Läufer seines Heimatdorfes gewesen. Noch heute spurtete er mit den Jungen über den Hof. Er glaubte, das hielte auch den Geist spritzig und das Gewebe straff – bei Gott kein Thema, das er mit seinem Beichtvater diskutieren konnte. Dieser jedoch, versehen mit Leibesrundungen von abenteuerlichem Ausmaß, rügte das Interesse junger Frauen, die dem Abbé mehr als einen erstaunten Blick zuwarfen, wenn er, schmal wie ein Gepard und schwarz wie Ebenholz, im weißen Meßgewand erschien. Dann kam es vor, daß Abbé Gerome vergaß, den Schleier der Demut über seine Augen zu legen. Ein schmerzendes Vergehen, denn in der Einsamkeit der Nacht erwachten die Blicke der Frauen zu neuem Leben und züngelten wie Höllenfeuer an seinem Gelübde ewiger Keuschheit.

Der Abbé sah zum Allerheiligsten hin. Heute nicht, Herr, bat er. Seine Balance war ohnehin durch übermäßiges Fasten gestört. Er bedurfte keiner weiteren Maßregelung oder Prüfung seiner Standfestigkeit.

Er mußte nach dem Gloria zu lange gezögert haben. Er hatte die vorgeschriebene kurze Stille so ausgedehnt, daß sogar der alte Jonas erstaunt den Kopf hob. »Lasset uns beten«, sprach Abbé Gerome und versuchte, zum eigentlichen Geschehen zurückzufinden. Unkonzentriert murmelte er das Tagesgebet. Inzwischen war offensichtlich, daß diese aufdringliche Person in der hintersten Reihe gekommen war, um ihn zu stören. Wenn seine Meßdiener von den Dschinn sprachen, an die ihre moslemischen Nachbarn glaubten, so schalt er sie ob ihres Aberglaubens. Jetzt erkannte er, daß es sich um eine aufreizende junge Frau handelte, die ihr langes Blondhaar völlig unverhüllt trug. Er war geneigt, den islamischen Glaubensbrüdern zuzustimmen: Es gab Dschinn! Genaugenommen versuchte er sogar, sich eines abwehrenden Spruches zu erinnern, den der Medizinmann seines Stammes vor so vielen Jahren bei einer Bedrohung aus der Geisterwelt gesprochen hatte, als Gerome noch ein barfüßiger Junge war.

Samuel, der heute die erste Lesung hielt, blickte Abbé Gerome verwundert an. Paulus, sein kleinster, aber aufmerksamster Meßdiener, wagte sogar, ihn durch vorlautes Räuspern in die Gegenwart zurückzuholen. Nicht für lange Zeit. Denn hinten in der Düsternis hielt die Frau ein Blatt weißes Papier hoch.

Nun, er war nicht Priester geworden, um sich ohne weiteres aus dem Rhythmus bringen zu lassen. Er nickte Samuel zu, er möge beginnen, und schickte die Meßdiener auf ihre Hocker vorn am Altar. Während Samuel aus dem Korintherbrief las, schritt Abbé Gerome gemessen vom Altar hinüber zur letzten Reihe. Dabei war es ihm, als drehe sich die Zeit zurück. Im Neuen Testament war zu lesen, Gott fordere Ananias auf, den mit Blindheit geschlagenen Saulus in der Via Recta aufzusuchen und durch Handauflegung zu heilen. Abbé Gerome liebte diesen Abschnitt der Apostelgeschichte. Saulus aus Tarsus war entbrannt vor Wut und Mordgier gegen die Jünger des Herrn. Er war geschlagen mit Blindheit, bis sich der Herr seiner erbarmte und ihn durch die Hand des Ananias wieder sehend machte. So verwandelte sich der Mordbube Saulus in den Apostel Paulus. In dem düsteren Licht der alten Kapelle war es ihm nun, als wiederhole sich ein Teil der Geschichte. Vielleicht war er derjenige, der heute mit Blindheit geschlagen war? Handelte es sich bei der jungen Frau, die sich jetzt bei seinem Näherkommen erhob, vielleicht um eine Hilfesuchende? Eine Sünderin, die das Ende der Messe ob ihrer schweren Vergehen nicht abwarten konnte?

»Verzeihung«, flüsterte sie. »Abbé Gerome?«

Jo konnte das schwarze Gesicht des Priesters im Dunkel der

Kapelle nicht erkennen. Lediglich das Weiß seiner Augäpfel leuchtete zu ihr herüber. »Ich soll Sie von Luc d'Argaud grüßen. Jesus Sirach, Vers achtunddreißig vier.«

Abbé Gerome fuhr zurück, als züngle eine Schlange an seinen Füßen. Hatten nicht die Gläubigen einst Paulus gerettet, ihn vor den Verfolgern versteckt und in einem Korb über die Stadtmauer von Damaskus in die Freiheit entkommen lassen? Nun war es an ihm zu handeln. Jesus Sirach, achtunddreißig vier bedeutete, daß etwas den großen Franzosen bedrohte, samt seinem Mittelsmann, den er den vierten König nannte. Nicht ohne Schrecken sah der Abbé damit auch das Ende der Finanzierungshilfe nahen.

»Der Herr sei mit dir«, flüsterte er und winkte seinen Meßdiener Paulus heran. In all den Jahren hatte Abbé Gerome niemals den Ablauf der heiligen Messe gestört, geschweige denn unterbrochen. Aber er war sich sicher, der Herr gestatte auch Ausnahmen. Es galt, Schlimmes zu verhindern. Und so zog er dem kleinen Meßdiener an seiner Seite eigenhändig das Gewand über den Kopf und wisperte ihm zu: »Der vierte König ist in Gefahr. Bringe sie zu ihm, Paulus!«

Samuel, vorn am Ambo, hatte längst eine selbständige Entscheidung getroffen. Da er die erste Lesung beendet hatte, der Priester aber noch in der Dunkelheit der alten Kapelle verschwunden war, stimmte er einen Zwischengesang an. Seine tiefe, warme Stimme trug das Lied vor, das er am meisten liebte: »Die Weisung des Herrn ist vollkommen.«

»Yalla, yalla.«

Der kleine Kerl an Jos Seite lief so schnell durch die Gassen des Christenviertels, daß Jo ihm kaum folgen konnte. »Wo bringst du mich hin?« keuchte sie hinter ihm.

»Zum vierten König.«

»Und wo wohnt der?«

»Im Schloß.«

»Natürlich, wie dumm von mir.« Jo blickte in ein rundes Kindergesicht mit großen dunklen Augen unter einer dichten Haarpracht, die sie an Rubens' Engelchen erinnerten. Klein und ein wenig rund war das Kerlchen, aber um so flinker in der Bewegung. Das Meßdienergewand hatte er vorhin abgelegt. Jetzt sah sie, daß er eine weite blaue Baumwollhose mit einem recht großen Hemd gleicher Farbe trug. Seine Kleidung sah ein wenig seltsam aus, so, als habe er sich ein Phantasiekostüm zusammengestellt. Anfangs glaubte sie, sein Gewand sei an vielen Stellen geflickt, aber dann erkannte Jo, daß es überreich mit Taschen besetzt war. Paulus mußte einen Taschentick haben. »Halt!« rief Jo und langte nach ihm, als er gerade wieder in eine dunkle Toreinfahrt einbiegen wollte und sie Angst hatte, ihn zu verlieren. »Hast du deine Kleider selbst gemacht? Ja?« Sie sah, daß er eifrig nickte. »Ich hab etwas für deine Taschen.« Jo hielt ihm einige syrische Lira hin. »Die sind für dich, aber nur, wenn du langsamer gehst.«

Der Junge kam näher, schnappte sich das Geld, steckte es sichtbar in die linke große Hosentasche, um es im selben Moment aus der rechten Brusttasche hervorzuziehen.

»Jetzt verstehe ich«, sagte Jo. »Du bist ein Zauberer, und das ist ein Zaubergewand. Wo sind wir?«

»An der alten Stadtmauer. Es ist nicht mehr weit. Ich gehe jetzt langsamer.« Er warf Jo einen mitleidigen Blick zu. »Du bist schon sehr alt, aber der vierte König ist noch viel älter.«

»Warum nennt ihr ihn so?«

»Kennst du die Geschichte von den drei heiligen Königen? Ja? In Wirklichkeit waren es vier Könige. Aber der vierte Weise traf auf seiner Wanderung so viele Kinder, denen er helfen wollte, daß er nie in Bethlehem ankam. Zur Strafe irrt er noch heute durch die Welt. Er ist unsterblich.«

Jo hatte diese Legende noch nie gehört. Sie hastete hinter

ihrem kleinen Führer her und versuchte, seinen wieselflinken Schritten durch die dunklen Gassen zu folgen. Anfangs hatte sie sich an der alten Stadtmauer orientieren können. Aber seit einiger Zeit ging es kreuz und quer durch die Straßen, manchmal sogar in ein Geschäft hinein und dann durch eine Hintertür wieder hinaus, bis sie plötzlich in einem schäbigen und heruntergekommenen Viertel stehenblieben. Die Straße war so schlecht beleuchtet, daß Jo nur eine große hohe Wand vor sich aufragen sah. Paulus zeigte auf ein riesiges Holzportal. »Wir sind da. Das ist der Eingang für die Kamele.«

»Ein Khan?« fragte Jo, aber sie bekam keine Antwort. Der kleine Kerl tappte nach ihrer Hand und zog sie nahe an das gewaltige Tor heran zu einer winzigen Pforte im Türflügel. »Das ist der Eingang für die kleinen Kamele. Zieh den Kopf ein!«

Vorsichtig folgte ihm Jo über die Schwelle. Was sie dann erblickte, raubte ihr fast den Atem. Von einzelnen Feuern und Gaskochern beleuchtet, lag ein riesiger Khan vor ihr, ein ehemals überdachter Kuppelbau, in dem einst die Waren von Kamelrücken auf Esel und Maultiere umgeladen wurden. Ein Khan war Warenhaus und Umschlagplatz zugleich gewesen, ein Gasthof für Treiber und Händler, aber auch ein Ort, wo Zoll und Kaufleute stationiert waren. Für den Marsch durch die Wüste belud man Kamele, aber spätestens in Damaskus wurden die Handelsgüter auf die kleinen wendigen Tiere verteilt, die mühelos durch die Gebirge Syriens bis zum Mittelmeer oder an den Golf von Akkaba ziehen konnten. Jo hatte immer davon geträumt, den berühmten Khan Asad Pascha besichtigen zu dürfen, was ihr nie möglich gewesen war. Dieser Bau hier schien einst noch prächtiger gewesen zu sein, aber auch hier fehlte wie anderswo das Geld zu umfassender Renovierung.

Da, wo einst mehr als neun Kuppeln einen majestätischen Innenhof überdacht hatten, standen jetzt Baukräne und Bulldozer.

Im Feuerschein erkannte Jo zwei der ehemaligen sechs Pfeiler, die den Raum unterteilten. Ihr oberes Ende ging in kunstvoll gearbeitete Palmenwipfel über, die früher ein Glasmosaikdach getragen hatten, das Tiere und Treiber vor Regen und Sonne schützte. Heute blinkten die Sterne der Damaszener Nacht herab. Hohe Gerüste ragten an den beiden Geschossen empor, die vormals die Raumzellen für die Kaufleute enthielten. Was mußte das für ein Treiben, für ein Kommen und Gehen gewesen sein! Im Hof lagerten die Tiere um die Brunnen, in der umlaufenden Galerie wurden die Geschäfte abgewickelt, und in den vielen Räumen des Erd- und Obergeschosses befanden sich Warenlager, Zoll- und Schreibstuben, Ruheräume und Küchenkammern. Jetzt sperrten staubige Plastikvorhänge einige Parzellen ab. Die Bauarbeiter, die den Khan renovierten, schienen gleich an Ort und Stelle zu wohnen. Oder waren es Obdachlose? Jo wußte, daß sich in manch verfallenem Khan Elendsquartiere befanden. Auf schwankenden Holzplanken, die über tiefe Gräben führten, an undichten Wasserrohren, zerschlagenen Glasscheiben, Bauschutt, Betonsteinen und Mörteleimern vorbei, führte Paulus Jo in den hintersten Winkel des Gewölbes. Hier schien ein Teil der ehemaligen Prachtdecke bereits renoviert zu sein. Mehrere Bretter waren kreuz und quer an Gerüstreste genagelt und mit Plastikbahnen bespannt. Dahinter verbreitete eine Öllampe warmes Licht. Der kleine Junge lupfte vorsichtig ein Eckchen der Plastikbespannung und rief etwas hinein.

»Er ist da«, verkündete er strahlend. »Du darfst eintreten.«

»Das ist das Schloß des vierten Königs?«

Paulus nickte und verschwand in der Nacht.

Abbé Gerome sprach das Schlußgebet, rüttelte den alten Jonas wach, segnete die Gläubigen und entließ sie in die laue Luft der Damaszener Gassen. Eines Abends, dessen war er sich sicher, würde Jonas hier in der Kapelle die ewige Ruhe finden. Er nahm einen Kerzenleuchter zur Hand und geleitete die alten Frauen sicher durch das dunkle Gewölbe, bis sie jenseits der Kirchentür auf den festen Boden der Straße traten. Wieder einmal hatte er das Gefühl, die heilige Mutter Kirche vereine in ihrem Schoß nicht immer die besten Männer – Gott verzeihe ihm. In Syrien waren die Christen zum ersten Mal Christen genannt worden, hier standen die ältesten Kirchen der Christenheit, die Ananias-Kapelle war nur ein Beispiel dafür, und trotzdem fanden die alten und herausragenden Gebäude Syriens in Rom nur wenig Beachtung. Im Gegenteil. Auf seine häufigen Anträge, die Ausbesserung der Mauer und die Versorgung mit Kerzen betreffend, ließ man ihn wissen, Syrien beherberge so viele Gebäude, daß man nicht alle erhalten könne. Schließlich müsse man auch an die Gotteshäuser in Europa denken. Während moderne Kirchen im Abendland also immer komfortabler wurden, fehlte es den alten ehrwürdigen Gemäuern an allem. Er hatte einmal eine neu erbaute Kirche in Frankreich besucht und war entsetzt gewesen. Ein Bruchteil des Geldes, das man investiert hatte, um den Kirchgängern bei Hitze kühle Luft und bei Kälte warme Füße zu bereiten, hätte genügt, die alten Elektroinstallationen der Ananias-Kapelle instand zu setzen. Wieder einmal drängte sich ihm der Verdacht auf, daß alle Christen vor Gott gleich waren, jedoch nicht vor dem Vatikan.

Abbé Gerome kehrte in die Kapelle zurück. Auf seinem Weg zum Altar fiel ihm der Zettel auf, den diese Fremde vorhin hochgehalten hatte. Sein Name stand darauf. Als er ihn auseinanderfaltete, fiel ein großer Dollarschein heraus. Sie hatte also doch Anstand, dachte er, trotz ihrer hartnäckigen Haltung, der krausen Stirn und jenem Ausdruck in den Augen, den er fürchtete. Er erinnerte ihn an das Gesicht seiner Mutter.

Der Priester kniete sich auf den kalten Boden der heiligen Stätte. Hitze überkam ihn und dann ein Frösteln. Er war ein fleißiges Kind gewesen, das klügste und begabteste seines Jahrgangs. Das ganze Dorf war stolz auf ihn, als ihm die fremden Lehrer den Schulbesuch in der Mission ermöglichten. Anfangs war er noch in den Ferien nach Hause gekommen, aber bald blieb er aus. Er lernte jetzt Französisch und Latein, Englisch und Griechisch, besuchte das Priesterseminar und schämte sich seiner Herkunft. Einmal hatte er sich seinem Beichtvater anvertraut. Seine Mutter sei eine Heilkundige, hatte er geflüstert. Sie kenne alle Pflanzen und bereite daraus Medizin. Abbé Gerome stöhnte jetzt in der Dunkelheit auf. Das sei schlimme Zauberei, ließ man ihn wissen.

Seine Mutter war inzwischen verstorben, er hatte keine Eltern mehr. Als er sie das letzte Mal besucht hatte, konnte er sie nicht mehr verstehen. Seit so vielen Jahren fort von daheim, hatte er die Muttersprache vergessen. Noch heute wußte er nicht, was sie ihm, bereits vom nahen Tod gekennzeichnet, zugeflüstert hatte. Sie gab ihm ein Baumwollsäckchen mit knisternden Pflanzenteilen. Abbé Gerome hatte es später hinten im Schrank, unter den ältesten Socken, versteckt. Er konnte es nicht fortwerfen und auch nicht hervorholen. Es lag dort wie ein schlechtes Gewissen.

Waren es die Augen der Fremden gewesen, oder ging ein Geruch von ihr aus, der ihn an daheim erinnerte? Ein Dunst, der ihm die weite braune Landschaft ins Gedächtnis rief, eine hügelige Ebene, spärlich bewachsen mit einzelnen Bäumen und Büschen, die in der flirrenden Hitze beißende Aromen verströmten. Als Kind hatte er gespürt, wie diese Ausdünstung seine Wahrnehmung schärfte und ihm neue Horizonte eröffnete. Er konnte dann das heiße Fell der Raubkatzen riechen, wenn sie nicht weit von ihm auf den hohen Bäumen dösten, und er ahnte ein nahes Wasserloch allein durch die Süße seiner Feuchtigkeit.

Und diese fremde weiße Frau, die ihn aufgesucht hatte, verströmte einen Duft wie eine wilde, unberührte Landschaft. Je intensiver er sich ihrer erinnerte, desto mächtiger wurden seine Bilder. Er konnte sich selbst wieder in der Ebene laufen sehen, barfuß, eins mit dem Boden und dem Wind. Dabei sah er die Botin Luc d'Argauds vor seinen Augen, die hier in der Savanne ein Blatt zwischen ihren Fingerspitzen zerrieb und dort ein Rindenstück auflas. Sie war eine Pflanzenkundige, wußte der Priester jetzt, sie roch wie seine Mutter. Und sie sah wie ein Pflanzenwesen aus, wie jene Erscheinung zwischen den Welten, die ehemals die Medizinmänner anriefen, um Hilfe zu erlangen. Sie glich einem Gewächs, einem anmutigen Baum mit Wurzeln tief im Boden verankert. Sie war trotz ihrer Jugend erdig, knorrig im Geist und dabei biegsam wie Wüstenwuchs.

»Herr«, flüsterte der Abbé, »warum habe ich meine Herkunft verleugnet? Wie konnte ich die Sprache meiner Mutter vergessen, mich ihres Könnens schämen?«

Er war mit Blindheit geschlagen gewesen, das verstand er jetzt. Als man ihm in der schönen neuen Schule verbot, die Muttersprache zu sprechen, hielt er es für ein Privileg. Als mit seiner Mutter die letzte Heilkundige im Dorf starb und die Menschen von den gespendeten Medikamenten der Industrieländer abhängig wurden, glaubte er, der alte Aberglaube hätte endlich ein Ende gefunden. Jetzt wußte er, was zu tun war.

Abbé Gerome erhob sich und schnippte mit den Fingern in die Dunkelheit hinein, um die Dschinn zu vertreiben. In so vielen Punkten stimmten Bibel und Koran überein. Wer wollte behaupten, Dschinn gäbe es nicht? Zur Sicherheit sprengte er noch etwas Weihwasser hinterher. Er löschte die letzte Kerze, bekreuzigte sich und verschloß die Tür. Draußen in der Gasse, die geradewegs zum Bab Sharqi führte, jenem Turm, der damals Paulus zur Flucht verholfen hatte, konnte er sein Tun rechtfertigen. Auch er, Gerome, war sehend geworden. Damaskus war der Schmelztiegel vieler Religionen und Glaubensrichtungen.

Sie brachten Gutes hervor und Schlechtes, gerade wie es den Gläubigen gefiel, die weisen Worte zu verwerten oder zu mißbrauchen. Es war nicht zu spät, zurück in seine Heimat zu gehen und dafür zu sorgen, daß Schulkinder in Burkina Faso ihre Muttersprache beibehalten durften. Es war noch Zeit, die alten Leute aufzusuchen und sie zu bitten, die Pflanzen nach Stammessitte zu achten und ihre Heilkraft zu nutzen. Er würde sie davor beschützen, Zauberer und Abergläubige genannt zu werden. Und jetzt ging er geradewegs zu seinem Beichtvater. Den würde er beim Abendessen stören und ihm sagen müssen, daß niemand im Besitz der alleinseligmachenden Wahrheit sei. Denn schon bei Jesus Sirach stand geschrieben: »Gott bringt aus Erde Heilgewächs hervor, und wer vernünftig ist, verschmäht es nicht.«

Jo lupfte die Plastikplane ein kleines Stück. »Darf ich eintreten?« fragte sie auf arabisch. Das erste, was sie sah, war ein einfacher Teppich, nicht größer als ein Bettvorleger. Davor standen ein paar Schuhe, und so streifte auch sie die ihren ab. Barfuß trat sie näher und versuchte, die Gestalt auszumachen, die in diesem winzigen, mit Plastikbahnen und Brettern abgegrenzten Raum saß. Das Licht der Öllampe erleuchtete eine Kochstelle mit Gasflasche und Teekessel, einige Beutel mit Brot und Küchengerät, einen Stapel Bücher und schließlich eine Lagerstatt aus Schaf- und Kamelwolldecken und Kissen in zerschlissenem Damaszener Tuch. Der vierte König war ein Bettler, ein armseliger Mensch, der hier am Rande der Existenz hauste. Ein Windstoß fuhr jetzt durch die Ruinen des Khan und schlug die Planen knisternd aneinander.

»Vierter König?« fragte Jo. Was sollte sie sonst sagen? Es war ihr zuwider, hier in der Dunkelheit zu stehen und zu einem Gespenst zu sprechen. Ausgerechnet sie, die Ethnobotanikerin, die sich ihr Leben lang für den Artenschutz eingesetzt hatte, trug jetzt dazu bei, daß diesen Halunken das Handwerk nicht gelegt wurde. Sie würde ihren Auftrag erfüllen und wieder verschwinden. Es war einer der Momente im Leben, in dem sie ihre Prinzipen außer acht ließ – nichts, was sie im nachhinein besonders glücklich machen würde. »Ich komme von Luc d'Argaud«, sagte sie in die abwartende Stille hinein. »Jesus Sirach, Vers achtunddreißig vier.«

»Und er hat ausgerechnet dich geschickt?« Das Lachen, das jetzt zu ihr herüberdrang, kam ihr ungeheuer bekannt vor. Der vierte König stellte die Lampe mitten in das kleine Geviert und lud Jo ein, auf seinen Kissen Platz zu nehmen.

»Tessir?« rief Jo. »Ich fasse es nicht!«

»Mysterien sind ein delikater Teil des Lebens. Geheimnisse, die du nicht kennst, kannst du auch bei ausgefeilter Folter nicht verraten. Hibiskus- oder Zimttee?« Tessir entzündete den Gaskocher und klapperte mit dem Geschirr.

Jo verzog das Gesicht. Mußte sie lachen oder weinen? Wie dumm war sie eigentlich? Warum konnte sie niemals ein Mosaiksteinchen an ein anderes setzen und so das ganze Bild entschlüsseln? Der vierte König! Wie passend für Tessir, den Schmuggler. Warum brauchte sie Tage und Stunden, um eins und eins zusammenzuzählen? Tessir transportierte geschützte Pflanzen, Fahim fälschte die Papiere, Paulus überbrachte die Botschaften und Luc schaffte die Ware nach Europa. Vermutlich waren andere Mitarbeiter der HOMA auch darin verwickelt. Das würde einiges erklären. »Mateo«, sagte sie matt. »Ist Mateo auch dabei?«

»Ich kenne keinen Mateo. Und ich lüge nicht, aber frage nicht weiter, sonst muß ich es tun.«

Trotzdem erzählte Jo von Mateo. Sie sah Tessir dabei genau in die Augen. Er ließ nicht die geringste verdächtige Reaktion erkennen, als sie ihm Mateos Angst schilderte, in Gruben zu steigen, und seine wahrhaft heldenhafte Tat, als er Bassel und ihr das Leben rettete. Am Ende ihres Berichts war sie nicht klüger als zuvor.

Tessir reichte ihr den Tee. »Du siehst traurig aus.«

Was sollte sie darauf sagen? Inzwischen war ihr zum Heulen zumute. Ein Wiedersehen mit Tessir hatte sie sich anders vorgestellt. Er hauste wie selbstverständlich hier in diesem Verschlag, in absoluter Bedürfnislosigkeit. Sie hatte seine Verzweiflung über den Verlust seiner Familie erlebt. Wie konnte sie glauben, ihn interessierten geschützte Pflanzen? Aber sie wollte etwas über die Hintermänner erfahren.

»Hat es Sinn, dich nach dem Warum und Wieso zu befragen, nach den Leuten, die in den Schmuggel verwickelt sind, den Drahtziehern des Unternehmens, den großen Bösen, mal abgesehen von dir?«

»Du kennst die Antwort. Würde ich dich einweihen, brächte ich dich in Gefahr. Aber das Warum kann ich dir beantworten.«

»Das kann ich mir zusammenreimen. Das Geschäft bringt Geld. Ich sage dir, wie ich es sehe: Kostbarste Setzlinge werden geschmuggelt, Bäume, die vom Aussterben bedroht sind. Viele von ihnen überleben weder Transport noch Verpflanzung. Was in Europa ankommt, schlachtet die HOMA aus. Sie rauben damit der Dritten Welt wesentliche Kulturgüter. Es geht um Wissen, um Heilpflanzen. Was ein Patent sein könnte und armen Ländern viel Geld brächte, wird von der HOMA erforscht und entwickelt. Das ist die verfeinerte Art des alten Raubzugs. Du lieferst uraltes Wissen ans Messer, den Schatz jahrtausendealter Zivilisationen oder Sammlerkulturen, du ...«

»Es ist wegen der Kinder, Jo«, unterbrach sie Tessir. »Ich habe diesen Deal ausgehandelt: Datteln für ein Kind, verstehst du? Niemand ist wirklich daran interessiert, für viel Geld Datteln zu kaufen, die anderswo im Überfluß billig zu haben sind. Aber ich brauche diesen Verdienst, um Medizin zu beschaffen. Es ist für die Kinder von Warka passim, für mein Heimatdorf.

Es ist auch Geld, um die Mauern von Uruk zu erhalten. Ich bezahle damit einheimische Wächter. Nein, unterbrich mich nicht! Versuche, das Gute zu sehen. Einige Pflanzen überleben und werden neu kultiviert. Vielleicht wird man aus diesen Beständen einst Setzlinge zurück in die Ursprungsgebiete verfrachten. Aber ich entschuldige mich nicht. Ich weiß, was ich tue.«

»Die HOMA ist darin verwickelt. Dir ist doch klar, daß sie Forschung betreiben? Sie wollen an Heilmittel heran, ohne die Ursprungsländer beteiligen zu müssen. Das ist die alte Masche: Die Industrieländer plündern die Dritte Welt, und du bist ihr williger Handlanger.«

»Ich nehme nichts für mich.« Tessir blickte Jo undurchdringlich an. In seinen Augen lag weder Tadel noch der Wunsch, Mitleid zu wecken. »Das ist meine Suche nach dem ewigen Leben. Kinder überleben, die Mauern von Uruk auch. Eines Tages wird man ihre Bedeutung erkennen. Meine Ahnen haben mir den Drang vererbt, Uruk zu schützen. Ich kann nicht anders.« Ein winziges Lächeln erschien auf seinem Gesicht. Er öffnete den Mund und schloß ihn wieder. Jo schoß das Blut in die Wangen. Sie glaubte zu wissen, was er sagen wollte und doch nicht tat: Bist du, Jo, frei von dem Wunsch, dir ewiges Leben durch wissenschaftlichen Ruhm zu verschaffen? Verwendest du nur lautere Mittel?

Sie ließ ihren Blick von der Schlafstatt zu den Plastikbahnen und hinauf zum Glasdach des Khan schweifen. Das war ein Leben in imponierender Entsagung. Sekundenlang erlebte sie ein Gefühl, das eigentlich nicht hierhergehörte. Sie kreiste diese seltsame Empfindung ein und definierte sie: Neid! Neiderfüllt registrierte sie, daß Tessir dieses Leben führen konnte, ohne sich in Askese, Weltflucht oder der Verneinung aller Bedürfnisse zu ergehen. Er war kein Märtyrer, der andere mit seiner Selbstlosigkeit beschämte und sich zugleich so weltfremd gab, daß man ihn jenseits der Zurechnungsfähigkeit einstufte. Er war einfach nur mit wenig zufrieden, während sie an ihrer wohlgeordneten Welt täglich etwas auszusetzen fand. »Du hast also keine Geldgeber gefunden, die allein die Kinder unterstützen? Sie wollen für ihre Hilfe auch etwas haben? Sie halten ihr Gewissen ruhig und machen gleichzeitig satten Profit?« Ausgerechnet ein Mensch wie Tessir war ihr weltanschaulicher Gegner. Sie sollte jetzt besser gehen.

»Wenn der Euphrat abwärts fließt, mußt du aufwärts schwimmen, sonst landest du im Schatt al-Arab.«

Ich hasse dich, dachte Jo. Ich hasse dein würdevolles Aussehen, deine oberschlauen Worte, den Verrat an den Pflanzen, die Menschen, die dich zum Schmuggler gemacht haben, meine Eifersucht auf deine Fähigkeit, verzichten zu können, Luc d'Argaud, Syrien, den Irak, ja das ganze verdammte Universum!

»Jo?« fragte er. »Hörst du?« Sie hörte nichts, nur ein fernes Knistern, das von den Plastikbahnen herüberwehte. »Hörst du? Die Götter lachen über uns! Als Gilgamesch mit Ischtar stritt, als er mit Enkidu auszog, Uruks Mauern vor der Wut der Göttin zu schützen, hockten die Götter in ihrem Himmelspalast, blickten auf die kleinen armseligen Menschen hinunter, sahen sie schwer verwundet zu Boden sinken, schmerzgekrümmt und voller Angst, und amüsierten sich prächtig dabei. Da hatte Enkidu einen Traum von den Geschehnissen auf dieser Welt: »Der Himmel schrie, die Erde gab Antwort. Zwischen ihnen stand ich.« Enkidu wurde von den Mächten zermalmt. Wenn du starr bist, wirst du aufgerieben. Deshalb sind die Menschen aus Uruk biegsam wie Schilfrohr geworden.«

Ich kann dich verstehen, dachte Jo. Aber verlange nicht, daß ich dich deswegen mag! Ich habe mich getäuscht, die Schuld liegt bei mir. Ich gehe jetzt.

»Ehe du gehst, Pflanzenfrau«, sagte Tessir, »nimm das.« Er

ergriff ihre Hand und legte ein winziges Tongefäß hinein. »So entstand die Schrift im vierten Jahrtausend vor der Zeit. Weder ein Gott noch ein Herrscher oder Gold regte die Menschen an, die Schrift zu erfinden. Es war der Duft der Pflanzen, der Duft der großen, weiten grünen Welt. Wußtest du das nicht?« Tessir wies auf die zierliche Flasche in Jos Hand.

Sie erkannte die Miniaturausgabe einer sumerischen Parfümflasche und runzelte die Stirn. Aus welchem Grab mochte sie stammen? Tessir nahm ein Buch vom Boden hoch und schlug das Foto alter Keilschrifttafeln auf, die neben den bekannten Ritzungen kleine Gefäße in bildhafter Darstellung zeigten. »Sechs Tonobjekte wie diese hier waren die Vorläufer der Schrift in Sumer. Sie stehen für Parfümbehälter, Kleidung, Platz, Kornspeicher, Schafsmilchgefäß und Kuh. Anfangs hat man diese kleinen Objekte geformt, um damit buchhalten zu können. Später ist man dazu übergegangen, sie nur noch abzubilden, wobei das Piktogramm immer abstrakter wurde, bis es Silbenwert hatte. Dieses geriffelte Dreieck hier ist der keilförmige Ausdruck des Begriffes ›Parfümbehälter‹. Es ist das erste geschriebene Wort dieser Welt: ›Parfümflasche‹! Du hältst dieses Objekt, nach dem das Keilschriftzeichen entstanden ist, in der Hand, den Beginn aller Schreibkunst, aller jemals niedergebrachten Dichtersprüche, Erklärungen, Gesetze, Verträge, Liebesgeschichten, Rezepte und Abenteuer bis zum heutigen Tag! Fühlst du die Verbindung zur Vergangenheit?«

Jo spürte den Druck des winzigen Behälters auf ihrer Haut. Das geschriebene Wort war danach entstanden? Sie drehte die kleine konische Flasche zwischen ihren Fingern hin und her. Sie war nichts weiter als ein Tonklümpchen, aber eindeutig in der Form und durchbohrt, damit man sie auf Schnüre ziehen konnte. Ausgerechnet ein Parfümbehälter zählte zu den ersten schriftlichen Zeugnissen der Menschheit. »Ist sie wertvoll, alt?« fragte sie leise. Sie fürchtete sich vor Tessirs Antwort.

»Sehr wertvoll, denn ich habe sie gemacht. Alter so drei Stunden, grob geschätzt.« Tessir nahm eine Plastiktüte und kippte sie neben seiner Decke aus. Keilschriftgriffel und Tonklumpen kamen zum Vorschein. »Ich mache das für die Kinder von Uruk, damit sie begreifen und mit den Händen fassen können, wie ihre Kultur einst entstand. Und ich habe einen Abnehmer andernorts. Er verwendet es zu einem ganz anderen Zweck. Keine Sorge! Das ist kein Betrug. Diese Figuren verkaufe ich nicht als Altertümer! Dafür ist mein Abnehmer auch viel zu gewitzt. Er läßt Kinder damit spielen. Sie ertasten die Formen mit ihren Fingern und raten, was sie in den Händen halten.« Tessir suchte nach einem Wollfaden, zog einen aus seiner Decke, fädelte das Parfümgefäß daran auf und hängte es Jo um den Hals. Mit seinen Fingerspitzen tippte er an die Stellen, die einst die Goldkette berührt hatte. »Hier gab der Schütze seinen Auftrag an dich weiter. Was ist passiert? Was läßt dich verzweifeln?«

Nur du, wollte Jo sagen, aber sie antwortete nicht. So lange sie sich zurückerinnern konnte, waren ihr Gerüche heilig, besonders jene Düfte, die von Pflanzen ausgingen. Nach welchen Essenzen mochte es aus der ersten Parfümflasche der Welt gerochen haben? Nach Weihrauch, den die Sumerer »Gig« nannten, nach »Schisch«, ihrer Myrrhe, nach »Imdu«, dem Zypressenharz, oder nach »Dup-ra-an«, dem Saft des Wacholders? Sie hatte nicht gewußt, daß der Dunst nebliger Wälder und taufrischer Bäume den Menschen bewog, das Schreiben zu erfinden. Tessir hatte zu ihr gesprochen wie ein Bote aus der Vorwelt, wie jemand, der gekommen war, um ihr zu bestätigen, daß ihr Motto – immer der Nase nach – der Schlüssel ihres Daseins war. Kaum ein anderer Mensch berührte ihr Innerstes so sehr wie der vierte König, der Schmuggler, der zum Aussterben verdammte Pflanzen bedrohte. Sie sollte sich von ihm abwenden. Aber sie blieb sitzen wie eine Biene auf dem Honigtopf.

»Du hast den Schützen gerochen, Jo«, fuhr Tessir fort. »Du hast den Weihrauchduft eingeatmet, al-Oud und den Geruch von Gold, aber auch seine individuelle Ausdünstung. Die Kette an seinem Hals duftete anders als an deinem. Mit deinem Blut, das den Schmuck erwärmte, hast du sie ins Leben zurückgeholt und gleichzeitig den ganz persönlichen Hauch des Schützen aufgenommen. Dieser hat dir die Vision gegeben, sich für ihn einzusetzen. Du bist mit ihm verbunden. Sein Handeln beeinflußt dein Tun. Er ruhte unter der Erde und wartete auf dich.«

Jo schwieg noch immer. Wie sollte sie Tessir erklären, daß sie alles verloren hatte? Aber er schien sich selbst einen Reim auf die Geschehnisse machen zu können. »Du hast keine Lizenzverlängerung bekommen? Al-Assali hat die Goldkette einfach eingesteckt? Dafür ist er bekannt! Soll ich weiter raten, oder willst du mir doch etwas erzählen?«

»Meinetwegen«, knurrte Jo und beendete ihr dumpfes Schweigen. Sie berichtete mit wenigen Worten von den Ereignissen des Tages.

Als sie schwieg, legte Tessir seine Fingerspitzen auf Jos Augenlider, ihre Lippen und ihr Herz. »Du bist noch immer sein Auge, sein Mund, sein Herz. Sein Mut, allein gegen alle anzutreten, schlägt in deiner Brust. Der Schütze ist noch lange nicht verloren. Was bedeutet er dir?«

Bei allem Elend, das ihr heute schon widerfahren war, empfand Jo Tessirs warme Hände auf ihrem Körper als äußerst angenehm. Vielleicht sollte sie weniger verbissen, dafür etwas lockerer mit ihren heldenmütigen Moralvorstellungen umgehen und das Leben hin und wieder genießen? Plötzlich kamen ihr die Worte wie von selbst über die Lippen: »Der Schütze ist für mich der Beweis, daß jeder einzelne zählt, daß es auf jeden Menschen ankommt.« Wo hatte sie das schon einmal gehört? Egal, es klang ohnehin nach Sendungsbedürfnis und

Durchhalteparole. »Ich sammle nur winzige Indizien. Mit dem Krieger kann ich eine riesige Lücke schließen. Wenn ich sein besonderes Schicksal darstelle und seinen Spezialauftrag, beweise ich mich quasi selbst. Weil ich nach mikroskopisch kleinen Pflanzenresten forsche, habe ich etwas Großes entdeckt.« Sie mußte widerwillig lächeln. Sie *hatte* es entdeckt, jetzt war es verloren. Und sie sprach noch immer unerträglich weihevoll darüber, sie, die Königin aller Genarrten.

»Du mußt dich auf den Prozeß konzentrieren, nicht auf das Ergebnis«, sagte Tessirs Stimme dicht an ihrem Ohr. »Du mußt deine Vorstellung verwandeln. Dann wird aus deinem Wunsch Wirklichkeit, aus deinem Talent Können und aus deinem Traum dein Lebenslauf. Dazu mußt du beide Gehirnhälften verbinden. Warum siehst du mich so an? Das ist das erste Gebot der Kommunikationswissenschaftler. Wenn du nur logisch handelst, blockierst du dich. Deine ganze schöpferische Gehirnhälfte wird ausgeschlossen! Zweites Gebot, aktiviere deine Sinne, laß deine Gefühle zu, deine Bilder. Darin steckt der Erfolg. Syrien ist ein Konglomerat verschiedenster Kulturen. Hier vermischen sich fremde Welten in einem einzigen Topf. Du hast etwas angestoßen und in Bewegung gesetzt. Das läßt sich nicht mehr aufhalten. Du veränderst deine Umgebung und alle, die mit dir in Berührung kommen. Niemand wird sein wie vorher, ehe er dir begegnete.«

»Unsinn«, sagte Jo. Sie fühlte sich nicht mehr ganz so verloren. Der pochende Schmerz im linken Arm war einer dumpfen Wärme gewichen. Von allen unromantischen Orten dieser Welt mußte sie sich für ihre Wellnesstour ausgerechnet das Elendsquartier eines Schmugglers aussuchen.

»Was soll das heißen?« fragte Tessir. »Du hast meine Karriere als Schmuggler beendet, und Luc muß sich begnügen mit dem, was er hat. Vorläufig ist der Baumtransport gestoppt.«

»Was hat das mit mir zu tun?«

»Eigentlich hat es nichts mit dir zu tun, stimmt«, lenkte Tessir scheinbar ein. »Gilgamesch ist schuld, wie immer. Damals, kurz vor Albu Kamal, hast du mich Gilgamesch genannt. Andernfalls hätte ich dich nicht mitgenommen. Ich dachte, du wärst eine Zicke, eine neunmalkluge Europäerin, die sich im hintersten syrischen Winkel darüber beklagt, keinen Automobilservice zu bekommen. Aber Gilgamesch und Zicke, das paßt nicht so recht zusammen. Ärger hast du mir trotzdem gemacht. Hätte ich dich nicht transportiert ...«

»Was?« Jo fuhr hoch. »Moment mal, etwa die Mudschaheddin in der Nacht?«

»Also hast du doch nicht geschlafen! Aber die Mudschaheddin, die haben damit nichts zu tun. Jo, wir müssen aufhören, darüber zu reden.«

»Warum gehört Luc d'Argaud dazu, kannst du mir wenigstens das verraten?«

»Komm!« sagte Tessir und ergriff Jos Arm. »Ich zeige es dir.« Tessir erhob sich, löschte die Öllampe und begleitete Jo durch die Finsternis der Bauruine. »Mein Leben hat jede Menge Vorteile.« Das Licht der matt beleuchteten Gasse fiel auf Tessirs Gesicht. Ernst und Nachdenklichkeit spiegelten sich darauf, aber auch Frohsinn und Zuversicht. »Sobald ich meinen Truck verlassen habe, brauche ich keine weitere Tür hinter mir abzuschließen und um keine Besitztümer zu bangen. Käme ich heim und der Khan stände in Flammen, was soll's? Dann nehme ich eine alte Zeitung und lege mich in den Garten des Nationalmuseums, und genau dorthin gehen wir jetzt.«

Bisher hatte Jo bei jedem Syrienbesuch das Nationalmuseum besichtigt. Jedesmal hatte sie lange im Garten des Gebäudekomplexes gesessen. Dort wurden unter schattenspendenden Platanen und Maulbeerbäumen besonders schöne Fundstücke aus der palmyrenischen oder griechisch-römischen Vergangenheit Syriens ausgestellt. Was hatte sie übersehen?

Als sie nach einem längeren Fußmarsch das Museum erreichten, überraschte es Jo nicht, daß Tessir sie zum rückwärtigen Gartenbereich brachte. Hier wuchs eine Platane so nahe an der Mauer, daß man mit einem Sprung zum untersten Ast, einem Hüftaufschwung, einem Balanceakt und einem mutigen Satz in die Dunkelheit jenseits der Mauer in den Garten hineingelangen konnte. Wispernde Stimmen um sie herum zeigten ihr, daß sie bei weitem nicht die einzigen nächtlichen Besucher waren. Im Schatten der Bäume, dort, wo das Licht der Stadt nichts aufdeckte, sah sie Gestalten liegen, am Boden kauern oder durch die Finsternis schleichen. Nachdem auch sie durch den dunklen Garten gehuscht waren, nahm Tessir ihre Hand und führte sie zu einem Strauch. »Was kannst du riechen?«

»Rose«, hauchte Jo zurück. Die ganze Zeit hatte sie schon den lieblichen Duft wahrgenommen, der wie ein Schleier über dem Garten schwebte. Ihre Finger glitten über samtene Blütenblätter, über eine dichtstehende Blumenhecke, die Hunderte von Blüten zieren mußte. »Die Rose von Damaskus!« Jetzt erinnerte sich Jo. Hier, in diesem Garten, wuchs jene legendäre Rose, deren Essenzen, Parfüme und Öle den Ruf orientalischer Rosen begründet hatten. Es gab nur wenige Orte auf der Welt, wo die Damaszener Rose gedieh. In Tessirs Hand flammte der Strahl seiner kleinen Taschenlampe auf. »Lies!« befahl er.

»Rosa Damascena«, entzifferte Jo den lateinischen Begriff und las weiter im französischen Text, der neben der arabischen Inschrift angebracht war. »Einst war die *Rosa Damascena* vom Aussterben bedroht, als ein Ritter sie 1238 im sechsten Kreuzzug unter Lebensgefahr nach Frankreich brachte. Von dort begann sie als *Rose de Provins* ihren Siegeszug durch die ganze Welt. Das Rosental in Bulgarien kultiviert sie heute für die Parfümindustrie und gilt, neben der Türkei und Marokko, als größtes Anbaugebiet. In Syrien längst ausgestorben, wurde sie

am 6. August 1968 von zwei jungen Franzosen in die syrische Heimat zurückgebracht. Diese beiden Männer, denen unser Dank gilt, legten denselben gefährlichen Weg zurück, den der französische Ritter vor siebenhundert Jahren nahm. Die Stadt Damaskus dankt dem Kreuzritter aus der Familie der Grafen von d'Argaud für die Bewahrung der *Rosa Damascena*.«

»*Voilà*«, schloß Jo. »Ihr seid alle Helden. Der vierte König, Luc d'Argaud und alle anderen. Allein Jo Zakyneros gehört zu den Sterblichen und Dummen.«

Sie hatten den Garten wieder verlassen und bewegten sich in südöstliche Richtung. »Kennst du dich hier aus?« fragte Tessir.

»Sicher.« Jo hatte eine vage Vorstellung, wie sie gehen mußte, um ihr Hotel zu erreichen. Der Gedanke an den Kerl mit den bösen Augen drängte sich ihr auf, aber Tessir schien nicht die Absicht zu haben, sie weiterhin zu begleiten. »Es ist schon spät«, sagte er. »Mach dir keine Sorgen um mich, ich komme unbeschadet zum Khan.«

Jo glaubte, sich verhört zu haben. »Ich soll mir keine Sorgen um dich machen?«

»Es ist nach Mitternacht, die Stunde der Herumtreiber. Jede Stadt ist bei Nacht gefährlich, auch Damaskus. Aber nicht für eine Frau.«

»Interessant. Ich lerne gern dazu.« Jo ließ ihren Blick die finstere Gasse hinabschweifen, eine schmale Straße mit dunklen Toreinfahrten und Winkeln, mit geborstenen Mauern und zerschlagenen Lampen. Ein vertrauenerweckender Ort für eine einsame Frau, fürwahr.

»Dir folgen hundert Augen«, erklärte Tessir und hob die Hand zum Gruß. »Sie sehen dich wandern, die Straße überqueren, die finstere Hotelpassage hineingehen und den Aufzug zum Musalla nehmen. Sie haben dich im Blick, bis du sicher in deinem Bett liegst.«

Unversehens wurde Tessir von der Dunkelheit verschluckt. Jo klemmte ihre Tasche fest unter den Arm und machte sich auf den Weg. Der Raum neben ihr, gerade noch von Tessirs Anwesenheit erfüllt, war gähnend leer. Seine Nähe hatte ihr die Freiheit gegeben, Kritik zu äußern. Die Sicherheit an seiner Seite verführte sie dazu, Abneigung zu fühlen. Ein Empfinden, das mit jedem Schritt in die fremde, nächtliche Stadt hinein in Sehnsucht umschlug, in banges Hoffen, seine hohe Gestalt möge wieder auftauchen und die finstere Einsamkeit um sie herum vertreiben.

Jo glaubte nicht an Dschinn, nur an das, was die Menschen von ihnen erzählten. Oben auf den Mauerrändern sollten sie hocken, in gesprungenen Fensterscheiben und ausgebrochenem Ziegelwerk. Wer in sich hineinhorchen konnte, ahnte diese Luftgebilde. Passierte man sie, so war es, als hielte die Stadt einen Herzschlag lang den Atem an. Alles war still, nichts war zu hören, zu riechen oder zu sehen. War man reinen Wesens und unverletzt, dann verflog dieser Moment, die Dschinn zogen sich zurück, und der Alltag belebte wieder die Straßen. Trug man aber Kummer mit sich herum, präsentierte man sich den Dschinn als Opfer. Sie waren nichts weiter als jahrtausendealte Ängste und Sehnsüchte, finstere Gedanken und böse Absichten. Sie verdichteten, was tief im Herzen saß, und sprangen den Menschen an, wenn er sich als schwach erwies. Plötzlich fühlte man Mißtrauen aufkeimen, den Wunsch, jemandem zu schaden, den eigenen Vorteil durchzusetzen, Macht über andere zu erlangen und vieles mehr, was verborgen in den Menschen steckte und von Erziehung, Religion und Kultur nur abgedeckt, doch nicht ausgerottet war.

Im Westen, dachte Jo, würde man es die Macht des Unterbewußtseins nennen und die Couch des Psychiaters warmhalten. Hier, in dieser uralten Stadt, hatte man lange vor Christus und Mohammed das Beten erfunden. Versunken in Flehen oder

Danksagung, sah man die Versuchung nicht, die von allen Seiten heranschlich. Gegen diese half auch die Macht des kollektiven Gebets, die Hoffnung, ein gemeinsam gesprochener Gedanke könne das Bewußtsein des Menschen berühren, ihm das Gute zum Alltag machen und dem Finsteren daneben keine Chance lassen. Dachte Jo an die Massen, die allein mit ihrem Ruf »Kreuzige ihn!« einen Gedanken Wirklichkeit werden ließen und später skandierten, »Wir wollen den totalen Krieg«, dann wurde ihr deutlich, zu welcher Größenordnung ein von tausend Kehlen geäußerter Wunsch heranwachsen konnte. Vielleicht übertönte deshalb das *Allâh akbar* aus hundert Lautsprechern fünfmal am Tag das Tosen muslimischer Städte. Man mußte sehr dickfellig sein, um nicht sekundenlang eine Allmacht zu ahnen, die sich sonst menschlichem Begreifen entzog. Das Beten, dachte Jo, liegt mir aber nicht im Blut, dieses vorgefertigte Wort. Andere Mysterien der Schöpfung sind mir zugänglicher.

Ein einsamer Mann in zerlumpter Hose, mit zotteligem Haar und unstetem Blick begegnete ihr. Waren das die hundert Augen, die sie bewachten? Er schlurfte an ihr vorbei. Ihre Nackenhaare sträubten sich. Jetzt war kein einziger Mensch mehr in der Tiefe der Gasse zu sehen. Doch da flammte ein Streichholz auf, und Zigarettendunst stieg in ihre Nase. Dort hinten lehnten Männer an der Mauer und blickten zu ihr herüber. Jo ging jetzt in der Mitte der Straße, weg von den finsteren Hauseingängen. Wer Angst hat, signalisiert Unsicherheit und bietet sich nicht nur dem Dschinn als Opfer an. Ach, das schöne Lehrbuchwissen – ihre Bedenken wuchsen zu überwältigender Panik an. Hörte sie nicht leise Schritte hinter sich? In einer Stadt mit tausend Füßen ergab es keinen Sinn, die Ohren zu spitzen. Wer ihr Böses wollte, konnte es laut und deutlich angehen. Hier war niemand, der sie bewachte. Was hatte auch eine einsame Frau nachts auf der Straße zu suchen?

War es ihr vorherbestimmt, Opfer eines Verbrechens zu werden, trieb sie das Kismet in die Dunkelheit hinaus? So ähnlich würde es morgen in den Zeitungen stehen, dachte Jo und versuchte, einen anderen Gedanken in ihr Bewußtsein zu locken.

Rosa Damascena! Was weiß ich darüber? Die Weltliteratur ist voller lieblicher Geschichten über Rosen. Die Bibel preist sie, die Erzählungen der Scheherazade schwärmen von ihr und die Lieder liebestrunkener Dichter. Nur mir fällt dazu nichts Nettes ein, einzig nüchterne Zahlen. Für ein Kilogramm Rosenöl werden drei Tonnen Blütenblätter benötigt, wie hoch ist also der Verdienst eines Pflückers, wenn ...?

Schon hatte sie der Dreisatz in den Klauen. Den Mann in der fleckigen Kleidung bemerkte sie erst, als er ihr die Straße versperrte. Er sagte etwas, das sie nie zuvor gehört und auf keiner Fremdsprachenschule gelernt hatte. Aber der Ausdruck seiner gierigen Augen, dieser lüsterne Blick ließ keinen Zweifel an seinem Ansinnen. Seit Menschengedenken verstehen sich Mann und Frau in diesem Punkt sekundenschnell, weder Alter, sittliche Bedenken, moralische Fesseln oder kulturelle Unterschiede können darüber hinwegtäuschen, wenn wenigstens einer der beiden zur Sache kommen will und dieses Verlangen in seinen Augen herumträgt. Das hatte im Leben noch jeder begriffen, selbst ohne Lexikon und Balzverhalten. Es war dieser Funke in den Augen, dieses Licht der Begehrlichkeit, das aus den Tiefen des Reptiliengehirns an die Oberfläche schoß und jeden anderen Gedanken löschte. Natürlich gab es zivilisierte Menschen, die solche Lust sofort auf Eis legten, Begierde hartnäckig leugneten und mit Disziplin, Moral und Ethik betäubten. Die hohe Sittsamkeit war Jo jedoch fremd und ihrem mitternächtlichen Gegenüber nicht minder.

Das war die Stunde des Dschinns. Schon hatte er den Mann mit hemmungsloser Lust angesprungen, einer Gier, die weit über das hinausging, was jener selbst für möglich hielt. Jetzt lauerte der Dschinn, ob er auch Jo packen, ihr unsägliche Angst suggerieren und damit den Mann so reizen könnte, daß ihn die Lüsternheit besiegte. – Zu jeder anderen Zeit hätte Jo die Forderung des Fremden verstanden, und es hätte sie um ihre Fassung und die Nerven gebracht. Doch sie gründelte noch immer im Sumpf der Grundrechnungsarten. Verdutzt blieb sie stehen und blickte den Mann hoffnungsvoll an.

»Was kostet ein Kilo Rosenöl?« fragte sie auf arabisch. Wenn ein schneller Pflücker dreißig Kilogramm Blütenblätter an einem Tag ernten konnte, mußte sein Verdienst wie hoch sein? Vorausgesetz, daß er den Endpreis erhielt, den Parfümeure zu zahlen bereit waren …

Der Mann klappte den Mund auf und wieder zu. Er machte den Weg für sie frei und ging jetzt neben ihr her, bis sie einen Nußhändler passierten. »Was kostet ein Kilo Rosenöl?« fragte er diesen, ohne Erfolg. Da verkroch sich der Dschinn, verließ mit schwerem Flügelschlag das Opfer und kehrte auf die Zinnen der Altstadt zurück. Denn wie eine Losung wurde die Frage nun durch die Gassen weitergereicht, überquerte die Straße, landete auf der Kreuzung am Taxistand, ging von dort zum Zeitungskiosk hinüber und kam unbeantwortet wieder zu Jo. Schließlich traten ein paar Männer zusammen, riefen etwas in einen finsteren Schacht hinunter, liefen hinter Jo her und schlugen ihr dreitausend Euro vor. Interessant, dachte Jo. Der Euro hat in der arabischen Welt tatsächlich den Dollar verdrängt, und sei es nur, um Bush zu ärgern. Schon erhoben sich Gegenstimmen aus den dunklen Passagen, wo Männer im Finstern auf Stühlchen hockten und mit Gebetsketten klirrten. Man rief die Frage zu den Stockwerken hoch, wo manch einer am offenen Fenster lehnte, und man wollte den Preis vom frommen Beter wissen, der eine Fußgängerbrücke überquerte, um zur Moschee zu eilen. Erst als Jo ihre Hoteleinfahrt erreicht hatte, war man sich einig: Viertausend Euro koste das Kilo.

Sie blieb stehen und nickte zu den Männern hinüber. Irgend etwas versuchten sie ihr ständig zu sagen, aber sie hörte nicht richtig zu. Die ganze Rechnung mußte sie schriftlich machen. Tessir fiel ihr plötzlich ein, der ihren Weg zum Musalla so trefflich beschrieben hatte. Woher wußte er eigentlich, wo sie wohnte? »Viertausend«, griff sie jetzt den Zuruf auf und rief ihrerseits zur Männermeute hin: »Viertausend und keinen Cent weniger!« Sie hob die Hand zum Gruß, der dutzendfach erwidert wurde. Habe ich Tessir von meinem Hotel erzählt? Keine Ahnung. Und wie bin ich so schnell und problemlos hierhergekommen? Ich bin einfach nicht dafür geschaffen, Rätsel zu lösen, dachte Jo, noch immer tief in Gedanken versunken. Sie trat in die absolute Finsternis der Passage und stolperte über leere Kartons am Boden. Sie fluchte leise vor sich hin: »Mir fehlt der Durchblick.«

Am nächsten Morgen schienen von den zwei Millionen Damaszenern die meisten in aller Frühe auf den Beinen zu sein. Zu einem Zeitpunkt, da in anderen Ländern kaum die Wecker klingelten, breiteten hier die Händler ihre Auslagen bis auf die Bürgersteige aus, und die Garköche rüsteten sich mit Fleisch. Schon hing der Dunst nach heimischem *Kebab* und osmanischem *Chawerma* in der Luft. Obstsaftpresser schmückten ihre chromblitzenden Stände mit Zitronen- und Orangengirlanden, stapelten Äpfel und versuchten, sich gegen die kreischenden Korbhändler mit ihren Angeboten an Seilen und Flechtwaren durchzusetzen. Erste Musiksendungen aus Transistorgeräten übertönten den Lärmpegel der Millionenstadt, einen Radau, der sich am hoch gewölbten Blechdach des Suq al-Hamidije dröhnend brach. Jo hielt das quadratische Netz aus Straßen und Häusern, das seit den Tagen von Alexander dem Großen der Altstadt zugrunde lag, für wahrlich genial. Wie sonst wäre es ihr gelungen, sich an den Bushaltestationen und Zeitungsständen, wo sich die Bevölkerung bis weit auf die Straße hinaus drängte, an den Brotträgern, Tonbandverkäufern, Zigarettenanbietern und Spielzeughändlern vorbeizukommen und den Eingang zum Halil-Palast zu finden?

Die einen schmückten ihre Auslagen mit Plastikblumen, während andere Verkäufer frischen Klatschmohn und Nelken an ihre fahrbaren Stände banden. Ohne die Kriterien hellenistischer Stadtplanung könnte sich Jo in dem Gewühl vielleicht an den spitzen Minaretten der Omayyaden-Moschee orientieren, gelänge es ihr, jenseits des häufig geflickten Daches der Verkaufsstraße einen Blick auf den blauen Himmel zu erhaschen. Dort konnte man hinter den korinthischen Säulen des Jupitertempels die schlanken Türme der Moschee sehen. Beim Freitagsgebet, so munkelte man hinter vorgehaltener Hand, käme es immer wieder vor, daß sich einer der hochverehrten siebenhundert Propheten der Bibel unter die Menge mische. So hätte man häufig den Propheten Elias gesichtet, ein Umstand, der dazu führe, daß die Beter beim frommen Tun nach rechts und links schielten, statt sich der vorgeschriebenen Handlung zu widmen. Vom südöstlichen Minarett sollte Jesus am jüngsten Tag herabsteigen, um die Welt zu richten. Jo fragte sich angesichts der quirligen, unsteten und rastlosen Menschenmenge, der wehenden *Gallabiyyas* und *Dschallabahs*, europäischen Miniröcke und neutralen Jacketts, der mit *Qûfiehs* bedeckten Häupter und schwingenden Soutanen orthodoxer Geistlicher, der Turbane, Kopftücher, Schleier und Baseballkappen, der Unmengen an Weihrauchkörnern, Parfümen, roten und grünen Kerzen, Heiligenbildern und Fotos der Kaaba, ob er nicht kehrtmachen würde.

In einiger Zeit, wenn die Menschenwoge in die Läden, Büros, Geschäfte und Handwerksbetriebe geschwappt war, kehrte selbst um die Omayyaden-Moschee eine gewisse feierliche Mattigkeit ein. Hier, an heiliger Stelle, die einst im neunten vorchristlichen Jahrhundert den Aramäern als Tempelplatz gedient hatte und später von den Römern zu Jupiters Gotteshaus ausgebaut worden war, hatte der Kalif al-Walid die Moschee über den Resten einer christlichen Kirche errichten lassen. Dort, in der Krypta, fand man damals um siebenhundert nach der Zeit eine Reliquie, die seitdem von Moslems und Christen gleichermaßen als das Haupt Johannes des Täufers verehrt wird.

Jo hatte inzwischen ihren Arbeitsplatz erreicht und eine wie immer emotionslose und undurchschaubare Samira vorgefunden, die sich rasch wieder in ihre Arbeit vertieft hatte. So begab sich auch Jo an ihre Analyse. Bisher hatte die Prüfung ihrer Bohrkerne nichts Aufregendes ergeben. Um al-Assali doch noch beeindrucken zu können, bedurfte es eines Wunders. Vielleicht hätte sie einen Abstecher zum Kopf des Johannes machen sollen, anstatt gehetzt mit ihrem gesamten Gepäck zum Büro der Altertumsverwaltung zu eilen? Sie nahm das letzte Röhrchen auf, trug auf dem Raster des Ausgrabungsplanes die exakte Entnahmestelle ein und schwenkte mit der Probe zum Lichtmikroskop hinüber. Wie gewöhnlich begann sie mit der geringsten Vergrößerung, um sich einen Überblick zu verschaffen. Noch während sie die Probe auf den Objektträger aufbrachte, fiel ihr ein kleiner blauer Farbfleck inmitten der Steinchen und Staubpartikel auf. Nach der Ernüchterung der letzten Stunde, in der sie schon Probe um Probe untersucht hatte, und nach der ermüdenden Arbeit am frühen Morgen merkte Jo, wie sie beim Anblick des blauen Farbflecks augenblicklich hellwach wurde. Lapislazuli? Das könnte Schmuck bedeuten, dachte sie hoffnungsvoll und beugte sich über das Okular.

»Samira!« keuchte Jo Sekunden später. »Schnell!«

»Gold und Edelsteine?« Samira war sofort an Jos Arbeitsplatz geeilt und blickte sie erwartungsvoll an. »Was haben Sie gefunden?«

»Sehen Sie selbst.« Jo machte bereitwillig Platz und verglich den eingetragenen Fundort mit der Beschriftung des Röhrchens. Leider stimmte alles überein. Eine ungeheure Müdigkeit überwältigte sie nun. Jo fühlte sich ausgelaugt und verbraucht. Sie sollte ihr Gepäck nehmen und einfach nach Hause fliegen.

»Plastik«, urteilte Samira mit ihrer Alltagsstimme, als wäre es das Gewöhnlichste der Welt, in einem zweitausend Jahre alten Grab Kunststoff zu finden. »Der Fetzen einer Plastiktüte. Die Probe stammt aus dem Bereich unterhalb Pazuzus? Ja? Zeigen Sie mir noch einmal das Foto des Dämons.« Jo reichte es ihr. Sie war noch immer benommen. Auch diesmal reagierte Samira schneller als Jo. »Pazuzu sieht zwar sehr echt aus, aber es wird sich um eine Nachbildung handeln, die man Ihnen am Fundort untergejubelt hat. Geben Sie mir das Adreßbuch, ja genau, dort drüben, das ist es. Kochen Sie inzwischen Tee, ich muß telefonieren.«

Niedergeschlagen wankte Jo zur Kochplatte hinüber, vollzog die nötigen Handgriffe, wartete, bis das Wasser sprudelte und sich bräunlich färbte, ehe sie zwei Tassen nahm und sie zu ihrem Arbeitsplatz trug. Am Rande hörte sie Samira, die bereits den dritten Anruf getätigt hatte und jetzt Jo zu sich heranwinkte.

»Manchmal ist es gut, wenn man die privaten Telefonnummern kennt. Um diese Zeit sind die Museen noch nicht besetzt, und ich kann nicht behaupten, daß ich mir mit meinen Anrufen Freunde gemacht habe. Aber dafür wissen wir Bescheid.«

»Sie können gleich einen Flug für mich buchen«, winkte Jo ab. »Ich sollte aufgeben.«

»Jetzt? Sie haben doch Biß!« Samira warf einen Blick auf ihre Uhr. »Wir haben noch dreißig Minuten. Genug Zeit, um uns zu besprechen. Fangen Sie an!«

Jo blickte auf. Samira wirkte vollkommen gelassen und ruhig, trotz der niederschmetternden Entdeckung. Wieder einmal hatte sie das Gefühl, einem Fels inmitten tosender Brandung gegenüberzusitzen, während sie sich selbst als zerfetztes Blatt eines absterbenden Baumes empfand. Sie stellte dar, wann und wo sie die Bohrprobe entnommen hatte. Jetzt, da sie Samira von den Skorpionen berichtete, die sie durch ihre Freilegung aufgescheucht hatte, kam sie sich wieder dumm und begriffsstutzig vor. Und schließlich war es auch Samira, die Jos Bericht zu einer exakten Aussage zusammenfaßte.

»Sie haben den Dämon Pazuzu ausgegraben. Traditionsgemäß bedeutet er so viel Unheil, daß zumindest die einheimischen Arbeiter sofort die Fundstelle verlassen. Unterhalb der Figur hatten sich Skorpione eingenistet. Ein ziemlich sicherer Hinweis, daß sich jemand am Abend vorher an der Ausgrabungsstätte zu schaffen gemacht hat. Ich sehe folgende Szene: Sie entdecken spätabends das Skelett. Sie können es nicht mehr bergen, nur noch abdecken. Der Fund spricht sich in Windeseile herum. Jeder, der auch nur ansatzweise etwas von Ausgrabung versteht, weiß, daß Sie nun eine Lizenzverlängerung beantragen müssen. Möglicherweise decken Sie ja noch weit mehr auf als nur ein paar Knochen. Unser Täter will verhindern, daß Sie – oder vielleicht auch andere – noch länger im Haus des Parfümeurs graben. In gewisser Weise ist der Täter vom Fach. In einem Museumsladen erwirbt er die Nachbildung von Pazuzu, fährt nach Dura Europos, wickelt Pazuzu aus der blauen Plastiktüte – die typisch für unsere Läden ist – und vergräbt den Dämon neben Ihrem Skelett. Einen winzigkleinen blauen Plastikfetzen, der in Pazuzus Krallen hängengeblieben ist, hat er in der Eile oder bei Dunkelheit übersehen. Doch zum Glück arbeiten Sie, Jo, äußerst umsichtig. Sie nehmen Probebohrungen und bestehen darauf, diese zu untersuchen. So bleibt Ihnen wenigstens die spätere Blamage erspart. Noch steht nichts vom Dämonenfund in den wissenschaftlichen Berichten.« Samira machte eine Pause und tippte auf ihr Adreßbuch. »Vermutlich habe ich herausgefunden, wo die Figur gekauft wurde.«

»Kann man Pazuzu nicht überall kaufen?«

»Absolut nicht! Wer will einen Unglücksbringer haben? Nur drei große Museumsläden in Damaskus, Aleppo und Deir es-Zor bieten das Ungeheuer an. In Deir es-Zor wurde der Dämon vor drei Tagen gekauft.«

»Ich gratuliere.« Aus Jos Stimme war jede Begeisterung gewichen. Sie beugte sich noch einmal über das Okular. »Hier ist noch mehr zu sehen.« Sie stellte die nächste Vergrößerung ein und pfiff durch die Zähne. »Holzwolle, sieh mal einer an. Luc d'Argaud! Gestern habe ich mir im Krak die Finger an Holzwolle abgewischt. Der gute Pazuzu war also auch noch in Holzwolle gewickelt, in ein Material, das sonst edle französische Weine schützt.« Jo sprang plötzlich hoch, riß ihre Reisetasche auf und wühlte in der Schmutzwäsche herum. »Ja!« schrie sie und zog einen winzigen Holzspan aus den Strümpfen, die sie gestern im Krak getragen hatte.

»Vergleichen wir, los, an die Arbeit. Und dann liefere ich doch noch Luc d'Argaud ans Messer!«

Die beiden Frauen teilten sich die Holzwollprobe, überprüften sie unabhängig voneinander und verglichen sie mit dem Fund des Bohrkerns. Jo war fertig und warf einen Blick auf die Uhr. Noch zehn Minuten. Sie sollte hieb- und stichfeste Vorwürfe haben, wenn al-Assali hier eintraf. »Und?« fragte sie zu Samira hinüber.

»Moment.« Samira blickte vom Mikroskop auf und loggte sich in ihren Computer ein. »Sehen Sie her, Jo. Holzfasern sind meine tägliche Arbeit. Ich finde sie ja ständig in den alten Büchern. Deshalb habe ich mir ein Programm angelegt. Ihre Holzwolle aus dem Krak ist gewöhnliche Fichte und stimmt nicht mit jener Probe unter Pazuzu überein. Sehen Sie: Bei dieser handelt es sich um Euphratpappel. Ich denke, Sie werden

Luc nicht beschuldigen können. Ganz abgesehen davon, daß er auch nicht mit der Beschreibung des Käufers von Deir es-Zor übereinstimmt.«

»Was? Sie haben eine Personenbeschreibung?«

»Sie lassen mich ja nicht zu Wort kommen. Als der Täter Pazuzu kaufte, war es schon spät und dunkel, die Lampen in der Museumshalle waren ausgefallen. Sie wissen ja, syrische Elektrizität hat ihre eigenen Gesetze. Der Ladeninhaber wurde von der einzigen Touristengruppe abgelenkt, die erstmals seit Wochen Deir es-Zor besuchte, Japaner, die das Angebot an Figuren, Vasen und Postkarten fast aufkauften. Aber inmitten all dieser Menschen verlangte eine Person nach Pazuzu. Mein Zeuge hat diesen Käufer nicht gesehen, aber gehört. Der fremde Mann sprach sehr gutes Englisch, das heißt, ein Englisch, das nicht auf einen Syrer schließen läßt und wahrscheinlich auch Luc entlastet. Oder kennen Sie auch nur einen einzigen Franzosen, der *sehr* gutes Englisch spricht? Und ausgerechnet Luc? *Pas possible, madame.«* Perfekt imitierte Samira Lucs näselnde Stimme.

»Mateo war's auch nicht«, grübelte Jo. »Er könnte niemals in die Grube steigen und Pazuzu vergraben. Ich glaube nicht, daß er dafür einen einheimischen Arbeiter anheuern könnte. Außerdem hätte er sich damit nur selbst geschadet. Er war doch am meisten über Pazuzu entsetzt. Aber Moment – irgendwie war er *zu sehr* entsetzt. Als ob er von dem Vorhaben gewußt hätte, aber keine Ahnung hatte, wie man meine Ausgrabung stoppen könnte. Ja genau, daher sein Gerede über morphische Resonanz und Doppelung der Ereignisse. Weiß Mateo etwas?«

»Nicht unbedingt. Ich kenne ihn. Er ist versessen darauf, seine Untersuchungsreihe zu beenden. Nichts ist ihm wichtiger als das.«

»Bel Skile«, sagte Jo.

»Nein. Unmöglich.«

»Sie kennen auch ihn näher?« Langsam schien es Jo, daß alle Fäden bei Samira zusammenliefen.

»Ich kenne fast jeden Ausländer, der zu irgendeiner Grabung will. Das ist doch ganz natürlich bei der Altertumsverwaltung. Ich bereite alles vor, was al-Assali dann unterschreibt – oder auch nicht. Skiles Großvater hat Dura Europos ausgegraben. Sein Enkel, Bel Skile, würde so etwas Schäbiges nicht tun. Außerdem kennt man ihn im Museum von Deir es-Zor. Schließlich wurde er dort vom Direktor selbst mit allen Ehren empfangen. Das ist noch gar nicht lange her. Der Verkäufer müßte sich an ihn erinnern.«

»Wenn unsere Verdächtigen keine Helfer hatten, dann bleibt nur noch der große Unbekannte übrig. Aber warum? Was will man bezwecken?«

»Ich weiß es nicht. Aber geben Sie nicht auf, Jo. Wenn Sie den Mut verlieren, gehören Sie den Dämonen. Ja, ich weiß, Ihre Lizenz wurde nicht verlängert. Aber wir schicken Sie nicht heim. Melden Sie sich einfach nicht bei der Botschaft. Und schreiben Sie Ihren Abschlußbericht. Bleiben Sie im Land. Syrien steckt voller Geheimnisse. Sie werden die Lösung finden, da bin ich mir sicher.«

Soviel Herzlichkeit und Hilfe, soviel Zuspruch und Ermunterung hatte Jo von Samira nicht erwartet. Ausgerechnet diese überaus sachliche und kühle Frau machte ihr mit subjektiven Vermutungen Hoffnung auf Erfolg. Das nahm sie dankbar an. Wenn Samira so von ihren Fähigkeiten überzeugt war, konnte sie doch noch etwas Zuversicht schöpfen. Jo packte ihre Unterlagen zusammen und fragte: »Was macht Sie da so sicher?«

Samira zögerte nicht eine Sekunde mit der Antwort. »Ihre vollkommene Unkenntnis, Jo. Sie sind vollgestopft mit Wissen, aber was wirklich um Sie herum geschieht, begreifen Sie nicht. Das ist die beste Voraussetzung, um geradewegs über die Lösung zu stolpern.«

»Oh, danke, vielen Dank«, flüsterte Jo. »Das ist sehr hilfreich. Jetzt geht es mir schon viel besser!«

Der Flug im Helikopter über die syrische Wüste, den Jo wenig später mit al-Assali und zwei Luftwaffenoffizieren unternahm, war zwar geeignet, ihren Magen, aber nicht, ihre Laune zu heben. Samira hatte al-Assali ohne Umschweife von der Plastiktüte und Pazuzu berichtet. Jetzt peitschte der Verwalter den Piloten vorwärts, um so schnell wie möglich Dura Europos zu erreichen. Er bangte um das Skelett. Mit jedem Luftloch und jeder Turbulenz, die den alten sowjetischen Helikopter durchschüttelte, wurde auch Jo bange und ihre Bedenken wuchsen. Schon jetzt sah es so aus, als ob al-Assali allein ihr die ganzen unglücklichen Vorkommnisse anlastete. Gnade ihr Gott, wenn das Skelett verschwunden wäre! Pazuzu, dachte Jo grimmig. Ob alt oder nachgemacht, er übte seine Schreckensherrschaft aus.

»Haben Sie immer solche Schwierigkeiten, wenn Sie sich als Ausgräberin betätigen?« Al-Assalis Stimme zischte und knackte böse in ihrem Kopfhörer.

»Natürlich nicht«, fauchte Jo zurück und setzte eine gekränkte Miene auf. Dabei dachte sie an ihre Ausgrabung in Libyen, ans Wadi Hamamah und die zahlreichen Toten, die es dabei gegeben hatte. Zum Glück waren die offiziellen Beziehungen zwischen Libyen und Syrien zur Zeit eingefroren. Sie mußte nicht fürchten, al-Assali würde in Libyen eine Auskunft zu den Ereignissen erhalten. Wenn sie nur Yasser erreichen und warnen könnte! Er bewachte Pazuzu und das Skelett und ahnte nicht, was wirklich geschehen war. Wie leicht konnte man ihn vom Fundort weglocken? Jo blickte wieder auf die graubraune Fläche hinab, die tief unter ihr vorbeiglitt. Wieso flog die verdammte Mühle nicht schneller?

Zum ersten Mal fürchtete Samman, die Wüste könne ihn für immer übermannen. Er wußte, wie gefährlich sie war. Sie lauerte nur wenige Schritte entfernt von ihm mit Trockenheit und Hitze, mit Kälte und eisigen Winden, die schon einen Gesunden um den Verstand brachten. Jetzt war sie gerade dabei, seinen Kopf mit der berstenden Energie zu füllen, die sie aus Millionen aneinandergeriebenen Sandkörnern erschaffen hatte. Das war ein Gefühl, als würde das Gehirn direkt an eine Steckdose angeschlossen, durch die der Starkstrom jagte. Samman wußte, daß er bei solchen Attacken auf seinen Verstand jeden einzelnen Gedanken sorgfältig und langsam angehen mußte, sonst würde ihn die Fülle anstürmender Eindrücke, Ideen und Hirngespinste in den Wahnsinn treiben.

Jenseits seines Sichtkreises, dort, wo der Horizont hinter dem graublauen Band des Euphrat verschwand, begann eine fremde Welt. Dort gab es Krieg, Mord und Totschlag, dort hatte sich die Luft, aus den Weiten der arabischen Wüste kommend, gestaut, hatte all das Unrecht, die Flüche der Soldaten, die Schmerzensschreie der Verwundeten aufgesogen, hatte sich in der Dunstglocke des Schatt al-Arab aufgeladen und strömte nun nach Westen, bereit, alles zu zerstören, was sich ihr in den Weg stellte. Samman wußte, er war der einzige, der dieser Gewalt entgegentrat und den Versuch wagte, die ungeheuren Energien zu entladen. Die anderen ließen sich vom bösen Wind anstecken, saugten die schlechten Kräfte auf und gaben sie weiter. So wie al-Assali, der Dieb, dachte Samman. Ja, er war einer, der Jo bestohlen hatte. Und er, Samman, erkannte einen Dieb, wenn er ihn nur gehen sah. Mit einem Hubschrauber war er gekommen, hatte seinerseits die Luft noch aufgepeitscht und das Verderbenbringende aufgewühlt. Zwei Handlanger mit Kisten waren bei ihm, alle drei gekennzeichnet von dem typischen schnellen Gang, der keinen Gruß zu ihm hinüber gestattete, diesem Eilen mit dem raffgierigen Schlenkern der Arme am

Körper, um noch schneller vorwärtszukommen. Sie würden das Skelett in ihre Kisten packen, ohne irgendein stilles Gedenken oder ein *Allâh-sei-mit-dir!*, und Jo würde leer ausgehen. Ob sie noch immer glaubte, sie würde als Finderin genannt werden?

Sie war auf einen Sprung zu ihm herübergekommen, hatte ihm besorgt in die Augen gesehen und gefragt, ob mit ihm alles in Ordnung sei? Samman hatte matt genickt: Alles war wie immer. Er hörte die Dämonen heulen und kreischen, er sah ihre messerscharfen Krallen, die sie nach ihren Opfern streckten, und er fühlte eines dieser Monster in seinem Kopf hämmern. Erst hatte das Ungeheuer versucht, ihm die Augen aus den Höhlen zu treiben, dann setzte es seinen Meißel auf beiden Schläfenseiten ein, und jetzt war es dabei, ihm die Schädeldecke wegzusprengen. Ja, es war alles beim alten. Er sah grauenhafte Bilder, fürchtete, die ganze Verdammnis dieser Welt würde sich heute und hier entladen, beobachtete das Tun der Diebe und Schurken und mußte hilflos mitansehen, wie sie anständige Menschen hintergingen und übervorteilten.

Wenn er auf seiner Decke ein wenig nach rechts ruckelte, konnte er zum Haus des Parfümeurs hinüberblicken. Zwischen ihm und dem Fundort mochten viele Meter liegen, das machte nichts. Er schickte einfach seine Sinne voraus. Diese spähten alles für ihn aus und fungierten wie Kundschafter auf schnellen Pferden.

Es waren schöne Kisten, die al-Assali dabeihatte, sah Samman. In ihren mit Schaumstoff gepolsterten Tiefen verschwanden jetzt die Knochen des Schützen. Jo durfte nur dabeistehen. Sie war zur Untätigkeit verdammt, weil al-Assali die Ausgrabungsstelle ohne Yasser angetroffen hatte. Samman mußte sich bei diesem Gedanken wieder an die Schläfen fassen und sein altes graues Haar raufen. Yasser fehlte seit gestern. So hatte Musil Stunde für Stunde das Skelett bewacht, hatte sich nicht fortbewegen lassen und keine Angst gezeigt, selbst in finsterer Nacht bei dem alten Toten zu hocken. Doch als er al-Assali auf sich zukommen sah, war er aufgesprungen und geflohen.

Samman erkannte, daß Jo immer wieder von der Grube zurücktrat und über das weite Ausgrabungsfeld von Dura Europos blickte. Das Skelett war ihr unwichtig geworden, sie bangte um Yasser. Der säuerliche Geruch ihrer Angst drang mit dem Wind bis zu ihm herüber. Wahrscheinlich versuchte sie sogar, al-Assali zu bewegen, erst nach Yasser zu suchen und sich dann um den Bogenschützen zu kümmern, der ohnehin tot war.

Tot wie Yasser. Samman krümmte sich bei diesem Wort, entblößte seinen Kopf und warf sich Sand aufs Haupt. Nun war es heraus. Yasser war tot. Seit Stunden hatte er versucht, diese Vermutung nicht Gewißheit werden zu lassen, um damit Yassers Leben zu retten, aber jetzt war ihm das Urteil entfahren. Sofort ballten die Dämonen über seinem Kopf beglückt Bosheit und Tücke zusammen und spien ihr Gift mit dem heißen Wind über Dura Europos aus. Konnte denn niemand außer ihm das Geschehen bemerken? Ein rotbrauner Himmel wölbte sich über der Wüste, gefärbt von Millionen von Sandkörnern, die ein Sturm aufgegriffen und hochgeschleudert hatte. Als wolle er die Menschen narren, hatte er den unteren Saum zwischen Himmel und Erde in leuchtende Türkisfarben gehüllt. Nur Samman ließ sich nicht täuschen. Das war die Mutter aller Sandstürme. Mochte sie auch woanders niedergehen und Dura verschonen, konnte doch niemand verhindern, daß ihr heißer Atem die Menschen ätzte, ihre Gedanken besudelte, sie ungerecht und gemein werden ließ, gereizt wie ein Sprengsatz, der schon nach der Flamme lechzte.

All das ahnte Samman. Würde er hinüberschlurfen und von Yassers Tod erzählen, würde ihn al-Assali als Spinner fortjagen.

Fände er dann doch seine Leiche, würde er ihn des Mordes bezichtigen. Also blieb Samman sitzen, wie er schon seit Jahrzehnten sitzen geblieben war, und versuchte, die säuselnde Luft um sich herum zu besänftigen. Es gelang ihm nicht wirklich. Er sah Jo unruhig hin- und herlaufen und spürte, daß sie längst begriffen hatte: Entsetzliches war geschehen!

Jo hatte aufgehört zu versichern, Yasser sei ein zuverlässiger Mitarbeiter, etwas müsse vorgefallen sein und man solle nach ihm suchen. Sie hatte abgelassen, sich in irgendeiner Weise an der Bergung des Skeletts zu beteiligen. Denn nicht nur Yasser war verschwunden, sondern auch Pazuzu. Jeder, der drei und drei addieren konnte, mußte zu dem Schluß kommen, daß Yasser möglicherweise den Dämon vollständig ausgegraben, in die Hand genommen und das Markenzeichen *Made in Taiwan* entdeckt hatte. Dann war er mit dem Fund zu jenem gegangen, den er aus gutem Grund verdächtigte. Und dieser Verdächtige, konfrontiert mit dem Vorwurf, eine Ausgrabung geschändet zu haben, ließ Yasser und Pazuzu verschwinden. Das klang doch plausibel?

Jo hatte es wieder und wieder al-Assali vorgebetet, jedoch erfolglos. Einer der beiden Offiziere in seiner Begleitung, schien Militärarzt zu sein. Jedenfalls vermutete das Jo beim Anblick seines Äskulapstabes im Rangzeichen. Er hatte das Skelett ziemlich ruppig, aber nicht planlos eingepackt und Rippen, die dabei zerbrachen, in ein Plastiksäckchen gefüllt. Al-Assali hatte die ganze Zeit mit Sonden im Boden gestochert, immer in der Hoffnung, einen mächtigen Goldschatz zu finden. Schneller, als es Jo von jeder archäologischen Ausgrabung kannte, war der Schütze eingesammelt. Dabei zerfiel sein Köcher zu Staub, und eine seiner Ledersandalen zerbröckelte unter den Händen des Ausgräbers. Jo schauderte. Das hatte der tapfere Mann nicht verdient! Wie sie al-Assali und seine

Raffgier haßte! Ihre Worte wurden immer schärfer, bis sie mit einer einzigen Entgegnung des Verwalters zum Schweigen gebracht wurde: »Sie haben Yasser als Mitarbeiter ausgesucht. Vielleicht sollte ich gegen Sie ermitteln?«

Niedergeschlagen beobachtete sie, wie das Skelett endgültig in den Kisten verschwand. Die Grabung war beendet. Der aufgewühlte Staub über dem Haus des Parfümeurs sank hernieder. Al-Assali bellte einen Befehl zu seinen Begleitern hinüber. »Wir haben dreißig Minuten«, sagte er. »In dieser Zeit können wir nach Yasser suchen und Zeugen befragen. Aber dann müssen wir aufbrechen. Der Pilot befürchtet einen Sturm.« Er zog eine der Kisten mit den Knochen heran und setzte sich darauf. »Schickt mir den alten Trottel Samman, Bassel und die anderen nichtsnutzigen Beduinen, die Mitarbeiter der HOMA und wen ihr sonst noch auftreiben könnt! *Yalla!*«

Jo wandte sich ab und schlug den Weg zum Euphrat ein. Unten am Versorgungshaus hatte sie zwei Männer ausgemacht. Sie blickten zu ihr hoch, winkten und eilten über den Karawanenweg heran.

»Pete«, stellte sich einer der beiden vor. Jo starrte fasziniert auf sein feuerrotes Haar. War er mit Catherine verwandt? Sie hatte ihn noch nie zuvor gesehen. Den anderen, der jetzt an seine Seite trat, kannte sie nur allzu gut. Es war Mateo. »Nicht nur Yasser ist verschwunden«, erklärte Mateo. »Das gesamte HOMA-Team hat Syrien verlassen. Gestern gab es einen Anschlag auf die Engländer und Spanier im Irak. Ich glaube, ein paar Italiener hat es auch erwischt. Ihre Botschaften haben alle zurückbeordert. Ich bin noch hier, um abzubauen, als Lumpensammler sozusagen. Aber lange bleibe ich auch nicht mehr. Selbst wenn die Deutschen einen gewissen Bonus bei den Syrern haben.«

Angesichts der politischen Lage hatte seine Arroganz massiv gelitten, fand Jo, und wagte zu fragen: »Wann hast du Yasser das letzte Mal gesehen?« Sie sprach englisch, ebenso wie Mateo.

»Kann ich gar nicht so exakt beantworten. Gestern morgen hockte er noch hier. Aber mich hat trotz meiner Gewöhnung die Sonne erwischt.« Er deutete auf ein großes Beduinentuch, das er um den Hals trug. Ein paar feuerrote Striemen lugten darunter hervor. »Da habe ich doch tatsächlich auf eine ungeschützte Halspartie einen fürchterlichen Sonnenbrand bekommen. Ich habe mich für ein paar Stunden ins Haus zurückgezogen. Als ich mich dann am Nachmittag wieder hinaustraute, war er schon fort. Ich dachte, er hätte Wachablösung. Keine Ahnung, wohin er verschwunden ist. Aber was anderes: Dein VW-Bus ist wieder hier. Die Werkstatt hat ihn angeschleppt, weil sie ihn nicht reparieren konnte. Das hat gestern Pete für dich erledigt.« Mateo deutete auf seinen rothaarigen Begleiter.

»Ich war gerade mit meinem Monteurauto zurückgefahren«, erklärte Pete in einem so miserablen Englisch, daß Jo Mühe hatte, seinen Worten zu folgen. Er sagte »kumbak« statt »comeback« und anderes, was Jo gar nicht verstand. Welche Nationalität mochte er haben? Sie bedankte sich bei ihm und erfuhr, daß er ein Mitarbeiter der Shell Company sei und Mateo angeboten habe, ihn in ein paar Tagen auf Shell-Wegen außer Landes zu bringen. Inzwischen waren Mustafa, Bassel und die anderen Helfer von Jo angetreten und erstatteten al-Assali Bericht. Niemand hatte Yasser gesehen. Schließlich wagte sich auch Musil heran. Er sei gegen zehn Uhr am Skelett erschienen, um Yasser wie vereinbart abzulösen, berichtete er. Da sei der Fundort bereits verlassen gewesen, auch der Dämon habe gefehlt. Al-Assali machte sich eifrig Notizen, als ginge es um eine Gerichtsverhandlung. Jo konnte sehen, daß sein aufgeblasenes Getue den Leuten angst machte. Einzig Samman erschien nicht. Er ließ al-Assali ausrichten, daß er nichts wisse und daß sein Posten vor dem Tor sei. Dort könne ihn jeder befragen, aber er käme nicht hierher. Als al-Assali endlich aufbrach und seine Helfer anwies, die Kisten zum Hubschrauber zu tragen, nahm Jo ihre Ausgräber zur Seite und zahlte ihnen den Lohn aus. Zum Schluß drückte sie Musil das Geld in die Hand. »Ich danke dir für deine Augen. Ohne dich wäre der Schütze längst verschwunden. Was machst du jetzt, Musil?«

»Ich möchte für ihn arbeiten.« Der Junge deutete auf Mateo. »Wenn du erlaubst.«

»Du lieber Himmel, ich habe dir nichts zu sagen.« Jo fuhr Musil durch das zerzauste Haar. Sie hatte erlebt, wie einfühlsam Mateo mit dem Thema Behinderung umging, damals, als er von der Syndaktylie des Schützen gesprochen hatte. Bei ihm war Musil sicher gut aufgehoben. So hatte er noch einen kleinen zusätzlichen Verdienst. Trotzdem fiel ihr der Abschied von dem häßlichen Gnom schwer. Sie kramte in ihrem Rucksack nach einem Geschenk und fand nichts. Hätte ich ihm nur etwas aus Damaskus mitgebracht, schalt sie sich. Aber da stießen ihre Finger auf die Silberdose. »Kennst du das, Musil?« fragte sie, riß ein Blatt Papier aus ihrem Notizheft, schrieb einen Segensspruch für den Jungen darauf und unterzeichnete mit ihrem Namen. »Das bringt dir Glück«, erklärte sie dem kleinen Kerl.

Wie stets tastete sich Musil an das Geschenk heran. Ganz sanft berührte er die Dose mit den Fingerspitzen, fuhr an den Gravuren entlang, nahm sie dann zögerlich in die Hand, schraubte die beiden Teile auseinander, sah Jos Zettel darin stecken, verschloß die Dose wieder, drückte sie an sein Herz und rannte mit ihr davon. Sekundenlang waren alle in den aufgewirbelten Staub seiner davoneilenden Füße gehüllt.

»Ob ich den wiedersehe?« Mateo lächelte hinter dem Jungen her.

Jo warf einen letzten Blick auf das Haus des Parfümeurs. Sie hatte kläglich versagt. Was nützte da ihr Talent, von dem Tessir gesprochen hatte, was ihre Unkenntnis, in der Samira die

Lösung sah? Müde und deprimiert stapfte sie hinter al-Assali und den anderen einher. Pete ging neben ihr und schwenkte den Schlüssel für ihr Auto in der Hand. Wenigstens etwas, dachte sie. Ich habe die Lizenz, den Schützen, die Goldkette, einen getürkten Dämon, das Buch des Ibn Sina und Yasser verloren, aber immerhin die alte Rostlaube behalten. Gellende Schreie in ihrem Rücken ließen sie plötzlich alle herumfahren.

Flußabwärts, südlich der letzten Uferbefestigung der alten Stadt, versuchten Hirten, einige Schafe in ein Boot zu verladen und über den Euphrat zu setzen. Jetzt brüllten und kreischten sie in Richtung der Menschen oben in Duras Mauern. Sie hatten etwas gefunden, etwas hatte sich dort im Schilf verfangen. »Yasser!« schrie Jo. Jedem schien augenblicklich klar zu sein, wen dieses Bündel verkörperte, das die beiden Hirten ein Stückweit ans Ufer zogen. Zugleich rannten alle zum Palmyra-Tor hinaus und zu Jos Wagen hinüber. Pete klemmte sich wie selbstverständlich hinters Steuer und lenkte den Bus jenseits des Wadis auf einem Trampelpfad den Hang hinunter. Endlich angekommen, quollen sie alle gleichzeitig aus dem Gefährt und rannten zum Fluß.

Jo schlug entsetzt die Hände vor die Augen, sobald sie Yasser erkannt hatte. Seine Wangen waren bläulich verfärbt, die Augäpfel weiß und aufgequollen. Sein Mund mit den blutleeren Lippen stand weit offen. Sie sah, wie Mateo und der Militärarzt den Toten bargen, ihn einer kurzen Untersuchung unterzogen und fast simultan feststellten: »Er ist ertrunken. Vermutlich schon gestern. Das kann man an den aufgequollenen Hornhäuten erkennen. Irgendwelche Anzeichen für Gewalteinwirkung oder Fremdverschuldung können wir nicht feststellen.«

»Gewaschen ist er schon«, sagte al-Assali, ohne die geringste Emotion in der Stimme. »Der Islam schreibt vor, den Toten noch am selben Tag zu beerdigen. Wir nehmen ihn mit und graben ihn bei Al Ashara ein. Soviel ich weiß, hatte er keine Familie. Wir müssen uns beeilen, wir haben schon genug Zeit vertan.«

»Er muß in die Gerichtsmedizin nach Damaskus«, entgegnete Jo. Sie hatte ihr Entsetzen verdrängt und trat an die Leiche heran. »Immerhin ist auch Pazuzu verschwunden. Es kann sein, daß Yasser Opfer eines Verbrechens wurde. Ich möchte, daß der Fall gründlich untersucht wird.«

»Ihre Wünsche, verehrte Frau Zakyneros, stimmen leider nicht mit meinen Vorstellungen überein. Ich weiß, daß Yasser nicht schwimmen konnte. Woher auch? Schließlich stammte er aus Tadmor. Außerdem habe ich die Aussage zweier Ärzte, denen ich vertraue.« Al-Assali schnippte mit den Fingern und wies die Hirten an, den Ärzten und Pete beim Tragen der Leiche zu helfen. Am Bus angekommen, ließ er Yasser in eine von Jos Plastikplanen wickeln. Dann wuchtete man den schweren Körper ins Auto. Aus der Plane hing Yassers rechte Hand heraus. Jo überwand sich und kletterte zu dem Leichnam in den Stauraum. Sie wußte, daß sie ihn nach moslemischem Gesetz nicht mehr berühren durfte. Aber da alle jetzt stur nach vorn blickten, wagte sie es, noch einmal seine kalte Hand zu ergreifen, um Abschied zu nehmen. Man würde ihr auch nicht gestatten, an der Beerdigung teilzunehmen.

Pete lenkte den Bus mit großem Geschick den Hügel hinauf und fuhr dann in angemessenem Tempo die wenigen Kilometer Richtung Al Ashara. Obwohl al-Assali versuchte, ihn zur Eile zu treiben, reagierte Pete nicht darauf. Einmal begegnete er Jos weit aufgerissenen Augen im Rückspiegel und zwinkerte ihr zu. Zumindest er wollte Yasser eine würdige letzte Fahrt angedeihen lassen.

Al-Assali hat einen Killerinstinkt für alles Besondere, dachte Jo voller Abscheu. Er würgt jede Achtung und Erhabenheit ab. Den Schützen hat er wie Müll geborgen und Yasser wie totes

Vieh. Sie griff nach Yassers Hand, um sie unter die Plastikplane zu stecken. Dabei fiel ihr Blick wieder auf seine blaugeränderten Fingernägel. Sofort kramte sie in ihrem Rucksack nach einer Filmdose. Niemand interessierte sich für ihr Tun, und so schabte sie mit ihrem Taschenmesser die Erde unter Yassers Nägel in den Plastikbehälter. Sie würde sie unter dem Mikroskop begutachten. Zumindest das war sie ihm schuldig. Schließlich stopfte Jo die aufgedunsene Hand des Toten unter die Plane und wandte den Blick ab.

Bis sie den Friedhof von Al Ashara, den Bürgermeister und Iman erreicht, bis sie ein weißes Baumwolltuch und ein paar welke Blumen gekauft hatten und endlich vor dem Gottesacker hielten, glaubte Jo, daß jeder im Bus eine graugrüne Gesichtsfarbe angenommen hatte. Der alte VW hatte natürlich keine Klimaanlage, und die Sonne brannte trotz sandverwehtem Himmel erbarmungslos hernieder. Das moslemische Gesetz, einen Toten noch am selben Tag, ohne Sarg, nur in ein Tuch gehüllt, unter die Erde zu bringen, hatte seine Berechtigung. Der Geruch einsetzender Verwesung haftete noch an Jos Haaren und Kleidern, als sie mit Pete zurückblieb und Yasser nachblickte, den die drei Syrer und Mateo zum Friedhof trugen. Dann wandte sich Jo ab. Als Frau durfte sie an der Beerdigung nicht teilnehmen, also ging sie über die Straße in den Schatten eines Feigenbaums hinüber.

Pete kam zu ihr geschlendert und setzte sich neben sie. Sein rotes Haar leuchtete mit dem Himmel um die Wette. Er mußte Jos Blick richtig gedeutet haben, denn er erklärte von sich aus: »Es ist echt. Weder verrostet, noch eingefärbt, aber phänomenal, nicht wahr? Und es wird dominant vererbt, wobei es gern ein paar Generationen überspringt.« Jo mußte zweimal nachfragen, ehe sie ihn richtig verstanden hatte. Er bemühte sich jetzt, langsam und deutlich, zu sprechen und zog obendrein ein Foto aus der Tasche, das seine dunkelhaarige Frau und drei rothaarige Töchter zeigte. Dann legte er ein Foto seiner beiden Großelternpaare dazu. Sie waren allesamt dunkelhaarig. »Mit diesen Fotos habe ich einem alten Scheik mächtig Freude gemacht. Kennen Sie Scheik Dschallal? Ich glaube, der alte Halunke ist reich wie die Königin von England. Aber er hat ein rothaariges Enkelkind, obwohl Vater und Mutter waschechte schwarzhaarige Beduinen sind. Natürlich macht es den Palmyrenern Spaß, ihn damit aufzuziehen.« Pete blickte Jo in die Augen, grinste und winkte ab. »Nein, ich war's nicht. Waren Sie schon einmal in Palmyra? Da laufen einige Rothaarige herum. Als ich mitten in der Wüste auf einen kupferfarbenen Haarschopf eines Beduinen traf, dachte ich, mein Bruder stehe mir gegenüber. Und dann bin ich der Sache nachgegangen. Diese Karottenköpfe sind die Nachfahren römischer Legionäre, Soldaten, die in Irland rekrutiert worden und bis nach Syrien marschiert sind. Diese Haarfarbe vererbt sich also schon seit Jahrtausenden. Das ist eine spannende Geschichte. Letztendlich bin ich mit den Kerlen hier verwandt und natürlich mit Catherine.«

»Wo kommen Sie denn her?«

»Ich bin Engländer. Ich komme aus Manchester. Seit Jahren arbeite ich schon für die Shell Company. Durch einen Zufall bin ich Catherine begegnet und dann den rothaarigen Beduinen. Ich habe dem alten Scheik meine Theorie über das irische Erbe auseinandergesetzt. Das gab ein riesiges Freudenfest! Seine Schwiegertochter ist also doch nicht mit einem Touristen fremdgegangen. Da schlug einfach nur das Irland-Gen durch, so wie bei mir. Aber seitdem reizt es mich, das zu beweisen. So bin ich auf Mateo gekommen. Ich hoffe, er wird eines Tages die gemeinsamen irischen Gene rothaariger Syrer und meiner Vorfahren nachweisen können. Leider muß er jetzt seine Untersuchungen abbrechen. Es hat diesen schlimmen Anschlag im Irak gegeben. Die Moslems reagieren gereizt auf Ausländer, besonders auf Tony Blairs Landsleute, die sich am Irakkrieg beteiligt haben.«

»Haben Sie keine Angst?«

»Ich?« Pete lachte jetzt und schüttelte seinen Rotschopf. »Wir Leute aus Manchester sprechen ein so grausames Englisch, daß keiner in mir einen Engländer vermutet. Manchmal muß sogar Mateo mein Englisch so weit verbessern, daß es die Syrer verstehen können. Schlimm, ich kann nur meinen Dialekt. Im Ausland, wenn mich jeder anstarrt und dreimal nachfragt, was ich gesagt habe, wird es mir erst so richtig bewußt, aber was soll's. Jetzt, in diesem Fall, ist es eine super Tarnung.«

»Dann kennen Sie Mateo schon länger? Arbeitet er denn auch für die Shell Company?« Jo versuchte, ihre Frage beiläufig klingen zu lassen.

»Er arbeitet doch für diese HOMA, das hat nichts mit Shell zu tun, oder vielleicht doch, was weiß ich. So große Konzerne haben überall ihre Finger mit drin. Hauptsache, sie zahlen ordentlich.« Im Laufe der nächsten Stunde, während sie auf die Rückkehr der anderen warteten, erzählte Pete von seinem Verdienst im Ausland, von der Familie und den Ansprüchen seiner Töchter und seinem Leben, das er meist fern von Manchester verbrachte. Schließlich sahen sie al-Assali zum Bus zurückkehren. »Dann werde ich mal wieder den Chauffeur spielen«, schlug er gutmütig vor und half Jo vom Boden hoch. »Oder haben Sie Lust, das Ekelpaket zu fahren? Ich glaube, Sie steuern ihn direkt an den nächsten Baum. Es sterben immer die falschen Leute. Seit Menschengedenken.«

»Samman?« Der alte Mann hörte Jos Stimme vor seiner Hütte und wagte, vorsichtig aus der Düsternis hinauszuspähen. Die junge Frau sah ein wenig spitz um die Nase aus. Tiefe Ringe lagen um ihre Augen. »Samman?« fragte sie wieder. »Du siehst krank aus. Was ist passiert? Kann ich was für dich tun?«

Sie reichte ihm jetzt einen Briefumschlag herein, der vor Geldnoten knisterte. Das ließ ihn zittern. Er hatte nichts für sie getan! Er hatte die böse Luft nicht entladen können, hatte die Dämonen nicht abwehren und Yasser nicht retten können. Aber vor allen Dingen fehlte ihm die Kraft, das Geld zurückzuweisen. So dick fühlte sich der Umschlag an, so beruhigend wie ein pralles Polster – wie hätte er nein sagen können? Wenn er noch sparsamer lebte und seine Bedürfnisse noch weiter reduzierte, dann mochte es monatelang reichen. Er hatte es nicht verdient, das wußte er, doch ganz von selbst schloß sich seine Hand fest um das Kuvert. Er starrte diese Finger an, als gehörten sie zur Klaue eines anderen. Er war ein erbärmlicher alter Wicht, dachte er, ohne Haltung und Ehrgefühl.

»Kennst du diesen Mann?« Jo kniete jetzt bei ihm nieder und zeigte ihm das Foto der Ausgräber von Dura Europos. Samman nickte. Ohne ein einziges Mal Luft zu holen, sprudelte er die ganze Geschichte der Ausgrabung zu Beginn des letzten Jahrhunderts hervor.

»Hast du diesen Mann danach noch einmal gesehen?« hakte Jo nach und wies auf Robert Antony. »War ein Enkel von ihm hier, jemand, der ihm sehr ähnlich sieht?«

Aber Samman verneinte hartnäckig. Den Räuber aus Yale hatte er nie wiedergesehen. Jo ließ das Buch über Dura Europos sinken. Nach Sammans Aussage war Bel Skile nicht hiergewesen. Wer hatte ihr dann Pazuzu zum Skelett gelegt?

»Die Dämonen«, flüsterte Samman jetzt, als müsse er darauf achten, nicht von ihnen gehört zu werden. »Sie sind böse. Sie wirbeln alles durcheinander. Sie fliegen durch die Luft, nehmen die Gemeinheiten auf und beladen damit andere Menschen. Du mußt dich vor ihnen hüten. Manchmal kommen Engel und machen Jagd auf die Dämonen, dann färbt sich der Himmel rot von ihrem Blut. Das sind schlimme Tage. Und die Menschen sind immer die Opfer.«

»War ein Dämon hier?«

Jetzt leuchteten die Augen des Alten auf. Endlich schien Jo zu begreifen. »Der Dämon saß in seinen Augen. Er hatte die Seele schon aufgefressen und lauerte hinter seinen Augäpfeln.«

»Was hat er getan?«

»Er hat das Böse nach Dura Europos gebracht.« Samman ließ den Kopf hängen.

Jo kannte sich weder in Vernehmungstaktik noch in Psychologie aus, aber ihr war klar, daß sie aus dem Alten nichts mehr herausbekommen würde. Sie verabschiedete sich und ging. Als sie ihren Bus Richtung Deir es-Zor steuerte, blickte sie nicht in den Rückspiegel. Gab es etwa Leute, die Abschiedstränen am Ort ihrer endgültigen Niederlage vergossen? Sie wollte nichts mehr von Dura sehen. Statt dessen konzentrierte sie sich auf die Worte Sammans. Er hatte also einen Dämon gesehen, dachte sie. Das konnte ein Hirngespinst sein oder Tatsache. Sie kannte einen Mann mit bösen Augen. War er in Dura gewesen?

7. Kapitel

Wenn Jo vom Fenster ihres Hotels hinaussah, konnte sie auf einen Seitenarm des Euphrat blicken, den hier in Deir es-Zor eine kleine Metallbrücke überspannte. Hotel Auzara, benannt nach der Bezeichnung, die Deir es-Zor in der Antike trug, war nur ein einfaches Hotel, aber es genügte Jos Ansprüchen. Die Zimmer waren hell, das kleine Bad sauber und das Personal freundlich. Man hatte Jo auf den Aufruf ihrer Botschaft hingewiesen, das Land zu verlassen, aber man drängte sie nicht, ihn in die Tat umzusetzen. Im Gegenteil, man versicherte ihr, daß ihr kein Leid geschehen und jeder in Deir es-Zor helfen würde, wenn sie etwas benötigte.

Jo blickte auf das graugrüne Wasser des Euphrat und dachte an ihre Wunschliste. All das, was sie tatsächlich brauchte, konnten ihr die freundlichen Städter nicht beschaffen. Sie sah eine Plastiktüte auf dem Fluß schwimmen, sah, wie sie im Kehrwasser aufgehalten wurde und schließlich wieder stromaufwärts trieb. Die Tüte hatte ihren Umkehrpunkt erreicht. Als ich gestern auf meinem Weg zum Musalla in Damaskus plötzlich kehrtmachte, dachte Jo, und den Mann mit den bösen Augen sah, befand ich mich an meinem persönlichen Umkehrpunkt. Von da an verlief die Geschichte wieder rückwärts. Ich bin den Leuten begegnet, die ich schon kannte. Alles führte mich wieder nach Dura Europos zurück. Ich habe keinen weiteren Menschen kennengelernt, von Pete einmal abgesehen. Es sind die alten Bekannten, die in dieses Netz um die Ausgrabung eingebunden sind. Wer von ihnen hat Yasser auf dem Gewissen?

Jo hatte genügend Krimis gelesen, um zu wissen, daß es von entscheidender Bedeutung war, die Lunge einer Wasserleiche zu untersuchen. So konnte man feststellen, ob der Tod schon vor dem Sturz ins Wasser eingetreten war. Hätte jemand Yasser gewaltsam unter Wasser gedrückt, müßten Kampfspuren zu finden sein. Sie mißtraute Mateo und dem syrischen Militärarzt. Aber beide waren unabhängig voneinander zu dem Urteil gekommen, daß Yasser ohne Fremdeinwirkung ertrunken sei.

Was hatte Yasser am Euphrat gewollt? Zum Zeitpunkt seines Verschwindens war das gesamte HOMA-Team noch anwesend gewesen. War Yasser mit Pazuzu in der Hand an einen von ihnen herangetreten, um ihm eine peinliche Frage zu stellen? War es zu einem Handgemenge gekommen, bei dem Yasser in den Fluß stürzte und ertrank? Hatte jemand Yassers Tod verschuldet? Einzig Mateo war in Dura Europos zurückgeblieben. Hätte er etwas mit Yassers Tod zu tun, so hätte er doch wie alle anderen das Land verlassen! Jo schüttelte den Kopf. Es war sinnlos. Sie würde Yassers Tod niemals klären können.

Minutenlang blieb sie am offenen Fenster stehen, ehe sie es schloß und sich an ihren Laptop setzte. Sie mußte ihren Bericht schreiben. Darin würde sie Yasser und seine korrekte Arbeit erwähnen. Es war das Letzte, was sie für ihn tun konnte. Irgendwann einmal, sobald sie Zugang zu einem Lichtmikroskop hatte, würde sie auch die Nagelprobe untersuchen. Doch was auch immer sie dort finden würde, konnte nichts an seinem Schicksal ändern.

Es war schon dunkel, als Jo die letzten Worte in ihren Computer eingab und alles auf einer Diskette speicherte. Erst in Damaskus würde sie die vielen Seiten ausdrucken können. Länger als ein, zwei Tage wollte sie nicht mehr in Deir es-Zor bleiben. Sie schloß ihren Laptop und klemmte ihn unter den Arm. Wie immer wollte sie ihn an der Hotelrezeption abgeben, ehe sie das Haus verließ.

Die laue Luft, die sie wenig später auf der Straße empfing, ließ sie trotz der unerfreulichen Ereignisse an Urlaub denken. Deir es-Zor, verrufen als heißeste Stadt Syriens, hatte seine Bewohner auf die Gehsteige und Plätze gelockt. An einem Abend wie diesem hielt es keiner der zweihunderttausend Einwohner in seinen vier Wänden aus. Jo mischte sich unter die vielen Menschen, die gemächlich am Ufer des Euphrat entlangschlenderten. Erst Stunden später machte sie sich auf den Rückweg. Obwohl es gegen Mitternacht sein mußte, hatte sich das Straßenbild kaum verändert. Wer jetzt vom Spazierengehen müde war, saß in einem der vielen Teehäuser am Ufer, schlürfte *Shai* oder frischgepreßten Obstsaft, rauchte eine Wasserpfeife oder lauschte einfach nur dem Quaken der Frösche. Jo hielt nach einem freien Stuhl Ausschau, konnte jedoch nirgends einen Platz erspähen. Schließlich entdeckte sie das *Orient*, eines der wenigen Restaurants mit Alkoholausschank. Sie kannte es aus ihrem Reiseführer. Es war als Bierhölle beschrieben, ausschließlich Männern vorbehalten, mit »nicht geeignet für Frauen« gekennzeichnet und bis auf den letzten Platz besetzt.

Sie mußte zu lange hinübergeschaut haben, denn plötzlich war sie von Syrern umgeben, die sie einluden und zu einem freigeräumten Stuhl drängten. Ohne sich wehren zu können, tauchte Jo in den Dunst aus Wasserpfeifen und Zigarettenrauch ein und mußte nach Luft schnappen. Sie konnte gerade noch um Tee bitten und mit letzter Höflichkeit das angebotene Bier und den offerierten Wein zurückweisen, ehe sie vollkommen eingekreist war. Woher sie komme, was sie hier wolle, wie lange sie bleibe, wie sie das Land beurteile, ob sie Hilfe bräuchte, ein Auto oder Unterkunft, ortskundige Führer, einen Arzt, die Polizei oder einen Silberwarenhändler, frischen *Humus*, den Kichererbsenbrei oder lieber *Mutabbal*, das Auberginenpüree, viel oder wenig Knoblauch, einen Führer fürs Museum, den Bus nach Damaskus, Schnabelkannen aus Messing, ein

Sonderangebot Damaszener Stoffe, achthundert Lira der Meter, Blumenessenzen, Intarsienarbeit …

»Luft«, keuchte Jo und versuchte, ein wenig von den Drängenden abzurücken. Sie vertragen keinen Alkohol, dachte sie. Rotgeränderte Augen, schwerer Zungenschlag und manch schwankender Gang fielen ihr auf. Sie blieb höflich und zurückhaltend, nippte am Auberginenpüree und ließ auf sich einprasseln, was Deir es-Zor zu bieten hatte. Da sie selbst so wenig sprach, hielt man ihr Vorträge über die Stadt, diesen uralten Übergang über den Euphrat, den Armeen, Eroberer und Kaufleute schon durchschritten hätten, benannt nach dem Tamarindenwäldchen, einer nahrhaften Pflanze, der *Tamar Hindi*, der Dattel Indiens. Hier, wo die Strecken nach Damaskus, Bagdad, Aleppo und Mossul zusammenliefen, sei der Knotenpunkt der Seidenstraße gewesen. Denn dieses Dura Europos weiter im Süden läge ja neunzig Meter über dem Fluß und habe so nur als Zollstation gedient. Der eigentliche Handel hätte immer hier stattgefunden und ebenso der friedliche Austausch zwischen den Kulturen.

Jo widersprach nicht, obwohl sie wußte, daß Deir es-Zor erst 1860 von den Türken gegründet worden war und unter deren Herrschaft als berüchtigtes Konzentrationslager gegolten hatte, in dem christliche Armenier auf grausamste Weise den Tod gefunden hatten. Sie hörte sich an, was die Männer zu sagen hatten, die ihr überreife Tamarindenfrüchte zum Polieren alter Kupferkessel empfahlen, von Zenobia erzählten, die aramäisch wie der Prophet Jesus gesprochen habe, von den Schätzen dieser Gegend, die allesamt im Museum von Damaskus verschwinden würden, von der Wüste, die täglich näher käme und das fruchtbare Schwemmland des Euphrat bedrohe, und von der Schädlingsplage, die diesen Sommer wohl ihren Höhepunkt erreiche.

Jo fühlte, wie leergefegt ihr Kopf war. Der Alkoholdunst in

der Luft und jener der Wasserpfeifen machte sie schwindlig und gleichzeitig heiter und gelassen. Eine bleischwere Müdigkeit in den Beinen hielt sie auf ihrem Stuhl fest, obwohl sie längst gehen wollte. »Die Schädlinge«, plapperte sie einfach das Letztgehörte nach und nickte wissend.

»Thrips palmii«, sagte ihr Gegenüber und stierte sie jetzt doch reichlich unverhohlen an.

»Gott segne euch.« Jo kam schwankend hoch. Thrips palmii, war das nicht Yassers Lieblingsthema? »Was weißt du darüber?« Sie war so müde, daß sie sich beinahe auf den Mann gestützt hätte und erst in letzter Sekunde mit der Hand zurückzuckte. Zum Glück lag ihr Hotel nur einige Meter entfernt. Der Schädlingsmann und vier weitere Zecher begleiteten sie zur Rezeption. »Ich weiß gar nichts«, antwortete er schließlich mit schwerer Zunge. »Aber ich werde fragen.«

Und ich werde morgen beim ersten Sonnenstrahl abreisen, beschloß Jo. Sie hatte sich verabschiedet und stieg die Treppe zu ihrem Zimmer hinauf. Sie konnte sich vorstellen, daß morgen früh ein Basar mit Waren in Hülle und Fülle zu ihren Füßen aufgeschlagen werden würde. Und sie, geschwächt durch ihr Versagen bei der Ausgrabung und Yassers Tod, würde kaufen und kaufen …

Die Frische des nächsten Morgens ließ Jo neuen Mut schöpfen. Obwohl sie in Dura nichts erreicht hatte, war sie doch um wesentliche Erfahrungen reicher geworden. Zudem hatte sie die Bekanntschaft beeindruckender Menschen gemacht. Jetzt kam es darauf an, das Positive ihres Aufenthaltes zu sehen. Sonst würde sie sich selbst gedanklich martern. Erfreut stellte sie fest, daß der Hoteleingang still und friedlich dalag. Die Männer von gestern abend waren nicht erschienen, um ihr Waren aufzudrängen. Im Speiseraum genoß sie ein reichhaltiges arabisches Frühstück. Die Tische waren gut besetzt. Sie war wie immer die einzige Frau und die einzige Ausländerin. Man grüßte freundlich zu ihr herüber, ohne sie zu bedrängen. Nur ein alleinsitzender Mann in dunklem Anzug und Krawatte warf ihr hin und wieder einen prüfenden Blick zu. Der Kellner kam, brachte Jo frischgepreßten Obstsaft und Tee, Spiegeleier, gebratene Bohnen, eingelegte Gurken und Paprikaschoten, gesottene Pilze, grüne und schwarze Oliven, Sesampaste, frischen Weichkäse, Aprikosenmarmelade und Fladenbrot. Dazu übermittelte er ihr eine Nachricht von einer Frau namens Samira. Diese habe vor wenigen Minuten angerufen und lasse Jo sagen, sie sei von den neuesten Ereignissen beunruhigt und schicke ihr einen guten Freund, der ohnehin in der Nähe sei. Jo möge auf ihn warten oder bei der Hotelrezeption hinterlegen, wohin sie gehe.

»Hat sie eine Nummer genannt, kann ich sie zurückrufen?«

»Besser nicht.« Dem jungen Mann war eine exakte Antwort sichtlich peinlich. »Die Telefongesellschaft muß sich immer wieder in die Gespräche einklinken, um sicherzustellen, daß die Kunden gut bedient werden«, behauptete er.

»Natürlich.« Jo war klar, daß die Leitungen abgehört wurden. Fahim war also unterwegs zu ihr. Wahrscheinlich brachte er wieder Essenspakete im Gefängnis von Tadmor vorbei, um die Wachen bei Laune und seinen Schwager bei Gesundheit zu halten. Sie hatte ohnehin vor, heute morgen noch einmal das kleine Museum von Deir es-Zor aufzusuchen. Ein ziemlich sicherer Ort, wenn man – wie so häufig in letzter Zeit – die einzige Besucherin war. Aber es kam anders. Als sie ihr Frühstück beendet hatte, erhob sich der Mann am Nebentisch und sprach sie an.

»Wir sollten uns unterhalten. Bitte vertrauen Sie mir.« Er nickte dem Kellner zu und gab dem Portier Bescheid. »Meine Wohnung ist nur einige Meter entfernt. Bitte folgen Sie mir.«

»Gehen Sie!« rief der Mann an der Rezeption ermunternd zu Jo hinüber. »Das ist in Ordnung.«

»Warum nicht?« Jo schulterte ihren Rucksack und folgte dem Fremden nach draußen. An seiner Seite tauchte sie ein in die überquellende Fülle des Suqs. Händler und Käufer drängten sich um Beduinen und ihre blökenden Herden. Buntgekleidete unverschleierte Frauen mit Tätowierungen im Gesicht, goldverzierten Kopftüchern und klirrenden Goldketten balancierten Gemüse und Wolle in riesigen Körben auf den Köpfen, verhandelten selbständig mit Käufern, feilschten mit Männern, lachten über Preis und Gebot und bewegten sich frei und ungezwungen die Gasse entlang. Weihrauchträger schwenkten ihre Kessel, räucherten Gewölbe und Geschäfte aus und ließen beißenden Wohlgeruch zwischen Kleidern und Kochtöpfen, Schuhen und Waffen verströmen. Jenseits des Suqs kehrte Ruhe ein. Der Fremde bog hinein in eine finstere Hauspassage, eilte über einen winzigen Innenhof und erklomm eine Stiege zum ersten Stock. Mit einem großen Schlüssel schloß er auf. Scharfe Dünste von Gewürzen und Essenzen schlugen Jo aus einem Lagerraum entgegen. »Hier entlang.« Der Mann schob einen Vorhang zur Seite und wies auf eine gepolsterte Bank und Sitzkissen im Erker seines Ladens. Auf einem Brokatpolster thronte Bel Skile, trank Cola aus der Dose und blickte Jo erwartungsvoll an.

»Oh!« entfuhr es Jo. »Ich dachte, ich gehöre nur zur Peripherie Ihres Lebens?«

Der Fremde zog ein Kissen für Jo heran. »Ich bin der Apotheker Anwar. Sie können mir vertrauen. Zimttee?«

Jo war übersatt, doch sie schlürfte ihren Tee, knabberte am Honiggebäck und verwickelte Anwar in ein typisches orientalisches Gespräch. Wie es seiner Gesundheit gehe und dem Wohlbefinden seiner Familie, ob das Geschäft gedeihe und die Preise stabil blieben, wer in diesen Zeiten überhaupt noch eine Investition wage, und wohin Renovierungs- und Haushaltungskosten schnellten. Hin und wieder riskierte Bel einen

Einwand und verbarg galant seine wachsende Ungeduld. Jo gab sich für jede neue Floskel einen Punkt und zählte in Gedanken ihre Treffer, die mitten hinein in Bels Gleichmut zielten. Schließlich glaubte sie, das Maß sei voll. Friedlich lächelte sie ihn an: »Trinken Sie Kamillentee, ist gut bei Magenschmerzen.«

Sein Gesicht, so glatt ohne die Kampfspuren des Lebens, seine lässige, doch sündhaft teure Kleidung, die Armani-Jeans, maßgefertigte Schuhe aus der Londoner Regent-Street, wie Jo vermutete, seine tadellose, knackige Figur, dieses Aussehen, als sei er gerade dem Reigen der zehn begehrtesten Männer entsprungen, aber auch die Unverfrorenheit, mit der er über ihre Zeit verfügte und sie zu einem Treffen bestellte, beeinträchtigten ihr Urteilsvermögen. Dieser Bronzehauch auf seinem Gesicht, die andeutungsweise verstrubbelten Haare, die darauf warteten, daß sie mit ihren Fingern hineinfuhr, dieser Anflug grenzenloser Unbekümmertheit neben knallhartem Leistungsdenken – kurz, seine ganze Erscheinung machte ihr zu schaffen. Er war ein Mann, der hingebungsvoll an seinem Erfolg arbeitete und mit gleichem Eifer die angenehmen Seiten des Lebens zuließ. In seinem Dasein gab es keine Niederlagen. Er würde das Auf und Ab des geschäftlichen Alltags und die Sorgen einer Partnerin mit Luxus glätten, würde genießen und verwöhnen, um am nächsten Tag mit vollkommener Härte wieder an die Umsetzung seiner Ziele zu gehen. Dabei war er es gewohnt, seinen Willen durchzusetzen. Und genau deshalb würde Jo ihm jetzt widersprechen, egal, was er zu sagen hatte.

»Können Sie mir eine Minute zuhören?« fragte Bel höflich. »Ich möchte Ihnen ein Angebot machen.«

Jo nickte und brach einen Honigkeks krachend auseinander. Bels Worte wurden übertönt. Er mußte seine Ansprache von vorne beginnen. Darin stellte er den Fonds der Familien Antony und Skile dar, das Interesse, Kulturobjekte zu bewahren und die alte Verbindung zur Ausgrabung von Dura Europos zu erhalten. Er sei daran interessiert, Jo als Mitarbeiterin zu gewinnen. »Sie haben in Dura Europos Hervorragendes geleistet. Leider wird al-Assali versuchen, den ganzen Ruhm einzuheimsen. Wenn Sie für uns arbeiten, bieten wir Ihnen die Möglichkeit, Ihren Ausgrabungsbericht in unseren wissenschaftlichen Magazinen zu veröffentlichen und Ihre Arbeit anläßlich einer Gastvorlesung in Yale vorzustellen. An dieser Universität steht Ihnen jede wissenschaftliche Einrichtung zur Verfügung.«

»Sie haben Ihren Fonds, diesen Ausverkaufsplan für Syrien, durch eine humanitäre Klausel erweitert. Und diese heißt: Wie können wir ohne Rücksicht auf Unkosten und Ärger Jo Zakyneros zu Ruhm und Ansehen verhelfen?«

»Ihr Sarkasmus, Jo, engt Ihre Wahrnehmung ein. Wir bewahren Kunstobjekte, die andernfalls von den Einheimischen verkauft oder zerschlagen worden wären. Das ist nicht allein unsere Erfindung, das hat Methode. Denken Sie an das berühmte Ischtar-Tor von Babylon. Es wurde von den Deutschen gefunden und in Berlin wiederaufgebaut. So wurde es gerettet. Das ist nur ein Beispiel.«

»Sie wollen den Syndaktylie-Schützen haben.«

»Irrtum. Heute sorgen wir dafür, daß solche Objekte in den Museen des Landes bleiben. Die Kopiermöglichkeiten sind so fortgeschritten, daß wir jederzeit eine Rekonstruktion des Schützen in Yale ausstellen könnten. Darum geht es uns nicht. Wir sind an Ihnen persönlich interessiert. Sie verwenden Außenseitermethoden mit großem Erfolg. Was Sie kennzeichnet, ist eine gelungene Mischung aus Funktionalismus und Emotionalität. Yale hat in seiner Forschung immer neue Wege eingeschlagen. Wir wollen Sie nicht zur Konkurrentin haben, sondern als Mitarbeiterin gewinnen. Sie verbinden Regionales mit Internationalem. Sie verknüpfen Mythen mit handfester Wissenschaft. Das reizt uns. Das lockt besonders mich. Ich habe ein Faible für alte Geschichten mit legendärem Inhalt und dem berühmten Körnchen Wahrheit. Wenn eine Forscherin wie Sie daraus Wirklichkeit werden läßt, erfüllt sich für mich eine wunderbare Vision.«

»Wie herzig.« Jo legte so viel beißenden Spott in ihre Stimme wie irgend möglich, nahm die dritte Tasse Zimttee und lehnte sich zurück. Sie wehrte sich gegen seine Verführungskünste und das Bedürfnis, ihm Herz und Verstand zu opfern – möglicherweise auch den Rest dazwischen –, und ihm hier auf der Stelle lebenslange Gefolgschaft nebst Gehorsam zu schwören. Er hatte so eine Art, »Jo« zu sagen und ihren Namen wie ein freudiges Ereignis auszusprechen. Es klang bei weitem nicht wie ein »Jo« mit vielen Os, bei dem der Klang versackte, sondern wie ein froher Ausruf. Seine Stimme berührte etwas in ihr und verpaßte ihr dabei so einen winzigen Kick des Besonderen. Sie wußte dieses Zeichen sehr wohl zu deuten. Das war der untrügliche Beginn einer romantischen Beziehung, bei der Verstand und Prinzipien auf der Strecke blieben.

»Ich habe alles vorbereitet.« Bel zog einen seitenlangen Vertrag aus seiner Aktentasche. »Betrachten Sie ihn als Entwurf, falls Sie ihn noch ausgiebig prüfen lassen wollen, oder unterschreiben Sie, wenn Sie schnell entschlossen sind. Über Einzelheiten, wie Ihre Honorarforderung, können wir noch verhandeln. Ebenso über das nächste Forschungsprojekt.« Bel wies auf ein Grundgehalt in schwindelerregender Höhe, dann auf ein Forschungsbudget, von dem Jo bisher nicht zu träumen gewagt hatte, und schließlich auf das nächste Ausgrabungsprojekt. »Hier am Toten Meer, in einer Höhle nahe der Oase En Gedi, wurden neben Schmuck und Kultgegenständen vor allen Dingen Schminkutensilien gefunden. Man datiert die Gegenstände auf die Zeit um vierhundert vor Christus. Es handelt sich um einen babylonischen Schatz in Israel. Das ist das Sensationelle. Wir wollen eine Pflanzenexpertin einsetzen, um den botanischen Hintergrund zu erhellen; angefangen bei Blütenpollen und Salbenresten bis zu Parfümen und Pflanzenfarben. Unsere Wahl, sagen wir: Vor allem meine Wahl ist auf Sie gefallen.«

Ich hätte nicht so viel Tee trinken sollen, dachte Jo. Ich muß aufs Klo, und mein Gehirn ist vollkommen verwässert. Das ist eine Falle, verdammt noch mal. Was besitze ich denn, was Bel haben möchte? Jo spürte ihr Herz rasen, während sie mit zitternden Fingern den Vertrag durchblätterte. Er war ein Traum. Mit Yale im Hintergrund hatte sie ganz andere Forschungsmöglichkeiten. Dieses Budget erlaubte ihr, an Ort und Stelle teure Analyseverfahren einsetzen zu können. Und dann eine Grabung am Toten Meer, nicht allzu weit entfernt von Qumran – Wahnsinn! Dazu die Möglichkeit, den Schützen von Dura Europos als ihren Ausgrabungserfolg zu publizieren! Danach konnte ihr al-Assali nichts mehr streitig machen. Dieses Honorar!

Jo sah von den Papieren hoch und begegnete Bels Augen. Zum ersten Mal blickte er sie vollkommen offen an. Sie konnte nichts Böses darin erkennen, weder betrügerische Absichten noch irgendeinen Hinterhalt. Selbst sein werbefreundliches Lächeln war heiterem Ernst und einer gehörigen Portion Interesse an ihrer Person gewichen. Er wollte seine Zeit mit ihr verbringen, stand dort zu lesen, viel Zeit. Sie sah sich an Skiles Seite in exotische Länder reisen. Sah sich in Begleitung eines Traumpartners, eines gebildeten Mannes, der dank seiner Herkunft über eine Noblesse verfügte, die ihn von den Krämerseelen karrieresüchtiger Kollegen unterschied. Intelligente Gespräche waren bei ihm vorprogrammiert. In seiner Gesellschaft würde sich manch interessante Verbindung und Kontaktaufnahme von selbst ergeben, ganz abgesehen davon, daß sich Jo bei allen Differenzen zu ihm hingezogen fühlte. Sie wußte genau, warum sie ihm so frostig begegnete. Das war die Füchsin in ihr, die gar nicht erst nach den saftigen Trauben schielte, da sie ohnehin für ihresgleichen zu hoch hingen. Das war der armselige Versuch, sich gegen das Gefühl zu wehren, sie könnte ihn mögen. Diesem kritischen Miteinander, kombiniert mit der Magie des erotischen Machtkampfes, konnte eine überaus produktive Arbeit entspringen. Sie würde sich stets von ihm herausgefordert sehen und ihr Bestes geben. Jo wich seinem fragenden Blick aus und vertiefte sich wieder in den Vertrag.

Die Zeilen vor ihren Augen begannen zu tanzen und skizzierten wunderbare Zukunftsbilder auf dem Papier. Natürlich wäre sie nicht mehr auf die billigen Transportmittel und Unterkünfte angewiesen. Sie würde ein ganz anderes, ein unbeschwertes Leben führen. Sie würde nicht kostbare Ausgrabungszeit vertrödeln, um einen alten Bus zur Werkstatt zu schleppen. Sie würde nicht per Anhalter durch die Gegend fahren und dabei unendlich viel Zeit verlieren. Tessir, dachte Jo. Der Gedanke an ihn wirkte ernüchternd. Menschen wie ihn würde sie nicht mehr kennenlernen. Aber dann schalt sie sich eine Närrin. Sie konnte doch beides genießen. Eine exklusive Ausgrabung und die Nähe zum Alltag. Sie konnte sich aussuchen, was sie haben wollte. Bei diesem Honorar hatte sie alle Möglichkeiten. Wenn sie Top-Mitarbeiter, Computertechnik und teure Hotels satt hatte, konnte sie, in eine Decke gerollt, in der Wüste nächtigen. Sie sollte ja sagen.

»Sie haben mich ziemlich schnell in Deir es-Zor entdeckt«, konterte Jo. »Warum treffen wir uns hier? Im Verkaufsraum eines Apothekers?«

»Wir wissen, wie mißtrauisch Sie sind. Anwar ist ein guter Freund eines Mitarbeiters von uns, Tessir.«

Jo versuchte, die Puzzleteile zu ordnen. »Sie stecken hinter HOMA und Datteln für ein Kind?«

»Nicht allein. Diese Organisation ist über viele Ecken mit unserem Fonds, aber auch mit der Shell Company verbunden. Außer uns stecken noch eine Menge anderer Gesellschaften dahinter.«

»Sie schmuggeln geschützte Pflanzen.«

»Nein, nein. So nicht. Wir kommen vom Thema ab. Mal ganz abgesehen davon, daß auf diese Art Pflanzen erhalten werden. Denken Sie an einen botanischen Garten, oder vergleichen Sie es mit dem Zoo, der ja in seiner Idee durchaus umstritten ist. Doch wie viele Tiere werden gerettet und später wieder ausgewildert? Koalabären wären längst ausgestorben, ebenso der Kondor. Es gibt tausend Beispiele mehr. Aber bleiben wir bei unserer Angelegenheit. Mein Vater unterstützt mit seinem Privatvermögen und seinen weitreichenden Verbindungen die medizinische Versorgung eines Krankenhauses im Irak. Da!« rief Bel und zeigte auf Jos Wollschnur, an der die kleine Parfümflasche hing. »Sie tragen eines unserer Objekte doch selbst. Mein Vater ist Handchirurg. Mit solch kleinen Gefäßen läßt er die Patienten arbeiten. Sie trainieren damit ihre Muskeln und den Tastsinn. Nebenbei lernen sie etwas über die sumerische Kultur. So ist Tessir bei diesem Handel kein Almosenempfänger, sondern Geschäftspartner.« Alle Probleme, die Jo zur Sprache brachte, prallten an Bel ab. Er war gewandt, niemals verlegen und präsentierte sich als der perfekte Sproß einer Efeu-Elite, wie die Absolventen der besten Universitäten, eben jener, die so alt und ehrwürdig waren, daß Efeu sie umrankte, genannt wurden. »In punkto Eigensinn haben Sie einiges zu bieten, Jo. Andere Partner würde das abschrecken, wir aber wissen selbständiges Denken zu schätzen. Deshalb haben wir Sie ausgesucht. Betrachten Sie sich als privilegiert.«

»Das ist gewöhnungsbedürftig.« Jo stand auf und ging auf die Toilette. Dort stand sie mit heißem Gesicht vor dem Spiegel des Waschraums und spritzte sich kaltes Wasser auf Stirn und Wangen. »Verstehst du das?« fragte sie ihr Spiegelbild. Bel konnte Hunderte von Forschern haben. Er brauchte nur mit den Fingern zu schnippen. Warum interessierte er sich für sie? Er mußte die letzte Zeit mit einer gründlichen Recherche zu ihrer Person verbracht haben. Ihr Auftritt im Krak des Chevaliers hatte ihn sicher nicht von ihren Qualitäten überzeugt. Was sie aber von anderen Wissenschaftlern unterschied, war allein ihre Nase. Jo tippte mit dem Finger darauf. Ihr Geruchsorgan war nicht zu groß, nicht zu klein, nicht zu vorwitzig, nicht zu klassisch, es war einfach eine Nase, die durch ihr Aussehen nicht verriet, was Jo mit ihr wahrnehmen konnte. Und jetzt roch Jo, daß etwas zwischen den Zeilen des Vertrages steckte, was ihr beim schlichten Lesen nicht aufgefallen war. Sie glaubte, es aus Bels Dunst herauszufiltern, aus seinem Elan und der sorgsam zusammengestellten Kleidung, die den Hauch eines unbeschwerten Abenteuerlebens suggerieren sollte, dem Rasierwasser aus exotischen Hölzern als Sinnbild für Männlichkeit und Verläßlichkeit, der Ledermappe und dem festen Papier als Garanten gediegenen Geschäftsgebarens. Dahinter steckte Akribie, ein ausgetüftelter Plan, ein wenig Eile und der Anflug von Besorgnis. Sie nahm es mit der Wärme wahr, die Bels Körper entwich. Er schwitzte nicht, aber sein Blut schien schneller als gewöhnlich durch seine Adern zu rinnen. So ist das, wenn man nicht die ganze Wahrheit sagt, dachte Jo und tätschelte ihre Nase. Obwohl er eine gewisse Übung im Auftischen von Halbwahrheiten hat. Dabei sieht er tatsächlich so aus, als ob er sich selbst diese Geschichte hundertprozentig abkaufte.

»Ich möchte einiges von Ihnen wissen.« Jo nahm wieder auf ihrem Kissen Platz. »Warum haben Sie mir nicht Ihren vollständigen Namen genannt? Warum ließen Sie mich in dem Glauben, Sie würden Tessir nicht kennen?«

»Ausgerechnet das ist Ihnen wichtig? Das ist doch albern. Können Sie sich denn nicht vorstellen, wie ich den Namen Abel hasse? Wieviel Prügel und Spott ich einstecken mußte, als ich noch zur Schule ging? Ich kann es nicht einmal ertragen, wenn mich ein Verwandter so nennt. Aber das sind Kindereien. Die

Variante, daß man mich hier im Orient für Bel, den obersten Herrn hält, finde ich einfach witzig. Und was Tessir betrifft: Ich kannte ihn damals wirklich noch nicht. Ich habe ihn erst jetzt in Damaskus kennengelernt. Ich wußte nicht, daß er unser Mittelsmann ist.«

»Das stimmt.« Zum ersten Mal mischte sich Anwar in das Gespräch ein.

Jo sah Tessir vor sich, den Grauen, mit dem Gilgamesch-Epos auf den Lippen, dem Königsaussehen und der Sternenliebe im Herzen. Er hatte sich sein Weltbild durch schlechte Erfahrungen erworben und war trotzdem Bels Partner. Aber da erkannte Jo, daß ihr Tessirs Gelassenheit fehlte, die Freiheit seiner geschundenen Seele. Er war den Skiles gewachsen, weil er nichts mehr verlieren konnte. Sie mußte fürchten, durch ihren Wunsch, Bel zu gefallen, von seiner Zuneigung abhängig zu werden. Wo ist mein Schutzgott, dachte Jo, Tessirs Schutzgott, der an meiner Seite gehen soll? Sie erinnerte sich an Tessirs Profil, seine königliche Nase, den Lockenbart und seinen spöttisch verzogenen Mund. »Es gibt keine Zufälle«, wiederholte sie Tessirs Worte. »Nur faule Fische.« Sie schob den Vertrag zu Bel hinüber und wandte sich dem Apotheker zu. »Haben Sie ein Lichtmikroskop?«

»Ja. Ja, natürlich. Bitte kommen Sie.« Er führte Jo an seinen Arbeitstisch und nahm die Abdeckung vom Mikroskop. Jo holte das Fotodöschen hervor, das Yassers Nagelprobe enthielt. Sie stellte die kleinste Vergrößerung ein und blickte durch das Okular. Anwar stand noch immer neben ihr, aber Bel war auf seinen Kissen sitzen geblieben. »Kennen Sie sich mit Insekten aus?« fragte Jo den Apotheker. Ohne eine Antwort abzuwarten, fuhr sie fort: »Natürlich kennen Sie sich mit Insekten aus.« Jetzt klang ihre Stimme so gereizt, daß Bel aufsprang und näherkam. »Insekten, Schädlinge! Deswegen haben Sie mich ja auch so schnell gefunden. Deswegen sitzen wir hier. Jemand ist aufs höchste alarmiert. Klar, Anwar, Sie sind der einzige in der Stadt, der Schädlingsbekämpfungsmittel verkauft. Heute morgen oder vielleicht gestern nacht sprach Sie jemand an, erzählte Ihnen von der fremden Frau, die etwas über Thrips palmii wissen möchte, da haben Sie Bel Skile alarmiert. Also los, blicken Sie durch die Vergrößerung und sagen Sie mir, was Sie sehen!« Jo rückte zur Seite und machte ihm Platz.

»Ich sehe den Teil eines Insektenflügels und Sandkörner.«

»Okay«, sagte Jo, zu Bel gewandt. »Lassen wir das dumme Versteckspiel. Es langweilt mich. Yasser, mein Mitarbeiter ist tot. Angeblich ist er im Euphrat ertrunken. Unter seinen Fingernägeln befinden sich die Reste von Thrips palmii, auch Melonentrips genannt, ein Schädling, der Syriens Ernte bedroht. Wagen Sie nicht, mir vorzumachen, das berühre einen weißen Fleck auf der Landkarte Ihrer Informationen. Führt Yale jetzt einen Krieg mit B-Waffen?«

»Genau deswegen wollen wir Sie haben, Jo.« Bel blickte ebenfalls durch das Okular, dann legte er seine Hand auf ihre Schulter. »Sie sind fantastisch. Sie bringen tausend Dinge auf höchst ungewöhnliche Weise miteinander in Verbindung. Aber lassen Sie doch mal Ihre üblen Verdächtigungen beiseite. Bleiben wir auf der Ebene der Tatsachen. Ich bin kein Insektenexperte, doch eines kann ich Ihnen versichern: Yale führt keinen, wie auch immer gearteten, Krieg. Aber ich stimme Ihnen in einem Punkt zu. Vielleicht hat Yasser etwas entdeckt und mußte deshalb sterben? Meine Bitte an Sie: Schließen Sie sich uns an. Sie haben möglicherweise im Haus des Parfümeurs etwas gefunden oder in Dura etwas beobachtet, was immens wichtig ist. Sie selbst sind in Gefahr, genau wie Yasser.«

»Sie hängen doch mit HOMA zusammen?« Jo kniff die Augen zusammen, um Bels unschuldige Miene nicht länger sehen zu müssen. Die ganze Geschichte stank. Was, um alles in der Welt, hatte sie entdeckt, das Bel bedrohte? Sie hatte den

Schützen gefunden, seine Goldkette, den falschen Pazuzu und sonst nichts. Ihre Bohrkernuntersuchungen waren absolut nichtssagend, einmal abgesehen von dem Plastikfetzen. Neben ihr arbeitete das HOMA-Team in Dura Europos unter Leitung von Mateo. Er pflanzte mühsam Bäumchen in das Steilufer und hatte bestimmt kein Interesse, daß diese von Schädlingen befallen wurden, außerdem führte er eine Untersuchungsreihe über Stoffwechselstörungen durch. Er hatte Angst vor Löchern, hatte trotzdem ihr und Bassel das Leben gerettet und war der einzige, der nach Yassers Tod freiwillig vor Ort blieb. Dann gab es noch Luc, der den Libanon begrünte und einen schwunghaften Handel mit exotischen Hölzern betrieb. Daneben widmete er sich der Wiederaufzucht von Lebensbaum und Zeder. Er war mit Yale verbandelt, so wie auch damals schon ein gemeinschaftliches französisch-amerikanisches Team Dura Europos ausgegraben hatte. Weiterhin gab es den Unbekannten, der Jo mit Pazuzus Hilfe von der Ausgrabung vertreiben wollte, der ihren Wagen lahmgelegt hatte, sie in Mari und Damaskus verfolgt, ihr aber bisher nichts getan hatte. Schließlich machte ihr Bel Skile ein sensationelles Angebot, und al-Assali versuchte, allen Ruhm auf seine Fahnen zu schreiben. So ganz am Rande schien die wissenschaftliche Welt ein Wettbieten um das neu entdeckte Buch des Ibn Sina zu veranstalten, zumindest war das Samiras Andeutungen zu entnehmen. Und sie, Jo, stand mittendrin und begriff nichts.

Statt meinen Verstand zu gebrauchen, dachte Jo hilflos und wütend zugleich, beginne ich, trotz neuer Ungereimtheiten, jede Erklärung Bels zu akzeptieren, hänge an seinen Lippen und verstehe nicht, was er sagt, weil mich sein liebenswürdiger und zugleich aufmerksamer Blick irritiert. Statt sein Interesse an mir als nüchternes Geschäftsgebaren zu werten, warte ich einzig darauf, daß er noch einmal meinen Namen ausspricht. Die Stelle, wo seine Hand lag, pocht, und der Nachhall seiner

Berührung ist mir wichtiger als seine letzte Ausrede. Komm auf die Erde zurück, ermahnte sich Jo. Sie fummelte umständlich an ihrer Nagelprobe herum und wußte, daß jeder, der Gesten zu deuten verstand, ihr seelisches Durcheinander begriff.

Tessir, um Himmels willen, du hast von meinem Talent gesprochen. Ich habe eine Hundenase. Im vorherigen Leben war ich eine heimatlose Promenadenmischung, die sich die Existenzberechtigung und den Fleischhappen erschnüffeln mußte. Das ist das einzige, was ich wirklich gut kann. Bel sucht weder die Forscherin in mir noch die Frau, sondern einzig dieses außergewöhnliche Talent, diesen Schnüfflertrieb.

Sie setzte sich noch einmal ans Mikroskop und überprüfte den Nagelfund in allen Vergrößerungen. Ein paar Hautzellen, notierte sie in Gedanken. Sie konnten von Yasser stammen oder von einem Täter, von jemandem, der abgewehrt werden mußte. Mateo und sein Sonnenbrand! Sollte das große Beduinentuch Kratzspuren am Hals verdecken, die entstanden waren, als sich Yasser zur Wehr gesetzt hatte? Aber warum? Was hatte Yasser entdeckt? »Ich finde nichts mehr«, sagte Jo und deckte das Mikroskop wieder ab. »Geben Sie mir noch einmal den Vertrag.«

Jo und Bel nahmen wieder auf den Polstern Platz. Anwar entschuldigte sich und öffnete seine Apotheke. Das Glockenspiel klimperte, und erste Kunden strömten in den Laden. Punkt für Punkt ging Jo den Vertrag durch. Das konzentrierte Lesen verschaffte ihr einen gewissen Abstand zu Bels Person. Trotzdem schwankte sie in der Beurteilung des Angebots: War es ein grandioser Bestechungsversuch oder die Chance ihres Lebens? Unterschrieb sie, verpflichtete sie sich gleichzeitig, ihren Ausgrabungserfolg in Yale zu präsentieren. Das glich eher einer Goldmedaille bei den Olympischen Spielen als Schmiergeld.

Was habe ich zu bieten, was habe ich beobachtet? Jeder Gedanke ist erlaubt, auch wenn er auf den ersten Blick absurd erscheint. Die Syndaktylie, eine Mißgeburt am Euphrat, Musil, irgendwie gehört auch er dazu, der Schütze als Beweis für Zenobias Widerstand, die Kette aus Gold, Weihrauch und al-Oud. Dazu Yasser mit seinem Gequassel über Assassini und die große Weltverschwörung, Luc und seine Bäumchen, Mateo mit seinem Tick, nicht zu vergessen Tessir und Gilgamesch und die Suche nach dem ewigen Leben.

Das ewige Leben.

Sieh mal einer an, dachte Jo und riß die Augen auf. So wie ich Bel beurteilte, macht er's nicht drunter. Kleinigkeiten sind für andere da. Das ewige Leben entspricht seiner Schuhgröße. Sie blickte zu ihm hinüber. »Und führe mich nicht in Versuchung!« schoß es Jo durch den Kopf. Was weiß ich, was gehört zusammen? Jo schloß die Augen. Der soziale Fonds und der alte Ausgrabungserfolg sichern den Skiles ein ewiges Andenken. Bäume sind Boten der Ewigkeit. Die Wälder des Libanon, einst Sitz der grünen Götter, die den Menschen die Heilkraft der Pflanzen schenkten. Der Lebensbaum wiedereingeführt von Lucs Aristokratenhänden. Das Ufer des Euphrat von Mateo begrünt, der Fluß, den man den Lebensstrom nennt. Und über allem schwebt der liebliche Duft von al-Oud.

Das habe ich gefunden. Zusammen mit Weihrauch und Gold.

Zenobia hatte den Schützen damit ausgezeichnet. Doch al-Oud kann man kaufen. Sündhaft teuer, aber für die Skiles bezahlbar. Was soll Besonderes daran sein? Um Adlerholzbäume zu erforschen und herauszubekommen, wie sie sich infizieren, was die Voraussetzung für die Produktion von al-Oud ist, muß man in die Tropen reisen. Was treibt Bel nach Dura Europos? Sein Großvater hat die christliche Hauskirche ausgegraben und nach Yale gebracht. Die Synagoge aus Dura blieb in Syrien und wurde im Nationalmuseum von Damaskus wiederaufgebaut. Rotbraune Wandmalereien, biblische Szenen, Erbauliches und Frommes unter dem Dach aus exotischen Hölzern.

Jo nahm jetzt ihre Finger zu Hilfe. Lautlos zählte sie auf: Adlerholzbaum, Infektion durch ein bohrendes und saugendes Insekt, dann Befall durch einen Pilz, Produktion von al-Oud, auch im längst abgestorbenen Holz. Lag das Holz jahrzehntelang im Wasser, wurde al-Oud sogar noch kostbarer. Ein himmlischer Duft, ein Heilmittel gegen manche Krankheiten, ein Wundermittel gegen die große Menschheitsplage – gegen Krebs? Und jetzt Dura Europos: Knotenpunkt der Seidenstraße, Ort des kulturellen Austausches zwischen fernen Welten, blühende Stadt mit religiöser Vielfalt. Da wurde geopfert und geräuchert, was das Zeug hielt und was die Karawanen heranschafften. Mit jedem neuen Duft kommt fremdes Gedankengut herangeschwebt, Heilpraktiken, Versprechen, Versuche. Wurde hier infizierter, nach al-Oud duftender Adlerholzbaum beim Kirchenbau verwendet, so wie einst Zeder und Lebensbaum den Tempel zierten? Wollten die Gläubigen alt wie Methusalem und Noah werden oder es vielleicht Christus gleichtun, den man mit al-Oud gesalbt hatte?

Jo ließ ihre Finger sinken. Ich hab doch keine Ahnung, dachte sie und tippte sich an die Stirn. Wasser, Euphrat, Umschlagplatz für tausend Waren, Seidenstraße, ja und? Ich habe keine vor al-Oud triefenden Hölzer aus dem Euphrat geborgen. Yasser genausowenig, sonst hätte er Holz unter den Nägeln. Aber er hatte etwas entdeckt, dafür mußte er sterben. Was? Schädlinge? Sollten sie eine Infektion vorbereiten? An Mateos Bäumchen? An Zeder und Lebensbaum? An den Pflanzen, die Luc im Libanon setzte? An den alten würdigen Heilpflanzen der Bibel, jenen Schätzen, die schon Pharaonen begehrt hatten? Warum sonst führte ihr Königsweg durch Syrien? Tief hinter ihrer Stirn begann es zu kribbeln. Da dümpelte ein Gedankenansatz herum, ein ferner Einfall. Doch nichts verfestigte sich zu einer Erleuchtung. Die Al-Oud-Produktion verlief ähnlich wie die Perlenbildung in Muscheln. Der Unterschied bestand darin, daß man Perlen züchten konnte und bei al-Oud im dunkeln tappte. Jeder Wissenschaftler, der über das Einmaleins hinausgekommen war, würde Forschung an Adlerholzbäumen in den Tropen betreiben.

Oder auch nicht.

Jo riß die Augen auf, starrte Bels gepflegte Erscheinung an und klappte die Lider wieder zu. Hier gab es doch Aloe-Arten, die Al-Oud-Duftstoffe absonderten. Selbst ohne al-Oud hat es die Aloe in sich. Sie macht das Gesicht schön glatt, wirkt der Faltenbildung entgegen und ist deshalb wertvoller Bestandteil aller Cremes und Salben. Die ewige Jugend unter den Tränensäcken. Oder das ewige Leben, ein Mittel gegen Verfall und Verwesung. Jesus wurde mit Aloe und al-Oud gesalbt, so steht's in der Bibel. Setzte die HOMA hier einheimische Schädlinge ein, um Aloe-Arten zur Al-Oud-Produktion anzuregen? Das Prickeln hinter Jos Stirn nahm zu. Es glich einem Gefühl, als griffen rostige Zahnrädchen knirschend ineinander, um ein uraltes Getriebe anzuwerfen.

Brauchte al-Oud nicht Feuchtigkeit? Dura war knochentrocken. Aber was war mit dem Steilufer des Euphrat, was mit den alten hölzernen Brückenpfeilern? Ich habe weder Taucher noch irgendeine Aktivität im Wasser gesehen. Was weiß ich, das Bels ewigen Ruhm bedroht? Jo öffnete die Augen, um in die Wirklichkeit zurückzufinden.

»Was haben Sie herausgefunden, Jo?« fragte Bel. »Ich kann mir gut vorstellen, wie Sie alle Fakten addieren und zu einem Ergebnis kommen.« Er hob bittend die Hände. »Wir hätten Sie gern in unserem Team. Wir wollen Sie, ich will Sie! Jemand hat eigenmächtig Wege beschritten. Sie wissen etwas, denken Sie nach!«

»Warum ist Ihnen das wichtig?«

»Es geht um den Fonds, um das Andenken meines Großvaters, um unseren Ruf.«

»Sie verdächtigen also einen Ihrer Mitarbeiter. Ich kenne aber nur das HOMA-Team. Also heraus mit der Sprache ... o nein!« schrie Jo. »Mateo und seine Untersuchungsreihe. Er testet etwas, er macht Versuche, die nicht erlaubt sind! Er benutzt die ahnungslosen Syrer für ein medizinisches Experiment, und das hängt irgendwie mit dieser Bäumchenpflanzaktion zusammen. Yasser hatte recht mit den Methoden der Assassini, er hatte so recht, und genau das sind Sammans Dämonen, die das Böse gebracht haben. Musil! Musil ist in Gefahr!«

»Wo wollen Sie hin?« Bel war aufgesprungen und hielt Jo fest.

»Nach Dura Europos! Ich muß Musil da rausholen. Wenn er irgend etwas findet, bringt ihn Mateo um!« Sie wollte sich losreißen, aber Bel packte sie noch fester. »Anwar!« rief er zu dem Apotheker hinüber. »Funke Tessir an! Er ist auf dem Weg nach Deir es-Zor, um Sie zu beschützen, Jo. Samira hat ihn geschickt! Vielleicht kann er eine Abkürzung nehmen und ist schneller in Dura Europos als wir. Fahren Sie mit mir. Ihr alter Bus ist doch eine lahme Krücke.«

»Warten Sie!« Anwar rief einen Befehl in den Lagerraum hinüber und kam dann angerannt. »Mein Sohn benachrichtigt Tessir, ich fahre auch noch mit!«

Zu dritt stürmten sie aus der Apotheke, über den Suq und zu Bels Defender hinüber, der, von einem Syrer bewacht, am Euphratufer parkte. Jo kletterte auf den Rücksitz. Sie konnte nicht mehr klar denken. Sie hatte nur Angst um Musil.

Was Musil wirklich zu schaffen machte, war die Hitze. Seit er in das Loch gefallen war, das sich plötzlich unter seinen Füßen aufgetan hatte, schien ihn ein glühender Feuerball von innen zu verzehren.

Der schmale Schacht verengte sich nach unten. Er klemmte darin wie der Korken in einer Flasche. Sobald er versuchte, die vielen Meter nach oben zu klettern, versank er noch tiefer. Jetzt steckte er so gründlich zwischen den alten Lehmmauern fest, daß sein Brustkorb zu schmerzen begann. Obwohl er jeden Tropfen Wasser bei sich behalten sollte, spürte Musil, wie ihm Tränen über die Wangen liefen. Er fürchtete um Jo. In seiner Erinnerung sah sie wie seine Mutter aus. Ihr Blondhaar glich dem weißen Kopftuch der Verstorbenen, und ihre Stimme klang so lieblich wie einst das Kinderlied zur Nacht.

Die ungeheure Wut des Mannes hatte ihn zutiefst verwirrt. Er, Musil, der gar nicht lesen konnte, hatte auf ein Papier gestarrt, das Mateo aus den Fingern gerutscht war, als er ihn an diesem säuselnden und zischenden Luftapparat einatmen ließ, der zu seiner Untersuchungsreihe gehörte. Zuerst hatte er ihn gelobt, wie gut und fest er einatme, dann schien er besorgt zu sein und überprüfte alle Schläuche und Leitungen. Schließlich riß er eine Mappe hervor, in der er herumwühlte. Ein Blatt Papier segelte zu Boden. Musil hatte die Maske von Mund und Nase genommen und sich zu dem Blatt hinuntergebeugt, um es Mateo zu reichen. In diesem Moment war es geschehen.

»Du verdammter Dieb!« schrie Mateo.

Musil sah alles in Mateos Augen, was er im Leben nie wieder sehen wollte: Panik und Wut, die schiere Mordlust und entfesselte Gefühle, die der große Mann nicht mehr unter Kontrolle hatte. Im Bruchteil einer Sekunde war Musil davongestürmt. Er war aus dem Versorgungshaus gerast, zu den Winkeln und Ecken der alten Zitadelle hinaufgeflitzt, bis sich der Boden unter seinen Füßen wie ein Höllenschlund aufgetan hatte und er in die Enge hinabgestürzt war. Er mußte Jo vor diesem Mann warnen. Mateo war besessen. Der große Mann, der seine Verbrennungsnarbe mit sanften Fingern abtastete und sein schiefhängendes Augenlid untersuchte, hatte sich von einem Moment auf den anderen in einen bösen Geist verwandelt. Das alles nur, weil Musils Blick auf ein Blatt Papier gefallen war. Zu seinem Entsetzen stellte Musil jetzt fest, daß er es noch immer mit einer Hand umklammerte. Er hatte es doch nicht fortnehmen wollen!

Musil wurde von einem Weinkrampf geschüttelt. Er war so heftig, daß ein Teil der Lehmmauer an seiner rechten Schulter abbröckelte und ihn bis zu den Schlüsselbeinen begrub. Dafür kam sein rechter Arm frei. Er konnte ihn aus dem Schutt herausziehen. Wenn Mateo nur wieder nach ihm suchen würde! Vorhin hatte er seinen Kopf für ein paar hoffnungsvolle Sekunden am Schachtrand erblickt, aber er war nicht zurückgekehrt. Dabei könnte er doch jetzt Mateo das Blatt zeigen und ihm versichern, daß er es nur aufheben, aber nicht stehlen wollte! Der Anblick langsam rieselnder Sandkörner stimmte Musil traurig wie nie zuvor im Leben. So sah sein Ende aus. Diese harmlosen winzigen Steinchen, jedes für sich so unscheinbar, daß man das einzelne übersah, würden sein Schicksal besiegeln. Zuerst bildeten sie nur ein kleines Häufchen vor seiner Brust, dann türmten sie sich zu Millionen Körnern auf, die er mit der rechten Hand immer wieder zur Seite schob, bis sie sich an den Wänden stauten und wieder zurückfielen. Bange Minuten später mußte er den nächsten Haufen wegschaufeln. Es wurde heiß. Das Feuer in seinem Inneren schien seine Lungen zu zerfressen. Sein Atem versengte seine Lippen. Hatte er Fieber? Noch mehr Sand und Steine stürzten auf ihn herab, trafen seine Hand und beschmutzten das Papier. Er mußte es schützen und bewahren, damit es keinen Schaden nehmen konnte. Die Silberdose! Dort konnte er es unterbringen. Mit einer Hand machte er sich sofort an die Arbeit. Das war schwierig und verlangte Geduld und Ausdauer, was ihm zusätzlich den Schweiß auf die Stirn trieb. Musil spürte, daß etwas mit seinem Körper geschah. Das Feuer pulsierte jetzt in seinen Adern, ließ das Herz rasen und betäubte fast seine Sinne.

Er mußte sich ausruhen. Keuchend ließ er den Kopf minutenlang hängen, dann setzte er sein Werk fort. Schließlich war er zufrieden. Das Papier war sicher verstaut. Doch er spürte, wie schwer sein Atem ging, wie laut sein Herz klopfte, wie häufig Sand und Geröll auf ihn herabstürzten und wie nah die Wände rückten.

Wieder traf ihn ein Stein am Kopf. Der Schmerz durchzuckte ihn bis hinunter zu den Zehenspitzen, von denen er dachte, sie seien längst taub geworden. Weit oben, dort, wo die Freiheit auf ihn wartete, tanzten Feuerräder am Himmel. Sie sausten durch die Luft und trafen ihn wie die Geschosse einer feindlichen Armee.

Der Schütze, dachte Musil. Er hatte seine Feinde nicht gefürchtet! So tapfer wollte er auch sein, genauso mutig und ausdauernd. Zenobias Krieger war ein Entstellter gewesen wie er, behangen mit der Goldkette der Königin. Und er, Musil, hielt Jos Silberdose in der Hand. Nie zuvor hatte er ein solches Geschenk bekommen. Sie hatte ihn vor allen anderen Helfern ausgezeichnet. Nun war er sich sicher: Jo würde auch ihn in seiner Gruft entdecken. Er lächelte den Sand an, der jetzt bis an seine Lippen gestiegen war. Das nützt euch nichts, sprach er in Gedanken zu den vielen Körnern. Jo wird mich finden, vielleicht nicht bald, aber eines Tages. Die Erinnerung an Jos Spürsinn tröstete ihn und erleichterte ihm das Atmen: Sie fand, was unter dem Sand verborgen lag.

Als er dies dachte, spürte er, wie die Schwere von ihm abfiel. Der schmale dunkle Schacht über seinem Kopf wurde von hellem Glanz erfüllt, der ihm Kühlung brachte. Die rieselnden Sandkörner ließen sanfte Musik erklingen, die ein Lächeln auf sein Gesicht zauberte. Er löste sich von seinem schmerzenden Körper, dem pochenden Herz, den keuchenden Lungen, dem schiefen Gesicht, dem Buckel und den hängenden Augenlidern und glitt nach oben. Er fühlte sich frei und unbeschwert.

Er war glücklich und ein wenig neugierig. Er betrat eine andere Welt. Es war jetzt ganz leicht, dem Licht entgegenzugehen.

Samman hatte nichts gesehen und nichts gehört. Jo blickte in seine trüben Augen, sah auf seine zitternden Hände hinab und fürchtete um Musils Leben. Der alte Mann wirkte wie ein Bote schrecklicher Nachrichten. Die Angst um Musil war dem Alten anzusehen. Jetzt bemühte er sich zu helfen und ordnete seine Gedanken. Den ganzen Vormittag über hatte er Mateo beobachtet, einen Mateo, der sich wie immer gab, die letzten Ausrüstungsgegenstände vom Versorgungshaus heraufschleppte und damit den Wagen belud, der dem Karottenkopf gehörte. Schließlich war er ohne besondere Eile und großes Tamtam davongefahren.

Bei seinen Erklärungen hatte Samman Bel verwundert betrachtet, genau so, als habe er einen alten Bekannten vor Augen; dabei hatte er Jo einen warnenden Blick zugeworfen, Unverständliches vor sich hingebrabbelt und sich dann stumm der Suche angeschlossen. In meterweiten Abständen wanderten sie über das Ruinenfeld, riefen nach Musil, blickten hinter geborstene Mauern und in die tiefen Wadis hinab. Dann stellten sich Jos Beduinen, Mustafa und Bassel, ein und zogen mit ihnen über das Ausgrabungsgelände. Hier kann Musil nicht stecken, dachte Jo. Wir haben alles abgesucht. Meine Sorgen sind unnötig. Niemand weiß, wo Musil die Nächte verbringt. Wahrscheinlich hat er wie immer seinen Unterschlupf aufgesucht. Wieder kam Jo am Haus des Parfümeurs vorbei und warf einen Blick in die Tiefe. »Warum verdächtigen Sie eigentlich einen Ihrer Mitarbeiter?« fragte sie Bel, der neben ihr das Gelände abgesucht hatte.

»Es wurden Gelder verschoben. Wir sind dem nachgegangen und haben entdeckt, daß sie in der medizinischen Forschung verschwunden sind. Da liegt es nahe, Mateo zu verdächtigen. Hinzu kommt Yassers Tod durch Ertrinken.«

»Hatte Mateo Zugang zu Ihren Konten?«

»Das ist das Problem. Selbstverständlich nicht. Dafür gibt es einen Aufsichtsrat. Wir fürchten, daß jemand von den Antonys selbstherrliche Entscheidungen getroffen hat. Zwischen den beiden Familien, also den Skiles und den Antonys, besteht so etwas wie eine wissenschaftliche Konkurrenz. Ich habe vorsichtig bei der Verwandtschaft nachgefragt und wurde liebenswürdig abgespeist. Man muß das ganz locker und harmlos sehen, wurde mir geraten. Alles wird sich klären. Ein Witz hier, ein kleiner Scherz dort. Schultern wurden geklopft, Banales wurde ausgetauscht, aber erfahren habe ich nichts.«

»Wer hat Sie von Yassers Tod unterrichtet?«

»Al-Assali selbst. Ich kann keine Geschäftsgeheimnisse verraten. Deshalb nur eine Andeutung für Sie: Wir finanzieren auch die Restauration eines alten Gebäudes in Damaskus. Für mich als Architekten ist das eine erfreuliche Abwechslung.«

»Sprechen Sie von dem alten Khan, in dem Tessir wohnt?« Jo erhielt keine Antwort. Alles, was Bel vorbrachte, klang vernünftig. Doch wo steckte Musil? Jo starrte noch immer zu der Stelle hinunter, wo einst der Schütze gelegen hatte. Sie sah ihn vor sich, als ruhe er noch an seinem alten Platz: Auf dem Bauch liegend, halb über die rechte Hand gesunken, die auch im Tod den hölzernen Bogen umspannt hielt. Mit der linken Hand wollte er gerade über die Schulter zum Köcher greifen, als ihn die Lanze durchbohrte. Das rechte Bein war angewinkelt. Er hatte im Knien geschossen. Einer gegen zwanzig, dachte Jo. Er fürchtete sich nicht. Sie zauderte jetzt nicht mehr, sondern sprang in die Grube und scharrte mit den Füßen im Sand, um die Skorpione zu vertreiben. Dann legte sie sich auf den Boden und nahm die Position des gefallenen Schützen ein.

»Was soll das?« Bels Kopf erschien am Grubenrand; Samman,

Mustafa und Bassel gesellten sich dazu. Verstört blickten sie zu Jo hinunter.

»Vielleicht habe ich hier eine Eingebung, wo Musil steckt.« Jo preßte die Wange auf den steinigen Untergrund. Minutenlang wartete sie auf innere Bilder und Visionen. Doch sie spürte nur, wie müde sie wurde. Gestern abend war es sehr spät geworden. Die Zecher von Deir es-Zor hatten sie aufgehalten und mit Informationen überschüttet. Bevor sie jetzt eine Vision erhellte, würde sie in tiefen Schlaf fallen. Sie sollte die Suche nach Musil abbrechen. Niemand konnte ahnen, wo der Junge steckte. Jo rappelte sich auf und kletterte nach oben.

»Sie verwenden wirklich Außenseitermethoden!« In Bels Stimme lag ehrliches Staunen. Er reichte ihr die Hand und klopfte sogar den Staub von ihren Schultern. »Waren Sie in der vierten Dimension? Haben Sie einen Zeitsprung gemacht?« Sein ernstes Gesicht verriet keinerlei Ironie, dafür einen Anflug von Bewunderung.

»Klar«, antwortete Jo. »Großes Mysterium, alte Hexenkunst. Ich habe an gestern abend gedacht.« Sie nickte Bassel und den anderen zu und bewegte sich zum Palmyra-Tor hinüber. »Laßt uns gehen, hier steckt Musil nicht.« Sekunden später blieb sie stehen. »Gestern abend, die Zecher, was behaupteten die?« Sie wirbelte auf dem Absatz herum und starrte Bel an, als ob die Antwort auf seiner Stirn geschrieben stände. »Dura Europos war ein Flußhafen, eine Zollstation. Was ist mit den alten Warenhäusern unten am Wadi, dort, wo es zur Zitadelle geht?«

»Nichts«, Bassel schüttelte den Kopf. »Wir haben schon nachgesehen.« Aber Jo hörte seine letzten Worte nicht mehr. Lagerhäuser hatten diese verdammten schmalen Getreideschächte, durch die man den Weizen wie durch einen Trichter goß. Sie bargen keine Geheimnisse, keine Goldschätze, deshalb wurden sie nicht aufwendig untersucht und auf Karten verzeichnet. Sie rannte wie besessen Richtung Euphrat und Zitadelle. Kurz darauf hatte sie solch ein Loch im Boden entdeckt. Es lag zwischen zwei kleinen Mäuerchen, die so schmal beieinander standen, daß sich ein Fliegengewicht wie Musil hindurchquetschen konnte, ein großer Mann aber nicht folgen würde. Der ideale Fluchtweg für einen kleinen Jungen, dem jemand auf den Fersen war. »Hilfe!« schrie sie mit sich überschlagender Stimme. »Bewegt euch, schnell, holt ein Seil! Hier steckt er!« Sie fiel auf die Knie. »Musil, Musil, sag doch was. Wir sind hier. Wir holen dich raus. Halt nur durch, gleich bist du oben!«

Bassel kam keuchend mit dem Abschleppseil aus Bels Defender angerannt. »Das mach ich!« bestimmte er und scheuchte die anderen energisch fort. Er band sich das Seil um die Brust. Stück für Stück ließ man ihn kopfunter in den finsteren Schacht hinab. Ein Alptraum, dachte Jo. Das war kein Versuch einer professionellen Bergung, sondern ein irrwitziges, todesmutiges Vorgehen. Kopfunter und ohne Brustgeschirr, das Bassel sicherte und den Druck auf seinen Brustkorb gleichmäßig verteilte, konnte er minutenschnell ersticken. Jo sah ihn verschwinden, und die Angst um den Verschütteten und seinen Helfer schnürte ihr die Kehle zu. Sie hörte Sand und Geröll hinabpoltern und plötzlich Bassels dumpfen Schrei aus der Tiefe. Bange Minuten vergingen, eine Zeit, in der eisige Finger nach Jos Herz griffen. Würden beide ersticken? Doch wieder schien Bassel etwas hinaufzurufen. Jo erkannte es daran, daß ein Kamelstrick herabgelassen wurde, dem Bels Gürtel folgte. Gemeinsam zog Jo jetzt mit den Männern am Seil. Sie zerrten und stöhnten, sie ruckten und verkeilten die Füße im Boden und hievten Bassel schließlich wieder an die Oberfläche. Er sank keuchend jenseits der Mauer nieder, spuckte Sand und Steine aus und rieb sich den Staub aus den Augen. »Zieht«, ächzte er und zeigte auf den gespannten Kamelstrick an seinem

Gürtel. Noch einmal stemmten sie sich in das Seil. Musils kleine leblose Gestalt rutschte über den Schachtrand und sackte auf den Boden.

Da lag er ausgestreckt unter der erbarmungslosen Sonne von Dura Europos. Sofort stürzten Jo und Bel zu ihm hin. Keuchend und bebend drückten sie auf seinen Brustkorb, bliesen Atemluft in sein blasses, wächsernes Gesicht und fielen schließlich neben ihm in den Staub. Es war umsonst, alles war umsonst. Der Junge war schon lange tot.

»Ein Unfall.« Bel zog Jo vom Boden hoch.

»Noch ein Unfall?« Ihr Gesicht war mit Sand und Tränen verschmiert. Sie bettete Musils Körper auf den Boden, zog ihm das staubige Hemd wieder über die Brust und schloß die Knöpfe. Wie klein er war. Wie abscheulich er aussah, jetzt noch gräßlicher als im Leben, wie es ihr das Herz zerriß! Samman trat heran, nahm seine Kopfbedeckung ab und legte das Tuch über Musils entstelltes Gesicht. Dann kreuzte er Musils Arme über der Brust. Etwas funkelte im Sonnenlicht. Bel beugte sich hinab. In Musils rechter Hand blitzte es. »Eine Silberdose? Gehört sie nicht Ihnen?« Noch immer umklammerte Musils Hand Jos Geschenk.

»Ich hab sie ihm geschenkt. Laßt ihm die Dose!« Sie hatte ihre Stimme nicht unter Kontrolle und schluchzte heftig.

»Nein!« Samman bog Musils Finger auseinander, nahm die Dose und reichte sie Jo. »Wenn er das kostbare Geschenk mit ins Grab nimmt, werden ihn Räuber eines Tages wieder hervorholen und seine ewige Ruhe stören. Dann tragen die Wüstenfüchse seine Knochen über den Sand. Ich werde ihn waschen und bestatten, als wäre er mein Sohn. Geh jetzt, Jo. Suche die Wahrheit!«

Noch nie hatte Samman so mit ihr gesprochen. Während all der Wochen hatte er sich demütig und bescheiden gegeben. Aber jetzt bestimmte er das Geschehen. »Frag Mateo, was vorgefallen ist.«

»Und wo finde ich ihn?«

»Am alten Flugplatz, wo früher die Räuber aus Yale landeten. Dämonen erheben sich immer in die Luft. Er wird es nicht anders machen.«

»Kommen Sie!« Bel war der erste, der Sammans Aufforderung begriff. »Der alte Flugplatz ist in meiner Karte eingezeichnet. Weinen können Sie später.« Er packte ihren Arm und rannte mit ihr den Weg hinauf, die Via Recta entlang und hinüber zum Palmyra-Tor. Bassel und Mustafa überholten sie und warteten am Auto. »Nehmen Sie uns mit!« schrie Mustafa. »Ich kenne den Weg. Wir haben unsere Zelte am alten Flugplatz aufgeschlagen!« Mit durchdrehenden Rädern und aufheulendem Motor startete Bel und raste über Sand und Steine der großen Fernstraße entgegen. Gerade als er die Böschung hinaufschoß und sie queren wollte, brummte Tessirs Truck heran. Mustafa streckte den Oberkörper zum Fenster hinaus und brüllte Erklärungen hinüber. Jo hörte Bremsen kreischen und sah Tessir aus dem Lastwagen springen. Er quetschte sich zu ihr und Bassel auf den Rücksitz. Die nächste Bodenwelle schleuderte alle Insassen hoch. Bel preschte mitten durchs Gelände, über Sand und Steine, durch Kamelmist und Dornbusch, immer Mustafas Finger nach. Plötzlich wieder ein Stop mit jaulenden Bremsen und Staubfontänen. Sekundenstille. Dann stürzten alle wie eine Person aus dem Auto.

Eine Cessna stand auf der alten Startbahn. Sie glänzte im Sonnenlicht, auf ihrem Rumpf prangte das Logo der Shell Company, und ihr Triebwerk donnerte bereits. Beduinenzelte neben der Startbahn flatterten wie Fähnchen, Schafe stoben auseinander, aber Männer, Frauen und Kinder begleiteten Mateo zum Flugzeug. Sein blonder Kopf überragte die Menge. Schneller als Jo und Bel laufen konnten, rannten jetzt Tessir, Mustafa und Bassel hinüber.

Was nun geschah, würde Jo nie vergessen. Die ganze Schar

umringte Mateo. Sätze flogen hin und her. Dann fuhren die ersten Hände hoch, Fäuste mit Hirtenstäben und Steinen. Sie schienen in der flirrenden Luft zu schweben und sanken wieder herunter. Entsetzt blieben Bel und Jo stehen. Das Sonnenlicht ließ Mateos blonden Kopf leuchten. Sie erwarteten beide, ihn augenblicklich vom eigenen Blut rotgefärbt zu sehen. Doch das Unglaubliche geschah. Die Menge zu seinen Seiten teilte sich. In einer schmalen Menschengasse aus wehenden Kleidern, schwarzen Röcken und buntem Tuch schritt Mateo zum Flugzeug hinüber, kletterte an Bord und verschloß die Tür. Die Maschine dröhnte über das Rollfeld, erhob sich und entschwand am südlichen Himmel.

»Bist du verrückt?« Bel schrie Tessir an, der jetzt langsam zu Jo herüberkam. Das Flugzeug hatte sich in Nichts aufgelöst wie eine Luftspiegelung. Der Wind säuselte über den Boden. Feiner Sandstaub sank auf sie herab. »Warum läßt du ihn laufen?« brüllte Bel. »Was soll ihm das nützen? Ich werde ihn trotzdem anzeigen.«

»Du mußt noch viel lernen.« Tessir stopfte das Ende seines Turbans wieder fest um seinen Kopf. Während alle aufgeregt waren, verschwitzt und keuchend versuchten, die Ereignisse der letzten Stunde zu verarbeiten, schien er völlig losgelöst von den kleinen Nöten der Menschheit zu sein. Wieder einmal glaubte Jo, sein Stammbaum reiche an den Beginn der Zeit zurück. Das Mystische einer anderen Welt wehte in ihre Gegenwart hinein. »Hier herrscht allein das Gesetz der Wüste«, sagte Tessir, ohne die Stimme zu heben. »Mateo hat zwei Leben gerettet und zwei Leben genommen. Er gehört nun *Allâh*! So will es die Wüste, so ist es geschehen.«

»Werden Sie Mateo tatsächlich anklagen?« fragte Jo Bel Skile. Sie saß in seinem Defender und starrte teilnahmslos auf die Straße. Sie wäre lieber mit Tessir nach Deir es-Zor gefahren, doch er und Anwar wollten sich noch um Musils Beerdigung kümmern.

»Vielleicht waren es wirklich nur Unfälle. Wir haben weder bei Yasser noch bei Musil stichhaltige Beweise.«

»Mateo hatte ein schlechtes Gewissen.«

»Nicht unbedingt. Wenn ich Beduinen mit Steinen in den Händen sehe, versuche ich auch abzuhauen.«

»Um was geht es bei seinen Untersuchungen?«

»Die offizielle Version kennen Sie. Stoffwechselstörungen, Lungenkapazität, Herzerkrankungen. Was darüber hinausgeht, unterliegt der Geheimhaltung.«

»Trauen Sie Mateo zu, verbotene Experimente gemacht zu haben?«

»Auf diesem Gebiet sind Sie wohl Laie? Die Gesetzeslage zur Forschung am Menschen wird in den Ländern so unterschiedlich gehandhabt, daß seine Untersuchungsreihe vielleicht nur in Deutschland auf der roten Liste steht. Warum gehen denn so viele deutsche Wissenschaftler ins Ausland? Wenn Sie schwer krank sind und dank eines Heilmittels genesen, überprüfen Sie nicht, wie viele Tiere dafür sterben mußten oder ob Menschen in der Erprobungsphase gelitten haben. Es ist immer eine Gratwanderung. Natürlich gibt es so etwas wie ein globales Unrechtsempfinden. Aber auch das wird unterschiedlich interpretiert. Mateo ist ein ehrgeiziger Wissenschaftler, das steht außer Frage. Alle unsere Mitarbeiter haben kühne Pläne und Visionen. Wenn es an die Umsetzung des Forschungszieles geht, entwickeln die meisten eine sehr selektive Wahrnehmung. Sie vernachlässigen ihre Familien, ihr Privatleben, ihre eigene Gesundheit und die ihrer Mitarbeiter. Sie haben ein ganz anderes Maß als ein Durchschnittsmensch mit vier Wochen Urlaub im Jahr und Feierabend um fünf. Wer sich selbst so hart fordert, hängt natürlich auch die Latte für seine Mitmenschen höher. Vielleicht wurde Mateo auch erpreßt. Sie haben ja selbst beobachtet, wie empfindlich er reagierte. In gewisser Weise war er unheilbar krank. Er litt an Klaustrophobie. Was glauben Sie, wie eingeschränkt sein Privatleben und seine Tätigkeit als Arzt damit waren? Ich habe eine vage Erinnerung an einen Prozeß, in dem man ihm unterlassene Hilfeleistung vorwarf! Er konnte Unfallopfer nicht aus einem halbverschütteten Kellerraum bergen. Er hat hart gearbeitet, um das auszugleichen und seine Stelle behalten zu können. Und, verehrte Frau Zakyneros, was die gnadenlose Umsetzung wissenschaftlicher Visionen angeht, schätzen wir Sie ähnlich ein. Ich traue Ihnen zu, daß Sie keine Herausforderung scheuen, wenn Sie eine ethnobotanische Sensation wittern. Allein die Tatsache, daß Sie hier gegraben haben, während nicht einmal mehr Diplomaten in Syrien verweilen, spricht für Ihren Ehrgeiz. In solchen Krisenzeiten – immerhin haben wir Krieg im Nachbarland – könnten Sie auch daheim fleißig und arbeitslustig sein, aber sie leiden an ethnobotanischem Machthunger. Sie wollen keine Komplizen, keine Konkurrenten! Sie bewegen sich doch immer völlig allein in der arabischen Welt. Haben Sie eigentlich keine Angst? Was ist, wenn Ihnen einer an die Kehle geht? Erschlagen Sie ihn dann mit der Botanik, wie al-Assali im Krak des Chevaliers? Luc hat mir davon erzählt. Das war grandios. Kommen Sie zu uns, Jo! Wir wollen Sie haben!«

Jo antwortete nicht. Musils Tod ging ihr noch so nahe, daß sie an nichts anderes denken konnte.

»Schließen Sie sich uns an!« fuhr Bel fort. »Wenn Sie weiter oben stehen, haben Sie ganz anderen Einfluß. Mein Vater kann humanitäre Hilfe für den Irak durchsetzen, weil er Macht hat. Er hätte sich auch für Musil eingesetzt. Für ihn zählt jedes Leben.«

»Und jetzt wird dieses Bild der gütigen und gebildeten Familie Skile bedroht? Ausgerechnet ich soll das verhindern können? Wenn Sie nichts mit Mateo zu tun haben, sind Sie unschuldig.«

»Wir sind mit der HOMA verbunden. HOMA ist das Lieblingsprojekt meines Vetters Nik Antony. Hier ist so viel schiefgegangen, daß der schlechte Eindruck, den die Gesellschaft hinterlassen hat, automatisch auch uns betrifft. Das ist nur schwer korrigierbar.«

»Ist Ihr Vetter auch in Syrien? Wie sieht er aus?«

»Auf keinen Fall so attraktiv wie ich!« Als Bel merkte, daß nur er über seinen Scherz lachen konnte, fuhr er nüchtern fort: »Völlig unauffällig, nicht zu groß, nicht zu dick, schwarze Haare, Mitte Dreißig. Wenn Sie den Vertrag unterschreiben, werden Sie ihn irgendwann kennenlernen. Zur Zeit ist er in London. Er verfolgt dort eine heiße archäologische Spur.«

»Ja? Erzählen Sie!«

»So gefallen Sie mir schon besser, Jo! Sie sind stark und verletzlich. Ich leide mit Ihnen um den kleinen Jungen. Aber Sie können nichts rückgängig machen. Jetzt müssen Sie an die Zukunft denken. Haben Sie schon einmal etwas von Tara gehört, dem legendenumwobenen Hügel nördlich von Dublin? Ja? Er soll über viertausend Jahre alt sein. Man hat Tonscherben mit Ritzungen gefunden, die vielleicht eine Art Sternenkarte darstellen. Nik versucht, die Auswertungsrechte zu bekommen. Ich mache Ihnen einen Vorschlag, Jo. Sie müssen ja Ihren alten Bus selbst nach Damaskus zurücksteuern, wir trennen uns also in Deir es-Zor. Ich fahre heute noch nach Palmyra. Wenn Sie Lust haben, dann kommen Sie doch als mein Gast ins Meridien. Sie wissen ja, daß dieses Hotel die jahrtausendealten Thermalanlagen restaurieren ließ. Schon im Grotteneingang überfällt einen der Schauer der Vergangenheit. Da öffnet sich eine weitverzweigte unterirdische Anlage. Umkleidekabinchen, die zweitausend Jahre alt sind, Votivaltäre am Eingang, Inschriften wie: »Zeus, dem Höchsten, Herren der Welt.« Und dann das dreiunddreißig Grad warme Wasser, Massage mit Salbölen nach alter Rezeptur und ein Essen unter Olivenbäumen mit

Blick auf die Wüste und Palmyras Ruinen. Falls Ihnen das zu luxuriös erscheint, können wir daraus ein Arbeitsessen machen und die Pläne der Ausgrabung von En Gedi durchgehen. Man kann ausgezeichnete Arbeit leisten und trotzdem hin und wieder entspannen. Das gibt Ihnen Ihren Lebensmut zurück. Denken Sie darüber nach!«

Mut, dachte Jo Stunden später, als Bel sie in Deir es-Zor abgesetzt hatte. Sie ging gerade die Al-Imam-Ali-Straße zum Museum hinunter, als sie in sich hineinhorchte. Hatte sie den Mut, ja zum Vertrag zu sagen, hatte sie die Stirn, mit nein zu antworten?

Ohne wirklich auf die Ausstellung des Museums zu achten, wanderte Jo durch die Hallen. Ein einzelner alter Wärter begleitete sie und wich ihr nicht von der Seite. Stand sie zu lange vor einer Vitrine, kam er ganz nah an sie heran und blickte ihr forschend ins Gesicht. Jo mußte tief Luft holen, um ihren Ärger hinunterzuschlucken. Der Mann war lästig. Er schien dasselbe von ihr zu denken. Sein Verhalten gab ihr überdeutlich zu verstehen, daß er hoffte, sie würde das Museum bald wieder verlassen, während Jo wünschte, er würde auf seinen wackeligen Stuhl am Eingang zurückkehren. Vor zwanzig Minuten hatte er ihr dort die Eintrittskarte verkauft, bedeutungsvoll zu dem Schild mit den Öffnungszeiten hinübergeschielt und mit sich gerungen, ob er ihr weismachen solle, daß heute Ruhetag sei. Der Museumsladen sei geschlossen, hatte er immerhin vorgebracht, in der irrigen Annahme, daß Jo nun auch das Museum selbst nicht besichtigen wolle. Doch er hatte ihre Hartnäckigkeit unterschätzt. Jetzt blieb sie vor der Rekonstruktion des Thronsaales von Mari stehen. Insgeheim hoffte sie noch immer, der Laden würde öffnen und sie könnte Erkundigungen über Pazuzus Käufer einholen. Statt dessen hörte sie plötzlich den Alten an ihrer Seite stöhnen: »Beeilen Sie sich – wir schließen gleich.«

Jo warf ihm einen unfreundlichen Blick zu. Sein faltiges Gesicht wirkte schlaff. Die trüben Augen blickten durch sie hindurch und schienen mit irgend etwas in der Ferne beschäftigt zu sein. Jo folgte der Richtung. Dort hinten, neben einer geschlossenen Tür, stand ein Stuhl. Er will endlich sein Nickerchen machen, dachte Jo. Vielleicht schmerzen ihn auch die Füße. Der Mann war klein und dick, trug heruntergekommene Schuhe mit schiefgetretenen Absätzen, einen zu engen, speckigen Anzug und ein Hemd, das trotz Krawatte offenstand. Die Hose spannte über dem Bauch, der Hemdkragen saß straff am Hals, und die Schuhe sahen obendrein aus, als ob sie drücken würden. Ein wahres Martyrium! Jo, die enge Kleidung haßte, fühlte plötzlich eine Welle tiefen Mitgefühls in sich emporsteigen. »In Ordnung«, sagte sie. »Dann geh ich jetzt eben.«

»Hier entlang, bitte!« Unerwartet kam Leben in den Wärter. Er watschelte vor Jo zur Tür hinüber und schloß sie auf. Offensichtlich wollte er sie durch das Nebenzimmer auf dem schnellsten Weg nach draußen befördern. Jo folgte ihm kommentarlos. Mitten in diesem Raum stand ein großer abgedeckter Tisch. Auf einem Schreibtisch daneben lagen Stadtpläne und Holzklötzchen. Winzige Steinplatten und Marmorbruchstücke bedeckten Bücher, ein Leimtopf verströmte einen beißenden Geruch, und in alten Konservendosen steckten Malerpinsel unterschiedlichster Größe. »Was ist das?«

»Meine Arbeit. Ich muß sehen, daß ich fertig werde!« Der Alte wollte Jo weiterscheuchen, fing ihren interessierten Blick auf und hob einen Zipfel des Tuches an. »Ein Modell von Dura Europos. Ich arbeite schon seit Jahren daran. Wollen Sie es sehen?« Jo nickte begeistert. Da enthüllte er den Tisch wie ein Auktionator, der Michelangelos David dem Publikum präsentiert.

»Ya salam!« staunte Jo. »Das ist ja fantastisch. Da ist das Haus des Parfümeurs und die Synagoge! Stellen Sie sich vor,

ich habe dort gegraben!« Kurz und knapp schilderte sie ihre Arbeit der letzten Wochen. Dabei folgte sie ganz sacht mit ihren Fingerspitzen der Via Recta und bog zum Haus des Parfümeurs ab. »Wie kommen Sie zu diesen fast vollständigen Bauten, es stehen doch nur noch Ruinen?«

Jos Frage hatte ein Licht in den Augen des Wärters angezündet. Er schob Schnitzwerk und winzige Lehmziegel beiseite, griff in ein Regal über dem Schreibtisch und übergab ihr einen dicken Ordner. »Können Sie Latein und Griechisch, Aramäisch und Akkadisch? Sehen Sie her!« Seine Finger fuhren durch die Seiten, zeigten hierhin und dorthin, glitten über Keilschrifttexte und Inschriften und stoppten bei den sogenannten »Dura-Texten«. Ohne zu stocken, las er Jo die lateinische Beschreibung der Stadt vor, übersetzte sogleich, was ihm wichtig erschien, erzählte von der römischen Militärverwaltung, die ihre Zentrale in Dura gehabt habe, überschüttete sie mit arabischen Ortsbezeichnungen, wo Häuser ähnlichen Stils erbaut worden waren, dem Wissen des »zwanzigsten Cohors Palmyrenorum«, den Berichten aus der Severerzeit, einem Grundstücksverkauf in der Gemeinde Sachare, wobei Maße und Innenausstattung der Bauten notiert worden waren, und den besonders ausgestatteten Häusern der Einheiten von Rakukaitha und Zairadasacharae. Um die Rekonstruktionen zu belegen, zitierte er griechische Dokumente und mittelassyrische Schrifttafeln und zerrte weitere Blätter hervor. Er zog Schubladen auf, wühlte darin nach Kopien der Beschreibungen aus Römerzeit und förderte alles zutage, was Jo überzeugen könnte. Sie gab sich nach wenigen Minuten geschlagen. Wenn überhaupt ein Mensch nachempfinden konnte, wie es einst in Dura ausgesehen hatte, dann er. Der Mann hatte die Straßen seines Modells mit winzigen Platten aus Originalsteinen gepflastert, hatte das Haus des Parfümeurs mit millimetergroßen Tiegeln und Töpfchen ausstaffiert und sogar den Graben mit den gefallenen Römern rekonstruiert. Sie würde ihm einen Ausgrabungsbericht zukommen lassen, versicherte ihm Jo. Selbstverständlich mußte er auch den Schützen rekonstruieren und an den richtigen Platz legen.

Dank ihrer eigenen Forschung konnte Jo beurteilen, wie detailgetreu und akribisch der alte Mann das Modell erarbeitet hatte. Aus echten Steinchen, Lehm und Holz hatte er die Stadt nachgebaut. Dort, wo Musil in den Schacht gestürzt war, befanden sich tatsächlich die Getreidesilos und Lagerhallen. Dieses Modell zeigte mehr, als in ihren archäologischen Büchern verzeichnet war. Der Mann hatte wahre Pinzettenfinger. Mit Daumen und Zeigefinger hob er jetzt das Dach der christlichen Hauskirche an und ließ Jo die Innenausstattung sehen. Mit winzigen Pinselstrichen, aber minuziös, hatte er die Wandmalereien kopiert. Er reichte Jo eine Lupe und deutete auf die beiden Szenen aus dem Neuen Testament. Jo erkannte Jesus, der auf dem Wasser wandelte und einen Gelähmten heilte. Sie sah sich das Dach der Hauskirche genauer an. »Sind Sie sicher, daß die Decke mit Holz verkleidet war?«

Zaber, der alte Wärter, schloß sekundenlang die Augen. Es gab Tage, da schreckte er plötzlich von seinem Modell auf und fragte sich, ob er vollkommen verrückt sei. Seit Jahrzehnten werkelte er an diesen winzigen Teilen herum und beschaffte sich dazu jeden beschreibenden Text. Noch immer hoffte er, eines Tages werde ihm die Ehre zuteil, sein Dura Europos in den Hallen des Museums auszustellen. Bisher war ihm das nicht vergönnt. Man verlachte ihn, man bezichtigte ihn, die Stadt wie ein Kinderspielzeug umzusetzen und zu verfälschen. Dabei war er derjenige, der inzwischen Latein und Altgriechisch konnte, sich in assyrischen Keilschrifttexten ebenso sicher zurechtfand wie in den Schriften der Palmyrener, die aramäisch sprachen und griechisch schrieben. Nie hatte sich ein Archäologe für seine Arbeit interessiert. Und heute, an diesem Tag, den *Allâh* gesegnet hatte, kam eine fremde Forscherin und bat um Auskunft. Davon hatte er immer geträumt. Zaber trat einen Schritt zurück. Er sah sich jetzt vor einer erwartungsvollen Menschenmenge stehen, spürte förmlich das Blitzlichtgewitter der Reporter und räusperte sich, um seinen Vortrag zu beginnen. Er sprach lange und ausführlich, und niemand wagte es, ihn zu unterbrechen. Schließlich gelangte er in die Wirklichkeit zurück und erkannte, daß sein Publikum aus einer einzigen Person bestand. Aber diese Zuhörerin trug das Glitzern echten Interesses in den Augen. Sie blickte ihn unverwandt an und fuhr sich mit ihrer spitzen Zunge über die Lippen. So sah nur jemand aus, der erpicht darauf war, seinen Wissensdurst zu stillen.

»Die Hauskirche wurde 233 nach Christus erbaut«, erklärte Zaber. »Das war die Zeit der Verfolgung. Deshalb integrierte man die Kirche in ein gewöhnliches Wohnhaus, um kein Aufsehen zu erregen. Die sakralen Bauten befanden sich im Erdgeschoß, das sich zu einem Innenhof öffnete. Ein Saal diente als Baptisterium. Dort wurde die Taufe gespendet. Ein anderes Gemach wurde als Versammlungs- und Gebetsraum für etwa fünfzig Personen genutzt.« Zaber deutete auf sein Modell. »Sie können hier die Schichten abtragen. Hier unten sehen Sie, was die Archäologen 1930 fanden. Die Übereinstimmung zwischen jüdischer Synagoge und christlicher Hauskirche ist groß. Deshalb gehe ich auch davon aus, daß die Decke in beiden Gebäuden holzgetäfelt war. Die Malereien aus dem Tauf- und Versammlungsraum befinden sich heute in Amerika, in Yale. Sehen Sie her, hier ist die Stelle. Nehmen Sie die Lupe zur Hand. Was Sie erblicken, ist die älteste bildliche Christusdarstellung der Welt.«

»Sie sind doch viel zu jung, um selbst bei der Ausgrabung dabeigewesen zu sein?« Jo nutzte eine Atempause Zabers, um eine Frage zu stellen. »Woher haben Sie Ihre genauen Kenntnisse?«

»Leider, leider war ich damals nicht dabei! Wie recht Sie haben, was für eine verständige Frau Sie sind. Aber ich habe alles über die Ausgrabung gesammelt.« Ein weiterer überquellender Ordner wurde hervorgezogen und aufgeschlagen. Jo blätterte durch die Aufzeichnungen und Skizzen. Bei einer Zeitungsnotiz stockte sie. »Was ist denn das?« Die Schlagzeile »Das Wunder von Yale« sprang ihr ins Auge. Mit wachsendem Erstaunen las sie von der unerklärlichen Genesung Steve Bakers. Dieser habe, bereits gezeichnet von seiner Krebserkrankung, in der Nähe der alten Wandmalereien gearbeitet. Er habe sich schwach und schwindelig gefühlt, habe Fieber bekommen und sei voll böser Ahnung zu Bett gegangen. Am nächsten Tag sei er gesund erwacht. Die Ärzte sprächen von einer Spontanheilung. Baker selbst deutete ein mystisches, unerklärliches Ereignis an, das er im Zusammenhang mit dem Bild »Die Heilung des Gelähmten« sähe.

»Haben Sie eine Erklärung dafür?« fragte Jo den Wärter.

»Ja, natürlich. Ein Wunder. Das kommt immer wieder vor.«

Jo warf einen Blick auf das Zeitungsdatum. Der Bericht war drei Jahre alt, Zeit genug für Bel und Mateo, der Sache nachzugehen. Dieser Baker war Elektriker. Er hatte mit Schmirgelpapier den alten Kabelkanal gereinigt und die neue Leitung verlegt. Jo nahm an, daß er nahe an Wand und Holzvertäfelung gearbeitet und dabei vermutlich den Staub der alten Darstellung eingeatmet hatte. Hatte man Adlerholz für die Decke verwendet? Saß der Pilz, der al-Oud produzierte, noch immer im Material? Hatte Baker ihn mit dem Schmirgelpapier abgerieben und so aufgenommen? Jo dachte an Bels offenes Gesicht, an sein Bemühen, ihr Vertrauen zu erringen. Wieder hatte er sie nur mit Halbwahrheiten bedient. Das Wunder von Yale hatte er verschwiegen. Jo starrte noch immer auf die Zeitung. Wunder gab es dauernd, vor allen Dingen in den Sommermonaten, wenn die hohen Politiker in Urlaub fuhren und das

Kriegsbeil für einige Tage begruben. Aus Mangel an Mord und Totschlag oder Kabinettssitzungen mit bösen Verleumdungen und irrwitzigen Steuerplänen zog man tausendfach zitierte Ufo-Sichtungen heran und wärmte die Heilkunst der Pharaonen auf. Während sich der gestreßte Erholungssuchende mit Durchfall und Erbrechen im exotischen Urlaubsland plagte, lüfteten die Reporter zum x-ten Mal die allerletzten Geheimnisse der Menschheit. Wie oft hatte sie da schon von mysteriösen Mixturen gelesen, von Schimmelpilzen, die Forschern den Garaus machten, oder von Flüchen, die Archäologen aus Gräbern entgegenwehten und sie an Ort und Stelle dahinrafften. Die Al-Oud-Produktion wurde von einem Pilz angeregt, das war weder ein Geheimnis noch ein Wunder. Das einzig Rätselhafte an der ganzen Geschichte war, was Bel wirklich von ihr wollte. Sie hatte keinen mysteriösen Pilz in Dura entdeckt. Dura Europos lag seit Jahrhunderten unter dem Sand. Ein staubtrockener, abweisender Ort, der weder Mensch noch Pilz zum Verweilen einlud. »Aus welchen Hölzern haben Sie die Decke rekonstruiert?« fragte sie Zaber.

»Aus Zeder und morgenländischem Lebensbaum. Sehen Sie her: Hier habe ich ein Räucheropfer nachgestellt. Verwendet wurden Weihrauch, Myrrhe, al-Oud, Styrax und Zypressenharz.«

»Sie sind ein Experte! Aber ich dachte immer, Myrrhe sei nur für die Salbung verwendet worden?«

»Ich beziehe mich auf den heiligen Ephraim. Er ist Syrer und berichtet, daß der Wohlgeruch brennender Myrrhe Jesus symbolisiert. Also gehe ich davon aus, daß Myrrhenharz oder Myrrhenholz verwendet wurde. Bei der Salbung allerdings wurde Myrrhenöl genommen. Es tötet alles Fleischliche ab, lehrt uns der Heilige. Das versinnbildlicht den körperlichen Tod und den Übergang in ein neues, ewiges Leben. Ich bin überzeugt, daß diese Zutaten vor allem bei der Taufe Verwendung fanden.«

Myrrhenöl, dachte Jo alarmiert. Ist an dieser unglaublich billigen Zeitungsgeschichte, geschrieben von einem Provinzjournalisten in Amerika, doch ein Körnchen Wahrheit? Myrrhenöl ist ein Mitosehemmstoff. Es behindert die Zellteilung und damit – hoppla, willkommen bei der Krebstherapie! Ähnlich wirkt al-Oud. Und der Lebensbaum liefert auch seinen Beitrag. Immerhin ist sein Öl ein wirksames Mittel gegen Hautwarzen, also einer durch Viren bedingten Zellwucherung. Geht es im Neuen Testament wirklich nur um das ewige Leben in himmlischen Sphären, um einen Zustand als Geistwesen? Warum wurden Menschen mit al-Oud und Myrrhe gesalbt, wenn nur ihre Seele zählte? Schon Gilgamesch suchte die körperliche Auferstehung. Hatte diese einen realen Hintergrund in lebensverlängernden Substanzen? Gab man deswegen ein Vermögen für diese Pflanzenstoffe aus? Um nur angenehm zu duften, hätte man auch Rosenöl verwenden können. Sollte sie diesen Zusammenhang in Bels Auftrag erschnüffeln?

Stunden später befand sich Jo auf der »Bagdad-Strecke«, der Schnellverbindung zwischen Damaskus und dem Irak. Der sanderfüllte Himmel, der gestern über Dura Europos gehangen hatte, staute sich hier an den nördlichen Bergen Richtung Palmyra. Erste Windstöße zerrten an ihrem Auto. Sie mußte langsamer fahren und auf Sandverwehungen achten, die die Straße unversehens in eine gefährliche Piste verwandelten. Immer wieder ertappte sie sich dabei, wie ihre Gedanken abglitten und um die Pilze kreisten, die den Adlerholzbaum zur Al-Oud-Produktion anregten. Dabei handelt es sich um mindestens zwei Pilze. Einer von ihnen, Cytosphaera magnifera, befällt auch andere Pflanzen wie beispielsweise die Mango. Der Pilz wächst extrem langsam und führt zur Stammfäule. Damit wird al-Oud als harzige Substanz abgesondert. Der andere Pilz – Melanotus flavolives – schafft die Voraussetzung, daß bohrende

Insekten wie Termiten und Ameisen den Baum weiter schädigen und so die Al-Oud-Produktion in Gang halten.

Jo passierte die Tankstelle von Sukhnah. Von hier aus waren es noch sechzig Kilometer bis Palmyra. Sie überholte immer wieder Trucks, die geradewegs aus dem Irak kamen, wie sie an den blauen Schildern erkannte. Neben der Straße verlief die Pipeline, die das Öl von Kirkuk nach Tripoli an die libanesische Küste transportierte. Als die Ausläufer der Tadmor-Berge, des Dschebel Abu Rujmayn, in Sicht kamen, glänzte der Asphalt vor Nässe. Der Regenschauer hatte genügt, die Wüste in eine Steppe zu verwandeln. Jo sah zum Himmel hinauf. In ihrem Blickfeld erschien zwischen rostroten Wolken hin und wieder ein Stück ungetrübten Blaus. Der Sturm hatte sich Richtung Palmyra bewegt. Wenn Bel heute unter Olivenbäumen dinieren wollte, würde er mit den Zähnen knirschen. Der Gedanke, daß er auf Granit biß, und sei es auch nur in Form eines Sandkorns, amüsierte Jo.

Fünfundzwanzig Kilometer später fielen Sonnenstrahlen auf die Hügel, die sich jetzt unweit der Straße erstreckten. An ihren Ausläufern zogen Hirten mit Schafen und Kamelen entlang. Den Hügelfuß schmückte ein gelbes Blumenband. Der Anblick frisch erblühter Steppenpflanzen machte sie neugierig. Handelte es sich um syrische Senna oder Steinkraut, um wilden schwarzen Senf oder vielleicht sogar um Färberwaid? Das mußte überprüft werden. Bel konnte ein wenig warten. Sie schaltete herunter, entdeckte eine Autospur, die in die Steppe abbog, und folgte ihr. Nach sechshundert Metern erreichte sie einen strauch- und steinfreien Platz. Sie parkte den Bus und sprang aus dem Wagen.

Der Duft der Steppe! Sie schulterte ihren Rucksack und machte einen großen Schritt in das Gewirr aus winzigen Blumen, dornigen Sträuchern und bodenbedeckenden Pflanzen hinein. Von den Ästen und Rindenstücken, den Gräsern, Halmen, Blättern und Stengeln stieg ein Geruch auf, der Jo wie eine Aromatherapie stärkte. Schon nach wenigen Schritten kniete sie nieder und fing an, Blütenblättchen vorsichtig umzuwenden, nach charakteristischen Merkmalen Ausschau zu halten, nach Blattansatz und Kantstengel zu suchen und sie in ihrem Notizbuch zu vermerken. Die Sonne erwärmte die Landschaft. Dünste von Harz und Pflanzensäften, von Nektar und Ölen stiegen auf, als böte sich die Steppe als Duftopfer dem Himmel dar. Genüßlich wanderte sie über die Hügel, vergaß Zeit und Sorgen, wälzte sich im warmen Sand, brach trockene Ästchen knackend entzwei und atmete den harzigen Brodem ein. Es roch nach Salbei und Thymian, nach wildem Jochblatt und Anabasis, nach dem scharfen, pfeffrigen Dunst der Rubusarten, nach syrischem Ysop und würzigem Koriander. Im gelben Blütenband am Hügelfuß entdeckte sie Senfrauke. Sie zerkaute ein Blättchen und prüfte den beißenden Geschmack im Mund. Sie schlenderte über sandverwehte Wermutsteppen, stapfte durch Zwergsträucher und stand plötzlich vor einer Kolonie des Hundskolbens. Wie prähistorische Phallussymbole ragten sie, dunkelrot gefärbt und von Fliegen umgaukelt, vor ihr auf.

Welche Kostbarkeit! Jo fiel auf die Knie. Diese seltene Pflanze, ein Schmarotzer, der sich unterirdisch mit winzigen Saugnäpfen von Tamarisken- und Strandnelkenwurzeln ernährte, galt im Mittelalter als wahrer Schatz. Als »Malteserschwamm« wurde er von den Kreuzrittern aufs eifersüchtigste bewacht. Wer ihn auf Malta eigenmächtig pflückte, fand sich bald in Ketten gelegt auf den Galeeren wieder. Der Hundskolben sollte Blutungen stillen können, was die christlichen Männer bei ihren ständigen Schlachten und Massakern dringend benötigten. Bedeutender aber war seine Verwendung als Potenzmittel. Die hohe Geistlichkeit begehrte den Hundskolben als Mitbringsel aus dem Heiligen Land, und der europäische

Adel erwartete ihn als besonderen Gunstbeweis heimkehrender Rittersleute. Männer und Frauen sollen ihn gleichermaßen – wenn auch in unterschiedlicher Handhabung – verwendet haben. Jo sah sich die Prachtexemplare im Sand genauer an. »Nein, danke«, murmelte sie. »So weit geht meine Liebe zu den Pflanzen nun doch nicht!«

Sie wanderte jetzt die Hügelkette immer weiter hinauf. Bald stachen ihr die Abdrücke zahlreicher Pfoten ins Auge. Waren das Hyänen? Angeblich gab es hier einige dieser Raubtiere. Jo folgte den Spuren. Sie querte ein kleines Tal, verlor die Fährte auf felsigem Grund und entdeckte im jenseitigen Berghang die Bauten eines wilden Hunderudels. Blitzschnell versteckten sich die Tiere angesichts des Eindringlings in ihren Höhlen. Jo schlich näher, suchte in ihrem Rucksack nach Eßbarem und legte mitgebrachtes Brot aus. Dann zog sie sich zurück und wartete. Es dauerte nicht lange, bis die erste Hundenase schnüffelnd erschien. Ein großes gelbbraunes Tier mit glattem Fell sauste aus dem Bau, schnappte sich das Brot und huschte davon. Ein gutes Zeichen, fand Jo. Wer Nahrung schluckt, leidet nicht an Tollwut. Sie amüsierte sich lange Zeit mit den Hunden, die rasch ihre Scheu verloren. Zum Schluß wagte sich ein halbes Dutzend bis auf wenige Meter an sie heran. Jo hatte ihren letzten Proviant verfüttert und machte sich auf den Rückweg. Die Hunde folgten in sicherer Distanz. An ihrem Bus angekommen, blieben sie im Gebüsch liegen und hechelten zu ihr herüber. Jo nahm die stabile Plastikverpackung ihrer Wasserflaschen, formte sie zu einer Schale und goß Wasser hinein. Es wurde gierig angenommen. Wasser habe ich reichlich, dachte sie. In einer halben Stunde bin ich in Palmyra und gehe unter die Dusche.

Sie hielt nach dem fernen Sandsturm Ausschau. Der Himmel war blank, bis auf wenige Wolken, die wie rote Watte über den Horizont segelten. Diese Nacht würde nicht kalt und abweisend, sondern mild und verführerisch sein. Sanfte Luft strich über ihre bloßen Arme, unzählige Zikaden stimmten ein Abendkonzert an, begleitet vom Singen der Vögel. Eine süße Traurigkeit überfiel Jo und fesselte sie an den einsamen Ort zwischen Bagdad und Damaskus. Etwas im Duft der Abendluft, im Glitzern des ersten Sterns bannte sie. »Was sagt ihr dazu?« fragte sie die wilden Hunde. Sie sammelte trocknes Feuerholz, befreite ihren Schlafplatz von Steinen und Dornen, breitete auf ihrer Plane gebrauchte Wäsche als Unterlage aus, bettete Automatten darüber, montierte dann die beiden Sitzfelle ab und legte sich Pullover und Jacken bereit. Sie rollte einen Stein als Stütze heran, polsterte ihn mit ihrem Rucksack und lehnte sich dagegen.

Mit diesem Himmel über ihr, den Sternen des Gilgamesch, den Tierstimmen und der lauen Luft wollte sie allein sein. Sie entzündete ein kleines Feuer und kochte Tee. Die Hunde umkreisten das Lager und hielten die Nase in den Wind. Jo gab ihnen von den Mandelkernen, den Rosinen und Nüssen. Nichts wurde verschmäht. Es wurde dunkel. Die Flammen warfen einen hellen Schein auf die kantigen Kiefer, die Lefzen und das gierige Schnappen, wenn Jo ihre Schätze verteilte. Gelblichbraune Hunde waren in der Überzahl, Hunde mit Köpfen wie Backsteine, mit Hängeohren und Ringelschwanz. Darunter mischten sich schwarzweiß gefleckte mit zottigem Fell und langer Rute. Ab und zu tauchte eine Hundeschnauze in die Wasserschüssel, hin und wieder setzte sich ein Tier auf die Hinterbeine, legte den Kopf in den Nacken und heulte. Von den nahen Hügeln kam die Antwort wie ein Echo herüber.

»Habe ich euch schon von Musil erzählt?« fragte Jo die Tiere. Die Hunde hoben die Köpfe und blickten sie an. Da berichtete Jo von ihrer Ausgrabung und dem Schützen, von Musil, Yasser und Tessir, von Samman und Bel. »Er macht mir zu schaffen«, erzählte sie. »Ich fresse ihm bald aus der Hand.« Sie legte eine Aprikose auf die Handfläche und hielt sie dem nächsten Hund hin. Auf dem Bauch robbte er näher, hielt seine Nase schnüffelnd in die Abendluft und zog sich zurück. »Sehr vernünftig. Das gefällt mir an dir. Sonst nämlich, Alter, ist es um dich geschehen. Ich verlasse euch morgen, und ihr sollt nicht hier sitzen und euch die Hundeseele aus dem Läuseleib heulen!« Sie aß die Aprikose selbst und fuhr mit ihrer Erzählung fort: »Wenn es mir jemals gelungen ist, in die Zukunft zu blicken, dann heute. Ich sehe eine Jo Zakyneros, die Bel Skile hoffnungslos verfallen ist. Der Mann ist eine Droge. Bei Bel lauert die Versuchung nicht nur im attraktiven Äußeren, sondern vor allem in den Gemeinsamkeiten unserer Lebensweise. Sein klares Konzept macht mich an, diese Direktheit, das Wissen, immer wieder gewinnen zu können, und die Macht, die von ihm ausgeht. Hinter seinen Augen sitzt Bezwingendes, gepaart mit dem Wunsch, ich möge seinen Vorstellungen entsprechen. Er gibt mir ständig das Gefühl, gut sein zu müssen, um seine Aufmerksamkeit zu behalten, um ihn nicht zu enttäuschen. So ein Anspruch, den es zu erfüllen gilt, kann einen nach vorne katapultieren und erfolgreich machen. Ja, möchtest du etwas dazu sagen?« Jo lauschte auf das Kläffen eines Hundes nahe an ihrem Auto. Minutenlang fielen die anderen Tiere bellend ein, und ein hündischer Chor erfüllte die Nachtluft.

»Zurück zu Musil«, forderte sie die Hunde auf. »Haltet mal die Schnauzen. Er war ein armes Kerlchen. Ungefähr so ein Krüppel wie du.« Sie warf einem kleinen buntgescheckten Hund mit einem stumpfen Auge und einem zerfetzten Ohr eine Rosine hin. »Was hat ihn bloß in den Schacht getrieben? Irgendwelche Vorschläge?« Jo griff nach ihrem Rucksack und kramte die Silberdose hervor. »Mein Segensspruch hat Musil nichts geholfen. Was haltet ihr davon, wenn ich ihn verbrenne?« Sie öffnete die Dose und zog ihr Notizblatt heraus. Es war sorgfältig um eine weiteres Blatt gerollt. Jo beugte sich näher an das Feuer heran.

»Was ist denn das? Sieh mal an, ein Laborbefund. Blutwerte von Yasser und Musil. Haben die zwei hinter meinem Rücken für Mateo gearbeitet?« Einer von den großen schwarzen Hunden stand auf und schnüffelte am Wasserkanister. »Jetzt nicht, Alter«, murmelte Jo. »Ich muß nachdenken.« Sie fuhr mit den Fingerspitzen die Werte und Kurven entlang. Hier stand, daß Yasser und Musil eine Substanz mit der Bezeichnung »Yale eins« und »Yale fünf« zu sich genommen hatten. Ihr war nie aufgefallen, daß Yasser Tabletten geschluckt hatte. Dann entdeckte sie das Kürzel »Vol«. Sollte das Volumen bedeuten, hatten sie die Substanz eingeatmet? Alle Laborwerte, die über den Normalbefund im Blut hinausgingen, waren mit einem Sternchen gekennzeichnet. Auch ein medizinischer Laie wie sie konnte daraus Schlüsse ziehen. Die weißen Blutkörperchen waren nach den Versuchen in sensationelle Höhen geschnellt. Was sie bei flackerndem Feuerschein entzifferte, sah astronomisch hoch und absolut ungesund aus. Waren Yasser und Musil daran gestorben? Hatte sie ein medizinischer Versuch in den Euphrat und die Dunkelheit eines Schachtes getrieben? Was hatte Mateo mit ihnen angestellt? »Verdammter Scheißkerl!« fluchte sie laut. Die großen Hunde sprangen entsetzt auf und flohen in die Büsche. Nur das Einauge fühlte sich geschmeichelt, kroch näher heran und wedelte mit dem Schwanz. »Und jetzt?« fragte ihn Jo. »Was mache ich jetzt?«

8. Kapitel

Jo fand lange keinen Schlaf. Quälende Träume suchten sie heim und wechselten sich mit der Sehnsucht nach einem Menschen ab, dem sie sich anvertrauen konnte.

Beim ersten Sonnenstrahl wurde sie wach. Vorsichtig richtete sie sich auf. Nächte im Freien waren immer für Überraschungen gut. Sie erwartete Hirten in ihrer Nähe, Schafherden oder Kamelreiter und erblickte nur die Hunde. Manche lagen auf der Seite und sahen im rosa Morgenlicht wie Schweinchen aus, andere hatten den Kopf auf die Pfoten gebettet und schnarchten wie Beduinen im Männerzelt. Sobald Sonnenlicht die Steppe erwärmte, stieg der Duft von Kräutern und Hölzern auf. Jo entfachte das Feuer, setzte Teewasser auf und verrichtete ihre Morgentoilette. Ihr Spiegelbild bescherte ihr eine Überraschung. Sie hatte den Anblick einer geschlagenen Frau erwartet, verknittert von einsamen Nächten und dem Mangel an Luxus und Liebhabern – und sah sich doch faltenfrei lächeln.

Eine Nacht in der Wüste war stets heilsam. Man konnte Unwesentliches beiseite legen und die Gedanken entrümpeln. Inmitten einer Landschaft, die nur ein kümmerliches Leben am Rand der Existenz gewährte, reduzierten sich die Ansprüche auf Essentielles. Das klärte den Geist. Heute morgen erschien ihr das Geschehen der letzten Wochen eindeutig zu sein. Sie glättete den Boden zu ihren Füßen. »Fegen wir doch mal allen Schnickschnack zur Seite«, sagte sie zu den erwachten Hunden. Sie nahm eine Handvoll Sand und häufte ihn zu einem kleinen Hügel auf. »Hier hat alles begonnen. Am Laufzeitende meiner Lizenz entdeckte ich das Skelett.« Sie griff wieder in den kühlen Sand und bildete das zweite Häufchen. »Das hat die Konkurrenz um Ibn Sinas Buch alarmiert. Denn darum geht es, um nichts anderes. Die Gegenseite mußte fürchten, daß ich in al-Assalis Gunst steige. Man legte mir Stolpersteine in den Weg.«

Jo stand auf und suchte sich einige Ästchen. Das erste stieß sie als Markierung in den Sand. »Es geht um den al-Oud produzierenden Pilz, nennen wir ihn ›die Wunderdroge von Yale‹. Der Elektriker Steve Baker hat diese Substanz eingeatmet und wurde gesund.« Das zweite Hölzchen folgte. »Bel, Mateo und die HOMA entwickeln daraus ein neues Medikament. Grundsubstanz ist die ›Wunderdroge von Yale‹. Unglücklicherweise ist Steve Baker ein ordentlicher Handwerker. Er hat den Pilz gründlich entfernt. Die Wissenschaftler versuchen fieberhaft, ihn zu rekonstruieren. Ohne allzu großen Erfolg. Sie entwickeln Medikamente, die Mateo an ahnungslosen Syrern testet. Zeitgleich unterhalten sie über Luc und Tessir einen Pflanzenschmuggel. Sie versuchen, den Pilz auf fremden, exotischen Gewächsen zu kultivieren.«

Wieder stand Jo auf und suchte sich einige Pflanzenblätter. Sie legte ein Blatt vor sich auf den Boden und fuhr fort: »Die Analytiker haben herausgefunden, daß ein Zusammenwirken alter syrischer Pflanzenfarben, des Lehms von Dura Europos und der Holzverkleidung der Hauskirche den Pilz zu einer besonderen Al-Oud-Produktion anregt, zu einer Produktion, die nirgends sonst stattgefunden hat.« Jo legte die Blätter des Färberwaids dazu. »Den Wissenschaftlern wird klar, daß sie an den alten Heilpflanzen Syriens und in Dura selbst forschen müssen. Sie tarnen ihr Projekt mit dem Unternehmen HOMA.«

Sie hielt einen Moment inne, nahm einen großen Stein und legte ihn ab. »Sie geraten in eine Sackgasse. Die Medikamente erweisen sich als gefährlich oder wirkungslos, die ›Wunderdroge von Yale‹ wird nicht gefunden. Vielleicht versuchen sie, den Pilzbefall durch Schädlinge zu provozieren? Und dann entdecken sie die einzige, letzte Möglichkeit: Sie hoffen, im Buch des Ibn Sina einen Hinweis auf den Pilz des ewigen Lebens zu finden.« Jo trank einen Schluck Tee, aß eine Dattel und legte den getrockneten Kern neben den Stein. »Dieser Kern bin ich. Ich, klein und unbedeutend, gefährde ihr Unternehmen. Je erfolgreicher ich in Dura bin, desto eher könnte ich Zugang zu Ibn Sinas Buch bekommen. Das muß verhindert werden. Al-Assali wird bestochen. Man pirscht sich an das alte Buch heran. Doch davor hockt Samira. Sie sitzt da wie ein Höllenhund, oder besser noch: wie eine Mutter, die ihr Kind bewacht. An Samira kommt niemand vorbei. Sie ist vollkommen unbestechlich. Das einzige, was sie überzeugen kann, ist fachliche Leistung. Das macht mich gefährlich. Ich werde zwar von al-Assali abgeschmettert, aber Samira scheint von mir beeindruckt zu sein. Man wittert die Konkurrenz, man überlegt, mich endgültig auszuschalten. Da hat Bel den entscheidenden Geistesblitz: Man belaste sich nicht mit einem Mord, sondern locke Jo Zakyneros mit einem guten Angebot, man schmeichle ihrer Weiblichkeit und benutze sie als Werkzeug, als Schlüssel, der den Zugang zu Ibn Sina öffnet.« Jo nahm den Dattelkern auf und warf ihn ins Gebüsch. »Wenn ich gefunden habe, wonach Bel sucht, kann er mich immer noch nach En Gedi abschieben, um mich am Toten Meer vertrocknen zu lassen.« Sie blickte die Hunde an, als erwarte sie deren Zustimmung. »Kapiert?«

Jo steuerte ihren Bus vorsichtig über die Böschung auf die Straße Richtung Palmyra. Bels Idee ist genial, dachte sie, weder kriminell noch moralisch verwerflich. Er versammelt die besten Leute in seinem Lager und bedient sich ihrer Fähigkeiten. Kann ich ihn meinerseits mit den Laborwerten von Musil und Yasser erpressen? Sie brauchte keine drei Minuten, um diesen Gedanken wieder zu verwerfen. Dieses Thema lag ihr nicht. Ein Mensch mit starken Nerven und einer Portion Abgebrühtheit konnte vielleicht Gewinn aus den Laborwerten schlagen. Doch eine Jo Zakyneros war völlig ungeeignet, andere zu nötigen und unter Druck zu setzen. Mit diesem Mangel an krimineller Energie mußte sie leben.

Die Strecke bis Palmyra glitt wie ein Film an ihr vorbei. Die Stadt und ihre Ruinen, das Hadrianstor und den mächtige Bel-Tempel am Straßenrand nahm sie nur aus den Augenwinkeln wahr. Sie blinzelte an den Rosengranitsäulen vorbei ins Sonnenlicht und versank ins Grübeln. Sollte sie sich den Skiles anschließen? In ihrem Auftrag würde sie das Buch des Ibn Sina einsehen. Die Sonne stieg höher, heizte den alten Bus auf und köchelte alle Überlegungen auf einen einzigen Gedanken zusammen: Wasser! Bis Damaskus war es noch weit. Sandwirbel fegten durch das geöffnete Seitenfenster herein und reizten die Augen. Wie mühsam mußte der alte Karawanenweg gewesen sein, wie tödlich gleichförmig der Trott der Kamele, das Schaukeln der Ladung und der ewige Wind, dachte Jo. Zählte man die Schritte bis zum nächsten Brunnen? War das Maß die Strecke, die ein Kamel am Tag zurücklegen konnte, oder rechnete man in Wahnvorstellungen? Noch zwei Visionen wassergefüllter Krüge bis zum kühlen Naß? Noch eine Handvoll Datteln bis zum gastlichen Feuer unter Palmen? Jo hörte ihren Magen knurren. Ein Schild am Straßenrand erschien und zeigte das »Café Bagdad« an, das einzige Teehaus auf der langen staubigen Strecke zwischen Damaskus und Palmyra. Sie schaltete herunter, bog von der Straße ab, holperte über einen Feldweg und parkte ihr Auto vor dem gastlichen Haus. Sie stieg aus und schnupperte in der Luft.

Der erfrischende Geruch von Pfefferminztee vermischte sich mit dem süßen Duft blühenden Alants und Flohkrauts. Das Café, mit seinen Widderköpfen über dem Eingang, mit seiner kleinen überdachten Steinterrasse und dem gepflegten Gärtchen, befand sich genau dort, wo seit Jahrtausenden Karawanen haltmachten. Vom Wasser dieser Brunnen hatte einst Zenobia getrunken. War sie hier zum ersten Mal dem Bogenschützen begegnet? Einem Mann, der durch sein Äußeres imponierte, mit seiner Wendigkeit, dem athletischen Körperbau und dem Muskelspiel unter brauner Haut? Betörte er die Königin oder erschreckte er sie mit seiner Klaue? Schoß er vor ihren Augen wie ein Magier Pfeil für Pfeil zielsicher ab? Er war ein junger Mann, der sein Leben, seine Zukunft, seine Ideale und Hoffnungen der Königin schenkte, der den angreifenden Feind kaltblütig abwehrte, bis er selbst getroffen niedersank. Hatte er den Schmerz gespürt, fürchtete er den Tod? Wußte er, daß er die Römer aufgehalten hatte, hoffte er noch im Sterben, sein Einsatz sei nicht vergeblich gewesen? Hatte er dort, im Haus des Parfümeurs, auf Jo gewartet?

Sie ging langsam zum Café hinüber. Auch ohne Tessirs Worte fühlte sie sich dem Schützen verpflichtet. Sie hatte seine Knochen aufgedeckt und sein Vermächtnis ans Tageslicht geholt. Um den Schützen und die Goldkette wiederzugewinnen, blieb ihr nur, den Vertrag mit Bel zu unterzeichnen. Jo sah Yassers Gesicht vor sich, hörte seine warnenden Worte über die Schlechtigkeit der Welt im allgemeinen und die Assassini im besonderen und dachte an Musil und seinen Heldenmut. Er hatte den Schützen bewacht, und sie war verpflichtet, ihn zu bewahren. Doch auf ihren Entschluß, Bels Vertrag zu akzeptieren, legte sich ein Schatten. Der Schütze hatte, seinen Untergang vor Augen, allein gegen eine Übermacht gekämpft. Hatte er nach Verträgen, sicheren Transportmitteln, Unterkünften und einem bequemen Lebensstil gefragt? Jo wehrte sich gegen das aufkeimende Gefühl, ein Unterzeichnen des Vertrages käme einem Verrat am Mut des Schützen gleich. Eine seltsame Mischung aus archaischer Energie und kosmischen

Kräften bemächtigte sich ihrer. Die Erinnerung an den Toten, die stechende Sonne, Hunger, Durst und ein wilder Wind, der Staub zu ihren Füßen aufwirbelte, verzerrten ihre Wahrnehmung. Plötzlich entschwand das Café ihren Blicken. Schwere Sandwolken schoben sich zwischen sie und das Gebäude. Sekundenlang fehlte ihr die Luft zum Atmen. Doch sie ging weiter. Der Wind trug Wortfetzen zur ihr hin. Das »Café Bagdad« mußte gut besucht sein. Aus den Staubschleiern tauchten Autos auf, die im Windschatten parkten. Erneut peitschte ihr eine Bö Sandkörner ins Gesicht. Jo preßte eine Hand auf den Mund und spurtete zur Eingangstüre hinüber. Sie riß sie auf und ließ den Sturm ins Haus. Servietten wirbelten durcheinander, Topfdeckel schlugen klirrend auf die Unterlage, und die kleine Flamme des Gasofens loderte auf. Sie schloß die Tür und lehnte sich dagegen. Das Café war voll bis auf den letzten Platz. Alle Gespräche verstummten. Jeder hob den Kopf und blickte sie forschend an. Einer gegen alle, schoß es Jo durch den Kopf. Das war der Auftrag des Schützen.

Sie lehnte am Tresen und schlürfte ihr zweites Glas Tee. Die Köpfe hatten sich wieder gesenkt. Die Gespräche drehten sich erneut um Alltagsdinge. Beduinen saßen dort in ihren Schaffellmänteln, Männer der Ölkompanien tauschten Ratschläge aus, Händler und Truckfahrer fachsimpelten über die Lage an der Grenze. Der Wirt beugte sich über die Schreibmaschine und tippte einen Brief an einen fernen Syrer, der irgendwo in England weilte. Junge Männer belagerten den Schreiber, beauftragten ihn, von den Schafen zu berichten und von Mirjam, drängten ihn, das Kamelfohlen zu erwähnen und die Geburt einer kleinen Schwester. Irgendwann gesellten sich die europäischen Ölmänner zu Jo, fragten sie nach dem Wohin, ohne eine Erklärung abzuwarten, und überhäuften sie mit guten Ratschlägen.

Sie dürfe keinesfalls alleine fahren, hörte sie, sie müsse sich immer an ihre Reisegruppe halten. Die arabischen Männer wären unberechenbar, man müsse die europäischen Frauen vor ihnen schützen. Ein Spanier aus dem Team erzählte Schauergeschichten von vermißten Touristenschönheiten. Er habe letzte Woche Frau und Tochter auf dem schnellsten Weg zurück nach Madrid geschickt, da man sie in Deir es-Zor angestarrt hätte. Plötzlich wären Kerle um das Auto herumgestanden und hätten sie angeglotzt. Er wäre Hals über Kopf mit quietschenden Reifen davongefahren. Jo dürfe sich keinesfalls in diese Ecke des Landes begeben. Dort wären die Sitten schlecht, die Männer potentielle Vergewaltiger und die Grenzen zum Irak nahe.

Sie dürfe sich auch nicht weit von ihrem Reisebus entfernen, warnte ein anderer, der sich als Engländer zu erkennen gab. Bei seiner letzten Inspektion habe er die Spuren wilder Hunde gesehen. Diese Tiere wären mindestens so gefährlich wie Hyänen. Sie jagten wie Wölfe im Rudel. Er habe immer ein Gewehr dabei, um sich zu schützen.

Warum sie sich überhaupt diesen Gefahren aussetze, fragte ein Dritter. Im Irak tobe der Krieg, der jederzeit auf Syrien übergreifen könne. Mit den Syrern wäre nicht zu spaßen. Am schlimmsten sei das Militär. Soldaten würden nicht lange fackeln und einen Ausländer einfach über den Haufen schießen. Sie möge ihm einen Gefallen tun und dieses Land so schnell wie möglich verlassen.

»Hamdulillâh!« rief da eine Stimme hinter ihr und fuhr auf Englisch fort. »Meine Schöne, was für ein Tag, da ich dich wiedersehe!«

Jo fuhr herum. »Dschallal?«

Der alte Scheik verbeugte sich vor Jo und legte die Hand aufs Herz. In seinen Augen blitzte der Schalk auf, zusammen mit der Freude des Wiedersehens. Er schnippte mit den Fingern und orderte Tee für Jo. Dann scheuchte er die jungen Männer fort, lud Jo ein, ihm zu seiner Sitzgruppe zu folgen, und bat auch die Europäer der Ölkompanie, ihm die Ehre zu erweisen. Jo wunderte sich über das gute Englisch, das er mit Rücksicht auf die Ausländer sprach, über das schier unerschöpfliche Maß höflichen Interesses an fremden Familiengeschichten und den Überblick, der ihm erlaubte, alles zu dirigieren. Er verlangte frisch gepreßten Apfelsaft und Fladenbrot, ließ Aprikosenmarmelade und Eieromeletts auftischen, bestellte Oliven und Schafskäse, reichte dann die Wasserpfeife herum und hielt Hof. Jo saß an seiner rechten Seite und lächelte vor sich hin. Die Männer der Ölkompanie ruckelten auf den Sitzkissen hin und her, keuchten beim Einatmen des Pfeifenrauchs und verbrühten sich die Lippen am Kardamom-Kaffee. Der Engländer, jener mit der Hundeangst, schluckte krampfhaft an eingelegten Knoblauchzwiebeln und starrte angewidert auf die Hand des Scheiks, die ihm ein zusammengerolltes Fladenbrot mit Schafskäse in den Mund stopfte.

Jo begegnete Dschallals alten, listigen Augen und zwinkerte ihm zu. Sie konnte seine Gedanken lesen wie Verse in einem aufgeschlagenen Buch. »Dein ist die Rache«, ermunterte sie ihn auf arabisch. Da klatschte der Scheik in die Hände und ließ Schafhoden auf Reis kommen, gesottene Augen in Gelee und gefüllten Kamelmagen. Jo, die Fleisch nur ungern aß und Innereinen verabscheute, sich aber am Grausen der Europäer ergötzte und sich daran labte, wie sie jedes verdammte, dumme Vorurteil, das sie vorhin zur Sprache gebracht hatten, leibhaftig büßen mußten, griff zu, als Dschallal sie zum Essen aufforderte. Die Männer starrten Jo an, sahen in ihrem Mund verschwinden, was sie nun ihrerseits nicht ablehnen konnten. Und wieder erwies sich Dschallal als Meister der Situation. »Du mußt dir deine Schlankheit bewahren«, ermahnte er Jo und erlöste sie davon, weitere Hammelhoden zu essen.

»Ich liebe dich«, entfuhr es Jo voller Inbrunst auf arabisch.

»O meine Tochter!« Wieder war Dschallal höflich genug, das Gespräch auf englisch zu führen. »Ich sehe Sand in deinen Haaren, ich rieche den Rauch eines Lagerfeuers. Du stammst aus dem Heer der Zenobia. Du bist eine Kriegerin. Wo kommst du her, wo willst du hin?«

»Ich komme aus Deir es-Zor und habe in der Steppe bei den wilden Hunden genächtigt. Jetzt fahre ich weiter nach Damaskus. Dort muß ich den Auftrag des Schützen erfüllen.«

Schlagartig verstummte das Gespräch. Die Ölmänner konnten den Blick nicht von Jo wenden. »Was hast du dort gefunden, in der Steppe?« hakte der Scheik nach.

»Den Wind, Dschallal«, erwiderte Jo. »Den Wind, der wegfegt, was keinen festen Halt hat, und uns nur unnütz belastet, den Durst und den Hunger, die Einsamkeit, die Nähe der Hunde, ihr aufmerksames Zuhören, den Duft der Kräuter, Abstand, Klarheit und Überblick.«

»So bist du gesegnet«, seufzte der Alte. Er winkte dem Wirt und ließ Kaffee auftragen. »Kennst du Palmyras Geschichte? Nicht ein Herrscher Palmyras ist in den Ruinen verewigt, kein König, kein Heerführer. Es gibt nur eine einzige Statue, ein einziges Denkmal. Es zeigt den Karawanenführer, jenen Mann, der Jahr für Jahr Palmyras Schätze sicher an den Schatt al-Arab brachte und beladen mit dem Reichtum ferner Länder in die Heimat zurückkehrte. Kam er nach monatelangen Märschen aus der Wüste wieder, fragte man ihn nach seinen Beweggründen, die gefährliche Reise gewagt zu haben. ›Ich suchte mein Gleichgewicht‹, soll er geantwortet haben, ›und ich fand es in der Weite, im Tritt der Kamele, in der Entbehrung und Not‹.« Scheik Dschallal ließ den Blick seiner dunklen Augen über Jo gleiten. »Nenne mir einen Wunsch, meine Tochter, und ich werde ihn erfüllen.«

»Abu Ali Ibn Sina«, entfuhr es Jo, ehe sie nachdenken konnte. »Das neuentdeckte Buch des Ibn Sina. Ich muß einen

Blick hineinwerfen.« Sie hatte wie zu sich selbst gesprochen, schien Dschallal und das »Café Bagdad« vergessen zu haben, den Umstand, daß ein alter Kamelzüchter nie etwas von Ibn Sina gehört hatte und obendrein weit ab vom Schuß saß. Doch da fiel ihr Blick auf Dschallals funkelnde Augen. List und Vorfreude schlichen sich wieder in seine faltigen Züge. Er langte unter seine *Gallabiyya* und zückte ein Handy.

»Al-Assali«, knurrte er, während er eine Nummernfolge eintippte. »Schwanzspitze eines Hundes. Er schleicht und wackelt immer um den fettesten Brocken und das beste Angebot herum. Aber mir ist er einen Gefallen schuldig.« Staunend hörte Jo ein kurzes Wortgefecht zwischen Dschallal und einer Stimme im fernen Damaskus. »Heute abend«, sagte der Scheik mit einem triumphierenden Lächeln und steckte das Handy weg. »Wenn die Sonne untergeht, erwartet dich al-Assali im Halil-Palast. Er will dir noch eine Chance geben. Eile, meine Tochter, *Allâh* sei mit dir!«

Jo erreichte Damaskus am Nachmittag. Beflügelt von Dschallals Worten und der Hoffnung auf Ibn Sinas Buch, war sie ohne Pause in die Hauptstadt gefahren. Sie hatte den Bus zurückgegeben, hatte sich wieder im Musalla einquartiert und war jetzt auf dem Weg zu Abbé Gerome. Die Zeit bis Sonnenuntergang reichte für einen Besuch bei ihm.

Die Kinder erblickten Jo zuerst. Das Fußballteam von Paulus war gerade dabei, das entscheidende Spiel gegen die Ministranten der Miryamiya-Kirche zu verlieren, als die gegnerische Mannschaft ihre Abwehr vergaß und den Ball ins Tor sausen ließ. Genaugenommen schoß Paulus das Tor völlig ungehindert, denn der feindliche Torwart stand offenen Mundes da und glotzte zu Abbé Gerome hinüber. Da drehte sich auch Paulus nach ihm um.

Der Priester hatte seine Soutane gerafft und rannte über den weiten Hof hinüber zu einer Frau, die, das hatten die unschuldigen Kinderaugen längst erkannt, all jenes verkörperte, was Bruder Jacques »sündiges Fleisch« nannte. Der Abbé sah aus, als könne er nicht schnell genug in ihre Arme sinken. Die beiden Fußballmannschaften glotzten zu dem Priester hin, der jene Frau packte und wie einen Weihrauchkessel herumschwenkte. Dann ließ er sich mit ihr an Ort und Stelle einfach auf den heißen Sand sinken.

»Afrika«, entfuhr es Jo, ohne selbst zu verstehen, warum sie dieses Wort wählte. Sie war nicht hergekommen, um über einen Kontinent zu fachsimpeln oder Sinnloses zu schwätzen. Sie mußte dem Abbé eine gezielte Frage nach den heiligen Salbölen der Christenheit stellen. Aber er hielt noch immer ihre Finger umklammert und blickte sie durchdringend an. Seine Hände hatten genau jene feste Konsistenz, die sie von Menschen kannte, deren Haut zäh wie Schuhsohlen war und doch vom ewigen Sand seidenweich gerieben schien. Sie hockte ihm gegenüber auf dem Boden und spürte die Wärme seines Blutes durch ihre Finger rinnen. Sein Herzschlag hallte in ihrem Körper wie Trommelklang wider, und seine heiße schwarze Haut verströmte den Duft der Steppe. »Du bist gekommen, um mir zu helfen.« Der Abbé ließ ihre Hände los und zog ein buntes Baumwollsäckchen aus der Tasche, das mit einer Pflanzenschnur fest verschlossen war. Er wollte es gerade aufknüpfen, da schoß Jos Hand vor und hinderte ihn daran.

»Du darfst es niemals öffnen! Das ist tabu!« Sie ließ das Säckchen in der Hand des Priesters und tastete mit ihren Fingerspitzen über den knisternden Inhalt. Die Welt draußen wich vor ihr zurück. Ein anderes Fühlen machte sich breit und verdrängte die Zeit und Damaskus an den Rand ihres Bewußtseins. Hier knarzte es unter ihren Fingern, es raschelte und summte, sirrte und zischte zu ihr herauf. Geräusche ballten sich zu Formen, Düfte stiegen auf und malten Bilder. »Ich fühle

Steinchen«, flüsterte sie endlich, »und getrocknete Erde. Da ist der Knochen eines kleinen Tieres, ein Stückchen Fell, und hier ist eine Blumendolde mit süßlichem Duft.« Tief über die Hand des Priesters gebeugt, sog sie das Aroma ein. »Boscia, Kaffee-Ersatz, ein Jagdgift aus Burkina Faso.« Ihre Fingerspitzen griffen ein zentimeterlanges hartes Holzstück unter dem Tuch heraus. »Afzelia, das Ko dieses Landes, das salzwasserresistente Holz für den Schiffbau. Räuchermittel gegen Bakterien- und Pilzbefall. Riechst du den scharfen Kampferdunst? Und das hier glatt und kühl, geruchlos. Ein Schmuckstein mit Loch für die Kette. Versuch es selbst, gib mir deine Hand! Kannst du diesen Umriß tasten? Ein breiter, dicker Pflanzensamen: Strophanthus.«

»Wir nennen ihn Tenkia«, flüsterte der Abbé.

»Tödliches Jagdgift«, wisperte Jo. »Doch in medizinischer Dosierung fördert es die Schlagkraft des Herzens. Riechst du diese kleinen Kügelchen mit Veilchenduft? Das sind die getrockneten Blüten der Securidaca. Die Faser von Rinde und Zweig liefert Nähgarn und Schnur für Jagd- und Fischnetze, der Pflanzensud ein mörderisches Gift. Richtig dosiert, lähmt es die Erreger der Malaria Tropica.« Jo fühlte das feine Knistern der Heilpflanzen und Kräuter. Sie sprachen zu ihr, und Jo übersetzte es dem Abbé. »Das ist ein Vermächtnis alter Heilkunde. Öffnest du den Beutel, verfliegt sein Zauber. Wir nennen es Fetisch. In Wahrheit ist es ein Testament.«

Der Priester ließ den Beutel fallen, packte Jos Kopf und zog ihn an seine Stirne. Immer wieder murmelte er fremde Worte vor sich hin. Jo lauschte dem Singsang. Ein dunkler Raum schimmerte hinter der Stirn des Priesters auf. Ein zerfurchtes Frauengesicht mit Lippen wie Baumrinde tauchte empor und formte jene fremden Worte, die Gerome aussprach. Jo konnte ihren Sinn von den runzligen Lippen des Traumgebildes lesen: »Fürchte dich nicht!« flüsterte sie.

Abbé Gerome ließ Jo los und weinte. »Ja, jetzt weiß ich es wieder, das hat sie gesagt. Das waren ihre letzten Worte an mich.« Minutenlang herrschte große Stille. Dann versiegten die Tränen, und ein Glanz machte sich auf seinem Gesicht breit, der auch Jo ansteckte und beide wie fröhliche Kinder lachen ließ. Der Priester steckte den Kräuterbeutel ein, zog Jo vom Boden hoch und drückte sie fest an seine Brust. »Kann ich etwas für dich tun?«

Jo schielte zum Kirchturm hinüber, der schon seinen langen Schatten auf den Hof warf. »Chrisam«, sagte sie. »Das heilige Salböl der Christen. Was enthält es?«

»Chrisam ist Olivenöl mit Balsam und Myrrhe vermischt. Mit der Myrrhe muß man vorsichtig sein, sie kann Erotisches vorgaukeln. Der Balsam stammt ursprünglich aus En Gedi am Toten Meer. Dort hat man eine regelrechte Balsam-Industrie mit antiken Werkstätten, Öfen und Gerätschaften entdeckt.«

»Warum ist das ein heiliges Salböl?«

»Myrrhe und Balsam sind wirksame Gegengifte gegen den schnellen Tod, den Schlangenbiß. Eine Wunde mit heiligem Öl zu salben, konnte ein Wunder bewirken. Wer, von der Schlange gebissen, bereits unbeweglich und mit blau verfärbtem Gesicht am Boden lag, erhob sich nach der Salbung durch den Priester und ging gesund davon. Man nannte es das Öl der Wiederauferstehung oder des ewigen Lebens.«

»Und al-Oud?« hakte Jo nach, »wird al-Oud nicht mehr verwendet?«

Abbé Gerome seufzte tief. »Die Menschen wollen nicht mehr so viel Geld ausgeben. Al-Oud ist teuer. Da es keine wirkliche körperliche Auferstehung im diesseitigen Leben gibt, fing man an, bei der Totensalbung zu sparen. Zuletzt verwendete es Nikodemus. Er salbte Jesus mit hundert Pfund.«

»Ich danke dir!« Jo sah, wie die Sonne bereits hinter dem

Kirchendach verschwand. »Ich bin in großer Eile!« Sie löste sich aus den Armen des Priesters und trat einen Schritt zurück. Die Zeit wurde knapp.

»Gott segne dich. Und er segne den Tag und alles an diesem Tag!« Der Abbé hob die Hand und ließ Jo gehen.

Bruder Jacques hatte das seltsame Schauspiel genau beobachtet. Nun ging er Gerome entgegen. Das nahm der gaffenden Jugend die Chance, jene scharfen Worte zu hören, die er auf den Lippen hatte. Dieses frivole Verhalten hatte Nachwirkungen. Der Bischof mußte es erfahren. Doch Jacques hatte Schwierigkeiten, seine Rüge loszuwerden. Als sie aufeinandertrafen, blieb der schwarze Priester nicht wie gewohnt stehen, um Rücksicht auf Jacques' Leibesfülle und seine Kurzatmigkeit zu nehmen. Mit neuem Schwung ging er weiter. »Wer war sie?« keuchte Jacques neben ihm.

Abbé Gerome blickte Bruder Jacques an, als hätte er die abwegigste aller irrigen Fragen gestellt. »Eine Verwandte.«

»Ich bin nicht farbenblind«, grollte Jacques. »Du bist schwarz, und sie ist weiß.«

»Versuche mal mit den Augen des Herzens zu sehen!«

Jacques schnappte nach Luft. Was fiel dem schwarzen Priester ein? Schließlich hatten Missionare mit Kirchengeldern diesen Afrikaner ausgebildet und großgezogen. Er sah nicht ein, wieso er sich von einem Almosenempfänger dermaßen abfertigen lassen mußte. »Wer war sie?« fauchte er.

»Jacques, Jacques, konntest du das nicht erkennen?« Abbé Gerome lächelte ihn wider Erwarten sanft und milde an. »Sie war meine Mutter!«

Bruder Jacques wagte es nicht mehr, den Abbé zu bedrängen. Hatte dieser eine Erscheinung gehabt? War er Zeuge eines Wunders geworden? War jene Fremde eine Vision? Die Frage brannte auf seinen Lippen, doch er verstummte, da er den heiteren Ausdruck in Geromes Miene erkannte. Dieses Mysterium war allein für den schwarzen Priester bestimmt.

Auf dem Weg zwischen Christenviertel und Halil-Palast überdachte Jo die neuen Informationen. Balsam stammte aus En Gedi. Bel Skile wollte dort also nicht zufällig eine Pflanzenexpertin einsetzen. Balsam, Myrrhe, al-Oud – alle drei Pflanzen galten als heilig, da sie das Leben drastisch verlängern konnten und nebenbei auch noch angenehme Halluzinationen auslösten. Natürlich, erinnerte sich Jo, das Anethol der Myrrhe wurde, als sogenanntes »legalhigh«, als Marihuanaersatz geraucht. Außerdem war es Bestandteil des berühmten persischen *taryak*, aus dem die Griechen »theriakos« und die Römer »theriaca« machten. Es mußte mit Alexander dem Großen Einzug in die Heilkunst der Griechen gehalten haben. Es galt als das Königsmittel aller Gegengifte, das früher die Perserkönige und später sogar Kaiser Nero trotz zahlreicher Giftanschläge am Leben gehalten hatte. Diese berühmte Mixtur wurde im sechzehnten Jahrhundert Grundlage der Heilerfolge des Arztes Paracelsus und ging einhundert Jahre später in die Rezeptur der sogenannten Schwedenkräuter ein, die noch heute ein langes, gesundes Leben garantieren sollen.

Die Perser, dachte Jo. Ibn Sina, 980 in Afschana nahe Buchara geboren, persischer Arzt und Philosoph. Schon als Kind fiel er durch seinen Wissensdurst auf. Als Sechzehnjähriger hatte er bereits das Studium der Physik, Metaphysik und Logik abgeschlossen und wandte sich der Medizin zu. Mit seinen Heilerfolgen am Herrscherhof von Buchara hatte er Zugang zur Bibliothek. Nach dem Tod seines vermögenden Vaters reiste er von einem Fürstenhof zum anderen, betätigte sich als Arzt, Astronom und Staatsmann und erhielt Einblick in die Privatbibliotheken der Herrscher. Er stellte das gesamte medizinische Wissen seiner Zeit in einem einzigen Buch, dem »Canon medicinae«, dar. Schließlich erkor er sich Isfahan als Wohnsitz und Ort seiner Vorlesungen aus. Vielleicht hatte sogar er *taryak*, das uralte Heilmittel der persischen Könige, wiederentdeckt und weiterentwickelt?

Jo hastete wie im Traum durch die Gassen. Warum bin ich hier? fragte sie sich. Was ist meine Aufgabe? Welche Botschaft steckt hinter den Pflanzen, denen ich hier begegne? Natürlich setzte man den Schwedenkräutern neben Myrrhe, Safran und Sennes-Pflanzen vor allen Dingen Aloe-Arten zu. Waren nicht gerade die USA führend in der Aloe-Produktion? Jo versuchte, sich an alles zu erinnern, was sie je darüber gehört und gelernt hatte. Ihre Gedanken kreisten um die Zutaten heiliger Salböle. Ihr fiel ein, daß Myrrhe nicht nur direkt keimtötend wirkte, sondern auch indirekt, da sie die Produktion weißer Blutkörperchen anregte. Wie bei Musil und Yasser, dachte Jo. Schon euretwegen muß ich das Buch des Ibn Sina einsehen.

Die Sonne versank hinter den Dächern der Stadt, und das Gebet des Muezzin hallte über die Straßen. Alle Düfte von Damaskus entfalteten in der zunehmenden Feuchtigkeit der Abendluft ihre betörende Wirkung. Der Dunst von Abgasen und Staub vermischte sich mit der schweren Süße von Rosen und Oleander, mit dem erhabenen Duft von Weihrauch und Sandelholzstäbchen, mit der Hitze glühender Holzkohle aus Wasserpfeifen, mit der Frische von Zitronenöl und Zedernholz, mit Macisblüte, Cassia und Iristinktur. Jo blieb stehen, schloß sekundenlang die Augen und sog die Luft ein. Sie befand sich in der Kräutergasse, dort, wo tausend Heilmittel feilgeboten wurden. Ein Verkäufer pries das Fruchtfleischmus der Tamarinde als Antidot für übermäßigen Alkoholgenuß an, ein anderer pulverisierte Zitwer-Wurzel auf einer kleinen Reibe, wog sie in winzigen Waagschalen ab, vermengte sie mit Wasser, füllte sie in Flaschen und reichte sie einem Kunden als Magenmittel. Nebenan ließ sich ein Kupferschmied mit einer blutenden

Handverletzung ein Rindenstück der Manna-Esche auf die Wunde legen. Rotes Sandelholz stapelte sich hinter Mohnkapseln, zusammen mit den Früchten des Kubebenpfeffers und dem weißen Fleisch der Kokosnüsse. Jo entdeckte einen Sack mit samtartigen, dicken lindgrünen Blättern und blasenförmigen Früchten. »Der Apfel von Sodom, hier?« Obwohl sie in Eile war, mußte sie den Kräuterhändler fragen. Sie litt an einem zwanghaften Interesse an jedem Blatt, an jeder Blüte oder Frucht, das sich so gut wie nie unterdrücken ließ. Sofort horchte der Händler auf. »Du fragst nach Osher? Hast du etwa ein schwaches Herz, oder willst du jemanden töten?« Der schlanke Mann in weißer Hose und weißem Hemd mit buntbestickter Weste kam hinter seinen Kräutersäcken, Holzschubladen, Regalen, Schachteln, Glasständern und Messingschalen hervor, tauchte seine Finger hierhin und dorthin und füllte Jo unaufgefordert Pflanzenteile in eine Tüte. »Die seidigen Samenhaare des Sodomsapfels oder Osher als Kissenfüllung, wie es die Pharaonen bereits verwendeten, den Milchsaft, um Haare zu entfernen, und hier einen Blätterauszug gegen Herzbeschwerden.« Er reichte Jo die Tüte. »Wir verdanken den Apfel von Sodom dem berühmten Geschichtsschreiber Nikolaus von Damaskus. Kennst du die Vergangenheit? Als Herodes Davids Grab öffnete, um seine Schätze zu plündern, wurde seine Leibwache von einem Blitzstrahl getötet, der aus dem Grab kam. Herodes überlebte, doch sein Unglück hielt an. Seine Söhne verübten mit Sodomsäpfeln einen Mordanschlag auf ihn. Nikolaus von Damaskus berichtet darüber, und der jüdische Geschichtsschreiber Flavius Josephus bestätigt dies ...«

»Verzeih mir«, bat Jo. »Ich bin in entsetzlicher Eile. Ich muß weiter.« Sie zahlte, verstaute ihren Schatz und machte sich wieder auf den Weg. In dieser Gasse war an ein rasches Fortkommen kaum zu denken. Händler und Käufer eilten hin und her, und Lastenträger bahnten sich laut rufend ihren Weg. Die Luft war erfüllt von unzähligen Gerüchen und Geräuschen. Das Stampfen der Mörser, das Schaben und Kratzen an Wurzelwerk, das Rascheln schnell gedrehter Papiertüten und das Feilschen um Tinkturen übertönte ein Wermuthändler mit seinem Geschrei. Bei jedem Angebot wirbelte er frische Pflanzen mit silbergrünen Blättern über seinem Kopf. Inmitten dieses Durcheinanders erkannte Jo den kleinen Paulus und seine Freundesschar. Sie umringte einen Mann und bedrängte ihn regelrecht. Er schaufelte sich mit seinen Armen rücksichtslos eine Bahn durch die Kinder und stieß einen kleinen Jungen zu Boden, ehe er in einer Seitengasse verschwand. Jo glaubte, seine schmächtige Gestalt und die große Sonnenbrille wiederzuerkennen. Handelte es sich um den Kerl mit den bösen Augen? Schon war sie selbst von den Kindern umringt und kaufte, was sie zu bieten hatten: Pinienkerne und Ingwerwurzel, ein Heiligenbild des Apostel Paulus, einen holzgeschnitzten Rosenkranz, eine türkisfarbene Perle, die mit Sicherheit aus einem antiken Grab stammte, und schließlich einen Kugelschreiber, auf dem das Minarett der Omayyaden-Moschee prangte.

»Ich muß weiter!« rief Jo, stopfte ihre Habseligkeiten in den Rucksack und rannte in eine Parallelgasse hinein, von der sie sich eine Abkürzung zum Halil-Palast versprach. Doch das schien ein Fehler zu sein. Die Aufmerksamkeit aller Händler und Käufer richtete sich sofort auf Jo. Schon nach dem ersten flüchtigen Blick auf die Ware wurde ihr klar, daß sie im »Lustgäßchen« gelandet war. Hier wurde alles feilgeboten, was die sexuelle Kraft stärken konnte. Körbe voller Mandragora-Samen für sexuelle Potenz sprangen ihr ins Auge. Daneben ringelten sich Schlangenleiber in Alkohol, um die Triebe anzuheizen. Mumifizierte Vögel und getrocknete Krokodilbabys starrten Jo aus matten Augen an. Sie sah Madschun, eine Paste aus Datteln, Mandeln, Nüssen und einer gehörigen Portion Haschisch und die berühmten Damaszener Pillen, die vor allen Dingen die weibliche Hingabe fördern sollten; Majoun-Konfekt für die Pause dazwischen, Bibergeil in winzigen Gläsern und die Spanische Fliege, das Stück zu fünfhundert syrischen Pfund. Bei diesem Potenzmittel handelte es sich um blaugrün schillernde Käfer, die getrocknet und pulverisiert zwar zu Erektionen führten, deren tödliche Dosis aber schon bei zwei Gramm lag. Jo stöhnte leise, von einer Leidenschaft ganz anderer Art ergriffen. Hier lagen herrlichste ethnobotanische Kuriositäten herum. Von einer Hexenküche zur anderen zu schlendern, den lockenden Händen der Verkäufer zu den riesigen geflochtenen Körben in die finsteren Winkel der Torbögen zu folgen, hinter die Vorhänge aus Palmfaser zu treten und in den Jutesäcken zu stöbern, geschlossene Schubladen aufzuziehen und jene Tonkrüge zu inspizieren, die verborgen in der dritten Reihe standen, versetzte sie in eine Art Erregung, die andere in einer rauschenden Liebesnacht erlebten. Aber gerade hier mußte sie vorbeieilen und durfte kein Interesse zeigen. Schon sah sie einen Händler Betelpfeffer zu einem Priem rollen, um ihr diesen mit glutvollen Augen anzubieten. Sie hastete weiter, bog links ab und stand nach wenigen Metern vor dem Eingang zum Halil-Palast. Ob sich der Potenzmittelmarkt schon immer neben dem Palast dieses reichen Damaszener Mannes befunden hatte? Wahrscheinlich, dachte Jo. Wer mehr als eine Frau sein eigen nannte, gab ein Vermögen für die Standhaftigkeit aus, um im Harem nicht auf die unglückselige Stufe eines Eunuchen zu sinken. Die Düfte und Kräuter von Damaskus schienen nach ihr zu greifen und sie aufzuhalten. Doch Jo ließ sich nicht mehr beirren. Das Buch des Ibn Sina rief nach ihr. Es übertönte alle anderen Verlockungen.

Schneller als erwartet wurde Jo zu al-Assali vorgelassen. Auf ihrem Weg dorthin begegnete sie weder Samira noch Yussuf. Sie folgte dem Pförtner und hörte dabei ihren heftigen Atem. Jetzt ging es um alles oder nichts. Der Pförtner klopfte an eine weißlackierte Flügeltür, öffnete sie um Zentimeter und steckte seinen Kopf vorsichtig in den Raum. Er ging zur Seite und ließ Jo eintreten.

Den Raum zierte ein einziger großer, alter und ehrwürdiger Tisch. Al-Assali hatte sich wie ein König am oberen Ende der Tafel etabliert und strich über seinen Schnurrbart. Er blickte nur zögerlich auf, als Jo näher kam, und deutete grußlos auf einen Stuhl. Mit weichen Knien sank Jo darauf nieder. Der Mann hatte schlechte Laune. Jo konnte die dicke Luft fast greifen. Sie versuchte, zuversichtlich und locker zu erscheinen, doch tief in ihrem Herzen ahnte sie, daß al-Assali sie nur empfing, um ihr eine grandiose Abfuhr zu erteilen. All ihre Hoffnungen zerbröckelten beim Anblick seiner hämischen Miene. Der Kerl labte sich schon im voraus an der Enttäuschung, die er ihr gleich verpassen würde. Wozu dann dieser Riesenvorspann? Warum ließ er sie überhaupt noch einmal antreten? Die Antwort lag auf der Hand. Er wollte sie offiziell abwimmeln, die Abweisung in einem Protokoll festhalten und endgültig aktenfest machen. Es klopfte erneut an die Tür, sie öffnete sich knarzend, und ein weiterer Gast betrat den Raum.

Daher also die Schadenfreude auf al-Assalis Zügen, dachte Jo. Sie fixierte Bel Skile, der sich wie im Zeitlupentempo näherte und gegenüber Jo Platz nahm. Abel, fluchte sie lautlos und gab sich Mühe, ihre Wut im Zaum zu halten. Jetzt weiß ich, warum Kain dich erschlagen hat! Immer schön gottgefällig und angepaßt, aber stets ganz vorne am Futtertrog. Du glaubst, du mußt überall der erste sein. Dem niederen Volk gönnst du nichts. Du kannst mich nicht haben, also willst du mich ausbooten.

»Nun.« Al-Assali räusperte sich und blickte auf seine Armbanduhr. »Ich habe noch eine wichtige Verabredung. Machen wir es kurz. Sie haben beide einen Antrag gestellt, das Buch des Ibn Sina einzusehen. Beide Anträge weise ich hiermit zurück.«

Er krakelte tatsächlich auf einem offiziell aussehenden Papier herum. »Um nicht in den Verdacht zu geraten, ich wäre bestechlich, werde ich das Buch der Öffentlichkeit präsentieren, sobald es entsprechend überarbeitet ist.«

Jo war überrascht. Das klang nach einer höchst unerfreulichen, aber doch fairen Entscheidung. Sie hatte zwar verloren, doch Bel schien sich auch nicht zu den Gewinnern zu zählen. Für den Bruchteil einer Sekunde überzog dunkle Röte sein Gesicht. Wahrscheinlich hatte er schon Tausende von Dollar in al-Assali investiert und mußte jetzt diese Niederlage einstecken. Aber er hatte sich vollkommen in der Gewalt. »Ohne unsere Hilfsmittel kann das Jahre dauern«, sagte er gelassen. Dabei lächelte er den Verwalter freundlich an. »Sie haben sich Ihre Entscheidung sicher reiflich überlegt.« Falls al-Assali vorhatte, seinen Auftritt zu genießen, so kam ihm Bel zuvor. »Dann wollen wir nicht weiter kostbare Zeit verschwenden.« Er stand abrupt auf und schickte sich an zu gehen.

Möglicherweise ist das alles nur eine Farce, um Samira Redlichkeit vorzutäuschen, schoß es Jo durch den Kopf. »Welche Chancen haben Einzelpersonen, Wissenschaftler wie ich, das Buch einzusehen, wenn es zugänglich gemacht wird?« warf sie ein.

»Die großen Universitäten haben natürlich Vorrang. Wenn Sie mich jetzt entschuldigen wollen!« Al-Assali knallte einen Stempel auf das Dokument, setzte eine schwungvolle Unterschrift darunter und machte eine verabschiedende Handbewegung. Jo glaubte, die Zukunft darin lesen zu können. Bel Skile würde seine Summe verdoppeln müssen, um an Ibn Sina heranzukommen, und sie selbst mußte sich ganz hinten anstellen. Wenn dann alle Institute das Werk ausgeschlachtet hatten, durfte sie auch einen Blick hineinwerfen. Allerdings war sie nicht die einzige, die glaubte, darin Verborgenes erkennen zu können. Al-Assali fragte mit honigsüßem Lächeln: »Haben Sie vielleicht einen besonderen Grund, warum Sie so sehr an Ibn Sina interessiert sind, Herr Skile, Frau Zakyneros?«

»Nein«, behaupteten Jo und Bel wie aus einem Mund. Minuten später standen sie draußen auf der Straße.

Jo warf Bel einen forschenden Blick zu, um in seiner unergründlichen Miene zu lesen. Wenn er überrascht und verärgert war, so ließ er nichts davon erkennen. Im Gegenzug glaubte Jo, sie offenbare sich wie ein aufgeschlagenes Buch. Der Frust, der ihr ins Gesicht geschrieben stand, war offensichtlich. Sie konnte es Bels spöttischem Lächeln entnehmen. Doch je länger er sie anblickte, desto ernster wurde er. »Al-Assali ist nur ein kleiner Fisch. Lange wird er diese Machtposition nicht halten können.«

»Und Samira?« fragte Jo. »Wenn ich die Zeichen richtig deute, versucht er, in aller Öffentlichkeit zu demonstrieren, daß er vollkommen unbestechlich ist.«

»Samira«, sagte Bel und ließ den Namen auf der Zunge zergehen. »Samira ist eine Frau. Manchmal ist es ratsam, einen anderen Weg einzuschlagen, sobald eine Frau an der Entscheidung beteiligt ist.«

Jo wollte ihm gerade mit einer spitzen Bemerkung über den Mund fahren, als Bel sie mit seiner Frage überrumpelte und minutenlang außer Gefecht setzte. »Ich bin bereit, über meinen Schatten zu springen, obwohl Sie sich außerordentliche Mühe geben, eine Einladung ohne Erklärung auszuschlagen und zu Kapriolen neigen. Ich frage Sie zum letzten Mal, ob Sie unseren Vertrag unterschreiben wollen.«

Jo war so perplex, daß sie mit der Antwort zögerte. Bel warf ihr tatsächlich noch einmal einen Rettungsring zu? Ihr Mund war wie ausgedörrt, sie brachte keinen Ton heraus. Selbstverständlich bewies das nur, wie recht sie mit ihrer Vermutung hatte. Bel Skile wollte sich über Jo an Samiras Zustimmung heranschleichen. Trotzdem gab es ihr die Möglichkeit, Forschung im großen Stil zu betreiben. Sie wollte gerade »Ja« krächzen, als er ihr zuvorkam und den entscheidenden Fehler beging. »Sie müssen dringend eines lernen, Jo«, sagte er feierlich und absolut überzeugt. »Letztendlich siegt immer das Geld.«

Jo fühlte sich geohrfeigt und getreten zugleich. Im Bruchteil einer Sekunde schossen ihr hundert Bilder durch den Kopf, von Leuten, die nichts zu verschenken hatten und sie trotzdem großzügig einluden, von Studenten, die sich mit Nebenjobs das Examen ermöglichten, von sich selbst, die sie stets die billigsten Unterkünfte und Transportmittel nehmen mußte, von tausend anderen Menschen mehr, die wie sie jeden Monat zusehen mußten, daß sie über die Runden kamen, Rentner und Mittellose, Familien mit vielen Kindern, sozial Schwache und Schwerkranke, die mit Anstand und Würde ihr Leben in Bescheidenheit und Sparsamkeit führten, die von Luxusgütern nur träumen konnten und Urlaub daheim machten, die ihr Geld nicht in Designerklamotten investierten, sondern in Lebensversicherungen und Sparbüchern für die Enkel anlegten. Und da stand dieser reiche Bengel und wagte es, sie über die Macht des Geldes zu belehren. Er hatte darüber gesprochen, als verkünde er das oberste aller Gebote und die Kernaussage einer heiligen Philosophie. Jo spürte, wie ihr die Galle hochkam. Sie machte auf dem Absatz kehrt und ließ Bel Skile stehen.

Unterschiedlichste Gefühle tobten in Jo. Anfangs kochte sie vor Wut. Schon nach einigen Metern die Gasse hinunter flaute diese ab und machte der Vermutung Platz, Bel könnte recht haben. Noch einige Meter weiter wußte sie es mit uneingeschränkter Sicherheit: Er hatte recht! Am Ende mußte die Geldsumme nur hoch genug sein, um jeden zu überzeugen. Sie hatte bisher widerstanden. Sie konnte ihre Entscheidung gutheißen. Genaugenommen verspürte sie sogar eine gewisse Euphorie. Das rasch abnehmende Abendlicht und die laue Luft gaben ihr das Gefühl, leicht und gelöst durch die Dämmerung zu gleiten. Keinesfalls durfte sie dieser dumpfen Ahnung Raum geben, sie sei komplett gescheitert. Wie eine Ertrinkende mußte sie sich an den heroischen Wert ihrer Absage klammern, um nicht in das tiefe Loch der Erkenntnis zu plumpsen, sie habe vorsätzlich alles verspielt. Ein Abgrund, der nach schwerer Depression, absoluter Mutlosigkeit und tiefer Enttäuschung schmeckte. Sie durfte die Schultern nicht hängen und den Schritt nicht stocken lassen. Beschwingt führte sie ihren Weg fort. Das Leben hielt stets Überraschungen bereit, es gab keinen linearen Verlauf. Sie durfte sich der Niedergeschlagenheit, die sich wie ein Feind an sie heranpirschte, nicht hingeben. Doch etwas anderes hemmte plötzlich ihr Vorankommen.

Eine Hand griff blitzschnell nach ihr, drückte ihr eine Sonnenbrille auf die Nase und preßte etwas Hartes an ihre Seite. Jo war vollkommen überrascht, wie jäh sich ihre Situation wandelte. Gerade hatte ein Händler neben ihr die Qualität parfümierter Seifen gepriesen, hatte den Duft von Olive und Zaubernuß gelobt. Das letzte Wort war ihm noch nicht über die Lippen gekommen, da verstand Jo bereits, was hier geschah. Augenblicklich begriff sie den Ernst, die Ausweglosigkeit und das Wirken unbarmherziger Gewalt. Jeder Ausbruchsversuch schien ihr töricht und tödlich zu sein, allein der Gedanke daran erfüllte sie schon mit Angst. Falls ihr das Schicksal noch eine Chance im Leben einräumte, dann nur, wenn sie genau das tat, was der Mann neben ihr verlangte.

Es war Abend in Damaskus. Nichts deutete darauf hin, daß etwas Außergewöhnliches geschah, nichts ließ die Menschen um Jo ahnen, was sich hier mitten im überfüllten Suq ereignete. Sie ging jetzt langsamer, der Unbekannte dicht an ihrer Seite. Die getönte Brille hielt Jo davon ab, mit flehenden Blicken um sich zu werfen. Auch ohne diese Verdunkelung schien sich niemand um das Paar zu kümmern, das sich jetzt wie viele andere Passanten seinen Weg durch die Straßen bahnte. Die Gassen waren übervoll, Menschen schlenderten an Geschäften und Auslagen entlang, junge Burschen flitzten mit dem Fahrrad vorbei, brachten Messingkannen zum Scheppern und Kleiderständer ins Wanken. Händler riefen ihnen Schimpfworte nach, und Frauen drängten sich um das Angebot eines Schuhverkäufers. Ein Händler neben Jo pries ihr einen Stapel Postkarten an. Fünfzig syrische Pfund würden sie nur kosten und fünfundsiebzig Pfund, wenn sie zwei Päckchen auf einmal nähme. Günstiger könne sie es nicht bekommen. Jo mußte an Musils Karten denken und fragte sich, ob sie jetzt die dritte sei, die ein zufälliger Tod ereilte.

Sie schielte zu dem Mann an ihrer Seite hin und konnte nichts Bemerkenswertes entdecken. Er trug ein Hemd, wie es hier üblich war, eine dunkle Allerweltshose und dunkle Slipper. Er hatte ihr verboten, zu ihm hinüberzublicken. Jo konnte nur aus den Augenwinkeln seine schmale, nicht allzu große Gestalt wahrnehmen und sein dunkles volles Haar ahnen. Doch die Luft neben ihr, der Abstand, der sie von ihm trennte, war erfüllt vom Dunst edlen Rasierwassers und exklusiver Badezusätze. Die einfache, unauffällige Kleidung war Tarnung. Vor kurzem hatte er erst geduscht, wie sie riechen konnte. Das war weder ein Profikiller, der in finsteren Absteigen herumlungerte, noch ein Gelegenheitsdieb, sondern ein Mann aus der Chefetage. Genauer gesagt, der Mann mit den bösen Augen, die er auch jetzt hinter einer dunklen Brille verbarg. Diese Erkenntnis schmälerte keineswegs ihre Angst. Jo ahnte, wer er sein könnte. Als sie ihn zum ersten Mal an der Tankstelle von Albu Kamal gesehen hatte, hatte sie ihn für einen Syrer gehalten. Wenig später war sie ihm in Damaskus begegnet. Es war das einzige Mal, daß sie sein Gesicht erblickt hatte, ein Gesicht, in dem die Augen dominierten. Augen, die völlig gleichgültig schienen, in denen aber der Funke des Fanatismus brannte. Er mußte Hunderte von Untergebenen haben, keinen von ihnen hatte er auf sie angesetzt. Er nahm die Sache selbst in die Hand. Er verfügte über ein Vermögen und großen politischen Einfluß. Er würde sich seinen Erfolg nicht von einer kleinen, unbedeutenden Ethnobotanikerin nehmen lassen. Sie konnte sich vorstellen, wie er – eine gepflegte Erscheinung – den Konferenzsaal seines Unternehmens betrat, in dem augenblicklich die Gespräche verstummten und jede Aufmerksamkeit von nun an ihm galt. Seine Leute fürchteten ihn, und die Konkurrenz versuchte nur ein einziges Mal, ihn zu übervorteilen. Dann hatte sie ihre Lektion gelernt, wechselte die Branche oder tat genau das, was er verlangte. Selbstverständlich setzte auch Jo jetzt um, was er forderte. Sie schlenderte einfach weiter, schrie nicht um Hilfe, schlug nicht um sich und verhielt sich absolut unauffällig. Selbst wenn Tessirs vielgepriesene hundert Augen jeden ihrer Schritte verfolgt hätten, würden diese jetzt nichts Außergewöhnliches wahrnehmen. Sie ging einfach neben einem Mann einher, als gehöre das zu ihrem Alltag.

Bei dem Metall an meiner Seite könnte es sich auch um ein Stück Rohr ohne tödliche Kugel im Lauf handeln, überlegte Jo. Sekunden später schloß sie das vollkommen aus. Sie hatte ein Limit überschritten, hatte etwas getan, was den abwartenden Beobachter in einen Täter verwandelt hatte. Sein Interesse an ihr mußte groß sein. Er regierte ein kleines Imperium. Wenn er sich die Mühe machte, sie persönlich auszuschalten, so stand dabei viel für ihn auf dem Spiel. Er überraschte Jo in keiner Weise, als er jetzt auf englisch sagte: »Sie besitzen etwas, das uns gehört. Sie geben es mir und unterschreiben eine Verzichterklärung bezüglich Ihrer wissenschaftlichen Ansprüche am Skelett, der Goldkette und einer Einsicht in Ibn Sinas Buch. Sie verlassen noch heute abend Syrien. Sind Sie verständig, können Sie morgen wieder an Ihrer Arbeit in Deutschland sitzen, unverletzt und ohne jede Beeinträchtigung. Allerdings empfehle ich Ihnen grundsätzlich, Ihren Aufenthalt in Syrien zu vergessen.«

Ein Außenstehender muß eine vollkommen normale Szene sehen, dachte Jo. Er hatte natürlich die Waffe unter seinem Jackett verborgen, das über seinem Arm hing. Würde sie einen Satz zur Seite machen, was in dem Gedränge schier unvorstellbar schien, würde er ihr eine Kugel verpassen. Jo war sich sicher, daß er einen Schalldämpfer benutzte. Sie würde einfach umkippen, während er blitzschnell in der Menge untertauchte. Inzwischen wußte sie ja, wie flink und wendig er war. »Nik Antony.« Jo legte alle Bestimmtheit in ihre Stimme. »Ich weiß, wer Sie sind und was Sie beabsichtigen. Zusammen mit Bel Skile verwalten Sie den Fonds Ihres Großvaters, der Dura Europos ausgrub. Außerdem sind Sie der Vorsitzende der HOMA. Sie schmuggeln geschützte Pflanzen und versuchen, den al-Oud produzierenden Pilz von Yale zu finden. Sie testen neue Arzneimittel an nichtsahnenden Syrern. Ihre Versuche tarnen Sie mit einem humanitären Einsatz. Sie sind versessen darauf, den Ruhm Ihres Großvaters zu überbieten. Sie versuchen, Bel Skile kaltzustellen. Sie möchten in die Geschichte eingehen: Nik Antony, der Mann, der das ewige Leben fand. Ich habe mir ausführliche Notizen gemacht. Wenn Sie mich umbringen, wird man sofort wissen, daß Sie dahinterstecken.«

»In Ihrem Gepäck im Musalla und in Ihrem Hotelzimmer befindet sich nichts dergleichen. Auch nicht auf Ihrem Computer. Unterschätzen Sie mich nicht, das könnte ein tödlicher Irrtum sein. Was ich haben will, kann sich nur bei Ihnen selbst befinden. Wir gehen jetzt gemeinsam zu Ihrer Unterkunft. Sie haben ja eine Vorliebe für billige Absteigen. Die Dunkelheit der Passage wird es uns gestatten, unser kleines Geschäft unbemerkt zu tätigen.«

Ein eisiger Schauer kroch Jo über den Rücken. Ihr Bluff war danebengegangen. Er hatte also ihre Unterkunft durchsucht.

Da die Rezeption keinen Safe hatte, lag ihr Laptop einfach nur im Schrank. Nik Antony war wandelbar. Er konnte sich als Europäer, sogar als Syrer ausgeben. »Ich dachte, Sie wären in London?« fragte sie.

»Die Alte Welt ist klein. Ein paar Stunden Flugzeit, damit ist es getan. Mein Vetter Bel ist sehr geschwätzig. Aber ich denke, Sie sind eine kluge Frau. Sehen Sie dort vorn die Kinder, diese schmuddeligen Bastarde? Sie werden einfach an ihnen vorbeigehen und nichts kaufen.«

Jo spürte den Druck der Waffe. Von allen Heldenfiguren, die sie aus Filmen und Büchern kannte, war sie meilenweit entfernt. Ihr fiel weder ein Trick noch irgendeine Täuschung ein. Sie sah auch keine Möglichkeit, durch eine gewaltige körperliche Anstrengung der Bedrohung zu entkommen. Antony agierte vollkommen beherrscht. Mit ähnlicher Gleichgültigkeit würde er sie erschießen, falls sie es wagen sollte, seine Absichten zu durchkreuzen. Sie war mit Sicherheit nicht sein erstes Opfer. Im allgemeinen hatte er es nicht nötig, die Leute umzubringen. Er recherchierte genau und akribisch, so, daß jeder Widerstand von vornherein zwecklos war. Kluge Opfer erkannten das rasch. Und Jo wollte klug sein.

Sie mußte an Mateo denken und glaubte jetzt endlich, seine Panik verstehen zu können. Er wußte, daß Antony selbst Pazuzu neben das Skelett gelegt hatte, um Jo zu vertreiben. Gleichzeitig fürchtete Mateo, böse Absichten könnten mehrfaches Unglück auslösen. »Morphische Resonanz« hatte er das Zusammenspiel zwischen Schlechtigkeit und Mißgeschick genannt. Überall dort, wo Antony auftauchte, häuften sich die Schicksalsschläge. Er vergiftete die Atmosphäre so sehr, daß Menschen Fehler begingen und den Weg in die Katastrophe ebneten. Mit Sicherheit wurde Mateo von ihm erpreßt. Und seinetwegen wurde er schuldig an Yassers und Musils Tod. Samman hatte das erkannt. Ein Dämon hatte Macht über Mateo.

Und dieser Dämon hatte jetzt auch Jo gepackt. Was wollte Antony von ihr haben? Es konnte sich nur um die Laborwerte handeln. Als Jo darüber nachdachte, wurden ihr verschiedene Zusammenhänge klar: Bel war in gewisser Weise unschuldig. Er hatte vom Ausmaß der medizinischen Versuche nichts gewußt. Er selbst hatte Jo auf die Silberdose aufmerksam gemacht. Gleichzeitig begriff sie Mateos Schuld. Er wußte, daß sich dieses verhängnisvolle Papier in Musils Besitz befand. Vor seinen Augen mußte der Junge in den Schacht gestürzt sein. Mateo hatte nichts zu seiner Rettung unternommen. Doch ein Gewohnheitskiller war er nicht. Schließlich hatte er ihr und Bassel das Leben gerettet.

»Diese Laborwerte«, sagte Antony in ihre Überlegungen hinein, »sind nicht wirklich wichtig. Ich möchte nur verhindern, daß Sie eines Tages auf den unsinnigen Gedanken verfallen, ich wäre in irgendeiner Form erpreßbar. Das kleine Unglück mit den Syrern gäbe einen häßlichen Fleck auf der Untersuchungsreihe.«

Zwei Menschen waren tot, und er sprach von einem Fleck. Jo biß die Zähne zusammen, um sich nicht zu einer vorschnellen Handlung hinreißen zu lassen. »Es geht Ihnen um das ewige Leben, nicht wahr?« preßte sie hervor. Ihre Stimme klang wie ein fernes Ächzen. »Es geht um Substanzen, die Krebs bekämpfen können. Myrrhe, Balsam, Aloe und al-Oud gehören dazu und der Pilz von Yale.«

»Sie werden alle diese Dinge vergessen. Wenn ich mit einem neuen Präparat an die Öffentlichkeit trete, können Sie gerne behaupten, Sie hätten es schon immer gewußt. Aber erzählen Sie das Ihrem Spiegelbild. So lautet unsere Vereinbarung. Das Buch des Ibn Sina ist für Sie tabu. Als Privatperson haben Sie ohnehin keine Chance, es einzusehen.«

»Es wird öffentlich gemacht.«

»Unsinn. Wissen ist einer Elite vorbehalten. Sie, Frau Zakyneros, gehören nicht dazu, ebensowenig wie diese Menschen hier. Als Ethnobotanikerin müßten Sie das eigentlich verstehen. So wurde es schon immer gehandhabt. Das gemeine Volk ist vom Elitewissen ausgeschlossen. Und stellen Sie sich bitte vor, dieses Mittel geriete in die Hand eines Schurkenstaates! Erkenntnisse von großer Tragweite gehören in die Verantwortung ausgesuchter Menschen. Zu diesem Zweck gab es geheime Schriften, die nur den Herrschern zugänglich waren, und Geheimbünde, die das Wissen bewahrten und weitergaben.«

»Und das sind die ›Skull and Bones‹ von Yale, die Bruderschaft des Todes?«

»In unseren Kreisen kommunizieren Menschen miteinander, die einen ganz anderen Überblick über wirtschaftliche und politische Zusammenhänge haben als der Pöbel. Dieses Wissen wird ausgesuchten Persönlichkeiten anvertraut. Wir können zum Wohle der Menschheit nicht zulassen, daß Dummköpfe an den Schalthebeln von Forschung und Macht sitzen.«

»Wenn ich da so an gewisse Staatsoberhäupter denke«, sagte Jo vorsichtig, »scheint Ihre Theorie nicht ganz hinzuhauen.«

»Natürlich bestücken wir manche Ämter mit Marionetten, Menschen, die genau ausführen, was ihnen aufgetragen wird, ohne selbst zu denken. Der nächste Präsidentschaftskandidat wird zweifelsohne wieder aus unseren Reihen stammen. Zu Beginn der Vorentscheidungen lassen wir einige Gegenspieler zu, die aber im Laufe der Wochen an Einfluß verlieren. Schließlich bleibt nur unser Kandidat übrig. Er geht voller guter Absichten an die Arbeit. Wir befürworten einige Änderungsvorschläge. Wir lassen ihn genau dort ansetzen, wo wir einen gewissen Unmut im Volk erkennen können. Dann wird er gewählt und darf einige Anregungen einbringen. Seine kühnen Vorstellungen von einer besseren Welt müssen nach und nach unserer Realität weichen. Bis auf die Kennedys und den unsäglichen

Carter hat das noch jeder begriffen. Bei diesen Maßnahmen haben wir nur die Taktik geändert, nicht die Strategie.«

Jo war sich ihrer grotesken Situation bewußt. Ihr Leben war bedroht, und sie diskutierte über politische Entwicklungen. Tief in ihrem Innern schwelte der Gedanke, daß Antonys Argumente nicht abwegig waren. Sein Vorgehen war keineswegs ungewöhnlich. Er war gebildet und scharfsinnig, dabei skrupellos und zielgerichtet. Er erpreßte die Menschen und scheute auch nicht davor zurück, notfalls über Leichen zu gehen. Doch gewöhnlich bevorzugte er die subtile Art, einen Gegner kaltzustellen. Dabei versuchte er lediglich, seine Vorstellung von der Weltherrschaft durchzusetzen. Darin ähnelte er zahlreichen Despoten vor ihm, die längst mit dem Prädikat »der Große« in die Geschichte eingegangen waren. Sie hatten sich über das gemeine Volk hinweggesetzt und hatten, nicht zuletzt deswegen, Reformen ermöglicht, die der Menschheit Gutes brachten. In der Tat ein ergiebiges Thema. Karl der Große, der die Sachsen abschlachtete, gehörte genauso dazu wie Napoleon und viele andere mehr. Für Menschen diesen Schlages war sie ein lächerliches Nichts. »Sie werden versagen«, orakelte Jo.

Inzwischen befanden sie sich bereits auf der Straße Richtung Hotel. Die Laternen wurden hier spärlicher, die Hauspassagen dunkler. In wenigen Minuten würden sie vor dem Musalla stehen. Vielleicht hatte Antony gar nicht vor, sie am Leben zu lassen? »Sie werden versagen, weil es Dinge zwischen Himmel und Erde gibt, die Sie nicht ahnen. Al-Oud gibt es seit Jahrtausenden. Aber den Nutzen dieses Stoffes kann nur der erfahren, dessen Seele höher entwickelt ist. Das ist eine alte islamische Weisheit. Würde diese Behauptung nicht zutreffen, so wäre das Geheimnis um al-Oud längst gelüftet.«

»Sie neigen zu Esoterik. Was Sie vorbringen ist einfach lächerlich.«

»Sie wollen es nicht verstehen. Dabei gehören Sie selbst

einem Geheimbund an. Sie können eine Pflanze analysieren und ihren Wert trotzdem nicht erkennen. Wenn sie die Seele der Pflanze nicht verstehen, wird sie sich Ihnen auch nicht offenbaren.« Jo wußte nicht, was ihr die Kraft gab, auf diese Weise zu sprechen. Es mußte der Mut der Verzweiflung sein. »Außerdem befinden wir uns an einem mystischen Ort. Die Stadt Damaskus ist eine lebende Person mit wachsamen Augen. Sie können hier nicht ungestraft morden.«

»Kann es sein, daß Sie von den Dschinn sprechen, den Hirngespinsten abergläubischer Menschen?«

»Sie selbst sind doch ein böser Dschinn, ein Dämon. Aber vergessen Sie nicht, den finsteren Kräften stehen genauso viele gute gegenüber.«

»Interessant. Ich wüßte zu gerne, wo Sie sich befinden!«

Ich auch, dachte Jo, es sind nur noch wenige Schritte bis zum Hotel! Antony würde ihr gestatten, die Silberdose aus dem Rucksack hervorzuholen. Aber dann, was würde dann geschehen? Es war Nacht geworden. Die Finsternis der Hotelpassage würde ausreichen, um Antony ausführen zu lassen, was er plante. War sie schon vorhin langsam gegangen, so zögerte sie jetzt noch mehr. Doch die Waffe in ihrem Rücken trieb sie erbarmungslos voran. Jetzt hatten sie das Musalla erreicht. Niemand auf der Straße nahm Notiz von ihnen. Sie bogen in die Passage ein. In diesem Moment leuchtete ein Scheinwerfer auf und hüllte sie und Antony in gleißendes Licht.

Wieder hatte sie nicht mit Antonys blitzartiger Reaktion gerechnet. Er preßte sie an die Wand. »Keine Bewegung, sonst ist sie tot!« Flink und geschmeidig lud er die Waffe durch. Das trieb Jo fast die Luft aus der Lunge und Tränen in die Augen. »Bleibt alle, wo ihr seid. Wir verschwinden von hier. Sollte mir einer von euch folgen, schieße ich diese Frau in Stücke. Zuerst in die Füße, dann ins Knie und so fort.« Er wollte mit Jo die Passage verlassen.

Jos Augen hatten sich endlich an das Licht gewöhnt. Die Hotelpassage war voller Menschen. Paulus und seine Freunde standen dort und sahen Tessir, Fahim und Samira an, die ihrerseits einen schnellen Blick mit dem Silberdosenhändler tauschten. Jo erkannte Hassan, den Bonbonverkäufer, der seine gewaltigen Pranken rieb, die drei frechen Jungmänner, mit Steinschleudern gerüstet, ihren kleinen Hotelkoch mit den winzigen Händen, den Mann von der Rezeption, die alte Bettlerin mit dem Bockshornklee, den Postkartenmann, den Seifenhändler und den Teeverkäufer. Der junge Bäcker vom Brotstand war auch dabei und einige Gestalten mehr, die sie beim ersten Hinsehen nicht einzuordnen wußte. »Laß sie gehen«, forderte Tessir. Angeführt von ihm, begannen die Menschen, Jo und Antony nahe zu kommen.

»Keinen Schritt weiter!« Antony riß die Waffe an Jos Kopf.

Jo fühlte das Metall an ihrer Schläfe, sah Tessir und alle anderen wie in Zeitlupe auf sich zukommen und spürte, wie Antony den Finger krümmte. Sie wußte, daß ihr Leben vorbei war. Sie hörte ein metallenes Knacken, als der Schlagbolzen ins Leere schlug. Eine absolute Stille setzte ein. Ein Vakuum, in dem Jo nichts hörte, nichts roch oder sah. Schließlich zogen Bilder an ihr vorbei, als säße sie im Kino. Sie blickte Tessir an, der ungehindert auf sie zuging, Antony die Waffe abnahm, so, als entferne er ein Werkzeug aus der Hand eines bösen Buben. Die Bettlerin ergriff Jos Arm und führte sie einige Meter weit fort. Jo sah Antony noch immer an der Wand stehen, erblickte sein kalkweißes Gesicht und seine Arme, die er über den Kopf hob. Fahim und der Silberdosenhändler langten in seine Taschen, klopften ihn ab und zogen Geld und Ausweise hervor.

Nik Antony fühlte, wie überschäumende Wut Besitz von ihm ergriff. Seine Pistole hatte versagt. Die beiden schmierigen Syrer wagten es, in seine Hosentaschen zu greifen und alles fortzunehmen, was ihm gehörte. Die Situation, in die er geraten war, übertraf den schlimmsten Alptraum. Der Mob von Damaskus würde sich seiner bemächtigen. Er verstand genau, was hier vorging. Ohne jeden Ausweis würde er hilflos wie ein Penner sein. Von den Menschen, die ihn umringten, konnte wohl kaum einer lesen. Ihr Anführer, ein großer grauer Mann, blätterte jetzt in seinen Papieren herum, aber offensichtlich verstand er nicht, was dort stand. »Ich bin amerikanischer Staatsbürger!« rief Antony. »Sch!« machte der Graue, und Antony verstummte. Diese ungewaschenen Kerle kannten sich mit Diebstahl und Straßenraub aus, so flink verschwand sein Besitz in ihren Taschen. Voller Verachtung blickte er zu den drei Frauen hinüber. Jo Zakyneros starrte ihn noch immer an, als begreife sie langsam die Bedeutung und Macht seines Namens. Die alte Vettel fixierte ihn mit einem bösartigen Ausdruck in ihren Knopfaugen. Eine junge Frau mit Kopftuch präsentierte ihm ein gänzlich nichtssagendes Gesicht. Warum ging sie nicht heim an den Kochtopf? Sie schien die dümmste von allen zu sein. Wie er diese Menschen hier haßte, diese aufdringlichen Kinder, die Händler, die ständig ein Schnäppchen machen wollten, die trägen Männer mit ihren bodenlangen Gewändern und Schlappen an den Füßen. Das war ein heruntergekommener Haufen Menschen ohne Ideen und Perspektiven. Diese Habgierigen, die Passanten überfielen, würden seine Absichten durchkreuzen. Einzig Jo Zakyneros konnte diesem Gesindel erklären, wer er war und welche Macht er hatte. Geschähe ihm hier ein Leid, hätte das weitreichende politische Konsequenzen. Er legte sich die Worte zurecht, die diese Zakyneros bestätigen sollte, da kam ihm der Graue zuvor.

»Verschwinde, Nik Antony«, sagte Tessir und steckte Antonys Paß ein. »Wir hinterlegen deine Habseligkeiten bei der amerikanischen Vertretung, beim syrischen Polizeipräsidium und in deinem Hotel. Man wird sich dafür interessieren, warum an der Rezeption eine Pistole für dich abgegeben wird, zu einem Zeitpunkt, da dir noch jeder Ausweis fehlt und die dazugehörigen Magazine bei der Polizei auftauchen. Du wirst Schwierigkeiten bekommen, sowohl von amerikanischer als auch von syrischer Seite. Aber wir lassen dich laufen. Solltest du es noch einmal wagen, dich an Jo Zakyneros zu vergreifen, vernichten wir dich. Einen Vorgeschmack, was dich erwartet, wirst du bald erfahren. Und jetzt geh mir aus den Augen, Assassini!«

Sekundenschnell stürzte Antony davon. Er folgte einem Impuls, den er sich selbst nicht erklären konnte. Er hatte die Situation vollkommen verkannt. Zum ersten Mal schien ihm jemand in Aufklärung und Recherche weit überlegen zu sein. Sie schienen zu ahnen, wer er war und was er vorhatte. Er rannte zur Kreuzung hinüber und stoppte ein Taxi. Der Fahrer kurbelte das Fenster hinunter. »Ausweis!« sagte er barsch. Noch ehe sich Antony erklären konnte, winkte der Fahrer schon einen Polizisten heran. Antony machte einen Satz auf den Gehsteig zurück. Dann würde er eben zu Fuß zum Cham-Palace gehen. Er mußte nur schneller sein als der Mob, der dort seinen Revolver plazieren wollte. Oder sollte er lieber gleich zur amerikanischen Vertretung laufen? Das Hotel lag näher. Doch schon von weitem erkannte er Polizisten vor der Eingangstür. Er machte kehrt. Die Beziehungen zwischen den USA und Syrien waren wieder einmal eingefroren. Eine Botschaft gab es nicht, nur eine völlig unterbesetzte Vertretung. Was kurz darauf den Wachtposten vor dem Gebäude nicht hinderte, ihm einen forschenden Blick zuzuwerfen und schneller, als es Antony je erlebt hatte, nach seinem Arm zu greifen. Zwei amerikanische Beamte packten ihn. Er wolle ja hierher, versuchte er zu erklären, doch alles lief von Anfang an schief. Die Beamten gehörten zu genau jener Sorte Staatsdiener, die sich durch unbestechlichen Gehorsam auszeichneten und niemals selbst zu denken anfingen.

Im Laufe der Nacht wurde er von Beamtem zu Beamtem wie im Verhör weitergereicht. Durch den Verlust aller Ausweise hatte er sich verdächtig gemacht. Statt ihm Mitleid entgegenzubringen, beäugten sie ihn mißtrauisch. Diese seine Landsleute waren zuverlässige, gute und brauchbare Amerikaner, jedoch ohne jede eigene Vorstellungskraft. Um Mitternacht wurde endlich sein Führerschein abgegeben, wie Antony meinte. Sekunden später erkannte er zu seinem Entsetzen, daß es sich um einen Flugschein handelte, der genau zum selben Zeitpunkt an derselben Flugschule ausgestellt worden war, wie jener der Terroristen vom elften September. Als der Morgen über Damaskus heraufdämmerte, wurde Antony klar, daß hinter diesem Geschehen ein ausgefeilter Plan stand. Am Ende würde er selbstverständlich rehabilitiert sein. Doch er kannte die Betonköpfe in den amerikanischen Behörden. Er hatte sie ja selbst erschaffen: Eisenfresser, Erbsenzähler und Korinthenkacker. Sobald das Stichwort »elfter September« fiel, lief ein gnadenloser Automatismus ab. Es konnte zwar nur noch Stunden dauern, bis man ihn identifiziert hatte, doch mit seinem Paß, der jetzt auf dem Schreibtisch landete, sah er neues Unheil auf sich zukommen. Der Ein- und Ausreisestempel Israels prangte darin. Sogar ein Anwalt, der endlich angerückt war, zuckte zusammen, als er den Stempel erkannte. »Das gibt Schwierigkeiten mit den Syrern«, verkündete er grimmig. Nik Antony bohrte seinen Blick in die Augen des Anwalts. Was er darin erkennen konnte, gefiel ihm überhaupt nicht. Der junge Mann, verschlafen und noch nicht ganz orientiert, liebäugelte mit dem Gedanken, seine Verteidigung abzulehnen. Denn was Antony vorbrachte, klang so verworren und abenteuerlich, daß es Hollywood amüsiert hätte. »Ich bin bereit, Ihnen das eine oder andere zu glauben«, sagte der Anwalt skeptisch. »Doch daß ein syrischer Straßenräuber in wenigen Stunden einen korrekten israelischen Stempel in Ihren Paß zaubert …«

»Diese Leute sind begnadete Fälscher«, brachte Antony hervor. Da gab es doch den kleinen fetten Kerl, der die Papiere für die HOMA fälschte? Sollte er etwa an dem Unternehmen zu Jo Zakyneros' Rettung beteiligt gewesen sein? Antony hatte ihn natürlich nie zu Gesicht bekommen. Solche Personalgeschäfte gehörten in den unteren Bereich. Ein Anruf bei der HOMA, eine Bitte an Skile, ihn zu identifizieren, oder gar eine Mail an Yale verbaten sich von selbst. Nie zuvor hatte sich Antony so hilflos gefühlt. Wie sollte er Skile oder der Yale-Universität den Überfall erklären, wie den Umstand, daß er syrische Kleidung trug und seine Waffe vermißte, die er Jo Zakyneros an den Kopf gehalten hatte?

»Ich fürchte, wir haben eine gewisse Erklärungsnot«, fuhr der Anwalt fort, als könne er Gedanken lesen. In Wahrheit aber wedelte er mit einem weiteren Dokument vor Antonys Nase herum. »Ihr Kontoauszug hier«, jetzt räusperte er sich umständlich. »Also, dieser Kontoauszug zeigt eine Transaktion, die Familienangehörige von Osama Bin Laden mit erstaunlichen Summen begünstigt. Was können Sie dazu sagen, mal abgesehen davon, daß alles nur eine Fälschung ist?«

Antony schwieg. Er verstand, daß ihn genau jene Bedingungen in den Klauen hielten, die er selbst erschaffen hatte. Es war die Welt des Betrugs und der Fälschung einerseits und das Handeln von Marionetten andererseits, die bedenkenlos ausführten, was ihnen von oben diktiert wurde. Sein ganzes bisheriges Leben lang hatte er sich dieser Menschen und Machenschaften nach Gutdünken bedient. Unglücklicherweise befand er sich heute am falschen Ende der Befehlskette.

Jo hockte zitternd auf den ausgetretenen Stufen vor dem Musalla. Sie registrierte, wie ihr die Kinder freundlich zuwinkten, wie der Bäcker wieder seines Weges ging, die Bettlerin davonhumpelte, Koch und Portier den Aufzug zum Hotel nahmen,

Hassan und die anderen an ihre Verkaufsstände und zu den Geschäften eilten, bis schließlich nur Tessir, Fahim, Samira und der Silberdosenhändler übrigblieben. »Suleiman«, stellte sich letzterer vor und half Jo auf die Füße. »Wir gehen in meine Teestube hinüber. Das wird deine Lebensgeister wecken.«

Suleimans Teehaus befand sich zwischen Zitadelle und Omayyaden-Moschee. Schweigend folgte Jo den Syrern. In einem finsteren Gäßchen schoß ein rattenähnliches Tier unmittelbar vor ihren Füßen davon, doch Jo trottete unbeirrt weiter. Sie stolperte über Unrat am Boden, ihr Fuß trat in eine Pfütze unbekannten Inhalts, und ihre Nase nahm den Geruch von Moder und jahrhundertealtem Staub wahr. Sie orientierte sich an Tessirs grauer *Gallabiyya*, die vor ihr in der Dunkelheit schimmerte. Mehrfach mußte sie sich geduckt durch einen schmalen niedrigen Gang vorwärtstasten, durch Gewölbe, die sie an Fluchtwege und Geheimgänge erinnerten. Sie stiegen alte Marmorstufen in die Finsternis hinab, wanderten an Säulenresten und Wasserbecken vorbei, bis sich eine tiefliegende Pforte vor ihnen auftat. Der Lärm eines gut besetzten Teehauses schlug ihr zusammen mit dem Nebel der Wasserpfeifen entgegen. Jos Verstand, der nur zögerlich und bruchstückhaft arbeitete, nahm jetzt auch den Qualm der Haschischpfeifen wahr, den Dunst frischer Apfelblüte, Zimtrinde und glühender Holzscheite. Suleiman dirigierte sie zu den gepolsterten Sitzbänken in einer Nische. Abgeschirmt von den anderen Gästen versammelten sie sich in halb liegender, halb sitzender Position um niedrige Holztische mit kunstvoller Intarsienarbeit, schlürften Tee aus winzigen Porzellantassen, naschten vom Honig- und Sesamgebäck, prüften den herben Geschmack eingelegter Gurkenschoten, die nicht größer als der Nagel eines kleinen Fingers waren, und ließen die Wasserpfeife kreisen. Sie sahen dem Licht- und Schattenspiel zu, das flackernde Öllampen durch das filigrane Schnitzwerk der Raumteiler warfen, verfolgten den Musterwechsel heller und dunkler Flecke und studierten die Schnörkel und Runen, die das Licht auf römische Mosaiken zeichnete.

In tiefen Zügen atmete Jo das wiedergewonnene Leben ein, die Wirklichkeit von Damaskus. Würde ein fliegender Teppich an ihr vorbeigleiten oder Salome hier um das Haupt des Johannes tanzen, so wäre sie nicht überrascht. An diesen Ort verirrte sich nur schwerlich ein Tourist. Sie saß im Herzstück der alten Stadt, irgendwo tief unter den Mauern von Damaskus, dort, wo schon Aramäer den Römern getrotzt, wo Christen einst Zuflucht gefunden, Juden sich verborgen, Muslime die Brandschatzung der Mongolen ausgesessen, Kreuzritter mit heimlichen Verbündeten gezecht hatten und Menschen aller Religionen und Kulturen zu allen Zeiten an den wachsamen Augen der Obrigkeit vorbeigeschleust worden waren.

»Gott segne die Finger meines kleinen Paulus!« Fahim brach endlich das Schweigen. »Er hat das Magazin entfernt.«

»Er ist ein Künstler. Schicke ihn zu mir«, bat Suleiman, »und ich lehre ihn, die geschickten Finger als Silberschmied einzusetzen.«

»Ihr habt mir das Leben gerettet!« Endlich hatte Jo ihre Sprache wiedergefunden. Doch sofort stopfte ihr Suleiman Mandelgebäck in den Mund. Von einem Dank wollte niemand etwas wissen. Jo sah von Suleiman zu Samira, die friedlich lächelnd neben Fahim saß. Bei der ganzen Aktion hatte sie bisher geschwiegen, doch Jo wußte, daß ihren flinken Augen nichts entgangen war. Schließlich begegnete sie Tessirs Blick. »Weisheit besaß er und große Kenntnis«, zitierte sie aus dem Gilgamesch-Epos, »Verborgenes erblickte er.«

»Ich wußte immer, wo du bist«, antwortete Tessir. »Das ist alles.«

»Ich verstehe nicht …«

»Damaskus hat Augen«, fuhr er fort. »Unzählige Blicke folgen der Ausländerin, einer Frau, die allein unterwegs ist. Man sieht sie durch die Gassen gehen, weiß, aus welchem Hotel sie kommt, ob sie es eilig hat oder langsam schlendert, ob ihr Personen folgen und versuchen, sich an sie heranzumachen. Ist plötzlich ein Mann an ihrer Seite, wird das von den Händlern in den Suqs registriert, man verständigt sich über die Straßenjungen, die diese Informationen weitertragen. Man stößt auf den kleinen Koch vom Musalla, der einen Kerl im Hotel beobachtet haben will, findet eine Bestätigung in der Bettlerin, die weiß, wann der Fremde ins Haus schlich, wann er wieder herauskam, in welche Richtung er verschwand, ob sein Gang leicht und unbeschwert war oder eilig und hastend. Warf er einen Blick über die Schulter zurück wie ein Dieb, der nach Verfolgern Ausschau hält? Für ihn sind alle gleich, er kann Hassan, den Bonbonhändler, nicht von Suleiman unterscheiden, kann sich gegen die Kinderschar nicht wehren, die ihm etwas verkaufen will und beharrlich auf den Fersen bleibt. Er reagiert grob, stößt einen Siebenjährigen zu Boden und schleicht zwischen Halil-Palast und Musalla herum, immer dort, wo auch die Ausländerin ist. Längst hat seine Beschreibung mich erreicht, weiß doch jeder hier, daß ich dich aus Albu Kamal mitbrachte. Die Truckfahrer rüsten sich schon mit Schraubenschlüssel und Vorschlaghammer, aber ich kann sie beruhigen. Niemand wird der Fremden etwas zuleide tun können. Paulus hat längst die Pistole ertastet, entfernt das Magazin zu einer Zeit, da Antony vor dem Halil-Palast auf dich wartet, Minuten bevor er dich packt. Ein Bursche mit vollem Teeglas rammt ihn und gießt die Flüssigkeit über sein Jackett, ein anderer zückt ein Tuch, um ihn abzutupfen, und ein dritter läßt einen Messingteller mit Zitronen scheppernd fallen. Nun rempelt jeder jeden an, die Obsthändler kreischen, alles bückt sich, stößt sich und versucht, die kullernden Früchte zu greifen. Da ragt die Pistole aus dem Hosengurt, und schon wandert das Magazin wie durch Zauber in Paulus' Hand. Jetzt klopfen sie Antony auf die Schulter und überschütten ihn mit Entschuldigungen. Er reagiert gereizt und nervös, muß er doch den Ausgang vom Halil-Palast im Auge behalten. Er haßt diese aufdringlichen Menschen hier, die lästigen Händler, die klebrigen Kinderhände, die ihm ständig zu nahe kommen, und den ganzen Tumult einer orientalischen Stadt. Schließlich legt sich der Aufruhr. Wie verabredet, kehrt jeder an seinen Platz zurück. Die Händler im Suq wissen um den unheimlichen Kerl. Er wird im Auge behalten. Doch erst als ich seinen Ausweis lese, ist mir klar, um wen es sich handelt.«

»Angst?« fragte Jo. Was würde Antony Tessir antun? Immerhin war er sein Brotherr gewesen, der Chef der HOMA, für die Tessir und Fahim arbeiteten.

»Hast du kein Vertrauen in die Kunst meiner Hände?« mischte sich Fahim ein. »Wir haben alle seine Papiere, den Paß, den Führerschein, die Versicherungskarte, das Ticket. Für mich öffnen sich wunderbare neue Welten. Bald kann er alle seine Unterlagen wieder einsammeln. Doch was ist geschehen? In seinem Paß prangt Israels Stempel. Damit verliert er jede Aufenthaltsgenehmigung in Syrien und macht sich als Spion verdächtig. Noch mehr interessante Daten liegen vor. Wir verknüpfen sein Leben mit den Terroristen vom elften September, mit Osama Bin Laden und Saddam Hussein. Bedroht er dich oder uns noch ein einziges Mal, dann ruiniere ich ihn.«

Jetzt wagten sich andere Gäste heran, die Händler aus dem Suq und viele Personen, die Jo noch nie zuvor gesehen hatte. Fast ehrerbietig begrüßten sie Jo, lagerten sich um die Tische und verlangten, die Geschichte von neuem zu hören. Tessir tat ihnen diesen Gefallen, doch Fahim unterbrach bald seine nüchternen Worte. Er schmückte das Geschehene aus, schwelgte in Abenteuer und Übermut, griff auf die Bibel und die prophetischen Bücher zurück, zitierte die Römer, Shakespeare und die

Lehren des Aristoteles. Als er sein meisterliches Erzählwerk endlich vollbracht hatte, griff ein schwarzgekleideter Syrer in Jeans und Rollkragenpulli das Gehörte auf und verwandelte Paulus in einen Gesandten Gottes. Gerade von ihm hatte Jo eine nüchterne Darstellung erwartet, aber er heizte die Zuhörer erst richtig an. Jetzt munkelte man sogar, ob Paulus nicht ein Auserwählter sei mit einer Botschaft vom Allerhöchsten? Ein junger Bursche habe ein seltsames Licht über dem Minarett gesehen, einen hellen Streifen, der genau dorthin gewiesen hatte, wo Paulus nur Minuten später des Weges kam. Und die Bettlerin, könnte sie nicht die heilige Fatima sein? Nähme die Heilige nicht gern die Gestalt einer alten Frau an, um den Menschen beizustehen? Hatte man sie je zuvor gesehen? Nein, sie tauchte erst auf, als Jo im Musalla eingezogen war. Und der kleine Koch mit den Zwergenhänden? Er arbeitete erst seit kurzem dort. Woher kam er? Glich er nicht auffällig dem biblischen Jeremias, dem Sohn des Hilkia? Oder könnte es sich gar um den Propheten Nahum handeln? Gestern beim Abendgebet war ein kleiner Mann erschienen, den niemand kommen oder gehen sah. Doch ein Paar winziger Schuhe blieb am Eingang zurück. Welcher Mensch vergaß seine Schuhe nach dem Gebet und ging barfuß davon? Nur einer, der über das Pflaster schwebte …

Jo lehnte sich an die Polster. Geschichten von Heiligen und wunderbaren Errettungen zogen an ihr vorbei, Berichte über Abdrücke riesiger Dämonenfüße im Stein und zu Marmoradern erstarrtes Blut verblichener Märtyrer. Wundersames erfüllte die Luft, schwirrte durch den dichten Wasserpfeifendunst, nahm Gestalt an und zerrann mit den Rauchfahnen der Haschischglut. Sie begegnete Tessirs Augen und seinem feinen Lächeln. Die Lebensfreude kehrte zu Jo zurück, der Mut und auch die Risikobereitschaft. Suleiman klatschte in die Hände, vertrieb Zuhörer und Erzähler und lud Jo wortgewaltig ein, sein Gast in Damaskus zu sein, so lange es ihr beliebe.

»Ich denke, es ist Zeit, Syrien zu verlassen.« Jo nickte Tessir zu und schob die Silberdose hinüber. »Traust du dir ein bißchen Erpressung zu?«

»Sprichst du von den Gepflogenheiten der freien Marktwirtschaft?« Er nahm die Dose, schraubte sie auf und vertiefte sich in den Laborbefund. »Sehr vielversprechend. Das wird Bel Skile interessieren.«

Jo wollte aufstehen, doch Samira hielt sie zurück: »Du willst das Land verlassen?« Samira legte die Förmlichkeit zur Seite und ging zum vertrauten Du über. »Hast du schon vergessen? Einer gegen alle! Der Schütze trug al-Oud als Zeichen des ewigen Lebens. Du kennst die Lösung. Erzähle uns deine Geschichte. In ihr steckt alles, was wir wissen müssen. Wir werden Antony zuvorkommen.«

»Ideenfindung!« bekräftigte Tessir. »Nur keine Scham! Wir lassen jeden Gedanken zu, so unsinnig er scheinen mag. Dabei werden Dinge verknüpft, die wir vorher nicht in Beziehung zueinander sahen.«

»Es geht um al-Oud und um einen Pilz, der vielleicht in Dura Europos mutierte und dort sogar auf der Holzvertäfelung aus Lebensbaum wuchs«, begann Jo. Der Blick in Samiras ruhige, kühle Augen half ihr, Einzelheiten zu ordnen. »Die Suche nach dem ewigen körperlichen Leben ist so alt wie die Menschheit. Gilgamesch suchte danach. Könige wurden mit Pflanzen gesalbt, um ihnen die Hoffnung auf ewiges Leben zu geben. Viele Völker balsamierten ihre Toten im Glauben, sie würden eines Tages auferstehen. Christus wurde mit Aloe, al-Oud und Myrrhe gesalbt. Wir wissen, daß die Al-Oud-Produktion durch einen Pilz angeregt wird. Dieser hat in Yale zur Heilung eines krebskranken Mannes geführt. Es kann sich genausogut um eine Spontangenesung handeln oder um Zufall. Trotzdem forschen die Familien Skile und Antony in dieser Richtung. Sie vermuten den Pilz in Syrien und experimentierten ziemlich erfolglos mit unterschiedlichen Substanzen. Schließlich hofften sie, in Ibn Sinas Buch den entscheidenden Hinweis zu finden.« Jo machte eine kleine Pause und blickte von einem zum anderen. »Ich selbst bin der Meinung, daß die Lösung in Syrien liegt. Hier, wo sich seit Jahrtausenden die unterschiedlichsten Kulturen und Religionen berührt haben, mag es zu einem Wissensaustausch gekommen sein. Dura Europos lag Jahrhunderte unter dem Sand. Ibn Sina wußte nichts von dieser Stadt, vielleicht aber etwas von dem alten Pilz.«

»Gerade diese Stelle seines Buches ist beinahe vollkommen zerstört«, warf Samira ein. »Auf einer Seite lesen wir den Namen al-Oud und ganz allgemeine Angaben zu Räucherung und Salbung. Die nächsten Seiten sind unleserlich.«

»Abu Ali Ibn Sina«, mischte sich Fahim ein. »Er hat die letzten sechzehn Jahre seines Lebens in Isfahan verbracht. Wir sind nicht einmal sicher, ob das Buch allein von ihm verfaßt wurde oder aus seiner Schule stammt. Wieso kommt ihr überhaupt darauf, es hätte etwas mit der Totensalbung von Christus zu tun?«

»Die erhoffte Heilwirkung scheint nicht allein von al-Oud auszugehen, wohlgemerkt von dem al-Oud, das wir kennen. Sonst hätte man nicht ein Vermögen geopfert, um die Verstorbenen auch noch mit Aloe und Myrrhe zu salben. Immerhin wurden bei Christus hundert Pfund verwendet«, gab Jo zu bedenken.

»Behaupten die Christen«, warf Suleiman ein. »Die hundert Pfund entsprechen nur zweiunddreißig Komma sieben Kilogramm. Anders ausgedrückt: fünfundsechzig Komma vier Pfund. Exakt mit dieser Menge wurde Jesus gesalbt. Die Zahl Fünfundsechzig steht für die Phase des Übergangs zwischen Krankheit und Genesung, die Vier für das Geheimnis des Lebens. Jesus wurde auf diese Art gesalbt, weil das bei den Juden so üblich war. Die Mengenangabe wurde nachträglich im Evangelium aufgebauscht. Die Vorstellung von »viel« hat man mit hundert ausgedrückt.« Suleiman nickte Jo zu. »Wir warten ja noch immer auf ihn.«

»Wie bitte?«

»Na, wir warten auf den Messias, den Gesalbten, der uns endlich errettet. Und zwar vom Tod. Der Gesalbte, der uns das Wissen um das ewige Leben bringt. Christus war zwar dem Wort nach ein Messias, ein Gesalbter, für uns aber nicht *der* Gesalbte.«

»Suleiman?« fragte Tessir. »Seit wann bist du Jude?«

»Das Geschäft!« Der Silberdosenhändler drehte beide Handflächen nach außen. »Wie stehe ich da, wenn ich mich Salomon nenne? Nikodemus, der Mann, der Jesus salbte, verfügte über altes jüdisches Wissen. Er war Pharisäer.« Suleiman blickte Fahim an. »Für die Christen sind Pharisäer scheinheilige Menschen. Aber ›Pharisäer‹ ist eine Amtsbezeichnung. Nikodemus war Schriftgelehrter. Er hatte also Zugang zu den heiligen Büchern und uralten Rezepten. Bei der Salbung ging es immer nur um Konservierung, nie um Wohlgeruch. Al-Oud und Myrrhe gehören zu den heiligen Salbölen von König Salomon. Was sagt ihr jetzt?«

»Bilde dir nichts ein«, rief Samira. »Das ist geklautes Wissen, bestenfalls überliefert. Es war Sitte der Phönizier und Philister, derjenigen Leute, die heute Palästinenser genannt werden. Von ihnen habt ihr das! Da wird immer behauptet, Jerusalem sei von den Juden gegründet worden. In Wahrheit eroberte König David Jerusalem. Erobern kann man aber nur, wenn vorher schon etwas da war. Und das waren die Palästinenser. Damals gab es noch einen kulturellen Austausch zwischen den Völkern. Deshalb lernten die Juden von ihren palästinensischen Mitbürgern die Totensalbung. Informationen dazu befinden sich auf der berühmten Tabula smaragdina, der Smaragdtafel von Alexandria. Sie ist die Grundlage arabischer Alchemie ...«

»... und die stammt aus Babylon, genauer gesagt aus Sumer.« Tessir beugte sich vor. Seine Augen funkelten. »Das Gilgamesch-Epos. Auch wenn die Keilschrifttafeln erst jetzt wiederentdeckt wurden, ist das alte Wissen nie ganz verlorengegangen. Alle Heldengeschichten oder Religionen hier in diesem Raum wurden davon beeinflußt. Gilgamesch ist abgestiegen in das Reich des Todes und mit der Pflanze der Unsterblichkeit wieder daraus hervorgekommen. Bei diesem Triumph steht er als Königsstern im Sternbild Löwe. Wißt ihr eigentlich, daß der Löwe immer mit der Sonne in Verbindung gebracht wird? Steht Gilgamesch-Merkur im Sternbild Löwe, so ist das zugleich der Tag der Sommersonnenwende. Hiervon wurde das Neue Testament beeinflußt. Christus, der immer als das Lamm bezeichnet wird, heißt eigentlich *Löwe von Juda*. Damit wollte man ihn Gilgamesch angleichen.«

»Da ist etwas dran«, sinnierte Fahim. »Bei Johannes öffnet Christus als Löwe das Buch mit den sieben Siegeln. Und so nennen wir etwas, das uns auf immer verborgen bleibt, wie beispielsweise das ewige Leben.«

»König Salomons Thron hatte Löwenfüße«, warf Suleiman ein. »Der Löwe war immer ein starkes, ein königliches Symbol.«

»Nicht überall, denk an die Ägypter!« entgegnete Samira.

Jo blickte von einem zum anderen. »Heide, Christ, Jude und Moslem. Ihr habt alle recht. Doch was nützt uns das?«

»Alles beginnt bei Gilgamesch.« Tessir schloß die Augen und versuchte, sich an eine Textstelle zu erinnern. »Was sagte Gilgamesch zum Fährmann über die Pflanze des ewigen Lebens?«

»Los, los, los!« herrschte Suleiman einen jungen Mann an, der vorsichtig den Kopf in die Nische steckte und sich nach den Wünschen seines Herrn erkundigte. »Beeile dich!« Minuten später brachte er einen Laptop herbei, schloß das Kabel an und zog sich wieder zurück. Staunend sah Jo, wie sich Suleiman hier unten, sozusagen im Keller aller Zivilisation, ins Internet einwählte und den Begriff »Gilgamesch-Epos« eingab.

»Elfte Tafel«, verlangte Tessir. Sie hockten und kauerten jetzt alle hinter Suleiman und starrten auf den Bildschirm. »Halt«, rief Tessir, »da steht es: ›Dies Gewächs ist gegen die Unruhe, wodurch der Mensch sein Leben erlangt … ich will davon essen, daß mir wiederkehre die Jugend … eine Schlange kam herauf und nahm das Gewächs.‹«

»Ist die Schlange deshalb für die Christen das Symbol des Bösen?« überlegte Fahim laut. »Sagte Gott nicht zu Adam und Eva, nachdem sie von der Schlange verführt worden waren: ›Nun geht es darum, daß der Mensch nicht noch seine Hand ausstrecke, sich am Baum des Lebens vergreife, davon esse und ewig lebe?‹

»Was sagst du?« Suleiman las im Epos und hatte nicht richtig zugehört. »In der hebräischen Mythologie handelt es sich beim Baum des Lebens um den Kreuzdorn. Seht mal, was hier bei Gilgamesch steht: ›Es ist ein Gewächs, dem Stechdorn ähnlich, wie die Rose sticht dich dein Dorn in die Hand.‹«

»Das hat nichts mit al-Oud zu tun. Vielleicht mit Aloe oder Myrrhe?« Sie redeten alle durcheinander.

»Kreuzdorn«, dachte Samira für die anderen. »Das ist doch ein altes Färbermittel. Rhamnus catharticus haben schon die Ägypter verwendet. Die Farben gewinnt man mit Alaun. Das ist ein Aluminium-Kaliumsalz aus Ägypten. Später hatten die Osmanen ein Monopol darauf. Die Türkei war das Hauptabbaugebiet. Aber zurück zu Gilgamesch. Ein Gewächs gegen die Unruhe, wodurch der Mensch sein Leben erlangt? Was soll das sein?«

»Die Zellteilung«, platzte Jo heraus. »Unruhe bedeutet Zellteilung. Ohne sie kein Leben, zuviel Zellteilung ist Krebs. Myrrhe und al-Oud sind Pflanzen, die die Zellteilung hemmen, das paßt jetzt wieder. Ich sage euch doch, es handelt sich nicht um eine einzige Pflanze. Eine afrikanische Kreuzdornart ist ein Gegenmittel gegen Strychninvergiftung, aber ich glaube, hier geht es um die Färberpflanze. Samira, wurde sie auch für Wandmalereien verwendet?«

»Natürlich. Die Farbe heißt Saftgrün. Mit Alaun behandelt, wird sie rostrot. Ich weiß, worauf du hinauswillst: die alte rote Wandmalerei in der christlichen Hauskirche von Dura Europos.«

»Da ist noch etwas.« Jo preßte ihre Hände an die Schläfen. »Sie haben doch die Wandmalerei längst untersucht. Da gibt es noch einen anderen Zusammenhang. In meiner Heimat tragen die Kinder das Osterfeuer als Symbol des ewigen Lebens in einem Baumpilz von Haus zu Haus. Dieser Pilz ist ein Buchenschwamm. Wißt ihr, wer ihn bei sich hatte? Nein? Habt ihr je von dem Gletschermann gehört, der fünftausend Jahre alt ist und den man in den Alpen fand? Er hatte diesen Pilz dabei und einige Dinge mehr, die vermuten lassen, daß er ein Heilkundiger gewesen ist. Die Gedankenverbindung – Pilz, der einen Baum befällt, und ewiges Leben – scheint es öfter zu geben.«

»Die Dornenkrone!« warf Fahim ein. »Sie war ein Foltermittel. Aber sie war aus Kreuzdorn gefertigt. Sollte sie ein Hinweis auf das ewige Leben sein? Denkt alle nach!«

Minutenlang wagte niemand, die Stille zu unterbrechen. »Suleiman«, bat Jo schließlich. »Mir fällt nichts mehr ein. Sieh dir mal im Internet den nächsten Herausforderer von Bush um das Amt des Präsidenten an.«

Gespannt verfolgten alle, wie sich Suleiman durch verschiedene Informationen zu J.F. Kerry kämpfte. »Hier!« rief Jo. »Also stimmt, was Nik Antony behauptet hat. Auch der neue Kandidat gehört zu den ›Skull and Bones‹, da steht es doch, seht ihr? Womit wir wieder in Yale sind, wo alles begann.«

»Wir müssen bei Ibn Sina nachsehen! Wir müssen den machtgierigen Typen zuvorkommen«, forderte Tessir. Er fieberte vor Tatendrang.

»Nein. Ich habe euch gesagt, was ich weiß«, wehrte Samira ab. »Wenn wir jetzt nachsehen, und ich werde dabei erwischt, verliere ich mein Amt und jede Chance auf eine Anstellung.«

»Aber du arbeitest doch daran?«

»An den lesbaren Seiten. Der beschädigte Abschnitt über al-Oud befindet sich in einem anderen Safe. Wir haben zu große Angst, daß der Tintenfraß, der die Seiten zerstörte, auf unsere anderen Bücher übergehen könnte. Deshalb haben wir diesen Abschnitt herausgelöst und halten ihn unter Verschluß.«

»Kreuzdorn«, sagte Jo leise, »Färbermittel, der Faulbaum. Du hast mir doch von Ibn Sinas grandioser Leistung erzählt, die Pflanze mit original Pflanzensaft einzufärben? Ja. Du erinnerst dich. Gut. Ich ahne die Lösung. Samira, wir müssen in den Halil-Palast!«

Jo sprang auf und rüttelte Samira am Arm. Geduckt hockte diese auf ihrem Polster und hoffte, der Moment würde vorbeigehen. Doch jetzt schnellten alle auf, griffen nach ihr und zogen sie hoch. »Nehmen wir die Abkürzung!« rief Suleiman. Wie hypnotisiert folgten sie ihm ins Weinlager. Dort rollte er ein leeres Faß zur Seite und öffnete eine kleine Holztür. Sie liefen hinter dem Strahl seiner Taschenlampe her, der ihnen den Weg durch einen niedrigen Gang wies. »Die Palastbewohner«, erklärte Suleiman entschuldigend, »waren fromme Muslime. Aber sie tranken gern Wein. Nun, man wußte sich zu helfen. Meine Vorfahren verkauften ihnen die Weine aus Jaffa. Die waren nicht so schwer wie der Damaszener Muskateller und die persischen Täbrisweine. Dafür waren sie etwas teurer, aber nur ein bißchen. Gute Ware hat eben ihren Preis.« Er seufzte bedeutungsvoll. »Wir haben Prozente gegeben, einen Nachlaß gewährt. Man will ja der Hand nicht schaden, mit der man Geschäfte macht. Still jetzt, wir sind unter der Moschee!«

Jo hatte das Gefühl für Zeit und Raum verloren. Sie hasteten durch den staubigen engen Gang und stiegen eine schmale gewundene Treppe hinauf. Am oberen Absatz knipste Suleiman die Lampe aus, öffnete ein winziges Guckloch in der Tür und spähte hinaus. »Niemand da, kommt!«

»Wir sind im Laubengang des Halil-Palastes«, staunte Samira. »Ich dachte immer, diese Tür führe zu einer der Umkleidekabinen der alten Badeanlage.«

»Hast du die Nische im Treppenhaus gesehen?« flüsterte Suleiman, als sie jetzt leise über den Hof schlichen. »In dieser Nische saß der Hausherr, schlürfte Jaffa-Wein und beobachtete durch ein verborgenes Fenster seine Gäste beim Ausziehen.«

»Laß mich raten«, gluckste Samira. »Es war die Umkleidekabine der Frauen, nicht wahr?« Sie zog den Schlüssel aus der Tasche und schloß ihr Büro auf. *»Ya salam!«* keuchte sie. Wie Verbrecher huschten sie durch das Büro hinüber in die Bibliothek. »Schnell«, flüsterte Samira und zeigte auf ein Bücherregal. »Der Halil-Palast hat viele Geheimnisse.« Sie klappte den Rücken eines senkrecht stehenden alten Wälzers auf und tippte eine Zahlenfolge in das moderne Kombinationsschloß, das sich dort plötzlich auftat. Die halbe Bücherwand glitt lautlos zur Seite. Dahinter öffnete sich mit leisem Zischen eine Stahltür. Über eine steile Eisentreppe stiegen sie nach oben. »Ich schließe hinter uns ab. Dann sind wir sicher.« Die Wendeltreppe endete in einer Schleuse aus Glas. Erst als die Verbindungstür zur Außenwelt geschlossen war, konnte Samira einen Code eingeben. Der Eingang zu einer großen Bücherhalle öffnete sich. In ehrfurchtsvollem Schweigen betraten sie einen klimatisierten Tresorraum. »Unsere Schatzkammer«, flüsterte Samira. »Hier lagern unsere wichtigsten Werke. Viele sind Hunderte von Jahren alt, manche Dokumente über tausend. Hier gibt es gerollten Papyrus und einzelne Lederseiten, uralte Landkarten und Abbildungen vom Sternenhimmel.« Samira wies auf einen Glaskasten, der in einem kleinen Nebenraum stand. »Ibn Sinas Seiten über al-Oud befinden sich dort, in der separaten Vitrine. Gehen wir hinüber. Fahim, bitte öffne sie!«

Jo spürte ihr Herz rasen. Alle Augen waren auf sie gerichtet. Als Antony ihr Leben bedrohte, hatte sie es gelassener genommen. Sie sah ihre Umgebung nicht mehr, sondern fixierte einzig jenen sonderbaren braunen Klumpen aus miteinander verbackenen und aufgequollenen Buchseiten. »Bist du bereit?« fragte Fahim. Das gedämpfte Licht einer Stehlampe fiel auf den Schatz vor Jos Augen. Auch seine Hand zitterte, als er eine Kombination in das Schloß eingab und den Glaskasten öffnete.

Noch Sekunden vorher hatte Jo geglaubt, ihr rasendes Herz würde ihre Wahrnehmung trüben und es ihr unmöglich machen, die Botschaft des Buches zu erfassen. Doch dann quoll ein Gestank von Fäulnis und Verwesung aus der Vitrine und katapultierte Jo in das Reich des Geruches hinein, in das ihr niemand folgen konnte. Sie fühlte, daß diese Seiten einer lebenden Substanz glichen, die sich durch das Buch fraß und jeden Text zerstörte. Die alten Blätter waren zu einer robusten braunroten Masse verschmolzen, einer Wucherung, die längst jedes geschriebene Wort vernichtet hatte. Doch das war nebensächlich. Obwohl sie sich so sehr gewünscht hatte, Ibn Sinas Buch zu sehen, schloß sie jetzt die Augen und atmete tief ein. Durch die Schwaden übler, stechender Gerüche tastete sie sich in die Vergangenheit zurück, erblickte unterirdische Räume und flackernde Kerzen, Tische, an denen der Gelehrte gearbeitet hatte, bemerkte die feinen Instrumente in seiner Hand, die Tiegel mit Kräutersaft und Erdfarbe, die Säcke mit getrockneten Pflanzen, Wurzelknollen und Blattrispen, Blütenblättern und Fruchtknoten. Sie sah ihn über die Steppe wandern, erkannte, wie behutsam er sich einer Pflanze näherte und versuchte, anhand von Farbe und Form Rückschlüsse auf ihre Heilkraft oder Giftigkeit zu ziehen, wie er dann vorsichtig ein Blatt betastete, daran roch, es mit der Zungenspitze testete, schließlich verschiedene Kräuterelixiere aus den Pflanzenteilen herstellte, die er in steigender Dosierung an sich selbst ausprobierte. Er hatte sich den Pflanzen mit größtem Respekt genähert, und so waren sie bereit, ihm ihre Geheimnisse anzuvertrauen. Jo hielt ihre Hände über die Buchseiten, ohne sie zu berühren. Ihre Handflächen begannen zu kribbeln, als ginge von dem Buch ein Impuls aus, den sie erfassen konnte. Jetzt öffnete sie die Augen, hielt beide Hände wie einen Trichter vor die Nase und sog den Dunst der Jahrhunderte ein. Das Muster der braunen Seiten verschwamm zu Spiralen und erinnerte an die Wege eines Irrgartens. Doch ihre Nase hatte die Masse bereits analysiert. Es roch nach vergammeltem Obst und Schimmel, nach Käse, der schon schmierig geworden war, zugleich unerträglich süß wie faulendes Holz, an dem Hunde ihr Bein hoben. Über allem schwebte ein deutlicher Teergeruch wie nach frisch asphaltierten Straßen und der Dunst schwitzender Menschenkörper. Ibn Sina, dachte Jo, du grandioser Mann! Was du hier vollbracht hast, ist eine Meisterleistung. Aus den Tiefen des braunen Gewächses vor ihren Augen stieg das Bild eines Mannes mit Bart und Turban auf, der gebeugt über seinen Essenzen stand, plötzlich den Kopf hob und lächelte. Ein funkelnder Blick aus seinen dunklen Augen traf Jo und elektrisierte sie. Dann war dieser Moment vorbei, und Jo sah nichts weiter als zerstörte Buchseiten.

Sie blickte auf, nahm Tessir und die anderen wahr und holte tief Luft: »Al-Oud, das ist wahrlich atemberaubend.« Ihre Augen strahlten, und ihr Gesicht glühte. »Laßt uns gehen!«

Schnell und geräuschlos verließen sie die Bibliothek, durchquerten das Büro, rannten über den Hof und betraten den Geheimgang. Erst hier blieben sie, nach Luft ringend, stehen. »Kann ewiges Leben so stinken?« fragte Fahim. Er erhielt keine Antwort, denn Jo verschwand in der Nische und blickte durch das getarnte Fenster im Muster der gemauerten Wand in die

Umkleidekabine hinüber. Mattes Licht fiel auf die vielen Spiegel an den Wänden. Der Herrscher, der einst hier gesessen hatte, konnte seine Opfer von allen Seiten begutachten. Fahim zupfte an ihr. »Du folterst uns! Was interessiert mich eine alte Peep-Show! Jo, um Himmels willen, was hast du gefunden?« Jo lächelte nur und hetzte zusammen mit den anderen zum Teehaus zurück. Keuchend sanken sie dort auf die Polster. »Alle da?« fragte Jo. »Dann los! Samira, du hast es doch schon immer geahnt. Ibn Sina färbte die Pflanzen mit Originalzutaten. So gestaltete er auch den al-Oud produzierenden Pilz aus Pilzteilen.«

»Bist du verrückt?« fragte Samira. »Das ist doch viel zu simpel. Außerdem roch es nicht nach al-Oud, es roch nach ...«

»Scheiße?« fragte Fahim.

»Für euch vielleicht.« Jo zeigte auf ihre Nase. »Für mich roch es nach Cytosphera magnifera und Melanotus flavolives. Diese Pilze regen die Al-Oud-Produktion an. Habt ihr nicht den feinen Teergeruch wahrgenommen? Er wurde von einem Jauchegestank überdeckt, aber ich konnte die Pilze zuordnen. Dazu kamen die Gerüche von Schimmel und Stinklattich, von Faulbeer- und Lebensbaum, von Aloe, Myrrhe, Engelwurz und Safran. Alle Aromaeindrücke zusammengenommen sagen mir, daß Ibn Sina den al-Oud produzierenden Pilz in seinem Buch ansiedelte, um ein eindrucksvolles Beispiel darzustellen. Was ist im Laufe der Jahrhunderte geschehen? Zusammen mit den Färberpflanzen der vorhergehenden Seiten hat sich der Pilz entwickelt und das Buch zersetzt. Das hat mit Tintenfraß nichts zu tun. Der Pilz fühlt sich in Blättern aus Holzfasern wohl. Dank ausreichender Feuchtigkeit ist er am Leben geblieben. Ihn genau zu untersuchen und seine Substanzen aufzuschlüsseln ist Aufgabe akribischer Wissenschaftler und wird viel Zeit in Anspruch nehmen. Ich bin mir sicher, daß es sich um jenes Pflanzenprodukt handelt, das große Heilwirkung hat.

Vielleicht ging das Wissen darum verloren, weil der Geruch so unerträglich ist? Gerade im Mittelalter hat man Übelriechendes mit dem Teufel in Verbindung gebracht und verdammt. Denkt nur an den Stinkasant, ein hervorragendes Mittel gegen Husten, von Ibn Sina empfohlen und in Europa als Teufelsdreck in Vergessenheit geraten. Vielleicht entsteht dieser Pilz nur in Zusammenwirkung mit den alten Färberpflanzen? Als ihn der Elektriker von Yale abschmirgelte, vernichtete er möglicherweise das einzige noch existierende Original. Ich vermute aber, daß sich dieser Pilz auch im Buch des Ibn Sina ausbreitete. Was heißt vermuten! Ich bin mir sicher. Meine Nase hat mich noch nie betrogen, und die Prise Dunst hatte es in sich. Das war kein laues Lüftchen, sondern eine unvergeßliche Botschaft, die mir fast die Luft zum Atmen nahm. Genau in diesen verbackenen Blättern sitzt der Pilz, den wir suchen. Wiederauferstanden in Damaskus – wie klingt das?«

Lange Zeit wagte niemand, etwas zu sagen. Schließlich ergriff Samira das Wort. »Solange al-Assali im Amt ist, haben wir keine Möglichkeit, das zu untersuchen. Er würde jede Erkenntnis an sich reißen. Doch er macht Fehler. Hoffen wir, daß er bald seinen letzten begeht. Dann sind wir ihn los. Spätestens zu diesem Zeitpunkt gehört der Pilz des Ibn Sina dir, Jo, du hast ihn gefunden. Ich gratuliere dir.« Samira wollte aufstehen und Jo umarmen.

»Halt!« rief Jo. »Setz dich wieder hin. Das ist nicht richtig. Wir haben gemeinsam über das Problem nachgedacht. Ohne Suleimans Erklärungen, ohne Tessirs Gilgamesch, ohne dich und Fahim wäre ich nie auf die Lösung gekommen. Der Pilz gehört euch.«

»Gott meiner Väter!« rief Suleiman aus. »Was soll ich mit dem stinkenden Ungeheuer? Womöglich ist er gefährlich? Ich bin zufrieden mit meinem Leben. Für diesen Pilz wurde gemordet. Interessiere ich mich dafür, dann sitzt mir bald der

Mossad im Nacken und zerstört meine Existenz in Damaskus. Meine Freunde werden verschwinden, meine Kunden davonlaufen. Nein, damit will ich nichts zu tun haben!«

»Ohne mich!« Trotz der Bestimmtheit seiner Worte lächelte Tessir. »Ich habe andere Pläne. Ich bin glücklich, wenn ich Antony an die Kandare nehmen kann und ihn zwinge, die Menschen und Mauern von Uruk zu schützen. Das wird die erste Tat des neuen Präsidenten werden, wartet nur ab!«

»Er gehört euch«, wiederholte Jo und blickte Samira und Fahim an. »Ihr beide restauriert das Werk des Ibn Sina. Früher oder später hättet ihr ihn entdeckt.«

»Du willst darauf verzichten?« Fahim konnte Jos Entscheidung nicht fassen. »Das könnte dein Lebenswerk sein!«

»Mein Lebenswerk? Dann wäre ich ja schon am Ende, dann hätte ich nichts Aufregendes mehr vor mir. Die Vorstellung, Jahre in einem Labor zu hocken, gefällt mir überhaupt nicht. Ich muß unter freiem Himmel arbeiten, wo neben Pflanzen- und Salbenresten Menschenschicksale im Sand verborgen liegen. Ich muß graben, die Erde riechen und den Wind spüren können. Dann gelingt es mir, die Absichten längst Dahingegangener aufzuspüren. Ich habe mich mit dem Bogenschützen verbündet und seinen Auftrag ausgeführt. Ich habe das Wissen um al-Oud mit der Königskette aufgegriffen. Die Feinde, wenn man es so sehen will, konnten es ihm und mir nicht wegschnappen. Es bleibt in Syrien. So habe ich die Geschichte verstanden, denn ich bevorzuge die heidnische Perspektive. Das Leben ist kein Kreuz, sondern ein Kreis. Es wiederholt sich alles in einem ewigen Kreislauf. Irgendwann kommt etwas davon wieder zu mir zurück. Aber hütet euch vor Bel Skile. Er wird nicht aufgeben, al-Assali zu bestechen. Er will das Buch des Ibn Sina haben. Weiß al-Assali von den zerstörten Seiten, in denen der Pilz sitzt?«

»Nein. Trotzdem können wir nicht daran arbeiten, solange

er im Amt ist«, antwortete Samira. »Al-Assali muß verschwinden, er wird verschwinden. Ich bin zuversichtlich. Er ist von einem bösen, habgierigen Dschinn besessen. Wie eine Decke legt sich sein giftiger Atem über al-Assalis Verstand. Eines Tages wird ihm dieser Dschinn einen Streich spielen, ihm und Bel Skile.« Samira umarmte Jo. »Ich muß an die Arbeit. Antonys Papiere warten.« Ihre dunklen Augen unter den geschwungenen Brauen blitzten, und Lachfältchen, die Jo nie zuvor gesehen hatte, machten ihr Gesicht jung und reizvoll. Übermut und Schabernack hatten die ernste Würde verdrängt, die Samira sonst wie ein Markenzeichen mit sich herumtrug. »Ich bereite die Fälschungen vor, ehe Fahim, der Meister, ans Werk geht. Die Zeit drängt. Suleiman und Fahim, haltet den Abschied kurz!«

»Wir holen dein Gepäck aus dem Musalla«, schlug Tessir vor. »Du solltest die Nacht bei den Truckfahrern verbringen. Dort draußen müßte Antony eine Armee einsetzen, um dir schaden zu können. Allerdings glaube ich, daß er selbst die himmlischen Heerscharen als Beistand bräuchte, um heute nacht mobil zu werden.«

»Einverstanden. Außerdem bin ich dann morgen früh nahe am Flugplatz. Ich reise ab.«

In Fahims altem Gemüsewagen fuhren sie vor die Tore der Stadt. »Die Entdeckung des Pilzes«, sagte Fahim, als er Jos Gepäck auslud, »kann meinen Schwager aus dem Gefängnis befreien. Mit so einem Fund bin ich schneller rehabilitiert als nach der päpstlichen Beichte. Ich werde endlich Samira heiraten.« Er blickte Jo an, ließ seinen Blick von ihrem Haar über ihren Mund schweifen, tastete sich über ihren Oberkörper bis zu den Beinen hinab und kehrte mit einem strahlenden Lächeln zu ihren Augen zurück. »Die erste Tochter werden wir Jo nennen. Und auch du sollst deine einsamen Nächte mit einem Mann verbringen!« Er fummelte an der Brusttasche seiner Latzhose herum, bis er eine Diskette hervorzauberte. »Nimm unseren Dank. Das Buch des Ibn Sina, bearbeitet und übersetzt von Samira und Fahim, soweit wir es bisher einsehen konnten. Werte es aus. Damit bist du der Konkurrenz um Jahre voraus, wenn es eines Tages öffentlich gemacht wird. Und deine Nächte und Träume sind erfüllt mit Ibn Sina, dem Liebhaber von Pflanzen und alten Rezepten. *Ma salama*, geh in Frieden!«

Frieden, dachte Jo? Noch nie war sie so aufgewühlt gewesen. Fahims Rücklichter waren längst entschwunden, da stand sie noch immer wie betäubt auf der Straße, hielt die Diskette in der Hand und zitterte vor Aufregung. Das Buch des Ibn Sina!

»Hast du genug Saft? Ist die Batterie voll?« Tessir kniete auf dem Boden und aktivierte Jos Laptop. »Übertrage es auf deine Festplatte, und mach sofort eine Kopie. Jo, wach auf, gib mir das Ding!«

Wie im Traum sah Jo Tessir hantieren. Erst als er tätig geworden war und wieder alles an Ort und Stelle verpackte, nahm sie ihre Umwelt wahr. Plötzlich hörte sie die fernen Geräusche der Stadt, sah Sterne am Himmel schimmern und roch den staubigen Dunst des Asphalts. Tränen flossen ihr über das Gesicht, doch Tessir ließ ihr keine Zeit, sich zu sammeln. »Kannst du die Decken tragen?« Er belud Jo mit Decken und Fellen aus seinem Lastwagen. »Dein Gepäck nehmen wir auch mit. Ich werde auf deinem Laptop hocken, und keine Macht der Welt kann ihn mir entreißen.«

Jo tappte in die Richtung, die Tessir ihr wies. Mit jedem Schritt im knirschenden Sand gewann sie ein Stück der Wirklichkeit zurück. Sie war Antony entkommen, hatte den Pilz gefunden und besaß einen Teil des Buches. Jetzt mußte sie nur darauf achten, vor lauter Glück nicht den Verstand zu verlieren.

Die milde Abendluft legte sich wie Balsam auf ihre Haut und reinigte ihr aufgewühltes Gemüt. Bald gab es nur noch die Last in ihren Armen, den unebenen Boden zu ihren Füßen und das

Geräusch von Tessirs Schritten hinter ihr. Er gab den Takt an. So trugen sie ihre Schaffelldecken weit in die öde Landschaft hinaus. Der Parkplatz der Truckfahrer lag hinter ihnen, die Lichter und der Lärm von Damaskus gingen in einem summenden Schimmer am Horizont unter. »Morgen fahre ich auf der alten Königsstraße nach Jordanien«, unterbrach Tessir endlich ihr gemeinsames Schweigen. »Südlich von Amman geht es an der Kreuzritterburg Kerak vorbei bis nach Petra hinunter. Später treffe ich mich mit Beduinen im Wadi Ram. Ich muß wieder in die Wüste. Ich brauche ihre reinigende Kraft. Denn am Ende aller Weisheit bleibt ein Sandkorn immer ein Sandkorn, böse und gute Taten immer sie selbst und ein Abschied ein bitterer Schmerz.«

»Gilgamesch«, antwortete Jo. »Wo läufst du hin? Taugt das Epos nicht auch gegen die Einsamkeit? Morgen fliege ich zurück nach Deutschland. Doch zuerst muß ich wissen, wie es in der alten Heldengeschichte weitergeht. Tessir, welche Textstelle kommt nach der Sinnfrage des Lebens?«

»Ich weiß, worauf du hinauswillst. Du sprichst von den Zeilen mit dem Freudenfest, mit der Empfehlung zu tanzen und zu springen, das Leben zu genießen, so lange wir es haben. Doch listig wie du bist, denkst du an einen ganz bestimmten Vers, ohne ihn auszusprechen. *Maritum li-ihta adda«*, zitierte er. »Die Geliebte erfreue sich in deinem Schoß!«

»Reine Unterstellung!«

»Mich kannst du nicht täuschen. Du schreibst es vor mir in den Sand, Jo. Ich sehe es an deinem Gang. An dem Schwung, mit dem du dein Haar zurückwirfst.«

»Du überschätzt dich. Ich bin allein an dem auferstandenen Gilgamesch interessiert, der Originaltexte aus Sumers Vergangenheit zitiert.«

Tessir fand eine geeignete Stelle für die Nacht, entfernte Steine und Dornen vom Untergrund, verstaute das Gepäck und breitete ihre Decken aus. »Du willst von mir lernen? Dann komm.« Er strich den Sand an seiner Seite glatt und malte Keilschriftzeichen hinein. »So schreibt man *Maritum,* Geliebte«, wiederholte er. »Sieh her! Die Schrift ist ganz einfach. Einfach und schön wie das Leben selbst. Wir haben eine ganze Nacht, um das zu begreifen.«

Jo machte sich gar nicht erst die Mühe, über ihn hinwegzublicken. Weder stand der Mond am Himmel, noch brannte ein Lagerfeuer. »Möglicherweise ist dir aufgefallen, daß wir finstere Nacht haben?«

Er rollte sich zu ihr herum. Das matte Sternenlicht zeigte ihr sein Gesicht. Er malte die Keilschriftzeichen auf Jos Mund. »Kannst du es fühlen?« Das Lächeln stand ihm gut. Es ließ ihn weniger wie jenen Kupferkopf aus Ninive, sondern mehr wie einen Menschen aussehen. Doch etwas anderes ging von ihm aus und brachte die Nachtluft zum Knistern. Er ließ es zu, daß Jo ihn genau musterte, die schimmernden Augen und den grauen Bart, die vollen Lippen und die markante Nase. Dann wich sie um Zentimeter zurück und versuchte, die ganze Gestalt zu erfassen. Er war ihr so nah wie es sich in keiner Zivilisation gehörte, es sei denn, man hatte vor, die Nacht in den Armen des anderen zu verbringen. Eine winzige Bewegung würde ihre Körper zueinander führen. Beide wußten, daß es aus dieser Berührung kein Zurück mehr auf die Abgeschiedenheit einsamer Decken im Sand gab. Jo spürte seine Wärme und verstand, was er ausstrahlte. Wie nah er ihr auch kam, er bewahrte zwischen ihnen den offenen Raum, der ihr alle Entscheidungsmöglichkeiten bot. Tessir war durchtränkt von Freiheit, und genau diese garantierte er auch ihr. Dieses Geschenk berührte sie mehr, als jede andere Art der Annäherung es vermocht hätte. Sie fühlte sich gelöst und vollkommen sorglos. »Die Freiheit, vierter König«, fragte Jo, »wo sitzt sie?«

»Im Verzicht, der dich nicht belasten darf, im Genuß, der

dich nicht abhängig macht, im Morgen, an dem jeder wieder seines Weges geht. Du sitzt seit langem in meinem Kopf und ich in deinem. Aber es ist nichts Zwingendes zwischen uns. Wie wir auch diese Nacht gestalten, wir haben uns längst in Leidenschaft umarmt.«

Ein warmer Wind strich von Süden herauf und brachte den Geruch von Trockenheit mit. Jenseits ihrer Zuflucht aus Schafdecken, Sand und Sternenhimmel lauerte die Welt mit ihren Schrecken. Auf diesem winzigen Fleck Erde würden sie sich gegen das Erbärmliche und die Trostlosigkeit verbünden. Jo fühlte Tessirs Mund auf ihrer Wange. Sie spürte seine Lippen und seinen Wunsch, sich mit ihr auszutauschen, zu geben und zu nehmen, um daraus eine Erinnerung zu schaffen, die sie bis ans Lebensende miteinander verband und stärkte. Und sie begriff, was die Göttin Ischtar einst Gilgamesch schenken wollte: Liebe und Vertrauen. Das war tatsächlich ein Stück vom ewigen Leben.

Monate später, an einem Tag, als sich die Damaszener schon bald nach dem Morgenruf des Muezzin unter drückender Hitze duckten und hinter den Mauern der Altstadt Schutz vor dem heißen sandbringenden Sturm suchten, wanderte al-Assali wie ein gefangenes Tier in seinen Privaträumen umher. Er hielt nichts von den Dschinn, die gern mit dem Wind kamen und an die zu glauben der Muslim verpflichtet ist. Trotzdem hörte er das hohe Singen und Kreischen, als der Sturm durch die Gassen brauste, Plastikdächer und Holzlatten anhob, sie mit lautem Knall niederschlug und pfeifend durch die Ritzen fuhr. Säuselnd strich er um die schlanken Türme der Moscheen, in Wirbeln kam er nieder und fegte mit Dämonengewalt über die Menschen hinweg. Das war brüllendes Toben und lispelnder Singsang, so vielfältig und einfallsreich, als ließen tausend Geister ihre Stimmen vernehmen. Was al-Assali nicht hörte, was er zu hören ersehnte, war das Klingeln des Telefons. Er stierte auf den schwarzen Apparat. Dieses unscheinbare Gerät verkörperte den Ruf der Freiheit. Heute morgen war es ihm noch gelungen, einem Taxifahrer, der in seinen Diensten stand, einen Brief an Mister Skile anzuvertrauen. Jetzt wartete er auf den erlösenden Rückruf des Amerikaners. Um Samiras Mißtrauen nicht zu wecken, hielt sich Skile bei Scheik Dschallal nahe Palmyra auf. Für seinen Taxifahrer war es kein Problem, den weit über Palmyras Grenzen hinaus bekannten Scheik ausfindig zu machen. Al-Assali wußte, er konnte sich auf Dschallal verlassen. Er würde das schicksalhafte Schreiben respektieren und an Skile weiterreichen, sogar wenn es Gefahr für ihn selbst bedeutete. Das entsprach genau dem dummen Beduinenstolz, für den al-Assali nur ein verächtliches Lächeln übrig hatte. In diesem Fall aber könnte es noch in letzter Sekunde sein Geschick zum Guten wenden.

Er hatte heute morgen gerade Brief und Chauffeur losgeschickt, als ihn Regierungsbeamte aufsuchten, ihn zwangen, das Büro zu verlassen und unter Hausarrest stellten. In der Erinnerung daran und in der Vorstellung des Kommenden strich sich al-Assali Schweißperlen von der Stirn und lockerte den Hemdkragen. Der Verkehr von Damaskus floß dröhnend am Fenster vorbei. Heiß und stickig stockte drinnen die Luft und trug doch pudrigen Sandstaub herein. Er bedeckte Schreibtisch und Wohnzimmerschrank und lag selbst auf dem polierten Mahagonibord der Bar. Al-Assali genehmigte sich einen Schluck Anisschnaps.

»Sehr geehrter Herr Skile«, hatte er heute morgen geschrieben. »Durch unglückliche Zufälle und falsche Zeugenaussage bin ich in den Verdacht der Unterschlagung geraten. Meine Untergebene Samira beansprucht meinen Posten. Sie wurde dazu verleitet, da Yussuf, ein langjähriger Angestellter, behauptet, ich hätte Ihnen damals im Krak des Chevaliers die

Goldkette des Schützen zum Kauf angeboten. Sie werden sich an diese Szene erinnern und bestätigen können, daß es sich um einen Scherz handelte. Unser Geschäft mit Ibn Sinas Buch scheint aussichtslos geworden zu sein, es sei denn, Sie reagieren rasch und großzügig. Überzeugen Sie den Minister mit einem kleinen Geschenk von meiner Integrität. Eine neue Computeranlage läßt ihn sicher zugänglich werden. Besagte Goldkette fand man unglücklicherweise in meinen Privaträumen, so daß sich die üblen Verdächtigungen häufen. Noch bin ich im Amt, noch verfüge ich über das Buch. Doch die Zeit drängt! Ich weiß Ihr nachdrückliches Interesse an Ibn Sinas Buch einzuschätzen und vertraue auf Ihren Geschäftssinn. Handeln Sie schnell! Mit der Hoffnung auf weitere erfolgreiche Geschäftsbeziehung verbleibe ich Ihr ergebener Husan al-Assali.«

Al-Assali wagte nicht, sich auszumalen, was alles schiefgehen konnte. In seiner Angstvorstellung sah er das Taxi in einen Unfall verwickelt, einen unauffindbaren Mister Skile und Scheik Dschallal als hinterhältigen Intriganten, der den Brief der Polizei übergab. Dann schalt er sich einen Narren. Der alte Beduine mochte ein gerissener Kamelzüchter sein und gewitzt genug, stets seinen Vorteil auszuhandeln. Doch er würde niemals sein Wort brechen. Hielt er erst den Brief in den Händen, würde er nichts unversucht lassen, ihn Skile zu bringen. Ein großer Schluck vom dreiundfünfzigprozentigen Araq schwappte al-Assalis Bedenken beiseite. Der Alkohol brannte in seiner Kehle und nährte die Flamme der Zuversicht. Er füllte das nächste Glas zwei Finger hoch mit Anisschnaps und goß gerade so viel Wasser nach, daß sich der Trank milchig färbte. Er kippte den Araq hinunter und spürte augenblicklich den sanften Nebel, der sein Denken umwallte und Notlagen und Bedrängnisse in weiße Wolken packte.

Scheik Dschallal saß auf seinem Kamel und hob das Fernrohr an sein Auge. Es brachte ihm die Söhne heran, die jenseits der Zelte mit Bel Skile Polo hoch zu Kamel spielten. Der Amerikaner reagierte rasch und wendig. Die Muskeln seiner sonnenbraunen Arme glänzten vor Schweiß, doch er selbst schien unermüdlich. Dieser mächtige Mann war noch immer willens dazuzulernen. Dabei verließen ihn weder Ausdauer noch Humor. Unbekümmert wie ein Kind trotzte er den Tücken des alten Reiterspiels. Heute morgen trug er kurze Hosen, wie Dschallal mißbilligend feststellte, Hosen, die nicht einmal die Knie bedeckten. Jetzt zügelte Bel sein Kamel und ritt zum Frauenzelt hinüber, wo neugierige Weiber vor dem Eingang lungerten und sicher über die Spiele tratschten.

Unvermittelt begann Bel den Plausch mit der Weiblichkeit. Begierig konterten die Frauen das Necken. Dschallal sah den Schalk in ihren Augen, die Lust zu locken, den Reiz bis zum Spitzensaum der Schleier auszukosten. Klimpernde Goldreife und schwarzgeränderte Augen blitzten auf; schon schwangen die Röcke aus Baumwolle, Tüll und Brokat mit den silberfarbigen Borten. Die Körper hoben sich tänzelnd, Taillen wurden gebogen und Arme gereckt, bis bloße Haut zu sehen war. Ein lavendelfarbener Schatten fiel in das verführerische Treiben mit den wippenden Hüften. Dschallals Frau in ihrem salbeiblauen Gewand tauchte auf. Gebot sie Einhalt? Er sah die Sonne auf ihrem Goldzahn funkeln, sah den weichen purpurnen Mund sich öffnen, um Bel ins Dämmerlicht des Zeltes zu locken. Dschallal knirschte mit den Zähnen. Das Frauenzelt gilt als unverletzliche Zone, als unantastbarer Bereich, den ein Mann nur nach Aufforderung betreten darf. Unzählige Geschichten rankten sich darum. Fremde und Verfolgte, verfeindete Stammesfürsten und flüchtige Mörder, selbst Kreuzritter hatten hier schon Unterschlupf gefunden. Kein Mann durfte dem Schutzsuchenden dort hinein folgen. Ein roter Saum, ein roter Punkt markierten dieses Zelt. Was dort geschah, entschieden die Frauen.

Im Dunst glühender Weihrauchkörner würden Gewänder raschelnd an Bels bloßen Beinen entlangstreichen, schlanke Finger das Täßchen reichen, Finger, zuvor in Mandarinenöl und Zimttinktur getaucht, das Brot kredenzen und rosenparfümierte Mandeln in den Mund des Fremden stecken. Unter den luftigen Seidenschleiern, die nach Patschuli und Bergamotte dufteten, würden sich die Körper gerade so weit abzeichnen, daß Kantiges verhüllt und Fülliges kaschiert wartend auf den Kissen lagerte. Der alte Scheik wußte um die Kunst der Frauen. Um den Fremden versammelt, würden sie niedersinken und sich windend erheben, daß er die Geschmeidigkeit durch das verhüllende Tuch ahnte. Sie würden trippeln und kichern, mit feuchten Mündern und glänzenden Augen. Mit einer Bewegung ihrer schlanken Arme konnten sie von der Schmiegsamkeit ihrer Körper erzählen, mit einem einzigen Wimpernschlag von der Bereitschaft, Träume zu erfüllen. Das wehte den Verstand fort und fachte das Verlangen an, schneller als ein Mann zu widersprechen vermochte.

Jetzt keuchte der alte Scheik. Bel ließ sein Kamel niederknien und stieg ab. Als halbnackter Mann schritt er ins Frauenzelt. Weder Beine noch Arme waren bedeckt, und das Hemd stand ihm bis weit in die Brust hinein offen. Dafür behielt er die Schuhe an und trampelte mit dicken Gummisohlen über kostbare Teppiche.

Das Eingangstuch sank herab, und die Zeltbahn bebte.

Zig Finger würden nach seinen Beinen greifen, Schuhe und Strümpfe abstreifen, duftende Öle in Waschschüsseln gießen und samtweiche Hände über Zehen gleiten. Feuchte Tücher würden ihn reinigen und Hände den Staub von Stirn und Nacken tupfen. Dabei würden Gesichter mit rosigen Wangen, heißen Lippen und klingenden Münzen am schimmernden

Kopftuch vor ihm aufleuchten. Die Aromen sonnendurchwärmter Haut und balsamischer, holziger Erddüfte würden sich wie eine Fessel auf seine Haut legen, das Blut durchtränken und zu Kopfe steigen. Dazu das Forthuschen und Näherkommen der Körper, das Zurückweichen und Herangehen, das die Frauen kunstvoll beherrschten, dieses Locken und Abwehren, was die Lust schürte, sich eins der scheuen Geschöpfe aus wehendem Tuch und Klimperzeug zu packen. Pfeifend stieß Dschallal die Luft aus.

Die Sonne kletterte höher und verkürzte den Schatten von Reiter und Kamel. Dschallals Stute bog den eigenwilligen Hals zur Erde und rupfte an Hennasträuchern. Ihre Zähne mahlten mit lautem Knirschen das nahrhafte Grün. Grillen zirpten und verstummten dann in der Hitze des Mittags. Unbeweglich hockte der Alte auf seinem Reittier. Die Söhne waren verschwunden, als wollten sie nicht Zeugen der Vorgänge werden. Sengende Glut flimmerte über der Landschaft und ließ Steine schrumpfen. Blendend weiß warfen Kalk- und Gipssande das Sonnenlicht zurück. Lautes Lachen aus dem Frauenzelt dröhnte über die schweigende Steppe.

Ein Taxi hielt am Straßenrand. Der Fahrer brüllte zu Dschallal hinüber. Er winkte mit einem Brief. Dschallal ritt hin. »Für mich?« fragte er.

»Für deinen Gast.« Der Taxifahrer warf einen Blick auf den Umschlag. »Hier steht sein Name: Abel Skile.«

Sollte er nach dem Brief greifen? Minutenlang peinigte Dschallal die Versuchung. Er hatte versprochen, den wahren Namen Bels nie zu nennen. Die Verführung kroch an ihn heran wie ein listiges Weib und umgarnte sein Gemüt. War es nicht angemessen, Bels wahren Namen Abel zu enthüllen? So hemmungslos gab sich Bel den Lockungen der Frauen hin. Allzu gern hatte er sich ködern lassen, Verbotenes zu kosten und bis an den schmalen Sims der Entehrung zu treiben. Ein aufgedeckter Name war wenig, gemessen an seinem Benehmen im Frauenzelt; angesichts solch einer Situation, die sein raffiniertes Weib, die Enkelinnen und Schwiegertöchter sekundenschnell erfaßt und ohne Zögern genutzt hatten. Sie trieben meisterhaftes Spiel mit dem Fremden, und jener vermied es, den eigenen Verstand oder den Rat des Alten einzuholen. Was sollte Dschallal tun? Er zögerte noch immer, hob dann die Augen und blickte in die Steppe hinaus. Dort hinten, wo sich Himmel und Erde im flirrenden Licht berührten, stand die Antwort geschrieben: Die Gesetze der Wüste sind heilig. »Du verschwendest deine Zeit«, erwiderte er dumpf. »Ich kenne keinen Mann dieses Namens.«

Der Taxifahrer versuchte es mit Zweifel und Trotz, doch Dschallal blieb hart. Seine Augen wurden abweisend wie die Pforten der Hölle. Der Fahrer wagte keinen Widerspruch und jagte mit jaulenden Reifen davon. Hatte sich al-Assali geirrt? Grübelnd fuhr er zurück. In Damaskus erschreckte ihn Samira. Nicht al-Assali, sondern sie thronte am Schreibtisch der Verwaltung. Zwei Regierungsbeamte flankierten sie wie Tempelwachen.

»Ich bin der Chef.« Womöglich war sie noch energischer als der alte Beduine draußen in der Steppe. Sie griff nach dem Brief und entlohnte den Fahrer. Dann öffnete sie das Schreiben. Mit leisem Lächeln blickte sie auf. Goldene Funken tanzten in ihren Augen. Sie reichte den Brief weiter. Die Beamten lasen ihn, nickten und entfernten sich. Samira blickte ihnen nach. Ihre Wangen glühten, ihre Stirn brannte heiß, und sie rang nach Luft. Die erste sanfte Kühle eines abklingenden Tages wehte endlich von draußen herein.

»Yussuf«, sagte Samira. In diesem einen Wort lag mehr Zuneigung und Anerkennung, als Yussuf je von ihr vernommen hatte. »Yussuf, mein Freund. Mein neuer Freund. Es ist geschafft. Al-Assali ist erledigt. Und du hast dazu beigetragen.«

Samira erhob sich und reichte Yussuf die Hand, als wolle sie einen Vertrag besiegeln. »Laß uns von nun an gemeinsam das Beste aus dieser Behörde machen. Wir sind gut, wir sind korrekt, und wir werden ein Team. Lauf! Hol Fahim. Nun gehört er wieder dazu.«

Erst nach diesen Worten sackte Samira zusammen. Sie sank auf ihren Stuhl. Das Leben kam zurück zu ihr, ein Leben in Würde an der Seite eines rehabilitierten Mannes. Die Welt drehte sich um sie wie der wirbelnde Sandwind draußen, wie Jo Zakyneros, die alles durcheinanderbrachte und neue Ordnung erzwang. Sofort griff Samira zum Telefon und ließ sich mit dem Ausland verbinden. Ihre Finger fuhren durch den Kalender. In vier Wochen fand ein Fest des Frauenoffizierskorps von Damaskus statt. Samira schloß die Augen. Sie würden den Schützen und Jo Zakyneros im Triumph durch Damaskus geleiten. Das hatten sich beide verdient. Der Klingelton hallte im fernen Deutschland wider. Samira wollte den Termin mit einem Kreuz im Kalender markieren. Da klang Jos Stimme durch das Rauschen herüber. »Willkommen, Jo«, sagte Samira. »*Marhaba* in Syrien.« Mit einem glücklichen Lächeln schloß sie die harte Linie des Kreuzbalkens zu einem harmonischen Kreis.

Dschinn waren nicht das, was Gläubige manchmal darin sahen. Ein Dschinn, das war ein Gedanke, das war ein körpereigenes Bild, die Vorstellung von Glück und Erfolg oder tödlicher Rache. Nichts anderes meinte der Prophet, wenn es galt, sich vor den Geistern zu schützen, jenen unfaßbaren Gebilden, die einen hetzten und trieben und ins Wanken brachten, was der Anstand befahl. Diesen Geschöpfen war al-Assali erlegen in seiner unersättlichen Gier nach Reichtum und Macht. Samira schob die Unterlagen zusammen. Hier, zwischen harmlosen Blättern, verbarg sich, was Jo in Dura Europos geleistet hatte, was al-Assali sich zu eigen machen und stückweise verkaufen wollte. Ein böser Dschinn hatte ihn gedrängt, jenes Wesen, das sich aus Wunschbildern entwickelte und einen Menschen anfiel, der es nicht verstand, sich mit Charakterstärke und Pflichterfüllung dagegen zu wappnen. Jetzt trat Samira in den Abendduft des Gartens hinaus. Im Schatten lauern die Dschinn, sagen die Damaszener, und vergessen über dem Menschenwerk die Schattengärten des eigenen Verstandes. Da hocken die Dschinn und warten auf die Opfer. Äußerliches dient ihnen, das Böse zu fördern, aber auch, Gutes zu locken. So reizt Oleanderduft die Entfaltung freundlicher Gedanken. Genau das waren Jos Worte gewesen, als sie zu Samira vom Duft der Hoffnung sprach, der selbst durch die Kabel des Telefons herüberwehte. Sie würde Oleanderbüsche in die Beete des Halil-Palastes pflanzen, hatte Samira versprochen. Auch würde sie stets Jos Worte über den Schützen beherzigen: Es war nicht irgendein Skelett.

Ein letzter Sonnenstrahl tauchte die Damaszener Dächer in warmes Licht. Samira hatte verstanden. Die Pflanze der Unsterblichkeit war noch lange nicht enträtselt. Der Pilz, den sie nun untersuchen konnte, warf womöglich mehr Fragen auf, als er Antworten bescherte. Die wahre Geschichte begann erst jetzt. Doch mit Jo und ihrem Fund, mit ihrem zähen Willen, im Bogenschützen das Besondere zu sehen, die Goldkette und ihre nach al-Oud duftende Botschaft zu entschlüsseln, kehrte ein Schimmer der alten Bedeutung auf die ehrwürdigen Kuppeln von Damaskus zurück. Und Jo war großherzig genug, den neuen Glanz in Samiras Hände zu legen.

Nachbemerkung

In der Nacht vom 19. auf den 20. März 2003 saß ich in Syrien im »letzten Teehaus vor der Grenze« in Albu Kamal. Wenige Meter jenseits meines Gesichtskreises befand sich die Straßensperre, die den Grenzübergang zwischen Syrien und dem Irak blockierte. Ich war die einzige Touristin vor Ort und natürlich auch die einzige Frau. Im Teehaus trafen sich ausschließlich Männer, aber sie tolerierten mich mit bekannter Grandezza. Mit dem letzten Sonnenlicht war das *Allâh akbar* verstummt, das mir zuvor aus den Moscheen vielfach entgegengeschollen war. Ein einziges Thema beherrschte jetzt wieder die Gespräche: Wann wird Bush den Irak angreifen?

In dieser Frage schienen sich alle Syrer einig zu sein: Zwei Tage nach Vollmond würde der Angriff erfolgen, zu einer Zeit, da die Mond-Jupiter-Konstellation destruktive Energien freisetze, erklärte man mir an Hand alter sumerischer Überlieferungen. Der Märzvollmond sei aber ein Sturmmond, was Bush in seiner Planung nicht bedenken würde. Und so könne es geschehen, daß er vorerst im Sandsturm steckenbleibe.

Als ich nur Stunden später Leuchtraketen aufsteigen sah und mich kurz darauf mit den Syrern um erste Kriegsbilder im Fernsehen drängte, fand ich die Treffsicherheit syrischer Voraussagen bemerkenswert, aber noch viel mehr den Umstand, daß man nicht von »den Amerikanern« sprach, sondern das Kriegsgeschehen einzig dem amerikanischen Präsidenten anlastete und sich selbst gelassen in *Allâhs* Hand sah. Während meines Aufenthaltes in diesen ersten Kriegswochen lernte ich syrische Gastfreundschaft und Toleranz schätzen. Ich war allein unterwegs und behalf mich mit öffentlichen Verkehrsmitteln und einheimischen Führern. Die Menschen verstanden sehr schnell, daß ich sowohl Ärztin als auch Romanschriftstellerin bin. Während ich einerseits Herzen abhörte und mich um korrektes »Anfassen« männlicher Patienten bemühte, wurde ich andererseits auch über die seelischen Zustände informiert und in manches Geschehen eingeweiht. Jeder Syrer und erst recht jede Syrerin versuchten, mir die Großzügigkeit und Weltoffenheit des Landes näherzubringen. So gelang es mir, einen kleinen Einblick in die kulturgeschichtliche Vielfalt, die Akzeptanz unterschiedlicher Religionen, den beeindruckenden archäologischen Reichtum und die Lebensweise Syriens zu gewinnen.

Am Euphrat hielt ich irakische Truckfahrer auf, um ihre Meinung zu Krieg und Weltgeschehen zu hinterfragen. Völlig unbeeindruckt von Gefahren und geschlossenen Grenzen, kamen sie mit ihren Waren aus Bagdad. Ich nächtigte mit Beduinen in der Wüste, durfte Kamelstuten melken und Fohlen tränken und richtete eigenhändig ein arabisches Gastmahl im Beduinenzelt aus, zu dem angesehene Stammesführer, aber auch die zehn Söhne des Scheiks erschienen. Im Krak des Chevaliers überzeugte man mich vom friedlichen Miteinander der Religionen. Dort, in der mittelalterlichen Burgkapelle, sang man mir das *Halleluja* und das *Allâh akbar* in vertauschten Rollen vor: Muslime priesen Gott, und Christen riefen *Allâh* an. In Damaskus steckte ich mitten in der großen Antikriegsdemonstration fest und bestaunte zusammen mit ausländischen Journalisten die Kluft zwischen Tagesgeschehen und der Berichterstattung westlich orientierter Sender.

Bei allem Bemühen meiner syrischen Gastgeber, des Museumsführers, der mich das Buch des Ibn Sina lesen ließ, der Grabräuber und Händler, der Waffenschieber, Hausfrauen,